KNAUR

Im Knaur Taschenbuch Verlag sind bereits folgende Bücher der Autorin erschienen:
Das Heiligenspiel
Die Seidenweberin

Über die Autorin:
Ursula Niehaus wurde 1965 geboren. Ihre Leidenschaft für Stoffe führte dazu, dass sie sich nach dem Studium mit einem Stoffgeschäft selbständig machte. Heute lebt sie mit ihrem Mann in einem kleinen historischen Winzerstädtchen am Rhein. Ihr erster Roman, *Die Seidenweberin*, war ein Bestseller.

Ursula Niehaus

Die Tochter der Seidenweberin

Roman

KNAUR

Besuchen Sie uns im Internet:
www.knaur.de

FSC
www.fsc.org
MIX
Papier aus verantwortungsvollen Quellen
FSC® C083411

Vollständige Taschenbuchausgabe Mai 2015
Knaur Taschenbuch

Ein Imprint der Verlagsgruppe
Droemer Knaur GmbH & Co. KG, München

Redaktion: Ilse Wagner
Umschlaggestaltung: ZERO Werbeagentur, München
Umschlagabbildung: Portrait of Peg Woffington (1718–60) (oil on canvas)
by Jean-Baptiste van Loo (1684–1745) Private Collection /
© Lawrence Steigrad Fine Arts, New York / The Bridgeman Art Library
Nationality / copyright status: French / out of copyright
Gabrielle d'Estrees with a Sister School of Fontainebleau Painting
Bild: © Summerfield Press / CORBIS
Satz: Adobe InDesign im Verlag
Druck und Bindung: CPI books GmbH, Leck
ISBN 978-3-426-50314-0

2 4 6 5 3

Für Jacobus von Spich

Durch die lintgassen dath ich gon,
Den alten marckt sach ich da ston,
Da vand man laken von mancher wath,
Athlass, schamloth, seyden und samath.

Johann Haselberg,
fahrender Buchhändler aus der Reichenau,
1531

Prolog

Valencia 1490

Für den alten Wilhelm ging es ans Sterben. Er wusste es, und doch waren seine Züge unbewegt wie gewohnt. Auf seinem eingefallenen Gesicht lag nicht die geringste Furcht davor, bald schon die Missetaten, die er sein Lebtag begangen hatte, vor seinem Schöpfer rechtfertigen zu müssen. Und derer waren es bei Gott genügend gewesen.

Mit einem schwachen Winken bedeutete der alte Kaufmann seinem Sohn, näher zu treten. Die Kerzen flackerten unruhig und warfen fratzenhafte Schattenbildnisse an die getünchten Wände, als der junge Mann an die Bettstatt des Vaters trat.

Aus der Düsternis der Vorhänge löste sich die hagere Gestalt des Advokaten, und auf ein Nicken des Alten hin begann er zu verlesen, was der alte Wilhelm seinem Sohn zu vermachen gedachte.

In Alejandros klaren Zügen spiegelte sich gespannte Wachsamkeit. Unwillkürlich wischte er sich die nachtschwarze Haarsträhne aus dem Gesicht, die ihm hartnäckig in die Stirn fiel, während er ungeduldig der eintönigen Nennung von Gütern und Barschaften zuhörte. Nicht, dass ihn die Aufzählung überrascht hätte. Er hatte eine ziemlich genaue Vorstellung vom Umfang des Vermögens seines Vaters. Es klang wie das ihm vertraute Inventar der Bodega, die er leitete. Doch Alejandro wartete auf etwas anderes.

Sein Blick heftete sich auf das bereits vom Tode gezeich-

nete Antlitz seines Vaters. Schwach war der Alte geworden, mager und gebrechlich. Aber wenn Alejandro gehofft hatte, der nahe Tod hätte das Gemüt des Alten besänftigt, so sah er sich getäuscht. Das metallische Leuchten der blauen Augen hatte an Kälte kaum verloren.
Die Aufzählung endete, der Advokat rollte das Blatt zusammen, von dem er die Verfügung abgelesen hatte, und trat in bescheidener Höflichkeit einen Schritt zurück, als distanziere sich der erfahrene Mann der Jurisprudenz von dem, was er gerade verlesen hatte.
Alles. Der Alte hatte ihm alles vermacht – das ganze Vermögen, das er in Valencia besaß, dieses komfortable Stadthaus inbegriffen.
Kalt durchzog Alejandro die Enttäuschung, und er presste die Lippen zusammen. Geld verdiente er selbst genug – ausreichend und mit Freuden. Doch was er sich erwünscht, ja, jeden Tag seines Lebens sehnsüchtig herbeigefleht hatte, das hatte er nicht bekommen. Den Namen. Den Namen seines Vaters, der ihn vom Makel seiner Herkunft reinigen würde.
Unbewusst ballte Alejandro die Faust. Dies war die letzte Gelegenheit gewesen. Doch sogar im Angesicht des Todes hatte der Alte sich nicht dazu durchringen können, ihn als seinen Sohn anzuerkennen. Alejandro würde bleiben, was er war: der vermögende, aber illegitime Sohn eines ausländischen Kaufmannes und seiner Mätresse.
Alejandros Züge erstarrten zu einer Maske. Niemand, weder sein Vater noch der Advokat, sollte seine Enttäuschung bemerken.
Seit bald fünfundzwanzig Jahren, seit der alte Wilhelm – er zählte damals schon um die fünfzig Jahre – nach Valencia zurückgekehrt war, um sich für immer hier niederzulassen, hatte Alejandro keinen sehnlicheren Wunsch gehabt, als

von seinem Vater anerkannt zu werden und dessen fremdländischen Namen zu tragen, der für seine junge Zunge so schwierig auszusprechen war.
Dabei machte Letzteres eigentlich keinen Unterschied, denn den Namen kannten ohnehin nur wenige. Man sprach den Alten gewöhnlich nur respektvoll mit »Senyor« an, allenfalls mit »Senyor Wilhelm«. Und in den Kreisen der Kaufmannschaft in Valencia, mit der er geselligen Umgang pflegte, war er schlicht »der alte Wilhelm«.
Alejandro wusste, der Alte hätte seine Mutter nie heiraten können, selbst wenn er es gewollt hätte, denn er war bereits verheiratet, an einem Ort fern von hier. Seine Mutter hatte es ihm damals erklärt, als sie in das Haus des Alten gezogen waren. Dieses Haus im Herzen von Valencia, das so weitläufig war und so prächtig, dass es dem Zehnjährigen vorgekommen war wie ein Palast.
Aber Alejandro als seinen leiblichen Sohn anzuerkennen, der er unleugbar war – die auffällig blauen Augen verrieten es jedem Betrachter auf den ersten Blick –, das hätte er gekonnt. Es wäre ein Leichtes gewesen – und was hätte er sich dabei vergeben?
Doch einen Sohn hatte er auch schon. Einen legitimen, geboren von einem ihm rechtmäßig angetrauten Eheweib. Auch das hatte die Mutter Alejandro erzählt. Seither brannte in ihm ein gänzlich unangemessener Hass auf diese andere Familie seines Vaters, geboren aus blankem Neid.
Wann immer der Zorn mit ihrem Sohn durchgehen wollte, hatte die Mutter Alejandro beruhigend die Hand auf die Stirn gelegt und gemurmelt: »Wenn du nur recht fleißig bist und lernst, deine Gefühle im Zaum zu halten, dann wird er eines Tages stolz genug auf dich sein.« Ein »Inschallah« – so Gott will – hatte sie sich stets verkniffen.

Das Räuspern des Advokaten holte Alejandro zurück in das Sterbezimmer. Die Hände um die Papierrolle gefaltet, stand dieser immer noch in respektvollem Abstand neben der Bettstatt, die dünnen Augenbrauen fragend hochgezogen, als erwarte er eine letzte Änderung, eine zusätzliche Anweisung.
Einen unsinnigen Moment lang keimte in Alejandro erneut die Hoffnung. Doch sie zerstob mit der knappen Handbewegung, mit welcher der alte Wilhelm den Advokaten aus dem Raum winkte – nie hatte er eine einmal gegebene Anweisung widerrufen, wieso sollte er auf dem Sterbebett damit beginnen?
Alejandro straffte sich. Heuchelei, dachte er, als der alte Wilhelm erneut die Hand hob. Dennoch senkte er pflichtschuldig das Haupt, wie es von einem gehorsamen Sohn erwartet wurde, damit der Vater ihm seinen Segen erteilen konnte.
Doch mitten in der Bewegung fiel der Kopf des Alten leblos zur Seite, und die segnende Hand sank unverrichteter Dinge auf das Laken zurück – ganz so, als wolle der Herrgott sich gegen diesen letzten Akt der Unaufrichtigkeit des alten Wilhelm verwahren.

Teil I

1499 bis 1500

1. Kapitel

»Verdammt! Schon wieder Valencia!« Fygen Lützenkirchen entfuhr ein undamenhafter Fluch, und sie hieb die Faust auf das aufgeschlagene Journal, das vor ihr auf dem Pult lag. Der rüde Ton, der bisweilen im Umgang mit Händlern, Fuhr- und Schauerleuten vonnöten war, hatte bereits während des Dreivierteljahres, in dem sie nun als Faktor für die Große Ravensburger Handelsgesellschaft arbeitete, auf ihren Sprachgebrauch abgefärbt.
Dieses für eine Frau ungewöhnliche Amt, das ihr Mann einst innegehabt hatte, war Fygen nach seinem Tod von den Regierern der Handelsgesellschaft, jenen drei Herren, denen die oberste Führung der Geschäfte oblag, angetragen worden. Peter Lützenkirchen, Seidenhändler und Englandfahrer, hatte bei dem Versuch, eine alte Begine aus dem brennenden Annenkonvent zu retten, sein Leben gelassen. Im letzten Moment noch war es ihm gelungen, die alte Frau ins Freie zu stoßen, bevor ihn ein herabfallender Balken traf.
Fygen seufzte wie stets, wenn sie an den Brand im Annenkonvent dachte. Nicht genug, dass sie ihren geliebten Mann verloren hatte – es war zudem der Auftakt zu einer Reihe von Katastrophen gewesen, an deren Ende sie ihre Weberei hatte aufgeben müssen. Danach war Fygen in tiefe Traurigkeit und Mutlosigkeit versunken, denn sie hatte ihr Handwerk geliebt und sich nicht vorstellen können, je etwas anderes zu tun.

Doch dann hatte Hans Hinderofen, Hauptbuchhalter der Ravensburger Handelsgesellschaft, sie gebeten, Peters Amt als Faktor der Oberdeutschen in Köln fortzuführen.
Fygen hatte ihre Lektion gründlich gelernt. Wenn sich eine Tür schloss, so öffnete sich eine andere. Und heute betrieb sie ihre Faktorei mit der gleichen Leidenschaft, mit der sie sich einst der Bereitung von Seidenstoffen gewidmet hatte.
Stephan Ime Hofe deutete ihr Seufzen falsch. Er schüttelte den dunklen Schopf und presste die Lippen aufeinander. »Ich verstehe das nicht! Es ist gerade so, als ob es da unten in Aragonien jemand auf uns abgesehen hat!«
Fygen blickte ihrem Lehrling in das hübsche Gesicht. Der uneheliche Sohn von Mertyn war erwachsen geworden. Sein Anblick erinnerte sie an den Tag, an dem Katryn ihr voller Verzweiflung geklagt hatte, ihr Gatte hätte eines ihrer Lehrmädchen geschwängert. Die Freundin hätte damals nichts lieber getan, als die unkeusche Dirne mitsamt ihrem Balg vor die Tür zu setzen, und nur Fygens unermüdlichem Zureden war es zu verdanken, dass Katryn das Kind an Sohnes statt angenommen hatte.
Das Weitere hatte der liebenswerte Knabe selbst erledigt. Mit seinen strahlenden, dunklen Augen und dem schalkhaften Lächeln hatte er bald das Herz seiner Stiefmutter erobert, und dass er äußerlich nach seinem Vater geriet und damit seinem Halbbruder, der auch den Namen Mertyn trug, glich, hatte Katryn schnell seine Herkunft vergessen lassen. Zudem war Stephan fröhlicher und umgänglicher als sein ernsthafterer Bruder, mit dem er sich nicht sehr gut verstand.
Fygen vermutete, dass Stephan seinem Bruder insgeheim dessen eheliche Geburt neidete, obschon jener Stephan seine Illegitimität nie hatte spüren lassen. Und so war es wohl

das Beste gewesen, dass Stephan sein Elternhaus verlassen hatte und zu ihr in die Wolkenburg gezogen war, damit er das Kaufmannshandwerk erlerne.
Fygen hatte diese Entscheidung nicht bereut. Stephan war zwar erst seit einem guten halben Jahr bei ihr, doch Fygen konnte sich keinen fleißigeren und verständigeren Gehilfen wünschen. Es war nicht seine Schuld, dass er seiner Dienstherrin die betrübliche Mitteilung hatte machen müssen, dass die Rohseide aus Valencia, die soeben via Antwerpen in Köln eingetroffen war, durchweg feucht war und nicht dem Anspruch an Kaufmannsgut gerecht wurde.
Stephan wusste, wie dringlich Fygen auf ebendiese Lieferung gewartet hatte, und als die Nachricht von ihrem Eintreffen kam, war er sogleich in das Kaufhaus auf dem Malzbüchel geeilt. Von außerhalb eingeführte Seide musste dort zunächst zur Erhebung der Akzise auf der städtischen Krautwaage gewogen und der Zoll von einem Denar auf einhundert entrichtet werden. Erst nachdem er die Akzise bezahlt hatte, hatte Stephan in Gegenwart des städtischen Zinsmeisters die Packen öffnen dürfen.
Beinahe entschuldigend hob er die breiten Schultern, als er eine Handvoll der ungesponnenen Seidenstränge, die er als Probe aus dem Lagerhaus mitgebracht hatte, auf Fygens Pult legte. Die weißliche Rohseide war von Schimmel grün überhaucht, und ein fauliger Geruch stieg von ihr auf.
Fygen rümpfte die Nase. Es bedurfte nicht der Erfahrung von Jahren, die Fygen im Umgang mit Seide besaß – schließlich war sie eine der erfolgreichsten Seidenweberinnen der Stadt gewesen und hatte erst vor Jahresfrist ihren Betrieb ihrer Tochter Lisbeth übergeben –, um zu erkennen, dass diese Seide schlicht unverkäuflich war.
Dennoch nahm sie eine der feuchten Strähnen, drehte sie zwischen den Fingern und hielt sie gegen das schwindende

Licht, das durch ein Fenster zum Hof in ihr Kontor drang. Vom Grunde her war die Qualität der Seide gut. Sehr gut sogar.
Üblicherweise bezog man in Köln Seide aus Venedig, die aus der Levante und den Mittelmeerländern stammte, jedoch nach ihrem Verschiffungsort Venezianische Seide genannt wurde. Sie erreichte Köln entweder auf dem Landweg über Frankfurt und dann zu Schiff den Rhein hinab, oder sie wurde auf Galeeren verladen, welche die flandrischen Häfen anliefen, und von Antwerpen oder Brügge aus mit Fuhrwerken in die Stadt gebracht.
Als die beste galt Talayer-Seide, benannt nach der Landschaft Talisch an der Westküste des Kaspischen Meeres. Kaum geringer war die Qualität der Seide, die in Messina auf Sizilien gewonnen wurde.
Kurz nach Beginn von Fygens Tätigkeit als Faktor für die Große Ravensburger Handelsgesellschaft war in der Wolkenburg ein Schreiben eingetroffen, in dem Hinderofen ihr – auf Ravensburger Papier mit dem Ochsenkopf als Wasserzeichen – den Vorschlag unterbreitet hatte, einen Versuch mit Seide aus Valencia zu machen. Dem Vernehmen nach wäre diese von ganz besonderer Qualität.
Bisher war sie in Köln nicht erhältlich, und Fygen hatte sogleich erkannt, welche Gewinne sich gerade hier, in der Stadt mit dem bedeutendsten Seidengewerbe in deutschen Landen, mit dieser ausgezeichneten Seide erzielen ließen.
Und es stimmte! Seide dieser Qualität würde man ihr aus den Händen reißen. Wenn sie denn trocken wäre, grollte Fygen innerlich und unterdrückte einen weiteren Fluch.
Dies war nun schon die dritte Lieferung aus Valencia, die nicht den gewünschten Erfolg zeitigte!
Die Seide der ersten Lieferung, die Köln erreichte, war gerade einmal von mittlerer Qualität gewesen. Fygen hatte sie

den kölnischen Seidenweberinnen nicht als Seide aus Valencia präsentieren mögen, damit der gute Ruf, in dem diese stand, keinen Schaden nahm, und sie stattdessen auf dem Bamasmarkt in Antwerpen unter Preis losgeschlagen. Denn sie glaubte fest daran, dass es sich hier um einen Fehler handeln müsse und man ihr falsche Ware gesendet habe.
In einem Brief an den Gelieger, die Hauptniederlassung der Gesellschaft in Valencia, hatte Fygen diesen höflich, aber bestimmt angemahnt. Sicher läge eine Verwechslung vor. Man möge ihr doch bitte das Gewünschte senden: Seide aus Valencia.
Die zweite Lieferung – zu Fygens Verärgerung von gleicher Qualität wie die vorherige – begleitete ein Schreiben des Inhaltes, dass es sich, wie schon in der ersten Sendung, um »Seda de la tierra y del regno di Valencia« – Seide aus der Stadt und der Region Valencia – handle, ganz so, wie sie es wünsche. Wenn sie mit der Qualität nicht zufrieden sei, so möge sie andere Seide bestellen.
Doch so schnell hatte Fygen sich nicht entmutigen lassen. Voller Zorn hatte sie erneut zweieinhalbtausend Pfund geordert, diesmal mit der klaren Anweisung, man möge ihr die beste aller in Valencia lieferbaren Seide senden.
Wie gut sie daran getan hatte, am Glauben an die Qualität der Seide aus Valencia festzuhalten, erkannte Fygen nun, als sie die richtige Seide in Händen hielt. Sie war viel feiner als alles, was sie je an Rohseide gesehen hatte.
Doch zu ihrem Ärger hatte man diesmal die Ballen so schlampig verpackt, dass auf der langen Reise nach Norden Feuchtigkeit durch die Verpackung gedrungen war. Und jetzt im Winter bei der feuchtkalten Witterung würde man die Seide auch nicht trocknen können, dachte sie. Doch dafür war es ohnehin zu spät, der Schimmel hatte längst Besitz von der gesamten Ware ergriffen.

Fygen schnaubte leise. Sie hatte nicht übel Lust, Stephan, der abwartend neben ihrem Pult stand, Anweisung zu geben, die ganze Lieferung heute noch im Rhein versenken zu lassen. Verkaufen konnte und durfte sie die Seide so nicht. Aus gutem Grund verbot die Zunftordnung, Seide zu veräußern, die durch die Aufnahme von Wasser an Gewicht gewonnen hatte, damit der Käufer nicht übervorteilt wurde.

Mit diesem stinkenden Unrat konnte sie bestenfalls ihren Ruf als Kauffrau ruinieren, schlimmstenfalls würde sie eine Bestrafung des Rates auf sich ziehen. Ohnehin würde niemand dafür die üblichen zweihundertfünfzig Gulden pro Zentner zahlen.

Der Gedanke ließ Fygen sich auf ihre Pflichten als Lehrherrin besinnen, und sie wandte sich wieder Stephan zu: »Das Wertvollste, was du als Kaufmann hast, ist dein Ruf, dein guter Name! Er ist beinahe wichtiger noch als dein Kapital. Vergiss das nie: Ehrlichkeit und Verlässlichkeit, darauf kommt es an!«, schärfte sie ihm ein. Mit einem Wink entließ sie ihren Lehrjungen, und als dieser die Tür hinter sich geschlossen hatte, fügte sie für sich hinzu: »Das scheint sich aber bis Valencia noch nicht herumgesprochen zu haben!«

Es schien wirklich so, als habe sich dort etwas gegen sie verschworen. Dabei lag ihr gerade diese Unternehmung sehr am Herzen. Wobei es weniger der mögliche Gewinn war, der sie reizte, als vielmehr, den Beweis anzutreten, dass sie als Frau es ebenso gut vermochte, Handelsgeschäfte zu führen, wie ihre männlichen Kollegen.

Denn Fygen wusste, dass einige der geschätzten kölnischen Kaufleute das sehr einträgliche und daher begehrte Faktorenamt für die Ravensburger gerne für sich beansprucht hätten. Man nannte die Kompanie nicht umsonst die »Gro-

ße Ravensburger Handelsgesellschaft« – sie war neben den Vöhlin, den Welsern und den Fuggern eine der bedeutenden Oberdeutschen Unternehmungen.
Wenn es Fygen gelänge, den kölnischen Seidmacherinnen als Erste eine Rohseide von derartiger Feinheit anzubieten, würde dies die missgünstigen Neidhammel zum Schweigen bringen, die behaupteten, eine Faktorei könne man unmöglich in die unerfahrenen Hände einer Frau legen.
Das war auch der Grund, weshalb sie sich in der Angelegenheit nicht an die Zentrale in Ravensburg wenden und sich dort über die nachlässige Führung der Geschäfte in Valencia beschweren mochte. Mit dem Problem musste sie schon selbst fertig werden, und das bedeutete leider, dass sie für die faulige Ware auch noch würde zahlen müssen.
Jedem Kaufmann, der ihr eine solch verdorbene Lieferung hätte zukommen lassen, hätte sie rundheraus die Bezahlung verweigert. Doch innerhalb der Gesellschaft war das anders. Waren, die zwischen der Zentrale, den Geliegern und den Faktoreien, den kleineren Vertretungen, hin und her flossen, wurden intern verrechnet. So würde ihre Faktorei ganz automatisch mit dem Preis der Seide belastet.
Außerdem hatte sie die Kosten für die Fracht zu tragen, dazu die Akzise, die sie für die Einfuhr an die Stadt gezahlt hatte. Kurz überschlug Fygen den Verlust. Was da zusammenkam, war nicht unerheblich, vom entgangenen Gewinn ganz zu schweigen. Gewöhnlich erzielte sie mit einem Zentner Seide um die zweihundertfünfzig Gulden. Demnach hätte sie für die zweieinhalbtausend Pfund sechstausendzweihundertfünfzig Gulden erhalten, für diese feine Qualität sicher mehr.
Fygen griff nach der Feder, die sie bei Stephans Eintreten achtlos auf das Journal hatte fallen lassen. Nicht zum ersten Mal fragte sie sich, welchen Betrag sie denn nun in

ihrem Journal vermerken sollte: den, welchen sie tatsächlich verloren hatte, oder den, der ihr entgangen war?
Fygen entschloss sich, zur Sicherheit beide Werte zu notieren. Sorgfältig setzte sie das Datum hinter den Eintrag: 24. Dezember im Jahre des Herrn 1499. Dies würde der letzte Eintrag in das Geschäftsbuch des Jahres 1499 sein. Das Jahr war zu Ende. Und mit ihm das Jahrhundert.
Mit dem Tag der Geburt des Herrn würde morgen ein neues Jahr beginnen. Und wie wohl jedermann an diesem Tag, so fragte auch Fygen sich, was das kommende Jahr für sie bereithielt. Es war nicht schön, das Geschäftsjahr mit dem Eintrag eines Verlustes zu beenden, dachte sie ein wenig beklommen. Hatte sie sich vielleicht zu sehr in die Sache mit Valencia verrannt? Sich zu große Dinge vorgenommen? Vielleicht wäre es besser, die ganze Idee einfach fallenzulassen?
Von Sankt Cäcilia her schlug die Glocke und gemahnte Fygen daran, die Arbeit zu beenden. Es war an der Zeit, in ihre Kammer hinaufzusteigen und sich umzukleiden, wollte sie ihre Gäste nicht im Hemd empfangen. Es waren zwar nur Fygens drei Töchter mit ihren Familien und wenige enge Freunde geladen, um nach dem Kirchgang bei ihr das neue Jahr zu begrüßen. Dennoch geziemte es sich nicht für die Gastgeberin, als Letzte zu erscheinen.
In Fygens Schlafgemach wartete die hagere Hilda bereits darauf, ihr mit dem Ankleiden behilflich zu sein. Die wortkarge Haushälterin war in die Jahre gekommen, und die Leitung des Haushaltes war ihr zunehmend beschwerlich geworden. Doch Fygen hatte es nicht übers Herz gebracht, ihr die Aufgabe aus den Händen zu nehmen. Stattdessen hatte sie Hilda mit Regina eine verständige junge Gehilfin zur Seite gestellt.
Einige Aufgaben jedoch würde Hilda sich erst nehmen las-

sen, wenn sie dereinst auf dem Totenbett läge, und dazu zählte auch das Ankleiden ihrer Herrin. Mit geübtem Griff streifte sie Fygen das Unterkleid aus schilfgrünem Seidentaft über den Kopf und glättete die Falten des weit fallenden Rockteiles. Dann ließ sie das Oberkleid aus schwerem besticktem Fluvel darübergleiten, jenem samtigen Gewebe, dessen Flor zwischen Dunkelgrün und Nachtschwarz changierte, je nachdem, wie das Licht darauffiel.

Fygen streckte die Arme durch die weiten Armausschnitte, die beinahe bis zur Taille reichten, und während Hilda das Kleid auf dem Rücken zurechtzog und sich daranmachte, die Verschnürungen zu binden, warf Fygen einen kritischen Blick in den Spiegel, welcher der Bettstatt gegenüber an der Wand ihrer Kammer hing.

Vor einem halben Jahr hatte sich der Tag ihrer Geburt zum vierzigsten Mal gejährt, doch die Jahre waren gnädig mit ihr umgegangen. Ihre Haut hatte eine frische, gesunde Farbe, und – Gott sei es gedankt – sie besaß noch alle Zähne. Haarfeine Linien hatten sich in die Haut um ihren eine Spur zu breiten Mund gegraben, und die winzigen Fältchen, die sich in den Augenwinkeln kräuselten, mochten weniger vom Gram denn vom Lachen herrühren.

Natürlich hatte sie in der Taille ein wenig an Umfang zugenommen, aber das war verzeihlich. Schließlich war sie eine erwachsene Frau und kein junges Mädchen mehr. Dafür fand sich in der dunklen, noch immer üppigen Flut brauner Locken nur vereinzelt ein silberner Faden.

Fygen warf ihrem Spiegelbild einen beinahe koketten Blick zu. Nein, mit ihrem Aussehen durfte sie wirklich nicht unzufrieden sein. So manch eine weit Jüngere würde sie darum beneiden. Zufrieden stieg sie die geschwungene Treppe hinab, um ihre Gäste zu begrüßen.

Ein paar Stunden hatte das vielgängige Festmahl gedauert, doch nun endlich war man gesättigt und zerstreute sich im großen Saal im Obergeschoss der Wolkenburg, ein jeder einen mit gutem Rheinwein gefüllten Becher in der Hand. Die Wolkenburg, die Peter einst als Wohnhaus für die Familie erworben hatte, war, auch wenn der Name es vermuten ließ, keine Burg, sondern einer jener großen Höfe, die innerhalb des Stadtgebietes lagen. Das Wort »Burg« im Namen verdankte das Haus seinen trutzigen Eckwarten, die »Wolken« ihrer Nähe zur städtischen Wollküche, in der die Rohwolle gewaschen und vom Fett befreit wurde, denn an kalten Tagen hüllten Wasserdämpfe die ganze Umgebung in dichte Nebelwolken.
Fygen trat grübelnd ans Fenster. Der Gedanke an Valencia ließ ihr keine Ruhe. Die Wärme, die dem großen Kamin entströmte, hatte sie erhitzt, und so öffnete sie den mit buntem Glas gefüllten Fensterrahmen. Nicht jeder schien diesen Abend feierlich zu begehen, stellte sie fest. Auf der gegenüberliegenden Seite der Straße mühte sich ein betagtes Weib damit ab, ein schweres Bündel in einen Verschlag zu schaffen, der zugleich als Laden und Wohnstatt diente. Vielleicht hielt die Alte immer noch daran fest, das neue Jahr mit dem Osterfest, der Auferstehung Christi zu beginnen, anstatt mit der Geburt des Herrn, wie es jeder anständige Christenmensch tat.
Sei es drum! Die alte Krämerin schien ohnehin ein wenig seltsam zu sein, dachte Fygen und schloss das Fenster, als Katryn zu ihr trat.
»Was grübelst du?«, fragte die Freundin. »Lässt dir die Arbeit wieder keine Ruhe? Warum lässt du heute nicht Geschäft Geschäft sein und genießt wie alle anderen das Fest?«
Schon seit früher Jugend, seit den Tagen, in denen sie ge-

meinsam den Schikanen ihrer Lehrherrin Mettel getrotzt hatten, verband sie eine innige Freundschaft, und wie ehedem hatte Katryn auf den ersten Blick bemerkt, dass Fygen etwas auf der Seele lastete.

Fygen blickte die Freundin mit einem warmen Lächeln an. Katryn war nur um wenige Jahre älter als sie, doch der Tod ihres geliebten Mannes hatte sie rascher altern lassen. Wobei es weniger der Tod selbst war, dachte Fygen, als vielmehr die grausigen Umstände von Mertyns Erkrankung, die ihn langsam dem Wahn hatten verfallen lassen, bevor er starb. Peter, der mit Mertyn zu reisen pflegte, hatte ihr gegenüber damals die Vermutung geäußert, dass dieser sich das Leiden in England eingefangen hatte, im allzu freizügigen Umgang mit den Hübschlerinnen. Fygen hoffte inständig, dass niemand etwas Vergleichbares Katryn gegenüber erwähnt hatte.

Unauslöschlich hatte der Kummer violette Schatten unter Katryns nussbraune Augen gezeichnet, und ihre spinnwebzarte Haube ließ erkennen, dass ihr Haar darunter beinahe vollständig ergraut war.

Ja, vielleicht hatte Katryn recht, dachte Fygen. Warum tue ich mir das eigentlich an? Aus finanzieller Notwendigkeit heraus sicher nicht. Peter hat mich mehr als wohlversorgt zurückgelassen. Weil ich keine Lust verspüre, mich auf mein Altenteil zurückzuziehen und meine Enkelkinder auf dem Schoß zu wiegen, gab Fygen sich selbst die Antwort. Dafür fühle ich mich einfach noch nicht alt genug.

Bevor sie noch ein Wort erwidern konnte, tat es einen dumpfen Schlag, gefolgt von einem markerschütternden Schrei. Kostbares Glas zerbarst gleich neben ihnen auf den hölzernen Bodendielen, und roter Wein spritzte auf.

Fygen und Katryn fuhren erschrocken herum. Wieder einmal war es geschehen: Die ungeschickte Maren war über ihre krummen Füße gefallen und der Länge nach hingeschlagen.

Unter lautem Wehklagen gelang es Maren, sich auf den Rücken zu wälzen. Wie ein dicker Käfer lag die füllige Magd da, zur Gänze durchweicht von dem Wein, den Hilda ihr den Gästen zu kredenzen aufgetragen hatte, und ruderte hilflos mit ihren fleischigen Armen und Beinen in der Luft.

Fygen presste die Hand auf den Mund und unterdrückte mit Mühe ein Lachen, obwohl sie den Verlust der Gläser bedauerte. Sie konnte sich nicht erinnern, wie viele Male sie Maren im vergangenen Vierteljahrhundert geraten hatte, achtsamer zu sein und beim Gehen die Füße zu heben. Unwillkürlich vermeinte sie Peters Stimme zu hören. Er hatte Maren als die einzige ihm bekannte Katastrophe bezeichnet, die den Schaden, den sie anrichtete, hernach auch selbständig beseitigte. In panischer Eile hatte er stets die Flucht ergriffen, wenn Maren mit Besen oder Staublappen bewehrt in seine Nähe kam.

Peter. Dies war nun bereits das zweite Neujahrsfest ohne ihn, dachte Fygen wehmütig. Die Vorstellung, nie wieder seine Arme um ihre Schultern zu spüren, nie wieder sein verschmitztes Lächeln zu sehen, das Blitzen seiner unverschämt blauen Augen, schmerzte Fygen noch sehr. Oft kamen ihr seine Worte in den Sinn, gerade in Situationen wie dieser.

Unbewusst biss Fygen sich auf die Unterlippe. Die Neujahrsnacht war wohl dazu angetan, der Menschen zu gedenken, die von uns gegangen sind, dachte sie, und mit ihrem Kummer stand Fygen ja nicht allein. Ihre Töchter, vor allem Lisbeth, die Jüngste, die der Liebling ihres Vaters gewesen war, vermissten Peter ebenso.

Auch Lijse fehlte ihnen. Fygens betagte Kinderfrau hatte

den Sommer nicht überlebt. Eines klaren Junimorgens war die gütige alte Frau, die Fygen mehr eine Mutter gewesen war als ihre leibliche, nicht zum Morgenmahl erschienen. Voller düsterer Ahnung war Fygen, die Lijses Fehlen als Erste bemerkt hatte, in deren Kammer hinaufgestiegen und hatte ihre einstige Kinderfrau friedvoll auf ihrer Bettstatt liegend vorgefunden. Im Schlafe hatte der Herrgott sie von dieser Welt abberufen, anscheinend, ohne ihr dabei Pein zu bereiten, stellte Fygen fest, ganz so, als wolle er ihr im Tode die Güte vergelten, mit der sie zu Lebzeiten ihre Schützlinge bedacht hatte. Denn in den Mundwinkeln der alten Frau hatte sich noch im Tode der Anflug eines Lächelns gekräuselt.

Abwesend beobachtete Fygen, wie Eckert und ein junger Hausknecht Maren auf die Beine hievten, doch dann schüttelte sie den Kopf, um die Düsternis zu vertreiben, die von ihr Besitz zu ergreifen drohte. Der Beginn eines neuen Jahres war ein Grund zu feiern, aber nicht, sich in trüben Erinnerungen zu ergehen.

Ihr Blick streifte den schütteren Haarschopf von Hans Her. Der Gemahl ihrer ältesten Tochter Sophie stand mit seiner Frau und deren jüngerer Schwester Agnes beisammen. Fygens Miene hellte sich merklich auf. Hans kam ihr gerade zupass. Mit einem Lächeln entschuldigte Fygen sich bei Katryn und steuerte auf ihren Eidam zu. Doch ehe sie ihn erreicht hatte, prallte etwas unsanft gegen ihre Hüfte.

Wie ein Kobold sauste die vierjährige Sophie zwischen den Erwachsenen hindurch, gefolgt von ihrem um ein Jahr jüngeren Bruder Lazarus. Wild flogen ihr die dunklen Kringellöckchen um den Kopf. Im Rennen wandte die Kleine sich um. »'tschuldigung, Großmutter«, rief sie, um sogleich mit Wucht gegen Sophie zu prallen, ihre Tante und Patin.

Zum zweiten Mal an diesem Abend schwappte Wein auf die glänzend polierten Bodendielen.
»Sophie!«, rief Agnes tadelnd ihre Tochter zur Ordnung.
»'tschuldigung, Tante Fya!«, rief Sophie und war schon weitergesaust.
Lächelnd blickte Fygen ihrer Enkeltochter hinterher. Sie hatte diesen unbändigen Wirbelwind ganz besonders in ihr Herz geschlossen. Als Sophie angefangen hatte zu sprechen, hatte ihre kleine Zunge sich zunächst geweigert, Sophies Namen auszusprechen, und so war aus der älteren Sophie schließlich für alle Tante Fya geworden. Mit einem leisen Anflug von Bosheit befand Fygen, dass der Name recht gut zu ihrer schlaffen, energielosen Ältesten passte.
Äußerlich harmonierte der zur Fülle neigende Hans Her mit Tante Fya. Der untersetzte Kaufmann wirkte behäbig und stets ein wenig unbeholfen, doch der äußere Schein trog. Hans war Geselle der Großen Ravensburger Handelsgesellschaft und führte als solcher die Rechnung des Gelieger in Antwerpen, einer der bedeutenden Hauptniederlassungen der Gesellschaft. Wenn es einen Menschen in Köln gab, der über die Interna der Gesellschaft Bescheid wusste, dann er …
»Hans, darf ich Euch einen Moment sprechen?« Mit diesen Worten legte Fygen ihm die Hand auf den Arm und führte ihn ein Stück beiseite.
»Ihr immer mit euren Geschäften!«, maulte Tante Fya ihnen halbherzig nach. Einerseits missfiel es ihr sehr, dass die Arbeit ihres Gatten seine häufige Abwesenheit von Köln bedingte, andererseits enthob es sie auch den Erfordernissen einer aufwendigen Haushaltsführung, was ihrer Bequemlichkeit sehr entgegenkam.
»Hattet Ihr je Schwierigkeiten mit Valencia?« Fygen kam sogleich auf den Kern ihres Problems zu sprechen.

»Mit Valencia? Nein. Nicht, soweit ich mich erinnern kann. Im Gegenteil. Der Gelieger dort steht in gutem Rufe. Wir bekommen laufend Anis, Kümmel, Datteln und Mandeln von dort. Erst in der vergangenen Woche erhielt ich eine Lieferung von mehreren Ballen Reis, der in den Sümpfen um die Stadt herum gezogen wird, und wie stets war die Sendung beizeiten und einwandfrei. Warum fragt Ihr? Gibt es Anlass zur Klage?«

»Ihr habt Schwierigkeiten?« Andreas Imhoff, Agnes' Mann, schien die letzten Worte seines Schwagers aufgeschnappt zu haben und mischte sich ungefragt in das Gespräch. Seine Worte klangen herablassend, gerade so, als habe er nichts anderes erwartet. Doch das mochte daran liegen, dass Andreas mich um bald zwei Haupteslängen überragt, dachte Fygen und entschuldigte ihn damit.

Sie blickte Hans an und schüttelte unmerklich den Kopf. »Nein, ganz und gar nicht«, erwiderte sie kühl. Andreas brauchte nicht um ihre Probleme zu wissen. Es fehlte gerade noch, dass er oder einer der anderen Seidenhändler davon erfuhren und sich hinter ihrem Rücken darüber das Maul zerrissen oder – was noch schlimmer wäre – ihre Idee aufgriffen und versuchten, ihr zuvorzukommen.

Imhoff, selbst Faktor der Memminger Vöhlin-Gesellschaft in Köln, wusste genau, wie die Dinge zu sein hatten. Schließlich hatte er ja bereits in jungen Jahren das Faktorenamt übernommen. »Im Umgang mit dem Handelsvolk bedarf es gewisser Klugheit und Härte«, tat er Hans und Fygen ungefragt kund, gleich so, als hätten sie es nicht gewusst. »Das muss für Euch als Frau …«

Fygen verzog das Gesicht, als hätte sie auf etwas Saures gebissen, und Andreas ließ den Satz unvollendet, doch sein beredter Blick sagte genau, was er von Frauen in ihrem Gewerbe hielt.

»Wenn ich Euch mit meinem Rat behilflich sein kann«, fuhr er gleichwohl fort und schob selbstgefällig eine braune Locke aus der glatten Stirn, »so lasst es mich wissen.«
Welch eine unerträgliche Arroganz dieser Mann besaß, dachte Fygen. Zornesröte färbte ihr die Wangen, doch bevor sie etwas Grobes erwidern konnte, hatte Hans bereits seinen Schwager am Ärmel gefasst und beiseite gezogen.
»Was denkt Ihr? Wird die Entdeckung des Seeweges nach Indien durch Vasco da Gama sich auf den Gewürzhandel in Venedig auswirken?« Er versuchte seinen Schwager abzulenken und schenkte ihm einen schläfrigen Blick aus blassgrauen Augen.
»Im Leben nicht!«, entgegnete Imhoff entschieden. »Der Pfeffer kam schon immer über Venedig, und so wird es bis in alle Zeit bleiben. Bloß weil so ein dahergelaufener … oder vielmehr dahergeschwommener« – Andreas unterbrach sich, um über seine eigene geistreiche Bemerkung zu lachen – »Portugiese ein paar dreckige Inseln entdeckt hat, wird sich daran nichts ändern. Meine Familie in Nürnberg hat bereits vor fünfzig Jahren Anteile am Fondaco dei Tedeschi erworben.«
Fygen wandte sich ab. Mehr noch als über ihren anmaßenden Eidam ärgerte sie sich über ihre eigene Empfindlichkeit. Den halb gefüllten Weinbecher in der Hand, strebte sie der Tür zu. Etwas frische Luft würde ihr jetzt guttun.
Entschlossen stieg sie die breite Wendeltreppe hinab und querte den Flur im Erdgeschoss. Am steinernen Lavacrum hielt sie inne und tauchte die Hand in den kalten Wasserstrahl, den die beiden gehauenen Köpfe aus ihren geöffneten Mündern stetig in das Becken spien. Kurz benetzte sie sich die erhitzten Wangen, bevor sie in den Hof hinaustrat.
Das war die Gelegenheit, auf die Rudolf gewartet hatte.

Eine bessere würde es nicht geben. Den ganzen Abend über verspürte der Wirt des Goldenen Krützchens eine angespannte Unruhe. Ja, eigentlich hatte diese ihn schon befallen, als er in den frühen Morgenstunden erwacht war. Bereits am frühen Nachmittag, weit früher als gewohnt, hatte er seine Schürze abgebunden und zum Trocknen über den Tresen gehängt. Dann hatte er – ausschließlich der Reinlichkeit halber – die Badestube auf dem Berlich aufgesucht.

Zweimal atmete Rudolf tief durch, dann straffte er die Schultern und folgte der Gastgeberin federnden Schrittes die Treppe hinab.

Eisklare Abendluft umfing Fygen, als sie in den Hof hinaustrat, und schärfte ihr die Sinne. Hans Her hatte keinerlei Schwierigkeiten mit Valencia zu beklagen, rekapitulierte sie. Es schien wohl nur ihr höchsteigenes Problem zu sein. Vielleicht hatte Stephan doch recht? Etwas stimmte ganz und gar nicht in Valencia!

Schritte auf dem Pflaster störten Fygen in ihren Überlegungen, und erst als das bleckende Licht der Fackeln, die den Hof erhellten, auf sein ernstes Gesicht fiel, erkannte sie Rudolf. Abwesend lächelte sie ihrem Freund aus Jugendtagen zu.

»Fygen, ich weiß, dass Peters Tod dir schwer war«, hob er an. Seine Stimme klang belegt. »Doch seither ist mehr als ein Jahr vergangen, und ich glaube, heute ist der rechte Zeitpunkt.«

»Wofür?«, fragte Fygen zerstreut. Ihre Gedanken weilten noch in Valencia.

»Du weißt, dass ich dich liebe, dich immer geliebt habe. Seit dem Tag, an dem ich dich zum ersten Mal sah!«

Es dauerte einen Moment, bis Fygen den Sinn von Rudolfs Worten erfasst hatte. Entgeistert starrte sie in sein blasses

Gesicht, auf das das Mondlicht dunkle Schatten zeichnete. Rudolf liebte sie immer noch! Nach all den Jahren.
Er hatte seine hoffnungslose Liebe tief in sich verschlossen gehalten. Hatte mit angesehen, wie sie Peter geheiratet hatte, wie ihre Kinder zur Welt gekommen und erwachsen geworden waren. Und dann, nach Peters Tod, hatte er mit Respekt ein Trauerjahr abgewartet. Und nun …
Ehe Fygen sichs versah, hatte Rudolf vor ihr das Knie gebeugt. »Getreulich möchte ich dir heute Herz und Hand antragen. Von Geld und Vermögen will ich dir nicht sprechen. Du weißt, ich bin nur ein bescheidener Wirt, und der einzige Schatz, den ich dir zu bieten habe, ist meine Liebe und Treue. Willigst du diesmal ein, mein Weib zu werden?«, fragte er feierlich und wirkte so würdevoll, wie es ein kniender Mann eben vermochte.
Sein Weib! Unfähig zu einer Entgegnung, blickte Fygen auf Rudolfs braunen Haarschopf hinab, den inzwischen erste Silberfäden durchzogen. Sein Antrag war für sie gänzlich überraschend gekommen. Nie hatte sie in Erwägung gezogen, sich neu zu vermählen. Ja, sie konnte sich gar nicht vorstellen, je wieder für einen Mann das zu empfinden, was sie für Peter empfunden hatte. Mit seinem Tod war etwas in ihr für immer gegangen.
Rudolf spürte Fygens Zögern, und es schien, als hätte er auch ihre Gedanken gelesen. »Auch wenn du mich nicht so liebst, wie du Peter geliebt hast, so soll es mir genügen, wenn ich nur mit dir zusammen sein darf. Ich werde dir immer ein guter Ehemann sein, das verspreche ich dir …«
Beinahe flehentlich klangen seine Worte, und Fygen gab es einen Stich, als sie sah, mit welcher Hoffnung er sie anblickte. Die Liebe und Treue eines so guten und aufrichtigen Mannes war mehr, als sich die meisten Frauen vom Ehestand erhoffen konnten.

Rudolf war Fygen der beste und treueste Freund. Er stand ihrem Herzen so nahe wie nur wenige, und sie liebte ihn. Doch es war die Liebe, die eine Schwester für den Bruder empfand. Sie würde Rudolf nie so lieben können, wie er es verdient hätte – es wäre nicht aufrichtig, ihn zu heiraten.
Leicht berührte Fygen ihn an der Schulter und schüttelte den Kopf. Es fiel ihr schwer, ihm zu antworten, denn sie wusste, wie weh sie ihm damit tat. »Nein, Rudolf«, sagte sie leise, »ich kann dich nicht heiraten. Lass es zwischen uns, wie es ist.« In dem Moment, als Fygen die Worte aussprach, war ihr, als löste sich in ihrem Innern ein Knoten. Als hätte es dieses Anstoßes bedurft, wusste sie plötzlich in aller Klarheit, was sie zu tun hatte. »Ich fahre nach Valencia.« Wie selbstverständlich kamen ihr die Worte über die Lippen, so als wären sie schon die ganze Zeit über dort gewesen, als hätte ihre Zunge sie nur noch aussprechen müssen.
Für einen Moment blieb Rudolfs Gesicht unbewegt. Dann weiteten sich seine Augen ungläubig, und das Weiße darin erschien Fygen unnatürlich groß. Rudolfs Mund öffnete sich wie zu einer Entgegnung, doch dann, ohne dass er vermocht hätte, ein Wort hervorzubringen, presste er die Lippen zu einem Strich zusammen. Er senkte den Kopf, seine Schultern krümmten sich, und er schien zu erstarren.
Das Mitgefühl mit dem Freund machte Fygen die Kehle eng. Sie spürte seinen Schmerz so scharfkantig, als wäre er ihr eigener, doch sie wusste um die Richtigkeit ihrer Entscheidung.
Einen unendlichen Moment lang währte Rudolfs Starre. Dann endlich erhob er sich mit hölzerner Beherrschtheit, klopfte den Staub von den Knien, wandte sich ab und schritt mit der unbewussten Sicherheit eines Schlafwandelnden dem Haus zu.

Lisbeth strich sich erschöpft eine dunkle Locke zurück unter den zarten Taft ihrer Haube. Wenn es nach ihr ginge, so wäre sie bereits vor Stunden zu Bett gegangen, anstatt auf das neue Jahr zu warten. Es würde auch beginnen, wenn sie dabei schlief. Die Werkstatt verlangte ihr derzeit viel ab, denn bis zur Fastenmesse in Frankfurt war es nicht mehr allzu weit. Verstohlen hielt Lisbeth die Hand vor den Mund und unterdrückte ein Gähnen, als ihre Schwiegermutter zu ihr trat.

»Lisbeth Ime Hofe ...«, hob Katryn an und blickte ihr in die braunen Augen.

Lisbeth legte abwartend den Kopf schief und krauste die flache Spitze ihrer Stupsnase, die ihrem anziehenden Gesicht mit den hohen Wangenknochen einen etwas spitzbübischen Ausdruck verlieh. Es war ungewöhnlich, dass Mertyns Mutter sie so förmlich ansprach.

»Ich habe dich beobachtet und mir genau angesehen, wie du deinen Betrieb führst«, sagte Katryn ernsthaft. »Du hast dir inzwischen einen sehr guten Ruf als Seidmacherin erarbeitet, und deine Gewebe sind stets von guter Qualität.«

»Danke, Mutter«, sagte Lisbeth erfreut. Das Lob zauberte eine verlegene Röte auf ihre Wangen.

»Darüber hinaus ist es dir gelungen, alle Kunden deiner Mutter zu behalten, nachdem du ihren Betrieb übernommen hast«, fuhr Katryn fort. »Eine ganz außerordentliche Leistung, wenn man bedenkt, welch vortreffliche Seidmacherin Fygen war.«

Lisbeth setzte an, sich abermals zu bedanken, doch mit einem knappen Wink hieß Katryn sie schweigen. »Ich habe beschlossen, mich aus dem Geschäft zurückzuziehen, und werde dir daher ebenfalls meinen Betrieb übergeben.«

Verblüfft starrte Lisbeth sie an. Ihre Müdigkeit war verflogen. Katryn konnte das nicht ernsthaft in Erwägung ziehen. Sie sollte zu ihrem eigenen Betrieb und dem ihrer Mutter nun auch noch den ihrer Schwiegermutter übernehmen? Wie sollte sie denn das bewerkstelligen? Ihr eigener Betrieb war mit den vier Lehrtöchtern, drei ausgelernten Lohnweberinnen und fünf Hilfskräften bereits sehr umfangreich. Doch die Weberei der »Frau Zur Roten Tür«, wie man Katryn nach ihrem Haus und dessen zinnoberrotem Tor nannte, war die größte der ganzen Stadt.

Katryn schien zu ahnen, was in Lisbeth vorging. »Du schaffst das schon, da bin ich ganz sicher«, sagte sie mit einem aufmunternden Lächeln. »Und ich höre ja nicht über Nacht auf …«

Aus den Augenwinkeln sah Lisbeth Rudolf wieder in den Saal treten. Sie mochte den gutmütigen Gastwirt, und sie wusste, er verehrte ihre Mutter seit langem. Mit einem Schmunzeln hatte sie vorhin bemerkt, dass er ihrer Mutter aus dem Saal hinaus gefolgt war, und geahnt, was er im Sinn haben mochte.

Doch der versteinerten Miene nach zu urteilen, mit der Rudolf nun in den Saal zurückkehrte, schien das gründlich misslungen zu sein. Geradewegs, ohne den Blick abschweifen zu lassen, hielt er auf Maren zu, die einen weiteren Versuch unternahm, den Gästen Getränke zu reichen, nun allerdings aus tönernen Bechern.

Wie betäubt griff Rudolf nach einem Becher und stürzte den Wein hinunter. Als sich die Magd von ihm ab- und anderen Gästen zuwenden wollte, packte er sie mit der freien Hand am Rock und hielt sie fest. Unsanft stellte er den leeren Becher zurück auf Marens Tablett, ergriff einen gefüllten und leerte auch diesen in einem Zug.

Lisbeth zwang sich, ihren Blick von Rudolf abzuwenden und sich wieder auf das Gespräch mit Katryn zu konzen-

trieren. »Warum willst du die Weberei aufgeben?«, fragte sie die Schwiegermutter.
»Einfach weil es mir reicht. Ich habe in meinem Leben genug gearbeitet. Die Geschäfte ermüden mich, und ich besitze ohnehin weit mehr, als ich zum Leben benötige.«
»Und was wirst du stattdessen tun? Ich dachte immer, du liebst das Seidenmachen.«
»Ja«, entgegnete Katryn mit einem feinen Lächeln. »Und genau das ist der Grund, warum ich aufhöre, mein Kind. Seit Jahren habe ich nicht mehr selbst am Webstuhl gesessen, und dafür werde ich jetzt endlich wieder Zeit finden: Zu weben, und zwar Stoffe für meinen eigenen Bedarf. Und vielleicht bekomme ich ja eines Tages doch noch Enkelkinder, die ich verzärteln darf.«
Ein Schatten huschte über Lisbeths Züge, und sie wandte das Gesicht ab. Mit ihrer letzten Bemerkung hatte Katryn an einen schmerzlichen Punkt ihrer Schwiegertochter gerührt. Mehr als drei Jahre waren sie und Mertyn nun verheiratet, doch zu Lisbeths Kummer hatten sie bislang keinen Nachwuchs bekommen. Zu Beginn ihrer Ehe hatte es sie nicht gestört, dass sich der Kindersegen nicht sogleich einstellen mochte. Sie und Mertyn waren sich gegenseitig genug gewesen.
Dann jedoch, als ihre Freundinnen nach und nach ihre ersten Kinder zur Welt brachten, ja, als sich bei ihrer Freundin Clairgin bereits das zweite ankündigte, hatte Lisbeth angefangen, sich zu sorgen, sich bange zu fragen, ob sie je ihr eigenes Kind in den Armen halten würde.
Zum zweiten Mal an diesem Abend ließ ein dumpfer Schlag die Gesellschaft auffahren, das Krachen eines Körpers, der schwer auf die Bodendielen traf. Marens erschreckte Schreie gellten durch den Saal. Doch diesmal hatte es nicht sie ereilt, sondern Rudolf. Er hatte im Wein das Vergessen

gesucht und sich hastig bis zur Besinnungslosigkeit betrunken. Reglos wie ein Sack Mehl, Arme und Beine von sich gestreckt, lag er da, während Maren kreischend das Weite suchte.

»Sie fährt nach Valencia!«, lallte Rudolf undeutlich. Dann sackte sein Kopf zur Seite, und er verlor das Bewusstsein. Ganz so, als würde nun auch der Rest der Welt aus den Fugen geraten, krachten draußen vor der Wolkenburg die ersten Schüsse aus Handbüchsen. Auch wenn der Rat der Stadt diesen Brauch jedes Jahr aufs Neue zu unterbinden suchte, so ließen sich doch ein paar verwegene Handwerksburschen nicht daran hindern, mit angemessenem Lärm das neue Jahr zu begrüßen.

»E glöcksillig Neujohr!«, erscholl es von überall her. »E glöcksillig Neujohr!«, und leise murmelte Lisbeth die übliche Erwiderung: »Göv Gott, et wör wohr!«

2. *Kapitel*

Ich würde mich in Grund und Boden schämen, so etwas zum Verkauf anzubieten!«, raunte Lisbeth ihrer Freundin Clairgin zu.

Seit jenem lang vergangenen Tag, an dem Clairgin zu ihnen in die Wolkenburg gekommen war, um bei Fygen das Seidenhandwerk zu lernen, verband die beiden Frauen eine enge Freundschaft.

Clairgin van Breitbach stammte aus Xanten. Allein und auf sich gestellt, ohne einen einzigen Verwandten in der Stadt zu haben, war sie, damals zwölfjährig, nach Köln gekommen. Rasch hatte sie sich an die gleichaltrige Lisbeth angeschlossen, und bis auf den heutigen Tag fühlte Lisbeth sich mit Clairgin enger verbunden als mit ihren Schwestern, denn mit ihr teilte sie ihre Liebe für das Seidmachen.

Sosehr sich die beiden Frauen im Äußeren unterscheiden mochten – die dunkle Lisbeth mit ihrem frischen Teint und den wilden Locken, die ihr meist unter der Haube hervorzurutschen drohten, und die blasse, stets adrette Clairgin mit den wasserblauen Augen, der auch jetzt das ordentlich gescheitelte, glatte Blondhaar nicht weiter unter der weißen Haube hervorlugte, als es die Schicklichkeit gebot – so verschieden waren sie auch dem Wesen nach. Mit ihrer stillen, ausgleichenden Art war Clairgin stets der ruhige Gegenpol zu der lebhaften Lisbeth gewesen.

Clairgin war nicht augenfällig schön, doch ihr ovales Gesicht mit den gleichmäßigen Zügen war in einer zurückhaltenden Weise anziehend, und dass Lisbeth die Auffälligere

von beiden war, tat der Freundschaft keinen Abbruch. Im gleichen Jahr hatten sie ihre Prüfung vor dem Seidamt abgelegt, und Lisbeth hatte Mertyn noch im selben Jahr geheiratet, Clairgin ihren Mathias im Jahr darauf.
Hätte man die beiden jungen Frauen je gefragt, was sie so zueinander hinzog, so wären sie wohl zu dem Schluss gekommen, dass es neben der Seidenweberei genau jene Gegensätze sein mochten, die sie aneinander schätzten.
»Bitte?«, fragte Clairgin. Sie hatte Lisbeths Flüstern nicht verstanden.
»Ich würde mich in Grund und Boden schämen, so etwas zum Verkauf anzubieten!«, wiederholte Lisbeth ihre Worte nun etwas lauter.
»Tut sie auch«, gab Clairgin zurück und deutete mit dem Kinn auf Irma van Neyll.
Mit gesenktem Kopf, das Gesicht von der Farbe eines Puters und die Hände verlegen in den Stoff ihrer Schürze gekrallt, stand die stämmige Seidmacherin vor den Versammelten.
Grade einmal eine Woche war es her, dass man aus Frankfurt zurückgekehrt war, und kaum, dass man sich wieder eingerichtet und – so man noch welche hatte – die unverkaufte Ware zurück in die Lager getragen hatte, hatten die Zunftvorsitzenden, die beiden Damen und die beiden Herren vom Seidamt, das gemeine Amt einberufen, die allgemeine Meisterversammlung.
Wie in jedem Jahr war die Zunft der kölnischen Seidmacherinnen nahezu geschlossen zur Messe gereist, bot doch die Fastenmesse in Frankfurt die besten Möglichkeiten, ihre Waren an den Mann zu bringen. Zwar verkaufte man einen Großteil der Seide gleich in Köln, wo nicht nur der Bischofshof in seinem Glanz nach dem edlen Tuch verlangte, sondern wo durch den wachsenden Wohlstand der

Stadt seidene Stoffe nicht mehr nur für die Allerreichsten erschwinglich waren. Dennoch war der Bedarf auch dieser prachtvollen Stadt nicht groß genug, all die Seide aufzunehmen, welche die regsamen Seidenweberinnen des kölnischen Seidamtes herzustellen vermochten.
In Frankfurt kamen alle zusammen, die im großen Stil zu kaufen und zu verkaufen trachteten. Händler der Hanse aus Nord und Ost, Kaufleute aus Flandern und London und nicht zuletzt die Vertreter der großen Oberdeutschen Handelshäuser, die ihre verzweigten Netze bis in den Mittelmeerraum spannten. Und die Geschäfte gingen gut, denn kölnische Seide hatte einen ganz ausgezeichneten Ruf in der bekannten Welt.
Dieser Ruf, von dem ihr aller Wohl abhing, war es, der die Seidmacherinnen heute hatte zusammenkommen lassen. Denn eine von ihnen hatte diesen Ruf in Gefahr gebracht. Nicht alle achtunddreißig eingetragenen Meisterinnen, Hauptfrauen der Seidmacherzunft, waren erschienen. Doch jene, die ihr Gewerbe tatsächlich betrieben und nicht nur dem Papier nach Seidmacherin waren, wie Lisbeths Schwestern Agnes und Sophie, hatten sich eingefunden. Bald dreißig Meisterinnen waren es daher, die sich um den langen Tisch im großen Saal des Hauses von Johann Kyndorp drängten, auf den nun zwei Knechte ballenweise Seide luden. Da die Zunft immer noch eines eigenen Zunfthauses ermangelte, war man im Haus des amtierenden Zunftmeisters zusammengekommen.
Prüfend befühlten einige der Frauen die Stoffe, die sich auf dem Tisch stapelten, und ihre Mienen drückten höchstes Missfallen aus. Die Gewebe waren an vielen Stellen fehlerhaft, dort, wo Garn neu angesetzt worden war, hatten sich dicke Knoten gebildet, und die Ränder der Stoffe waren lappig und wellten sich. Das Urteil war längst gefallen.

Man war sich einig – diese Seide verdiente den Namen nicht.
Brigitta van Berchem war klein gewachsen, doch niemandem würde je der Fehler unterlaufen, die drahtige Amtsmeisterin mit den markanten Gesichtszügen zu übersehen. Ihre Nase sprang spitz hervor, und tiefe Furchen zogen sich von den Mundwinkeln herab zu einem scharfkantigen Kinn. Und so wandten sich auch jetzt die Blicke aller Anwesenden der energischen Person in den Dreißigern zu, die soeben, flankiert von ihrer Schwester Gunda, nach vorn trat.
Lisbeth stieß Clairgin mit dem Ellbogen an und deutete verstohlen mit dem Kinn auf die Schwestern. »Die Berchem wie gewohnt mit ihrem Schatten«, flüsterte sie.
Clairgin kicherte leise.
Die Nichten von Bürgermeister Johann van Berchem traten immer gemeinsam in Erscheinung. Gunda war das um wenig größere, breitere und um nur weniges jüngere Abbild von Brigitta, doch ihre Gesichtszüge waren etwas weicher. Und sie war immer dort, wo auch Brigitta war, in diesem Fall vor den versammelten Mitgliedern des Seidamtes, obwohl sie gar nicht dem Zunftvorstand angehörte.
Brigitta van Berchem warf einen wachen Blick aus dunklen Augen in die Runde, und das Tuscheln erstarb, als sie Irma eine Schere in die Hand gab. Schweigend, teilweise mit strafender Miene, starrten die Frauen auf die Schuldige, und während zwei von ihren Lehrmädchen den ersten Ballen abwickelten, setzte Irma die Schere an, die Lippen fest zusammengekniffen. Mit einem grässlichen Geräusch fuhren die Klingen in den Stoff, schnitten ihn entzwei, Elle für Elle. Das Werk von Wochen, ja, Monaten ging in Fetzen, glitt über die Tischkante hinab und kringelte sich wie welkes Laub auf den Bodendielen.

Es fiel keine böse Bemerkung, keine Häme troff auf Irma herab. Aber andererseits verspürte auch keine der Anwesenden Mitleid mit der Seidenweberin. Wer so schlechte Seide zu verkaufen suchte, gefährdete den Ruf aller und hatte Strafe verdient.
Ruchbar war die Sache bereits in Frankfurt geworden, als ein rotbezopfter flämischer Händler an Clairgins Stand in den Römerhallen getreten war. Kurz hatte er Clairgins Seide betrachtet, befühlt und dann mit Posaunenstimme ausgerufen: »Ja, das ist kölnische Seide! Nicht solch ein Gelumpe wie dort drüben!« Mit ausgestrecktem Arm hatte der Flame auf den Verkaufsstand von Irma van Neyll gewiesen.
Lisbeth, die ihren Stand gleich neben dem von Clairgin hatte, ein paar andere Seidmacherinnen und darüber hinaus leider auch einige Käufer waren Zeuge dieses Zwischenfalls geworden.
Clairgin hatte die Sache nicht zum Nachteil gereicht, denn das überschwengliche Lob des Seidenhändlers hatte andere Käufer an ihren Stand gelockt und ihr gute Umsätze eingetragen.
Später am Tag, als sich ihnen die Gelegenheit bot, hatten Lisbeth und Clairgin Irmas Seide unauffällig in Augenschein genommen. Sie konnten dem Flamen nur zustimmen: Die Qualität war gänzlich unbefriedigend.
Gleich nach ihrer Rückkehr waren die Damen und Herren vom Seidamt dann ihrer Pflicht nachgekommen und hatten, ganz so, wie es der Zunftbrief vorsah, Irmas Betrieb besichtigt und die von ihr hergestellte Seide näher untersucht. Alles, was nicht den Anforderungen genügt hatte, und das war das meiste, war beschlagnahmt worden, und zur Strafe musste Irma es nun vor den Augen des versammelten Seidamtes eigenhändig zerschneiden.

»Ich bin sicher, Irma wird künftig viel Sorgfalt auf ihre Weberei verwenden«, bemerkte Clairgin, als sich die Versammlung auflöste und sie mit Lisbeth das Haus des Seidenhändlers Kyndorp verließ. Es dunkelte bereits, doch der Abend war milde, und das Versprechen des nahen Frühlings lag schon in der Luft.
»Was sagst du?«, fragte Lisbeth abwesend.
»Ich meine, diese Blamage wirkt mehr als die Geldstrafe, die Irma an die Zunft zu zahlen hat.«
Lisbeth nickte beiläufig. Ihre Gedanken weilten längst nicht mehr bei der säumigen Seidmacherin. Prüfend blickte sie zum Himmel. Eben stieg der volle Mond über die Dächer am Alter Markt. Wenn sie sich beeilte, wäre sie zu Hause, bevor es gänzlich finster wurde. Mertyn würde ihr Fehlen ohnehin nicht auffallen, er pflegte bis spät im Kontor über seinen Büchern zu sitzen.
Flüchtig verabschiedete sie sich von Clairgin, zog ihren Umhang über den Schultern zusammen und wandte sich zum Gehen. Doch zur Verwunderung der Freundin schlug sie nicht den Weg nach Sankt Alban ein, wo die Ime Hofe und andere wohlhabende Seidmacher ihre Häuser hatten, sondern wandte sich nach Norden.
Schnell kroch die Dunkelheit aus den Winkeln, und Lisbeth beschleunigte ihren Schritt, denn obschon die Nachtwächter ihre Runden drehten, waren die Straßen zur Nachtzeit nicht immer sicher. Ein ums andere Mal wandte sie forschend den Kopf, doch die Schatten verschluckten die Gestalt, die ihr in einigem Abstand folgte.
Längst hatte Lisbeth den Dom passiert und erreichte Sankt Lyskirchen an der Ecke zur Trankgasse. Sie eilte die Johannisstraße entlang, bis sie endlich den gedrungenen Bau von Sankt Kunibert vor sich sah. Wie ein riesiges schlafendes Tier mutete die Kirche in der Dunkelheit an, und Lisbeth

schauderte. Kurz hielt sie inne. Am liebsten wäre sie umgekehrt und unverrichteter Dinge heimgekehrt in die warme Sicherheit ihres Hauses.
Doch dann nahm sie ihren Mut zusammen, holte tief Luft und schalt sich einen Hasenfuß. Wenn sie es heute nicht fertigbrachte, würde ein weiterer Monat vergehen, bis der Mond sich aufs Neue rundete, bis sie es wieder versuchen könnte. Ein langer Monat voller Hoffen, und am Ende würde doch nur wieder schmerzliche Enttäuschung stehen.
Lisbeth straffte die Schultern, dann erklomm sie die wenigen Stufen zum Portal, drückte das Tor auf und trat in das Gotteshaus.
Düsternis umfing sie im Innern der Kirche. Nur hier und dort brannte auf einem Altar ein ewiges Licht. Beherzt nahm Lisbeth ein Wachslicht aus einer Halterung an der Wand. Flackerndes Licht fiel auf die Skulptur des heiligen Quirinus und ließ das Antlitz des Heiligen zu einer Fratze geraten. Lisbeth erschrak, und ohne noch einmal nach rechts oder links zu schauen, strebte sie der schmalen Treppe zu, die zur Krypta hinabführte, die unter dem Chor lag.
Als Lisbeth den ersten Fuß auf die Stiege gesetzt hatte, vermeinte sie Schritte hinter sich zu hören. Sie spürte, wie ihr ein Schauder über den Rücken kroch und eine feine Gänsehaut zurückließ. Abermals hielt sie inne. Warum war sie auch allein hergekommen?
Weil die Schwestern nie den Mut aufgebracht hätten, sie zu begleiten, gab sie sich selbst die Antwort. Ihre Mutter war wohl längst jenseits der Alpen, Clairgin hätte sie nicht fragen mögen, denn die hatte wahrlich andere Sorgen, und Mertyn ... Lisbeth mochte sich seinen spöttischen Kommentar gar nicht vorstellen. Er hätte dieses Unterfangen

zumindest als groben Schwachsinn bezeichnet. Aber Mertyn schien die ganze Sache ohnehin nicht so zu schmerzen wie sie.
Nein, das hier war ihre Angelegenheit, und sie musste sie allein durchstehen. Lisbeth nahm allen Mut zusammen, biss sich fest auf die Lippe, und ohne sich umzuwenden, stieg sie hinab.
Modriger Geruch umfing Lisbeth, und sie hob das Licht. Die Stiege hatte sie in ein saalartiges Gewölbe geführt, dessen Decke von einer einzelnen Säule getragen wurde. Langsam umrundete Lisbeth den Pfeiler. Da war der Brunnenschacht! Lisbeth sank vor dem Pütz auf die Knie und stellte das Licht neben sich auf dem Lehmboden ab. Vorsichtig wagte sie einen Blick in den tiefen Schacht hinein, doch außer finsterer Schwärze konnte sie nichts darin erkennen.
Ehrfürchtig faltete Lisbeth die Hände und sprach ein stummes Gebet zur Mutter Gottes. Dann griff sie entschlossen nach dem Eimer, der neben dem Brunnen stand, und ließ ihn an seinem langen Strick in den Schacht hinab. Hohl und überlaut tönte das Scheppern, mit dem der Eimer an der gemauerten Brunnenwand anstieß, durch das Gewölbe.
Der Eimer klatschte auf die Wasseroberfläche, und behende zog Lisbeth ihn wieder zu sich herauf. Mit hohler Hand schöpfte sie Wasser und trank davon, wieder und wieder. Schließlich ließ sie den Eimer fahren und schlug die Hände vors Gesicht. »Mutter Gottes«, flehte sie leise, »mach, dass ich endlich schwanger werde!«
Das Wasser des Kunibertspütz, so ging die Legende, vermochte das Wunder zu vollbringen, Frauen von ihrer Unfruchtbarkeit zu befreien. Am Grunde des Brunnens, wo es hell und warm war, wie es hieß, hütete die Mutter Gottes die ungeborenen Kinder, spielte mit ihnen und fütterte sie mit

Brei. Trank eine Frau in der Vollmondnacht von dem Wasser, so erfuhr die Jungfrau Maria davon, und nach neun Monaten hielt die junge Mutter ihr Kind in den Armen.
Die Vorstellung von den vielen kleinen Kindern im Brunnen ließ Lisbeth die Kehle eng werden. Wenn es doch diesmal gelingen würde, hoffte sie, und ein bitteres Schluchzen ließ ihren Leib erzittern.
Sie fühlte sich so wertlos. Was, wenn nicht die Freuden der Mutterschaft, waren einer Frau Bestimmung und Erfüllung?
Stets gab es ihr einen Stich, wenn sie in die pausbäckigen Gesichter von Agnes' Kindern blickte. Insbesondere die vierjährige Sophie mit ihrem verschmitzten Lächeln und den dunklen Kringellocken könnte sie ständig an sich drücken und herzen. Wenn sie eine Tochter hätte, würde sie Sophie vielleicht ähneln ...
Lisbeth liefen die Tränen über das Gesicht. Wie oft hatte sie schon die zuständigen Schutzheiligen angerufen, den heiligen Gregor, den heiligen Albert. Und am Tag der heiligen Anna vergaß sie nie, der Mutter Marien eine Kerze anzuzünden. Doch all ihre Gebete hatten bislang keine Folgen gezeitigt.
Was hatte sie denn getan? Welche schwere Sünde hatte sie auf sich geladen, die eine solche Strafe Gottes verdient hätte?
Plötzlich spürte Lisbeth eine Bewegung neben sich. Mit leisem Schrei zuckte sie zusammen und sprang auf. Sie hatte sich allein in der schauerlichen Krypta gewähnt.
Neben ihr stand eine Gestalt, gerade einmal einen Schritt entfernt. Ihr Gesicht verbarg sich in den Schatten des Umhangs, den sie sich über das Haupt gezogen hatte. Lisbeth war starr vor Schreck, unfähig, sich zu bewegen oder um Hilfe zu rufen.

Jetzt trat die Gestalt nah zu ihr, streckte die Hand nach ihr aus.
»Scht, Lisbeth, ich bin es«, flüsterte eine sanfte Stimme. Die Gestalt streifte den Umhang vom Kopf, und erst jetzt, als das Licht Clairgins Züge der Düsterheit der Krypta entriss, erkannte Lisbeth ihre Freundin. Aufschluchzend ließ sie den Kopf an deren Brust sinken und weinte bitterlich.
Clairgin legte sachte den Arm um Lisbeths Schultern. Es war für sie ein Leichtes gewesen, den Grund für Lisbeths nächtlichen Besuch in Sankt Kunibert zu erraten. »Sei nicht so verzweifelt«, suchte sie die Freundin zu trösten. »Du bekommst sicher noch Kinder. Du bist ja gerade einmal zwanzig. Das ist doch kein Grund für solch einen Kummer.«
»Was verstehst du denn davon? Du hast zwei wundervolle Töchter!«, fuhr Lisbeth auf.
»Da hast du recht. Davon verstehe ich nichts«, sagte Clairgin leise. »Aber vom Kummer verstehe ich eine ganze Menge.«
Lisbeth schwieg betroffen. Von Kummer verstand Clairgin wirklich eine Menge. Denn Clairgin war bereits Witwe. Erst vor Jahresfrist hatte sie Mathias zu Grabe getragen – vielmehr: Sie hätte ihn gerne beerdigt, um ein Grab zu haben, an dem sie ihn hätte betrauern können, doch die Fluten des Rheines hatten ihn behalten.
Mathias war Weinhändler gewesen, und auf einer seiner Reisen den Rhein hinauf war er bei Bingen ertrunken, just, als Clairgin mit ihrer zweiten Tochter in Umständen war. Seither musste die junge Witwe den Widrigkeiten des Lebens allein entgegentreten, denn außer einem unfreundlichen Schwager hatte sie keine Verwandten in Köln.
Lisbeth trocknete ihre Tränen. Die Freundin hatte recht. Sie brauchte ihr gar nicht zu sagen, welches Glück sie hat-

te. Sie hatte einen Beruf, der ihr Freude bereitete und ein nicht geringes Einkommen verschaffte, ein hübsches Haus in Sankt Alban und einen Mann, den sie liebte. Gut, in letzter Zeit hatte Mertyn wenig Zeit für seine junge Frau erübrigen können. Er arbeitete viel und interessierte sich darüber hinaus für die Belange der Stadt.
Doch nein, sie durfte nicht unzufrieden sein.
»Der heilige Kunibert wird es schon richten. Warte es ab«, tröstete Clairgin. »Und nun komm, wir sollten sehen, dass wir nach Hause kommen.«
Ein letzter Schluchzer entfuhr Lisbeth. Dann nickte sie tapfer und folgte der Freundin die Stiege hinauf. Der heilige Kunibert würde es richten!

Als sie das Haus betrat, saß Mertyn nicht mehr über seinen Büchern. Darin hatte Lisbeth sich geirrt. Aus der Stube drangen aufgeregte Stimmen und herzhaftes Männerlachen. Neugierig öffnete sie die Stubentür, um zu sehen, wer die späten Gäste waren, denn Mertyn hatte keinen Besucher erwartet.
Noch in Reisekleidung, mit derbem Wams und ledernen Beinlingen, saßen zwei Männer bei Mertyn am Tisch, vor sich einen Krug mit Wein und gut gefüllte Becher. Ehe ihr Mann Lisbeth begrüßen konnte, war einer der Gäste, ein kräftiger, hochgewachsener Mann mit wirrem Blondschopf, aufgesprungen, hatte sie um die Mitte gefasst und schwenkte sie ausgelassen im Kreis.
Herman! Herman war heimgekehrt. Glücklich drückte Lisbeth ihren Stiefbruder an sich.
Als Herman seine Schwester endlich zu Boden ließ, wandte sie sich dem anderen Besucher zu. »Dann müsst Ihr Alberto sein«, schloss sie mit einem freundlichen Lächeln.
Der Südländer erhob sich und nickte. Weiß blitzten seine

Zähne in dem sonnengebräunten Gesicht, und als er ihr Lächeln erwiderte, traf sie sein samtiger Blick unter dunklen Wimpern hervor. Neben dem großgewachsenen Herman wirkte Alberto beinahe zierlich, doch dieser Eindruck täuschte. Der Italiener war drahtig, und unter dem fein gefältelten Hemd, das er unter dem groben Wolltuch trug, zeichneten sich deutlich die Stränge seiner Muskeln ab. Er musste einige Jahre älter sein als Herman, die Mitte der dreißig hatte er sicherlich überschritten, schätzte Lisbeth. Auf jeden Fall hatte er die längsten Wimpern, die sie je bei einem Mann gesehen hatte.

»Komm, setz dich und trink einen Becher Wein mit uns«, sagte Mertyn. »Schließlich kommt dein Bruder nicht alle Tage aus Lucca zu Besuch.« Seine dunklen Augen blickten freundlich, und seine Züge blieben unbewegt. Einzig an der Weise, wie Mertyn den linken Mundwinkel verzog, erkannte Lisbeth den feinen Spott.

So ganz hatte Mertyn seinen Groll dem Schwager gegenüber noch nicht überwunden. Denn schließlich war es nicht wenig Geld gewesen, das er in Hermans Versuch, bei Rheinbach Seidenraupen zu züchten, gesteckt hatte. Dass dieser nach seinem tragischen Scheitern ohne ein Wort des Abschiedes oder einer angemessenen Entschuldigung Köln verlassen und nach Lucca gegangen war, um sich vor der Verantwortung zu drücken, hatte er ihm lange verübelt.

»Und, wie steht es mit den Seidenraupen?« Mertyn konnte sich nicht verkneifen, danach zu fragen, während Lisbeth sich neben Herman auf der Bank niederließ.

»Gut, dass du es erwähnst«, antwortete Herman mit einem breiten Lächeln, band ein schweres Ledersäcklein vom Gürtel und reichte es Mertyn über den Tisch hinweg. »Sie fühlen sich in Lucca einfach wohler als hier!«

Mertyn nickte. Wortlos, und ohne das Geld nachzuzählen, knotete er den Beutel an seinen eigenen Gürtel. Dann lächelte er Herman offen an. Für ihn war die Angelegenheit damit aus der Welt geschafft.

»Wieso bist du zurück?«, wollte Lisbeth von Herman wissen, während sie sich einen Becher Wein einschenkte.

Hermans Miene spannte sich an, und er zögerte einen Moment. Dann breitete er theatralisch die Arme aus und kniff die Augen zu einem schalkhaften Lächeln zusammen. »Ich hatte Sehnsucht nach euch allen«, sagte er gedehnt. »Nein, im Ernst: Ich dachte mir, in Köln ist genug Platz für einen weiteren Seidenhändler.«

»Das heißt also, du bleibst hier?«, hakte Lisbeth nach. Ihr Blick streifte Alberto. Täuschte sie sich, oder überzog eine feine Röte das Gesicht des Italieners?

»Ja. Und ich denke, es ist kein Schaden, wenn jemand sich um die Geschäfte kümmert, zumal jetzt, da Mutter auf Reisen ist.«

»Du weißt es schon? Also warst du bereits in der Wolkenburg?«

Herman nickte. »Ja, Stephan sagte es mir.« Er schüttelte den Kopf, als er an seine kurze Begegnung mit Mertyns Stiefbruder dachte. Der junge Mann hatte auf ihn sehr angespannt gewirkt, und einen Moment lang war es Herman so vorgekommen, als sei die überschwengliche Herzlichkeit, mit welcher der Jüngere ihn begrüßt hatte, nicht ehrlich gewesen. Doch rasch schob er den Gedanken beiseite. Natürlich war der Junge angespannt. Die Verantwortung, die Fygen ihm übertragen hatte, wog sicher nicht leicht auf seinen Schultern. Abermals schüttelte Herman den Kopf, heftiger jetzt. Dass seine Mutter es aber auch fertigbrachte, zu verreisen und das Geschäft in den Händen eines Lehrjungen zurückzulassen – mochte der auch noch so versiert sein!

Spät am Abend beim Zubettgehen, nachdem man Hermans Rückkehr mit einem ausgiebigen Nachtmahl würdig begangen hatte, hallten noch ein paar Fetzen des Gesprächs in Lisbeth nach, und kurz fragte sie sich, ob Herman ihr tatsächlich den wahren Grund genannt hatte, weshalb er nach Köln zurückgekehrt war. Doch sie war viel zu müde, um sich darüber Gedanken zu machen. Pflichtschuldig, bereits im Halbschlaf, sprach sie ihr Nachtgebet, das wie stets damit endete, dass sie den Herrgott um eine sichere Heimkehr für ihre Mutter bat.

Vielleicht waren es Lisbeths Gebete, die dafür gesorgt hatten, dass Fygens Reise bisher ohne unangenehme Zwischenfälle verlaufen war. Von Frankfurt aus war sie gar nicht erst nach Köln zurückgekehrt, sondern in Begleitung des alten Eckert weiter den Rhein hinaufgereist, kaum dass die Fastenmesse nach Ostern ihr Ende gefunden hatte.
Nie wäre sie auf die Idee gekommen, den mittlerweile betagten Kaufmannsgehilfen mit auf die Reise zu nehmen. Doch da hatte sie die Rechnung ohne den alten Eckert gemacht. Störrisch wie eh, hatte er die Arme vor der Brust verschränkt und das Kinn vorgereckt. Ob sie sich höflich daran erinnern möge, dass der selige Herr Lützenkirchen einmal einen unerfahrenen Reiseknecht nach London mitgenommen hätte, und welch unermesslicher Schaden ihm daraus erwachsen war …
Fygen hatte sich höflich erinnert. Unermesslicher Schaden traf den Sachverhalt in keiner Weise. Es hatte nicht viel gefehlt, und Peter hätte in einem schrecklichen Verlies im Tower von London sein Leben gelassen.
In aller Selbstverständlichkeit hatte Eckert in der Folge die Vorbereitungen getroffen, sein Bündel gepackt, und als Fygen sich anschickte, nach Frankfurt zu fahren, hatte er

bereitgestanden. Wenn Fygen ehrlich war, so war es ihr ganz recht, den erfahrenen Kaufmannsgehilfen an ihrer Seite zu wissen.
In Lindau waren sie dann mit Hans Her dem Älteren zusammengetroffen, dem Vater ihres Eidams, der für die Ravensburger englische Wolltuche und Barchent aus Oberdeutschland über die Alpen brachte. Seit Jahren schon stand der stiernackige Mann mit der wettergegerbten Haut in Diensten der Gesellschaft. Er gehöre nicht in eine Schreibstube, hatte er ihr gutmütig grinsend erklärt. Er fühle sich am wohlsten auf der Straße, und so zuverlässig er stets die Waren beförderte, so sicher geleitete er auch Fygen und Eckert immer höher hinauf, mitten hinein in das hohe, ehrfurchtgebietende Gebirge.
Auf den Spitzen der Gipfel, die ihren Weg säumten, an ihren Nordflanken und in schattigen Tälern lag noch tiefer Schnee, doch der solide gebaute Saumweg war weitgehend schneefrei und durchgängig passierbar. Er hatte an den steilen Stellen Pflästerung und Stufen und führte sie durch eine hügelige Landschaft mit kleinen Mooren hinauf auf die Höhen des Bernhardinpasses.
Scharen von Vögeln, die auf ihrem Zug nach Norden hier Rast einlegten, begrüßten sie, eine jede nach ihrer Art mit Gesang oder Gekreisch, und Fygen konnte gut verstehen, dass dieser Pass Vogelberg geheißen hatte, bevor man ihm den Namen des heiligen Bernhard gab.
Als sie das Joch erreicht hatten, zwang ein anhaltendes Unwetter sie, ihre Reise zu unterbrechen und im Hospiz Bernhards auf dem Berg, das Reisenden unentgeltlich Unterkunft bot, für einige Tage Quartier zu nehmen. Sie nutzten die Gelegenheit, sich von den Strapazen der Reise auszuruhen und in der Kapelle, die man zu Ehren des Heiligen errichtet hatte, für ihre sichere Weiterreise zu beten.

Sankt Bernhard schien ihnen gewogen, denn das Unwetter blieb die einzige Unbill, die sie auf ihrem Weg zu erdulden hatten. Obzwar die heftigen Regenfälle den Boden aufgeweicht hatten, trafen weder Lawinen noch Steinschläge ihren Zug oder verbauten ihnen den Pfad.

So anstrengend die Reise über die hohen Berge auch war, immer wieder belohnte das Gebirge die Reisenden mit unerwarteten Ausblicken auf schneebedeckte Gipfel, die in der Sonne wie Juwelen glitzerten, streute ihnen farbenprächtige, nie gesehene Blumen auf den Weg, versorgte sie mit frischem Wasser und verwöhnte sie mit köstlichem Fisch aus seinen eisklaren Bächen.

Endlich hatten sie die schroffen Höhen des Gebirges hinter sich gelassen, und ihr Weg führte sie stetig bergab, den sonnigen Hängen Oberitaliens zu.

In Chum hätte Fygen gern länger Aufenthalt genommen, um sich die Seidenwirkereien der Stadt anzuschauen, doch das Reisewetter war günstig, und so drängte Hans Her zu ihrem Bedauern auf eine baldige Weiterreise.

Als sie Mailand erreichten, empfing sie eine frühsommerliche Wärme. Sie hatten es beinahe geschafft. Auf ihrem Weg nach Genua hatten sie nur noch die – verglichen mit den Alpen – niedrigen Ausläufer des Ligurischen Apennin zu überqueren.

Von seinen Höhen aus erblickte Fygen zum ersten Mal das Mittelmeer, und ihr war es, als hätte sie nie zuvor etwas Schöneres gesehen. Mit den bleifarbenen Wassern der Nordsee hatte dieses Meer nur den Namen gemein. Tiefblau, schimmernd wie feinstes Seidentuch, lag es unter ihr, und seine Ränder verwoben sich im milchigen Dunst mit dem nicht minder blauen Himmel.

Wenige Tage nur hatten sie Aufenthalt in Genua genommen, doch die hatten ausgereicht, dass Fygen ein Stück ihres Herzens an die lebhafte Hafenstadt verlor. An den Fuß der steil ansteigenden Berge des Apennin geklammert, schien sie sich ganz dem Meer zugewandt zu haben und war von einer wehrhaften Mauer umgeben, die sich auf den Bergrücken oberhalb der Stadt entlangzog.

Die Menschen, die hier lebten, waren freundlich – auch zu Fremden. Sie redeten laut, lachten laut und sangen laut. Und manchmal stritten sie nicht minder laut. Doch gleichgültig, was sie taten, es geschah mit einer Leidenschaft und Herzlichkeit, die Fygen rasch für sie eingenommen hatte.

Sie hatte das Treiben auf der Via di San Lorenzo, der pulsierenden Lebensader der Stadt, genossen, wenn des Abends die Hitze wich und Handel getrieben wurde, mit Öl, Wein, Thunfisch, Leder und Seife, und sie hatte sich nicht satt essen können an den schmackhaften Gerichten, die zumeist aus fadenförmigen Mehlspeisen bestanden, *laganelle* genannt, die in Wasser gekocht und mit roten oder grünen, scharf gewürzten Saucen übergossen waren, an aromatischem Käse und an flachen Broten, die noch warm serviert wurden.

»Ich gehe doch recht in der Annahme, dass Ihr nicht wünscht, dass Euer Eintreffen in Valencia allzu zeitig bekannt wird«, hatte Eckert augenzwinkernd gesagt, kaum dass sie in Genua angekommen waren. Er war zum Hafen geeilt und hatte ihre Passage unter »Van Bellinghoven« gebucht, Fygens Mädchennamen, und heute nun am frühen Morgen – viel zu bald, wenn es nach Fygen ging – hatten sie sich auf einer venezianischen Karavelle eingeschifft.

Vom Deck des Schiffes aus blickte Fygen gebannt auf das geschäftige Treiben auf den Kais. Tief sog sie den Geruch des Hafens in sich auf, jene unverwechselbare Mischung aus Salz und Seetang, die sich mit dem Gestank von verderbendem Fisch vereinte. Das Lärmen, das untrennbar zum Leben im Hafen gehörte, drang zu ihr herauf: das Fluchen der Schauerleute, das Ächzen von Tauen und Seilwinden. Übertönt wurde es vom Kreischen der Möwen, die über den Booten kreisten, in der Hoffnung, einer der Fischer würde ihnen ein bequemes Mahl bereiten.

Derweil schritt das Beladen ihrer Karavelle fort. Eines nach dem anderen verschwanden Fässer und Ballen im dunklen Bauch des Zweimasters. Eben mühten sich zwei Männer mit dem breitbeinigen Gang der Seeleute die Planke zum Schiff hinauf, ein ausladendes Bündel auf den massigen Schultern. Als die Schauerleute an Fygen vorbei dem Abgang zum Frachtraum zustrebten, erkannte sie, dass das Bündel eines der ihren war.

Fygen führte nur wenige Waren mit sich, um ihre Reise nicht unnötig zu verlangsamen, und vor allem keine sehr kostbaren Güter. Dieses Bündel enthielt schmale Ravensburger Leinwand, die der alte Hans Her für Valencia mitgenommen hatte. Unverkennbar prangte darauf neben dem Handelszeichen der Ravensburger nun ihr eigenes: ein stilisiertes »F«, dessen unteres Ende sich verzweigte nach links in ein »L« und nach rechts in das bekannte, jedoch viel kleinere Kreuz aus Peters Handelszeichen.

Peters Emblem, ein Kreuz, das über ein Quadrat gelegt war und dieses in der Mitte teilte, machte sie traurig. Zu sehr gemahnte es sie an einen Sarg. Und obschon es unter den Kaufleuten bekannt war, hatte Fygen sich ein neues Handelszeichen zugelegt, als sie die Geschäfte übernommen hatte, auch als Symbol dafür, dass eine neue Zeit angebrochen war.

Für einen Moment ruhte Fygens Blick auf der dunklen Prägung. Das »L« sah aus wie ein Stiefel. Ja, das ganze Zeichen wirkte wie ein Männlein, das mit großen Schritten vorwärtseilte, unbekannten Gefilden entgegen. Wieso war ihr das bisher noch nicht aufgefallen? Das Zeichen war wirklich passend, dachte Fygen, und ein angeregtes Kribbeln durchströmte sie.

»Senyora!« Ein breitschultriger Mann hatte die schmale Planke erklommen und verbeugte sich knapp in ihre Richtung. Er war hochgewachsen für einen Südländer, stellte Fygen fest. Seit sie die Alpen überquert hatten, schien es ihr, als seien die Menschen um sie her geschrumpft. Doch dieser Reisende überragte den Kapitän der Karavelle, die Männer der Besatzung und die Hafenarbeiter fast um Haupteslänge.

Kurz traf sie ein Blick aus azurnen Augen, und Fygen senkte rasch den Kopf. Augen wie diese hatten von jeher vermocht, sie zu verwirren.

Sicheren Schrittes strebte der Mann dem Achterkastell zu, und Fygen musterte ihn verstohlen unter halb gesenkten Augenlidern hervor. Er mochte ein paar Jahre älter sein als sie, vielleicht vier oder fünf, denn sein nachtschwarzes, ordentlich frisiertes Haar war an den Schläfen bereits von silbernen Strähnen durchwoben. Obschon es ein warmer Tag zu werden versprach, trug er einen schweren Reiseumhang um die Schultern, sichtlich aus gutem Tuch gefertigt.

Für einen Moment vermeinte Fygen etwas in seinen sonnengebräunten Zügen zu erblicken, das ihr seltsam vertraut war, obwohl sie sicher war, dem Mann nie zuvor begegnet zu sein. Dann hatte der Reisende das Achterkastell erreicht und verschwand im Aufgang zu den Kajüten.

Plötzlich erfasste hastige Betriebsamkeit die Männer der Besatzung. Die letzten Frachtstücke wurden festgezurrt und die Segel gesetzt. Die Schauerleute verließen das Schiff, und gerade, als man die Ladeplanken auf den Kai stoßen wollte, eilten zwei späte Passagiere herbei: ein feister, rot-

gesichtiger Kerl in beflecktem Wams und eine magere junge Frau. Sie war fast noch ein Kind, doch bereits in gesegneten Umständen. Unordentlich lugten ihr die Haare unter der Haube hervor, und ihr linkes Auge war wie von einem Schlag blau unterlaufen.
Fygen beobachtete, wie der Kapitän auf die beiden zutrat, die Arme gewichtig in die Hüften gestützt. Ein paar Münzen wechselten verstohlen den Besitzer. Der Kapitän wies mit ausgestrecktem Arm auf das Ruderhaus, und die beiden Gestalten schlichen mit ihren Bündeln in die angegebene Richtung davon.
Langsam, und zunächst nur mit geringer Segelfläche, setzte sich die Karavelle in Bewegung. Als sie jedoch das schützende Hafenbecken verlassen hatte, setzte man weitere Segel, und begleitet vom Schreien der Möwen, nahm das Schiff Fahrt auf.
Rasch wurden die Menschen auf den Kais kleiner, verschmolzen mit den Häusern, und kurz darauf hatten auch diese sich mit den bewaldeten Hügeln zu einer blaugrünen Silhouette gefügt. Die Wogen rollten stärker, jetzt, da sie das offene Meer erreicht hatten, und der Wind nahm zu.
Eine geraume Weile stand Fygen da, genoss das Auf und Ab des Schiffes und den frischen Wind auf der Haut. Doch als sie schließlich ihren Blick von der Küstenlinie abwandte, musste sie feststellen, dass sich am Horizont bleifarbene Wolken zusammenballten. Unwillkürlich krampften sich ihre Finger um das vom Salzwasser ausgelaugte Holz der Reling. Nur zu gut erinnerte sie sich an ihre beiden früheren Seereisen, und sie hoffte inständig, diesmal von der Seekrankheit verschont zu bleiben.
Nicht ohne Grund hatte sie die weitaus anstrengendere Route mit dem Wagen über die Alpen gewählt, anstatt von Köln aus den Rhein hinab nach Antwerpen und dann

weiter mit einer Nau um Portugal herum über San Lucar nach Valencia zu reisen. Sie wollte das Atlantische Meer mit seinen rauhen und unberechenbaren Wettern meiden und hatte stattdessen die Schlaglöcher und den Staub der Straßen in Kauf genommen. Doch nun musste sie feststellen, dass auch dieses wunderschöne Meer seine Tücken hatte.

Fygen spürte, wie ein leichtes Unwohlsein von ihr Besitz ergriff, und um sich abzulenken, richtete sie ihren Blick auf das verluderte Paar, das sich mit seinen schmuddeligen Bündeln mittschiffs in der Nähe des Ruderhauses auf den Planken niedergelassen hatte.

Eben trat ein bulliger Matrose zu den beiden und sprach sie an. Mit ausgestreckter Hand wies er dabei auf die Frau, die vehement den Kopf schüttelte. Zornig blies der Rotgesichtige die Backen auf und brüllte die Frau an. Was er ihr allerdings vorwarf, konnte Fygen nicht verstehen, denn er wechselte in rascher Folge vom Deutschen in eine Sprache, von der Fygen annahm, dass sie in südlichen Ländern gesprochen wurde, vielleicht sogar dort, wohin sie reisten.

In schrillem Ton keifte die Frau zurück und stemmte die Arme in die Hüften.

Der Rotgesichtige reckte sich, holte unvermittelt aus und schlug der Frau mit dem Handrücken ins Gesicht. Die Wucht des Schlages warf sie auf die Planken, wo sie sich zusammenkrümmte und kläglich greinend liegen blieb.

Ohne aufzustehen, streckte der Rotgesichtige dem Matrosen die Hand hin, und abermals wechselte ein Geldstück den Besitzer. Dann packte der Seemann die Frau am Arm, zerrte sie auf die Beine und verschwand mit ihr hinter dem Ruderhaus, während der Rotgesichtige seinem Bündel einen Krug entnahm, sich lang ausstreckte und, auf seinen Ellbogen gestützt, daraus trank.

»Pack schlägt sich – Pack verträgt sich!«, murmelte Eckert.
Fygen wandte den Blick ab. Diese Szene war eher dazu angetan, die Übelkeit zu verstärken, die in ihr aufstieg, als sie zu zerstreuen. Vielleicht sollte sie sich doch besser in ihre Kabine begeben? Nur ungern würde sie sich die Blöße geben, sich vor den Augen der Mannschaft über die Reling hinweg erleichtern zu müssen. Fygen seufzte ergeben. So würde sie abermals eine Seefahrt damit verbringen, einen Spuckeimer im Arm zu halten.
Als sie dem Achterkastell zuschritt, kam ihr der hochgewachsene Reisende mit den blauen Augen entgegen, den Mantel immer noch lose um die Schultern gelegt. Darunter trug er ein nachtblaues Wams über einem sauberen weißen Hemd. Unter seinen enganliegenden Beinlingen zeichneten sich sehnig die Stränge seiner Muskeln ab und verschwanden im ledernen Schaft seiner hohen Stiefel.
»Martinez de la Vega«, sagte er mit angedeuteter Verbeugung.
»Das kann ja kein Mensch aussprechen«, murmelte Fygen leise für sich, in der Annahme, de la Vega sei ihrer Sprache unkundig. Doch zu ihrer Überraschung zog jener eine Augenbraue abschätzend hoch, als hätte er ihre Worte verstanden.
»Fygen Lü…, Fygen van Bellinghoven«, stellte Fygen sich ihrerseits vor. Ein seltsames Gefühl, nach so vielen Jahren, in denen sie Peters Namen getragen hatte, nun ihren Mädchennamen zu nennen. Es mochte wohl seinen Sinn haben, doch es fühlte sich an wie ein kleiner Verrat.
De la Vega nickte. »Ihr reist zu Eurem Gatten, Senyora?« Er sprach die deutsche Sprache mit einem wohlklingenden Akzent, der die Worte mit hartem Laut beginnen, jedoch weich enden ließ, und Fygen errötete.

»Nein. Ich bin in Geschäften unterwegs«, entgegnete sie. Nie hätte sie es zugeben mögen, doch sie genoss den Nachhall dieser Worte. In Geschäften unterwegs …

De la Vega zog die zweite Augenbraue hoch. »In Geschäften!« Trotz des Akzents war die Herablassung in seinem Ton deutlich zu vernehmen. Seine Miene ließ jedoch nicht erkennen, ob seine Missbilligung ihrer Tätigkeit galt, oder ob er Fygens Behauptung schlicht für aus der Luft gegriffen hielt. In jedem Fall geruhte er nicht weiter auf ihre Entgegnung einzugehen. »Ihr solltet unter Deck gehen. Es kann ungemütlich werden hier draußen«, riet er.

Was für ein arroganter Kerl, dachte Fygen. Doch wen nahm es wunder? Der Spanier war nicht der Einzige, der sich ob ihrer Idee, auf Reisen zu gehen, irritiert gezeigt hatte.

Fygen musste schmunzeln, wenn sie sich daran erinnerte, wie die Familie auf ihre Entscheidung reagiert hatte. Wie sogar Katryn versucht hatte, ihr die Sache auszureden. Es war ungewöhnlich für eine Frau, eine solch weite Reise zu unternehmen, ja. Aber was war überhaupt gewöhnlich in ihrem Leben? Ihr Beruf als Faktor sicher auch nicht.

Einzig Lisbeth hatte die Neuigkeit mit einem schalkhaften Zwinkern quittiert. Sie hatte verstehen können, dass es Fygen wichtig war, den Dingen in Valencia auf den Grund zu gehen. Doch das war es nicht allein. Ihre Jüngste kannte sie gut genug, um zu wissen, dass es nicht minder die Lust am Abenteuer war, welche die Mutter reizte. Jene Lust, die sie ihrem Mann insgeheim stets vorgeworfen hatte, wenn er sein Leben auf seinen Handelsreisen aufs Spiel gesetzt hatte.

»Ihr entschuldigt mich?« Mit knapp bemessenem Nicken, das seinem Hochmut in nichts nachstand, wandte sie sich ab und schritt mit gerafften Röcken an de la Vega vorbei, dem Achterkastell zu.

In dem Moment erfasste eine besonders heftige Böe das Schiff, und die Krängung ließ Fygen straucheln. Breitbeinig musste sie Halt auf den Planken suchen, was ihren würdevollen Abgang deutlich beeinträchtigte.
»Senyora!« Abermals deutete de la Vega eine Verbeugung an. Nur mit Mühe unterdrückte er ein breites Grinsen.

3. Kapitel

Es gibt keine Rohseide«, beschied man Clairgin an der städtischen Kraut- und Seidwaage im Kaufhaus auf dem Malzbüchel.
Verständnislos schüttelte die junge Seidmacherin den Kopf. Das konnte doch gar nicht sein! So kurz nach der Messe mussten die Lager doch bersten vor Rohseide. »Wie meint Ihr das? Keine Seide?«, fragte sie den Gehilfen des städtischen Zinsmeisters entgeistert.
»Genau so, wie ich es sage – keine Seide, alles verkauft. Kann ich Euch noch in anderer Weise behilflich sein, sonst entschuldigt mich.« Der Tonfall des jungen Mannes ließ Ungeduld erkennen.
Keine Rohseide! Als hätte man ihr auf den Kopf geschlagen, stand Clairgin da, die Handflächen zur Decke gerichtet. Was sollte sie denn verweben, fragte sie sich. Ihre Garnvorräte neigten sich dem Ende zu.
Clairgins Ratlosigkeit schien dem schnoddrigen Gehilfen eine Spur von Mitgefühl zu entlocken, und bereits im Fortgehen fügte er hinzu: »Ich hab reden hören, Heinrich Vurberg erwartet in Bälde eine Lieferung.«
Grübelnd verließ Clairgin das Kaufhaus. Die Frühlingssonne wärmte ihr das Gesicht, als sie auf die Straße trat, und für einen Moment blieb sie unschlüssig stehen. Seit eh und je pflegte sie ihren Bedarf an Rohware an der Kraut- und Eisenwaage zu decken, und nicht, wie einige andere Seidmacherinnen es taten, in Frankfurt Rohseide zu kaufen und selbst nach Köln einzuführen. Das Importieren

lohnte sich nicht für die verhältnismäßig geringen Mengen, die sie und ihre Lehrmädchen verarbeiteten. Nie wäre Clairgin auf die Idee gekommen, dass es im Kaufhaus plötzlich keine Seide geben könnte. Kurzerhand beschloss sie, auf dem Heimweg einen kleinen Umweg zu machen.

»Ach du liebe Zeit! Hier sieht es ja aus, als wären die Truppen Karls des Kühnen doch bis Köln vorgedrungen!«, sagte Clairgin, als sie wenig später in Lisbeths Werkstatt trat.

Im Haus der Freundin in Sankt Alban herrschte rege Betriebsamkeit. Behende wich Clairgin einem kräftigen Lehrmädchen aus, das mit einem Stapel Kammladen auf den ausgestreckten Armen seinen Weg zwischen den Kisten und Bündeln hindurch zum Karren im Hof suchte. An den getünchten Wänden lehnten in scheinbarer Unordnung hölzerne Balken und Leisten – die in ihre Einzelteile zerlegten Webstühle.

Lisbeth ließ den Korb mit Weberschiffchen zu Boden gleiten und strich sich den Schweiß aus dem geröteten Gesicht. »Ja, es ist ein heilloses Durcheinander. Doch ich hoffe, dass wir den Umzug in ein paar Tagen geschafft haben.«

Man war übereingekommen, dass sie und Mertyn zu Katryn in die Obermarspforte ziehen sollten, ins Haus Zur Roten Tür, denn die großzügigen Werkstattgebäude im Hof würden die zusätzlichen Webstühle von Lisbeth ohne weiteres aufnehmen können. Seit Stephan in die Wolkenburg gezogen war, fühlte Katryn sich ohnehin recht allein in dem riesigen Haus.

Clairgin nickte mitfühlend, doch dann platzte es aus ihr heraus: »Stell dir vor, an der Waage gibt es keine Rohseide!« In kurzen Worten berichtete sie Lisbeth, was ihr gerade widerfahren war.

»Wie angenehm«, witzelte Lisbeth zerstreut und schenkte

der Freundin ein spitzbübisches Lächeln. »Dann kannst du dir ja ein paar ruhige Tage machen.«
Die steile Falte über Clairgins Nasenwurzel vertiefte sich für einen Moment, dann lachte sie mit Lisbeth, doch die Bemerkung der Freundin war nicht dazu angetan, das ungute Gefühl zu vertreiben, das von Clairgin Besitz ergriffen hatte.
Lisbeth entging die Sorge der Freundin. So vieles schwirrte ihr durch den Kopf, so viele Dinge, an die sie denken musste. Es war ja nicht nur die Werkstatt, sondern auch der gesamte Hausstand umzusiedeln. Und was würde aus den Lehrmädchen? Wenn sie Katryns Betrieb fortführte, dann hätte sie auf einen Schlag acht statt der gestatteten vier Lehrtöchter. Aber sie konnte doch keines der Mädchen einfach auf die Straße setzen!
Abwesend hob Lisbeth den Korb vom Boden auf und erwiderte Clairgins Gruß, mit dem die Freundin sich verabschiedete, um sie ihren Kisten und Bündeln zu überlassen. Sie würde zu Brigitta van Berchem gehen, der amtierenden Amtsmeisterin, beschloss sie. Vielleicht könnte man eine Ausnahme machen, nur für die Zeit, bis die Mädchen ihre Prüfung abgelegt hätten?
Lisbeth stellte den Korb wieder ab. Am besten, sie ginge jetzt gleich. Das war wichtiger, als Kisten zu schleppen. Das konnten die Mädchen auch allein, dabei brauchte sie ihnen nicht zu helfen.
Vor dem Haus Zum Kleinen Schönwetter blockierte ein Fuhrwerk die Straße. Einen nach dem anderen luden Knechte Ballen von Rohseide ab, trugen sie durch das weit geöffnete Tor und schafften sie in einen Lagerschuppen neben der van Berchemschen Werkstatt.
Lisbeth klopfte an die Tür des benachbarten Haus Xanten. Hier war das Kontor der Geschwister van Berchem unter-

gebracht. Die verwitwete Brigitta und ihre unverheiratete Schwester Gunda van Berchem führten ihre Weberei gemeinsam.

Eine junge Magd öffnete Lisbeth die Tür, bat sie ins Haus und hieß sie, vor dem Kontor zu warten. Die Herrinnen würden sie gleich empfangen. Die Magd knickste und ließ sie allein. Ein wenig verloren trat Lisbeth in dem zugigen Flur von einem Fuß auf den anderen.

»Das ist eine wahre Schlamperei!« Sie vernahm die empörten Worte durch die geschlossene Tür des Kontors hindurch – unverkennbar die schnarrende Stimme Brigitta van Berchems.

»Eine Schlamperei!«, erklangen als etwas leiseres, aber dennoch gut verständliches Echo die Worte ihrer Schwester.

Lisbeth wusste, es gehörte sich ganz und gar nicht, zu lauschen, doch bei der Lautstärke, in der das Gespräch geführt wurde, konnte sie gar nicht vermeiden, zum heimlichen Zuhörer zu werden.

»Wenn du dir nicht mehr Mühe gibst, dann weiß ich nicht, ob ich dir noch einmal Seide zum Weben geben kann. Ich habe schließlich einen Ruf zu verlieren.« Das war wieder Brigitta.

»Einen guten Ruf!«, echote Gunda.

Auweia! Da wurde einer Seidmacherin gerade gründlich der Kopf gewaschen, dachte Lisbeth. Wohl einer, die für die van Berchems um Lohn webte.

Die zerknirschte Antwort der gescholtenen Seidenweberin drang nur leise durch die Füllung der Tür: »Ja, Frau van Berchem. Ich werde mir Mühe geben.«

Lisbeth überlegte, wer die Gescholtene sein könnte, doch sie vermochte es nicht, der Stimme ein Gesicht zuzuordnen.

»Das will ich meinen!« Brigitta klang nur um weniges besänftigt. Diesmal blieb das Echo aus, doch Lisbeth war sicher, dass Gunda zumindest bekräftigend mit dem Kopf nickte.
Sie überlegte gerade, ob es nicht geraten wäre, mit ihrem Anliegen an einem anderen Tag wiederzukommen, wenn die Berchems besserer Stimmung wären, als das Gekeife abrupt endete und sich die Tür öffnete. Ertappt wich Lisbeth zurück und starrte überrascht in das verkniffene Gesicht von Grete Elner.
Beinahe hätte sie die schwerfällige Seidmacherin nicht erkannt. Die Base ihrer Mutter war zwar immer noch beleibt, aber das Fleisch hing lose an ihr, und sie war längst nicht mehr so massig, wie Lisbeth sie in Erinnerung hatte. Gretes Gesicht war faltig, und unter dem Kinn hingen weiche Hautlappen, die ehedem von Fett gepolstert waren.
Lisbeth hatte wohl gehört, dass Gretes Mutter, die alte Mettel, sich aus dem Geschäft zurückgezogen habe und seitdem nur noch an Gretes Tisch säße und sich von ihrer Tochter rund füttern ließe. Doch dass Grete mit der Weberei nicht mehr genug verdiente, sondern für die van Berchems im Verlag weben musste, war ihr neu.
Recht geschah es ihr, dachte Lisbeth. Die Base ihrer Mutter war ein mieses Weib. Aus reiner Missgunst und Bosheit hatte sie ehedem dem Seidamt verraten, dass Fygen nicht von ehelicher Geburt war. Um dem Ausschluss aus der Zunft vorwegzukommen, hatte Fygen daraufhin ihren Betrieb Lisbeth übergeben, doch es hatte ihr schier das Herz gebrochen, alles, was sie in jahrelanger Mühe und mit Liebe aufgebaut hatte, aufzugeben.
Grete hatte sofort erkannt, dass Lisbeth die demütigende Schelte, die sie erhalten hatte, mitbekommen hatte. Wütend presste sie die schmalen Lippen zusammen und be-

dachte die junge Seidmacherin mit einem giftigen Blick aus wässrig blauen Augen.

»Lisbeth Ime Hofe – wie nett, dass Ihr uns besuchen kommt, mein Kind!«, schnarrte Brigitta, kaum dass sie Lisbeth durch die geöffnete Tür entdeckt hatte.

Ob der plötzlichen Liebenswürdigkeit ihrer Arbeitgeberin entfuhr Grete ein grimmiges Schnauben. Ohne ein Wort rauschte sie an Lisbeth vorbei dem Portal zu.

Lisbeth trat in den Raum. »Guten Morgen, Frau van Berchem. Frau van Berchem«, begrüßte sie die Schwestern mit dem gebotenen Respekt.

»Was führt Euch zu uns?«, fragte Brigitta und nötigte Lisbeth auf einen Stuhl mit hoher Lehne.

»Die Mutter meines Mannes ...«

»Katryn Zur Roten Tür«, unterbrach Brigitta sie, »will sich zur Ruhe setzen. Das haben wir schon gehört.«

»Und Ihr führt Katryns Weberei fort«, fügte Gunda hinzu.

Lisbeth nickte. »Ja, aber was mache ich mit den Lehrmädchen? Es sind mit einem Mal acht statt vier. Ich kann sie doch nicht auf die Straße setzen.«

Einmütig nickten die Berchem-Schwestern und legten die schmalen Stirnen mitfühlend in Falten.

»Natürlich könnt Ihr das nicht. Die armen Dinger. Wo sollen sie denn sonst hin? Behaltet sie einfach«, entschied Brigitta. »Bei einem so großen Betrieb braucht Ihr schließlich eine Menge Hilfe. Mit vier Lehrtöchtern kommt man da nicht weit.«

»Ja, aber das Seidamt ...«, warf Lisbeth überrascht ein. Eine solche Ausnahme musste doch von den Amtsmeistern gemeinsam bei einer ihrer Sitzungen beschlossen werden. Das konnte Brigitta gar nicht allein entscheiden.

Die ältere der Berchem-Schwestern tätschelte Lisbeth

mütterlich den Arm. »Lass das Seidamt mal meine Sorge sein, Kindchen.« Sie lächelte. »Wenn ich es sage, dann ist das schon in Ordnung.«

»Ganz in Ordnung«, echote Gunda.

Erfreut bedankte Lisbeth sich bei den Damen und verließ beschwingt Haus Xanten. Das war einfacher gewesen, als sie gedacht hatte. Obschon es ein wenig seltsam anmutete, dass Brigitta und Gunda augenscheinlich eigenmächtig über die Belange der Zunft zu entscheiden vermochten, ganz ohne sich mit anderen Amtsmeistern zu beraten. Doch solange die Berchem-Schwestern ihr so offensichtlich wohlgesinnt waren, sollte das wirklich nicht Lisbeths Sorge sein.

Zwei lange Tage hatte Fygen leidend in ihrer Kajüte verbracht. Eckert hatte getreulich zu jeder Mahlzeit angefragt, ob er ihr etwas zu speisen bringen solle, doch stets hatte sie abgelehnt. Allein der Gedanke an Essen hatte Fygen Übelkeit verursacht, und so hatte er die Zeit damit zugebracht, dem ein oder anderen Matrosen beim Würfeln das Geld aus der Tasche zu ziehen.

Doch heute fühlte Fygen sich endlich besser, und sie sehnte sich nach frischer Luft. Zudem verspürte sie etwas Appetit, und so richtete sie ihre Kleidung, band ihre Haube fest, und, noch ein wenig blass um die Nase, ging sie an Deck.

Das verlotterte Paar lagerte immer noch beim Ruderhaus. Der Rotgesichtige hatte den Arm um die Frau gelegt, und in bestem Einvernehmen teilten sie den Wein aus ihrem Krug. Eckert hatte recht behalten: Pack schlägt sich – Pack verträgt sich.

Ein frischer Wind blies Fygen die Röcke gegen die Beine, und sie sog tief die salzige Seeluft ein. Der Himmel war

grau verhangen, und die unruhigen Wogen des Meeres schäumten bleifarben. So groß war der Unterschied zum Atlantischen Meer heute nicht, stellte Fygen mit Bedauern fest.
In einiger Entfernung konnte sie auf den Wellen drei andere Karavellen ausmachen. Die Segel im Wind gebläht, boten sie einen grandiosen Anblick. Fünf Schiffe waren es mit ihrem, die aus Gründen der Sicherheit in Conserva, das bedeutete im Verbund zu mehreren Schiffen, fuhren, wie Eckert ihr erklärt hatte. Denn zugunsten der Schnelligkeit entbehrten die wendigen Karavellen den Schutz starker Geschütze. Und die Gefahr von Korsaren war in diesen Gewässern nicht zu unterschätzen.
Ein jäher Aufschrei zwang Fygens Aufmerksamkeit zurück an Bord des Schiffes. Der Rotgesichtige hatte seiner Begleiterin derb ins Mieder gegriffen. Angewidert stieß sie seine Hand fort, und sofort war er auf den Beinen. Grob zerrte er sie an den Haaren hoch und schlug ihr ins Gesicht.
Kreischend versuchte die Frau auszuweichen, holte ihrerseits aus und schlug zurück. Das versetzte den Rotgesichtigen gänzlich in Rage. Mit schnellen, brutalen Schlägen prügelte er die Schwangere vor sich her über das ebene Deck der Karavelle. Schützend hielt sie die Hände vor den Bauch und versuchte den Schlägen auszuweichen. »¡Deixeu-lo estar! ¡Ay! Hör auf! Aua!«, schrie sie. Doch der Rotgesichtige hatte jede Hemmung verloren. Immer weiter wich die Frau vor ihm zurück, bis sie schließlich die Reling des Schiffes im Rücken spürte. Nun gab es keine Möglichkeit mehr zur Flucht. Der nächste Hieb traf sie auf die Wange, und sie schrie auf, gellend vor Schmerz.
Hilfesuchend blickte Fygen sich um. Doch von der Mannschaft schien niemand von dem Streit etwas bemerkt zu haben. Die Seeleute waren damit beschäftigt, die Segel zu

reffen, damit das Schiff nicht zum Spielball der Winde würde.
Fygens Übelkeit war wie fortgeblasen. Mit wenigen Sätzen war sie bei dem Rotgesichtigen. »Hör auf, sie zu schlagen!«, befahl sie ihm in scharfem Ton.
Doch der Rotgesichtige schien außer seiner trunkenen Wut nichts wahrzunehmen. Erneut hob er die Faust, und Fygen fiel ihm in den Arm.
Stumpf wandte der Mann den Kopf. Wie ein lästiges Insekt wischte er Fygen beiseite und befreite seinen Arm, doch sogleich war sie wieder bei ihm. »Du sollst aufhören, habe ich gesagt!« Erneut packte sie ihn, diesmal am Hemd.
Mit einer heftigen Bewegung stieß der Rotgesichtige seine Begleiterin von sich. Sie schlitterte über das Deck und prallte schmerzhaft gegen das Holz der Reling. Wimmernd und zusammengekauert wie ein Bündel schmutziger Kleidung blieb die Elende liegen, die Hände vor das Gesicht gepresst, während der Rotgesichtige sich Fygen zuwandte.
Für einen Moment hielt er in seinem Rasen inne und glotzte sie mit blutunterlaufenen Augen an. Dann hatte seine Wut ein neues Opfer gefunden. Hart und mit einer Plötzlichkeit, die ihm in seinem betrunkenen Zustand kaum zuzutrauen war, schlug er ihr mit der Außenseite der Hand ins Gesicht.
Fygen taumelte unter der Wucht des Schlages. Die Benommenheit ließ sie den Schmerz nicht sogleich spüren, doch seltsam deutlich war ihr der metallische Geschmack von Blut. Ihr Kopf dröhnte dumpf, und sie hatte Mühe, sich auf den Beinen zu halten. Mit ausgestreckten Armen griff der Rotgesichtige nach Fygen, packte sie und zog sie an sich.
Fygen roch seinen alkoholgeschwängerten Atem. Angewidert presste sie die Handflächen gegen das schmierige Tuch

seines Hemdes und versuchte verzweifelt, sich seinen Armen zu entwinden. Doch der Rotgesichtige hielt sie wie mit Zwingen.

Plötzlich jedoch gab der Kerl sie frei, und Fygen taumelte zurück. Jemand hatte ihren Widersacher am Hals gepackt und von ihr fortgezerrt.

Dann krachte dem Rotgesichtigen eine geballte Männerfaust in das Gesicht. Überrascht griff er sich an die schmerzende Wange und spuckte auf die Planken.

Abermals traf ihn Eckerts Faust. Doch der Rotgesichtige war hart im Nehmen. Kurz schüttelte er seine Benommenheit ab, dann ging er mit erhobenen Fäusten auf Eckert los.

Fygens alter Reisegefährte war kein unerfahrener Kämpfer. Seit den Tagen, da er sich in London mit den Wachleuten des Tower geschlagen und seinen Herrn aus den Händen der englischen Gerichtsbarkeit befreit hatte, waren zwar etliche Jahre vergangen, doch er war zäh und in sehr guter Verfassung.

Fygen hielt sich die brennende Wange. Sie war immer noch benommen von dem Schlag und unfähig, um Hilfe zu rufen. Mit verschleiertem Blick starrte sie auf die Kämpfenden, sah, wie Eckert sich dem wütenden Angriff des Rotgesichtigen widersetzte. Einen Arm zur Deckung vor den Kopf erhoben, gelang es ihm, dem Kerl den einen oder anderen empfindlichen Hieb zu versetzen.

Doch schließlich forderte das Alter seinen Tribut. Für einen Moment nur senkte Eckert den Arm, und sogleich traf die Faust des Rotgesichtigen sein Kinn. Fygen schrie auf, und wie gefällt ging Eckert zu Boden.

Der Rotgesichtige versetzte ihm verächtlich einen Tritt, dann wandte er sich wieder Fygen zu, die immer noch wie festgewachsen an der Reling stand. Über seiner linken Augenbraue klaffte ein Riss, der wohl einem von Eckerts

Schlägen zuzuschreiben war. Blut rann aus der Wunde, und das feiste Gesicht des Kerls verzerrte sich zur schmierigen Grimasse.

Mit schlafwandlerischer Langsamkeit hob Fygen die Hände, um den unausweichlichen Schlag abzuwehren, als jemand sie packte und beiseitestieß.

Fygen wandte den Kopf und blickte sich verwirrt um. Eckert lag noch immer auf den Planken ausgestreckt, an der Stelle, an der ihn der Rotgesichtige niedergeschlagen hatte. Nicht er war es, der sie vor ihrem Peiniger in Sicherheit gebracht hatte, sondern der hochmütige Spanier, nun jedoch ohne seinen Reisemantel. Fygen hatte ihn zuvor nicht an Deck bemerkt.

In herrischem Ton, den Oberkörper drohend vorgebeugt, wies de la Vega den Rotgesichtigen zurecht.

Fygen verstand seine Worte nicht, doch den Rotgesichtigen versetzten sie augenscheinlich in noch größere Wut. Er stieß einen unkontrollierten Schrei aus, dann stürzte er sich auf den Spanier, die Hände zu Fäusten geballt. Geschickt wich de la Vega ihm aus und hieb dem Kerl in den Nacken.

Blitzschnell wandte dieser sich um und hatte plötzlich ein Messer in der Rechten. Erneut stürzte er sich auf de la Vega. Abermals wich der Spanier aus, und der Hieb des Rotgesichtigen traf ins Leere. Eine Weile umkreisten sich die beiden Kontrahenten wie listige alte Kater, bis der Rotgesichtige einen neuen Anlauf unternahm. Mit der Linken wischte er sich das Blut vom Gesicht, dann warf er sich mit der ganzen Wucht seines massigen Körpers de la Vega entgegen, der gefährlich nahe an der Reling stand.

Der Spanier machte einen Schritt zurück, um der Wucht seines Angreifers zu entgehen. In dem Moment erfasste eine starke Böe das Schiff, und es krängte gefährlich. Die

Wanten ächzten, und die Backbordseite neigte sich der Wasseroberfläche zu.
De la Vega strauchelte, seine Füße verloren den Halt. Schwer stürzte er gegen die Reling, und sein Oberkörper ragte weit über die bleigraue Flut.
Ein spitzer Schrei drang an Fygens Ohr. Starr vor Schreck klammerte sie sich an die Reling, merkte nicht, dass der Schrei ihr eigener war.
Einen unendlichen Augenblick später entließ die Böe die Karavelle endlich aus ihren Klauen. Das Schiff richtete sich auf, und de la Vegas Hände fanden Halt am feuchten Holz der Reling.
Kurz blitzte das Messer in der Hand des Rotgesichtigen im Licht. Abermals schrie Fygen auf, doch schon fuhr es in den feinen Stoff von de la Vegas Hemd. Das Leinen riss, und die Klinge schnitt den Spanier in den Unterarm.
Scharf sog de la Vega die Luft durch die Zähne. Doch nur einen Wimpernschlag darauf traf seine Handkante bereits das Gelenk der Hand, die das Messer führte. Der Knochen brach, und mit einem Scheppern fiel das Messer zu Boden. Mit dem Fuß beförderte de la Vega es außer Reichweite.
Der Getroffene stieß ein durchdringendes Heulen hervor und umklammerte seine schlaff herabhängende Hand mit der Linken.
Langsam kam de la Vega auf die Beine. Ein hellroter Fleck breitete sich auf dem weißen Stoff seines Hemdes aus, doch das schien den Spanier nicht zu kümmern. Mit beiden Händen packte er den Rotgesichtigen und stieß ihn gegen das Ruderhaus. »Du wirst das Mädchen nie wieder anrühren, weder hier an Bord noch sonst irgendwo. Und du wirst dich der Senyora gegenüber respektvoll verhalten, sonst breche ich dir auch noch die andere Hand. Hast du mich verstanden?«

Der Rotgesichtige winselte.
»Hast du mich verstanden?«, wiederholte de la Vega schärfer und hieb ihm gegen das zerschlagene Gelenk.
Der Rotgesichtige stieß einen hohlen Schrei aus. Dann nickte er. »Sí, ja, Senyor!«
De la Vega löste seinen Griff und nickte ebenfalls, während der Rotgesichtige wimmernd zu Boden sackte.
»Einen feinen Pöbel habt Ihr da an Bord gelassen!«, fuhr er den Kapitän an, der soeben herbeitrat.
»Ich bedaure zutiefst, Senyor …« Verlegen rang der Gescholtene seine großen Hände.
Doch de la Vega war noch nicht fertig mit ihm. »Ich will diesen Kerl nicht mehr an Deck sehen und erwarte, dass Ihr ein wachsames Auge auf ihn habt!«, befahl er. »Am besten, Ihr legt ihn für den Rest der Reise in Ketten. Und kümmert Euch darum, dass man seinen Arm versorgt!«
Der Kapitän verbeugte sich respektvoll und packte den Rotgesichtigen beim Kragen. Ohne zu murren oder sich zu widersetzen, ließ dieser sich von ihm fortführen.
Zitternd, die Hände so fest um das Holz gekrampft, dass das Weiße der Knöchel hervortrat, stand Fygen immer noch an der Reling. So schnell war das alles gegangen. Sie atmete tief ein, um das Zittern zu vertreiben, dann löste sie vorsichtig ihren Griff und bewegte die Finger.
Mit wenigen Schritten war de la Vega bei ihr und packte sie grob am Arm. Seine Augen waren dunkel vor Zorn. »Ihr, Senyora! Was mischt Ihr Euch in Angelegenheiten, die Euch nichts angehen?«, schnauzte er sie an.
»Wenn ich mich nicht eingemischt hätte, so hätte er seine Frau totgeprügelt!«, gab Fygen zurück. Sie spürte, wie hektische rote Flecken sich über ihren Hals ausbreiteten.
»Und wenn schon!«
»Ihr hättet nicht eingegriffen?«, fragte Fygen ungläubig.

»Nein, warum sollte ich? Solcher Pöbel schlägt sich, und dann verträgt er sich wieder.«

Fygen biss sich auf die Lippe. Das war die gleiche Ansicht, die auch Eckert vertreten hatte.

De la Vega zog eine Augenbraue hoch und bedachte sie wieder mit diesem unerträglich arroganten Blick. »Wenn Ihr unter Deck geblieben wäret, wie ich Euch geraten habe, wäre das hier nicht passiert. Überhaupt, was hat eine Frau auf Reisen zu suchen!« Abrupt wandte er sich ab und ließ Fygen stehen.

Mit einem Stöhnen kam Eckert auf die Beine, unsicher zunächst, und fahl im Gesicht. Es dauerte einen Moment, bis er sich im Wachsein zurechtfand. Er streckte die geschundenen Muskeln an Armen und Beinen, dann fuhr seine Hand tastend an sein Kinn. Doch außer einem blau unterlaufenen Auge, das langsam anzuschwellen begann, und einem blutigen Riss, der sich vom Winkel seines Auges quer über die Wange bis zur Lippe zog, hatte Eckert keine nennenswerten Blessuren davongetragen.

Kurz schüttelte er den Kopf, um die Nebel in seinem Hirn zu vertreiben. Unter schweren Lidern hervor blickte er sich um und sah gerade noch, wie der Kapitän den Rotgesichtigen, nun hilflos zusammengekrümmt und all seiner Bedrohlichkeit beraubt, unter Deck brachte.

Besorgt musterte Eckert seine Dienstherrin von Kopf bis Fuß, und als er erkannte, dass Fygen kein weiteres Leid geschehen war, seufzte er erleichtert auf. Doch sogleich überzog eine schamhafte Röte sein Gesicht, und er senkte schuldbewusst den Blick.

Fygen erriet, was ihren getreuen Reisegefährten bewegte. Er schämte sich zutiefst, dass er seine Pflicht nicht erfüllt und es nicht vermocht hatte, sie vor den Übergriffen des Rotgesichtigen zu schützen. Sachte berührte sie mit der

Hand seinen Arm. Doch Eckert überging ihre mitfühlende Geste. Ohne ein Wort, das Haupt schamvoll gesenkt, schlich er an Fygen vorbei, seiner Kabine im Achterkastell zu.

Ein wenig verloren blieb Fygen auf dem Deck des Schiffes zurück. Sie fröstelte, und um sich zu wärmen, schlang sie die Arme um ihre Schultern.

Außer der weinenden Frau, die sich in einigem Abstand an der Reling zusammengekauert hatte, schien der Zwischenfall niemanden weiter zu berühren. Die Matrosen gingen unbekümmert ihren Aufgaben nach, zerrten an Tauen, kletterten in die Wanten und machten sich in anderer Weise an Deck zu schaffen.

Fygens linke Gesichtshälfte fühlte sich taub an, als sei sie mit Watte gestopft. Vorsichtig betastete sie ihre Wange, und mit einem Mal schoss ihr der Schmerz in das Gesicht, als hätte er im Verborgenen nur darauf gelauert, dass sie sich seiner entsann, um sie nun heimtückisch hinterrücks zu überfallen.

Fygen erwischte einen der Bootsjungen am Hemd und bat ihn, ihr einen Eimer Wasser und saubere Lappen zu bringen. Alsbald kehrte dieser mit dem Gewünschten zurück, und sogleich tauchte Fygen einen der Lumpen in das Nass und drückte ihn sich kühlend auf die brennende Schwellung in ihrem Gesicht.

Die junge Frau lag immer noch an der Reling. Fygen nahm den Eimer auf und trat damit zu der Weinenden. Sachte berührte sie die Frau an der Schulter.

Das Wehklagen wurde lauter, und zunächst dachte Fygen, es rühre von den Schmerzen her, die ihr der Rotgesichtige zugefügt hatte, doch die Frau weinte aus Angst. »Wer beschützt mich denn jetzt?«, wimmerte sie.

»Er wird dir nichts mehr tun«, tröstete Fygen. »Der Senyor wird nicht zulassen …«

»Nicht vor ihm! Vor allen anderen! Wer beschützt mich jetzt?« Mit vom Weinen geröteten Augen starrte die junge Frau Fygen herausfordernd an.
Fygen hatte sie gründlich missverstanden, das merkte sie jetzt. »Beschützt?« Fygen konnte nicht umhin, das Wort spöttisch zu wiederholen. »Und wer schützt dich vor ihm? Dich und dein Kind? Wenn der Senyor nicht eingeschritten wäre, hätte dein feiner Beschützer dich totgeschlagen«, rief sie aufgebracht. »Du bist noch so jung. Was hast du mit solch einem Kerl zu schaffen? Glaub mir, ohne den bist du besser dran!«
»Was wisst denn Ihr!« Die Frau schniefte verächtlich, um sogleich erneut in Tränen auszubrechen. »Er ist doch alles, was ich habe!«
In gebrochenem Deutsch, doch für Fygen durchaus verständlich, brach es unter Schluchzen aus ihr heraus: Sie stammte aus Valencia. Ihre Eltern waren arme Leute, denen allzu oft sogar das Dach über dem Kopf fehlte, der Vater ein Trinker und Tagelöhner. Vor ein paar Jahren, als sie noch ein ganz junges Mädchen war, hatte ihre Mutter sich an einem eisigen Dreikönigstag mit einem Matrosen davongemacht. Nur wenige Tage darauf hatte ihr Vater in einer der verkommenen Spelunken der Stadt, in die er seinen geringen Verdienst trug, den Rotgesichtigen getroffen, einen Händler aus Tirol. Für kleines Geld hatte dieser das Mädchen seinem Vater abgehandelt und sie mit auf seine Reisen genommen. Und immer wenn die Geschäfte schlecht liefen oder wenn sich gerade die Gelegenheit bot, dann hatte er auch sie verkauft, für eine Stunde oder eine Nacht. Und nun war sie in Umständen …
Fygen lauschte der unglücklichen jungen Frau, ohne sie zu unterbrechen, und als sie geendet hatte, fragte sie sanft: »Wie heißt du, Kind?«

»Filomena.«
»Filomena, glaub mir« – Fygen seufzte –, »es wird vielleicht etwas dauern, bis du es einsiehst, doch ohne ihn bist du wirklich besser dran. Einen Kerl wie den findest du allemal wieder. Du musst jetzt an dein Kind denken. Was, wenn er dem Kind etwas zuleide tut?«
Mit vor Entsetzen geweiteten Augen blickte Filomena zu Fygen auf und nickte vage. Daran hatte sie noch gar nicht gedacht.
Fygen griff mit der Rechten in den ledernen Beutel an ihrem Gürtel und entnahm ihm ein Geldstück. »Hier, damit kommst du zurecht, bis dein Kind auf der Welt ist. Und dann suchst du dir eine Arbeit«, sagte sie und reichte es dem Mädchen.
Filomena blickte ungläubig zunächst auf die Münze, dann auf Fygen. Hastig wischte sie sich die Tränen vom Gesicht, und mit einem letzten Aufschluchzen schloss sie ihre Hand um die Münze.

Endlich war es geschafft, dachte Lisbeth glücklich, als sie auf die Straße hinaustrat. Seit gestern saßen die Weberinnen wieder vor ihren aufgescherten Webstühlen.
Das Durcheinander hatte eine Ordnung erhalten: Man hatte die gesamte Habe der Ime Hofe samt Betten, Töpfen, Kisten und Kästen im Haus Zur Roten Tür untergebracht. Mertyn war mit seinen Geschäftsbüchern in das alte Kontor gezogen, das sein Vater einst benutzt hatte, in der Werkstatt war man zusammengerückt, damit Lisbeths Webstühle Platz fanden, und ihre Lehrmädchen waren zu denen von Katryn unter das Dach des Hauses gezogen.
Katryn hatte ihre Ankündigung wahr gemacht und war am Morgen nicht in der Werkstatt erschienen. Stattdessen hatte ihre Schwiegermutter sich nach der Morgensuppe in

stillem Vergnügen in der behaglichen Stube neben ihrer Kammer an den Webstuhl gesetzt, den Lisbeth ihr dort hatte hinaufbringen lassen.

Für einen Moment wandte Lisbeth ihr Gesicht der Frühlingssonne zu und genoss die Wärme auf der Haut. Nach all dem Räumen war es an der Zeit, es sich ein wenig gutgehen zu lassen und zu feiern. Und das war auch der Grund, warum sie es sich nicht hatte nehmen lassen, selbst in die Wolkenburg zu gehen, um Herman und Stephan zum Maiumtrunk der Familie ins Haus Zur Roten Tür einzuladen, obwohl der Arbeit eigentlich kein Ende war.

Lisbeth traf Stephan im Kontor an. Er hatte sich auf Fygens Sessel niedergelassen, den dunklen Schopf in beide Hände gestützt. Unverwandt starrte er auf einen großen Bogen Papier, der vor ihm auf dem Arbeitstisch lag. Bei ihrem Eintreten bedachte er das Blatt mit einer betont gequälten Grimasse. Dann hob er erfreut den Kopf und blitzte Lisbeth strahlend an.

Im selben Moment erschien Herman in der Tür. Herzlich umarmte er seine Schwester, bevor er zu dem Platz hinter dem Arbeitstisch ging, den Stephan mit einem unmerklichen Zögern räumte.

Neugierig warf Lisbeth einen Blick auf das große Blatt. Wenige Worte standen darauf, doch viele Zahlen, in Blöcken untereinandergeschrieben. »Was ist das?«, fragte sie, während Stephan ihr einen Becher verdünnten Wein reichte.

Herman wies auf einen Stuhl dem Tisch gegenüber, und ein jungenhaftes Lächeln umspielte seine Lippen. »Gib mir bitte auch einen Becher«, sagte er zu Stephan, ohne den Kopf zu wenden.

Lisbeth ließ sich nieder, und ohne direkt auf ihre Frage einzugehen, fragte Herman im Plauderton: »Wie gehen die Geschäfte?«

»Gut«, antwortete Lisbeth.
»Woher weißt du das?« Hermans Lächeln wurde breiter.
Irritiert blickte Lisbeth ihren Bruder an. »Nun, ich habe ein hübsches Sümmchen in die Truhe gelegt, einen Satz Silberbecher für die Tafel angeschafft …«
Herman nickte. »Aber hast du mehr verdient als im Jahr davor?«
Lisbeth hob die Schultern und krauste die Stirn. »Vielleicht. Ja, schon. Das heißt …« Sie verstummte. Dann schüttelte sie den Kopf. Sie wusste es nicht zu sagen. »Aber wozu soll ich das wissen wollen?«
»Um herauszufinden, wie du noch mehr verdienen kannst!«
Nun blickte auch Stephan Herman gespannt an.
»Und das geht mit diesem großen Blatt?«, schloss Lisbeth.
Herman nickte. »Es ist eine ganz neue Art, die Geschäftsbücher zu führen«, erklärte er begeistert. »Man nennt sie die Venezianische Methode. An den italienischen Schulen für Kaufleute wird sie jetzt gelehrt. Alberto wendet sie schon an, und er hat mir erklärt, wie es geht.«
»Und, wie geht es?«
»Stell dir vor, du gibst zweihundertfünfzig Gulden für Rohseide aus. Bist du danach ärmer oder reicher?«
»Ärmer!«, sagte Lisbeth. »Ich habe ja das Geld ausgegeben.«
»Ärmer«, meinte auch Stephan.
»Und genau so steht es auch da, wenn du es wie bisher in dein Geschäftsbuch schreibst. Das Geld ist weg – du bist ärmer.« Hier machte Herman eine bedeutsame Pause, um dann fortzufahren: »Aber stimmt das denn? Du hast ja die Seide. Die ist doch genauso viel wert«, gab er zu bedenken.
Lisbeth und Stephan sahen sich an. »Also bin ich genauso reich wie vorher«, stellte Lisbeth fest.

Herman nickte. »Aber in den Büchern steht es anders.«
»Und wie verzeichnet man es richtig in den Büchern?«, drängte Lisbeth zu erfahren.
»Du schreibst alle Geschäftsvorfälle in dein Buch, wie du es gewohnt bist.« Herman wies auf ein schlichtes zusammengenähtes Heft. »Doch dann kommt das Neue: Du überträgst alle Vorfälle in sogenannte Konten. Und zwar doppelt! Für jedes Konto malst du einen Querstrich und mittig darunter einen Längsstrich.« Herman nahm ein neues Blatt zur Hand, malte ein Konto darauf und schrieb das Wort »Ware« darüber.
»Wird etwas mehr, dann schreibst du es auf die linke Seite. Verlierst du etwas, dann trägst du es rechts in das Konto ein.
Zum Beispiel kaufst du Rohseide und bezahlst mit barer Münze aus dem Säckel. Dann schreibst du in dem Warenkonto links ›Kauf von Rohseide‹, denn die ist mehr geworden, und den Betrag, den du dafür gezahlt hast, zum Beispiel zweihundertfünfzig Gulden.« Während Herman sprach, nahm er den entsprechenden Eintrag vor. Dann malte er daneben ein zweites Konto mit dem Titel »Kasse«.
»Das Geld wird weniger in der Kasse, also trägst du es im Konto ›Kasse‹ rechts ein. Und zwar wieder mit dem Vermerk, dass du dafür Rohseide gekauft hast.
Du hast also diesen einen Vorgang doppelt aufgeschrieben, einmal bei Ware, einmal bei der Kasse. Du kannst immer sehen, wo dein Geld herkommt und wo es hingeht: es kommt aus der Kasse und fließt in die Rohseide.
So machst du es mit allen Geschäftsvorfällen. Und am Ende vergleichst du die rechten und die linken Seiten. Wenn die Beträge auf der linken Seite größer sind, hast du etwas hinzugewonnen, wenn die Beträge auf der rechten Seite überwiegen, hast du verloren.

Ich gebe euch noch ein Beispiel, ein schwierigeres: Du nimmst die Rohseide im Wert von zweihundertfünfzig Gulden und verwebst sie zu Stoff. Wie schreibst du das auf?«

»Das schreibe ich gar nicht auf. Das ist doch meine normale Arbeit.«

»Aber dennoch ist es ein Geschäftsvorfall«, widersprach Herman. »Versuch es doch einfach mal!«

Lisbeth zog das Blatt zu sich heran. »Ich nehme Seide. Die wird weniger …«, begann sie. »Also schreibe ich sie hierhin.« Sie deutete auf die rechte Seite des Warenkontos.

»Und fertige Ware wird mehr«, ergänzte Stephan.

Herman nickte zustimmend. »Aber wie viel ist sie wert? Weit mehr als die zweihundertfünfzig Gulden, will ich meinen.«

Lisbeth nickte verblüfft.

»Genau! Das ist es!«, rief Stephan begeistert. »Wenn man es zusammenzählt, wird es rechts um einiges mehr.«

»Und genau das ist dein Gewinn!«

Während der nächsten Stunde fuhr Herman fort, Lisbeth und Stephan in die Geheimnisse der neuen Art, die Bücher zu führen, einzuweihen.

Und nachdem Stephan ihren Becher zum wiederholten Male aufgefüllt hatte, setzte Lisbeth sich in ihrem Sessel zurück. »Das Prinzip, wie man es macht, habe ich verstanden. Doch was mir immer noch nicht ganz einleuchtet, ist, wozu das Ganze gut sein soll.«

»Kontrolle«, antwortete Herman. »Du hast jederzeit einen guten Überblick über alle Ausgaben und Einnahmen. Siehst, welche Geschäfte nutzbringend waren und welche nicht, bemerkst, wenn etwas fehlt …«

Stephans Stirn umwölkte sich. Seine anfängliche Begeisterung schien verflogen. »Das ganze Aufschreiben kostet eine Menge Zeit«, sagte er gedehnt. »Und die bringt man meiner Meinung nach besser damit zu, das Geld zu verdienen.«

Lisbeth teilte seine Auffassung nicht. Auch wenn es zu Beginn sicher eine Umstellung für sie bedeutete und mit erhöhtem Aufwand verbunden war, so mochte doch auf lange Sicht der Nutzen überwiegen. Sie würde sofort damit beginnen, ihre Bücher auf die neue Weise zu führen, beschloss Lisbeth.

Sie betrachtete ihren Bruder mit neuem Respekt. Das Reisen schien aus ihm endlich einen umsichtigen Kaufmann gemacht zu haben, einen, der wusste, was er wollte. Fygen würde seine Hilfe im Geschäft sicherlich zu schätzen wissen.

Es war schön, dass Herman heimgekehrt war. Vielleicht würde er mit den Jahren sogar die Lücke schließen, die Peters Tod gerissen hatte? Gerade jetzt, wo ihre Mutter auf Reisen war, kam Lisbeth der Verlust des Vaters besonders schwer an, und sie hoffte inständig, dass Herman nun für immer blieb. Vielleicht hatte er ja auch inzwischen die Schwäche abgelegt, bei der ersten Schwierigkeit, die sich ihm stellte, Reißaus zu nehmen? Es war an der Zeit, dass Herman heiratete und sesshaft wurde, fand Lisbeth. Die Wolkenburg konnte durchaus wieder Kinderlachen vertragen.

Natürlich: Clairgin, kam es ihr in den Sinn. Dass sie nicht eher darauf gekommen war! Clairgin war eine hübsche junge Frau und Herman ein ansehnlicher Bursche – Lisbeth sah nicht ein, warum es mit den beiden nichts werden sollte. Je mehr sie über die Sache nachdachte, desto besser gefiel sie ihr. Sie würde auch Clairgin zu ihrem Maiumtrunk laden!

4. Kapitel

Lautes Schwätzen aus gut einem Dutzend Kehlen empfing Lisbeth, als sie in ihre neue Werkstatt trat. Der großzügige Raum nahm die ganze Breite des davorliegenden Hauses ein und maß an die zehn Schritt im Geviert. Lisbeth hatte die Wände und die Deckenbalken, die das flache Dach trugen, neu tünchen lassen. Durch die geöffneten Klappläden der Fenster fluteten genügend Licht und ein warmer Lufthauch herein.

Ordentlich standen die Webstühle, mittlerweile zehn an der Zahl, nebeneinander, drei, drei und in der hinteren Reihe vier. Der Anblick der Werkstatt erfüllte Lisbeth mit Stolz.

Doch sogleich verflog ihre gute Stimmung, denn an den Webstühlen ruhte die Arbeit. Die Frauen – fünf angestellte Weberinnen und alle acht Lehrmädchen – standen in trauter Gemütlichkeit beisammen und schwatzten, als gelte es, einen Preis zu erringen.

Wie gewohnt führte Stina Lommerzheim das Wort, das Becken vorgeschoben, die Fäuste beidseitig in die Hüften gestemmt wie ein Landsknecht. Einzig die kurzsichtige Gertrud, die bereits Fygen zur Hand gegangen war, und eine andere Helferin stapelten Rohseide in eines der hölzernen Regale, die an der Werkstattwand angebracht waren.

Vom Eintreten ihrer Dienstherrin schienen die Weberinnen keinerlei Notiz zu nehmen, oder wenn doch, so war es ihnen nicht Grund genug, wieder an ihre Arbeit zu eilen.

Lisbeth krauste verärgert die Nase. Sie hatte nichts dagegen, wenn die Frauen sich bei der Arbeit unterhielten. Vielmehr nahm sie es als Zeichen dafür, dass sie sich untereinander gut verstanden, was ihrer Arbeit nur zugutekam. Doch es konnte nicht angehen, dass sie einfach ihre Arbeit einstellten, sobald Lisbeth den Raum verließ.
Lisbeth räusperte sich, und mit aufreizender Gemächlichkeit wandten sich die Lehrmädchen wieder ihren Aufgaben zu. Die beiden Ältesten, die ihre Lehre noch bei Fygen begonnen hatten und bereits so erfahren waren, dass ihre Gewebe Lisbeths Anforderungen genügten, setzten sich hinter ihre angestammten Webstühle, die anderen sechs fuhren darin fort, die beiden zurzeit unbestückten Webstühle aufzuscheren und von einem dritten das fertige Tuch herunterzuschneiden.
Doch Stina Lommerzheim dachte gar nicht daran, ihren gemütlichen Plausch zu unterbrechen. Lisbeth den Rücken zugewandt, redete sie einfach weiter.
In Lisbeth stieg Ärger auf. Denn dies geschah keineswegs zum ersten Mal. Sie hatte Stina von Katryn übernommen, bei der sie seit Jahren um Lohn gewirkt hatte. Stina war kräftig und konnte zupacken, und sie wusste um ihre Qualitäten als Seidmacherin. Doch es mangelte ihr einfach an Respekt.
Und Stinas Respektlosigkeit hatte – wen nahm es wunder – bereits auf die anderen Seidmacherinnen abgefärbt. Weder die von Katryn noch ihre eigenen wollten hinter Stina zurückstehen. Selbst die Lehrtöchter gehorchten Lisbeth nicht wie früher. Lisbeth verlangte keine übertriebene Höflichkeit, doch sie erwartete, dass die Frauen ihre Arbeit taten – nicht mehr und nicht weniger.
Bereits zwei Mal hatte sie versucht, Stina auf freundliche Weise dazu anzuhalten, fleißiger zu sein. Doch es hatte

nicht gefruchtet. Von einer Dienstherrin, die gerade einmal halb so alt war wie sie selbst, wollte Stina sich nichts sagen lassen.

Lisbeth wusste, dass sie sich Respekt verschaffen musste, wollte sie dem faulen Treiben nicht weiterhin zusehen, doch zugleich fürchtete sie die offene Konfrontation mit der Älteren. In ihrer Ratlosigkeit hatte Lisbeth sogar schon daran gedacht, Katryn um Hilfe zu bitten. Doch ihr war klar, dass das Eingreifen ihrer Schwiegermutter die Sache nur umso schlimmer machen würde.

»Ich bedaure sehr, eure traute Runde zu stören. Aber meint ihr nicht, es sei an der Zeit, wieder an die Arbeit zu gehen?«, fragte sie sarkastisch.

Langsam, mit an Unverschämtheit grenzender Lässigkeit, setzte Stina sich in Bewegung.

Am liebsten hätte Lisbeth Stina an den Armen gepackt, sie ordentlich durchgeschüttelt und zu ihrem Webstuhl gezerrt. Doch sie zwang sich zur Ruhe. Im Stillen zählte sie bis zehn, während sie Stina zu deren Webstuhl folgte. Wenn sie jetzt die Fassung verlor und anfing zu schreien, so würde ihr das erneut als Schwäche ausgelegt.

Lisbeth warf einen flüchtigen Blick auf Stinas Webstuhl. Der schmale Streifen gewebter Seide, der sich um den Warenbaum wand, hatte seit dem Morgen kaum an Länge zugelegt, und das Stück, das entstanden war, zeugte keinesfalls von hoher Kunstfertigkeit. Mit entnervender Umständlichkeit machte Stina Anstalten, sich auf die Bank hinter ihren Webstuhl zu zwängen.

Lisbeth packte die Wut. Ihre braunen Augen färbten sich schwarz vor Zorn. Genug war genug! Das hier war ihre Weberei. »Du brauchst dich gar nicht mehr hinzusetzen«, sagte sie und war selbst überrascht, wie ruhig ihre Stimme klang.

Lisbeths Worte ließen Stina in der Bewegung innehalten,

gekrümmt wie ein Fragezeichen, ihr Mund vor Überraschung geöffnet. Plötzlich war es ganz still in der Werkstatt. Auch das Klappern, mit dem die Kammladen an die Warenbäume schlugen, war verstummt. Der pausbäckigen Rita, ihrem jüngsten Lehrmädchen, fiel vor Schreck die Schere, mit der sie Kettfäden auf die rechte Länge zugeschnitten hatte, aus der Hand und rutschte mit metallischem Scheppern über die Bodendielen.
Lisbeth wand die Finger ineinander, damit niemand bemerkte, wie ihre Hände zitterten. »Komm morgen früh in mein Kontor, damit ich dir deinen Lohn auszahle«, fuhr sie fort, als die Schere zum Liegen gekommen war.
»Aber …« Stina suchte nach Worten. Verblüfft starrte sie ihre Brotherrin an.
»Du hast gehört, was ich gesagt habe«, schnitt Lisbeth ihr das Wort ab. »Und nun geh!« Lisbeth wandte sich ab, drehte den Frauen den Rücken zu und machte sich an dem Regal zu schaffen, in dem die Rohseide gestapelt wurde. Eine Weile gab sie vor, darin Ordnung zu schaffen, doch tatsächlich rang sie mit ihrer Fassung. Sie hoffte inständig, keine der Frauen möge erkennen, wie es in ihrem Innern aussah.
Immer noch war es still in der Werkstatt, sogar das Atmen schienen die Frauen eingestellt zu haben. Einzig die kurzsichtige Gertrud, die neben Lisbeth am Regal werkelte, schien von der Angelegenheit keine Notiz zu nehmen. Verstohlen zwinkerte sie Lisbeth zu und fuhr unbeirrt damit fort, Lage um Lage der Seidenstränge auf die Regalböden zu schichten.
Dann störte ein Schnaufen die Stille. Lisbeth vernahm klappernde Schritte in hölzernen Trappen und schließlich das Klappen der Werkstatttür, die hinter Stina ins Schloss fiel.

Gertrud hatte derweil das Bündel geleert. Mit festem Schritt durchmaß sie die Werkstatt.
Als sei dies das Zeichen gewesen, auf das alle gewartet hatten, nahmen die Frauen und Mädchen ihre Arbeit wieder auf, und alsbald schallte das gewohnte Klappern der Webstühle auf den Hof hinaus. Lisbeth mochte sich täuschen, doch in ihren Ohren klang es heute emsiger als gewohnt.
Es war eine sehr kleinlaute Seidmacherin, die am nächsten Morgen in Lisbeths Kontor erschien. Inständig bat Stina die Frau Ime Hofe, weiterhin in ihren Diensten bleiben zu dürfen. Über Nacht schien ihr eingefallen zu sein, was sie an ihrer Dienstherrin hatte. Lisbeth zahlte pünktlich ihren Lohn und ließ ihre Weberinnen nicht zu schwer arbeiten.
»Mehr als zehn Jahre habe ich für die Frau Zur Roten Tür gearbeitet. Und nie hatte sie Grund zur Klage. Ihr könnt sie fragen«, beendete Stina die Aufzählung ihrer Qualitäten.
»Nun, ich habe sehr wohl Grund zur Klage«, entgegnete Lisbeth mit unbewegter Miene.
Zerknirscht blickte Stina zu Boden. »Wovon sollen wir denn leben?«, fragte sie leise. Man kannte sich im Seidamt, und Stina konnte sicher sein, dass sich der Grund für ihre Entlassung in Windeseile herumsprechen würde – beileibe keine gute Empfehlung für eine neue Anstellung.
Stina brauchte das Geld. Ihr Mann war einer von der faulen Sorte. Schnell mit dem Mundwerk, den Kopf voller hochfliegender Pläne. Doch von schönen Worten wurde niemand satt. Und wenn es ans Arbeiten ging, dann ließ sich der Herr Lommerzheim stets bitten. Die Kinder waren zwar schon erwachsen, doch während die drei Mädchen – allesamt fleißig und anstellig – verheiratet und aus dem Haus waren, wohnten die beiden Jungen zu Stinas Leidwesen immer noch bei ihr. Sie gerieten dem Vater nach, und auch sie hatten beide das Arbeiten nicht erfunden.

Stina seufzte und biss sich auf die Lippe. Sie brauchte die Arbeit bei Frau Ime Hofe. Wie sollte sie denn sonst die Familie ernähren?
»Das hättest du dir ein wenig früher überlegen müssen. Hier ist dein Lohn«, sagte Lisbeth und schob den kleinen Stapel abgezählter Münzen über den Tisch.
Stina zögerte, ihn zu nehmen. »Bitte, Frau Ime Hofe!«, wagte sie einen letzten Versuch.
Im Grunde war Stina eine gute Arbeiterin, dachte Lisbeth, und wenn sie es künftig nicht an Respekt und Fleiß mangeln ließe, hätte sie nichts dagegen, Stina weiterhin in ihren Diensten zu behalten. Streng blickte Lisbeth sie an. »Also gut. Aber ich will mich nie wieder über dich ärgern müssen!«
Stina blickte ihrer Dienstherrin fest in die Augen. »Das verspreche ich«, sagte sie ernsthaft.
Als Stina das Kontor verlassen hatte, ließ Lisbeth sich in ihren Sessel zurückfallen. Es war einfacher gewesen, sich Respekt zu verschaffen, als sie gedacht hatte. Nur hatte sie dafür erst einmal richtig in Wut geraten müssen, stellte sie verwundert fest und fragte sich, wer von ihnen beiden mehr aus der Sache gelernt hatte, Stina oder sie? Nun blieb zu hoffen, dass Stina sich künftig angemessen verhielt, doch darin war Lisbeth voller Zuversicht.

»Demá!«, schnaubte Fygen verärgert. Soeben war Eckert in ihre Herberge zurückgekehrt, zum dritten Mal ohne Erfolg!
Dabei hatte Fygen es sich ganz einfach vorgestellt. Sie hatte Eckert zur Faktorei der Ravensburger geschickt, um ihren Besuch avisieren zu lassen, bei dem sie dann dem Herrn Alexander gehörig auf den Zahn fühlen wollte.
Dass jener sie nicht empfangen würde, ja, dass Eckert nicht

einmal bis zu seinem Kaufmannsgehilfen vordringen würde, hatte sie nicht erwartet. Stets hatte man ihm das Tor vor der Nase zugeschlagen. Demá – hatte man ihm beschieden – morgen. Er solle morgen wiederkommen. Morgen sei der Herr zugegen …

Das war schon eine grobe Frechheit, befand Fygen verärgert. Dieser Herr Alexander schien ein rechter Ausbund an Liebenswürdigkeit zu sein.

Vor einigen Tagen bereits waren sie in Valencia angekommen. Nach dem unerfreulichen Ereignis an Deck der Karavelle hatten sie ohne weitere Zwischenfälle zunächst den Hafen Port de Bouc, am Étang de Caroute, links des Rhônedeltas erreicht. Während ihres nur wenige Tage dauernden Aufenthalts in Martigues, einer Stadt, von Wasserläufen zerschnitten und von Brücken wieder zusammengefügt, hatte sich das Wetter beruhigt, und von da an hatte sich auch das Meer von seiner besten Seite gezeigt. So hatten sie eine und eine halbe Woche später in Valencia, genauer gesagt im Hafen Grao, ein Stück südlich der Stadt, denn Valencia selbst lag nicht am Meer, an Land gehen können.

Fygen kniff die Augen zusammen und musterte Eckert mit kritischem Blick. Sein Gesicht war noch immer von den Spuren der Schlägerei gezeichnet. Während die Schwellung an Fygens Wange bereits nach zwei Tagen abgeklungen war, hatte Eckerts Gesicht für Tage einem nachlässig geformten Brotteig geglichen. Auch jetzt noch war seine rechte Wange dicker als gewohnt und blau-gelb verfärbt. Das Auge hatte sich zwar wieder an die ihm angestammte Stelle zurückgezogen, doch es hatte einen vollendeten violetten Kranz zurückbehalten, der nur ganz allmählich verblasste.

Alles in allem machte Eckert beileibe keinen vertrauenerweckenden Eindruck, das hatte Fygen unschwer an der Miene der Wirtsfrau ablesen können, als sie die Herberge bezogen hatten. Wenn ein Fremder, noch dazu offensichtlich aus fernen Landen, mit einer so zerschundenen Visage an das Tor der Wolkenburg klopfte, so würde es auch kein Leichtes für ihn sein, zu ihr vorgelassen zu werden, dachte Fygen.

Doch ganz gleich, ob Eckerts ramponierte Erscheinung der Grund dafür war, weshalb man ihm die Tür zur Faktorei gewiesen hatte, ihre Geduld mit dem freundlichen Herrn Alexander war nun am Ende. Entschlossen ergriff sie ein leichtes Umschlagtuch, warf es sich um die Schultern und machte sich selbst auf den Weg. Vielleicht würde das Auftreten einer Dame den Bediensteten von Herrn Alexander mehr Respekt abverlangen.

Nicht allzu lang darauf blickte Fygen stirnrunzelnd an dem hohen Haus empor, das die Faktorei der Ravensburger Handelsgesellschaft beherbergte. Mit seinen kleinen Fensterluken wirkte es trutzig und abweisend. Doch diese Bauweise machte Sinn, hatte Fygen in den vergangenen Tagen in ihrer düster anmutenden Herberge erfahren dürfen. Denn die engen Fensteröffnungen ließen nur wenig von der sengenden Mittagshitze ins Innere der Häuser.

Jetzt am Vormittag war es noch angenehm kühl in der schmalen Gasse unweit des Turia, in dessen Beuge sich die Stadt schmiegte. Doch je höher die Sonne am azurnen Himmel steigen würde, desto heißer würde es werden.

Dumpf erklang der Widerhall im Innern des Hofes, als Fygen den schweren Klopfer gegen das Tor schlug, und nach einer Weile näherten sich schlurfende Schritte. Die in den mächtigen Torflügel eingelassene Tür öffnete sich einen Spaltbreit, und ein kleinwüchsiger, bereits vom Alter gebeugter Diener mit spitzen Schuhen und langem weißem

Hemd streckte vorsichtig seine Hakennase hindurch. Abschätzend legte er das dunkle Gesicht in Falten und musterte sie.

»Ich wünsche deinen Herrn zu sprechen!«, beschied Fygen ihm mit einer gehörigen Portion Herablassung.

Der Diener verbeugte sich und nickte. »Demá«, sagte er.

»Nichts Demá! Jetzt, hier und sofort!«, befahl Fygen. »Verstehst du mich?«

Der Diener nickte abermals und trat einen Schritt zurück. Fygen ihrerseits machte einen Schritt auf die Tür zu, in der Erwartung, der Diener würde ihr Einlass gewähren. Doch stattdessen schloss er die Tür mit einer flinken Bewegung.

Das war unfassbar! Fygen spürte, wie ihr die Zornesröte ins Gesicht stieg. Hatten denn die Menschen hier keinerlei Benehmen?

Doch zur Ehrenrettung der Valencianos öffnete sich alsbald die Tür erneut. Es war ein anderes Gesicht, das im Rahmen erschien, weit jünger und wie frisch gewaschen. Ein junger Bursche mit hellem Blondschopf lächelte sie an.

»Senyora, so leid es mir tut: Herr Alexander ist nicht zugegen. Wenn Ihr morgen wiederkommen wollt?« Höflich und in bestem Deutsch mit schwäbischem Einschlag posaunte er die Worte hervor, augenscheinlich ein Lehrling aus Ravensburg, in die Fremde geschickt, um das Kaufmannshandwerk zu erlernen.

Fygen starrte ihn fassungslos an.

»Versteht Ihr mich?«, fragte der Bursche. »Heute nicht! ¡Avui no! ¡Demá!«

Fygen nickte, und bevor sie noch etwas erwidern konnte, hatte sich die Tür wieder geschlossen.

Demá! – es war zum Auswachsen! Fygen entfuhr ein Fluch, doch um Schicklichkeit brauchte sie sich hier wahrlich nicht zu bemühen. Außer Eckert wäre kaum jemand

in der Lage zu verstehen, was ein Hundsfott war, und der war von seiner Brotherrin manche Merkwürdigkeit gewohnt.
Entsprechend überrascht fuhr Fygen herum, als sie in ihrem Rücken dennoch ein spitzes Kichern vernahm. Ein junges Ding grinste sie breit an, und es dauerte einen Moment, bis Fygen in ihm Filomena erkannte, die junge Frau, die sie an Bord des Schiffes aus ihrer prekären Situation gerettet hatte.
Filomena war offensichtlich guter Dinge und schien dem Rotgesichtigen nicht länger nachzutrauern, zumal sie einen würdigen Ersatz für ihn gefunden hatte. Der Kerl, der mehr haltsuchend als besitzergreifend seinen Arm um ihre halbnackten Schultern gelegt hatte, dünstete den Wochenumsatz eines mittleren Weinzapfes aus.
Manche verstanden es wohl nicht besser, als sich selbst in Schwierigkeiten zu bringen, dachte Fygen. »Kennst du den Herrn Alexander?«, fragte sie, mehr, um ihrem Ärger Luft zu machen, als dass sie glaubte, Filomena würde ihr helfen können.
»Wen?«
»Den Faktor der Ravensburger Handelsgesellschaft«, sagte Fygen und deutete mit dem Kinn auf das Haus.
Filomena bedachte Fygen mit einem schrägen Blick aus halb geschlossenen Augen. »¡Fill de mala mare!«, zischte sie leise und spuckte aus. Doch dann entsann sie sich der Münze, die Fygen ihr an Bord der Karavelle geschenkt hatte. »Sicher …«, antwortete sie daher respektvoll.
»Weißt du vielleicht, wo ich ihn finden kann?«, beeilte Fygen sich sie zu fragen. Es war nur ein geringer Hoffnungsschimmer.
»Wenn ich einen von den Pfeffersäcken suchen würde, dann würde ich in die Llotja gehen«, hob Filomena zu

einer Antwort an, unterbrach sich jedoch mit einem Quietschen. Den Betrunkenen langweilte das Gespräch der Frauen, und unvermittelt griff er in Filomenas großzügiges Mieder. Halbherzig schob sie ihn von sich, doch der Betrunkene drückte ihr einen feuchten Kuss auf das Ohr und zog sie mit sich fort.

Die Llotja de la Seda. Ohnehin hatte Fygen beabsichtigt, das neue Seidenkaufhaus aufzusuchen, es würde also nicht schaden, sogleich dorthin zu gehen.

Auf ihrem Weg ins Herz der Stadt begegneten Fygen und Eckert nur vereinzelt Menschen in den Gassen. Als sie jedoch den gedrungenen Bau der Kathedrale erreichten, sahen sie sich gezwungen, einen Bogen zu schlagen. Vor dem Apostelportal der Kathedrale hatte sich eine Versammlung gebildet. Einfache Leute waren es zumeist, gekleidet in die schlichten Kittel der Bauern. Man schien zu Gericht zu sitzen, denn einzeln oder zu zweien traten die Landbewohner vor, um einer Gruppe würdig wirkender Herren ihr Begehr vorzutragen.

Als Fygen und Eckert wenig später den Plaza Mercado erreichten, war kaum mehr ein Fortkommen. Dicht drängten sich die Marktbesucher um Stände, auf denen feilgeboten wurde, was dem fruchtbaren Umland der Stadt erwuchs. Fygen betrachtete fasziniert das lebhafte Treiben zwischen den Marktständen, die sich bunt bis in die anliegenden Gassen hineinzogen.

Der Markt war groß. In seiner Ausdehnung gemahnte er sie bald mehr an eine Messe denn an einen gewöhnlichen Markt. Neugierig geworden, bog Fygen, von Eckert gefolgt, in eine Gasse zwischen Marktständen ein, auf denen Säcke voller Reis aus den Anbaugebieten von la Albufera, einem Süßwassersee südlich der Stadt, ihrer Käufer harrten.

Eine Weile ließ sie sich von den Marktbesuchern treiben

und genoss die verschwenderische Farbenpracht der üppigen Auslagen mit Obst und Gemüse. Zwischen den Ständen waren immer wieder Orangen zu hüfthohen Bergen aufgestapelt und verströmten ihren unvergleichlich süßen Duft.

Auf einmal spürte Fygen, wie etwas an dem ledernen Beutel zerrte, der an ihrem Gürtel hing. Die schmutzigen Finger eines jungen Diebes waren noch nicht versiert genug, als dass er den Beutel hätte unbemerkt von Fygens Gürtel lösen können. Geistesgegenwärtig griff sie nach dem Strolch, der ihr gerade einmal bis zur Hüfte reichte. Doch der wartete nicht so lange ab, bis Fygen ihn hätte packen können, sondern suchte sein Heil in der Flucht. Behende bückte er sich und tauchte zwischen zwei Mägden mit prall gefüllten Körben vor ihr hindurch.

»Haltet den Dieb!«, rief Fygen. Doch sie erntete nur verständnislose Blicke um sich herum, denn natürlich verstand niemand ihre deutschen Worte.

Eckert schob sich an ihr vorbei und nahm sofort die Verfolgung auf, doch der Knabe war wendig und schnell. Zwischen einem Stand mit getrockneten Trauben von den Weinbergen an der Küste und einem mit Datteln aus Murcia hindurch flitzte er in die nächste Gasse. Dort hastete er um einen Berg von Wolle herum, wuselte zwischen Stapeln von Leder und ganzen Vliesen von Schafen aus den Bergen hindurch und verschwand schließlich auf Nimmerwiedersehen hinter Haufen von Halfa, einem Gras, das sich vorzüglich für die Fertigung von Seilen, Tauen, Schuhen und Packtuch eignete.

Erst nach geraumer Zeit kehrte Eckert zurück, schwitzend und außer Atem. Weit länger, als den Dieb entwischen zu lassen, hatte er dafür benötigt, in dem Gewühl seine Dienstherrin wiederzufinden.

Die hatte sich derweil vom Marktgeschehen ab- und der Llotja zugewandt, ihrem eigentlichen Ziel auf der Plaza Mercado. Übermächtig und von dem ganzen Treiben unberührt, ragte die Seidenbörse über dem Markt auf, mit ihren dicken, von Zinnen gekrönten Mauern und dem wuchtigen Turm einer Festung gleich. Ein Eindruck, den auch die reichverzierten Spitzbögen und die Steinreliefs nicht zu mildern vermochten, und erst recht nicht die steinernen Wasserspeier, die sich entlang der Dachfront zogen. Fygen erkannte Untiere, Fabelwesen und menschliche Gestalten in höchst unschicklichen Posen.
An der Ecke des Gebäudes lehnten Gerüste. Die Bauarbeiten schienen noch nicht abgeschlossen zu sein, doch zweifelsohne war die neue Seidenbörse, die einheimischen wie fremden Händlern als Verkaufshalle diente, der zu Stein gewordene Ausdruck von der Stärke und Handelsmacht der Stadt.
Ein beeindruckendes, doch keinesfalls einladendes Bauwerk, befand Fygen und trat durch das hohe Eingangstor. Dann jedoch, als sie in den Sala de Contractatión trat, sog sie überrascht die Luft ein. Der Anblick, der sich ihr hier bot, war gänzlich anders, als das Gebäude von außen hatte erwarten lassen. Die Verkaufshalle war von beeindruckender Eleganz. Imposanter noch als der Gürzenich, die gute Stube der Kölner daheim.
Bestimmt vierzig Schritt in der Länge und mehr als zwanzig Schritt in der Breite mochte er messen. Zwei Reihen von je vier schlanken Säulen, die sich wie Spiralen in die Höhe wanden, trugen die schwindelnd hohe Decke und teilten den großen Saal in drei Schiffe. Die Wände waren schlicht gehalten, die Türrahmen und Fensterstürze jedoch waren herrliche Zeugnisse hervorragender Steinmetzkunst. Den Boden hatte man mit hellem und dunklem Marmor belegt.

Zwischen den Säulen waren Verkaufstische plaziert. Männer standen dahinter, davor, zu zweien, in kleinen Gruppen. Man sprach, man handelte, doch anders als auf dem bäuerlichen Markt draußen unter freiem Himmel herrschte hier eine gelassene, der Würde dieses Saales angemessene Geschäftigkeit.

Die Morgensonne flutete durch die Fenster und überzog den Saal und alles darin mit einem goldfarbenen Schimmer, als wüsste sie um die Wichtigkeit der Geschäfte, die hier abgeschlossen wurden.

Ein Künstler war damit zugange, in Höhe der Kapitelle ein die vier Wände umlaufendes Spruchband zu malen. Fygen entzifferte die goldenen Lettern auf dunklem Grund. »Inclita domus sum, annis edificata quindecim. Gustate et videte, concives, quoniam bona est negotiatio, quae non agit dolum …«

»Ein stattlich Bauwerk bin ich, in fünfzehn Jahren errichtet worden. Ihr Bürger, prüft und sehet selbst, wie gut der Handel ist, der keinen Betrug im Munde führt, der dem Nächsten seine Schuld bezahlt und nicht säumig wird, und der sein Geld nicht zu Wucherzinsen verleiht«, übersetzte eine Stimme mit weichem Akzent die lateinischen Worte ins Deutsche.

De la Vega. Sie hatte die Stimme des großgewachsenen Spaniers sogleich erkannt. Fygen runzelte die Stirn. Sie wusste nicht recht, was sie von diesem Mann zu halten hatte. Sein Benehmen schwankte zwischen größter Höflichkeit und unfreundlicher Abwehr, und sein bisweilen unerträglicher Hochmut brachte sie auf.

Gleichwohl war etwas an ihm, das Fygen anzog. Sie vermochte nicht zu sagen, was es war, doch jede Begegnung mit ihm hinterließ in ihr ein beunruhigendes, ja, verwirrendes Gefühl. Und so war sie ihm nach dem unglück-

lichen Zwischenfall auf dem Schiff bewusst aus dem Weg gegangen.
Jetzt kam ihr seine Anwesenheit jedoch zupass. Fygen wandte sich um und schaute ihm in die Augen, die so überraschend hell in seinem dunklen Gesicht aufblitzten. »Ein hehrer Anspruch, will ich meinen«, sagte sie.
»Es kann nicht schaden, die Kaufleute gelegentlich an ihre Redlichkeit zu gemahnen«, antwortete er mit einem Lächeln. Das Goldlicht im Saal färbte seinen Blick violett.
»Wie wahr!«, stimmte Fygen zu. Ob sich jener impertinente Faktor der Ravensburger Handelsgesellschaft dieses Satzes bewusst war?
Ihr Blick streifte Eckerts gerötetes Gesicht. Die Wärme schien dem alten Mann zuzusetzen. »Ich benötige deine Hilfe im Moment nicht«, sagte sie. »Hier bin ich unter ehrbaren Kaufleuten.«
Unschlüssig trat Eckert von einem Fuß auf den andern. Seit dem Zwischenfall auf der Karavelle hatte er seine Herrin kaum aus den Augen gelassen. Doch in de la Vegas Gesellschaft war seine Herrin gut aufgehoben, das hatte jener bereits hinlänglich bewiesen.
Die Erinnerung an seinen verlorenen Kampf gegen den rotgesichtigen Halunken stach in Eckerts Ehrgefühl wie ein Dorn. Doch andererseits hatte er auch nichts dagegen, sich im Weinzapf auf dem Markt eine Erfrischung zu genehmigen …
Die Entscheidung fiel zugunsten des Weinzapfes, und mit einer steifen Verbeugung verließ der Alte die Llotja.
»Ihr seht mich erstaunt, Euch hier anzutreffen, Senyora Bellinghoven.« De la Vega betonte die Worte wie eine Frage.
Um Fygens Mundwinkel zuckte es belustigt. »Erwähnte ich nicht, dass ich in Geschäften hier bin?«, fragte sie und

bedachte ihn mit einem maliziösen Lächeln. »Und wie ich höre, ist dies der rechte Ort für Geschäfte in dieser Stadt.«
De la Vega zog eine Augenbraue hoch und deutete eine Verbeugung an. »Da habt Ihr recht gehört. Und welcher Art sind die Geschäfte, die Euch hierherführen? Datteln, Mandeln, Feigen, Rosinen?« Mit ausholender Geste wies der Spanier in die Runde. In der Llotja wurde beileibe nicht nur Seide gehandelt, obwohl sie einen so großen Anteil stellte, dass sie der Kaufhalle den Namen gab. »Nur Öl sucht Ihr hier vergebens. Das wird nach wie vor in der alten Llotja verkauft.«
Fygen schüttelte den Kopf. »Seide. Ich kaufe Rohseide.«
De la Vega nickte. »So gestattet mir, Euch zu begleiten. Vielleicht kann ich Euch als Tolmetsch behilflich sein?« De la Vega wartete gar nicht ab, bis Fygen ihr Einverständnis gegeben hatte, sondern fasste sie leicht am Arm und führte sie zu einem der Verkaufstische. Darauf waren Stränge von Rohseide zu einem ansehnlichen Berg getürmt.
Kritisch begutachtete Fygen die Seide, nahm einen der Stränge auf und prüfte ihn zwischen den Fingern. Es war Seide von mittlerer Qualität. Fygen fand keinen direkten Fehl daran, doch die Farbe war einen Stich zu gelblich, und die Fäden waren nicht von der Feinheit, die sie sich gewünscht hatte. Rohseide dieser Qualität erhielt sie in Köln ohne Schwierigkeiten aus Venedig. Enttäuscht schüttelte Fygen den Kopf. »Das ist es nicht, was ich suche.«
»Nun, es ist Seda de la tierra y del regno di Valencia, die Seide, die hier in der Umgebung von Valencia gewonnen wird.« De la Vega hob die Schultern.
»Nein, die Seide von Valencia ist besser. Sie steht in ganz außergewöhnlichem Ruf.« Fygen schritt zum nächsten Stand. Der Händler führte die gleiche Qualität. Ebenso sein Nachbar und die drei folgenden. Fygens Mut begann

zu sinken. »Aber es muss sie doch geben. Ich habe sie selbst gesehen – die feinste Seide, die ich je in Händen gehalten habe. Und sie stammte aus Valencia!«, sagte sie mehr zu sich selbst als an ihren Begleiter gerichtet.
Ein Lächeln schlich sich auf de la Vegas Züge, und beinahe eilig zog er sie von dem Stand fort. Quer durch den Saal führte er sie und steuerte geradewegs auf einen bestimmten Verkaufstisch zu. Ein Mann in langem, weißem Hemd stand dahinter. Er neigte höflich den Kopf und legte zum Gruß die Hand auf das Herz. Auch vor ihm stapelte sich die Rohseide. Fygen ergriff eine Strähne, und ihr Herz machte einen kleinen Hopser. »Das ist sie! Die Seide, die ich gesucht habe!« Sie strahlte de la Vega an.
De la Vegas Brauen hoben sich beide zugleich, und zum ersten Mal lag Respekt in seinem Blick. »Diese Seide kommt aus Almeria«, sagte er. »Sie ist in der Tat viel feiner als jene aus Valencia.«
»Almeria?«
»Für Euch im Norden mag sie durchaus Seide aus Valencia sein, wenn sie von hier verschifft wurde. Dies hier ist jedoch Seide aus Almeria.«
Der Händler hatte sich höflich zurückgehalten, doch als er den Namen seiner Heimatstadt vernahm, nickte er eifrig und deutete auf seine Auslage. »Sí, sí! Almeria!«
»Die Seide aus Almeria ist sehr kostspielig, aber sicherlich die beste, die es zu kaufen gibt. Es liegt wohl am Futter. Sie geben den Raupen dort die Blätter des Gebirgsmaulbeerbaumes«, erklärte de la Vega, und diesmal trug seine Stimme keine Spur von Arroganz in sich. »Almeria wurde erst vor zehn Jahren aus maurischer Herrschaft befreit.«
Fygen hörte ihm nurmehr mit einem Ohr zu. Almeria! Seide wurde oft nach ihrem Verschiffungsort benannt. Das würde die Missverständnisse mit dem Faktor der Ravens-

burger erklären. Seine Schlamperei entschuldigte es jedoch nicht.

In blumigen, doch leider für Fygen unverständlichen Worten begann der fremdländische Händler auf sie einzureden. Doch de la Vega winkte ab. »Potser la propera vegada, senyor. Ein andermal.«

Leise raunte er Fygen zu: »Wenn ich Euch einen Rat geben darf, so kauft bei einem anderen Händler. Dieser hier hat nicht den besten Ruf …« Wie selbstverständlich ergriff er ihren Arm und führte sie durch eine rückwärtige Tür aus dem Saal der Säulen hinaus in einen großzügigen Patio.

Den luftigen Innenhof umstanden blühende Orangenbäume, in deren Schatten steinerne Bänke darauf warteten, ermüdeten Kaufleuten nach ihren Geschäften Erholung zu bieten. De la Vega geleitete Fygen zu einer dieser Bänke und entschuldigte sich: »Ihr gestattet, dass ich mich um eine Erfrischung bemühe?«

Sieh an, dieser hochmütige Mann konnte doch sehr zuvorkommend sein, dachte Fygen und ließ sich nieder. In der Mitte des Hofes kühlte plätschernd ein Brunnen die Luft. Ein leichter Windhauch strich unter den Bäumen hindurch und hüllte sie in den süßen, fremdländischen Duft, den die weißen Blüten verschwenderisch verströmten. Für einen Moment schloss Fygen die Augen und überließ sich dem betörenden Duft.

»Wo weilt Ihr mit Euren Gedanken?«

Fygen hatte nicht gehört, dass de la Vega zurückgekommen war. Ihr war Hermans vergeblicher Versuch, Seide am Rhein zu züchten, in den Sinn gekommen. »Ich dachte gerade an die Seidenzuchten. Zu gerne würde ich eine besichtigen.«

»Nun, vielleicht lässt sich das einrichten …« De la Vega wandte sich dem Diener zu, der ihm in den Hof gefolgt

war und auf einem Tablett zwei Becher und eine flache Schale mit länglichen Gebäckstücken balancierte.
Während der Diener die Schale auf der Bank abstellte, nahm de la Vega einen der gekühlten Becher vom Tablett und reichte ihn Fygen. Er war gefüllt mit einem cremefarbenen, milchigen Getränk.
Fygen schnupperte daran. Es roch nach Nüssen.
»Horchata, Erdmandelmilch. Habt Ihr sie schon versucht? Es gibt keine bessere Erfrischung!«, schwärmte de la Vega.
Fygen nahm einen Schluck. Es schmeckte süß. Ein wenig eigenwillig, aber gut, fand Fygen. Dann krauste sie die Nase. Die Horchata hinterließ einen leicht pelzigen Geschmack auf der Zunge.
De la Vega reichte ihr die Schale, und Fygen nahm sich eines der fingerlangen, noch warmen Gebäckstücke. »Die Horchata wird erst mit Fartons wirklich zu einem Genuss«, sagte er und griff ebenfalls zu. Bedächtig tunkte er das Gebäck in seinen Becher, bevor er es sich genüsslich in den Mund schob.
Fygen tat es ihm gleich.
»Wundervoll!«, schwärmte sie mit einem Lachen. »Mit dieser Köstlichkeit sollte man Handel treiben!«
Der Gedanke erinnerte sie an den Grund, der sie eigentlich in die Llotja geführt hatte: die Suche nach dem Faktor der Ravensburger Handelsgesellschaft. Jetzt konnte sie auf diesen Halunken pfeifen. Sie würde auch ohne ihn diese wundervolle Seide aus Valencia nach Köln bringen. Vielleicht konnte ihr de la Vega dabei behilflich sein, überlegte sie. Dennoch sollte der feine Herr Alexander nicht ungeschoren davonkommen. Zumindest wollte sie den Schaden, den er ihr zugefügt hatte, ersetzt bekommen.
Wie beiläufig fragte sie: »Ist Euch ein Herr Alexander be-

kannt? Er ist Obmann der Ravensburger Handelsgesellschaft.«

De la Vega blickte sie für einen Moment verblüfft an. Wieder zog er eine einzelne Augenbraue empor, doch dann umspielte ein amüsiertes Lächeln seine Lippen, und er nickte. »Ihr kennt Herrn Alexander? Ein ehrenwerter Kaufmann. Ich kenne ihn gut. Was wollt Ihr von ihm?«

Fygen zog es vor, ihre wahre Meinung über den Faktor der Ravensburger Handelsgesellschaft für sich zu behalten. »Ich habe Geschäftliches mit ihm zu besprechen. Soweit ich weiß, handelt er mit Seide. Man sagte mir, er sei vielleicht hier in der Llotja anzutreffen.«

»Nun, er ist öfter hier.« De la Vega nickte. Dann hielt er inne und schien zu überlegen. »Nein«, fuhr er fort, »heute habe ich ihn hier noch nicht gesehen. Am besten, Ihr geht in seine Bodega. Jetzt ist nicht der rechte Zeitpunkt, doch nach der Siesta werdet Ihr ihn dort sicher antreffen.«

»Herein!«, sagte Lisbeth. Sie stand am Fenster in ihrer Schreibstube, mit dem Rücken zum Raum, die Hand unbewusst auf den Unterleib gelegt. In Gedanken weilte sie noch beim vergangenen Abend. Es war eine schöne Feier gewesen, obschon der Tag mit einem Missklang begonnen hatte.

Bei der Morgensuppe hatte Lisbeth Mertyn daran erinnert, dass es seine Aufgabe wäre, die benötigten Gewürze für den Maitrunk zu kaufen. Seit alters her war es Sitte, dass der Herr des Hauses dies am Morgen des Maiumtrunks in höchsteigener Person tat.

Mertyn hatte abwesend genickt, und Lisbeth war davon ausgegangen, dass er sich der Sache annehmen würde. Doch weit gefehlt! Als die Köchin um die Sext bei ihr anfragte, ob der Hausherr die Kräuter besorgt habe – schließlich musste der Maitrunk einige Stunden ziehen –, suchte sie Mertyn in seinem Kontor auf.

Er habe zu tun, hatte er ihr knapp beschieden, kaum dass er den Kopf von seinen Büchern gehoben hatte. Schließlich müsse er ans Geldverdienen denken und könne sich nicht um solchen Firlefanz kümmern. Solle sie doch eine Magd schicken oder selbst gehen, wenn ihr so viel daran liege.

Zunächst war Lisbeth verärgert gewesen, doch dann hatte sie beschlossen, sich von Mertyn nicht den Abend verderben zu lassen. Sie war selbst auf den Domhof und zu Sankt Johann gegangen, hatte Karneel, Ingwer, Nelken und Galgan, ein sehr erhitzendes Gewürz, gekauft. Dazu, obwohl es ein kostspieliges Vergnügen und er eigentlich für den Geschmack nicht vonnöten war, noch etwas Zimt in Stangen. Dann machte es wenigstens Sinn, dass ihr Gatte sich so ausgiebig ums Geldverdienen kümmerte, dachte Lisbeth, nicht ohne einen Anflug von Bosheit.

Die Köchin hatte derweil den Wein, einen leichten von der Mosel, in die blaugraue Rumpfkanne gefüllt. Eigenhändig hatte Lisbeth die Gewürze abgemessen und mit einer großen Menge Honig in die Kanne gegeben, die daraufhin mit einer Schweinsblase luftdicht verschlossen wurde.

Bereits am frühen Abend waren die Gäste erschienen. Man hatte die Fenster zum Saal im Obergeschoss weit geöffnet, um die milde Frühlingsluft hereinzulassen, und an der Tafel herrschte eine freudige Stimmung. Jeder sehnte sich nach dem Frühjahr, und als Lisbeth Platten mit gebratenen Maifischen auftragen ließ, erhob sich beifälliges Gemurmel. Von jeher galt das Auftauchen der schmackhaften Seefische, die den Rhein heraufkamen, um zu laichen, als Beweis dafür, dass es nun endlich Frühling wurde.

Mit großem Appetit machten sich die Gäste über die Fische her, doch als der Hausherr daran ging, von dem

Maitrunk in den Wibbel, einen großen grünen Glashumpen, zu schenken, wurde es ruhig im Saal. Bedächtig setzte Mertyn den Deckel auf den Humpen. Am Knauf des Deckels war ein elastischer Draht befestigt, an dessen Ende ein silbernes Vögelchen angebracht war, das nun lebhaft hin und her wibbelte.

Mit unschuldiger Miene reichte Mertyn Herman den Wibbel, wobei er im letzten Moment wie zufällig dem Vögelchen einen Stups versetzte, der dieses in wildes Zucken versetzte.

Herman lachte gutmütig, nahm den Deckel vom Wibbel und legte ihn vor sich auf dem Tisch ab. Der Vogel wibbelte an seinem Draht hin und her. Dann fasste Herman den Humpen mit beiden Händen, legte Daumen und Mittelfinger in die hierfür vorgesehenen Vertiefungen im Glas, setzte den Humpen gemächlich an die Lippen und begann zu trinken. Denn es galt: Wer an der Reihe war, der musste trinken, solange der Vogel wibbelte.

Unter aufmunternden Zurufen leerte Herman den Wibbel weit über die Hälfte, bis das Vögelchen schließlich zur Ruhe kam.

Lisbeth beobachtete, wie Herman den Deckel wieder auf den Krug setzte und ihn an Clairgin weiterreichte, die Lisbeth nicht ohne Hintergedanken neben ihn gesetzt hatte. Clairgin sah heute besonders hübsch aus, dachte Lisbeth. Ihr enganliegendes Kleid mit den weiten Ärmeln und der hochangesetzten Taille, das in einer kurzen Schleppe auslief, brachte die zierliche Gestalt der Freundin zur Geltung, und der hellblaue Atlas unterstrich die Farbe ihrer Augen aufs Vortreffliche. Sie gäbe bei Gott eine Gemahlin ab, derer sich ein Lützenkirchen nicht zu schämen brauchte.

Herman bemühte sich, den Vogel nicht heftiger in Zuckungen zu versetzen als nötig – eine recht brüderliche Geste.

Herman kannte Clairgin aus der Zeit, als diese bei ihnen in der Wolkenburg lebte, wie Fygens andere Lehrtöchter auch.
Clairgin dankte. Mit ruhiger Hand legte sie den Deckel vor sich ab und nahm einen Schluck von dem gewürzten Maiwein. Rasch kam der Vogel zur Ruhe, und Clairgin reichte den Krug weiter.
Clairgin wäre wirklich eine gute Frau für Herman, dachte Lisbeth. Ihr ruhiges, bedachtes Wesen könnte sicher ausgleichend auf Hermans Sprunghaftigkeit wirken. Während sie noch überlegte, wie sie es anstellen sollte, die beiden einander näherzubringen, und der Wibbel die Tafel hinaufwanderte, hatten Mertyn, Herman und ihr Schwager Hans Her sich ihrer liebsten Beschäftigung zugewandt: sich des Langen und Breiten über ihre Geschäfte auszutauschen.
»Die Seidenmanufakturen in Venedig, Genua und Florenz werden immer stärker«, drangen Hermans warnende Worte an Lisbeths Ohr, und sie horchte auf. »Und in Neapel, Mailand und Turin sind neue entstanden.«
»Das mag wohl stimmen«, erwiderte Hans Her. »Doch die italienischen Erzeugnisse stehen nicht mit den kölnischen im Wettbewerb, denn sie finden kaum den Weg auf die Märkte nach Frankfurt oder Antwerpen, dorthin, wo wir den größten Teil unserer Ware absetzen.«
»Auch spanische Seidwaren stehen in gutem Ruf«, ergänzte Stephan. »Vornehmlich die aus Toledo und Sevilla. Doch weder in Antwerpen noch in Frankfurt sind sie mir bisher untergekommen.«
Lisbeth hatte sich in Frankfurt genau umgeschaut, vor allem an den Ständen der Seidmacher aus anderen Städten. »Aus Ulm, Augsburg und Nürnberg haben wir nichts zu befürchten«, sagte sie nicht ohne Stolz. »Vor denen haben

wir Kölnischen einen deutlichen Vorsprung, was die Qualität angeht.«

Die Herren und auch Clairgin nickten zustimmend.

»Paris ist nicht zu unterschätzen«, warf Andreas Imhoff wichtig ein, doch Hans winkte ab. »Mit den Franzosen teilt man sich seit langem schon die Käufer. Nein. In den Niederlanden lauert die Konkurrenz. In Gent, Brügge und Antwerpen fertigt man besonders kostbare Erzeugnisse wie Sammet, Atlas und Brokat. Und das zu erschreckend günstigen Preisen.«

Die Herren nickten abermals.

»In Frankfurt hat gerade ein flämischer Händler Clairgins Ware gelobt«, warf Lisbeth ein, vornehmlich, um Hermans Aufmerksamkeit auf die Freundin zu lenken.

Das Lob rötete Clairgins Teint, und verlegen schlang sie ihre Finger ineinander.

Herman nickte Clairgin anerkennend zu, doch er ging nicht weiter darauf ein.

»Gleichwohl. Ihr müsst künftig darauf achten, nur erstklassige Ware herzustellen. Und achtet auch auf die Kosten, damit eure Waren nicht zu teuer werden«, empfahl Hans Lisbeth und Clairgin eindringlich.

Der Wibbel machte weiter seine Runde um die Tafel. Bei Bedarf wurde er von der Schankmagd neu gefüllt, und die Stimmung wurde ausgelassener. Das Gespräch der Herren wandte sich dem Handel mit Eisenwaren zu.

Später am Abend, als man die Tafel aufgehoben hatte und sich mit gefüllten Bechern im Saal verteilte, trat Lisbeth zu ihrem Bruder.

»Und, wie gefällt sie dir?«, wollte Lisbeth von Herman wissen. Die meisten Männer waren ja in Liebesdingen ein wenig schwerfällig. Und statt sich in Andeutungen zu ergehen oder Situationen einzufädeln, in denen die beiden

sich begegnen würden, hatte sie beschlossen, Herman geradewegs auf Clairgin anzusprechen.
»Wer?« Ehrlich erstaunt blickte Herman seine Schwester an.
»Clairgin«, antwortete Lisbeth und richtete ihren Blick auf die Freundin, die ein paar Schritt entfernt stand und gerade über einen von Rudolfs Scherzen schmunzelte.
»Clairgin? Wieso?«, fragte Herman und folgte begriffsstutzig Lisbeths Blick.
»Nun, ein erfolgreicher Kaufmann braucht eine Gattin, die ihm zur Seite steht. Du bist im rechten Alter. Es wäre an der Zeit, sich nach einer Braut umzusehen. Clairgin ist …«
»Nein!«, unterbrach Herman sie heftig und so laut, dass die Umstehenden sich zu ihnen umwandten. »Schlag dir das aus dem Kopf und kümmer dich um deine eigenen Angelegenheiten!«
Verblüfft starrte Lisbeth ihren Bruder an. Seine Miene hatte sich von einem Moment zum nächsten verdüstert, und über seiner Nasenwurzel stand eine Zornesfalte. So barsch hatte er nicht mehr mit ihr gesprochen, seit sie beide dem Kindesalter entwachsen waren.
»Entschuldige bitte! Ich habe es nur gut ge…«, sagte sie, doch Herman wandte sich ab und ließ sie einfach stehen.
Verärgert schüttelte Lisbeth den Kopf. »Holla, was ist denn in den gefahren?«, brummte sie halblaut und blickte ihrem Bruder empört hinterher, als dieser sich zu Mertyn und Alberto gesellte. Wieso reagierte er so heftig auf diese harmlose Frage?
Wenn er Clairgin nicht mochte, so hätte er ihr das auch freundlicher zu verstehen geben können, dachte sie aufgebracht. Wobei sie sich nicht vorstellen konnte, welche Einwände er gegen ihre Freundin haben könnte. Doch selbst

wenn er sie hätte, so war das noch längst kein Grund, sie anzufahren.

Seit wann war es denn ein Vergehen, wenn man sich um das Wohl des eigenen Bruders sorgte, vor allem jetzt, wo Mutter auf Reisen war und seine Schwester Agnes genug mit ihrer eigenen großen Familie zu tun hatte. Und Tante Fya scherte sich ohnehin um niemanden außer um sich selbst.

Ein erneutes Klopfen an der Tür riss Lisbeth aus ihren Gedanken an den vergangenen Abend und brachte sie zurück in ihre Schreibstube. Der Besucher schien ihre Antwort nicht gehört zu haben. »Herein!«, rief sie abermals, lauter diesmal. In diesem Moment spürte sie ein heftiges Ziehen im Unterleib. Ein allzu bekanntes Ziehen, das dem Schmerz vorausging, der ihre Monatsblutung begleitete. Jenes verhasste Ziehen, das ihr sagte, dass es auch in diesem Monat nicht geschehen war, dass ihr Schoß leer geblieben war.

Tränen der Enttäuschung schossen Lisbeth in die Augen. So hatte auch der heilige Kunibert ihr nicht zu helfen vermocht, dachte sie bekümmert und strich traurig mit der Hand über ihren Bauch.

Lisbeth biss sich auf die Lippe, um die Tränen zurückzudrängen, und wandte sich um. Niemand brauchte ihr schließlich den Kummer anzumerken.

»Hier ist Apolonia Loubach für Sie, Frau Ime Hofe«, sagte die Hausmagd und knickste.

Seit langem schon spann Apolonia Seide für Lisbeth, so wie ihre Mutter Barbara einst für Fygen gearbeitet hatte, und stets zu ihrer Zufriedenheit. Doch heute hatte sie Ernstes mit ihr zu besprechen.

Sie tat es nicht gern, doch eingedenk der Worte, die ihr Schwager Hans über den Handel mit Seidentuchen gesagt hatte, musste sie versuchen, die Kosten für die Herstellung zu senken. Am Einkaufspreis für Rohseide konnte sie nicht viel ändern. Wohl aber an dem, was sie den Spinnerinnen und den Färbern zahlte. Und darum hatte sie Apolonia für heute bestellt.

Im Moment stand Lisbeth der Sinn zwar nicht nach geschäftlichen Verhandlungen, doch zumindest würden diese sie von ihrem Schmerz ablenken, dachte sie und gab der Magd Zeichen, Apolonia in die Stube treten zu lassen. Doch darin hatte Lisbeth sich gründlich geirrt. Denn die junge Seidspinnerin schob einen ansehnlichen Bauch vor sich her, und es war nicht zu übersehen, dass Apolonia in gesegneten Umständen war.

Lisbeth gab es einen neidvollen Stich. Reichte ihr Kummer denn nicht aus? Musste man denn auch noch das Messer in der Wunde herumdrehen, dachte sie bitter. Warum bekam Apolonia ein Kind und nicht sie? Warum?

Nicht, dass Lisbeth es der Seidspinnerin nicht gegönnt hätte. Von ihr aus konnte Apolonia ein ganzes Dutzend Kinder haben, aber sie wollte auch eines.

Krampfhaft presste Lisbeth die Lippen zusammen, bemüht, nicht auf Apolonias Bauch zu schauen, und schroffer, als beabsichtigt, sagte sie: »Ich kann dir künftig nur noch zehn Albus pro Pfund zahlen.«

Bestürzt starrte Apolonia sie an. »Aber Ihr gebt mir meist Talayer Seide, die feinste überhaupt. Die Lohntaxe hierfür ist vierzehn Albus«, brachte sie hervor.

»Die Beginen nehmen acht«, erwiderte Lisbeth.

»Aber es ist untersagt, den Beginen Seide zu bringen«, sagte Apolonia leise.

Das stimmte. Laut Zunftbrief war es nach wie vor verboten, den geistlichen Frauen Seide zum Spinnen zu überlassen, doch anders als zu Zeiten von Lisbeths Mutter, als dieses Vergehen als Strafe den Ausschluss aus der Zunft nach sich gezogen hatte, scherte sich heute niemand mehr darum. Alle machten es. Das wusste Apolonia so gut wie Lisbeth.

Die Beginen – zumindest die vom Annenkonvent – arbeiteten gut. Sie waren zwar nicht so schnell wie die zünftigen Seidspinnerinnen, vermutlich weil sie einen nicht geringen Teil ihrer Zeit im Gebet zubrachten, dachte Lisbeth. Doch da der Lohn pro Pfund entrichtet wurde, konnte ihr das gleich sein.

Das einzige Problem war, dass die zwölf Frauen im Annenkonvent nicht annähernd die Möglichkeiten hatten, all die Seide zu verarbeiten, die Lisbeth kaufte. Doch das brauchte Apolonia Loubach nicht zu wissen.

»Zwölf?«, fragte Apolonia zaghaft und presste die Lippen abwartend aufeinander.

Lisbeth zögerte einen Moment. Hatte sie Apolonia eben noch beneidet, so verspürte sie jetzt Mitleid mit der jungen Frau. Die Seidspinnerinnen waren beileibe nicht so wohlhabend wie die Seidenweberinnen. Die Rohseide, die sie bearbeiteten, war nicht ihr Eigentum, und trotz aller Fertigkeit blieben sie stets Lohnarbeiter für die Seidmacherinnen und brachten es selbst nie zu richtigem Wohlstand. Und anders als sie, die einen wohlhabenden Kaufmann zum Manne hatte, war Apolonia auf den Ertrag ihrer Hände Arbeit angewiesen, das wusste Lisbeth wohl. Und bald hätte sie ein weiteres Menschlein zu füttern …

Doch Lisbeth wusste auch, dass manch andere Seidmacherinnen noch härter mit ihren Spinnerinnen umsprangen, sie mit Stoffen entlohnten anstatt mit Geld, für welche die Frauen, wenn sie sie verkauften, weniger erhielten als den vereinbarten Lohn. Für einen Moment getraute Lisbeth sich, ihren Blick auf Apolonias Bauch ruhen zu lassen.

»Also gut«, entschied sie schließlich. »Um unserer langen Zusammenarbeit willen: zwölf.«

5. Kapitel

Es war immer noch warm, als Fygen sich in Eckerts Begleitung nach der Siesta auf den Weg in die Bodega machte, aber die Sonne hatte ihre stechende Kraft verloren und warf lange Schatten auf die Plaza Mercado. Die Händler hatten ihre Marktstände abgebaut, doch das Treiben in den Gassen war nicht weniger geworden.

Fasziniert blickte Fygen in geschminkte Gesichter, etwas, das man zu Hause nicht oft sah, und sog den Duft schwerer Parfums ein. Das lebhafte Gewirr von fremdländischen Sprachen drang ihr in die Ohren, und am liebsten hätte sie sich auf einem Treppenabsatz niedergelassen und dem Treiben zugeschaut, so aufregend anders waren diese Stadt und ihre Bewohner.

Nach de la Vegas Beschreibung sollte es nicht allzu schwierig sein, die Bodega der Gesellschaft zu finden. In der Nähe der Llotja verließen Fygen und Eckert den Markt durch die Puerta de Tudela, einen Durchbruch in der Mauer, und bogen zielstrebig in die Puerta nueva ein.

Die Gasse war gesäumt von Geschäften, die Lebensmittel feilboten. Ihre farbig gestrichenen Türen standen offen, und der Duft nach fremden Gewürzen drang heraus und durchzog die Straße. Offene Säcke mit Reis, Kisten mit Orangen, Körbe mit blassgrünen Kohlköpfen, Rüben und Gemüse, deren Namen Fygen nicht zu nennen wusste, standen in heillosem Durcheinander bis auf die Gasse hinaus. Es gab Früchte, die waren in Größe und Farbe Hühnereiern nicht unähnlich, andere lockten prall-rot mit glänzender Schale und waren nur murmelgroß, wieder andere dunkelgrün oder hellgelb und gebogen. Fygen hatte sie nie zuvor gesehen. Doch sie hatte davon reden hören, dass man in der Neuen Welt fremdartige Gemüsesorten gefunden hatte, die es hier nicht gab. Und dass die Seeleute Pflanzen mitgebracht hätten, damit die Bauern sie hier anbauten. Vielleicht stammten diese Früchte ja von dort?

In den Geschäften drängten sich die Käufer unter Bündeln von zu Strängen geflochtenen Zwiebeln und Knoblauch, die von der Decke baumelten.

Gewissenhaft zählte Fygen die Türen ab. Die fünfte Tür nach der Puerta de Tudela sollte es sein. Grün gestrichen. Dort! Da musste es sein. Valencia war die einzige Stadt, in der die Ravensburger Handelsgesellschaft neben dem Gelieger, in dem die großen Geschäfte abgeschlossen wurden, auch noch einen Kleinverkauf unterhielt – eben die Bodega.

Sie lag wirklich in allerbester Geschäftslage, dachte Fygen und trat ein. Überrascht von der Größe des Raumes, blieb sie an der Tür stehen und blickte sich um. Anders als in den Läden, an denen sie soeben vorbeigekommen war, herrschte in der Bodega der Oberdeutschen eine peinliche Ordnung.

Ringsum erklommen Regale aus dunkel poliertem Holz die Wände des Raumes bis hinauf zur hohen Decke. Davor standen schwere Verkaufstische, gefertigt aus demselben Holz wie die Wandregale. Glänzende Töpfe, Tiegel, Kannen und Pfannen, die den weiten Weg aus Nürnberg oder Flandern hinter sich hatten, hingen ordentlich an Haken aufgereiht und warteten auf Käufer. Kisten und Körbe waren in Reihen ausgerichtet wie mit der Schnur gezogen, die Ballen mit Ulmer und Augsburger Leinwand sorgfältig gestapelt.

Es befanden sich einige Kunden in der Bodega, doch Fygen hatte kaum einen Schritt in den Raum hineingemacht, als sich bereits aufmerksame Vogelaugen auf sie richteten. Sie gehörten einem dunkelhäutigen, kleinwüchsigen Mann mit pechfarbenem Haar und auffallend großen Ohren, der hinter einem der wuchtigen Verkaufstische stand. Aus der Bestimmtheit, mit der er nun einen Gehilfen zu sich winkte, um diesem seinen Kunden zu überlassen, schloss Fygen, dass es der Obmann der Bodega, wenn nicht gar Herr Alexander selbst war.

Mit einem freundlichen Lächeln, den Kopf höflich geneigt, trat der Mann auf Fygen zu. »¡Bona nit senyora! ¿Com podría servir-vos?«

Fygen verstand die Worte nicht, doch es war offensichtlich, dass der Obmann nach ihrem Begehr gefragt hatte.

»Senyor Alexander?«, fragte sie.

»¿Jo? ¡No!« Der Obmann winkte ab. »¡Un moment si us plau!« Diensteifrig eilte er quer durch den Raum davon. Fygen sah, wie er zu einer Gruppe von drei wohlhabend wirkenden Herren trat, zwei kleineren, untersetzten – der Ähnlichkeit ihrer rötlichen Gesichter nach mochte es sich um Brüder handeln – und einem hochgewachsenen Mann, der ihr den Rücken zuwandte. Die Herren schienen in ein lebhaftes Gespräch vertieft, das der Obmann nun mit einer Verneigung unterbrach.

Er flüsterte dem Großgewachsenen etwas zu, woraufhin dieser den Kopf wandte und ihr zunickte. Senyor de la Vega!

Fygen blinzelte überrascht. War das ein Zufall, fragte sie sich, oder war der Spanier ihretwegen hier? Doch es musste ein Zufall sein. Er hatte ja gesagt, er sei mit Herrn Alexander bekannt. Fygen wusste nicht, ob sie sich darüber freute, ihn hier anzutreffen, oder nicht. Gebrauchen konn-

te sie ihn bei ihrer Unterredung mit Herrn Alexander sicher nicht.
Reserviert erwiderte sie daher seinen Gruß, doch er verabschiedete sich von seinen Gesprächspartnern und kam auf sie zu. Ein strahlendes Lächeln breitete sich über seine Züge. »Senyora van Bellinghoven! Wie schön, Euch wiederzusehen.«
»Senyor de la Vega, welch ein Zufall, Euch hier anzutreffen«, entgegnete sie so distanziert wie möglich, und es gelang ihr zum ersten Mal, seinen Namen korrekt auszusprechen.
»Nun, einen Zufall würde ich es nicht nennen. Eher eine kleine List. Es erschien mir der einfachste Weg, Euch wiederzusehen.« De la Vega schmunzelte jungenhaft, ganz so, als sei ihm ein besonderer Streich gelungen. »Mein vollständiger Name lautet Alejandro Martinez de la Vega. Oder, weil es für unsere deutschsprachigen Handelspartner einfacher ist: Herr Alexander. Entschuldigt die kleine Maskerade.«
Fygen sog scharf die Luft ein. Der Faktor der Ravensburger Handelsgesellschaft in Valencia, jener Herr Alexander, war niemand anders als ihre zufällige Reisebekanntschaft Senyor de la Vega!
Vor Verblüffung blieb Fygen der Mund offen stehen. Was für ein unverschämter, impertinenter, betrügerischer Mistkerl!
Unbewusst ballte sie die Fäuste, ihre Fingernägel gruben sich in die Handflächen, während sie de la Vega anstarrte. Sie wiederzusehen! Was für eine Frechheit! Nur mit Mühe konnte Fygen sich beherrschen, ihm nicht ins Gesicht zu schlagen. Sie atmete zweimal tief durch, um ihre Fassung wiederzuerlangen. Dann wurde ihr klar, dass er nicht wissen konnte, wer sie war, geschweige denn, was sie von ihm

wollte. Seine Galanterie mochte also der Wahrheit entsprechen.
Ein grimmiges Lächeln schlich sich auf ihre Lippen, und mit aller Leichtigkeit, die sie aufzubringen vermochte, sagte sie: »Nun, Senyor de la Vega. Das trifft sich nicht schlecht. Dann müsst auch Ihr mir eine kleine List verzeihen. Bellinghoven ist der Name meines Vaters. Ich bin eine verheiratete Lützenkirchen und führe seit dem Tod meines Mannes die Faktorei der Ravensburger Handelsgesellschaft in Köln.«
Mit einem Anflug von Genugtuung beobachtete sie, wie sich zuerst Erstaunen, dann Unglauben auf de la Vegas Züge zeichnete. Die Farbe seiner Haut hellte sich um eine Nuance auf. Dann verschloss sich sein Gesicht zu einer abweisenden Maske, kein Muskel rührte sich mehr darin. »Ich wüsste nicht, was ich mit einer Lützenkirchen zu besprechen hätte«, presste er hervor. »Entschuldigt mich, meine Kunden warten.« Brüsk wandte de la Vega sich ab und wollte Fygen stehenlassen, doch geistesgegenwärtig erwischte sie ihn am Ärmel und hielt ihn fest. »Aber ich wünsche mit Euch zu sprechen!«, zischte sie. »Wenn Ihr jetzt geht, wird Eure Bodega eine Szene erleben, die alles andere als erbaulich ist für Eure Kunden. Das verspreche ich Euch!«
»Demá – morgen. Kommt morgen in die Faktorei«, versuchte de la Vega Fygen abzuwimmeln.
Fygen hatte das valencianische Wort für »morgen« mehr als satt. »Nichts Demá! Jetzt! Am Markt zu Ravensburg werden die Herren Regierer Hinderofen und Humpis sicherlich befremdet sein, zu erfahren, dass einer ihrer Faktoren dem anderen aus Profitgier Schaden zufügt. Zu Lasten der Gesellschaft«, drohte sie.
Der Kaufmann biss die Zähne zusammen und nickte. Seine

Kiefer malmten schweigend, als er sie an den Verkaufstischen vorbei zu einer Tür in der rückwärtigen Wand führte.

Eckert, der sich bislang im Hintergrund gehalten hatte, schickte sich an, ihnen zu folgen, doch mit einem kurzen Blick gab Fygen ihm zu verstehen, dass sie seine Anwesenheit bei diesem Gespräch nicht wünschte.

Hinter dem Verkaufsraum lag ein Kontor, das zwar beengt war, aber von der gleichen Aufgeräumtheit wie die Bodega selbst.

Nachlässig wies de la Vega auf einen Stuhl, bevor er sich hinter dem Arbeitstisch niederließ.

»Also?«, fragte Fygen kühl.

»Also was?«, knurrte de la Vega.

»Warum habt Ihr mir diese lausige Rohseide geschickt?«

»Es war Seide aus Valencia! So wie Ihr sie bestellt hattet«, verteidigte de la Vega sich knapp.

»Ja, das habe ich inzwischen auch verstanden«, gab Fygen zu. »Beim ersten Mal. Dennoch hättet Ihr meinem Schreiben entnehmen müssen, dass ich eine bessere Qualität erwartet hatte.«

De la Vega öffnete den Mund zu einer Entgegnung, doch Fygen ließ sich nicht unterbrechen. »Redet Euch jetzt nicht auf sprachliche Missverständnisse heraus. Wie ich inzwischen mehrfach die Gelegenheit hatte zu vernehmen, seid Ihr durchaus in der Lage, Euch in meiner Sprache sehr gewählt auszudrücken. Stattdessen habt Ihr abermals *Seide aus Valencia* geschickt. Und die dritte Lieferung war schlicht eine Frechheit!« Fygen machte ihrem Ärger Luft. »So schlampig verpackt, dass alles verschimmelt in Köln ankam.« Ihre bernsteinfarbenen Augen funkelten, und die Erregung hatte ihr eine leichte Röte auf die Wangen getrieben.

Eine wirklich beeindruckende Frau, dachte de la Vega. Sie besaß ein Feuer, das ihn an die hiesigen Frauen erinnerte. Nicht an die blutleeren Töchter der gehobenen Kaufmannschaft und des städtischen Adels, sondern eher an jene vom Schlag seiner Mutter. Wie beherzt sie war, eigens nach Valencia zu reisen, um ihn zur Rede zu stellen! Und wie hartnäckig!

»Wir lassen unsere Ware immer sehr sorgfältig verpacken«, entgegnete er hochmütig.

»Genau das habe ich auch vernommen«, stimmte Fygen zu. »Mein Eidam Hans Her – er führt die Rechnung im Gelieger zu Antwerpen – sagt, er hätte über Eure Lieferungen nie zu klagen. Und wenn ich sehe, mit welcher vorbildlichen Ordnung Ihr diese Bodega führt, so kann ich mir nicht denken, dass Schlamperei zu Euren Fehlern zählt. Warum also?«

De la Vega schwieg einen Moment. Das Gespräch entwickelte sich in eine Richtung, die er nicht erwartet hatte und die ihm ganz und gar nicht behagte.

»Lützenkirchen aus Köln!«, sagte er schließlich halblaut, so als käme der Name aus verschütteten Tiefen der Vergangenheit auf seine Lippen. Er hatte gedacht, all das läge weit hinter ihm, doch als Fygens Order – die Order der Faktorei Lützenkirchen – bei ihm eintraf, hatte sie an die alte Wunde gerührt, von der Alejandro geglaubt hatte, sie sei längst vernarbt. Der alte Groll war wieder in ihm erwacht und hatte ihn dazu hingerissen, die Bestellung zwar nicht zu sabotieren, sie jedoch auch nicht mit der üblichen Sorgfalt zu behandeln. Doch das konnte er ihr unmöglich erklären! Müde rieb er sich mit der Hand über das Gesicht.

Doch dann durchfuhr Alejandro ein gänzlich anderer Gedanke. Was, wenn es mehr als eine Familie mit dem Namen Lützenkirchen in Köln gab? Wenn diese Frau hier über-

haupt nichts mit ihm und seinem Vater zu schaffen hatte?
»Ihr seid verwandt mit Wilhelm Lützenkirchen?«, fragte er.
Fygens Stirn umwölkte sich. Woher kannte der Spanier den Namen ihres Schwiegervaters? Sie nickte irritiert. »Er war der Vater meines Mannes. Aber was hat das mit Eurer Seidenlieferung zu tun?«
»Habt Ihr ihn gut gekannt?«
»Den alten Lützenkirchen?«, fragte Fygen mit Befremden und konnte nicht verhindern, dass Bitternis in ihr aufstieg. Sie hatte es nie beweisen können, doch sie war sicher, dass Peters Vater die Schuld am gewaltsamen Tod ihres eigenen Vaters trug. »Nein, ich bin ihm nie begegnet. Er starb, als ich noch ein Kind war«, entgegnete sie mit ungewollter Heftigkeit.
Alejandro blickte Fygen abschätzend an. Sie mochte ein wenig jünger sein als er selbst. Er schüttelte den Kopf. »Er starb vor zehn Jahren. Hier in seinem Haus in Valencia«, verbesserte Alejandro sie. »Ich war dabei.«
Erstaunt blickte Fygen ihn an, doch was de la Vega da sagte, konnte durchaus der Wahrheit entsprechen. Sie erinnerte sich noch genau an den Tag, an dem sie Peters Mutter ohne das Wissen ihres Mannes besucht hatte, um herauszufinden, welche Rolle Peters Vater damals beim Tod ihres, Fygens, Vaters gespielt hatte.
Fygen seufzte. So lange war das alles schon her. »Kurz nach dem gewaltsamen Tod meines Vaters hat Wilhelm Lützenkirchen Köln verlassen und sich angeblich auf eine Handelsreise nach Valencia begeben. Dort sei er jedoch nie angekommen, hieß es, und er ist auch nicht nach Köln zurückgekehrt. Seitdem gilt er als tot. Das war im Jahr 1470.«
»In dem Jahr kam er nach Valencia zurück«, bestätigte Alejandro.

Fygen biss sich auf die Lippe. Hierher hatte Peters Vater sich also verdrückt, um sich der Gerichtsbarkeit seiner Heimatstadt zu entziehen, dachte sie empört. Er hat sich einfach aus dem Staub gemacht, hatte munter zwanzig Jahre hier gelebt und sie alle im Glauben gelassen, er sei tot! Wie sich wohl Augusta gefühlt haben würde, wenn sie das erfahren hätte? »Was für ein Mistkerl, einfach seine Familie im Stich zu lassen!«, brach es aus Fygen heraus.
»Er hatte hier auch eine Familie«, entfuhr es Alejandro gegen seinen Willen hitzig.
Fygen starrte ihn entgeistert an. Das war ja wohl der Gipfel der Verderbtheit! Nicht nur, dass der feine Herr Lützenkirchen sich der Verantwortung für sein schändliches Tun entzog und seine Familie zurückließ, nein, er hatte zudem auch noch hier in Valencia eine neue Familie gegründet … Fygen stutzte. Etwas an de la Vegas Worten hatte sie irritiert. »Wieso zurückgekommen?«, fragte sie. »War er denn vorher schon hier?«
De la Vega blieb ihr die Antwort schuldig. Stattdessen schnaubte er verächtlich durch die Nase und strich eine Haarsträhne beiseite, die ihm in die Augen fiel.
Es war eine kurze Handbewegung, nur, doch die Geste ließ Fygen erstarren. So hatte Peter sich die widerspenstige Locke aus dem Gesicht gestrichen, wenn ihn etwas aufgeregt hatte. Fygen blickte Alejandro in die Augen, und ihr Gesicht verlor alle Farbe. Es waren Augen von unverschämtem Blau, die ihren Blick erwiderten. Augen, die von jeher vermocht hatten, sie zu verwirren. Es waren Peters Augen – die Augen ihres Mannes!
Für einen Moment nur loderte der Gedanke in ihr auf, doch sogleich verwarf sie ihn wieder. Sie musste sich irren!
Ihre Trauer um Peter schien sie zu narren.
Doch da war die auffällige Art, wie de la Vega die Brauen

hochzuziehen pflegte, eine ungewöhnliche Mimik, wie sie auch Peter beherrscht hatte. Warum war ihr das nicht früher aufgefallen? All das mochte Erbteil des alten Lützenkirchen sein.

Doch nein, das war unmöglich, schalt Fygen sich, das war absurd! Aber dann schlichen sich de la Vegas Worte in ihren Kopf zurück: »Er hatte hier auch eine Familie … eine Familie!«

Fygens Mund war wie ausgetrocknet, und sie vermochte kaum zu sprechen. Es klang wie das Rascheln von Papier, als sie kaum vernehmlich flüsterte: »Ihr … Ihr seid sein Sohn?«

Alejandro blickte ihr fest in die Augen, und sie kannte die Antwort, bevor er nickte.

In Fygens Kopf wirbelten die Gedanken durcheinander. Das konnte doch alles nicht wahr sein! Dieser Mann hier, Senyor de la Vega, war Herr Alexander, der Faktor der Ravensburger Handelsgesellschaft in Valencia. Und zugleich war er Peters Halbbruder!

Wieder einmal hatte der alte Lützenkirchen es geschafft, in ihrem Leben für Ungemach zu sorgen, dachte Fygen. Wie viel Unheil mochte er in Valencia angezettelt haben? Und was mochte er de la Vega angetan haben? Dessen Reaktion nach konnte er nicht der treusorgende Vater gewesen sein, den sich ein Sohn erhoffte … Doch das war er auch für Peter nicht gewesen.

Nie wäre sie auf die Idee gekommen, dass zwischen Peter und ihm eine Beziehung, eine Blutsverwandtschaft bestand. Allein schon um Alejandros schwarzes Haar und des dunklen Teints willen nicht. Doch jetzt, da sie es wusste, erklärte es ihr manches. Seine auffällig blauen Augen, die so gar nicht zu seinem dunklen Äußeren passen wollten, und vor allem die seltsame Vertrautheit, die sie bereits

bei seinem Anblick an Bord der Karavelle verspürt hatte. Doch es erklärte ihr immer noch nicht, warum er ihr schlechte Seide geliefert hatte.
Verstohlen musterte Alejandro Fygen unter gesenkten Lidern. Scheinbar ruhig saß sie da, versuchte das Unfassbare, was er ihr soeben offenbart hatte, zu verstehen. Sie jammerte oder keifte nicht, wie es viele Frauen getan hätten, und war auch nicht einer Ohnmacht nahe.
Fygen Lützenkirchen. Die Frau seines Bruders … des Mannes, den er einst so glühend beneidet hatte. Um seinen Namen, um seine eheliche Geburt. Und dem zu allem Glück auch noch diese beeindruckende Frau gehörte, wie er nun feststellen musste. Wieder spürte Alejandro den Neid in sich aufsteigen.
Doch hatte sie nicht erwähnt, dass ihr Gatte verstorben war? Welcher Ehemann, der seine Sinne beieinanderhatte, ließe eine solche Frau durch die Welt reisen?
Aus freien Stücken hätte Alejandro ihr seine Identität sicher nicht preisgegeben. Doch sie war scharfsinnig genug, selbst darauf zu kommen. Es hatte nur der Erwähnung des alten Wilhelm bedurft, und ihr hatte sich der Zusammenhang erschlossen. Vielleicht gab es mehr Ähnlichkeiten zwischen ihm und seinem Bruder, als er gedacht hatte? Halbbruder, verbesserte er sich in Gedanken.
Laut sagte er: »Sein Bastard!«
So viel Bitterkeit lag in den Worten, Verächtlichkeit und auch Schmerz, dass es Fygen einen Stich versetzte. Eine Woge von Mitleid überflutete sie. Mitleid mit diesem stolzen Mann, der seinen Vater geliebt und zugleich gehasst haben musste. Und mit einem Mal verstand sie. Einem Impuls nachgebend, legte sie ihre Hand auf die seine. »Und deshalb sabotiertet Ihr meine Seidenlieferung?«, sagte sie sanft. Es war mehr eine Feststellung als eine Frage.

Alejandro blickte zu Boden. Am liebsten wäre ihm, wenn sich die Erde unter ihm auftun und ihn verschlucken würde, so peinlich war ihm die Angelegenheit mit einem Mal. Er kam sich kindisch vor und schämte sich vor dieser Frau, die beherzt genug war, durch die Welt zu reisen, um dem Misslingen ihrer Geschäfte auf den Grund zu gehen. Wie kleinmütig sein Handeln gewesen war, wie gänzlich unbedacht.

Wie hatte er sich nur so eine Blöße geben können? Noch dazu vor dieser Frau. Was mochte sie von ihm denken? Gewöhnlich pflegte er sich nicht sehr darum zu scheren, was die Menschen von ihm dachten. Doch aus einem unerfindlichen Grund war es ihm plötzlich wichtig, was sie von ihm hielt.

Alejandro hob den Kopf und blickte Fygen forschend an. Ihre Augen hatten die Farbe von warmem Sand. Kein Hohn lag darin, keine Häme, nur Verstehen und ehrlich empfundenes Mitgefühl.

In Alejandro kämpfte ein seltsames Gemisch aus Gefühlen. Doch nach und nach wich die Scham, machte der Erleichterung Platz, und nach einer Weile hatte er seine Fassung zurückerlangt. Er hob die Augenbrauen, diesmal beide zugleich, und seine Miene spiegelte Zerknirschung. »Nun, Frau Schwägerin«, sagte er mit einem bedauernden Lächeln, »mir scheint, ich bin Euch einiges schuldig!«

»Zweitausendfünfhundert Pfund beste Seide aus Almeria«, antwortete Fygen und erwiderte sein Lächeln.

»Zweihundertfünfzig Pfund Talayer?« Heinrich Vurberg legte sein längliches Gesicht in Falten. »Das soll ein Witz sein, nehme ich an. Warum kauft Ihr solch kleine Mengen nicht an der Waage?«

»Weil dort alles vergriffen ist«, entgegnete Clairgin ruhig.

»Nun, ich habe auch keine Rohseide.«
»Ich weiß, doch ich hörte, Ihr erwartet in Bälde eine Lieferung.«
»So, hörtet Ihr!« Vurberg trommelte ungeduldig mit den Fingern auf den Tisch in seinem Kontor. Er hatte Wichtigeres zu tun, als mit einer unbedeutenden Seidmacherin über fruchtlose Geschäfte zu reden. »Das stimmt. Ist aber alles schon vorbestellt.«
Das konnte nicht sein, dachte Clairgin. Der alte Seidenhändler wollte nur nicht. »Zweihundert Pfund würden auch reichen«, sagte sie, seine Unhöflichkeit ignorierend.
»Eben! Da liegt das Problem. So kleine Mengen lohnen den Aufwand nicht, das Wiegen, das Abpacken … Andere kaufen ganze Lieferungen. Hylgen Byrken, Adelheid Liblar, Lisbeth Ime Hofe, Mettel van Hielden, die Schwestern Berchem«, zählte Vurberg die Seidenweberinnen mit den großen Webereien auf. »Sie alle kaufen Posten von bis zu zweieinhalbtausend Pfund.«
»Dann in Gottes Namen fünfhundert Pfund. Mehr kann ich mir nicht leisten.« Wie eine Bittstellerin kam Clairgin sich vor, dabei wollte sie mit Vurberg doch nur ein ganz gewöhnliches Geschäft tätigen.
»Aber keine Talayer!«
»Metzenese?«
»Nichts aus Sizilien!«
»Venedig? Genua?«
Vurberg nickte. »Aber zehn Zentner müsst Ihr schon nehmen.«
Clairgin zögerte. Zehn Zentner – tausend Pfund – war die Menge, die sie gewöhnlich in einem ganzen Jahr verarbeitete! Nach den guten Verkäufen in Frankfurt konnte sie die Ware zwar bezahlen, doch es würde ihre ganzen Reserven aufbrauchen. Clairgin seufzte. Das war das Dumme

mit der Seidenweberei – man brauchte flüssige Mittel. Sie hatte die Rohware anzuschaffen, die Löhne für Spinnerinnen und Färber zu zahlen und den Unterhalt für die Lehrmädchen zu bestreiten. Und erst, wenn die Ware schließlich verkauft war, erhielt sie selbst den Lohn für ihre Mühe. Einen guten Lohn zwar, doch auch sie musste bis dahin leben.

Vurbergs Finger trommelten lauter auf die Tischplatte. »Sonst fragt bei Johann von Düsseldorf oder bei Geryt van Harffe nach«, empfahl er ihr gleichgültig einige unbedeutendere Seidenhändler. »Oder bei Tilman Wedich.« Letzterer war dafür bekannt, dass er sich, was die Qualität seiner Ware anging, bisweilen nicht ganz an die Zunftvorschriften hielt.

Clairgin biss sich auf die Lippe und nickte widerstrebend. »Gut. Zehn Zentner«, stimmte sie leise zu. Was sollte sie auch anderes tun? Ihre Vorräte waren beinahe verbraucht. Wenn sie nicht bald Seide bekäme, säßen sie und die Mädchen tatenlos herum. Sie würde eine Zeitlang den Gürtel enger schnallen müssen, bis wieder Geld in die Kasse kam.

»Alter Muuzepuckel!«, brummte Clairgin leise vor sich hin, als sie auf die Straße trat – aus ihrem Mund ein grober Schimpf für den Geizhals. Zu allem Übel hatte es auch noch zu regnen begonnen.

Die dichten Fäden des Regens durchdrangen Clairgins leichten Umhang, als sie sich auf den Heimweg nach Sankt Peter machte. Das Kirchenspiel Sankt Peter, zwischen Sankt Cäcilien und dem Blaubach, war längst nicht so vornehm wie Sankt Alban, wo die Seidenhändler und die wohlhabenderen Seidmacherinnen ihre Häuser hatten, doch es war eine anständige Wohngegend. Viele Seidspinnerinnen wohnten hier, und die Seidfärber hatten ihre Werkstätten in den Gassen nahe den Bächen.

Als Clairgin das gemietete Haus erreicht hatte, in dem sie mit ihren beiden Töchtern und zwei Lehrmädchen wohnte und arbeitete, war sie bis auf die Haut durchnässt. Doch wenn sie geglaubt hatte, dass es damit genug des Ärgers wäre für einen Tag, so musste sie sich eines Besseren belehren lassen.

Kaum dass sie die Tür ihres Hauses aufgestoßen hatte, kam Barbara, ihr älteres Lehrmädchen, aufgelöst auf sie zugestürzt.

»Gut, dass Ihr kommt!«, stieß sie hervor, die Augen schreckgeweitet. »Jacoba redet wirres Zeug!« Kaum konnte Clairgin ihre Worte verstehen, so sehr schlugen die Zähne des Mädchens aufeinander.

Clairgin seufzte. Jacoba, Clairgins jüngere Lehrtochter, war schon seit ein paar Tagen krank. Es hatte mit Husten und einer laufenden Nase begonnen, die Clairgin mit den gewohnten Hausmitteln zu kurieren versucht hatte. Doch nun schien das Fieber Jacoba ernstlich gepackt zu haben. Sie phantasierte und schlug im Fieberwahn um sich.

Ergeben nahm Clairgin ein paar Schillinge aus ihrem Beutel. Heute hatte sich wirklich alles gegen sie verschworen, dachte sie, doch dann ließ sie die Münzen zurückgleiten, um zwischen den Pfennigen nach einer Kölnischen Mark zu suchen. Für Klimpergeld wäre Meister Conrad sicher nicht bereit, bei diesem Wetter das Haus zu verlassen.

»Lauf schnell zu Bader Conrad. Du weißt, wo die Badestube ist? Gerade die Gasse hinunter und dann links in Richtung Bach. Du kannst das Haus nicht verfehlen. Er hat bunte Tafeln an der Fassade angebracht mit Bildern von gebrochenen Knochen und ausgerissenen Zähnen, um Reklame für seine Kuren zu machen.« Clairgin drückte dem Mädchen die Münzen in die Hand, legte ihm einen Regenumhang um die Schultern und schob es zur Tür hin-

aus. Es machte nichts, wenn Barbara ein wenig nass wurde, doch die Aufgabe, die ihre Lehrherrin ihr aufgetragen hatte, würde ihre Angst vertreiben.
Sieben Tage lang pflegte Clairgin ihr Lehrmädchen und wachte des Nachts an seinem Bett, bis die Kuren von Bader Conrad endlich fruchteten und Jacobas Fieber sank. Nach zwei weiteren Wochen war sie um noch ein paar Schillinge ärmer geworden, doch glücklich und erleichtert darüber, dass ihr Lehrmädchen endlich gesundet war und wieder seiner Arbeit in der Werkstatt nachgehen konnte.

Anders als Bader Conrad würde Doktor Nicolas Gremberg sich für eine Kölnische Mark kaum außer Haus begeben. Da mussten es schon ein paar Gulden sein. Doch dafür war Gremberg auch ein studierter Medicus.
Er hatte in Heidelberg seine Studien begonnen, in Bologna gelernt und promoviert und später in Nürnberg und Ulm als Stadtarzt praktiziert. Schließlich war er dem Gesuch des ehrenwerten Rates der Stadt Köln nachgekommen und hatte sich um nicht geringer Vergünstigungen willen vor einigen Jahren in der Gasse Vor den Augustinern niedergelassen.
Doktor Gremberg war ein angesehener Mann in den Vierzigern. Er hatte es nicht nötig, sich bei schlechtem Wetter zu seinen Patienten zu begeben, und so hatte der Medicus abgewartet, bis sich die Wolken verzogen und einen milchweißen Himmel zurückgelassen hatten, bevor er sich auf den Weg machte.
»Ihr findet die Herrin in der Werkstatt«, beschied ihm die Magd, die ihm die rote Tür geöffnet hatte. »Es ist gleich geradeaus durch den Flur und über den Hof. Ihr könnt es nicht verfehlen.«
Gremberg runzelte die Stirn und maß die Magd mit stren-

gem Blick. Üblicherweise wurde er in der Stube empfangen, so der Patient nicht bettlägerig war. In eine Werkstatt hatte man ihn noch nie geschickt.
Verstehend schlug die Magd sich vor die Stirn. Natürlich! Sie konnte den Herrn Doktor schlecht wie einen Färbergesellen in den Hof schicken. »Ich führe Euch hin«, sagte sie und versuchte, ihren Schnitzer mit einem respektvollen Knicks wettzumachen.
Der Herr Doktor nickte gnädig und folgte ihr gemessenen Schrittes zur Werkstatt.

Was machten die beiden denn da? Lisbeth schloss für einen Moment entnervt die Augen, als sie sah, wie Klara und Rita mit den Kettfäden hantierten.
Seit Stunden schon waren die beiden jüngsten Lehrmädchen damit beschäftigt, einen Webstuhl aufzuscheren, zum ersten Mal, ohne dass ihnen eine der Älteren dabei zur Seite stand. Sie hatten die langen Fäden zugeschnitten, am Warenbaum befestigt und knüpften gerade die losen Enden der letzten Fäden an den Kettbaum. In seiner vollen Länge spannte sich das weiße Garn durch die ganze Werkstatt. Doch die Mädchen hatten eine wesentliche Sache übersehen. Die Zeit drängte, der Webstuhl musste bald fertig werden, sonst säße eine der Weberinnen den Rest des Tages müßig herum. Soeben wollte Lisbeth sie auf ihr Versehen hinweisen, als sie sich eines anderen besann.
Stina Lommerzheim war den Blicken ihrer Meisterin gefolgt und hatte den Fehler gleichfalls bemerkt. Die stämmige Seidmacherin unterbrach ihre Arbeit, legte das Schiffchen beiseite und erhob sich von der Bank hinter ihrem Webstuhl, um die beiden unwissenden Hühnchen für ihr Fehlen zu rügen.
Mit einer raschen Bewegung hielt Lisbeth sie zurück und

legte den Finger auf die Lippen. »Fest anziehen!«, rief sie Klara und Rita zu, die sich eben daranmachten, den Kettbaum aufzurollen. Die Fäden mussten dabei straff gespannt werden, damit das Gewebe später keine Beulen bekam. Kräftig zogen die Mädchen an den Fäden.
»Noch fester!«, befahl ihre Lehrherrin.
Schweiß trat den beiden Mädchen auf die Stirn. Sie keuchten hörbar und legten ihr ganzes Gewicht gegen die Fäden, während sie langsam den Kettbaum drehten, so dass sich die Fäden straff um den Holm wickelten.
Mit einer letzten Anstrengung schoben sie die überstehenden Enden des Kettbaums in die dafür vorgesehenen Halterungen am Webstuhl und schüttelten prustend die angespannten Muskeln ihrer Arme aus.
»So«, sagte Lisbeth mit einem freundlichen Lächeln, »nun dürft ihr zur Belohnung auch weben!«
Stina entfuhr ein unterdrücktes Schnauben, und sie musste sich abwenden, um nicht laut herauszuprusten, als sie verstand, was die Meisterin bezweckte.
»Stina, bring Rita ein Schiffchen!«, befahl Lisbeth.
»Sehr wohl, Frau Ime Hofe. Sofort«, antwortete Stina und beeilte sich, das Gewünschte zu holen.
Ritas rundliche Wangen erröteten vor Freude. Mit einem breiten Grinsen reichte Stina ihr ein Schiffchen, in dem bereits eine Spule lag, auf die Schussgarn gewickelt war.
Mittlerweile hatten alle Frauen, ausgelernte Weberinnen wie Lehrmädchen, ihre Arbeit unterbrochen und sich um den Webstuhl geschart, hinter dem Rita nun voller Stolz Platz nahm. In ihrer Aufgeregtheit merkte das Lehrmädchen nicht, wie die Frauen einander mit den Ellbogen anstießen. Gespannt beobachteten sie, wie Rita sich auf der Bank zurechtsetzte und die langen, weizenblonden Zöpfe über die Schultern zurückwarf.

Ritas Füße suchten das Pedal, und wie sie es bei den anderen gesehen hatte, trat sie es fest durch, in der Erwartung, dass sich nun ein Teil der Kettfäden heben und sich ein Fach öffnen würde, zwischen das sie das Schiffchen führen könnte.

Doch auf ihr Treten hin öffnete sich kein Fach, die Fäden blieben, wo sie waren. Rita runzelte die Stirn, und ein vereinzeltes Kichern schlich durch die Werkstatt. Wieder trat Rita auf das Pedal, fester nun, doch wiederum zeigte sich keine Wirkung. Verdutzt blickte sie ihre Lehrherrin an. Die verbiss sich ein Lachen und wies auf die Litzen, die leer von ihrem Holm herabbaumelten.

Ritas Blick folgte Lisbeths ausgestrecktem Finger, und sie erkannte ihren Fehler. Die Schnüre, die mit dem Pedal verbunden waren, hoben die Litzen an, doch die Mädchen hatten beim Aufscheren vergessen, die Kettfäden durch die Litzen zu fädeln. Ritas bereits gerötetes Gesicht färbte sich purpurn, und die Frauen begannen ausgelassen zu kichern.

Nach einem Moment fielen Rita und Klara in die allgemeine Heiterkeit ein, und auch Lisbeth lachte mit ihnen. Diese Lektion hatte zwar etwas Zeit gekostet, doch Lisbeth war sicher, den Fehler würden die Mädchen nicht wieder begehen.

Das Klopfen an der Tür ging in dem haltlosen Gelächter unter. Gewichtigen Schrittes, von der Magd gefolgt, trat Doktor Gremberg in die Werkstatt und blickte konsterniert auf das kichernde Weibsvolk. Doch keine der Frauen bemerkte seine Anwesenheit. »Frau Ime Hofe?«, fragte er schließlich in das Gelächter hinein, denn er wusste nicht zu sagen, welche von den kichernden Frauen hier die Hausherrin war.

Ein wenig ratlos strich der Doktor über seinen spitzen

Bart, dessen Enden sich bereits silbern färbten. Hatte man sich einen Scherz mit ihm erlaubt? Es war ganz offensichtlich, dass hier niemand erkrankt war und eines Arztes bedurfte. »Frau Ime Hofe?«, fragte er abermals, bestimmter jetzt.
Das Gelächter verstummte, und die Frauen musterten den Eindringling neugierig. Was, um alles in der Welt, hatte denn ein Arzt bei ihnen in der Werkstatt zu suchen?
Auch Lisbeth wandte sich zu ihm um, und als sie seinen langen dunklen Arztmantel erblickte, erstarb ihr das Lachen in den Augen. »Ihr wisst, was ihr zu tun habt«, sagte sie zu Klara und Rita. Dann begrüßte sie den Doktor und führte ihn sogleich in die Stube, ganz so, wie der honorige Mann es gewohnt war.
»Nun, wo ist der Patient?«, fragte Doktor Gremberg bemüht, die Routine einer gewöhnlichen Konsultation wiederherzustellen. Er wandte sich um, als rechne er damit, dass man jeden Moment einen Kranken zu ihm führte. »Ist eines Eurer Kinder erkrankt?«
»Ich wünschte, es wäre so!«, entfuhr es Lisbeth.
Gremberg musterte sie mit Befremden. Welche Mutter wünschte ihren Kindern Krankheit?
Hastig verbesserte Lisbeth sich: »Ich fürchte, ich bin Euer Patient.«
Der Arzt zog die buschigen Brauen hoch. »Sehr krank wollt Ihr mir nicht erscheinen«, entfuhr es ihm ganz entgegen seiner Gepflogenheit, zunächst den Dingen auf den Grund zu gehen, bevor er sich zu einer diagnostischen Äußerung hinreißen ließ.
Lisbeth nickte traurig. »Ich fühle mich auch nicht krank. Jedenfalls nicht krank im herkömmlichen Sinne … Es ist vielmehr … vielmehr …« Es fiel ihr schwer, ihren Kummer in Worte zu fassen.

Unbewegt stand der Arzt da und musterte sie aus kühlen grauen Augen, die Hände abwartend vor der Brust gefaltet. Vor seinem prüfenden Blick hatte Lisbeth das Gefühl zu schrumpfen. Dieser Doktor war keiner der Menschen, denen man vertrauensvoll sein Herz ausschüttete, dachte sie. Doch er stand in gutem Ruf. Schließlich hatte sie ihn herbestellt, um ihn um Hilfe zu bitten, da konnte sie jetzt nicht kneifen, so schwer es ihr auch fiel. Und sie bedurfte seiner Hilfe so sehr.

»Ich kann keine Kinder bekommen«, sagte Lisbeth leise und biss sich auf die Lippe. Dies auszusprechen tat richtig weh. Es fühlte sich an wie das Eingeständnis eines Versagens. »Ich wünsche mir so sehr ein Kind, aber ich werde einfach nicht schwanger.«

Im Gesicht des Arztes zeigte sich keine Regung. »Hm!«, brummte er in seinen Bart, öffnete seine kastenförmige Ledertasche und entnahm ihr ein dünnwandiges, tropfenförmiges Gefäß aus hellem Glas. Es mochte nicht mehr fassen als ein herkömmliches Trinkgefäß, doch unterschied es sich davon deutlich in der Form, denn nach oben hin verjüngte es sich, um dann in einem breiten, flachen Rand zu enden. Gremberg reichte Lisbeth die Matula. »Wenn ich Euch um Euren Urin bitten dürfte?«

»Urin? Äh, ja sicher.« Mit ausgestrecktem Arm nahm Lisbeth das Gefäß entgegen. »Ihr entschuldigt mich einen Moment?«, sagte sie und verließ die Stube in Richtung der Latrinen im Hof.

Es dauerte eine Weile, bis Lisbeth mit dem Gewünschten zurückkehrte. Ein wenig schamhaft reichte sie dem Arzt das gefüllte Schauglas. Sie hätte nichts Besonderes an diesem Urin finden können. Für sie war es schlicht und einfach gewöhnlicher Urin.

Aufmerksam beobachtete Lisbeth, wie Gremberg die Ma-

tula gegen das Licht hielt, das durch die Fenster in die Stube fiel, und eingehend das Produkt ihrer Ausscheidung betrachtete. Welche schlimmen Geheimnisse, die sich in ihrem Körper verbergen mochten, würde der Arzt darin entdecken können, fragte sie sich bang. Doch seiner ausdruckslosen Miene war nichts zu entnehmen.
Klar war der Urin, befand der Arzt, und von hellem Gelb. Allenfalls fand sich ein leichter Stich ins Rot darin. Gremberg nickte wie zur Bestätigung seiner Gedanken. Mit routinierter Handbewegung schwenkte er die Matula, dass der Urin darin in Bewegung geriet, und wartete dann ruhig ab, bis die blasse Flüssigkeit zur Ruhe kam. Doch es senkten sich keine festen Partikel, auf dem Boden des Glases bildete sich kein Satz. Schließlich hob er das Schauglas an die Nase und schnüffelte hörbar daran.
Abermals nickte der Arzt. Die Urinbeschau hatte seinen ersten Eindruck bestätigt. Der Urin war in keiner Weise auffällig, wies nicht auf eine Erkrankung hin. Der Arzt stellte die Matula beiseite und richtete seinen Blick wieder auf die Patientin. Deren Augen waren klar, die Haut hatte eine frische Farbe, und ihr fröhliches Lachen, das er in der Werkstatt vernommen hatte, zeugte nicht von Schwermut.
Nein, sein erster Eindruck hatte Gremberg nicht getäuscht. Diese Frau hier war nicht krank. Sie war so gesund und lebendig wie eine junge Katze. Vielleicht ein wenig zu lebendig, befand der Arzt, denn ihr lebhaftes Temperament ließ auf ein Übermaß an gelber Galle schließen.
»Kalte Bäder würden Euch guttun«, sagte er bedächtig. »Mischt die Rinde von Weide und Birke hinein und eine Handvoll getrockneter Taubnessel. Das wird Eure Säfte abkühlen. Doch aus medizinischer Sicht sehe ich keinen ernstlichen Grund, der es Euch verwehrt, Kinder zu bekommen«, erklärte er.

Beinahe ungläubig starrte Lisbeth Gremberg an. Das war alles? Ein paar kalte Bäder? Mehr nicht? Das klang ihr fast zu einfach, doch sie wollte es ihm allzu gerne glauben. Der Doktor war schließlich ein studierter Mann!

Kaum konnte sie abwarten, dass der Arzt das Haus Zur Roten Tür verließ. Wenn es wirklich nur einiger Bäder bedurfte, damit sie endlich schwanger würde, so wollte sie keinen weiteren Moment mehr verlieren.

Eilig schickte sie eine Magd zum Apotheker, um die Rinden zu kaufen, und trug einer anderen auf, ihr die Badestube zu richten. Denn es gehörte zu den Vorzügen dieses herrschaftlichen Hauses, dass es in den Räumen neben dem Küchentrakt eine eigene Badestube besaß. Zur Verwunderung der Magd wies sie diese an, den Ofen nicht zu heizen, sondern den Zuber mit kaltem Wasser aus dem Brunnen zu füllen.

Die Mägde eilten sich, und so dauerte es nicht lange, bis alles bereit war. Lisbeth ging in die Badestube und zog sich ungeduldig das Kleid über den Kopf.

Die kalte Luft in dem ungeheizten Raum ließ sie frösteln, denn nach ein paar vielversprechenden Tagen im Frühjahr ließ der Sommer in diesem Jahr auf sich warten. Ein heißes Bad wäre sicher angemessener, dachte Lisbeth und probierte die Temperatur des Wassers mit der Hand.

Das Wasser war wirklich kalt. Doch wenn es ihr helfen würde, wenn sie als Lohn dafür endlich ein Kind bekäme, so hätte sie nichts dagegen, wenn das Wasser in dem Badezuber mit einer Schicht Eis überzogen wäre, dachte sie.

Tief schöpfte Lisbeth Luft und hielt den Atem an. Dann stieg sie tapfer in die Wanne. Beinahe schmerzhaft stach ihr die Kälte in die Waden.

Lisbeth gönnte sich einen Moment des Zauderns, dann fasste sie sich ein Herz und tauchte mit dem ganzen Körper unter. Die Kälte nahm ihr fast den Atem, doch nach wenigen Augenblicken begann ihre Haut sich daran zu gewöhnen.

Solange es eben ging, harrte Lisbeth in dem kalten Wasser aus, und erst als ihre Glieder steif waren vor Kälte und sich ihre Lippen blau gefärbt hatten, gestattete sie sich, aus dem Zuber zu steigen.

6. Kapitel

Ihr könnt doch nicht mit diesem« – Eckert suchte vergeblich nach dem passenden Wort – »Herrn in der Gegend herumfahren!«, insistierte er und schob streitbar das Kinn vor.
Aufgeregt war am Morgen die Wirtin in Fygens stickige Kammer geplatzt. »¡Senyora, Senyora! ¡Ha arrivat uns cistell ple de taronjes per avos!«
Die Senyora hatte den Redeschwall der Wirtin nicht verstanden, aber das war auch nicht nötig gewesen, denn der ausladende Weidenkorb, der bis zum Rand angefüllt war mit saftig prallen Orangen und hinter dem die üppige Gestalt in ihrem schmierigen Mieder beinahe verschwand, war nicht zu übersehen. Sogleich erfüllte der süße Duft der Orangen die enge Kammer.
Umständlich stellte die Wirtin den Korb auf dem Boden ab, wies auf das Billett, das dem Korb angeheftet war, und blieb, die Hände abwartend vor der schmutzstarrenden Schürze verschränkt, stehen. Während Fygen die wenigen Worte las, mit denen Alejandro de la Vega sie für den späten Vormittag einlud, ihr die Seidenzuchten auf dem Land um Valencia zu zeigen, schien die Nase der Wirtin vor Neugier immer länger zu werden. Fygen faltete das Billett zusammen und blickte die Wirtin fragend an. Diese verstand die stumme Aufforderung und verschwand.
Fygen zog eine Grimasse. Die ganze Herberge war eine rechte Zumutung, vor allem, was die Sauberkeit anging. Bei ihrer Ankunft hatte Fygen festgestellt, dass der ge-

meinschaftliche Schlafraum gotterbärmlich stank und mit schimmeligem Stroh ausgelegt war, das dringlich eines Wechsels bedurfte. Es war bereits das dritte Gasthaus gewesen, das sie aufgesucht hatten, und Eckert hatte ihr wenig Hoffnung gemacht, sie könnte ein besseres finden.
Die Kölnische Mark wurde auch in Valencia gern genommen, und so hatten sich die Wirtsleute rasch dazu überreden lassen, zusammenzurücken und Fygen ihre eigene Schlafkammer zu überlassen, wiewohl auch die vor Schmutz starrte, von dem Ungeziefer, das sich zwischen den alten Strohsäcken tummelte, ganz zu schweigen.
Fygen hatte eine Magd eigens dazu angestellt, die Kammer von Grunde auf zu scheuern, und den Wirtsleuten aufgetragen, frische Strohsäcke herbeizuschaffen, und so schließlich ein annehmbares Quartier erhalten.
Der Vormittag war bereits fortgeschritten, und eben ertönte in der Gasse das Schlagen von Pferdehufen. Es erstarb, als ein leichtes Gespann vor der Herberge zum Stehen gebracht wurde, und Fygen lächelte ihren altgedienten Reisegefährten nachsichtig an. »Ich kann und ich werde«, sagte sie. »Senyor de la Vega ist vielleicht in seinen Handelsgepflogenheiten ein wenig – nun, sagen wir – unkonventionell, aber er ist ein Ehrenmann. Er wird mir schon nichts zuleide tun.«
Eckert verschränkte die Arme vor der Brust. »Dann lasst mich Euch begleiten«, beharrte er. »Was würde der selige Herr dazu sagen?« Es war ihm gar nicht recht, seine Herrin mit dem Spanier allein zu lassen.
»Das ist nicht vonnöten«, entgegnete Fygen entschieden. »Ich bin sicher, dass mir in de la Vegas Gesellschaft kein Leid geschieht. Du hast selbst gesehen, wie er sich zu verteidigen versteht.«
Eckert verzog schmerzlich das Gesicht. Der Vorfall an Bord der Karavelle nagte immer noch an ihm.

Während er noch nach einer passenden Entgegnung suchte, strich Fygen ihre Haube glatt, warf sich den leichten Reiseumhang über die Schultern und ließ Eckert stehen.
»Ein Zeichen der Wiedergutmachung«, sagte de la Vega mit einem Zwinkern zur Begrüßung und half Fygen galant auf den Wagen.
Fygen spürte, dass sich hinter seinem scherzhaften Ton aufrichtiges Bedauern verbarg. »So bereut Ihr Eure Taten«, gab sie im gleichen Tonfall zurück.
»Nein, ganz und gar nicht. Denn schließlich waren sie es, die mich in den Genuss Eurer Gesellschaft gebracht haben.« De la Vega lachte, schwang sich neben Fygen auf den Wagen und griff nach den Zügeln. Mit sicherer Hand lenkte er das Gespann mit den beiden Rappen durch die belebten Gassen, vorbei an Eselkarren und Ochsengespannen, Mägden mit Körben und dunkelhäutigen Lastenträgern mit Bündeln, umfuhr wandernde Garküchen, lärmende Kinder und dösende Hunde, und wich achtunggebietenden Geistlichen in dunklen Kutten, zauseligem Bettelvolk und fröhlichen Müßiggängern aus.
Am Rande des Plaza Mercado zügelte de la Vega die Pferde. »Ihr entschuldigt, dass wir einen Moment halten, ich habe noch etwas Geschäftliches zu erledigen, das keinen Aufschub duldet.«
»Doch nicht etwa zweieinhalbtausend Pfund Seide aus Almeria zu kaufen?«, stichelte Fygen gutmütig.
»Ebendas war meine Absicht!« De la Vega lachte. »Möchtet Ihr mich begleiten?« Behende sprang er vom Wagen, warf die Zügel einem herumlungernden Gassenjungen zu und half Fygen beim Absteigen. Zügigen Schrittes führte er sie in die Llotja, an dem Taula de cambis de la Ciutat vorbei, dem Tisch der städtischen Wechselbank, unter dem schwere Geldkisten standen, bis in den hinteren Teil der

Sala de Contractatión, jener glanzvollen Verkaufshalle, in der Fygen ihn am Vortag angetroffen hatte.
Der Händler aus Almeria schien sie wiedererkannt zu haben und blickte ihnen erwartungsvoll entgegen, doch de la Vega steuerte an ihm vorbei einen anderen Stand an und begrüßte den hageren Mann dahinter wie einen alten Freund. Rasch wurden die Herren sich handelseinig, während Fygen sich überlegte, ob sie nicht zu den zweieinhalbtausend Pfund noch weitere Seide hinzukaufen sollte. Nun, wo kein undurchsichtiger Herr Alexander mehr einer Lieferung im Wege stand, beschränkte sich die Gefahr einzig auf den Transport – ein überschaubares Risiko. Natürlich hätte sie den Dret Real in Höhe eines Sechzigstels des Wertes der Ware zu entrichten, eine Ausfuhrgebühr, die allen Untertanen des Emperador d'Alemanya auferlegt wurde. Doch der Handel würde sich lohnen. »Ich würde gerne die gleiche Menge noch einmal dazukaufen«, sagte sie, an de la Vega gewandt, der ihren Wunsch dem Händler übersetzte.
Dieser blickte Fygen treuherzig aus feucht schimmernden, dunklen Augen an, schüttelte bedauernd den Kopf und überschüttete sie mit einem unverständlichen Wortschwall.
»Er bedauert es sehr, doch er hat nur noch sehr wenig Seide«, übersetzte Alejandro. »Und die ist sehr teuer.«
»Wie teuer?«
Der Händler wog den Kopf von einer Seite auf die andere, dann nannte er eine Zahl.
De la Vega übersetzte, und Fygen winkte ab.
»Sagt ihm, ich gebe ihm die Hälfte«, sagte Fygen und richtete sich auf eine zähe Verhandlung ein.
»Ein Kölnisch Gebot«, schmunzelte de la Vega. »Was dir ein Kölner heischet, das sollst du halb oder weniger bieten,

so wirst du nicht betrogen«, zitierte er ein unter Kaufleuten verbreitetes Wort, bevor der dem Händler Fygens Angebot unterbreitete.
Eine Weile ging es hin und her, und am Ende hatte man sich auf zwei Drittel des ursprünglichen Preises geeinigt.
»Meinen Respekt«, sagte de la Vega. »Ihr handelt wie ein Pferdehändler. Ich selbst zahle kaum weniger.« Er bat den Händler, Fygens Seide gemeinsam mit seiner in den Gelieger der Gesellschaft bringen zu lassen, wo man sie für die Verschiffung richten würde, und nur wenig später setzten Fygen und er ihre Fahrt fort.
Fygen hätte nicht gedacht, dass Valencia um so vieles größer war als Köln. Nahezu doppelt so viele Menschen mochten hier leben, und so dauerte es geraume Zeit, bis sie die Stadt endlich hinter sich gelassen hatten. Fruchtbares Land breitete sich vor ihnen aus und umschloss die Stadt wie die liebenden Arme einer Mutter, die nährte.
»Die Huerta«, erklärte de la Vega, »der Gemüsegarten Valencias.«
Ein warmer Wind wehte den Duft von Orangen herbei, und Fygen sog die frische Luft tief ein – eine wahre Wohltat nach den Ausdünstungen der Stadt.
In gemächlichem Schritt fuhren sie dahin. Rechts und links des Weges wiegten sich Fruchtbäume auf Wiesen. Felder und Pflanzungen dehnten sich aus, so weit das Auge blickte, und erklommen in der Ferne blau schimmernde Hügel. Über all dem frischen Grün spannte sich der Himmel in so tiefem Azur, dass Fygen beinahe fürchtete, sich darin zu verlieren.
Auf den Feldern mühten Bauern sich mit ihren Hacken, schnitten Luzerne und pflückten Früchte. Zum Schutz gegen die Sonne hatten sie ausgeblichene Lappen fest um die Köpfe gewickelt.

Ein Hirtenjunge saß nahe dem Weg. Er hatte den Kopf auf die Knie gelegt und döste im Schatten, während seine Handvoll Ziegen sich am Gras unter den Orangenbäumen gütlich tat. Ein Stück abseits der Straße, inmitten der smaragdenen Felder, duckten sich vereinzelt niedrige Barracos. Die Häuser der Feldarbeiter schienen nur aus zotteligen Schilfdächern zu bestehen, denn ihre aus Lehm gebauten Seitenwände zogen sich zwischen den weißgetünchten Giebeln nur wenige Fuß in die Höhe.
Es war warm geworden. Die Sonne stand inzwischen hoch am Himmel und warf kurze dunkle Schatten unter die Bäume. Bewundernd betrachtete Fygen diese vor Fruchtbarkeit strotzende Landschaft. Bei diesen Witterungen konnten die Feldfrüchte gar nichts anderes tun, als zu gedeihen, und auch Wasser schien es genug zu geben: Ein Netz von trüben Rinnsalen durchschnitt das Land. Es sah nicht so aus, als zögen sich die schmalen Wasserläufe zufällig durch die Felder, dafür waren die Abstände zwischen ihnen zu gleichmäßig und ihr Lauf zu gerade. Sie wirkten wie von Menschenhand geschaffen.
»Bewässerungskanäle«, erklärte de la Vega auf Fygens Frage hin. Er zog die Zügel an, verlangsamte die Fahrt und bog in einen kleinen Wirtschaftsweg ein, der sich zwischen den halbrunden Kronen eines Orangenhaines hindurchschlängelte. »Eine Kunst der Mauren«, fuhr er fort. »Sie haben es darin zur Perfektion gebracht. Das Wasser wird seinen natürlichen Läufen entzogen, in schmalen Kanälen von den Bergen herabgeführt und über die ebenen Äcker verteilt.«
Kurz ruckte de la Vega an den Zügeln. Die Pferde verließen den Weg und zogen den Wagen holpernd über das Gras zwischen den Bäumen, um nur wenige Augenblicke später inmitten des Orangenhains zum Stehen zu kommen.

De la Vega sprang vom Wagen und band sorgsam die Zügel an einen Stamm, bevor er Fygen herabhalf. Dann hob er einen Korb, der mit blütenweißem Tuch bedeckt war, von der Ladefläche des Wagens und stellte ihn im Schatten neben dem Stamm eines der Bäume ab. Mit einem Seufzen ließ er sich neben dem Korb ins Gras sinken und bedeutete Fygen, es ihm gleichzutun. Dann nahm er das Tuch vom Korb und breitete es auf dem Boden aus.

Fygen sah seinem Tun einen Moment stirnrunzelnd zu. Eine Erfrischung wäre jetzt schon sehr verlockend. Aber sie wagte zu bezweifeln, dass es dem Besitzer des Orangenhaines recht war, dass sie hier lagerten.

»Dürfen wir uns denn hier so einfach niederlassen«, fragte sie daher.

»Wer soll uns denn von hier vertreiben?«, antwortete de la Vega mit einer Gegenfrage.

»Nun, vielleicht der Besitzer dieses Orangenfeldes.«

»Wohl kaum«, antwortete de la Vega mit einem spitzbübischen Lächeln. »Es ist mein Land.«

Derart beruhigt ließ Fygen sich nun ebenfalls nieder und lehnte sich an den Stamm des Baumes.

Durch das Blätterdach schlichen vereinzelte Sonnenstrahlen und sprenkelten das Tuch, auf das de la Vega nun eine Köstlichkeit nach der anderen legte. Saftiger Schinken aus Serrano, ein duftender Laib Brot, ein Töpfchen mit Öl, in dem murmelgroße, schwarz glänzende Kugeln schwammen, und eine Handvoll praller, leuchtend roter Früchte kamen zum Vorschein. Zum Schluss ein irdener Krug und zwei Becher.

Während er dunkelroten Wein in die Becher schenkte, nahm Alejandro das Gespräch an der Stelle wieder auf, wo sie es unterbrochen hatten: »Das Bewässerungssystem bedarf sorgfältiger Verwaltung und Pflege, denn die Kanäle müssen ständig in Ordnung gehalten werden. Nicht selten kommt es zwischen den Bauern zum Streit um das Wasser.« Er reichte Fygen einen Becher. »Vielleicht habt Ihr gestern das Wassergericht vor dem Domportal bemerkt?«, fragte er und kostete einen Schluck. »Seit maurischer Zeit tagt es dort jeden Donnerstag vor dem Apostelportal, um die Streitigkeiten über die Bewässerung der Felder zu schlichten.«

Fygen nickte. Das also hatte die seltsame Versammlung zu bedeuten, die sie vor der Kirche gesehen hatte. Sie probierte ebenfalls von dem Wein. Er war stark und schmeckte fruchtig. »Mir scheint, Ihr bewundert die Mauren«, sagte sie. »Ist es denn nicht eine Befreiung, dass sie fort sind?«

De la Vega löste sein Messer vom Gürtel, schnitt bedächtig ein Stück vom Schinken ab und reichte es Fygen. Er ließ sich Zeit mit seiner Antwort. »Sie sind Barbaren, aber in den Wissenschaften sind sie uns um Längen voraus«, sagte er schließlich. »In der Medizin, in der Astronomie …« Ein Hauch von Wehmut mischte sich in sein Lächeln. »Meine Mutter war Maurin.«

Überrascht blickte Fygen ihn an. Das erklärte seinen dunklen Teint und die schwarzen Haare.

»Sie war eine Morisca, eine getaufte Maurin«, fuhr de la Vega fort. Seine Stimme war so leise, dass Fygen sich vorbeugen musste, um seine Worte zu verstehen. »Eine wunderschöne Frau, auch noch im Alter. Ihr Vater fiel bei der Reconquista. Als dann auch noch die Mutter starb, musste sie sich allein durchschlagen, als Schankmagd in den Tavernen der Stadt. Sie traf den alten Wilhelm, als er auf einer seiner Handelsreisen nach Valencia kam. Im Jahr 1454 muss das gewesen sein. Er war zwanzig Jahre älter als sie, doch er muss damals ein gutaussehender Kerl gewesen sein, großgewachsen und mit strohfarbenem Haar. Und er war vermögend. Sie wurde seine Geliebte und blieb bei ihm, solange er in der Stadt war. Als er abreiste, war sie in Umständen.«

Ein leichter Wind raschelte in den Blättern. De la Vega unterbrach sich und nahm einen großen Schluck aus dem Becher, bevor er fortfuhr: »Zehn Jahre später kam er plötzlich zurück, um sich hier niederzulassen. Er kaufte das Stadthaus und holte meine Mutter und mich zu sich, um bei ihm zu leben.«

Er hatte sich zurückgelehnt und stützte sich auf seinen Ellbogen. Wieder hielt er für einen Moment inne, und als er weitersprach, lag Zärtlichkeit in seiner Stimme. »Sie führte ihm den Haushalt und hatte es sicher nicht immer leicht mit ihm. Doch ich glaube, sie war zufrieden damit, auf ihre alten Tage versorgt zu sein, denn obwohl er sie anschrie und bisweilen schlug, habe ich sie bis zu ihrem Tode nie Klage führen hören. Was konnte eine Frau ihrer Profession schließlich mehr verlangen?«

De la Vega verstummte, und eine Weile saßen sie schweigend da. Die Blätter des Baumes färbten das Licht grünlich. Eine Fliege summte herbei und ließ sich auf dem Tuch nieder. Beiläufig scheuchte Alejandro sie fort und griff nach dem Brotlaib. Er brach ein Stück davon ab, tunkte es in das Steinguttöpfchen, und als es sich voll des goldgelben Öls gesogen hatte, reichte er es Fygen. Auch für sich brach er einen Kanten, dann fingerte er eine der dunklen Früchte aus dem Öl, und mit größter Selbstverständlichkeit steckte er sie Fygen in den Mund.

Forschend drehte Fygen die glatte schwarze Murmel in ihrem Mund, bevor sie hineinbiss. In der Frucht verbarg sich ein harter Kern. Genüsslich verspeiste Fygen das herzhafte Fruchtfleisch, dann spuckte sie den Kern in die hohle Hand. Sie genoss es, hier mit Alejandro zu sitzen, genoss

die ruhige Vertrautheit zwischen ihnen, die auch ihr Schweigen nicht unangenehm werden ließ.
Alejandro richtete sich auf und pflückte eine der prallen Orangen vom Baum über ihnen. Geschickt schnitt er mit dem Messer die fleischige Haut in Sechstel, schälte sie ab und reichte Fygen das goldgelbe Innere. Fygen hob die Frucht zum Mund. Ein betörender Duft drang ihr in die Nase, und voller Genuss biss sie in das süße, sonnenwarme Fruchtfleisch. Ein Tropfen des Saftes rann ihr das Kinn hinab.
Unwillkürlich streckte Alejandro die Hand aus, und wie man es bei einem Kind tat, fing er den Tropfen mit dem Finger auf und steckte sich diesen in den Mund.
Die vertrauliche Geste entlockte Fygen ein Lächeln, und abermals streckte Alejandro seine Hand aus. Sachte zeichnete er mit dem Finger den Schwung ihrer Lippe nach, dann ließ er seine Hand sinken und griff gleichmütig nach seinem Messer. So konzentriert schnitt er eine weitere Scheibe von dem Schinken, dass Fygen sich fragte, ob sie sich seine Berührung nur eingebildet hatte.
Sorgsam zerteilte Alejandro den Schinken in kleine Stücke. Eines davon steckte er Fygen in den Mund, ein weiteres sich selbst. Dann griff er nach einer der leuchtend roten Früchte, die er dem Korb entnommen hatte, biss ein Stück davon ab und reichte die angebissene Frucht an Fygen weiter.
Vorsichtig versuchte diese ein winziges Stück davon. Die Frucht schmeckte ganz anders, als Fygen aufgrund ihrer leuchtend roten Farbe erwartet hatte, gar nicht süß, sondern auf eine ungewohnte Art aromatisch. Genießerisch biss sie ein zweites Stück von der Frucht ab, diesmal ein deutlich größeres.
Alejandro griff nach seinem Becher, nahm einen Schluck

Wein und blickte Fygen über den Rand des Bechers hinweg in die Augen. Sein Blick hielt den ihren gefangen, schien tief in ihr Inneres zu dringen, und wieder spürte Fygen dieses beunruhigende Gefühl, das sie an Bord der Karavelle stets in seiner Gegenwart ergriffen hatte.
Dieser Mann ist nicht Peter, schoss es Fygen durch den Kopf, auch wenn er mich noch so sehr an meinen Mann erinnert. Er ist ein Fremder!
Alejandro stellte seinen Becher beiseite, und mit der gleichen Selbstverständlichkeit, mit der er sie zuvor mit den Früchten gefüttert hatte, legte er nun seine Hand in ihren Nacken, beugte sich vor und küsste sie auf den Mund.
Zu überrascht, um zu reagieren, ließ Fygen es geschehen. Und es war nicht unangenehm. Im Gegenteil. Sein Kuss fühlte sich wundervoll an. Dieser Mann wusste genau, was er tat. Und was er wollte. Seine Lippen liebkosten die ihren, rissen Fygen in einen Strudel aus Gefühlen und entzündeten eine Flamme in ihr, von der sie geglaubt hatte, sie sei für immer erloschen.
Alejandro löste seine Lippen von ihrem Mund und bediente sich genüsslich von den ölglänzenden Früchten aus dem Topf. Spielerisch fuhr er mit einer der schwarzen Kugeln über Fygens Lippen, bevor er sie ihr in den Mund gleiten ließ.
Mit dem Daumen seiner Rechten strich er liebkosend über ihre Wange, zog die Linie ihres Kinnes nach, um dann streichelnd ihren Hals hinabzugleiten. Wieder beugte er sich vor und küsste sie, dann zog er sie mit ruhiger Bestimmtheit in seine Arme.
Durch den Stoff ihres Kleides hindurch spürte Fygen Alejandros Hände warm auf ihren Schultern, ihrem Rücken. Fühlte, wie sie ihr Rückgrat hinab- und über die Rundung ihrer Hüfte strichen. Sie wusste genau, wohin es führen

und was geschehen würde, wenn sie diesen Händen keinen Einhalt geböte.
Doch warum sollte sie? Es war schön, zu fühlen, wie Alejandros Arme sie hielten, schön, seinen Atem am Ansatz ihres Haares zu spüren, seine Lippen auf ihrem Hals. Und schön, begehrt zu werden. Seit Peters Tod hatte Fygen sich nicht mehr so lebendig gefühlt wie in diesem Moment, und ihr fiel kein Grund ein, warum sie Alejandros Berührung nicht genießen sollte. Mit einem wohligen Seufzer schlang sie ihre Arme um seinen Nacken, und diesmal waren es ihre Lippen, die, ohne zu tändeln, die seinen suchten.
Alejandros Hände verstanden die Einladung und folgten ihr. Seine Linke strich Fygens Taille hinauf, verbündete sich hinter ihrem Rücken mit der Rechten, um gemeinsam die Schnürung von Fygens Kleid zu öffnen. Sie mochten darin über reiche Erfahrung verfügen, denn sie beherrschten diese Kunst blind, und bereits nach wenigen Augenblicken sank Fygen das Oberteil ihres Kleides von den Schultern. Kundig streifte Alejandro ihr das Leinen bis zur Taille hinab, und entblößt boten sich ihm Fygens weiße Brüste dar.
Geniert suchte Fygen ihre Blöße zu bedecken. Jeden Moment konnte doch ein Landarbeiter durch das Grün der Blätter treten und sie überraschen.
Aber Alejandro schien das nicht zu kümmern. Mit Bestimmtheit entzog er Fygen den Stoff ihres Kleides, den sie schützend über ihre Blöße hatte ziehen wollen, und legte seine Hand besitzergreifend auf die Wölbung ihrer Brust. Zart strich er über ihre samtige Haut, streichelte sie, und mit einem kleinen Seufzer lehnte Fygen sich ins Gras zurück, schloss die Augen und gab sich seinen Liebkosungen hin.
Sie spürte, wie eine lang vermisste Erregung in ihr wuchs.

Wo immer Alejandros Hände sie berührten, schienen sie kleine Feuer auf ihrer Haut zu entzünden, auf ihren Armen, ihren Brüsten, ihrem Bauch.
Sicheren Griffes schob Alejandro den Stoff von Fygens Kleid tiefer hinab, entblößte ihren Bauch, ihre Lenden, ihre Scham. Mit quälender Süße entfachten seine Hände auch hier ihre Brände. Fygen stöhnte lustvoll.
Dann plötzlich waren die findigen Hände fort, überließen Fygens Haut einen unendlichen Augenblick lang allein ihrem Sehnen. Der Laut schien sie vertrieben zu haben. Fygen wollte nicht, dass diese Hände, die so genau wussten, wie sie ihr Lust bereiten konnten, aufhörten, sie zu berühren. Sie wünschte, dass sie für immer darin fortfahren würden, ihre Brände zu legen.
Doch ihr stummes Flehen wurde nicht erhört. Unbeirrt streiften Alejandros Hände ihr das Kleid zur Gänze vom Körper, umfassten mit sicherem Griff ihre Hüften, zogen sie dicht an seinen Leib und hielten sie, während seine Männlichkeit mit lustvoller Bestimmtheit in sie drang.
Alejandro war ein erfahrener Liebhaber, der zu genießen wusste und es verstand, in Fygen eine Leidenschaft zu entfachen, die sie lange entbehrt hatte. Findig bereitete er ihr und sich eine Lust, die alles um sie herum versinken ließ. Unter ihren Berührungen mischten sich die Wärme der Sonne, der Duft der Orangen, das Grün der Blätter und die Weichheit der Luft zu einem einzigen erregenden Rausch.
Die Sonnenstrahlen hatten ihre sengende Kraft verloren und erreichten bereits die Stämme der Bäume, als Fygen und Alejandro schließlich ihren Hunger aufeinander gestillt hatten. Ermattet ließ Fygen sich ins kühlende Gras zurücksinken, und während Alejandro ihre Becher auffüllte, horchte sie in sich hinein.

Da war kein Bedauern. Fygen bereute es nicht, sich Alejandro hingegeben zu haben. Im Gegenteil. Sie hatte es in vollen Zügen genossen. Sie war eine erwachsene Frau. Und sie war Witwe. Davon, dass sie enthaltsam lebte, würde Peter auch nicht ins Leben zurückkehren.
In Alejandros Armen hatte sie das Gefühl gehabt, das Leben sei endlich zu ihr zurückgekehrt. Und was daraus würde – nun, das würde man sehen. Darüber würde sie sich heute nicht den Kopf zerbrechen. Dankbar ergriff sie den Becher, den Alejandro ihr reichte, und leerte ihn mit durstigem Zug. Mehr Trunkenheit, als ihr das Glück bescherte, konnte ihr auch der starke Wein nicht bereiten.
Alejandro packte die Reste ihres Mahls zurück in den Korb. »Das war eine recht ausgedehnte Siesta«, sagte er schmunzelnd und half ihr auf. »Ich denke, die Seidenraupen heben wir uns für morgen auf.«
Er löste die Zügel des Gespanns, wendete den Wagen, und kurz darauf rollten sie auf der Fahrstraße der Stadt zu. Doch bereits nach einer halben Meile brachte er den Wagen zum Stehen, so als habe er es sich anders überlegt, und wandte sich ihr zu. »Ich besitze eine Alqueria unweit von hier. Vielleicht möchtest du …« Er brach ab und drehte verlegen die Zügel in den Händen. »Sie ist nicht so komfortabel wie das Stadthaus, aber sie ist bestimmt bequemer als die Herberge. Es wäre mir eine Freude, sie dir zur Verfügung zu stellen, solange du in Valencia bist.« Beinahe schüchtern blickte er zu ihr herüber, als wäre es ihm wichtig, dass sie sein Angebot annahm.
Seine plötzliche Verlegenheit rührte Fygen, doch nach der Intimität der vergangenen Stunden belustigte sie sie auch ein wenig. Das Angebot klang verlockend. Es war hier draußen auf dem Land so viel angenehmer als in der Stadt, und der verlausten Herberge würde sie lieber heute als

morgen den Rücken kehren. Warum sollte sie also nicht Alejandros Gastfreundschaft in Anspruch nehmen?

Der Mond hatte sich wieder gerundet, zum zweiten Mal bereits, seit Lisbeth den Rat des Doktors eingeholt hatte. Tagelang hatte sie ihre Badekur betrieben, hatte akribisch die Rindenstücke in den Zuber gestreut und stundenlang im kalten Wasser ausgeharrt.

Die einzige Folge jedoch, welche die Kur gezeitigt hatte, war, dass Lisbeth sich unterkühlt hatte. Ein paar Tage hatte sie deshalb sogar im Bett verbringen müssen, doch schwanger war sie davon nicht geworden.

Genauso wenig wie von all den probaten Hausmitteln, die sie bereits versucht hatte, einschließlich jenen, welche sich die Frauen nur hinter vorgehaltener Hand zu wispern getrauten. So vieles hatte sie schon probiert. Sie hatte sich mit Eselsmilch und Hasenfett eingerieben, hatte Bibergeil gegessen und zerstoßene Perlen.

Lisbeth seufzte und zog den Mantel enger um die Schultern, als sie von der Breiten Straße in den Berlich einbog. Es war zu kühl für die Jahreszeit, und wenn sie an die kalten Bäder dachte, lief ihr immer noch ein Schauder über den Rücken.

Auch ein studierter Mann wusste eben nicht alles, dachte sie enttäuscht. Doch vielleicht war das genau der Fehler? Was verstanden Männer vom Kinderkriegen? Diese Überlegung war es, die Lisbeth heute nach Sankt Kolumba geführt hatte.

Das Viertel war heruntergekommen. Zweistöckige Häuser standen hier, von denen gerade einmal die Fundamente steinern waren, das Übrige war aus Holz gefügt. Putz und Farben der Fassaden waren verwittert, blätterten und bröckelten. Der Unrat lag in Haufen auf der Gasse, Schweine und Hunde scharrten darin herum. Es war eine arme Wohngegend, die sich deutlich von Sankt Alban unterschied.

Lisbeth passierte das Klarissenkloster, dann fiel ihr Augenmerk auf einen soliden, doch unscheinbaren Bau mit vergitterten Fensteröffnungen im Eingang zur Schwalbengasse. Auf dem Schieferdach prangten unübersehbar die drei Kronen – das Wappen der Stadt. Das musste das Frauenhaus sein, mutmaßte sie ein wenig enttäuscht. Im Geheimen hatte sie sich das Haus, in dem die käuflichen Frauen lebten, immer viel pompöser vorgestellt, mit prächtigen Verzierungen und aufwendiger Malerei an der Fassade.

Eine große Mauer umgab das Haus mit dem daran angeschlossenen Friedhof und schützte es vor fremden Blicken, obschon es wohl eher ihr eigentlicher Zweck sein mochte, die benachbarten Klarissinnen vor dem Anblick des Hauses zu bewahren.

An der Mauer vor dem Haus lehnten einige Frauen in mittleren Jahren und schwatzten. Acht an der Zahl mochten es sein. Ihre Kleidung war gewöhnlich in ihrer Farbigkeit, und ausnahmslos trugen sie den roten Schleier, den die Stadtväter den gemeinen Töchtern zu tragen verordnet hatten. Ein praktischer Brauch, denn er schützte nicht nur die ehrbaren Bürgerinnen vor zweifelhaften Angeboten, sondern erleichterte auch den Freiern die Suche nach den wohlfeilen Damen.

Zwei von ihnen hatten ein paar junge Handwerksburschen angesprochen und versuchten nun, sie zu einem Besuch im Haus zu überreden. Lautstark priesen sie ihre Vorzüge und wollten Art und Preis des Geschäftes aushandeln. Die anderen Frauen musterten Lisbeth unverhohlen.

Es war nicht das erste Mal, dass Lisbeth Hübschlerinnen sah. Auf dem Domhof, dem Heu- und dem Neumarkt, an jenen Orten, an denen man üblicherweise auf Händler und Pilger traf, war sie bereits Frauen mit roten Kopftüchern begegnet, jungen wie alten. Doch nur von ferne und vereinzelt. Hier in ihrem Viertel flößten sie Lisbeth Furcht ein. Schamvoll wandte sie den Kopf ab und wollte rasch an den Frauen vorbeieilen, als eine von ihnen ihr zurief: »Na, Schätzchen, willst du dir ein bisschen was dazuverdienen, oder hat dein Mann einen toten Wurm im Latz?«

Die anderen Frauen kicherten laut.

Lisbeths erster Impuls war, ihren Schritt zu beschleunigen und das Weite zu suchen. Doch dann rief sie sich zur Ordnung. Das hier waren einfach nur Frauen. Frauen, die nicht so viel Glück im Leben gehabt hatten wie sie. Sie brauchte keine Angst vor ihnen zu haben.

»Könnt Ihr mir sagen, wo ich die alte Bela finde?«, fragte sie und versuchte ihr Unbehagen hinter Freundlichkeit zu verbergen.

»Ah so! Ihr wollt nur zu der Alten«, sagte die Frau, die sie angesprochen hatte, ein wenig enttäuscht. »Da entlang, gleich das dritte Haus ist es.« Gelangweilt wies sie weiter in die Gasse hinein.

Die Berlichhuren verloren das Interesse an Lisbeth und wandten sich wieder ihrem Plausch zu.

Das Haus, in dem die alte Bela wohnte, war genauso heruntergekommen wie das restliche Viertel. Doch konnte man daran kaum Anstoß nehmen. Als Hebamme wurde man nicht reich, es sei denn, man half dem lang ersehnten Stammhalter eines Adelsgeschlechts ans Licht der Welt. Aber der Hochadel war in der freien Reichsstadt dünn gesät, und so sah sich die alte Bela auch im greisen Alter noch gezwungen, sich ihren Unterhalt mit ihrer Hände Arbeit zu verdienen.

Allerdings hatte sie sich, seit ihr die Kräfte schwanden und ihr Augenlicht sie zu verlassen begann, darauf verlegt, mit allerlei Kräutern zu handeln und ihr Wissen um die Krankheiten und Gebrechen der Frauen feilzubieten.

Und so fand Lisbeth sie in dem von der Hübschlerin bezeichneten Haus in ihrem Laden hocken, inmitten von Körben, Kisten und Harassen voller Blätter und Rinden. Büschelweise hingen getrocknete Kräuter und Gräser von der niedrigen Decke.

So muss es in einem Fuchsbau aussehen, dachte Lisbeth, und mit ihrer spitz vorspringenden Mundpartie sah auch die Bewohnerin dem scheuen Streuner nicht unähnlich.

Doch dieser erste Eindruck verlor sich alsbald. Denn die alte Bela war alles andere als scheu. »Ich mache keine Hausbesuche mehr!«, beschied sie Lisbeth, kaum dass diese ihren Laden betreten hatte.

»Ich bin nicht wegen einer Niederkunft gekommen«, entgegnete Lisbeth.

»So? Warum dann?«

Es fiel Lisbeth zwar immer noch nicht leicht, die Worte auszusprechen, doch was half es, lange herumzureden? »Ich kann keine Kinder bekommen«, sagte sie schlicht.

Bela betrachtete sie aufmerksam aus kleinen, goldfarbenen Augen. Unter dem sauberen Kopftuch, das sie sich um den Kopf gewunden hatte, lugte eine dürre Strähne schlohweißen Haares hervor. »Du siehst gesund und kräftig aus. Was ist mit deinem Mann? Hat er Kinder?«, fragte sie forsch.

»Nein, ich sagte doch, dass wir keine Kinder haben. Deswegen bin ich ja hier!«

»Nicht du, Kindchen. Er! Hat dein Mann Kinder?«

Die Direktheit der Frage ließ Lisbeth zusammenzucken. Anders als sein Vater war Mertyn kein Mann, der sein Vergnügen bei leichten Mädchen suchte. Abgesehen davon war ihr Gatte so sehr mit seinen Geschäften und der Poli-

tik beschäftigt, dass er kaum die Zeit für solche Zerstreuungen finden würde. »Nicht dass ich wüsste«, sagte sie verlegen.
»Was stimmt dann nicht mit ihm?«, fragte Bela ungerührt. Auf den Gedanken, dass es nicht an ihr, sondern an Mertyn liegen könnte, war Lisbeth noch gar nicht gekommen. Gemeinhin war es der Fehl der Frauen, wenn sie keine Kinder bekamen.
Sie musste ein verdutztes Gesicht gemacht haben, denn Bela ließ ein zahnloses, meckerndes Lachen hören. »Schau nicht wie eine Kuh, wenn es donnert! Es wär nicht das erste Mal, dass es an dem Kerl liegt.«
Gänzlich unpassend kamen Lisbeth die respektlosen Worte der Berlichhure in den Sinn: »Oder hat dein Mann einen toten Wurm im Latz?« Lisbeth hielt sich die Hand vor den Mund. Wenn es nicht so traurig gewesen wäre, hätte sie laut gelacht.
»Was ist mit seinem Zerss?«, fragte die Alte, als hätte sie Lisbeths Gedanken gelesen.
Lisbeth stieg die Röte ins Gesicht.
Was sollte damit sein?
Fragend blickte sie Bela an.
»Na, ist er zu groß oder zu klein, zu dick oder zu dünn, oder einfach krumm und schief? Vielleicht knubbelig und verwachsen?«, fragte sie so gleichmütig, als rede sie von Gurken, die ein Bauer auf dem Markt feilbot.
Die Röte in Lisbeths Gesicht vertiefte sich. Mit einer solch peinlichen Befragung hatte sie nicht gerechnet. Sie hatte zwar nicht viele Vergleiche, doch bisher war ihr an Mertyns bestem Stück nichts Ungewöhnliches aufgefallen. Verneinend schüttelte sie den Kopf.
Bela nickte. »Steht er oft in der Nacht auf, um sich zu erleichtern?«

Abermals schüttelte Lisbeth den Kopf. »So alt ist er noch nicht.«
»Ist er krank? Gebrechlich? Friert er leicht?«
Gegen ihren Willen musste Lisbeth lächeln. Mertyn war jung, gesund und kräftig. »Nein.«
»Trinkt oder isst er im Übermaß?«
Mertyn aß schon gern und gut und sprach auch dem Wein zu. Doch übermäßig? Nein, das könnte man nicht von ihm behaupten. Dann dürfte kaum einer der Männer, die sie kannte, Kinder haben. Ihr Schwager Hans kam Lisbeth in den Sinn. Der aß in der Tat beängstigende Mengen. War das der Grund, warum er und Tante Fya bislang auch keine Kinder hatten?
»Nein«, antwortete sie.
»Wie ist sein Gemüt? Zornig? Traurig?«
Abermals konnte Lisbeth nicht umhin zu lächeln. Bela kannte Mertyn nicht! Er war so gleichmütig und beherrscht wie kaum ein Mann. »Nein, auch das nicht.«
Belas letzte Frage ließ Lisbeth aufhorchen: »Pflegt er oft den Beischlaf?«
Ein Schatten fiel über ihr Gesicht. In der ersten Zeit ihrer Ehe hatten sie im Schlafgemach viel Freude aneinander gehabt. Mertyn war ein zärtlicher und ausdauernder Liebhaber. Doch das hatte mit der Zeit nachgelassen. Mittlerweile kam er oft erst spät in der Nacht in die Schlafkammer, wenn sie bereits schlief …
»Hm!«, brummte die Alte. Unschwer hatte sie an Lisbeths Miene ablesen können, wie es um das Ime Hofesche Schlafgemach bestellt war.
»Wenn er seinen Zerss nicht gebraucht, dann wird der Samen darin nutzlos!« Ein breites Lächeln glättete die Runzeln der Alten, und sie nickte zufrieden. »Kindchen, ich sehe nicht ein, warum du und dein Mann nicht einen

ganzen Stall voll Kinder bekommen solltet!«, rief sie aus. »Du solltest seiner Männlichkeit ein wenig aufs Pferd helfen.«

Mit dem Ellbogen drückte Lisbeth die Klinke an der Tür zu Mertyns Kontor auf und schob sich in den Raum hinein, bemüht, die abgedeckten Teller auf dem Tablett im Gleichgewicht zu halten.
Der Hausherr saß im schwindenden Tageslicht an seinem aufgeräumten Arbeitstisch, den Blick konzentriert auf den einzelnen Folianten vor sich gesenkt. Bei Lisbeths Eintreten hob er kurz den Kopf und schenkte ihr ein abwesendes Lächeln, um sich sofort wieder seinem Geschäftsbuch zu widmen.
Lisbeth stellte das Tablett neben ihm auf dem Tisch ab und hob die Deckel von den Tellern. Einzelne Fleischstücke lagen darauf, knusprig gebraten und kräftig gewürzt. Sogleich durchzog ein herzhafter Duft nach Gebratenem das Kontor.
Beiläufig langte Mertyn nach einem der appetitlich angerichteten Fleischstücke und schob es sich in den Mund, ohne den Blick aus dem Buch zu heben. Zweimal kaute er darauf, dann prustete er und spuckte den Bissen voller Abscheu in die hohle Hand. »Igitt! Lisbeth! Was, um Himmels willen, ist das?«
Lisbeth biss sich auf die Lippe. Von der alten Bela war sie direkt zum Alter Markt geeilt, wo man an der Kotzbank neben minderwertigem Fleisch auch Innereien feilbot. Dann war sie selbst in die Küche gegangen und hatte die Köchin vom Herd vertrieben, um Mertyns Nachtmahl eigenhändig zu bereiten.
Dass das Fleisch nicht sehr schmackhaft sein würde, hatte sie erwartet. Daher hatte sie sich bei der Zubereitung des

Gerichtes besondere Mühe gegeben und viele Gewürze und teuren schwarzen Pfeffer daran getan, um den Geschmack zu übertünchen. Doch anscheinend war es trotzdem ungenießbar geraten.
»Hammelhoden, Hasenhoden, Hoden von Ebern und Hirschen«, zählte Lisbeth kleinlaut auf. »Es war gar nicht so leicht, sie aufzutreiben.«
Mertyn stieß einen würgenden Laut aus und fuhr sich mit seinem Schnupftuch über den Mund. »Das mag ja alles den feinen Zungen mancher Gecken munden, Lisbeth, doch mir machst du mit diesem neumodischen Firlefanz keine Freude. Bring mir einfach gebratene Wurst oder ein Hämmchen mit Kraut.«
»Es ist keine neue Mode«, gestand Lisbeth unglücklich. »Es ist ... es ist ... es ist, weil ...« Ein Schluchzer bahnte sich den Weg in ihre Kehle. »Ich wünsche mir doch so sehr, dass wir endlich ein Kind bekommen!«, brach es aus ihr heraus.
Verblüfft starrte Mertyn seine Frau an. Dann zeichnete sich Verstehen auf sein Gesicht. »Und deshalb soll ich diese Unsäglichkeiten essen? Nein, Lisbeth, das ist dummer Aberglaube! Wenn der Herrgott uns mit Nachwuchs segnen will, dann wird er das schon tun«, suchte er seine Frau zu trösten. »Aber mit diesen Teufelskünsten versündigst du dich. Lass Messen lesen, von mir aus jeden Monat eine.«
»Aber alle Gebete haben nicht gefruchtet«, klagte Lisbeth verzweifelt. »Vielleicht könnten wir eine Wallfahrt machen. Nach Sankt Marien in Büchen«, schlug sie eifrig vor. »Oder nach Augsburg. Dort soll eine Jungfer leben, eine Heilige, die darin Wunder vollbringt ...«
»Ach, Lisbeth.« Müde hob Mertyn die Hände. »Dafür ist doch gar keine Zeit. Ich reise bei Gott genug in der Gegend herum. Da muss ich nicht auch noch auf Pilgerfahrt gehen!«

Niedergeschlagen verließ Lisbeth das Kontor. Mertyn schien es längst nicht so zu bekümmern wie sie, dass sie keine Kinder hatten. Ihn füllte seine Arbeit zur Genüge aus. Er verspürte nicht diese Leere, die sie bisweilen fast körperlich schmerzte.

Wenn Mertyn die Speisen nicht essen wollte, die die alte Bela zur Steigerung seiner Manneskraft empfohlen hatte, was sollte sie sich dann noch einfallen lassen, um ihrem Gemahl im Schlafgemach zu mehr Eifer zu verhelfen?

7. Kapitel

Dieses Mal war die Seide, die Stephan vor den Augen des städtischen Zinsmeisters auspackte, sauber, trocken und von bester Qualität. Von allerbester sogar. Leise pfiff der Kaufmannslehrling durch die Zähne. Sie würde ein hübsches Sümmchen eintragen.
Bevor er die Packen ins Lagerhaus bringen ließ, nahm er einige Strähnen davon und schlug sie in sauberes Tuch. Es würde keine Mühe bereiten, diese Seide an den Mann zu bringen. Er brauchte sie nur Lisbeth zu zeigen, um einen großen Teil davon abzusetzen. Ohnehin wollte er sie später aufsuchen, um ihr den Brief zu bringen, den Fygen mit der Seide für ihre Tochter gesandt hatte.
Stephans Miene verdüsterte sich, als er an den anderen Brief dachte, der aus Valencia gekommen war. Wobei es nicht der Inhalt des Schreibens gewesen war, der ihn erregt hatte. Sehr ausführlich, doch in freundlichen Worten, hatte Fygen ihm Arbeitsanweisungen erteilt und ihn genau darüber in Kenntnis gesetzt, wie er bis zu ihrer Rückkehr in den Geschäften zu verfahren habe.
Was Stephan geärgert hatte, war Hermans Reaktion gewesen, als er ihm den Brief gezeigt hatte. Hastig, beinahe grob, hatte dieser ihm den Brief abgenommen, obschon das Schreiben an ihn gerichtet war. »Künftig wünsche ich die Briefe mit ungebrochenem Siegel zu erhalten«, hatte er Stephan wissen lassen. Dann hatte er ihm genau die Anweisungen gegeben, die Fygen bereits schriftlich dargelegt hatte.

Stephan hätte sie auch ohne Hermans Einmischung befolgt, er war ja schließlich nicht dumm, dachte er gekränkt. Bisher war er gut allein klargekommen, ohne Herman, auch wenn es eine Menge Arbeit war, die seine Dienstherrin ihm aufgebürdet hatte.
Doch geschmeichelt durch das Vertrauen, das Fygen ihm entgegengebracht hatte, hatte er die Pflichten gern auf sich genommen. Er war begierig, zu lernen, denn schließlich wollte er eines Tages selbst Kaufmann werden, mit eigenem Kontor und eigenen Kaufmannsgesellen, und so hatte er allen Ehrgeiz darein gelegt, die Geschäfte während Fygens Abwesenheit erfolgreich zu führen.
Stephan bezweifelte sehr, dass Herman besser wusste, wie man ein Handelskontor und eine Faktorei leitete, als er selbst. »Aufgeblasener Wichtigtuer!«, brummte er und schickte sich an, das Kaufhaus am Malzbüchel zu verlassen. Missmutig zog er den Kopf zwischen die Schultern und trat in den Nieselregen hinaus, der seit den frühen Morgenstunden Dächer und Häuser in Grau hüllte. Nach ein paar vorwitzig warmen Tagen im Mai hatte sich der kölnische Sommer als ein milder Winter erwiesen, kühl und regnerisch, und drohte nun unbemerkt in einen nicht minder trüben Herbst überzugehen.
Als Stephan in den späten Nachmittagsstunden das Haus Zur Roten Tür aufsuchte, fand er die Frau seines Bruders in ihrer Werkstatt im Hof. Eine wohlige Wärme umfing ihn, als er das flache Gebäude betrat. An den Webstühlen wurde fleißig gearbeitet, und im hinteren Teil des Raumes wickelte Gertrud mit der anderen Helferin Garn auf Spulen. Stephan beeilte sich, die Tür hinter sich zu schließen, damit der bullige Ofen in der Ecke der Werkstatt seine Arbeit nicht umsonst verrichtete.
Bei seinem Eintreten senkte sich das Geplapper der Frauen

zu einem aufgeregten Tuscheln. Neugierig reckten Lehrmädchen wie angestellte Seidmacherinnen die Hälse, dankbar für die Ablenkung, die noch dazu durch einen so ansehnlichen Burschen verursacht wurde. Stephan schenkte den Frauen ein Lächeln, das jede Einzelne zu einer Fürstin erhob. Er war sich seiner Wirkung auf die holde Weiblichkeit durchaus bewusst.

Mit leichtem Unbehagen entdeckte Lisbeth den Brief in der Hand ihres Schwagers, doch Stephan nickte beruhigend. »Von deiner Mutter«, sagte er und reichte ihr das Schreiben.

Als Lisbeth Fygens schwungvolle Schrift erkannte, breitete sich ein erleichtertes Lächeln über ihr Gesicht.

Die Seidmacherinnen und Lehrmädchen waren nun ganz verstummt und blickten ihre Dienstherrin erwartungsvoll an. Sie alle wussten natürlich von Fygens Reise und waren begierig auf die Neuigkeiten, die dieser Brief enthüllen mochte.

Doch Lisbeth verdarb ihnen den Spaß. »Es ist genug für heute. Bald wird es ohnehin dunkel. Schert die hier noch alle gemeinsam auf«, sagte sie und wies auf die Webstühle, die eben bespannt wurden. »Und dann macht ihr Schluss für heute!«

»Wird gemacht, Frau Ime Hofe!« Stina nickte.

Gerade so schnell, wie es ihre Würde als Dienstherrin zuließ, wandte Lisbeth sich um und zog Stephan mit sich aus der Werkstatt. Doch am liebsten wäre sie gerannt. Es war das erste Lebenszeichen ihrer Mutter, seit Fygen im Frühjahr Köln verlassen hatte.

»Na los, Kinder! Ihr habt es gehört. Beeilt euch ein wenig!« Stinas Worte folgten ihnen auf den Hof hinaus.

In der Stube angelangt, ließ Lisbeth sich sogleich auf die Bank sinken und begann Fygens Brief zu lesen, die Zunge

konzentriert zwischen die Lippen geklemmt, während Stephan ein formloses Bündel auf den Tisch legte und sich neben sie auf die Bank schob.
»Es geht ihr gut!« Lisbeth seufzte erleichtert auf, als sie die ersten Zeilen entziffert hatte, und ihre Züge entspannten sich. »Gott sei es gedankt, es geht ihr gut!«
»Schreibt sie, wann sie zurückkommt?«, fragte Stephan.
»So weit bin ich noch nicht.« Wieder vertiefte Lisbeth sich in die Lektüre, bis sie plötzlich laut auflachte. »Hör dir das an«, sagte sie glucksend. »Ich habe euch ein paar Erdmandeln geschickt. Daraus lässt sich ein Getränk bereiten, das wunderbar zu kühlen vermag, wenn es wieder gar zu heiß ist.«
Stephan stimmte in Lisbeths Gelächter ein. »Kühlendes Getränk? Ein warmer Würzwein käme jetzt gerade recht!«
Fragend blickte Lisbeth Stephan an. »Hast du sie gesehen, die … Erdmandeln?«
Stephan schüttelte den Kopf. »Vielleicht ist es das da?«, fragte er und wies auf das Bündel.
Behutsam wickelte Lisbeth den Stoff auseinander. Zum Vorschein kamen ein kleiner Klumpen Zucker und ein paar unscheinbare, wurzelähnliche Knollen. Lisbeth betrachtete sie einen Moment enttäuscht, dann nahm sie erneut Fygens Schreiben zur Hand. »Du musst die Erdmandeln einen Tag und eine Nacht in Wasser einweichen und dann mehrmals in Tüchern gut ausdrücken. Dann zerdrückst du sie zu Brei, den du mit Wasser und dem Zucker aufschüttest, bis eine milchige Flüssigkeit entsteht. Die muss noch einige Stunden ziehen, um ihren vollen Geschmack zu entfalten. Im ersten Moment schmeckt sie ein wenig ungewöhnlich, doch es gibt nichts Erfrischenderes für einen heißen Tag …«

Wieder konnten Lisbeth und Stephan nicht umhin, ausgelassen zu kichern. Der kurze kölnische Sommer hatte in diesem Jahr nicht einen solchen Tag gesehen.
Stephan wischte sich mit übertriebener Geste den nicht vorhandenen Schweiß aus dem Gesicht. Dann erhob er sich und griff nach dem Haken, um das Feuer im Kamin anzuschüren. Seit drei Tagen wurde die Stube im Haus Zur Roten Tür wieder geheizt.
Mit einem kleinen Glucksen wandte Lisbeth sich erneut dem Brief zu, um die Lektüre bereits nach wenigen Zeilen zu unterbrechen. Gespannt blickte sie Stephan an. »Und, wie ist die Seide?«
»Schau selbst!« Stephan entfaltete das Tuch, in das er die wenigen Strähnen geschlagen hatte.
Lisbeth nahm eine auf und rieb sie zwischen den Fingern. Dann hob sie sie an die Nase und roch daran. Anerkennend nickte sie, und die Begeisterung zauberte goldene Sprenkel in ihre braunen Augen. Fygen hatte nicht zu viel versprochen. »Wie viel hast du davon?«, fragte sie Stephan.
»Fünftausend Pfund.«
»Fünftausend Pfund!«, wiederholte Lisbeth ungläubig. Das war mehr, als sie erwartet hatte. Und mehr, als sie brauchte. Wie viel sollte sie nehmen? Eingedenk der Worte ihres Schwagers Hans, nur beste Qualität zu verarbeiten, eher mehr als zu wenig, zumal sie nicht wusste, wann ihr wieder solch eine Ware angeboten würde.
Und wenn sie Stephan die ganze Ladung abnahm? Bezahlen konnte sie es, das war nicht das Problem. Doch fünftausend Pfund waren eine gewaltige Menge. Es würde zu lange dauern, bis sie und ihre Weberinnen die Seide verarbeitet hätten, auch wenn sie weiterhin mehr als die vier zulässigen Lehrtöchter behielt. Es ging auf den Winter zu, da

war es nicht ratsam, die Seide zu lange zu lagern, wollte man nicht riskieren, dass sie feucht wurde.
Begehrlich betrachtete Lisbeth die Strähnen in ihrer Hand. Natürlich gab es eine Möglichkeit, die ganze Seide zu verarbeiten. Wenn auch nicht in ihrem Betrieb. Sie könnte sie anderen Seidmacherinnen zum Weben geben. Seidmacherinnen, die es sich nicht leisten konnten, die kostspielige Rohware selbst zu erwerben, so wie Grete Elner.
Unwillkürlich verzog Lisbeth das Gesicht, als sie sich ihrer Begegnung mit Grete im Haus Xanten entsann. Doch sie musste ja nicht Grete beschäftigen, die für ihre Schlamperei bekannt war. Sicher gab es andere, die besser arbeiteten.
Seide zu verlegen, also sie anderen Seidmacherinnen zum Weben zu geben, verstieß zwar gegen die Zunftordnung, doch Lisbeth wusste mit Sicherheit, dass andere Seidmacherinnen wie Frieda Medman, Mechthild van der Sar und eben die Berchem-Schwestern es auch taten. Zudem gab es ja die Ausnahme, dass Weberinnen, die es sich nicht leisten konnten, sich als Seidmacherin selbständig zu machen, für andere Seidenweberinnen um Lohn weben durften. Der Unterschied lag einzig darin, ob sie es in ihrem eigenen Hause taten oder in der Werkstatt einer Dienstherrin.
Ohnehin hatte Lisbeth das Gefühl, dass auf die Einhaltung der Zunftgesetze in letzter Zeit nicht mehr so genau geachtet wurde. So wie sich auch bisher niemand daran gestört hatte, dass sie mehr als die vorgeschriebene Anzahl an Lehrtöchtern beschäftigte.
»Nun, was ist so erheiternd?« Ihr Gelächter über die Erdmandelmilch hatte ihn aus seinem Kontor gelockt. Mertyn trat in die Stube und unterbrach ihre Gedanken. Als er seines Bruders ansichtig wurde, runzelte er für einen winzigen Moment die dunklen Brauen, doch sogleich waren seine Züge wieder so beherrscht wie gewohnt.

Lisbeth erklärte ihm den Zusammenhang, doch ihr Gatte nickte nur abwesend und griff nach dem Krug, der auf dem Tisch bereitstand. In Gedanken weilte er noch bei seinen Geschäften. »In Valencia herrscht ein anderes Klima als hier. Es ist viel wärmer dort«, erklärte er ernsthaft und schenkte sich einen Becher Wein ein.
Stephan entfuhr ein despektierliches Lachen. »Was du nicht sagst!«
»Das ist ja gerade der Witz!«, hob Lisbeth an zu erklären, doch sogleich gab sie den Versuch auf und zuckte hilflos mit den Schultern. Mertyn war eben so ernst.
Zweifellos war Lisbeth dankbar, einen zuverlässigen Mann an ihrer Seite zu haben. Aber manches Mal ärgerten sie seine Ernsthaftigkeit und sein Ehrgeiz. Man konnte doch schließlich beides tun: fleißig und pflichtbewusst arbeiten und trotzdem fröhlich sein und das Leben genießen. Man wusste doch zu gut, wie schnell es vorbei sein konnte.
Als junges Mädchen, damals, als Mertyn ihr die Welt erklärt hatte, hatte Lisbeth seine ruhige, überlegte Art bewundert. Er war so klug, war ihr so erwachsen vorgekommen.
War er eigentlich damals schon so ernsthaft gewesen, fragte sie sich. Oder lag es daran, dass er nach dem frühen Tod seines Vaters als Mann im Haus die Verantwortung übernommen, dessen Geschäfte fortgeführt und sich um den Verkauf von Katryns Seidwaren gekümmert hatte?
In knappen Worten berichtete Lisbeth Mertyn von Stephans Angebot und ihrem Wunsch, die gesamte Menge zu erwerben.
»Ist sie um so vieles besser als herkömmliche Ware, dass es den Aufwand rechtfertigt?«, fragte Mertyn sachlich und nahm einen Schluck aus dem Becher.
Lisbeth nickte eifrig und hielt ihm die Strähnen hin. Die

Aufregung hatte ihr die Wangen gerötet. »Ist sie! Es ist die beste Rohware, die ich je gesehen habe«, schwärmte sie. Mertyn nahm die Seide entgegen und beschaute sie eingehend. Im dämmrigen Licht, das durch die buntbemalten Glasfenster drang, schimmerten die Stränge perlmuttfarben. Behutsam legte Mertyn sie zurück auf den Tisch der Stube, dann nickte er.
»Was meinst du?«, drängte Lisbeth.
»Es ist sicher eine Menge Geld auf einmal, aber das ist nicht das Problem. Wenn du die Seide nicht verarbeitet bekommst, kann ich sie immer noch verkaufen«, entgegnete Mertyn bedächtig. »Ob es allerdings sinnvoll ist, sie zu verlegen, sollten wir in Ruhe überlegen. Lass uns morgen darüber reden, ja? Ich habe heute noch eine Menge zu tun.«
Lisbeth runzelte die Brauen und blickte mit einem Anflug von Verärgerung auf die Tür, die ihr Gemahl hinter sich ins Schloss zog. Am liebsten hätte sie die Seide trotzdem sofort gekauft. Allein schon, um Mertyn zu ärgern. Doch sollte sie das Risiko wirklich eingehen?
Stephan bemerkte Lisbeths Verstimmung und lächelte sie aufmunternd an. »Du kannst es dir ja überlegen. Gib mir in ein paar Tagen Bescheid. Ich halte die Seide so lange für dich zurück.«
Lisbeth nickte dankbar. Wie gern würde sie jetzt ihre Mutter um Rat bitten. Denn anders als ihre Schwiegermutter, die nie etwas unternehmen würde, das nicht vollkommen im Einklang mit den Zunftgesetzen stand, war Fygen durchaus bereit, ein Risiko einzugehen, wenn es einen gewissen Erfolg versprach, dessen war Lisbeth sicher.
Unschlüssig nahm sie Fygens Brief wieder zur Hand und las ihn zu Ende. »Sie schreibt nicht, wann sie zurückkommt. Aber lange kann es jetzt nicht mehr dauern.«

Ein kühlender Windhauch strich über die Terrasse der Alqueria und ließ Fygen frösteln. Dabei war es nicht wirklich kühl. Nur nicht mehr so heiß, wie sie es von den vergangenen Abenden gewohnt war, an denen sie hier mit Alejandro gesessen und gespeist hatte. Zweifellos der erste Vorbote des Herbstes, dachte sie betrübt und legte den Löffel beiseite.

Die Alqueria, Alejandros Landhaus, lag von Bäumen beschattet inmitten der Felder an einen Hügel geschmiegt. Das weißgetünchte Gebäude war von großer Strenge und Einfachheit, doch von der Terrasse aus gewährte es einen einzigartigen Blick über die abgeernteten Felder ringsum. Über den Barracos in der Ferne stiegen dünne Rauchfäden auf.

Es war ein wundervoller Sommer gewesen. Voller Liebe und Zärtlichkeit. Am Morgen nach ihrem Ausflug hatte Alejandro ihr Gepäck in die Alqueria bringen lassen. Eckert hatte es vorgezogen, in der Herberge zu bleiben, worum Fygen nicht böse war. Sie konnte verstehen, dass er sich die Zeit lieber in den Tavernen der Stadt vertrieb, als ihr beim Turteln zuzuschauen.

Alejandro hatte ihr Gepäck in eine kleine Kammer im oberen Stockwerk bringen lassen, mit weißgetünchten Wänden und leichten, weißleinenen Vorhängen. Eine schwere Bettstatt aus dunklem Holz stand darin, eine Truhe, und auf einem niedrigen Tisch unter dem Fenster eine Waschschüssel.

Doch Fygen hatte die Kammer nur genutzt, wenn Alejandro in der Stadt geblieben war. Wann immer seine Geschäfte es zugelassen hatten, war er in die Alqueria gekommen. Sie hatten zusammen gespeist und bis in die Nacht miteinander geredet. Fygen hatte von ihm alles über dieses wunderbare Land wissen wollen, seine Bräuche und seine Men-

schen. Ja, sie hatte sogar die ersten Worte des Valenciano erlernt.
Auch Alejandro wollte, nachdem er seine anfängliche Zurückhaltung abgelegt hatte, alles über seinen älteren Halbbruder, den er nie kennengelernt hatte, erfahren. Fygen erzählte ihm von Peter, von Augusta, von ihren Töchtern und deren Kindern. Sie sprachen auch über die unseligen Verstrickungen, die zum gewaltsamen Tod ihres Vaters und, wie sie nun erfahren hatte, der Flucht seines und Peters Vaters geführt hatten.
»Wie kommt es, dass du so viel von Seide verstehst?«, hatte Alejandro an einem dieser verzauberten Abende, an denen die laue Luft sie liebkoste, wissen wollen.
Ausführlich hatte sie ihm von ihrer Seidenweberei berichtet, von der Leidenschaft, mit welcher sie diese aufgebaut und geführt hatte, bis hin zu jener schrecklichen Nacht, in der sie sich hatte entschließen müssen, sie aufzugeben. Sie erzählte Alejandro von Peters Tod und wie es schließlich dazu gekommen war, dass sie das Faktorenamt der Ravensburger übernommen hatte.
Es waren wundervolle Abende gewesen, die sie gemeinsam verbracht hatten. Abende und Nächte, in denen ihre Leidenschaft sie oft bis in die frühen Morgenstunden wach gehalten hatte.
An den Tagen, die Alejandro in der Stadt verbrachte, hatte Fygen ausgedehnte Spaziergänge über das Land unternommen und sich die Zeit mit Spinnen vertrieben. Sie hatte viel gelernt über das Leben auf dem Land. Denn die Alqueria diente trotz ihrer Bequemlichkeit nicht dem Vergnügen, sondern war der Mittelpunkt einer straff organisierten Landwirtschaft.
Am Tag nach ihrem ersten gemeinsamen Ausflug hatte Alejandro ihr eine Seidenzucht unweit der Alqueria ge-

zeigt. Doch sie bot keine wirkliche Überraschung. Mit ihren langgezogenen Holzschuppen für die Aufzucht der Seidenspinner glich sie jener, welche Herman einst erfolglos bei Meckenheim hatte anlegen lassen. Freilich mit dem Unterschied, dass hier wirklich Seide gewonnen wurde und dass die sie umgebenden Reihen von Maulbeerbäumen in kräftigem Grün standen.

»Was ist mit dir?«, fragte Alejandro besorgt. »Du hast das Essen ja gar nicht angerührt. Schmeckt es dir nicht?«

»Doch.« Fygen nahm den Löffel wieder auf. An der dampfenden Paella, die Marcos, der Verwalter, ihnen serviert hatte, lag es nicht. Die war hervorragend. Die großen Stücke frischen Hühner- und Kaninchenfleisches hatten den Geschmack und die warme Goldfarbe des Safrans angenommen und lagen in einem Bett aus Bohnen und feinem Reis aus der Gegend um die Albufeira, die große Süßwasserlagune südlich der Stadt.

Fygen hatte heute einfach keinen Appetit. Mit jedem Feld, das abgeerntet wurde, mit jedem Blatt, das sich golden färbte, zeigte ihr das Land um sie her deutlich, dass der Sommer zu Ende ging. Und mit ihm ihr Aufenthalt in Valencia.

Immer wieder hatte Fygen ihre Heimreise hinausgezögert. Hatte nicht darüber nachdenken mögen, dass es nur eine geliehene Zeit war, in der sie und Alejandro lebten. Doch nun gab es keinen Aufschub mehr. Sehr bald schon würde sie reisen müssen, wenn sie Köln erreichen wollte, bevor die Seefahrt wegen der Herbststürme für dieses Jahr eingestellt würde.

Ein Seufzer schlich sich über ihre Lippen, und sie schob den Teller von sich. Wenn sie jetzt nicht reiste, würde sie bis zum April warten müssen, denn erst im nächsten Frühjahr gingen wieder Schiffe nach Norden. Einen unsinnigen

Moment lang erwog Fygen den Gedanken, doch sie verwarf ihn bereits im nächsten Augenblick. Viel zu lang schon hatte sie ihren Aufenthalt hier ausgedehnt und die Faktorei in den noch recht unerfahrenen Händen ihres Lehrjungen zurückgelassen.

Überdies wurden ihr allmählich die Tage lang, wenn Alejandro seinen Geschäften nachging. Eine Zeitlang hatte sie das Nichtstun genossen, doch für immer war Müßigkeit ihre Sache nicht. Sie brauchte ihre Arbeit, ihre Aufgabe, das Gefühl, etwas Sinnvolles zu tun. Wie Fygen es auch drehte und wendete, es war an der Zeit, zu reisen und Abschied zu nehmen von der Stadt der Blumen. Und von Alejandro.

Langsam senkte sich die Dämmerung über das Land. Marcos entzündete die Öllichter und stellte eines davon zwischen sie auf den Tisch. Demá – morgen. Morgen würde sie sich um eine Schiffspassage kümmern. Ihre Stimme klang brüchig, als sie fragte: »Nimmst du mich mit, wenn du morgen in die Stadt fährst?«

Alejandro nickte. Das Flackern des Öllichtes spiegelte sich in seinen Zügen. Wortlos griff er über den Tisch und legte seine Hand auf die ihre.

In der Nacht liebten sie sich mit hungriger Verzweiflung, als müssten auch ihre Leiber voneinander Abschied nehmen, als sei dies das letzte Mal, auch wenn ihnen das Schicksal noch eine kurze Frist gewährte. Ein paar Tage noch. Vielleicht eine Woche …

Fygen lag lange wach, schmiegte sich eng an Alejandro und hielt ihn umschlungen, als wolle sich ihr Körper seinen Leib, die Wölbung jedes Muskels, jeden Flecken seiner Haut einprägen, um sich seiner in den kommenden Jahren erinnern zu können.

Erst das eintönige Rauschen des einsetzenden Landregens wiegte sie in einen unruhigen Schlaf.

Der Anblick der zerlumpten Bettlerin, die neben dem Tor zur Wolkenburg im Schmutz der Straße hockte, versetzte Lisbeth einen Stich. Fünf Kinder schmiegten sich an ihre Röcke. Das Jüngste, ein Säugling noch, hatte sie an die ausgemergelte Brust gelegt. Dabei mochte die Frau kaum älter sein, als sie selbst war. Dürr war sie, mit eingefallenen Wangen, und die Knochen der Schlüsselbeine stachen spitz durch den dünnen Stoff ihres Kittels. Die Frau bot einen bemitleidenswerten Anblick. Doch bedauernswerter noch erschienen Lisbeth die Kinder. Ihre hungrig blickenden Augen lagen tief in dunklen Höhlen, musterten argwöhnisch jeden, der des Weges kam.

Wie ungerecht es im Leben zugeht, dachte Lisbeth. Diese Frau hier hat fünf Kinder, und für keines genug zu essen. Mit Erschrecken verspürte Lisbeth, wie ein völlig unsinniger Neid auf die junge Bettlerin in ihr aufstieg. Warum hat sie diese Kinder und nicht ich? Wie gut könnten es dagegen ihre Kinder haben, wenn sie denn welche hätte! Im Haus Zur Roten Tür wäre Platz für ein ganzes Dutzend, und es würde ihr und Mertyn keine Sorge bereiten, sie zu nähren und zu kleiden.

Lisbeth schämte sich für ihre Gefühle, doch sie war ihnen hilflos ausgeliefert. Verlegen griff sie in den ledernen Beutel, der ihr vom Gürtel hing, und kramte nach einer Münze. Einen ganzen Gulden legte sie der Bettlerin in die ausgestreckte Hand. Dann wandte sie sich hastig ab und eilte durch das Torhaus.

Im Hof der Wolkenburg stürmte ein kleines braunes Bündel ausgelassen wedelnd auf sie zu. Lisbeth griff den Welpen am Nackenfell und hob ihn sich auf den Arm. Mit einem leisen Schluchzer drückte sie den warmen Körper an ihre Brust und barg ihr Gesicht in dem weichen Fell.

Hocherfreut über die Zuwendung duldete der Welpe, dass

Lisbeth seinen kleinen Körper in ihren Armen wiegte, und leckte die bitteren Tränen fort, die über ihre Hand in sein Fell rannen. Doch nach einer Weile wurde er unruhig und begann, sich zu winden.

Sachte setzte Lisbeth den jungen Hund auf das Pflaster und wischte sich die Tränenspuren aus dem Gesicht. Ein paarmal schöpfte sie tief Luft, um sich zu beruhigen und ihren Gleichmut wiederzuerlangen, dann machte sie sich auf die Suche nach Stephan und Herman. Sie hatte sich entschlossen, ihnen die ganzen fünftausend Pfund Seide abzunehmen, und sie war auch schon mit ein paar Seidmacherinnen einig geworden, die gerne für sie arbeiten würden.

Im Haus war es ungewöhnlich ruhig, und in Fygens Kontor traf sie weder Herman noch Alberto an. Auch Stephan war nirgends zu sehen. Aufgeschlagene Journale lagen auf dem Tisch, darauf eine Feder und ein geöffnetes Tintenfass, als hätten sie ihre Arbeit nur kurz unterbrochen.

Lisbeth ging zurück in die Halle und wollte gerade laut nach ihrem Bruder rufen, als sie im Obergeschoss Stimmen vernahm. Mit gerafftem Rocksaum stieg sie die breit geschwungene Steintreppe hinauf. Der Flur im Obergeschoss war leer, die Flügeltür zum großen Saal geschlossen. Nur auf der gegenüberliegenden Seite, zum Hof hin, fiel ein schmaler Streifen Licht durch einen Spalt in der Tür und zeichnete sein helles Muster auf die honigfarbenen Bodendielen.

Es war die Tür zu Hermans Kammer, erkannte Lisbeth, dem Raum, den er bereits bewohnt hatte, als sie alle noch Kinder waren. Ein dumpfer Laut drang aus der Kammer – Lisbeth erschien es wie ein Stöhnen. Ohne ihren Schritt zu dämpfen, ging sie auf den Lichtstreif zu und öffnete die Tür.

Im Raum schien niemand ihr Eintreten zu bemerken. Auf der Bettstatt, gleich der Tür gegenüber, lagen zwei Men-

schen in leidenschaftlicher Umarmung. Die Kleider hatten sie von sich geworfen, und ganz so, wie der Herrgott sie geschaffen hatte, erfreuten sie einander.
Lisbeth schrak zurück. Doch bevor sie schamvoll den Blick abwenden konnte, hatte sie bereits den dunklen Schopf von Alberto erkannt und kam nicht umhin zu schmunzeln. Der Luchese war ein anziehender Mann. Mit seinem samtenen Blick aus dunklen, mit langen Wimpern umkränzten Augen mochte er leicht einem Mädchen den Kopf verdrehen. So war also eine der jungen Mägde seinem südländischen Charme erlegen, dachte Lisbeth, aber welche mochte es sein?
Die Neugier besiegte ihre Schamhaftigkeit, und sie riskierte einen zweiten Blick. Die Magd war blond, hatte lockiges Haar. Doch es konnte kaum die Marie sein, denn die war kurz und breithüftig. Die Frau hier jedoch war schlank und groß, hatte kräftige Gliedmaßen und einen muskulösen Körper – bald zu muskulös und zu groß für eine Frau, dachte Lisbeth.
In dem Moment wandte die blonde Magd sich zu ihrem Liebhaber um, und Lisbeth presste die Hand auf den Mund, um nicht laut zu schreien. Es war keine Magd, die sie da in inniglicher Umarmung mit Alberto überrascht hatte. Himmel stehe ihr bei – es war ihr Bruder Herman.
Verdattert starrte Lisbeth auf die Bettstatt, unfähig, ihren Blick abzuwenden. Doch die beiden Männer nahmen immer noch keine Notiz von ihr. Herman und Alberto – sie machten sich der stummen Sünde schuldig!
Lisbeths Gedanken überschlugen sich. Hatte die beiden eine plötzliche Leidenschaft übermannt? Beide waren unbeweibt. Vielleicht hatten sie sich im Rausch dazu hinreißen lassen.
Heilige Mutter Gottes, lass es nur eine einmalige Verirrung

sein, bat Lisbeth. Doch es war offensichtlich, dass dies hier nicht der exzessive Ausgang einer Zecherei war. Es war ein Akt zwischen Liebenden. Herman und Alberto verband mehr als eine Männerfreundschaft, erkannte Lisbeth, weit mehr.

Sie spürte, wie sich ihr die feinen Härchen an den Unterarmen aufstellten, und ihr Gesicht verlor alle Farbe. Jetzt, wo sich Lisbeth ihr gefährliches Geheimnis offenbart hatte, fügte sich alles zusammen wie Steine zu einem Mosaik. Niemand hatte sich je daran gestoßen, dass Alberto in der Wolkenburg wohnte, so wie Herman einst bei ihm auf seinem Landgut in Lucca. Es war nicht ungewöhnlich, dass Gäste, die von weither kamen, ihre Besuche über Jahre ausdehnten, zumal in wohlhabenden Häusern.

War dies der Grund, warum Herman und Alberto Lucca verlassen hatten? Waren sie in Italien verfolgt worden, weil der Herrgott sie mit ihrer unnatürlichen Liebe zueinander geschlagen hatte? Stets waren Alberto und Herman freundschaftlich miteinander umgegangen, nie hatte sie ein harsches Wort zwischen ihnen vernommen. Doch sie wäre nie auf den Gedanken verfallen, dass die beiden wie Mann und Weib zusammenlebten.

Kein Wunder, dass Herman auf ihren Versuch, zwischen ihm und Clairgin eine Ehe zu stiften, so harsch reagiert hatte. Er hatte seine Liebe bereits gefunden, wenn auch auf eine so tragische Weise.

Ein kalter Schauder jagte Lisbeth über den Rücken. Sodomie! Sie wagte kaum, das Wort zu denken. Es war grauenvoll!

Nicht, dass Lisbeth die Sache an sich so entsetzlich fand. Es befremdete sie zwar und es war wider die Natur, doch die beiden taten in ihrer Liebe zueinander ja niemandem etwas zuleide.

Das Schreckliche war, dass Herman und Alberto damit ihren Ruf und womöglich ihr Leben aufs Spiel setzten. Sie waren so leichtsinnig! Wenn man sie dabei erwischen würde, wie sie … Lisbeth mochte den Gedanken nicht zu Ende denken. Nicht auszudenken, was geschehen mochte, wenn die Sache ruchbar würde.

Unwillkürlich begann Lisbeth zu zittern. Immer noch stand sie wie gebannt im Türrahmen und starrte auf Albertos sehnigen Rücken, als sie plötzlich eine Berührung an ihrer Schulter spürte. Erschreckt fuhr sie herum.

Es war Stephan, der neben ihr in der Düsternis des Flures stand. Hastig zog Lisbeth die Tür zu Hermans Kammer zu. Doch es war bereits zu spät. Über ihren Kopf hinweg hatte Mertyns Bruder genug gesehen, um das Ungeheuerliche zu erfassen.

Angst ergriff Lisbeth, und winzige Tropfen kalten Schweißes traten ihr auf die Stirn. Hermans gefährliches Geheimnis war entdeckt. Bang blickte sie Stephan an. Was würde er tun? Würde er Herman verraten? Wie könnte sie ihn dazu bewegen, Stillschweigen über die Sache zu bewahren?

Doch ihr Schwager schien von dem, was er gerade gesehen hatte, wenig beeindruckt. Kurz hob er den Finger an die Lippen und bedeutete Lisbeth, leise zu sein. Wusste Stephan bereits um das Verhältnis zwischen den beiden, fragte Lisbeth sich. Verwunderlich wäre es nicht, denn schließlich lebte er mit Herman und Alberto unter einem Dach, arbeitete mit ihnen Seite an Seite.

»Komm hier fort, Lisbeth«, flüsterte Stephan sanft, legte beruhigend seinen Arm um ihre Schultern und führte sie fort von Hermans Kammer, die Treppe hinab und in Fygens Kontor.

Als sich die schwere Tür hinter ihnen geschlossen hatte,

blickte er seiner Schwägerin ernst in die Augen. »Das muss ein Schreck für dich sein, ich weiß«, sagte er. »Aber du darfst niemandem davon erzählen. Niemandem!«, schärfte er ihr ein. Am besten, du vergisst einfach, was du gesehen hast.«

Lisbeth nickte erleichtert. Hermans Geheimnis war bei Stephan gut aufgehoben. Wie hatte sie auch nur einen Moment an der Loyalität ihres Schwagers zweifeln können?

Trübe dämmerte der Morgen herauf, als wüsste der Himmel um Fygens Traurigkeit. Wie ein grauer Schleier lag die Feuchtigkeit über dem Land, wob sich in Büsche und spannte sich zwischen den Bäumen. Nicht einmal die Orangenbäume sandten ihren Duft zum Geleit, als der Wagen vom Hof der Alqueria rollte.

Dies war nun tatsächlich der Abschied, dachte Fygen bekümmert und warf einen letzten Blick zurück. Sie hatte gerade noch eine Passage erhalten, auf dem letzten Lastschiff, das Valencia vor dem Winter verließ. Morgen bei Sonnenaufgang würde die Nau in See stechen, die westliche Atlantikküste in Richtung Antwerpen hinaufsegeln und sie nach Hause bringen. Fort von hier. Fort von Alejandro … Fygen unterdrückte ein Seufzen. Sie selbst hatte es so gewollt.

Den Weg zur Stadt – sie würden zunächst Eckert mit dem restlichen Gepäck in der Herberge abholen, bevor sie zum Grao hinausfuhren – legten sie schweigend zurück. Nur allzu bald hatten sie das Stadttor passiert und rollten in die Stadt hinein. Fygen achtete nicht auf den Weg, doch irgendwann erkannte sie linker Hand den Turia, der sich wie ein silbriger Wurm durch die Stadt schlängelte.

Sie durchquerten gerade die Quartiere der Handwerker, als Alejandro unvermittelt den Wagen vor einer Toreinfahrt zum Stehen brachte. Das Schlagen der Hufe erstarb, und übrig blieb ein klapperndes Geräusch, das durch das Tor auf die Gasse herausschallte. Zunächst achtete Fygen nicht darauf, doch dann horchte sie auf. Es war das vertraute Klappern eines Webstuhls.

Alejandro half ihr beim Absteigen, und voller Neugier folgte sie ihm durch das niedrige Tor zu dem Werkstattgebäude, das sich im Hof an die rückwärtige Wand des Hauses lehnte.

Alejandro öffnete die Tür und zog Fygen hinter sich her in einen langgezogenen Raum hinein. Im Vergleich zu ihrer Werkstatt in der Wolkenburg war es nur ein unordentlicher Schuppen, zu dunkel und ein wenig muffig, doch es war tatsächlich eine Seidenweberei.

Vier Flachwebstühle standen darin, aber nur an einem wurde gearbeitet. Bei ihrem Eintreten verstummte das Klappern. Mit sichtlicher Mühe erhob sich hinter dem Webstuhl eine magere, von den Jahren gebeugte Frau und trat auf sie zu.

Ganz nah kam sie Fygen und Alejandro, die Augen kurzsichtig zu schmalen Schlitzen zusammengekniffen, und musterte die Besucher. Dann schien sie Alejandro zu erkennen, und ein breites, zahnloses Lächeln glättete die kummervollen Furchen in ihrem Gesicht.

»Senyor de la Vega!«, flüsterte sie, und ihre Stimme klang, als reibe man Pergament aneinander. Ehrfürchtig ergriff sie Alejandros Hand, und Fygen erkannte die Hoffnung, die sich auf den verwitterten Zügen spiegelte.

»Der Seidmacher ist verstorben«, erklärte Alejandro. »Und seine Witwe ist alt. Allein schafft sie die Arbeit nicht mehr und muss die Weberei verkaufen …«

Fygen spürte, wie ihr die Hitze in die Wangen stieg. Ihre Glieder fühlten sich mit einem Mal an, als seien sie aus

Watte. »... Verkaufen ...«, hallten Alejandros Worte in ihrem Kopf wider. »... die Weberei verkaufen ...«
Fygens Gedanken wirbelten durcheinander. Sollte sie die Weberei kaufen? Hatte Alejandro sie deshalb hierhergebracht? War das seine Art, sie zu bitten, hierzubleiben? Bei ihm zu bleiben? Unsicher blickte sie zu ihm auf.
In Alejandros Zügen lag Anspannung. Mit seiner rechten Hand hielt er die Linke so fest umfasst, dass die Knöchel weiß hervortraten. Er spürte, dass sie eine Erklärung erwartete. »Valencia kann sich keines nennenswerten Seidengewerbes rühmen«, hob er umständlich an. »Nicht wie Toledo oder Sevilla. Und das, obwohl man hier Rohseide in Mengen gewinnt ...« Alejandro merkte selbst, wie dozierend seine Worte klangen, und er unterbrach sich. Es fiel ihm schwer, das, was er Fygen sagen wollte, in Worte zu fassen. Und das lag beileibe nicht daran, dass es ihm Schwierigkeiten bereitete, sich im Deutschen auszudrücken.
Tief holte er Luft, bevor er fortfuhr: »Aber vielleicht ist es ja an der Zeit, das zu ändern? Hier gibt es mehr Seide, als man ...« Abermals brach er ab und verbesserte sich: »... als *du* bis zum Ende deiner Tage verweben kannst.« Unsicher blickte er Fygen an. Hatte sie verstanden, was er ihr damit zu sagen versuchte?
Ruhig erwiderte Fygen seinen Blick, hörte ihm zu, den Kopf aufmerksam geneigt. Nicht ein Zucken in ihren Zügen verriet ihm, ob sie ihn verstanden hatte.
Alejandro seufzte. Er musste deutlicher werden. »Vielleicht könntest du noch eine Weile bleiben«, fuhr er fort. »Und diese Weberei wieder in Schwung bringen. Du musst es natürlich nicht – nur wenn es dir Freude bereitet. Ich weiß, die Weberei ist nicht besonders schön, etwas rückständig. Doch das lässt sich ändern. Es muss auch nicht

diese Weberei sein. Möglicherweise finden wir noch eine andere. Vielleicht gefällt es dir hier irgendwann so gut, dass du ganz hierbleiben möchtest …« Nie war Alejandro so nervös gewesen. Er, der sonst so kühl zu verhandeln pflegte, redete nun in fieberhafter Hast, getrieben von der Angst, sie könne nein sagen. Er wollte nicht, dass sie abreiste. Dass sie so plötzlich aus seinem Leben verschwand, wie sie darin erschienen war.

Alejandro hatte nie geheiratet. Dabei hatte er beileibe nicht gelebt wie ein Mönch. Er hatte nichts gegen Frauen. Er schätzte sie, nur nicht ihre ständige Gegenwart. Wenn sie hübsch waren, dann waren sie zumeist hirnlos, und Alejandro fand ihr andauerndes Geplapper mühsam. Wenn sie jedoch seinen Geist zu fesseln vermochten, gebrach es stets an anderer Stelle.

Nie zuvor war er einer Frau begegnet, deren Gesellschaft er sich des Tages und in der Nacht wünschte, die klug und unterhaltsam zugleich war, und deren Äußeres sein Blut in Unruhe zu versetzen vermochte. So wie diese Frau hier es vermochte, und das, obschon sie ihre Jugend bereits lange hinter sich gelassen hatte.

Ihre Reife war so anziehend, dass er Fygens Jugend nicht vermisste. Obwohl es interessant gewesen sein mochte, das Ungestüm ihrer frühen Jahre erlebt zu haben. Ein letztes Mal schlich sich ein Funken Neid auf seinen Halbbruder Peter in Alejandros Herz, weil jener es hatte erleben dürfen.

Der Blick der alten Weberin glitt aufmerksam von Fygen zu Alejandro und zurück zu Fygen. Sie schien verstanden zu haben, dass es nicht auf de la Vegas Entscheidung ankam, sondern auf die der Frau.

Fygens Blick heftete sich auf die ehedem weißgetünchte Wand hinter Alejandro. Wie gerne würde sie bleiben! Ihr

Herz wünschte sich nichts sehnlicher, als bei Alejandro zu bleiben. Aber sie konnte doch in Köln nicht alles hinter sich lassen, ihre Kinder, die Faktorei, die Wolkenburg …
Alejandro missdeutete Fygens Schweigen. Sie schien ihn noch immer nicht verstanden zu haben. Gewöhnlich war er sehr direkt, oft schon zu direkt, wie er an den Reaktionen so mancher Handelspartner hatte ablesen können. Doch heute schien eine nie gekannte Befangenheit von ihm Besitz ergriffen zu haben. Er war einfach nicht geübt darin, über Gefühle zu sprechen.
»Herrgott, Frau!«, platzte es schließlich aus ihm heraus, und er fasste sie heftig an den Schultern. »Weißt du denn nicht, dass ich dich liebe? Bleib gefälligst hier und heirate mich!«
So! Nun war es heraus. Mochte sie damit anfangen, was sie wollte. Sich entscheiden, wie sie wollte.
Fygen war unfähig, zu antworten. Ihr Herz schlug wie wild in ihrer Brust. Er liebte sie! Immer noch stand sie da, die Hand um den Holm des Webstuhls geklammert, während ihre Gedanken durcheinanderpurzelten.
Was wartete denn wirklich zu Hause auf sie? Die Töchter waren erwachsen und gut verheiratet. Sie brauchten sie nicht mehr.
Und das Faktorenamt, für das sie sich so gemüht hatte? Etwas schade wäre es darum wohl, dachte Fygen. Gerade jetzt, wo sie mit der Einfuhr allerfeinster Seide aus Almeria all jene Missgünstigen, die da behaupteten, eine Frau könne unmöglich in einem solchen Amt erfolgreich sein, allen voran ihren Eidam Andreas Imhoff, eines Besseren belehrt hatte.
Doch hier in Valencia könnte sie wieder Seidmacherin sein. Fygen liebte die Seide seit jenem lang vergangenen Tag, als sie zum ersten Mal im Seidenkaufhaus unter Riemen-

schneider zu Köln die Seidenballen betrachtet hatte, die sich in schillernden Farben zu Stapeln türmten. Nie würde die magische Faszination nachlassen, die dieser edle Stoff auf sie ausübte, und sie wusste: Im Grunde ihres Herzens war sie Seidenweberin.

Doch auch das war nicht wirklich von Bedeutung, erkannte Fygen jetzt. Sie würde auch bleiben wollen, wenn es keine Seidenweberei hier für sie gäbe. Denn wichtig war nur eines: Alejandro liebte sie!

Endlich, als sie sicher war, dass ihre Stimme ihr gehorchen würde, fragte sie: »Wie viel verlangt die alte Seidmacherin für die Webstühle?«

Ein Strahlen breitete sich über Alejandros Gesicht, als er den Sinn ihrer Worte erfasste. »Egal, ich biete ihr die Hälfte«, entgegnete er mit befreitem Lachen und ergriff Fygens Hände. »Du bleibst bei mir?«

»Ja, ich bleibe bei dir.«

Die Alte schien begriffen zu haben, dass eine Entscheidung gefallen war, und schenkte ihnen ein zahnloses Grinsen.

»Gira el cap!«, befahl Alejandro ihr knapp. »Schau weg!«

Kichernd legte sich die ohnehin kurzsichtige Weberin die Hände vor die Augen und drehte sich demonstrativ um, während Alejandro Fygen in seine Arme schloss. Die glucksende Antwort der Alten verstand Fygen nicht. Doch das machte nichts. Sie hatte ja den Rest ihres Lebens Zeit, diese wundervolle Sprache zu erlernen.

Teil II

1502 bis 1504

8. Kapitel

Abwesend blickte Lisbeth in den Regen hinaus, den der böige Herbstwind gegen die bemalten Glasscheiben des Hauses Xanten fegte. Die Treppengiebel des gegenüberliegenden Hauses erschienen ihr unnatürlich weit entfernt und unwirklich – so entfernt und unwirklich wie ihr eigenes Leben. Lisbeth seufzte. Sie war nicht unglücklich, dafür hatte sie beileibe keinen Grund, doch sie war auch nicht glücklich.

Nach wie vor liebte Lisbeth die Seidenweberei. Ihre Begeisterung für die feinen Garne und die schimmernden Stoffe, die sie in ihrer Kindheit magisch in Fygens Werkstatt getrieben hatte, war nicht geringer geworden. Und doch fehlte etwas in ihrem Leben. Etwas, das ihr Ermunterung und Antrieb war. Etwas, das sie des Morgens voller Tatendrang aus dem Bett springen und ihr Tagwerk beginnen ließ.

In den vergangenen Jahren war es ihr gelungen, die beiden Webereien, die sie von Mutter und Schwiegermutter übernommen hatte, zu einer einzigen Manufaktur zu vereinen, der nunmehr größten der Stadt. Nach den anfänglichen Schwierigkeiten mit Stina hatten mittlerweile alle, auch Katryns altgediente Seidmacherinnen, die junge Frau Ime Hofe als ihre Dienstherrin akzeptiert und folgten ihren Anweisungen, ohne zu murren. Ihre Ware stand in gutem Ruf, nicht zuletzt dank der feinen Rohseide, die der Faktor der Ravensburger Handelsgesellschaft und neue Gemahl ihrer Mutter, Senyor de la Vega, nach Köln sandte und die Herman ihr natürlich bevorzugt zum Kauf anbot.

Immer noch war es für Lisbeth eine seltsame Vorstellung, ihre Mutter in diesem fernen Land zu wissen. Doch Fygen schien glücklich zu sein in ihrem neuen Leben, das war den Briefen aus Valencia deutlich zu entnehmen. Der alte Eckert war bei ihr geblieben und schien seinen ruhigen Lebensabend unter der südlichen Sonne zu genießen. Seinen betagten Knochen behagte das milde Klima und ihm die valencianischen Weinzapfe, in denen er sich die Zeit beim Würfeln vertrieb, wenn er seiner Herrin nicht zu Diensten war.
Ein Lächeln schlich sich auf Lisbeths Lippen, als sie sich vorstellte, wie ihre Mutter voller Eifer daran arbeitete, in ihrer neuen Heimat eine Seidenweberei aufzubauen mit Frauen, deren Sprache sie kaum sprach. Das war eine Herausforderung so recht nach Fygens Geschmack, dachte Lisbeth, und abermals seufzte sie. Sie beneidete ihre Mutter ein wenig um deren Aufgabe.
Dabei war sie mit ihrer Weberei durchaus ausgelastet. Von früh bis spät war sie damit beschäftigt, die nunmehr sechs angestellten Seidmacherinnen, sechs Lehrmädchen und die vier Hilfskräfte zur Arbeit anzuhalten und darüber hinaus die Weberinnen, die für sie in ihren eigenen Werkstätten webten, mit Garn zu versorgen und die Qualität ihrer Gewebe zu überwachen.
Vielleicht wäre es anders, wenn ich Kinder hätte, dachte Lisbeth niedergeschlagen.
»Lisbeth, meine Liebe! Nehmt doch noch eines von den Marzipanküchlein. Oder ein Stück Reisgebäck mit Zimt?« Brigitta van Berchem riss sie aus ihren trüben Gedanken.
Lisbeth dankte ihrer Gastgeberin höflich und bediente sich von der Platte mit feinem Gebäck, obwohl sie keinen rechten Appetit verspürte.
Es war behaglich in der Stube der Berchem-Schwestern.

Im Kamin bleckte ein wärmendes Feuer. Öllichter erhellten die Stube, denn obwohl der Vormittag bereits vorangeschritten war, schien es heute nicht recht tagen zu wollen. Der starke Würzwein, ein guter, wie Lisbeth bemerkte, gesüßt und mit Zimt, Nelken und Ingwer abgeschmeckt, hatte die Stimmung der Damen gehoben und ihnen eine kleidsame Röte auf die Wangen gezaubert.

Eine Zunftversammlung war das nicht, doch man bekam leicht diesen Eindruck, denn bei dem Kränzchen, zu dem Brigitta und Gunda van Berchem geladen hatten, waren nur Seidmacherinnen zugegen. Wenn auch bei weitem nicht alle, wie Lisbeth feststellte. Nur die Erfolgreichen waren geladen, und keine unter ihnen, die weniger als vier Lehrtöchter und darüber hinaus ausgelernte Seidenweberinnen und Hilfskräfte beschäftigte.

Ein Treffen des Zunftvorstandes war diese Zusammenkunft jedoch auch nicht. Abgesehen davon, dass sie dafür zu viele waren und sich keine die Mühe machte, Protokoll zu führen, gab es keinen gewählten Zunftvorstand mehr. Aus unerfindlichen Gründen hatte sich Anfang des vergangenen Jahres kein Termin für eine Neuwahl des Vorstandes finden lassen. Zunächst war einer nach dem anderen aus dem alten Vorstand erkrankt, dann wieder weilten die meisten Zunftmitglieder in Frankfurt auf der Messe. Wieder und wieder war die Wahl verschoben worden, bis man es schließlich aufgegeben hatte.

»Wozu sollte man sich auch die Mühe einer Wahl machen?«, hatte Brigitta van Berchem schließlich bemerkt. »Es sind ohnehin immer dieselben, die zu Zunftmeistern gewählt werden. Überdies sehen wir uns ja laufend. Die wenigen Zunftangelegenheiten können wir auch dann besprechen. Dafür muss man doch keine besonderen Treffen veranstalten …«

So war Brigitta mit schöner Selbstverständlichkeit einfach darin fortgefahren, sich um die Geschicke der Zunft zu kümmern. Und da sie dies kaum schlechter oder besser tat als andere vor ihr, hatte sich niemand daran gestört – es war ohnehin eine Pflicht, die Zeit kostete und eine tüchtige Seidmacherin daran hinderte, sich um ihr eigenes Geschäft zu kümmern. Nur vereinzelt hatte es Stimmen gegeben, die mahnten, das wäre nicht rechtens, doch die waren alsbald verstummt.

Die Seidmacherinnen in Brigittas Stube hatten sich in zwei Grüppchen zusammengefunden, die sich im Alter deutlich unterschieden. Während sich die Jüngeren, Veronika van Herten, Mechthild van der Sar und Katharina Loubach, alle wie Lisbeth Anfang der zwanzig, um den Tisch mit süßen Köstlichkeiten scharten, drängten die Älteren sich vor dem Kamin zusammen, die Hände um ihre Becher mit wärmendem Würzwein geschlungen. Frieda Medman, Mettel van Hielden und Adelheid Liblar, die Schwiegertochter des gewichtigen Johann Liblar, waren in den Vierzigern, Genovefa van Wychtericht hatte gar die fünfzig überschritten.

»Ein paar arme Wichter haben den Rat gebeten, Parger herstellen zu dürfen – stellt Euch das vor!«, erregte sich die Gastgeberin, an Lisbeth gewandt, doch laut genug, um die Umstehenden in das Gespräch mit einzubeziehen.

Lisbeth nickte. Sie hatte von dem Ansinnen der ärmeren Seidmacherinnen gehört, einen halbseidenen Stoff weben zu dürfen, weil es ihnen an Geld mangelte, ausschließlich Seide zu verweben. Sie hatte Verständnis für das Ansinnen, doch bevor sie diese Ansicht äußern konnte, zischte Mechthild van der Sar: »Die sollen nur nicht rumjammern! Mit ihrer Faulheit sind sie ja selbst schuld daran, wenn sie kein Geld für Rohseide haben!«

Mechthild, die Schwiegertochter der verkniffenen Gertrud van der Sar, hätte mit ihrem dürren Hals, der langen Nase und ihrer stets säuerlichen Miene ohne weiteres als deren leibliche Tochter durchgehen können und stand ihrer Schwiegermutter auch an Selbstgerechtigkeit und Arroganz in nichts nach. Bei ihrer Heirat mit Dres van der Sar, der einer der letzten gewählten Zunftmeister gewesen war, hatten Lisbeth und Clairgin hinter vorgehaltener Hand gelästert, Gertrud hätte Mechthild nach ihrem Ebenbild für ihren Sohn ausgesucht, doch Stephan hatte ihnen lachend widersprochen: »Da liegt ihr ganz falsch. Dres hat Mechthild ganz bewusst gewählt. Jetzt hat er sich schon einmal an eine Zange gewöhnt – warum soll er sich umgewöhnen, nur weil er heiratet?«

»Bloß weil sie ärmer sind, müssen sie doch nicht faul sein«, widersprach Katharina Loubach ruhig. Katharina, eine ernste junge Frau mit länglichem Gesicht und flacher Stirn, war durch Heirat verwandt mit der Seidspinnerin Barbara Loubach und deren Tochter, Apolonia, die für Lisbeth arbeitete.

»Na, wenn sie fleißiger wären, könnten sie sich genug Rohseide leisten und müssten nicht so einen Driss fertigen«, gab Mechthild triumphierend zurück und blickte beifallheischend in die Runde.

Nun wandten sich auch die älteren Damen vom wärmenden Kamin ab und den jüngeren Frauen zu.

»Faul oder nicht – dieser Parger ist eine Schande für die Zunft. Wir sind Seidmacherinnen und keine Leinweberinnen!« Frieda Medmans Kinn schaukelte sichtlich empört. Bei dem Wort »Leinweberinnen« legte sich ein angewiderter Zug um ihre fleischigen Lippen, der deutlich machte, wie sehr sie es für unter ihrer Würde erachtete, minderwertiges Material zu verarbeiten wie etwa Flachs oder Baumwolle.

Lisbeth wagte, der gewichtigen Seidmacherin zu widersprechen. »Warum sollte man es ihnen denn nicht gestatten? Solange deutlich kenntlich gemacht wird, dass es sich nicht um reine Seidenstoffe handelt, damit niemand betrogen wird, kann es doch kein Schaden sein.«
»Aber Kindchen!«, mischte sich nun Brigitta van Berchem ein. Die Gastgeberin hatte bislang geschwiegen, doch nun bedachte sie Lisbeth mit einem nachsichtigen Kopfschütteln. »Wie Frieda richtig gesagt hat: Wir sind Seidenweberinnen. Wenn einige von uns Leinen verweben, weiß man ja nicht mehr, wer überhaupt noch Seidenweberin ist.«
»Oder Leinweberin«, ergänzte ihre Schwester Gunda überflüssigerweise und stellte eine duftende Platte mit in siedendem Fett gebackenen Apfelküchlein auf den Tisch.
»Sollen sie doch zu den Leinwebern gehen!«, warf Mechthild van der Sar dazwischen.
»Das Mischgewebe könnte aber auch seinen Nutzen haben«, überlegte Lisbeth laut. »Vielleicht für Kunden, die sich keine reinen Seidenstoffe leisten können, die sich aber doch etwas Luxus wünschen.« Sie war von Brigittas Argumenten nicht überzeugt und sah nicht ein, warum man den ärmeren Seidenweberinnen nicht gestatten sollte, Parger zu weben, wenn es ihnen dabei half, zu überleben und ihr Handwerk weiterhin selbständig auszuüben. »Ich glaube nicht, dass der Zunft ein Schaden daraus erwächst.«
»Die Entscheidung liegt ohnehin beim Rat und nicht bei uns.« Katharina Loubach bemühte sich, zu vermitteln, und legte Lisbeth besänftigend die Hand auf den Arm.
Für einen Augenblick senkte Brigitta ihren scharfen, an einen Raubvogel gemahnenden Blick in Lisbeths Augen, doch sogleich wandelte sich der harsche Ausdruck auf ihrem kantigen Gesicht, und Nachsicht glättete die Falten neben ihrer spitzen Nase. »Wie schön es wäre, wenn du

recht hättest«, sagte sie, als spräche sie mit einem Kind, das noch zu jung war, um die Zusammenhänge zu begreifen. »Doch wir dürfen nicht leichtfertig ein Risiko eingehen. Darin sind wir uns doch einig?« Mit einem Blick in die Runde versicherte sich die Seidmacherin der Zustimmung der Anwesenden.

Lisbeth bemerkte, dass außer ihr anscheinend nur Katharina Loubach anderer Meinung war. Doch Katharina enthielt sich eines Kommentares, und Lisbeth selbst fehlte die Kraft, abermals ihre Argumente vorzubringen. Vielleicht besaßen die älteren Seidmacherinnen in diesen Dingen den größeren Weitblick?

Brigitta nahm die Zustimmung wohlwollend zur Kenntnis. »Ihr wisst ja, wie sehr mir das Wohl unserer Zunft am Herzen liegt. Deshalb werde ich mit meinem Oheim, dem Bürgermeister, sprechen. Vielleicht gelingt es mir, ihn davon zu überzeugen, dass es das Wohl der ganzen Seidmacherzunft gefährdet, wenn der Rat diesem Ansinnen einiger Unüberlegter stattgibt.«

Mechthild van der Sar und Frieda murmelten beifällig, und ganz so, als wäre hier nicht gerade eine wichtige Entscheidung, die Belange der Zunft betreffend, gefallen, ergriff Brigitta als aufmerksame Gastgeberin eine Platte mit Gebäck und nötigte ihren Gästen wohlschmeckende Schmalzküchlein auf. Gunda beeilte sich, den Frauen die Becher neu zu füllen, und alsbald wandten sich die Gespräche der Frauen alltäglicheren Themen zu.

Mit ihrem gefüllten Becher nahm Lisbeth wieder ihren Platz am Fenster ein. Ihre Gedanken mochten sich noch nicht von dem soeben Geschehenen lösen. Rechtens und gemäß dem Zunftbrief war das sicher nicht gewesen. Was hier soeben bei Wein und Gebäck entschieden worden war, wäre ehedem vom Zunftvorstand bei einer Zunftsitzung besprochen worden, von zwei von der gesamten Zunft gewählten Amtsmeistern und zwei Amtsmeisterinnen. Aber ob die Entscheidung eines ordentlich gewählten Vorstandes anders ausgefallen wäre, wusste Lisbeth auch nicht zu sagen.

»... und weißt du schon, wer in Umständen ist?«, drängte sich ein Satzfetzen laut in Lisbeths Gedanken hinein, als wären die Worte eigens für sie gesprochen worden.

»Liese von Geyen!« Der Spott in Mechthild van der Sars Stimme war nicht zu überhören.

»Das ist doch nicht möglich! Die Ärmste kann doch gar keine Kinder kriegen!« Veronika van Hertens Mitleid mit Liese traf Lisbeth mehr als Mechthilds Häme, und sie presste die Lippen aufeinander.

»Doch, wenn ich es sage! Stolz wie ein Huhn, das ein Ei legt, gackert sie es überall herum.«

Lisbeth rückte ein Stück näher an Mechthild und Veronika heran, um sie besser verstehen zu können.

Mechthilds Kopf zuckte zu ihr herum. »Oh, wie taktlos von mir, du kannst ja auch keine ...« Mit verlegener Geste schlug sie die Hand vor den Mund, doch ihre Augen funkelten mutwillig.

Lisbeth stieg das Blut zu Kopfe. Mit zusammengebissenen Zähnen rang sie sich dennoch ein Lächeln ab.

»Es geschehen doch Wunder!« Veronika schien sich für Liese zu freuen.

»Na, ein Wunder würde ich das nicht nennen«, bemerkte Mechthild lakonisch und senkte verschwörerisch die Stimme. »Eher Teufelswerk.«

»Teufelswerk?«, hauchte Veronika gespannt.

Mechthild zog geheimnisvoll die Brauen hoch. »Sie hat es ihrer Schwester Dörte gesagt, und die hat es meiner Base Gunda erzählt, natürlich unter dem Siegel der Verschwiegenheit ...«

»Was hat sie erzählt?«, drängte Veronika ungeduldig.
Lisbeth hatte sich nun zu den beiden umgewandt und konnte nicht umhin, genauso gespannt wie Veronika an Mechthilds Lippen zu hängen.
»Sie war bei einer Heidin!«
»Nein!«
»Doch, sicher!« Mechthild neigte den Kopf zu Veronikas Ohr und hielt die Hand vor den Mund. »Sie war bei den Fahrenden, die vor dem Hahnentor lagern. Und eine von ihnen hat ihr ein Wundermittel gegeben!«, flüsterte sie laut genug, dass Lisbeth sie verstand.
»Und?«, fragte Veronika, begierig auf schauerliche Einzelheiten.
Doch Mechthild enttäuschte sie. »Nichts und! Es hat gewirkt.«

Clairgin warf sich ihren abgetragenen Wollumhang um die Schultern und schlug die Kapuze über ihre Haube, die an den Rändern bereits etwas angeschlissen war, bevor sie sich das unförmige Bündel auf die Schultern lud. Vielleicht war es ja doch ein wenig zu schwer geraten, dachte sie, aber bis zum Rheinufer würde sie es wohl schaffen.
Ein kühler Herbstwind wehte ihr vom Fluss entgegen, trieb ihr den Rock gegen die Beine, und als sie endlich schwer atmend den Anleger der Schalde nach Deutz erreichte, hatte ihr die Anstrengung das Gesicht gerötet.
Clairgin war nicht unglücklich darüber. Verdeckte die Röte doch die unschönen Flecken, die sich stets auf ihrer Haut zeigten und sie verrieten, sobald sie sich erregte. Und Clairgin war erregt. Sie hatte das Gefühl, unzählige Augenpaare würden sie verfolgen und ein jedes sähe ihr schon von weitem an, dass sie etwas Unredliches tat.
So ein Unsinn, schalt sie sich, als sie mit dem Bündel über

den Rand der Schalde kletterte, jenem flachen Kahn, der den Fährdienst zwischen Köln und Deutz am gegenüberliegenden Rheinufer versah. Niemand nähme Notiz von der unscheinbaren Gestalt, die wie eine dunkle Krähe zwischen den anderen Weibern hockte, meist Butterverkäuferinnen und Milchmädchen von der schäl Sick, die ihre Ware in der Stadt zu Markte getragen hatten und nun am Nachmittag heimkehrten. Zwar waren deren Kannen, Körbe und Harassen leer bis auf wenige unverkäufliche Reste, während Clairgins Bündel prall gefüllt war, doch das schien keinen zu interessieren, wie Clairgin mit Erleichterung feststellte. Die meisten Mitreisenden starrten müde auf ihre Füße, und ohnehin zog man bei diesem Wetter lieber den Kopf unter die Hauben.

Doch ganz so unrecht hatte Clairgin mit ihrer Befürchtung nicht. Es waren zwar nicht ungezählte Augenpaare, die ihr gefolgt waren, als sie das Haus verließ, sondern ein einziges, ein grau-grünes. Doch das war ausreichend. Denn es gehörte Jacoba.

Seit ein paar Tagen schon hatte Clairgins mittlerweile ältestes Lehrmädchen ihre Lehrherrin aufmerksam beobachtet, wobei es ihr weniger darum ging, diese bei einer Missetat zu ertappen, als vielmehr darum, eine günstige Gelegenheit abzupassen, ihrerseits von Clairgin unbemerkt entwischen zu können.

Die Verstohlenheit, mit der Clairgin ein schweres Bündel selbst geschultert und das Haus verlassen hatte, hatte Jacoba aufmerken lassen, und so war sie ihrer Lehrherrin in sicherem Abstand zum Rheinufer hinabgefolgt.

Als sie nun sah, wie Clairgin auf die Schalde stieg, spannte ein listiges Lächeln ihre schmalen Lippen. Das kam ihr sehr zupass, denn was sie vorhatte, würde ein wenig Zeit in Anspruch nehmen. Und jetzt konnte sie sicher sein, dass es eine geraume Weile dauern würde, bis ihre Lehrherrin zurückkehren würde. Beschwingt machte sie sich auf den Weg, um nur kurz darauf einen schweren Klopfer gegen eine rote Tür zu schlagen.

»Aber warum willst du zu mir kommen?« Lisbeth blickte Jacoba überrascht in das frisch gewaschene Gesicht. »Wenn ich dich recht verstanden habe, hast du nur noch ein halbes Jahr zu lernen.«

Jacoba schaute zu Boden, und Lisbeth erinnerte sich an die Geschichte, die ihre Mutter und Katryn so oft erzählt hatten. Es kam ihr so vor, als sei sie dabei gewesen, als der einflussreiche Herr Lützenkirchen, damals angesehener Vorstand im Seidamt, das junge Lehrmädchen Fygen aus den Fängen ihrer grausamen Lehrherrin Mettel befreit hatte. Freilich hatte Mettel ihre Nichte schuften lassen bis zum Umfallen, sie gekniffen, geschlagen und ihr kaum zu essen gegeben. Von den Schikanen, die Fygen von Mettels missgünstiger Tochter Grete zu erdulden gehabt hatte, ganz zu schweigen.

Doch das Mädchen, das hier vor ihr stand, war weder schlecht genährt, noch wies es Anzeichen von Misshandlungen auf. »Ich kann mir nicht vorstellen, dass deine Lehrherrin dich schlägt oder dir nicht genug zu essen gibt«, sagte Lisbeth streng.

»Nein, das ist es nicht …«, druckste Jacoba herum.

»Sondern?«, forschte Lisbeth nach.

»Nun, äh … also …«

»Also was?« Lisbeth verlor allmählich die Geduld. Sie hatte Dringlicheres zu erledigen, als sich mit den Animositäten eines Lehrmädchens herumzuschlagen, dass nicht einmal ihr eigenes war. In der Werkstatt wartete der Färbergeselle darauf, dass sie seine Arbeit überprüfte und ihm den Lohn für seinen Herrn ausbezahlte.

»Es ist schon etwas anderes, bei Euch zu lernen, oder bei Frieda Medman oder bei den Berchem-Schwestern. Ihr habt einen besseren Ruf. Eure Lehrmädchen haben die hübscheren Kleider, bekommen besseres Essen und wohnen in schöneren Häusern …«
Ob dieser Undankbarkeit stieg Lisbeth die Zornesröte ins Gesicht. Als Jacoba, kurz nachdem sie zu Clairgin gekommen war, schwer erkrankt war, hatte ihre Lehrherrin nicht geknausert, sondern die Kosten für ihre Behandlung übernommen und sie mit eigener Hand gesund gepflegt.
Und jetzt wollte Jacoba ihrer Lehrherrin diese Großzügigkeit vergelten, indem sie sie vor der Zeit verließ. Und das aus so schnöden Gründen wie hübscheren Kleidern und einem Stück Selchfleisch mehr in der Woche. Lisbeth schnaubte leise durch die Nase.
Es wäre ein Verlust für Clairgin, wenn Jacoba sie vor der Zeit verließe. Schließlich war die gute Arbeit, die ein Mädchen im letzten Lehrjahr für ihre Lehrherrin leistete, der Lohn für die gute Ausbildung und für alles, was eine Lehrherrin in das Mädchen investiert hatte. Von den besonderen Kosten, die Clairgin mit Jacoba gehabt hatte, einmal abgesehen. Es wäre einfach ungerecht, wenn eine andere Lehrherrin die Früchte erntete, die Clairgin gesät hatte.
Barsch beschied sie Jacoba: »Nein, zu mir kannst du nicht kommen.« Wenn das Mädchen unbedingt die Lehrstelle wechseln wollte, so konnte man das zwar kaum verhindern, doch Lisbeth würde dem sicher keinen Vorschub leisten.
Jacoba zuckte mit den Schultern und knickste nachlässig. Wenn Frau Ime Hofe sie nicht wollte, so war das nicht weiter schlimm. Dann würde sie eben zu den Berchem-Schwestern gehen. Und sie wusste Brigitta van Berchem auch einen guten Grund zu nennen, warum diese sie unbe-

dingt einstellen müsste. Eine Neuigkeit, mit der sie ihrer künftigen Lehrherrin sicher eine Freude bereiten würde. Als Antrittsgeld sozusagen.

Während Jacoba sich zum Gehen wandte, nahm Lisbeth sich vor, mit Clairgin über die Angelegenheit zu sprechen. Es würde sicher nicht schaden, wenn diese über ihr undankbares Lehrmädchen Bescheid wüsste. Gleich, wenn sie mit dem Färbergesellen fertig wäre, würde sie zu Clairgin gehen. Sie hatte die Freundin ohnehin schon viel zu lange nicht mehr gesehen.

Vielleicht wäre Lisbeth und Clairgin einiger Unbill erspart geblieben, wenn nicht in dem Moment polternd der Hausknecht der Hers ins Haus Zur Roten Tür geplatzt wäre.

Die kopflose Tante Fya hatte ihn geschickt. Der Vater ihres Gatten Hans, jener erfahrene Transporteur, der Fygen und Eckert sicher über die Alpen geleitet hatte, war plötzlich verstorben. Ihr Gemahl weilte in Antwerpen, und jetzt wusste Fya nicht, was sie mit dem Leichnam machen sollte, den man ihr ins Haus gebracht hatte.

Lisbeth vergaß Clairgins Lehrmädchen Jacoba und eilte ihrer Schwester zu Hilfe.

Die Fahrenden lagerten bereits eine geraume Weile mit ihren bunten Wagen vor dem Hahnentor, und da man nie wissen konnte, wann sie der Stadt plötzlich überdrüssig wären, ihre Habe auf die Karren laden und sich im Dunkel der Nacht davonstehlen würden, hatte Lisbeth sich alsbald nach dem Kränzchen im Haus Xanten auf den Weg zu ihnen gemacht.

Als sie die kleine Wagenstadt erreichte, drang eine fremd klingende Weise an ihr Ohr. Doch sonst war es ruhig im Lager. An der Feuerstelle, um die sich die Handvoll Wagen drängten, als suchten sie dort Schutz und Wärme, saßen

nur ein alter Mann und ein junger Bursche. Argwöhnisch musterten sie Lisbeth aus dunklen Augen, die zwischen struppigen Bärten und wildem Haar hervorblitzten. Es kam nicht oft vor, dass Bürger der Stadt den Lagerplatz aufsuchten.
Die anderen Zigeuner der Sippe schienen in Geschäften in der Stadt unterwegs zu sein, boten ihre Dienste als Kesselflicker oder Musiker an, übten sich in verstohlenen Diebereien oder weissagten den Menschen, die mutig genug waren, das Schicksal erfahren zu wollen, eine blühende Zukunft voraus.
Als Lisbeth zu den beiden Männern ans Feuer trat, verstummte die Melodie.
»Latscho dives!«, grüßte der Alte und stieß den Burschen mit dem Ellbogen in die Seite. Dieser legte daraufhin die Flöte aus den Händen, erhob sich und führte Lisbeth zielstrebig zu einem der Wagen.
Auf den hölzernen Trittstufen, die in das Innere des Karrens führten, saß eine Frau, nur wenig älter als Lisbeth selbst. Sie trug ein helles Hemd und allerlei Flitter um den Hals und an den Armen, und von ihren Ohren baumelten Ringe, die bei jeder Bewegung ihres kleinen Kopfes leise klimperten. Um ihre hüftlangen schwarzen Zöpfe hatte sie ein orangefarbenes Tuch gebunden, dessen Kanten von farbigen Perlen gesäumt wurden.
Überraschend weiße Zähne blitzten in dem dunklen Gesicht der Frau auf, als sie lächelnd ihren leuchtend gelben Rock zusammenraffte und auf der Stufe zur Seite rutschte. Mit einer anmutigen Geste, die die kupfernen Reifen an ihren Armen zum Klirren brachte, bedeutete sie Lisbeth, sich neben ihr niederzulassen.
Als Lisbeth sich setzte, nahm sie den schweren süßlichen Duft wahr, der von der Frau ausging.

Der schmutzig graue Hund, der zu ihren Füßen im Staub lag, hob kurz den Kopf, gähnte und kratzte sich ausgiebig mit der Pfote hinter dem Ohr. Der Bursche verschwand, und wenige Augenblicke darauf setzte das Flötenspiel wieder ein.

Ohne ein Wort griff die Zigeunerin nach Lisbeths Hand und drehte die Handfläche zu sich hin. Aufmerksam betrachtete sie die Länge und die Form der Finger, fuhr dann mit ihrem Zeigefinger die Linien in der Fläche nach. »Gute Hand!«, sagte sie. »Viel gesund! Glückliche lange Leben.«

Die Zigeunerin schenkte Lisbeth ein breites Lächeln. »Was willst du? Mann hast du, Glück hast du. Kinder hast du.«

Lisbeths Miene umwölkte sich, und hastig entzog sie der Frau ihre Hand.

»Keine Kinder? Hier steht anders!« Die Zigeunerin furchte die Stirn und tippte mit dem Finger auf Lisbeths Hand, die diese an ihre Brust gepresst hielt.

»Nein, keine Kinder«, bestätigte Lisbeth.

»Oh, macht nix! Kommt schon!« Mit einem leisen Lachen erhob die Zigeunerin sich und verschwand im Innern des Wagens, um nur wenige Augenblicke darauf zurückzukehren, in der Hand ein zerdrücktes Päckchen, das sie Lisbeth reichte. Mit Nachdruck schloss sie deren Hände darum. »Ist Knochen in Herz von Tier in Wald. Große Tier mit so …« Die Frau hob beide Arme an den Kopf, um ein Geweih zu imitieren.

»Hirsch«, sagte Lisbeth, und die Zigeunerin nickte.

»Hirsch! Geht heraus ohne Messer. Nimmst du, bevor du machst Liebe mit deine Mann!«

Mit einem leisen Schnauben legte Lisbeth das zerdrückte Päckchen am Abend neben die Truhe in ihrer Schlafkammer. »… bevor du machst Liebe mit deine Mann …«, wie-

derholte sie die Worte der Zigeunerin. Woher sollte sie denn im Voraus wissen, wann Mertyn Lust darauf verspürte, den Leib seiner Gemahlin mit seiner Aufmerksamkeit zu beehren, anstatt sich wie meist müde auf der Bettstatt auf die Seite zu rollen?
Vorsichtig wickelte Lisbeth den schmutzigen Lumpen von dem Päckchen, und ein kleines Häufchen blassen Pulvers kam zum Vorschein. Sie betrachtete es und fragte sich, ob sie dieses Zaubermittel wirklich ausprobieren sollte. Doch dann streute sie es entschlossen in einen Becher, füllte diesen mit verdünntem Wein aus dem Krug auf, und bevor sie es sich anders überlegen konnte, leerte sie den Becher, ohne ihn ein Mal abzusetzen.
Mit einem kleinen grimmigen Lächeln stellte sie den Becher beiseite und hob den Deckel von der Truhe, in der sie ihre Leibwäsche aufbewahrte. Sie nahm ein neues Nachtgewand heraus und breitete es auf der Bettstatt aus. Das zarte leinene Hemd war an Saum und Ärmeln mit flandrischer Spitze besetzt, und ein seidenes Band hielt den Ausschnitt zusammen. Sorgfältig löste Lisbeth das Band und erweiterte den Ausschnitt großzügig, bevor sie es wieder mit einer Schleife band. Dann stieg sie aus ihren Kleidern und streifte sich das Nachthemd über den Kopf. Zuletzt tupfte sie sich ein wenig Duftwasser auf das Dekolleté und schlüpfte zwischen die Laken. Nun sollte es nicht mehr allzu lange dauern, bis Mertyn nach Hause kam …

Es war eine sehr gemischte Gesellschaft, die sich im Hinterzimmer des Goldenen Krützchens traf. Nach Einbruch der Dunkelheit kamen die Männer, einzeln, mal zu zweien. Sie traten durch die Seitentür, schlichen durch Rudolfs Küche und gelangten, von den gewöhnlichen Zechenden in der Schankstube ungesehen, ins hintere Zimmer.

Rudolf kannte die meisten von ihnen. Es waren Handwerksgesellen, Steinmetze, Harnischmacher, Goldschmiede, Topfschläger, Bäcker und Weber. Und ein paar junge Hitzköpfe aus wohlhabenden Häusern. Darunter zu Rudolfs Erstaunen auch Mertyn Ime Hofe.
Rudolf wusste nicht genau, worüber die Männer sprachen. Dass man über Politik redete und sich damit gegen den Rat wandte, der solche heimlichen Zusammenkünfte streng verbot, war ihm klar, doch mehr wollte Rudolf gar nicht wissen. Halt disch erus, dann küsste nit erin – halt dich raus, dann gerätst du nicht in Schwierigkeiten, war das Motto, mit dem er als Wirt stets gut gefahren war.
Rudolf bediente die Gäste im Hinterzimmer selbst. Darauf legten die Herren großen Wert, mochten Rudolfs Schankmädchen auch noch so hübsch sein. So auch jetzt, als er mit einem Tablett voll gefüllter Weinkrüge in das hintere Zimmer trat.
»Die Kassen sind leer wie der Magen eines Hundes«, klagte einer der Steinmetze, ein hagerer Mann mit scharfkantigem Gesicht, das aussah, als sei es mit einem Messer geschnitzt worden. Rudolf kannte ihn, er arbeitete an der Dombauhütte. »Wir zahlen uns dusselig an Steuern, und was machen der von Rheidt und all die gnädigen Herren vom Rat? Allen voran unser feiner Bürgermeister Johann van Berchem?« Beifallheischend blickte er in die Runde. Dann griff er nach dem Krug und nahm einen Schluck Wein, bevor er selbst die Antwort gab: »Ich sag's euch. Die Taschen machen die sich voll! So ist das!« Er nickte bekräftigend, um seinen Worten mehr Nachdruck zu verleihen, und stellte den Krug mit einem deftigen Krachen auf dem Tisch vor sich ab.
»Der Berchem soll sogar seinen eigenen Diener aus der Stadtkasse bezahlen, heißt es«, fügte ein junger Bursche

hinzu, der kecken Mütze nach zu urteilen, die er auf den langen Locken trug, ein Student der Universität. »Und die Weinherren schaffen den Ratswein in die eigenen Keller.«

»Sie verschachern die einträglichsten Pöstchen untereinander«, klagte ein spitzgesichtiger Topfschläger an, gerade so laut, dass die Umsitzenden ihn verstanden, aber so leise, dass er leicht behaupten konnte, er hätte das nie so gesagt.

»Schaffen sogar eigens Ämter, damit sie ihre Genossen, wenn diese aus dem Rat ausscheiden, auch wohlversorgt wissen«, setzte der Student obenauf.

»Und wenn das Geld wieder all ist, erhöhen sie – frech wie Dreck – einfach die Steuern«, rief ein grobschlächtiger Bierbrauer. »Oder geben auf der Rentkammer leichtes Geld für schweres Silber aus.«

Als Rudolf einen gefüllten Becher vor ihm abstellen wollte, schüttelte er den massigen Schädel und klopfte stattdessen gegen eine verkorkte Steingutflasche, die er vor sich stehen hatte. Er verabscheute Wein und hatte daher gleich sein eigenes Gebräu mitgebracht.

Rudolf sah großzügig darüber hinweg. Es würde genug gesoffen werden an diesem Abend. Denn reden macht durstig, und viel reden macht sehr durstig. Und reden, das taten sie beileibe genug, die Herren.

»Das Beste ist, sie fragen nicht einmal den gesamten Rat – nein, im Geheimen treffen sie sich und hecken ihre Schandtaten aus«, ereiferte sich ein kräftiger junger Mann, dessen Oberlippe so weit vorsprang, dass Rudolf fürchtete, den größten Teil des Weines aus dessen Becher später vom Boden aufwischen zu müssen.

»Genau! Die setzen sich da zusammen in ihren geheimen Kränzchen und mauscheln, was das Zeug hält«, meldete sich wieder der Steinmetz zu Wort.

Rudolf unterdrückte ein Schmunzeln. Was taten diese

Herren hier denn anderes bei ihm im Hinterzimmer, fragte er sich belustigt. Doch in manchem, was die heimlichen Gäste anprangerten, musste Rudolf ihnen recht geben. Nichts hatte sich an den Missständen geändert, die nach dem Neußer Krieg zum Aufstand des Gürtelmachers Hemmersbach geführt hatten, der am Aschermittwoch vor nun fast zwanzig Jahren vom Rat niedergeschlagen worden war.

Im Gegenteil. Zu den hohen Steuerlasten, welche die Bürger zu tragen hatten, und dem Ämtermissbrauch seitens des Rates hatte dieser sich nun auch noch der Günstlingswirtschaft und der Unterschlagung städtischer Gelder schuldig gemacht. Der Rat musste aufpassen, wenn er nicht bald wieder einen Aufruhr niederknüppeln lassen wollte.

Als Rudolf eine Weile später erneut das Hinterzimmer betrat, um die geleerten Krüge einzusammeln und die nächste Runde zu kredenzen, hatte sich die Stimmung im Raum merklich aufgeheizt.

»… besten, wir bringen die Schweinehunde allesamt um!«, rief der Steinmetz aufgebracht. Seine grünen Augen glitzerten fiebrig im Grau seines Gesichts.

»Jawohl! Jetzt sofort!«, stimmte der Mann mit der vorspringenden Oberlippe zu.

Rudolf erschrak. Das hier sah gefährlich nach beginnendem Aufruhr aus, und er bereute bereits, der Versammlung sein Hinterzimmer überlassen zu haben.

Just in diesem Moment sprang der gewöhnlich so ruhige Mertyn Ime Hofe auf und schob seinen Stuhl mit einem Ruck zurück. »Ohne mich!«, verkündete er entschieden. »Damit macht ihr euch mit diesem Lumpengesindel gemein. Und was bringt es, wenn ihr sie umbringt? Dann folgen andere von ihrem Schlag nach. Andere, die sie jetzt schon in ihre Ämter gehievt haben. Mord und Aufruhr

schaden allen. Euch selbst und euren Familien. In einer so großen Stadt wie unserer kann man nur friedlich zusammenleben, wenn alle Recht und Ordnung respektieren.«
Die Hetzreden waren verstummt, die Blicke aller gespannt auf Mertyn gerichtet. Als vermögender Kaufmann war Ime Hofe zwar nicht einer von ihnen, aber als Sohn eines Neubürgers gehörte er auch nicht zum Filz der alteingesessenen Familien, war also auch nicht einer von denen.
»Recht und Ordnung!«, schnaubte der Bierbrauer. »Wir sollen uns an Recht und Ordnung halten, während die feinen Herren machen, was sie wollen! Wir haben die Schnauze voll! Bis hierhin.« Er hielt seine fleischige Rechte unter seine Nase, um ihnen allen zu zeigen, bis wohin er die Machenschaften des Rates stehen hatte.
»Wie lange sollen wir uns das noch gefallen lassen?«, rief auch der Bursche mit der vorspringenden Lippe. »Es ist Zeit, zu handeln! Höchste Zeit!«
»Wir müssen etwas tun! Wir können das doch nicht tatenlos mit ansehen!«, pflichtete ihm der Student bei, seine Stimme überschlug sich vor Aufregung.
»Ich gebe euch recht. Ihr müsst etwas tun«, sagte Mertyn. »Aber den Ratsherren die Hälse umzudrehen, führt zu gar nichts. Glaubt es mir. Es bringt euch nur auf das Schafott!«
»Davor fürchten wir uns nicht!«, rief der Student dazwischen, doch mit dieser Meinung stand er wohl allein. Seine Mitverschworenen murrten nur.
»Ihr könnt etwas tun«, fuhr Mertyn unbeirrt fort. »Ihr könnt in euren Gaffeln dafür sorgen, dass anständige, ehrenhafte Männer in den Rat gewählt werden. Männer, die würdig sind, die Bürgerschaft zu vertreten, und diese Ehre nicht beschmutzen und für niedere Zwecke ausnutzen. Ich für meinen Teil werde versuchen, selbst in den Rat gewählt zu werden.« Ohne die Versammelten noch eines

weiteren Blickes zu würdigen, erhob Mertyn sich von seinem Stuhl und verließ das Goldene Krützchen.
Betreten und sichtlich ernüchtert, blieben die Verschwörer vor ihren Krügen sitzen. Eine Weile murrten sie noch und beschworen lautstark die übelsten Strafen auf die Häupter der Ratsherren herab, aber Mertyn hatte ihrem Zorn die Spitze genommen. So bedauerlich es war, doch Ime Hofe hatte recht mit dem Weg, den er ihnen wies. Nach der Rede des Seidenhändlers hatte niemand mehr rechte Lust, den Bürgermeistern den Kragen umzudrehen.

Es war bereits zu vorgerückter Stunde, als Lisbeth davon erwachte, dass Mertyn zu ihr unter das Laken schlüpfte. Das Licht war erloschen, und er hatte sich im Dunkeln bis auf das Hemd entkleidet, um sie nicht zu wecken.
Lisbeth hörte seinen Atem, spürte, wie er sich hin und her wälzte, bis er schließlich auf dem Bauch liegen blieb. Sie streckte den Arm aus und legte ihre Hand auf seine Schulter. Durch das Leinen seines Hemdes hindurch spürte sie die Wärme seiner Haut. Sanft ließ sie ihre Finger in seinen Nacken gleiten und kraulte mit den Fingerspitzen den Ansatz seines dichten Haares.
Mertyn entfuhr ein unwilliges Grunzen, doch Lisbeth ließ sich davon nicht beirren. Sachte ließ sie ihre Hand an seiner Wirbelsäule entlang den Rücken hinabfahren.
»Lisbeth, es ist schon spät«, murmelte Mertyn.
Lisbeth ignorierte seine Worte und fuhr darin fort, ihn zu streicheln. Tiefer ließ sie ihre Finger Mertyns Rücken hinabgleiten, dann fuhren sie über sein Gesäß bis zum Ansatz seiner Schenkel. Neugierig suchten sie den Saum seines Hemdes, schlüpften vorwitzig darunter und glitten an Mertyns kräftigen Schenkeln wieder hinauf, ohne dass störendes Tuch sie von seiner Haut trennte.

Mertyn entfuhr ein leises Stöhnen, und Lisbeth vermochte nicht zu sagen, ob vor Ärger oder aus Behagen. Unbeirrt schlich sich ihre streichelnde Hand an der Innenseite seiner Schenkel hinauf, hoch und immer höher.
Mit einem Aufstöhnen – nunmehr zweifellos vor Begehren – wälzte Mertyn sich zu ihr herum. Seine Hand schloss sich besitzergreifend um ihre Brust, während er mit der anderen ihr Hemd bis über die Schenkel hinaufschob. Flüchtig suchten seine Lippen die ihren, dann machte er sich zielstrebig daran, seiner eben entflammten Begierde Erleichterung zu verschaffen.
Noch lange, nachdem Mertyn ermattet in seine Kissen zurückgesunken war, lag Lisbeth wach, die Knie an den Leib gezogen, damit kein Tropfen von seinem kostbaren Saft verschwendet in das Laken sickern würde. Mertyns Umarmung hatte ihr zwar keine sonderliche Freude bereitet, doch vielleicht hatte sie ihren Zweck erfüllt. Bitte, Mutter Gottes, lass mich diesmal ein Kind empfangen, betete sie stumm.
Zwischen Hoffen und Bangen dehnten sich für Lisbeth die nächsten Wochen ins Endlose. Kaum eine Stunde, in der sie sich nicht die Frage stellte, ob es diesmal geklappt hatte, in der sie sich nicht vorstellte, wie ein kleines Wesen langsam in ihr heranwachsen würde. Jeder Morgen, an dem sie erwachte, ohne dass in der Nacht ihre Blutung eingesetzt hatte, war ein kleiner Sieg, ein Tag mehr, der ihrer Hoffnung Nahrung gab. Doch mit jedem Tag wuchs zugleich ihre Angst davor, erneut enttäuscht zu werden.
Kaum vermochte Lisbeth es, in ordentlicher Weise ihre Arbeit zu verrichten. Sie war fahrig und unkonzentriert. Als sie es gegen Ende der dritten Woche fertigbrachte, den Mädchen Schuss- statt Kettgarn zum Bespannen der Webstühle herauszulegen, verlor sie schließlich die Geduld mit

sich selbst. Strikt verbot sie sich jede weitere Grübelei. Es käme, wie es kommen sollte!

Der Mond rundete sich und nahm wieder ab, doch nichts geschah. In Lisbeth begann erneut die Hoffnung zu keimen und sich allmählich in ihrem Herzen auszubreiten.

In der Werkstatt herrschte fieberhafte Betriebsamkeit, und unermüdlich drang das Klappern der Webstühle in den Hof hinaus. Es ging in großen Schritten auf die Herbstmesse zu, und Lisbeth wollte sichergehen, auf dem Antwerpener Bamasmarkt genug Ware anbieten zu können.

Wenn man die bisherigen Webstühle ein wenig zusammenrücken würde, so fände sich noch Platz für einen weiteren, hatte Lisbeth entschieden, und war sich gerade mit dem Schreiner, der ihr einen neuen Webstuhl anfertigen sollte, handelseinig geworden, als ihr ein scharfes Ziehen durch den Leib fuhr. Erschreckt presste sie die Hand auf den Bauch.

Doch sie wusste, das würde nicht helfen. Das Ziehen würde stärker werden, sich in Schmerz verwandeln, und dann würde das Bluten kommen. Lisbeth war es, als zerbräche etwas in ihr. Alle Kraft schien sie plötzlich zu verlassen. Ohne ein Wort verließ sie die Werkstatt und stieg unter Mühen in ihre Kammer hinauf.

Kraftlos ließ sie sich auf ihre Bettstatt sinken und barg den Kopf in den Kissen. Doch die Tränen wollten nicht fließen.

Lange lag sie so da und kämpfte mit der Enttäuschung. Sie würde nie Kinder haben – ganz gleich, was ihr der Arzt, die Hebamme oder die Zigeunerin vorgegaukelt hatten. Sie alle verdienten ihr Brot mit der Hoffnung, die sie verkauften.

Es war gleich, was sie unternahm. Sie könnte zu Dutzenden von heilkundigen Frauen, Ärzten, Badern oder

Gesundbetern laufen. Gott hatte dieses Glück für sie nicht vorgesehen. So schmerzlich es auch war, sie würde sich damit abfinden müssen.

Die Glocke von Groß Sankt Martin rief zur Vesper. Es war Zeit für das Nachtmahl, doch Lisbeth vermochte nicht hinunterzugehen. Trübe starrte sie auf das milchige Stück Himmel hinter dem Fenster, das langsam in der Abenddämmerung verblasste.

Es war leicht gesagt – sich damit abfinden! Doch wie bitter war es, sich vorzustellen, dass sie nie ihr eigenes Kind im Arm halten würde! Nie würde sie die Wärme des kleinen Körpers an dem ihren spüren, die winzigen Händchen berühren, die nach ihr griffen, an ihr Halt suchten, das grenzenlose Vertrauen in den großen Augen erblicken, mit dem nur Kinder ihre Eltern ansehen können!

Nun endlich, nach Stunden, kamen die Tränen. Haltlos schluchzte Lisbeth ihren Kummer in die Kissen.

Zwei ganze Tage schon lag Lisbeth krank, war nicht in der Lage, ihre Bettstatt zu verlassen und sich anzukleiden. Die liebevoll bereiteten Speisen, die man ihr hinaufschickte, rührte sie nicht an. Eine dumpfe Traurigkeit hüllte sie wie in Watte und schien all ihre Lebenskraft aufzusaugen.

Am Morgen des dritten Tages ließ ein resolutes Klopfen Lisbeth auffahren. »Was ist jetzt mit dem Bamasmarkt?«, tönte die Stimme von Stina Lommerzheim barsch durch die Tür. »Wenn Ihr nicht hinreisen wollt, dann können wir ja alle nach Hause gehen!«

Lisbeth vernahm die Worte und verstand auch ihren Sinn, doch sie war nicht in der Lage zu antworten. Nach einer Weile hörte sie, wie sich die schweren Schritte der Seidmacherin entfernten.

Stinas Worte waren anmaßend gewesen, der Tonfall nicht minder. Doch es war genau diese Unverschämtheit, der es gelang, das düstere Gespinst, das Lisbeth umgab, zu durchdringen.

Außerhalb ihrer Kammer ging das Leben weiter, erkannte Lisbeth. Es hielt nicht einfach an, nur weil sie hier vom Kummer überwältigt lag. Da draußen waren Menschen, für die sie Verantwortung trug. Die Lehrmädchen, die Weberinnen, Spinnerinnen und Färber. Ihr aller Wohl hing davon ab, dass sie ihnen Arbeit und Brot gab, des einen mehr, des anderen weniger. Sie konnte sich nicht einfach vor der Welt verstecken. Überdies brachte ihr das Trauern nichts ein – davon bekäme sie schließlich auch kein Kind.

Als Lisbeth sich aufrichtete, hatte sie einen Entschluss gefasst. So schwer es auch war, sie würde sich mit ihrer Kinderlosigkeit abfinden! Dies war das letzte Mal, dass sie darum geweint hatte!

9. Kapitel

Weit weniger geheim als die Zusammenkunft im Goldenen Krützchen war die Versammlung, zu der Dres van der Sar für diesen Nachmittag geladen hatte. Ein gutes halbes Jahr war vergangen, und der ehrenwerte Rat der Stadt Köln hatte – wie zu erwarten – den Seidmacherinnen die Genehmigung verweigert, einen Seidenstoff mit leinenem Einschlag herzustellen.
Eine Weile hatte man zwar noch in den Reihen der weniger begüterten Seidmacherinnen gemurrt, doch keiner hatte dem größere Aufmerksamkeit geschenkt, und bald schon hatte man sich anderen Dingen zugewandt. Der Parger konnte also sicher nicht der Grund dafür sein, weshalb man heute ganz offiziell die Meisterversammlung einberufen hatte – zum ersten Mal seit langem.
Es war der erste Frühlingstag, der diesen Namen verdiente, und die Damen nutzten fast ausnahmslos die Gelegenheit, ihre neue Garderobe zu präsentieren, stellte Lisbeth fest, als sie in den Saal der van der Sars im Obergeschoss des Hauses Zum Großen Schuh trat. Sie selbst hatte sich für ein Überkleid in der Farbe reifer Äpfel entschieden, das reich bestickt war und dessen weite Ärmelschlitze den leichten lindgrünen Taft des Unterkleides sehen ließen.
Und so gerieten über den Ahs und Ohs, mit denen die Damen die neuesten Machwerke der Schneider bedachten, die Spekulationen über den Anlass dieser Zusammenkunft in den Hintergrund.
An der Stirnseite des Saales hielt Brigitta van Berchem Hof,

umgeben von einem Grüppchen aufgeregter Frauen. Hinter ihr, die Arme vor der schmalen Brust verschränkt, stand ein junges Mädchen mit grau-grünen Augen und spitzem Kinn – Jacoba. Bei Brigitta also hatte das undankbare Lehrmädchen von Clairgin seine Lehrzeit beendet, dachte Lisbeth. Vermutlich war Jacoba bei Brigitta geblieben und arbeitete nun für sie um Lohn. Erst jetzt, bei Jacobas Anblick, entsann Lisbeth sich ihres Vorsatzes, mit Clairgin über das Lehrmädchen zu sprechen. Sie hatte es über den Tod des alten Hans Her und über ihren eigenen Kummer ganz vergessen, doch jetzt war es dafür natürlich viel zu spät.

Suchend blickte Lisbeth sich nach der Freundin um, doch sie konnte Clairgin nicht zwischen den versammelten Seidmacherinnen ausmachen.

In dem Moment trat Brigitta van Berchem, flankiert von ihrer Schwester Gunda, Frieda Medman und Dres und Mechthild van der Sar, in die Mitte des Saales. Augenblicklich verstummten die Gespräche, und gespannt wandte man sich der einstigen Amtsmeisterin zu.

Deren Miene zeigte Strenge. »Zu unserem großen Bedauern mussten wir erfahren«, hob sie an, »dass sich eine von uns dreist und selbstsüchtig über die Zunftordnung hinweggesetzt hat, um sich schamlos zu bereichern.« Brigitta schöpfte Luft, wohl wissend, dass sie die Spannung der Anwesenden damit erhöhte. Ganz still war es. Selbst Gunda begnügte sich angesichts dieser Ungeheuerlichkeit mit einem Nicken, so dass das Tschilpen eines Spatzes, das durch das geöffnete Fenster vom Hof heraufdrang, ungebührlich laut erschien.

»Frau van Breitbach«, rief Brigitta energisch.

Lisbeth schlug die Hand vor den Mund und konnte nicht umhin, wie alle anderen auf der Suche nach der Genannten sich umzuschauen.

In der Nähe der Tür wichen die Frauen auseinander und bildeten eine schmale Gasse, durch die sie Clairgin zwar nicht grob, doch mit Bestimmtheit nach vorn schubsten, bis sie vor Brigitta zu stehen kam.
Entsetzt starrte Lisbeth die Freundin an. Anders als die meisten Damen schien Clairgin die Versammlung nicht zum Anlass genommen zu haben, ein neues Frühlingskleid vorzuführen. Sie trug ein schlichtes erdfarbenes Kleid aus dem Vorjahr, das an Saum und Ärmeln schwarz gepaspelt war, ganz so, als wolle sie sich auch dem Äußeren nach von ihren Zunftkolleginnen unterscheiden.
Ihr ovales Gesicht war bleich, und ihre Lippen zusammengepresst. Zu Lisbeths Erstaunen hielt sie den Kopf nicht schamhaft gesenkt, sondern erwiderte trotzig die missbilligenden Blicke ihrer Zunftgenossinnen.
»Ihr seid beobachtet worden, wie Ihr Rohseide nach Deutz geschmuggelt habt, um sie dort zu geringerem Preis spinnen zu lassen«, hielt Brigitta van Berchem ihr vor.
Clairgin nickte. Sie machte sich gar nicht die Mühe, zu leugnen.
Brigitta verschlug es für einen Moment die Sprache. Schließlich fragte sie konsterniert: »Ihr wisst nicht, dass Ihr damit unsere fleißigen und ehrlichen kölnischen Seidspinnerinnen um ihr Brot bringt?«
»Doch.« Clairgins Stimme klang fest.
Brigitta kämpfte mit der Fassung. »Darauf steht der Ausschluss aus der Zunft.« Ihr Schnarren erklomm ungekannte Höhen.
Ein Raunen stahl sich durch den van der Sarschen Saal.
Ausschluss aus der Zunft! Das wäre eine Katastrophe für Clairgin, dachte Lisbeth entsetzt. Es käme dem Verbot gleich, ihren Beruf auszuüben, denn weder Seidspinnerinnen noch Seidfärber durften für nichtzünftige Seidmache-

rinnen arbeiten. Womit sollte Clairgin dann künftig ihr Brot verdienen, fragte Lisbeth sich. Schließlich hatte sie zwei kleine Töchter und anders als die meisten hier keinen gutverdienenden Händler zum Mann.

Lisbeth war nicht die Einzige, der die Betroffenheit ins Gesicht geschrieben stand. Katharina Loubach, die ihr gegenüberstand, Veronika van Herten und Genovefa van Wychtericht schienen nicht weniger berührt. Nur die Miene von Mechthild, der Gattin von Dres van der Sar, zeigte ein selbstgerechtes Lächeln.

Nun verteidige dich doch, flehte Lisbeth stumm die Freundin an und krampfte die Finger ineinander. Doch Clairgin nickte erneut. Ihre Miene war unbewegt. Wie konnte sie diese Strafe einfach so hinnehmen?

Das Raunen schwoll zu einem Stimmengewirr. Der Unmut einiger Seidmacherinnen war fast greifbar, und es dauerte eine geraume Weile, bis endlich wieder Ruhe im Saal einkehrte. Eine gespannte Ruhe, in der sich aller Augen auf Brigitta van Berchem richteten. Lisbeth hielt vor Anspannung die Luft an.

Als das Raunen zur Gänze verstummt war, breitete Brigitta wohldosiertes Mitgefühl über ihr Gesicht und ergriff erneut das Wort. »Trotzdem sollten wir Milde walten lassen«, verkündete sie. »Ich denke, im Sinne aller zu handeln, wenn wir dich nicht der Zunft verweisen.«

Zustimmendes Murmeln bestätigte ihre Worte, und Lisbeth atmete erleichtert auf.

Für einen winzigen Moment kräuselte ein flüchtiges, beinahe spöttisches Lächeln Clairgins Lippen, und es schien Lisbeth, als habe die Freundin mit genau diesem Vorgehen Brigittas gerechnet.

»Doch Strafe muss sein!«, verkündete diese schnarrend. »Der Seide, die du in Deutz hast spinnen lassen, gehst du natürlich verlustig.« Scharf fasste sie Clairgin ins Auge. »Ich darf davon ausgehen, dass es nicht weniger war als ein Zentner?«

Clairgin antwortete nicht. Schweigend erwiderte sie Brigittas Blick, und schlagartig wurde Lisbeth klar, dass die Freundin genau wusste, was sie tat. Dass sie die Seide aus der Stadt geschafft hatte, war wohl nicht zu leugnen gewesen. Dafür gab es sicher Zeugen. Doch jetzt ging es um das Strafmaß, und Clairgins Schweigen ließ Lisbeth ahnen, dass es weit mehr als der von Brigitta geschätzte Zentner gewesen sein mochte. Doch mehr konnte Brigitta Clairgin anscheinend nicht nachweisen.

»Einen Zentner also!«, entschied Brigitta. »Den hast du abzuliefern. Der Verkaufserlös geht zur einen Hälfte in die Zunftkasse, zur anderen Hälfte an die Städtische Rentkammer.«

Ein Zentner Seide! Das war die Menge, die Clairgin etwa in einem ganzen Monat verwebte, dachte Lisbeth. Die Rohseide allein hatte einen Wert von zweihundertfünfzig Gulden. Dazu kam der Lohn, den Clairgin an die Spinnerinnen auf der anderen Rheinseite gezahlt hatte. Von der Arbeit ganz zu schweigen, wenn sie die gesponnene Seide gar schon verwebt hatte. Es war eine empfindliche Strafe für Clairgin, doch war das Allerschlimmste abgewendet worden.

Aufrecht, mit unbewegter Miene nahm Clairgin das Urteil entgegen.

Nachdem sich die Versammlung im Hause van der Sar aufgelöst hatte, holte Lisbeth Clairgin in der Gasse ein. »Da bist du ja noch einmal gut davongekommen! Wie konntest du das nur tun?«, fragte Lisbeth die Freundin schroffer als beabsichtigt. Die Erleichterung darüber, dass Clairgin mit einer vergleichsweise milden Strafe davongekommen war, hatte Lisbeths Sorge in Ärger verwandelt.

»Davongekommen?«, fragte Clairgin höhnisch. »Davongekommen nennst du das?« Abrupt blieb sie stehen und blickte Lisbeth verächtlich an.
»Immerhin haben sie dich nicht aus der Zunft geworfen!«
»Natürlich nicht. Was hättet ihr auch davon? Im Gegenteil. Es ist doch viel praktischer, uns ärmere Seidmacherinnen mit drastischen Geldstrafen zu belegen. Dann können wir uns die Rohseide nicht mehr leisten und müssen, statt auf eigene Rechnung zu arbeiten, für euch Reiche um Lohn wirken. Ist doch ein guter Weg, uns in eure Abhängigkeit zu bringen!«
»Warum hast du denn auch in Deutz spinnen lassen? So etwas muss doch irgendwann auffallen!«
»Alle machen es. Du machst es doch auch!«
»Was? Seide auswärts spinnen lassen? Nein, sicher nicht.«
»Nun, dann gibst du sie halt den Beginen zum Spinnen oder tust andere Dinge, die gegen die Zunftordnung verstoßen. Wie viele Lehrtöchter hast du jetzt? Sechs? Acht?«
»Die Regeln haben sich gelockert. Es ist nicht mehr so streng wie zu Zeiten meiner Mutter. Ich bin nicht die Einzige, die mehr als vier Lehrtöchter hat. Die Berchem-Schwestern, Frieda Medman …« Lisbeth verstummte, als zwei Dienstmägde, die mit gefüllten Körben vom Markt zurückkehrten, ihren Schritt verlangsamten und sich interessiert nach ihnen umwandten. Frauen, die sich auf der Straße zankten, waren kein ungewohnter Anblick. Anders jedoch, wenn es sich, zumindest bei einer von beiden, ganz offensichtlich um Damen aus den vornehmen Häusern der Stadt handelte.
Bitter fuhr Clairgin fort: »Ja, für dich ist es ein Leichtes, gegen die Regeln zu verstoßen. Wenn du erwischt wirst, dann zahlst du einfach die Strafe. Aber du wirst ja nicht einmal erwischt. Weil keiner je wagen würde, der großen

Frau Ime Hofe zu nahe zu treten. Oder der Frau Medman oder den Nichten des Bürgermeisters.«
Die Mägde blieben wenige Schritt entfernt stehen, stellten ihre Körbe in den Staub und gafften sie unverhohlen an. Mit einem Mal wurde Lisbeth sich der Peinlichkeit der Szene, die sie boten, unangenehm bewusst.
Doch die sonst so sanftmütige Clairgin schien, einmal in Rage geraten, nicht mehr zu bremsen zu sein. Sie war kaum wiederzuerkennen in ihrem Zorn, und niemals hätte Lisbeth ihr einen derart heftigen Ausbruch zugetraut. Herausfordernd funkelte Clairgin sie an. »Ist dir schon einmal aufgefallen, dass es nur wir ärmeren Seidenweberinnen sind, die erwischt und bestraft werden? Wann wäre je eine Frau van Berchem belangt worden? Von wem auch? Es gibt nicht einmal mehr einen Zunftvorstand!«
»Die Gesetze der Zunft schützen uns alle.« Lisbeth spürte selbst, wie hohl ihre Worte klangen.
»Welche Zunft? Die Zunft, in der jede Seidmacherin vor einem gewählten Zunftvorstand ihr Recht einfordern kann? Die Zunft, deren Gesetze jedem ihrer Mitglieder das Einkommen sichert? Diese Zunft von einst, die gibt es nicht mehr. Schon längst nicht mehr!«
»Kein Wunder, wenn alle so denken …«
Für einen Moment presste Clairgin die Lippen zusammen. Dann brach es aus ihr hervor: »Meinst du etwa, ich habe es aus Spaß getan? Ich kann mir die Löhne der kölnischen Seidspinnerinnen nicht mehr leisten! Ich muss jeden Pfennig sparen, um überhaupt Rohseide kaufen zu können. Du und eine Handvoll anderer, ihr kauft die Seide in großen Mengen auf. Uns Ärmeren bleibt nur der klägliche Rest, und der lohnt oft kaum die Mühe des Webens. Mit schlechter Ware verdienen wir kein Geld, also können wir uns noch weniger Rohseide leisten. Es ist ein Teufelskreis, in

den ihr uns treibt. Und mit solchen Strafen« – mit dem Kinn deutete Clairgin vage in Richtung des van der Sarschen Hauses – »gebt ihr uns den Rest!«

Lisbeth öffnete den Mund für eine Entgegnung, doch Clairgin ließ sie nicht zu Wort kommen. »Das hat doch Methode. Ihr seid erst zufrieden, wenn wir alle für euch um Lohn weben. Damit ihr immer reicher und fetter werdet.«

Entgeistert starrte Lisbeth Clairgin an. »Das ist doch absurd!«, entgegnete sie. »Als ob ein paar reiche Seidmacherinnen dich und andere absichtlich ins Elend stürzen, damit ihr für sie um geringen Lohn webt!«

»Was heißt *sie?* Meine Güte, Lisbeth! Du bist nicht besser als sie, du bist eine von ihnen!«, sagte Clairgin scharf. »Aber wenn du nicht einmal das verstehst, dann will ich mit dir nichts mehr zu schaffen haben!« Abrupt wandte Clairgin sich ab und ließ Lisbeth in der Gasse stehen.

Die beiden Mägde starrten ihr hinterdrein. Die hatte es der feinen Dame aber gegeben! Zufrieden nahmen sie ihre Körbe auf und schlenderten von dannen.

Aufgebracht lief Lisbeth zurück ins Haus Zur Roten Tür. Was Clairgin ihr da vorwarf, war einfach nicht wahr! Zwei Stufen auf einmal nehmend, eilte Lisbeth die Stiege hinauf in ihre Kammer. Die Freundin war nur verärgert über die Bestrafung, dachte sie und zog sich ungestüm die Haube vom Kopf. Doch an ihr musste Clairgin ihre Wut nicht auslassen! Mit hastigen Bewegungen streifte Lisbeth das apfelfarbene Oberkleid ab und zerrte an der Schnürung des Untergewandes. Clairgin hatte zwar im Zorn gesprochen, doch nie wäre Lisbeth auf die Idee gekommen, Clairgin neide ihr den Erfolg.

Schnell hatte Lisbeth sich ihres neuen Kleides entledigt und warf es achtlos auf die Bettstatt. Sie hatte die Freude daran verloren. Stattdessen nahm sie ihr graues Alltagskleid vom Haken und schlüpfte hinein, wand sich ein schlichtes Tuch um das Haar und eilte die Stiege hinab.

In der Werkstatt wechselten ihre Weberinnen erstaunte Blicke, als sie eines der Lehrmädchen von seinem Webstuhl vertrieb und sich selbst auf der harten Holzbank niederließ. Fest trat Lisbeth das Pedal. Die Fäden an den Litzen hoben die Kettfäden, und es bildete sich ein Fach. Lisbeth griff nach dem Schiffchen, das auf dem schmalen Streifen Gewebe vor ihr ruhte.

Sie wolle andere Seidmacherinnen in ihre Abhängigkeit bringen, hatte Clairgin ihr vorgeworfen – so ein Unsinn! Behende ließ sie das Schiffchen durch das Fach zwischen den Kettfäden gleiten. Hatte sie sich nicht selbst dafür eingesetzt, dass es den weniger begüterten Seidmacherinnen gestattet würde, halbseidenen Parger herzustellen?

Mit einem Ruck zog Lisbeth die Kammlade zu sich heran und blickte missbilligend auf das Gewebe. Der Faden hatte sich nicht perfekt an den vorherigen geschmiegt. Sie war nicht mehr recht in Übung. Energisch zog sie die Lade noch einmal nach. Wieder trat Lisbeth das Pedal, und die Kettfäden hoben sich um zwei Fäden versetzt. Sie schob das Schiffchen durch das Fach und zog den Kamm an – schon besser.

Faden um Faden webte sie, und eine nach der anderen wandten sich die Weberinnen und Lehrmädchen wieder ihrer Arbeit zu.

Lisbeths Bewegungen wurden immer sicherer, und mit jedem Faden, den das Gewebe an Breite gewann, lichtete sich der Zorn, der sie wie eine dunkle Wolke umhüllte. Es stimmte, dass mehr und mehr der ärmeren Seidmacherinnen für die reichen Seidmacherinnen im Verlag webten, musste sie widerwillig zugeben. Auch für sie. Und die

Frauen taten es sicher nicht aus Spaß, sondern weil sie sich die Rohseide nicht mehr leisten konnten. Heftiger als nötig zog Lisbeth die Kammlade zu sich heran.

Doch anders als die angestellten Weberinnen, die keinerlei Kosten hatten, sondern in den Werkstätten ihrer Dienstherrinnen arbeiteten, trugen die für eine Verlegerin arbeitenden Seidmacherinnen das ganze Risiko einer selbständigen Meisterin: Sie mussten für den Unterhalt ihrer Lehrtöchter aufkommen, sie nähren und kleiden, gleich, ob diese fleißig oder faul, gesund oder krank waren, und hatten dafür Sorge zu tragen, dass ihre Webstühle und alles andere benötigte Arbeitsgerät einsatzbereit war. Und für all diese Mühe erhielten sie nur den gewöhnlichen Weblohn, nicht aber den Gewinn aus dem Verkauf des fertigen Stoffes. Gerecht war das sicher nicht!

Mitten in der Bewegung hielt Lisbeth inne, das Schiffchen lose in der Rechten. War sie so mit sich und ihrer eigenen Weberei beschäftigt gewesen, dass sie nicht gemerkt hatte, was um sie herum geschah? Tatsächlich hatte sie nur an sich gedacht, an ihre eigene Weberei und deren Fortkommen, hatte die Zunftregeln übertreten, wenn es ihr zuträglich war. Unbewusst kratzte sie mit dem Fingernagel über das Holz des Schiffchens.

Sie ließ Zunftgenossinnen im Verlag arbeiten. Sie beschäftigte mehr Lehrmädchen, die den anderen fehlten, um mehr Seide verarbeiten zu können, die den anderen fehlte, um Geld zu verdienen – noch mehr Geld –, das andere bitter nötig zum Leben brauchten! Daran, dass dies anderen Seidmacherinnen zu Schaden gereichte, hatte sie nicht gedacht.

Betroffen biss Lisbeth sich auf die Lippe. Seit dem Jahr 1437, als die kölnischen Seidenweberinnen auf eigenen Antrag hin vom Rat der Stadt ihren ersten Amtsbrief

erhalten hatten, sicherten die Zunftgesetze ihr aller Auskommen. Sie schützten sie gegen auswärtige Konkurrenz und erhielten den guten Ruf ihrer Waren, indem sie ihre Mitglieder zu bester Qualität verpflichteten.
Die Nachfrage nach kölnischen Seidenstoffen war groß genug, dass alle Seidmacherinnen ausreichend Arbeit hatten, dessen war Lisbeth sich sicher. Das zeigte sich schließlich Jahr für Jahr auf den Messen in Frankfurt und Antwerpen. Weder sie selbst noch die Berchem-Schwestern, Mechthild van der Sar, Katharina Loubach oder Frieda Medman, keine von den reichen Seidmacherinnen würde Mangel leiden, keine äße eine Schinkenseite weniger, wenn sie auch den anderen ihr Auskommen ließe. Clairgin hatte recht mit ihren Vorwürfen. Es war reine Habgier!
Entsetzt ließ Lisbeth das Schiffchen fahren und schlug die Hände vors Gesicht. Sie hatte das alles nicht mit Absicht betrieben. Doch sie hatte es geschehen lassen. Nie zuvor in ihrem Leben hatte sie sich so geschämt! Und in ihrer Selbstgerechtigkeit hatte sie auch noch gedacht, sie hätte keine Schuld auf sich geladen! War Hoffart denn keine Todsünde?

Auch Clairgin war nach ihrem Streit mit Lisbeth aufgebracht und viel zu erregt, um auf direktem Weg nach Hause zu gehen. Trotz, Wut und Enttäuschung ließen sie ziellos durch die Gassen laufen.
Der Strafe würde sie sich nicht entziehen können, auch wenn sie noch so schwer zu verkraften wäre. Sie würde die Seide abliefern müssen, sonst würde man sie holen. Und sie wusste, die Wachleute wären nicht zimperlich …
Ein Zentner gesponnene Seide, das war ein nicht unbeträchtlicher Verlust. Doch so schnell würden die feinen Damen vom Seidamt sie nicht in die Knie zwingen. Sie

könnte ihr letztes Lehrmädchen entlassen, überlegte Clairgin. Es war rege und anstellig, und sicher wäre es ein Leichtes für das Mädchen, eine neue Lehrherrin zu finden. Sie würde es vermissen, doch dann hatte sie nur noch für sich und ihre Töchter zu sorgen. Susanna, ihre älteste Tochter, war vor wenigen Wochen fünf Jahre alt geworden und ein ruhiges, verständiges Kind. Vielleicht würde sie ihr ein wenig zur Hand gehen können. Sie musste halt sehen, wie es weiterging.

Die Ungerechtigkeit der Strafe, die man ihr auferlegt hatte, das Messen mit zweierlei Maß, wie es mittlerweile im Seidamt zur Gepflogenheit geworden war, ärgerten Clairgin ungemein. Doch schwerer noch wog die Enttäuschung über Lisbeths Reaktion. Clairgin hatte immer gedacht, Lisbeth sei ihre Freundin, aber sie schien sich geirrt zu haben. Lisbeth und sie kamen aus verschiedenen Welten. Und eine Frau Ime Hofe, für die Geld noch nie eine Rolle gespielt hatte, konnte die Dinge wohl nur aus ihrer Sicht betrachten: von oben herab. Die Enttäuschung trieb Clairgin Tränen des Zorns in die Augen.

»Womit hat denn dieser wundervolle Frühlingsabend Euren Zorn verdient?«

»Bitte?« Clairgin blickte auf. Sie hatte gar nicht gemerkt, dass ihre Schritte sie auf den Alter Markt geführt hatten. Die Händler hatten für diesen Tag ihre Stände abgebaut und die Laden ihrer Geschäfte hochgeklappt. Der Rathausturm warf seinen langen Schatten auf das Pflaster, und die Abendsonne spiegelte sich in den Fenstern der schmalen Häuser auf der Ostseite des Platzes.

Der Mann, der lächelnd am Türrahmen des Goldenen Krützchens lehnte, wiederholte seine Frage, und erst jetzt erkannte Clairgin Rudolf van Bensberg.

Hastig wischte sie die Tränen aus dem Gesicht, und ehe sie

sichs versah, hatte Rudolf sie in die fast leere Schankstube geführt. Nur wenige frühe Zecher standen um diese Zeit am Schanktisch. Es waren die stets unentwegten, die bereits ab Mittag ihr Geld in den Weinzapf trugen.
Ohne ihrem Widerspruch Beachtung zu schenken, nötigte Rudolf Clairgin an einen Tisch. Auf seinen Wink hin eilte eine junge Frau herbei, die dem Ruf gerecht wurde, das Krützchen habe die hübschesten Schankmädchen der Stadt. Lasziv wiegte sich die Schankmagd in den Hüften, als sie zwei gefüllte Becher auf den Tisch stellte, und bedachte Clairgin mit misstrauischem Blick.
Clairgin ergriff ihren Becher, drehte ihn in den Händen, und Rudolf wartete ruhig ab, bis sie einen tiefen Schluck genommen hatte. Dann sagte er sanft: »Nun erzählt.«
Mehr als dieses sachten Anstoßes bedurfte es nicht, und stockend zunächst, dann immer leidenschaftlicher, bahnten sich Clairgins Enttäuschung, ihre Wut und nicht zuletzt ihre Sorge einen Weg. Unterbrochen von Schluchzern, berichtete sie Rudolf, was gerade im Hause der Van der Sars geschehen und wie es zu ihrem Streit mit Lisbeth gekommen war.
Es tat Clairgin gut, sich den Ärger von der Seele zu reden. Und in Rudolf hatte sie einen aufmerksamen Zuhörer gefunden, der sie nur gelegentlich mit einer Frage unterbrach.
»Ja«, stimmte er schließlich zu, als sie geendet hatte, und nickte bedächtig. »Es ist vieles anders geworden im Seidamt. Und nicht zum Besseren: der Verlag, die Beginen, die Entlohnung mit Stoffen statt mit Geld … Aber es ist sehr schwer, etwas dagegen zu unternehmen. Manche der Damen haben Verwandte mit großem Einfluss im Rat.«
»Woher wisst Ihr so viel über die Seidmacherzunft?«, fragte Clairgin erstaunt.

»Ich habe einmal eine Seidenweberin geliebt«, antwortete er leise, und Clairgin entsann sich des Neujahrsfestes in der Wolkenburg, als er sich haltlos betrunken hatte, weil Fygen ihm eröffnet hatte, sie reise nach Valencia. Wie schmerzlich musste es für ihn gewesen sein, zu erfahren, dass seine alte Liebe doch wieder geheiratet hatte – den Halbbruder ihres verstorbenen Mannes.
»Danke!«, sagte sie, und lächelte Rudolf an.
»Wofür?«
»Fürs Zuhören.«
»Doch dafür nicht«, entgegnete Rudolf und erwiderte ihr Lächeln mit einem Zwinkern.

Beim Schrei des ersten Hahnes schlug Lisbeth entschlossen ihr Federbett zurück. Die Scham hatte sie bis spät in die Nacht keine Ruhe finden lassen. Sobald sie die Augen schloss, sah sie Clairgins vorwurfsvollen Blick auf sich gerichtet.
Sie verstand nun auch, warum die Freundin so stoisch auf die Bestrafung reagiert hatte. Clairgin hatte nicht leichtfertig gehandelt. Sie war das Risiko, erwischt zu werden, in vollem Bewusstsein eingegangen, einfach weil sie keine andere Wahl gehabt hatte.
Lisbeth bedauerte so sehr, dass sie die Not der Freundin nicht bemerkt hatte. Warum hatte Clairgin sie nicht um Hilfe gebeten? Es wäre ein Leichtes für sie gewesen, ihr mit einigen Ballen Rohseide auszuhelfen.
Wieder und wieder war Lisbeth in Gedanken ihr Sündenregister durchgegangen. Und nicht nur ihr eigenes. Die Vergehen gegen die Zunftgesetze waren zahlreich.
Besonders rüde verfuhr man mit den Seidspinnerinnen. Sie wurden mit Ware statt mit Geld entlohnt, man gab Seide zum Spinnen in die Beginenkonvente, nach Deutz oder

schmuggelte sogar gesponnenes Garn aus Venedig und Lucca in die Stadt. Es gab keinen gewählten Vorstand mehr, keine Sitzungen der Amtsmeister, keine Protokolle. Lehrtöchter wurden nicht mehr eingetragen und fertige Seidenweberinnen nicht zum Seidamt zugelassen. Doch das größte Übel von allem war der Verlag.

Wenn die Zunft wieder so werden sollte, wie sie einst gewesen war, als alle Seidmacherinnen ihr Auskommen fanden und für alle die gleichen Rechte galten, so erkannte Lisbeth, dann musste sie bei sich selbst anfangen. Mit diesem Gedanken war sie weit nach Mitternacht endlich in einen tiefen, traumlosen Schlaf gefallen.

Hastig sprang Lisbeth aus dem Bett und kleidete sich an. Kaum konnte sie es erwarten, dass die Lehrmädchen ihre Morgensuppe gelöffelt hatten und in der Werkstatt zur Arbeit erschienen.

»Den, den und diesen!« Lisbeth wies auf verschiedene Ballen gesponnener Seide, die in den luftigen Regalen an der Kopfseite der Werkstatt ihrer Verarbeitung harrten. Sie mussten zusammen in etwa einen Zentner wiegen. »Schlagt sie sorgfältig in Wachstuch und bringt sie zu Clairgin van Breitbach«, wies sie die Mädchen an. Fragend blickten Klara und Rita, ihre beiden älteren Lehrtöchter, sie an. »Ihr wisst, wo sie wohnt?«

Die Mädchen nickten.

»Sagt ihr, sie solle es als Darlehen betrachten und mir die Rohseide zurückgeben, wann immer sie dazu in der Lage ist.«

Abermals nickten Klara und Rita, und unter den erstaunten Blicken der Weberinnen luden sie und die anderen Lehrmädchen sich die Seide auf die Schultern und verließen im Gänsemarsch die Werkstatt.

Doch dies blieb an diesem Morgen nicht der einzige An-

lass, den Lisbeth ihren Weberinnen gab, sich zu wundern.
»Ah, Apolonia! Ihr kommt mir gerade recht«, begrüßte sie die junge Seidspinnerin, die just in diesem Moment in die Werkstatt trat. »Ihr wollt Euren Lohn abholen, nicht wahr?«
Ein besorgter Schatten fiel über Apolonia Loubachs Gesicht. »Ja«, antwortete sie, das Wort vorsichtig gedehnt, und zog den Kopf zwischen die Schultern. Deutlich waren der jungen Frau ihre Befürchtungen ins Gesicht geschrieben.
Lisbeth schluckte. So weit war es also gekommen. Die Seidspinnerin fürchtete sich vor ihr. Argwöhnte, sie wolle ihre Arbeit rügen oder ihr abermals den Lohn senken. Lisbeths Stimme klang spröde, als sie sagte: »Vierzehn Albus pro Pfund, nicht wahr?«
Überrascht hob Apolonia den Kopf, forschte in Lisbeths Zügen nach Hohn. Doch die begegnete offen ihrem Blick. »Vierzehn Albus«, bestätigte Apolonia, und ein warmes Lächeln trieb den Schatten von ihrem Gesicht.
Das war ein Leichtes gewesen, dachte Lisbeth, als die Seidspinnerin ihre Werkstatt mit dem gerechten Lohn verlassen hatte. Damit hatte sie zwar noch nicht viel erreicht, doch es war ein Anfang. Nicht schwieriger wäre es, die beiden nächsten Lehrtöchter, die ihre Prüfung ablegten, nicht zu ersetzen – Klara im kommenden Winter und Rita im Herbst darauf –, um nurmehr die vorgeschriebenen vier Mädchen zugleich in Diensten zu haben. Wenn sie mehr Hilfe benötigte, würde sie eben noch weitere ausgelernte Weberinnen oder Helferinnen einstellen. Ihren Verdienst würde das nur um weniges schmälern.
Weit schwieriger gestaltete sich jedoch die Sache mit den Beginen und dem Verlag. Zunächst hatte Lisbeth spontan beschlossen, ab sofort keine Rohseide mehr zum Spinnen

in den Annenkonvent und keine gesponnene Seide mehr zum Weben außer Haus zu geben.
Doch damit wäre den Frauen nicht gedient. Im Gegenteil: Die Weberinnen wie auch die Beginen waren dringlich darauf angewiesen, dass man ihnen Arbeit gab. Und wenn sie es nicht tat, dann taten es andere, womöglich sogar um noch geringeren Lohn. Wie Lisbeth es auch drehte und wendete, es war ein Teufelskreis, den sie aus eigener Kraft nicht zu durchbrechen vermochte.
Das Klappen der Werkstatttür riss Lisbeth aus ihren Überlegungen. Im Gänsemarsch, so wie sie gegangen waren, kehrten die Lehrmädchen in die Werkstatt zurück, die Ballen mit Rohseide noch immer auf den Schultern balancierend.
»War bei Frau van Breitbach niemand daheim, dass ihr die Seide zurückbringt?«, fragte Lisbeth Rita.
Das pausbäckige Mädchen ließ sein Bündel zu Boden gleiten und schüttelte verneinend den weizenblonden Schopf. Betreten heftete es den Blick auf seine Füße.
»Sondern?«
Rita fiel es sichtlich schwer, zu antworten. Schließlich beugte sie sich vor und flüsterte, dass nur ihre Lehrherrin es verstehen konnte: »Die Frau van Breitbach lässt Euch bestellen, sie nähme keine Almosen an.«

10. Kapitel

Viel zu lange schon hatte die Wolkenburg keine Festlichkeit mehr erlebt. Genau genommen seit dem Weihnachtsfest vor zweieinhalb Jahren. In höchster Eile hatte die hagere Hilda Maren und die Mägde angetrieben, die Wolkenburg für den Empfang der Gäste, die dem frisch ernannten Ratsherrn zu gratulieren wünschten, in einen präsentablen Zustand zu versetzen. Denn Hermans Ernennung war sehr plötzlich gekommen.

Als er am vergangenen Sonntag in das Versammlungshaus der Gaffel Wollenamt Vor Sankt Mattheis gekommen war, hatte es gegolten, zwei der vier Ratsherren, welche die Gaffel in den Rat entsenden durfte, zu ersetzen. Einmütig hatte man ihn zu einem der Ratsherren erkoren, welche für das kommende Jahr die Geschicke der Stadt zu lenken hatten.

Es gehörte zum Recht und zur Pflicht eines jeden Bürgers der Stadt, sei er nun Mitglied einer Handwerker- oder Kaufmannszunft oder nicht, einer der zweiundzwanzig Gaffeln beizutreten, jenen Vereinigungen, die ihren Namen von den bei gemeinsamen Essen verwendeten zweizinkigen Gabeln erhalten hatten.

So war zum einen sichergestellt, dass jedermann seinen Beitrag zur Verteidigung der Stadt leistete, denn die wurde, wenn Gefahr drohte, durch die Gaffeln organisiert. Zum anderen konnte jeder Bürger auf diese Weise Einfluss darauf nehmen, wer die Macht in Händen hielt, da die Gaffeln sechsunddreißig der insgesamt neunundvierzig Herren in den Rat entsandten.

Der Gaffel Wollenamt, der mächtigsten der zweiundzwanzig Gaffeln, gehörten Mitglieder verschiedener Zünfte an – der Weber, der Tuchscherer, der Blaufärber, der Seiler, der Garnmacher, der Weißgerber und natürlich der Seidmacherinnen.

Am gestrigen Johannistag war Herman, würdevoll gewandet in seinen neuen, in aller Eile gefertigten, schwarzen Mantel und den dazu passenden flachen, gleichfalls schwarzen Hut, zum Rathaus geschritten, wo sich die von den Gaffeln entsandten Ratsherren in der Ratskammer versammelten.

Nachdem die neuen Ratsherren – die andere Hälfte war bereits am ersten Weihnachtstag bestellt worden – ihren Eid abgelegt hatten, hatten sie aus der gesamten Bürgerschaft die Gebrechsherren gewählt, jene übrigen dreizehn Ratsherren, die nicht den Gaffeln entstammten und an denen es an der festgesetzten Anzahl von neunundvierzig gebrach. Mit diesen gemeinsam hatten sie dann Gerhard von dem Wasserfasse zum zweiten Bürgermeister neben Dietrich von Schiederich erkoren, denn auch von jenen wurde einer im Sommer und einer zu Neujahr gewählt.

Ein Hauch von Wehmut lag in Lisbeths Lächeln, als sie in der Rolle der Gastgeberin die nicht enden wollende Schar der Gratulanten begrüßte. Was würde sie darum geben, wenn ihr Vater diesen Tag noch hätte erleben dürfen. Oder wenn wenigstens Fygen hier wäre, um an ihrer Stelle die Gäste zu empfangen. Ihre Eltern wären so stolz auf Herman.

Doch es gab jemanden, der richtig stolz auf Herman war, stellte Lisbeth fest, als sie zu den Herren trat, die im Festsaal mit gefüllten Bechern auf das Wohl des frisch gekürten Ratsherrn anstießen. Neben Herman stand Alberto, dem die Freude deutlich in das dunkle Gesicht geschrieben stand.

»Aus Messina ist in diesem Jahr nicht viel Seide zu erwarten«, sagte Herman gerade. »Wir bekommen nur sieben Ballen, die den Gossenbrot in Augsburg gehören. Also werden wir uns mehr an Mailand und Genua halten müssen, fürchte ich.«

»Ja, ich hab schon gehört, dass diese Hunde von Luchesi alle Kokons aufgekauft haben«, stimmte sein Schwager Andreas Imhoff, mit einem kurzen Seitenblick auf Alberto, zu, was dieser mit einem breiten Grinsen quittierte. Die Sticheleien von Imhoff konnten ihm nichts anhaben – heute noch weniger als sonst.

»Da bekomme ich etwas mehr«, fuhr Andreas großspurig fort. »Ich kann ja schließlich in Antwerpen nicht mit Kleinkram aufwarten.«

»Eigentlich sollte es verboten werden«, mischte Lisbeth sich in das Gespräch der Männer.

»Was sollte verboten werden, Schwägerin?«, fragte Hans Her höflich.

»Die Seide aus Köln auszuführen.«

Imhoff schüttelte missbilligend den Kopf, doch die anderen Herren blickten Lisbeth interessiert an.

»Wenn die Seide einmal in der Stadt ist, dann könnte sie genauso gut von den kölnischen Seidmacherinnen verarbeitet werden. Viele von den kleinen Seidmacherinnen klagen, sie bekämen kaum Rohware, weil sie von den Importeuren gleich in die Hände der Verleger oder der großen Seidmacherinnen geht. Und Ihr führt sie auch noch aus. Wenn man das schlicht verbieten würde, hätten die kölnischen Seidmacherinnen vielleicht endlich genug zu weben. Zudem: Warum soll man die Seidenweber anderer Städte mit Rohware versorgen und so auch noch die eigene Konkurrenz großfüttern?«

»Da seid Ihr mit Eurem Vorschlag bei unserem neuen

Ratsmitglied an der rechten Stelle«, sagte Hans Her und klopfte Herman gutmütig auf die Schulter.

»Ein solches Verbot mindert gewaltig die Ausfuhrakzise. Da wird der Stadtsäckel noch schmaler«, gab Mertyn, der bislang geschwiegen hatte, zu bedenken. »Ich weiß daher nicht, ob dein Vorschlag die Zustimmung des Rates finden wird.«

»Ah, da ist ja der neue Ratsherr!« Gesetzten Schrittes näherten sich Gerhard von Wesel und Johann Oldendorp der Gruppe um Herman.

Mertyn zog eine Miene, als schmerze ihn ein Zahn. Nicht, dass er seinem Schwager die Ratsherrenwürde missgönnte. Doch allzu gerecht fand er es nicht. Aber wenn man ein Lützenkirchen war, Seidenhändler wie der alte Peter, gleich, ob politisch ambitioniert oder nicht, so genoss man nun einmal ein anderes Ansehen als der Sohn eines Neubürgers, der er, Mertyn, war.

Lisbeth nutzte die Gelegenheit, die Gruppe um Herman zu verlassen. In der Tür des Saales waren weitere Besucher erschienen, und eben wollte Lisbeth auf sie zugehen, um sie zu begrüßen, als sie spürte, wie etwas zaghaft am Ärmel ihres Kleides zupfte.

»Duuuu – Tante Lisbeth?«

Lisbeth wandte sich um und blickte in die großen blauen Augen ihrer Nichte Sophie. »Ja, mein Schatz?«

Ernsthaft die Augenbrauen zusammengezogen, schaute die Achtjährige sie an. »Du bist aber eine richtige Seidenweberin, nicht wahr? Nicht so eine unechte wie Tante Fya?«

Lisbeth verkniff sich ein Lachen. »Tante Fya ist auch eine richtige Seidenweberin«, erklärte sie. »Aber sie arbeitet nicht mehr und hat auch keine Werkstatt.«

»Aber du hast eine richtige Werkstatt?« Schwungvoll legte Sophie den kleinen Kopf schief, dass ihre dicken Zöpfe wippten.

»Ja, die habe ich«, bestätigte Lisbeth.
Einen Moment lang kaute das Kind auf seiner Lippe und schien nachzudenken. Dann platzte es heraus: »Darf ich sie mir mal anschauen, die Werkstatt?«
»Aber natürlich! Ich würde mich sehr freuen, wenn du mich besuchen kommst«, antwortete Lisbeth.
Sophie strahlte sie an.
»Dann komme ich dich besuchen, Tante Lisbeth!«, versprach sie und hüpfte fröhlich davon.
Als Lisbeth nur wenig später die nächsten Gratulanten zu Herman führte, hatte sich das Gespräch der Herren den praktischen Seiten seiner Ratsherrenschaft zugewandt.
»Du wirst sehen, so ein Amt ist ein gewaltiger Aufwand«, unkte Andreas Imhoff. »Es schadet ganz schön dem Geschäft, wenn du drei Mal in der Woche mit den Herren zu Rate sitzt!«
Musste ihr Schwager denn alles miesreden, dachte Lisbeth verärgert, bloß weil niemand auf die Idee käme, ihn zum Ratsherrn zu machen.
Doch Herman blieb gelassen. »Es ist ja nur für ein Jahr, und ich habe doch großartige Hilfe«, entgegnete er.
Lisbeth sah, wie Stephan, der im weiteren Kreis um Herman stand, ob des unverhofften Lobes, das ihm zuteilwurde, strahlte.
»Mein Freund Alberto hier wird sich um die Geschäfte kümmern, wenn ich mich für euer aller Wohl aufopfere«, witzelte Herman und legte dem Italiener die Hand auf die Schulter. »Und wenn nötig, findet sich ja auch jederzeit ein tüchtiger Kaufmannsgeselle.«
Stephans Miene versteinerte. Er presste die Lippen zusammen und stand für einen Moment reglos da, bevor er sich abwandte, um den Saal zu verlassen.

»Es ist eine schreckliche Sünde in der Stadt.« Der Pfarrer von Sankt Peter donnerte die Worte durch das Kirchenschiff, auf dass auch der Müdeste erwache.
Gespannt reckten die Gläubigen die Hälse. Hatte man etwas verpasst? Von schwerer Sünde hörte man immer wieder gern, es verbreitete doch ein gar angenehmes Gruseln – freilich nur, solange man nicht selbst betroffen war.
Der Pfarrer, der sich nun der ungeteilten Aufmerksamkeit seiner Schäflein gewiss war, senkte die Stimme auf normale Predigtlautstärke. »Seit langem schon treibt sich eine verderbte Gesellschaft auf dem Heumarkt herum«, fuhr er fort. »Verkriecht sich für ihre Unzucht in die Häuschen am Leinwandmarkt. Es ist, wie Paulus in seinem Brief an die Römer schreibt: Männer verschmähen den natürlichen Gebrauch der Frauen, erhitzen sich aneinander und treiben Schande – Mann mit Mann!«
Ein Raunen der Verwirrung strich durch das Gotteshaus, als man begriff, von welcher Sünde die Rede war: die stumme, die unsprechliche Sünde.
Der Pfarrer holte tief Luft, und die Gemeinde, an die Rhetorik ihres Hirten gewöhnt, hielt gespannt den Atem an. Man wusste, er prangerte nicht des Prangerns willen.
»Doch nicht nur dieses faule Gelichter ist mit dieser Sünde befleckt – nein –, bis ins hohe Haus des Rates gar hat sich die Sünde gekreucht!«
Das war unfassbar! Erschrocken, doch nicht ohne Neugier, blickte man um sich. Senkte einer verschämt das Haupt, um des Wortgewaltigen stechenden Blickes zu entgehen? Einer der honorigen Herren im schwarzen Tuch der Ratsherren gar?
»Du sollst nicht beim Knaben liegen wie beim Weibe, denn es ist ein Greuel! Wenn jemand beim Knaben schläft wie beim Weibe, haben sie einen Greuel getan und sollen beide

des Todes sterben; ihr Blut sei auf ihnen.« Die Worte Gottes fluteten der Gemeinde in das Gewissen.
»Sie ziehen den Zorn des Allmächtigen auf sich. Ihrem lüsternen Treiben ist Aufruhr und Brand zu danken, wie er unlängst die Stadt gegeißelt …«
Als die Messe ihr Ende gefunden hatte, vermochten die Kirchgänger nur schwerlich ihre Mutmaßungen zurückzuhalten, wer denn nun wann und wo und vor allem mit wem und mit wem nicht gesündigt habe, bis sie das Gotteshaus verlassen hatten. Das war eine aufsehenerregende Predigt gewesen, dessen war man sich einig.
Doch auch der Pfarrer von Sankt Peter war zufrieden. Ganz gehörig hatte er die Gemeinde aufgerüttelt. Raschen Schrittes eilte er in das niedrige Sakristeihaus, das der Nordseite der Kirche angebaut war.
Vielleicht sollte man in Erwägung ziehen, alle Häuschen am Leinwandmarkt einfach abzubrennen, um das Laster zu vertreiben, sinnierte er. Beinahe wohlgestimmt genehmigte er sich einen Schluck roten Messweines gegen die Herbstkälte, die in seine gichtischen Knochen biss, als er das Geräusch schwerer Schritte vernahm. Der Pfarrer wähnte den Sakristan hinter sich und gönnte sich einen letzten Schluck, bevor er den Krug verkorkte und mit einem Kreiderest augenfällig darauf eine Markierung anbrachte. *Quod licet Iovi …*, dachte er – was dem Jupiter erlaubt ist.
»Eine schöne Predigt, Hochwürden!«
Das war nicht das kieksende Falsett des Küsters! Erschreckt fuhr der Pfarrer herum. Vor ihm stand ein hochgewachsener Mann mit Stiernacken. Der stattliche Besucher war in einen schwarz-roten Umhang gehüllt, und der Pfarrer benötigte einen Moment, um in dem Hünen Bürgermeister van Berchem zu erkennen.
»Wie meint Ihr?«, fragte er verdutzt und faltete in gewohn-

ter Pose die Hände vor dem Bauch, um die seinem Amt angemessene Würde zurückzuerlangen.
Van Berchem war kein Mann, der große Vorreden bemühte. »Ich nehme an, Ihr hattet einen Anlass für den Gegenstand Eurer Predigt?«
»Ja, leider!« Der Pfarrer seufzte. »Ich habe sichere Kenntnis erhalten, dass die stumme Sünde in der Stadt umgeht.«
»Ich irre nicht, wenn ich davon ausgehe, dass Ihr diese Kenntnis in der heiligen Beichte erhieltet?«, fragte van Berchem.
»Da irrt Ihr ganz und gar nicht.«
»Weshalb Ihr nicht geneigt seid, jene Personen namhaft zu machen?«
»Auch darin geht Ihr recht.« Was ihm bei der Beichte zugewispert worden war, so grauenvoll es auch sein mochte, unterlag selbstverständlich dem Beichtgeheimnis.
Der Bürgermeister nickte bedächtig, als wäre er nicht unzufrieden mit der Antwort des Geistlichen. Einen Moment schien er zu überlegen. »Wenn ich mich recht entsinne, so nanntet Ihr die stumme Sünde als Grund für die Unruhen im Volke?«
Der Pfarrer nickte. »Ganz recht.«
»Der Unterschied zwischen Grund und Anlass ist Euch geläufig?«
»Sicher.« Der Pfarrer erlaubte sich ein feines Lächeln, entschlossen, die Worte des Bürgermeisters nicht als Kränkung zu verstehen. Zu viele seiner Amtskollegen waren kaum des Lesens mächtig, von rhetorischer Feinheit ganz zu schweigen.
Van Berchem fasste sein Gegenüber scharf ins Auge. »Nun, es würde mich nicht erfreuen, wenn es diesmal umgekehrt käme – dass die Sünde Anlass gibt für Unruhen, wenn Ihr versteht, was ich meine.«

Der Pfarrer verstand ganz genau. In Zeiten wie dieser genügte ein kleiner Funken, um die Bürgerschaft in Aufruhr zu versetzen und sich gegen die Obrigkeit zu erheben. Der offenkundig gemachte Sündenfall eines Ratsmitgliedes konnte sehr wohl zu genau solch einem Funken werden.

»Vielleicht belasst Ihr es also bei dieser einen Ermahnung?«

Der Pfarrer zögerte. Keinesfalls wollte er sich angesichts des Jüngsten Gerichtes vor dem Herrgott dafür rechtfertigen müssen, leichtfertig einen Aufruhr ausgelöst zu haben, der Unglück und viele Tote über die Stadt brachte.

Abermals entfuhr dem Pfarrer ein tiefer Seufzer. Amt und Jahre hatten ihn verständig genug werden lassen, um einzusehen, dass seine Worte, so eindrücklich sie auch sein mochten, die Verderbten ohnehin nicht von ihrem Vergehen gegen die Natur abbringen würden. Doch die Neugier ihrer Mitmenschen war nicht zu unterschätzen, und so würden sie sich künftig bei ihrem schändlichen Tun weit größerer Vorsicht befleißigen müssen. Seiner Pflicht war damit Genüge getan, entschied er und nickte seine Zustimmung.

»Natürlich wird sich der Rat erkenntlich zeigen. Für Eure Verdienste um die Aufrechterhaltung von Ordnung und Sicherheit in der Stadt werde ich Euch aus den Kellern des Rathauses einen guten Tropfen verehren«, sagte van Berchem und wandte sich gerade zum Gehen, als der Küster in die Sakristei trat.

Respektvoll geleitete der Pfarrer den gnädigen Herrn zum Portal, derweil in der Sakristei der Küster die Kreide vom Krug mit dem Messwein wischte.

Bevor der Bürgermeister das Gotteshaus verließ, drehte er sich noch einmal zum Pfarrer um. »Nur weil es mich interessiert: Wieso nennt man es eigentlich die unsprechliche, die stumme Sünde?«

»Die Bezeichnung rührt daher, dass keiner, nicht einmal der Teufel, es je gewagt hätte, dieser Sünde einen Namen zu geben.«
In der Sakristei entkorkte der Küster den Krug und nahm einen Schluck, der dem des Pfarrers nicht nachstand. Dann holte er die Kreide aus dem Eck und brachte eine neue Markierung auf dem Krug an, gut einen Fingerbreit unterhalb der des Pfarrers. ... *etiam licet bovi* – das ist auch dem Ochsen erlaubt.

»Das ist alles?«, fragte Lisbeth und blickte irritiert auf die vier Ballen Seidenstoff, die Ida Rummels aus dem Wachstuch wickelte und ihr zur Begutachtung vorlegte. Die Beschaffenheit des Stoffes brauchte sie nicht zu überprüfen, sie wusste, die wäre so gut wie gewohnt, doch Lisbeth meinte, sich zu erinnern, Ida weit mehr Rohseide gegeben zu haben. Für sechs Ballen hätte es alle Male reichen müssen.
Ida nickte beschämt. »Ich hab ja noch gut ein Drittel der Rohseide von Euch. Nicht, dass Ihr denkt, ich wolle Euch darum betrügen ...« Sie hielt inne und blickte sichtlich beschämt zu Boden.
»Was ist geschehen«, fragte Lisbeth sanft. Ida war eine der Seidmacherinnen, die für sie im Verlag arbeitete. Bis dato hatte sie stets zügig und zuverlässig ihre Arbeit abgeliefert.
»Ich habe nur noch zwei Webstühle«, sagte sie leise.
»Was ist mit dem dritten?«
»Er ist alt, und ich hab ihn schon mehrmals ausbessern lassen. Aber jetzt ist er ganz hinüber.« Und nach einer Pause fuhr sie kaum hörbar fort: »Einen neuen kann ich mir einfach nicht leisten.«
»Daran soll es nun wirklich nicht scheitern«, entschied Lisbeth. Ich habe noch einen Webstuhl, der nicht mehr in

Gebrauch ist. Es ist zwar nicht der neueste, und der Kettbaum muss ausgebessert werden, doch das ist das Geringste. Ich lasse ihn dir in ein paar Tagen hinüberbringen.«
Ida starrte sie mit großen Augen an. Dann ergriff sie Lisbeths Hand, beugte sich darüber und führte sie an ihre Lippen. »Danke Euch. Vielmals Dank. Der Herrgott wird es Euch vergelten«, stammelte sie.
Verlegen entzog Lisbeth ihr die Hand. Dafür hatte sie keinen Dank verdient. Es war das mindeste, was sie für die Seidmacherin tun konnte.
Kaum hatte Ida die Werkstatt verlassen, als Rita, ohne anzuklopfen, eintrat. Sie war so lange hier tagtäglich als Lehrmädchen ein und aus gegangen, dass sie einfach nicht daran dachte. Doch vor ein paar Wochen war Ritas Lehrzeit zu Ende gegangen. Sie hatte das Haus Zur Roten Tür verlassen und den Melchior von Kerpen geheiratet.
»Frau Ime Hofe«, sprach sie ihre einstige Lehrherrin direkt an. »Ich weiß mir keinen Rat, als Euch um Hilfe zu bitten. Gerne würde ich als Seidmacherin selbständig arbeiten. An den drei Gulden, die es kostet, soll es nicht fehlen. Doch man lässt mich einfach nicht.«
»Wer lässt dich nicht?«
»Die Berchem-Schwestern. Drei Mal schon war ich bei ihnen, doch sie lassen mich einfach nicht vor. Sie seien nicht zu sprechen, zu beschäftigt, leider momentan unpässlich, gerade außer Haus. Es ist zum Auswachsen!« Hilflos hob Rita die Hände. »Vielleicht könnt Ihr Euch für mich verwenden?«
»Und ob ich das tun werde!«, erwiderte Lisbeth.

»Lisbeth Ime Hofe, meine Liebe, was führt Euch zu uns? Ich kann Euch gar nicht sagen, wie sehr es mich gefreut hat, zu hören, dass Euer Bruder nun einen Sitz im Rat innehat.« Brigitta van Berchem erging sich förmlich in Höflichkeit und nötigte Lisbeth auf die gepolsterte Bank in der Stube des Hauses Xanten.

»Nichts von Bedeutung«, erwiderte Lisbeth die Freundlichkeit. »Eine Formalie, sicherlich. Eines meiner Lehrmädchen, Rita von Kerpen, möchte zum Amt zugelassen werden.«

»Zum Amt zugelassen. Ah ja.« Brigitta neigte den Kopf in höflichem Interesse, doch Lisbeth vermeinte auch eine Spur Wachsamkeit in ihrer Miene zu erkennen.

»Rita von Kerpen.« Brigitta runzelte die Stirn, als forsche sie umständlich in ihrem Gedächtnis. »Ist sie denn überhaupt als Lehrmädchen eingetragen?«

»Ich bin mir sicher, vor drei Jahren, als Rita zu mir kam, für sie die Einschreibegebühr entrichtet zu haben.«

»Wie seltsam, ich kann mich gar nicht entsinnen …«

Du falsches Biest, dachte Lisbeth. Du entsinnst dich sehr wohl an Rita. Warum sonst weigerst du dich, sie zu empfangen? Doch höflich sagte sie: »Wir können es einfach im Zunftbuch nachschlagen. Das sollte Euch keine allzu großen Umstände bereiten.«

»Ähem. An das Zunftbuch komme ich gerade nicht heran. Es stehen schwere Kisten vor dem Zunftschrein …«

Erstaunt hob Lisbeth die Augenbrauen. Sehr genau entsann sie sich der schweren, mit Schlössern gesicherten Truhe, die im Kontor ihres Vaters gestanden hatte, wenn er oder Fygen Amtsmeister gewesen waren. Sie war stets gut verschlossen, doch jederzeit für die Zusammenkünfte des Seidamtes verfügbar gewesen. Mit der Wahl eines neuen Vorstandes war der Schrein dann in dessen Haushalt verbracht worden.

»… aber es ist auch nicht von Bedeutung.« Brigitta schien selbst gemerkt zu haben, wie dürftig ihre Ausrede war, und änderte ihre Taktik. Vertrauensvoll beugte sie sich zu Lisbeth vor und sagte mit gedämpfter Stimme: »Warum seid Ihr so erpicht darauf, dass sie zugelassen wird? Denkt doch einmal nach, mein Kind.« In ihre dunklen Augen schlich sich ein listiges Funkeln, das Lisbeth an einen Raubvogel gemahnte. »Natürlich will jede Seidmacherin werden. Doch je mehr Seidmacherinnen es gibt, desto weniger bleibt für uns zu verdienen. Wir müssen schön aufpassen. Wenn wir jede zum Amt zulassen, dann werden es mehr und mehr Seidmacherinnen, die uns letztlich um unser Brot bringen ...«

Wer brachte hier wen ums Brot, dachte Lisbeth erbost, doch sie zwang sich zu Ruhe. »Jahr für Jahr hören Hauptseidmacherinnen auf, ihr Gewerbe auszuüben. Sie setzen sich zur Ruhe, unterstützen ihre Männer in deren Geschäften, ziehen Kinder groß, werden krank oder sterben. Da ist es doch nur gut und richtig, wenn junge Seidmacherinnen nachwachsen.«

Brigitta schüttelte knapp den Kopf. »Es gibt bereits jetzt mehr als genügend von uns«, sagte sie eindringlich.

Doch Lisbeth ließ sich nicht beirren. »Kölnische Seide wird in der ganzen Welt begehrt. Ich bin sicher, es ist genug Arbeit da für mehr als noch ein zusätzliches Dutzend Seidmacherinnen.«

»Lasst Euch versichert sein, Frau Ime Hofe ...« Brigitta zog ihren Kopf zurück und richtete sich kerzengerade auf. Ihr Tonfall nahm deutlich an Schärfe zu. »Ich weiß sehr genau, was dem Wohl der Zunft dient.« Sie machte eine bedeutungsvolle Pause und senkte ihren Raubvogelblick tief in Lisbeths Augen. »Ihr macht sicher einen großen Fehler, wenn Ihr versuchen solltet, meinen Plänen zuwiderzuhandeln.«

Unverrichteter Dinge verließ Lisbeth Haus Xanten. Doch

so einfach würde sie sich nicht geschlagen geben. Brigitta mochte gute Beziehungen haben, doch ganz ohne Einfluss war sie selbst schließlich auch nicht.

»Einen Ballen feinen englischen Wolltuches gesendet an die Jungfer Laminit zu Augsburg, zu Lasten der Kompanie Fugger und Gebrüder«, fakturierte Herman, doch als Lisbeth außer Atem in sein Kontor trat, ließ er die Feder sinken. »Na, was wollen die Seidmacherinnen denn heute schon wieder von mir?«, fragte er schmunzelnd.

Gestern erst, um die Zeit der Non, war Lisbeth vom Bamasmarkt in Antwerpen zurückgekehrt und hatte es kaum erwarten können, in die Wolkenburg zu eilen. Vier Wochen voller goldenen Herbstwetters hatten die Geschäfte noch besser geraten lassen als gewohnt, und das schöne Wetter war ihr bis an den Rhein gefolgt.

»Los, sag schon, hat der Rat entschieden?«, drängte sie. Denn nicht nur die Mühlen Gottes mahlen bekanntlich langsam. Auch jene des Rates der Stadt Köln befleißigten sich zuweilen keiner größeren Schnelligkeit. Und so hatte erneut das Laub von den Bäumen fallen müssen, bevor sich die gnädigen Herren endlich mit den Fragen befassten, die Lisbeth so sehr unter den Nägeln brannten.

»Lass mich überlegen, es ist so viel beraten worden«, antwortete Herman gedehnt, wohl wissend, welchen Entscheidungen seine Schwester entgegenfieberte.

»Nun komm schon. Du weißt genau, was ich meine.«

Herman lachte gutmütig. »Zunächst wird es dich überraschen, zu hören, dass wir verfügt haben, dass den Klöstern und Konventen nunmehr überhaupt kein Seidengut mehr zur Verarbeitung gegeben werden darf.«

Lisbeth nickte. Das kam in der Tat überraschend, aber es war nur gerecht. Viele der Konvente wurden mit Spenden bedacht und bedurften des Einkommens nicht, das sie den zünftigen Seidspinnerinnen fortnahmen. Leid tat es Lisbeth für die Beginen, die sich künftig nach neuen Einnahmequellen umschauen müssten, was sich sicherlich nicht einfach gestalten würde. Doch im Grunde war die Entscheidung des Rates richtig, und sie selbst würde sich daran halten. Zugleich beschloss sie, den Frauen im Annenkonvent jährlich einen kleinen Beitrag zukommen zu lassen, so wie Fygen es immer gehalten hatte.

»Die Entscheidung über die Ausfuhr von Rohseide ist leider auf unbestimmte Zeit vertagt worden«, fuhr Herman fort, als er sich wieder Lisbeths Aufmerksamkeit versichert hatte. »Von Rheidt und van Berchem konnten die Ratsherren davon überzeugen, dass zu viele Bürger, die von einer solchen Entscheidung betroffen wären, just in Antwerpen weilten.«

Enttäuscht presste Lisbeth die Lippen aufeinander. Diejenigen, welche von der Entscheidung wirklich betroffen waren, jene, denen das Verbot vielleicht die Existenz gerettet hätte, waren kaum in Antwerpen gewesen. Sie hatten nicht genug Seide weben können, um damit zur Messe zu fahren. Denjenigen, die wegen des Bamasmarkts verhindert gewesen wären, hätte ein solches Verbot lediglich den Profit gekürzt.

»Doch nun das Beste zum Schluss.« Ihr Bruder riss Lisbeth abermals aus ihren Gedanken. »Rita von Kerpen ist per Ratsbeschluss zum Seidamt zugelassen worden.«

»Wie wundervoll!«, jubelte Lisbeth. Sie sprang auf und fiel Herman um den Hals.

»Ich konnte meine Kollegen davon überzeugen, dass jede Seidmacherin mit dem Verkauf ihrer Erzeugnisse die Einkünfte der Stadt mehrt und wir uns keinen Albus entgehen lassen sollten, so leer, wie der Stadtsäckel ist«, berichtete

Herman nicht ohne Stolz. Und so hatte man Lisbeths ehemaliges Lehrmädchen zwar unter Zahlung der drei üblichen Gulden, jedoch ohne weitere Formalien zum Seidamt zugelassen.
Überglücklich kehrte Lisbeth in ihre Werkstatt zurück. Dass man Rita gestattet hatte, ihr Gewerk auszuüben, bedeutete, dass es nicht aussichtslos war, um Gerechtigkeit im Seidamt zu kämpfen. Bewies es doch, dass Brigittas Macht nicht grenzenlos war!
Mit Wohlwollen betrachtete Lisbeth die Tuche, die ihre Weberinnen während ihrer Abwesenheit gefertigt hatten. Sie konnte keinen Fehl daran finden, und auch in der Anzahl waren es kaum weniger, als wäre die Meisterin zugegen gewesen. Es schien, als setze Stina Lommerzheim mittlerweile alles daran, Lisbeths Vertrauen in sie zu rechtfertigen. Gerade wollte sie den Frauen ein großes Lob für ihren Fleiß aussprechen, als Stina willkürlich davonstob.
»Was haben wir denn hier für eine kleine Kröte?«, rief sie und zog hinter einem der Regale ein kleines Mädchen hervor. Ertappt zog das Kind den Kopf zwischen die Schultern, doch Stina packte es beim Genick und schob es in den Kreis der staunenden Frauen.
»Sophie!«, stellte Lisbeth überrascht fest. »Was machst du denn hinter dem Regal?«
»Ich wollte mir deine Werkstatt anschauen, Tante Lisbeth. Du hast es doch erlaubt.«
»Ja, aber wieso versteckst du dich dann?«
Immer noch hielt Stina Sophie beim Genick gepackt.
»Du kannst sie loslassen. Es ist meine Nichte«, wies Lisbeth ihre Weberin an.
Betreten schaute Sophie ihre Tante an. Die Unschuld in ihrem Blick ließ Lisbeth misstrauisch werden. »Deine Mutter weiß nicht, dass du hier bist, nicht wahr?«, argwöhnte sie.

Das Kind presste die Lippen zusammen. Dann schüttelte es den Kopf, dass die dunklen Zöpfe flogen. »Sie ist bei Tante Fya. Aber du verrätst mich nicht, Tante Lisbeth? Vater wäre bestimmt böse, wenn er es wüsste.«

Gegen ihren Willen musste Lisbeth schmunzeln. Natürlich sähe kein Vater es gern, wenn seine Tochter von zu Hause ausbüxen würde. Dieses Kind hier schien in seiner Wildheit eher ihrer Großmutter Fygen nachzuschlagen als ihrer ruhigen, tugendhaften Mutter Agnes.

»Nun, da du jetzt schon einmal da bist, kannst du dir auch alles anschauen«, sagte sie mit einem Zwinkern. Es würde Sophie nicht schaden, etwas anderes als ihr behütetes Zuhause kennenzulernen. Lisbeth rief ihr jüngstes Lehrmädchen zu sich. »Regina wird dir alles zeigen«, erklärte sie Sophie. »Frag sie ruhig, wenn du etwas wissen willst.«

Ein Strahlen erhellte das kleine Gesichtchen, und eifrig ergriff Sophie die ausgestreckte Hand des Lehrmädchens, das sie mit sich fortzog.

»Und wie hat es dir gefallen?«, wollte Lisbeth wissen, als Regina Sophie nach einer Weile zu ihr ins Kontor brachte, wo sie damit begonnen hatte, die Verkäufe vom Bamasmarkt zu buchen – in der neuen Weise, Soll an Haben, wie sie es von Herman gelernt hatte.

»Ganz gut.«

»Nur ganz gut?«, fragte Lisbeth mit gespielter Enttäuschung.

»Jaaaa.« Das Kind überlegte kurz. »Die Seide ist sehr schön. Und die Garne und die Webstühle. Aber es ist alles nur weiß! Ich dachte, die Seide ist ganz bunt!«

Lisbeth sah die ehrliche Enttäuschung in den Augen ihrer Nichte. Kurzentschlossen legte sie die Feder auf das Journal und erhob sich. Sie wollte Meister Quettinck ohnehin in den nächsten Tagen aufsuchen. Doch das konnte sie genauso gut jetzt erledigen, und Sophie würde sie dann auf dem Rückweg bei ihrer Schwester abliefern.

»Weißt du was?«, fragte Lisbeth ihre Nichte. »Ich werde dir bunte Seide zeigen. Würde dir das gefallen?«

Sophie nickte, die Unterlippe erwartungsvoll zwischen die Zähne geklemmt.

Nur eine kurze Weile später bog der Fuhrknecht im Pfarrbezirk Sankt Peter in die Gasse Onder Blauverfer ein und brachte den leichten Wagen vor dem Haus von Färber Quettinck zum Stehen.

Der Färber empfing sie herzlich, führte sie in die Stube und bot seiner Kundin wärmenden Würzwein an, den Lisbeth gern annahm. Mit einem Lächeln bemerkte sie die Ungeduld, mit der Sophie auf der Bank hin und her rutschte.

»Meine Nichte würde sehr gerne Eure Werkstatt sehen, Meister Quettinck.«

»Nichts lieber als das!« Der Färber freute sich über die Neugier des Kindes. »Godert!«, rief er durch die Tür in den Hof hinaus.

Sogleich kam ein schlanker Junge mit wuscheligem Blondhaar aus dem Werkstattgebäude am Ende des Hofes und trat in die Stube. Trotz seines jugendlichen Alters – er mochte zwölf oder dreizehn Jahre zählen – hatte er an Armen und Schultern bereits ansehnliche Muskeln. »Ihr habt gerufen, Meister?«

Quettinck nickte. »Godert, dies ist Sophie, die Nichte von Frau Ime Hofe. Ich wünsche, dass du ihr die Werkstatt zeigst.«

»Sehr gern.« Wenn der Bursche überrascht war über die Anweisung seines Lehrherrn, so ließ er es sich nicht anmerken. »Na, dann wollen wir mal«, sagte er und führte das Mädchen auf den Hof hinaus.

Ein scharfer Geruch umfing Sophie, wurde beißender, je nä-

her sie dem aus hölzernen Wänden gefügten Werkstattgebäude kamen, und als sie schließlich eintraten, hielt das Mädchen sich entsetzt die Nase zu. Es stank zum Davonlaufen. Godert grinste und wies auf einen großen Bottich, von dem der Gestank auszugehen schien. »Da ist ausgefaulter Urin drin.«
»Was ist da drin?«, fragte Sophie und blickte neugierig in den Bottich, der bis über die Hälfte mit einer klaren, dunklen Flüssigkeit gefüllt war.
»Verfaulter Urin. Pipi. Der Inhalt von Nachtgeschirren!«
Sophie verzog angewidert das Gesicht, ließ jedoch in ihrer Neugier nicht nach. »Sag bloß, ihr macht gelbe Farbe mit Pipi?«
Godert lachte. »Der Stoff soll später gelb werden, das ist schon richtig. Aber nicht so, wie du denkst, sondern mit Wau. Reseda. Die gelben Blumen kennst du doch?«
Sophie nickte gespannt.
»Damit der Farbstoff später auf der Seide haftet, muss der Stoff erst gebeizt, also mit einem Beizmittel gekocht werden. Und dafür nehmen wir Urin, der ist umsonst zu haben«, erklärte Godert und zog eine Grimasse. Er fand es gar nicht lustig, jedes Mal, wenn ihnen die Beize ausging, am frühen Morgen mit einem Eimer von Haus zu Haus zu gehen und die kleinen Geschäfte, welche die Menschen in der Nacht verrichtet hatten, zu erbetteln. Doch diese Aufgabe fiel nun einmal dem jüngsten Lehrbuben zu. Mit etwas Glück würde er sie im nächsten Jahr an einen neuen Lehrjungen weitergeben dürfen.
Sophie kicherte leise und blickte sich um. An den Wänden reihten sich Fässer neben Körben, die Färbemittel enthalten mochten, stapelten sich große und kleine Kessel, Pfannen mit langen Stielen und Schöpfkellen hingen an Haken von der Decke herab, lange Stecken lehnten an der Wand,

und es stand so manches Gerät herum, von dessen Nützlichkeit Sophie sich keine Vorstellung machen konnte. Doch am augenfälligsten waren die drei anderen großen Holzbottiche, die auf dem gestampften Boden standen.
In dem einen bewegte ein Geselle mit kräftigen Armen und breitem Kreuz mit einem langen Stecken Tuch hin und her. Zum Schutz gegen die Farbmittel hatte er, wie auch die anderen Gesellen und Lehrburschen, eine lederne Schürze vor seine Kleidung gebunden.
»Die Bottiche sind aber groß«, sagte Sophie staunend.
»Müssen sie sein, wenn ganze Stoffballen darin gefärbt werden sollen. Und Seide wird nur im Stück gefärbt«, erklärte Godert, geschmeichelt von dem Interesse des Mädchens. »Das sind bis zu vierzig Ellen!«
Ein älterer Lehrbursche trat herbei und löste den Gesellen mit dem Stecken ab.
»Die Seide muss immer in Bewegung bleiben, damit sie gleichmäßig durchgefärbt wird«, setzte Godert seine Erklärungen fort. »Und das da« – er wies auf einen anderen Einrichtungsgegenstand an der seitlichen Werkstattwand – »ist der Stochofen.«
Sophie betrachtete den Ofen näher. Er war rund gemauert, mit einer Öffnung für die Feuerung, in die Holz geschoben wurde, wie bei anderen Öfen auch. Doch der obere Teil bestand aus einer abgerundeten Höhlung, in die ein großer Kessel eingefügt war.
Stimmen drangen durch die dünne Bretterwand. Undeutlich zunächst, doch als Sophie an den Stochofen herantrat, um ihn sich aus der Nähe zu betrachten, war aus der Nachbarwerkstatt, die sich an die Quettincksche anlehnte, deutlich eine tiefe, schnarrende Frauenstimme zu vernehmen: »… Und ob du es tun wirst!« Die Stimme klang keineswegs freundlich. »Du bist ein Nichts! Ein Niemand! Schau

dich um. Siehst du hier irgendetwas in der Werkstatt, das nicht mir gehörte?« Die Stimme wurde leiser, bedrohlich jetzt, doch immer noch vernehmbar. »Ein Wort von mir genügt, und du bist erledigt!«
Unsicher blickte Sophie Godert an.
»Scher dich nicht drum«, sagte der Lehrjunge leichthin und machte eine wegwerfende Geste. »Da drüben ist manchmal der Teufel los.«
»Hach! Aber das ist ja unlauter! Das kann ich nicht. In den Geboten heißt es: *Du sollst nicht falsches Zeugnis ablegen …*«, erklang nun beinahe flehentlich eine Männerstimme aus der nachbarlichen Werkstatt. Hoch und fistelnd zwar, doch erkennbar die Stimme eines Mannes.
»Warum spricht er so komisch?«, wollte Sophie wissen.
Doch bevor Godert antworten konnte, drang wieder die barsche Frauenstimme durch die Bretter der Wand: »Komm du mir gerade mit den Geboten. Ich weiß genau, dass du gegen mehr als ein Gebot verstößt.«
»Und wie soll ich das anstellen?« Der Mann hatte offensichtlich resigniert.
»Sag, was ist mit ihm? Wieso redet er so komisch«, drängte Sophie.
»Er ist verrückt!«, erklärte Godert.
Noch einmal vernahmen sie die Stimme der Frau: »Wozu hast du einen Kopf zwischen den Ohren? Denk nach. Dir wird schon etwas einfallen.«
Dann hörten sie, wie nebenan mit lautem Knall die Werkstatttür zuschlug. »O Gott, o Gott, o Gottchen …«, wehklagte der Mann, dann verlor sich die Stimme in der Tiefe des Raumes.
Godert fasste Sophie bei der Hand und zog sie mit sich aus der Werkstatt. »Komm, jetzt zeige ich dir noch, wo wir die Stoffe trocknen.«

Als sie auf den Hof hinaustraten, hatte sich der Himmel verdunkelt. Bleifarbene Wolken waren aufgezogen, und wie goldene Nadeln stachen die letzten Sonnenstrahlen durch sie hindurch.
Gerade als Sophie und Godert die außen am Haus angebrachte hölzerne Treppe erreichten, die zum großen Dachboden hinaufführte, erschien Lisbeth in der Tür. »Sophie«, rief sie. »Es wird Zeit, dass wir gehen.«
Enttäuscht ließ Sophie Goderts Hand los.
»Kommst du wieder?«, fragte der Lehrjunge leise und spürte, wie ihm das Blut in die Ohren stieg.
»Natürlich!«, antwortete Sophie und schenkte ihm ein Lächeln, das die Röte aus seinen Ohren tiefer rutschen und sich über sein ganzes Gesicht ausbreiten ließ. Dann eilte sie zu ihrer Tante.
Als Lisbeth und Sophie sich anschickten, in den Wagen zu steigen, öffnete sich die Tür des Nachbarhauses. Ein schmalbrüstiger Mann mit langen erdfarbenen Locken trat hervor.
Der Statur und dem Erscheinen nach hätte man ihn eher für einen Musikanten gehalten denn für einen Färber, denn anders als den meisten seiner Zunft fehlten ihm die kräftigen Muskeln, welche die jahrelange schwere Arbeit wachsen ließ.
Der Mann blieb auf der Schwelle stehen, legte den rechten Arm über seinen Leib und stützte den linken Ellbogen darauf. Das spitze Gesicht in die seltsam abgewinkelte Hand geschmiegt, dabei den kleinen Finger affektiert gespreizt, blickte er Lisbeth und Sophie unverwandt nach, bis der Wagen außer Sicht geriet.
»Was ist mit dem Mann?«, fragte Sophie. »Er ist mir unheimlich. Godert sagt, er ist verrückt!«
»Das ist nur Seger Sydverwer.« Lisbeth lächelte gequält.

»Er ist in der Tat ein wenig seltsam. Aber das muss dich nicht beunruhigen.«

Als Lisbeth Sophie wenig später im Haus Zum Kleinen Ochsen ablieferte, hatte sich der Himmel gänzlich verdüstert. Einer Drohung gleich lasteten die Wolken über der Stadt.

Andreas Imhoff zeigte sich ganz und gar nicht erfreut über das Ausbleiben seiner Tochter. »Ich billige so etwas nicht«, beschied er Lisbeth. »Eine wohlerzogene Tochter aus gutem Haus gehört nicht in eine Werkstatt.«

»Was ist denn schon dabei? Sie hat nur ihre Tante besucht«, versuchte Lisbeth ihren Schwager zu beschwichtigen. Sie hätte daran denken müssen, dass Sophies Vater die Eskapaden seiner Tochter missbilligen würde, aber sie hatte sich so über das Interesse ihrer Nichte an der Seidenweberei gefreut, dass sie es dem Kind hatte durchgehen lassen. Von ihrem Ausflug in die Färberei, der gänzlich ihre Idee gewesen war, gar nicht zu reden. Den verschwieg sie Andreas wohlweislich.

»Nun, mir hat es nicht geschadet, ein paar Jahre in der Werkstatt meiner Mutter zu verbringen«, warf Agnes ein. »Und meinen Schwestern auch nicht.«

»Deine Mutter …«, schnaubte Andreas, schüttelte den Kopf und wandte sich ab. Er ging nicht so weit, den Satz zu vollenden, doch sowohl Lisbeth als auch Agnes wussten, dass Andreas das Betragen seiner Schwiegermutter ohnedies für unsäglich hielt.

Sophie blinzelte Lisbeth verschmitzt zu. Für heute war sie davongekommen.

Wenn sie selbst eine Tochter hätte, so hätte sie nichts dagegen, wenn diese Sophie ähneln würde, dachte Lisbeth auf dem Heimweg und konnte sich eines Anfluges von Weh-

mut nicht erwehren. Auch wenn das Kind nicht immer so fügsam war, wie Eltern es sich gemeinhin wünschten.
Zurück in ihrer Werkstatt, erwartete Lisbeth abermals eine Besucherin. Eine, die sich schon aufgrund ihres Umfanges nicht hinter einem Regal verstecken konnte, auch wenn Grete Elner längst nicht mehr die Leibesfülle von einst besaß.
»Was kann ich für Euch tun?«, fragte Lisbeth erschöpft. Nach den anstrengenden Messetagen hatte sie sich eigentlich einen ruhigeren ersten Arbeitstag gewünscht. Zudem verursachte das aufziehende Wetter einen unangenehmen Druck hinter ihrer Stirn.
»Habt Ihr Arbeit für mich?«, fragte Grete direkt. Mit Höflichkeiten hatte sie sich noch nie aufgehalten.
»Ihr arbeitet nicht mehr für Frau van Berchem?«
»Nein«, presste Grete hervor, »nicht mehr.« Sie beließ es dabei, gab keine Erklärung.
Doch Lisbeth wollte auch gar keine Rechtfertigung hören. Zumal sie sich den wahren Grund ohne Schwierigkeiten vorstellen konnte. Grete Elner war noch nie für ihren Fleiß und die besondere Qualität ihrer Erzeugnisse berühmt gewesen. Es musste wirklich schlecht um Grete stehen, dass sie sich so weit erniedrigte, die Tochter ihrer langjährigen Feindin um Arbeit zu bitten.
Müde schüttelte Lisbeth den Kopf. Es war schlimm genug, dass sie den Frauen, die bereits für sie im Verlag arbeiteten, nicht die Arbeit aufkündigen konnte. Doch sie würde sicher keine neue beschäftigen, schon gar nicht Grete Elner.
»Nein«, sagte sie müde, »ich benötige keine weitere Hilfe.«
Die wuchtige Frau vor ihr richtete sich zu ihrer vollen Größe auf. Die Hände in die Hüften gestemmt, nun mehr

fordernd denn bittend, überragte sie Lisbeth um mehr als eine Haupteslänge. »Auch wenn Eure Mutter und ich nicht die besten Freundinnen sind, so sind wir doch verwandt.« Gretes Worte gerieten anklagend, im Tonfall beinahe unverschämt.

So wirst du es nicht leicht haben, neue Arbeit zu finden, dachte Lisbeth. »Nein«, wiederholte sie fest, »es tut mir leid.«

»Wie konnte ich auch bei einer Ime Hofe auf Mitgefühl hoffen!«, zischte Grete. Ihr teigiges Gesicht verzog sich zur höhnischen Grimasse. Sie trat näher an Lisbeth heran und reckte drohend das Kinn vor. »Ihr vergesst, dass Ihr Eure großartige Weberei einzig und allein mir zu verdanken habt!« Gretes Worte zielten nicht darauf, Lisbeth umzustimmen, vielmehr schwang darin eine offene Drohung. Lisbeth verschlug es ob dieser Unverschämtheit beinahe die Sprache. Aus purer Niedertracht hatte Grete dafür gesorgt, dass Fygen nicht länger ihre Seidenweberei betreiben durfte, und nun entblödete sie sich nicht, sich damit auch noch vor deren Tochter zu brusten und ihr zu drohen. »Raus!«, herrschte Lisbeth sie an.

Verächtlich spuckte Grete auf den Boden und stapfte aus der Werkstatt.

11. Kapitel

Der Morgen hatte sich erst gar nicht die Mühe gemacht, zur Gänze heraufzudämmern. Immer noch lastete das drückende Wetter, und es schien, als habe die Stadt aufgehört zu atmen und verharre reglos in der Erwartung drohenden Unheils.

Das Wetter konnte einen wirklich verrückt machen, dachte Herman. Auf dem Weg zurück vom Lagerhaus am Rheinufer waren ihm nur wenige Menschen begegnet. Umso mehr verblüffte ihn die schreiende Gestalt, die ihm entgegengeeilt kam, als er eben durch das Tor der Wolkenburg treten wollte. In höchsten Tönen kreischend und wie wild mit den Armen fuchtelnd, rannte der schmalbrüstige Mann an Herman vorbei.

Den da hat es schon erwischt, dachte Herman. Dann erkannte er Seger Sydverwer. Jeder kannte den seltsamen Vogel, von dem es unter der Hand hieß, er schlafe ebenso gerne bei einem Manne wie bei einer Frau. Armes Schwein, dachte er, während Seger immer noch kreischend in die Gasse hinausstürmte. »An den Zerss! An den Zerss hat er mir gefasst!«

Überrascht blieben die wenigen Passanten stehen und blickten Seger nach, der einem aufgescheuchten Huhn gleich die Cäcilienstraße hinunterjagte.

Kopfschüttelnd trat Herman in sein Kontor. »Was wollte denn Seger bei uns?«, fragte er Alberto, der an einem Arbeitstisch über die Bücher gebeugt saß.

»Keine Ahnung«, antwortete dieser. »Er kam rein und

fragte nach dir. Als ich sagte, du seiest außer Haus, begann er laut zu schreien und mit den Armen zu fuchteln. Dann rannte er davon, als sei der Leibhaftige hinter ihm her.«
»Was für ein Irrer!«, brummte Herman.
Hätte er gewusst, dass der Irre den direkten Weg zum Domhof einschlug, hätte er Segers Erscheinen in der Wolkenburg niemals mit einem Schulterzucken abgetan.

Der Greve betrachtete Seger mit unverhohlener Abscheu, als hätte er ein widerliches Getier vor sich. »Mann, reißt Euch zusammen und sagt, was Ihr zu sagen habt!«, grollte er. »Ihr wart also in der Wolkenburg?«
»Jaha«, bestätigte Seger.
»Und was hattet Ihr dort zu schaffen?«
»Ein Fass Vitriol …«
Der Greve winkte ab. »Und weiter?«
»Der Herr Lützenkirchen war nicht da, nicht wahr? Aber der andere, der Luchese war da!« Seger rollte wild mit den Augen.
»Was für ein Luchese?«
»Na der … der …« Seger wand sich. »Na der Poussierstengel von dem Lützenkirchen.«
Streng blickte der Greve Seger an.
»Er ist Seidenzüchter und wohnt in der Wolkenburg beim Lützenkirchen«, erklärte Seger.
»Wir sprechen hier von dem gnädigen Ratsherrn Herman Lützenkirchen?«, vergewisserte sich der Greve.
»Von ebendem.« Seger nickte eifrig.
»Ihr spracht also mit dem Luchesen …«, nahm der Greve den Faden wieder auf.
»Sprechen wäre zu viel gesagt! Den Hosenriemen aufgebunden hat er, kaum dass er mich gesehen hat.« Seger bemühte sich, gerechte Empörung in seine Stimme zu legen.

Der Greve war sichtlich betroffen. Angewidert nickte er, Seger möge fortfahren.
»Dann hat er den Arm um mich gelegt, in ganz offensichtlicher Absicht.«
Und ich wette, ausgerechnet du hast sicherlich nichts dagegen gehabt, dachte der Greve. Der Ekel in seinem Gesicht wuchs. »Und dann?«
»Dann hat er sich an meinem Hosenriemen zu schaffen gemacht!« Segers Stimme erklomm ungekannte Höhen. »Er hat mir an den Zerss gefasst!« Aufgeregt fuchtelte Seger mit den Armen. »Seinen Zerss wollte er mir in den A…«
»Ich muss doch bitten!« Der Greve war pikiert. Nur gut, dass diese Befragung hinter verschlossenen Türen stattfand. »Was geschah dann?«
»Ich hab mich losgemacht und bin davongerannt«, rief Seger entrüstet. »Eingesperrt gehört der! Eingesperrt!«, kreischte er.
Was für ein Irrer, dachte nun auch der Greve und war sich darin mit Herman einig. Doch versuchte Vergewaltigung war ein schweres Vergehen. Er musste Segers Anschuldigungen ernst nehmen, auch wenn er diesen Vogel am liebsten gleich mit eingesperrt hätte.
Doch zuvor, so beschloss er, würde er Seger ein wenig auf den Zahn fühlen. »Wir werden Euch dazu eingehender befragen müssen«, sagte er und bedachte sein Gegenüber mit einem vielsagenden Blick. Gebieterisch hob er die Hand, um die Büttel herbeizuwinken, die an die Wand gelehnt bereitstanden.
Sogleich verstummte Segers Gekreisch. In seltsam grotesker Weise verdrehte der Färber die Arme miteinander und legte die Handflächen ineinander. Sein ohnehin blasses Gesicht verlor alle Farbe. »Es ist, wie ich sage«, heulte er, setzte den rechten Fuß verdreht neben den linken und presste

die Knie gegeneinander. »Wär ich sonst so blöd, hierherzukommen?«
Der Greve warf einen verächtlichen Blick auf die schlotternde Gestalt des Seidfärbers. Blöd war der Kerl, dessen war er sicher. Aber auch viel zu feige, als dass er hier auftauchen und falsches Zeugnis ablegen würde, entschied er.

Wie wild hieben die Fäuste des jungen Burschen gegen das rote Tor. Lisbeth öffnete selbst, und in der hereinbrechenden Dämmerung benötigte sie einen Moment, bis sie Jost erkannte.
Der jüngste Knecht der Wolkenburg war sichtlich außer Atem. Mit einer Hand stützte er sich am Pfosten des Tores ab und hielt sich mit der anderen die schmerzende Seite. Es schien, als sei er den ganzen Weg von Sankt Cäcilien bis hierher gerannt.
»Hilda schickt mich!«, stieß er hervor. »Ich soll Euch sagen, man hat den Herrn Alberto verhaftet und in die Hacht gebracht!«
Lisbeth gab einen erstickten Laut von sich und griff sich an die Kehle.
»Alberto? Sieh an!«, brummte Mertyn, der eben hinzutrat. »Mit dem hat sich Herman anscheinend einen rechten Floh in den Pelz geholt. Ich hab ihm noch nie getraut. Keiner weiß genau, woher …«
Die letzten Worte ihres Mannes erreichten Lisbeth bereits nicht mehr. Hastig hatte sie sich einen gewachsten Umhang über die Schultern geworfen, und noch ehe ihr Gatte zur Gänze begriffen hatte, was geschah, eilte sie mit fliegenden Röcken davon.
Lisbeth erreichte die Wolkenburg trockenen Fußes, doch in dem Moment, als sie in den Schutz des Torhauses trat, zuckte der erste Blitz. Der Himmel hatte endlich ein Ein-

sehen, und erste, münzgroße Tropfen schlugen in den Staub der Straße.
Der Hof der Wolkenburg lag im Dunkel, doch Hilda erwartete Lisbeth an der Tür.
»Wo ist er?«, fragte Lisbeth hastig.
»In der Hacht. Im erzbischöflichen Gefängnis. Sie haben ihn abgeholt und …«
»Nein, ich meine Herman«, unterbrach Lisbeth die alte Haushälterin.
Bekümmert blickte Hilda sie an. »Der junge Herr sitzt in seinem Kontor.«
»Und Stephan?«
»Auf Reisen seit ein paar Tagen.«
Für einen Moment runzelte Lisbeth die Stirn. Aus welchem Grunde mochte Stephan verreist sein? Jetzt, kurz vor Einbruch des Winters. Doch rasch wischte sie den Gedanken beiseite. Das war jetzt nicht wichtig.
Lisbeth fand ihren Bruder im Dunkel seines Kontors sitzend, die Ellbogen auf den Tisch gestützt, das Gesicht in den Händen vergraben. Obzwar die Dämmerung bereits hereingebrochen war, hatte er es versäumt, ein Licht anzuzünden. Bei ihrem Eintreten hob er nicht einmal den Kopf.
Wortlos trat Lisbeth auf ihren Bruder zu und schloss ihn in die Arme. Ein unterdrückter Schluchzer entfuhr Herman, und Lisbeth spürte, wie sein Körper in ihren Armen bebte. Lange hielt sie ihn einfach fest, seinen Kopf an ihre Brust gedrückt, und wiegte den großen Mann wie ein Kind.
»Was ist geschehen?«, fragte sie leise, als sein Beben endlich nachließ.
Stockend zunächst, dann immer erregter, berichtete Herman, wie die Büttel des Greven erschienen waren und Alberto geradewegs aus seinem Kontor heraus verhaftet

hatten. Nur seiner Stellung als Ratsherr und dem Respekt, den die Büttel ihm zollten, verdankte er, dass sie ihm den Grund mitteilten: Alberto habe Seger Sydverwer unsittlich angefasst. Habe versucht, sich an ihm zu vergehen.

Sich an Seger Sydverwer zu vergehen! Diese Anschuldigung war so ungeheuerlich, dass Lisbeth schwindelig wurde. Haltsuchend ließ sie sich in einen Sessel neben Herman sinken.

»Ich hätte mir Seger packen sollen. Er ist mir ja regelrecht in die Arme gelaufen. Wenn ich nur gewusst hätte, was er im Schilde führte. Doch dafür ist es jetzt zu spät«, sagte Herman dumpf. Mit knappen Worten berichtete er seiner Schwester, wie Seger aus der Wolkenburg gestürmt war, und Lisbeth wurde die Kehle eng.

Herman rang die Hände. »Ich habe versucht, den Bütteln zu erklären, dass das ein Irrtum sein müsste. Eine Verleumdung. Doch sie haben nicht auf mich gehört.« Resigniert ließ er die Hände in den Schoß sinken. »Selbst wenn ich mich für ihn verwenden würde, es würde nichts nützen. Ein so schlimmes Verbrechen wie das, wessen man Alberto beschuldigt, unterliegt dem Hochgericht. Es ist ein Fall für den Greven und die Schöffen. Der Greve ist zwar kölnischer Bürger, aber er untersteht dem Erzbischof. Da endet der Einfluss eines jeden Ratsherrn. Überdies haben zu viele gesehen, wie Seger schreiend davongelaufen ist«, endete Herman.

Die Ohnmacht in seiner Stimme schnitt Lisbeth ins Herz. Er brauchte es nicht auszusprechen. Sie beide wussten, auch wenn Alberto die Dinge, deren Seger Sydverwer ihn beschuldigte, nie begangen hatte, so stünde doch sein Wort, das Wort eines Fremden, gegen das eines, zugegebenermaßen nicht bestens beleumundeten, doch kölnischen Bürgers.

Und eben weil Seger keinen Ruf zu verlieren hatte, weil jeder wusste, welchen Neigungen er frönte, mochte man ihm Glauben schenken.
Als wäre Herman Lisbeths Gedanken gefolgt, sagte er kaum hörbar: »Er hat es nicht getan. Er und ich ... er ist ...«
»Ich weiß«, flüsterte Lisbeth und strich ihm tröstend über den Arm. »Er hätte das nie getan.«
Dankbar blickte Herman sie an, und trotz des schwachen Lichtes sah Lisbeth den grenzenlosen Schmerz in seinen Augen.
Für eine Weile versanken sie in hilflosem Schweigen, nur der Regen war zu hören, der in heftigen Schauern gegen die Fenster peitschte. Lisbeth fand keine Worte des Trostes für ihren Bruder. Es gab keine.
Es gab nur eine Frage, und Lisbeth stellte sie laut: »Warum? Warum tut Seger das? Was hat er gegen Alberto? Oder gegen dich?«
»Ich weiß es nicht. Ich habe noch nie etwas mit diesem Kerl zu schaffen gehabt, und ich glaube nicht einmal, dass Alberto Seger kennt. Vielleicht hat jemand Seger dazu angestiftet.«
Lisbeth dachte einen Moment über Hermans Worte nach. »Wer könnte so einen Hass auf euch haben, dass er Seger zu solch einer Grausamkeit anstiftet?«, fragte sie schließlich. »Habt ihr einen Strauß mit einem anderen Kaufmann?«
»Nein, das habe ich auch schon überlegt. Mir fällt niemand ein. Und auch im Rat ist nichts vorgefallen, das über gewöhnlichen Disput hinausginge ...«
Die Erwähnung des Rates brachte Lisbeth Brigitta van Berchem in den Sinn, und sie spürte, wie ihr ein kalter Schauder das Rückgrat hinaufkroch. Die Seidmacherin

hatte ihr unverhohlen gedroht, doch Lisbeth hatte sich nicht darum geschert, sondern Herman dazu gedrängt, sich für die Zulassung von Rita zum Seidamt einzusetzen. War es möglich, dass Brigitta hinter Segers Verleumdung steckte?

Lieber Gott, bat sie stumm, lass das nicht den Grund sein! Auf ihrer Haut bildeten sich feine Schweißperlen. Kaum vermochte sie ihre Befürchtung in Worte zu fassen. »Kann es sein, weil du dich für die Zulassung von Rita eingesetzt hast?«, fragte sie bang und hielt den Atem an.

»Das erscheint mir ziemlich abwegig.« Herman machte eine wegwerfende Geste, und Lisbeth atmete verstohlen auf, unendlich erleichtert, diese Schuld nicht auf sich geladen zu haben.

»Es ist müßig, nach dem Grund zu suchen«, fuhr Herman mit müder Stimme fort. »Überall gibt es Leute, denen Menschen wie wir ein Dorn im Auge sind. Nirgendwo auf dieser Welt werden wir unseren Frieden finden. Und Gottes Strafe wartet im Jenseits …« Gequält presste er die Worte hervor. Doch dann brach es mit so ungeahnter Heftigkeit aus ihm heraus, dass Lisbeth zusammenfuhr: »Mein Gott! Wir haben uns das doch nicht ausgesucht. Diese Liebe ist einfach stärker als wir! In Florenz sind es die Uffiali della Notte, die ganz gezielt nach Sodomitern sucht, und in Venedig das Collegium Sodomitarum, das seine Fühler über das ganze Land ausstreckt und uns verfolgt.«

»Habt ihr deshalb Lucca verlassen und seid nach Köln gekommen?« Lisbeths mitfühlende Worte waren mehr Feststellung als Frage. In Köln wurden Männer, die der stummen Sünde verfallen waren, nicht von den Bütteln verfolgt. Sie standen in schlechtem Ruf, und man spottete ihrer, doch solange sie niemandem etwas zuleide taten, solange kein Verbrechen geschah, ließ man sie unbehelligt.

Wer immer Herman Böses wollte, er hatte es sehr geschickt eingefädelt. Hätte er öffentlich gemacht, dass der gnädige Ratsherr Herman Lützenkirchen ein Fisternöll mit einem anderen Mann hätte, wäre nur Hermans Ruf ruiniert gewesen. Indem seine Feinde aber ein Verbrechen vortäuschten …

Lisbeth durchfuhr ein bleierner Schreck. Bis dato hatte sie nur an Alberto gedacht und war sich der großen Gefahr, in der Herman selbst schwebte, gar nicht bewusst gewesen. Man würde Alberto peinlich befragen, und wer weiß, was dieser gestehen würde. Oder was man ihn zu gestehen zwang? Wie weit mochte der Arm der Verleumder reichen? Seine Beziehung zu Herman wäre da noch das mindeste. Was, wenn er aussagte, Herman sei an der Tat beteiligt gewesen? Dann würde man auch Herman verhaften!

Doch wie sollte Alberto schweigen, angesichts der Mittel, die dem Scharfrichter zur Verfügung standen? Kalter Schweiß trat Lisbeth aus den Poren, und trotz der herbstlichen Kühle war ihr Kleid binnen eines Wimpernschlages durchweicht. »Du musst die Stadt verlassen!«, brachte sie atemlos hervor. »Jetzt gleich!«

»Nein, ich bleibe! Das bin ich Alberto schuldig.« Hermans Stimme klang erschreckend fest.

Lisbeth rang um Luft. Sein ganzes Leben lang war Herman vor Schwierigkeiten davongelaufen, hatte bei unwichtigen Dingen Reißaus genommen wie damals, als ihm die Seidenraupenzucht misslungen war. Wieso musste er jetzt plötzlich Rückgrat zeigen? Jetzt, wo es ihn das Leben kosten konnte?

Am liebsten hätte Lisbeth geschrien und ihren Bruder geschüttelt, doch sie zwang sich zur Ruhe. »Herman, damit rettest du Alberto nicht! Ihm kann nur noch Gott helfen. Bring dich in Sicherheit. Noch heute Nacht. Alberto wird

es verstehen. Geh zu Mutter nach Valencia …«, flehte sie eindringlich.
Stoisch schüttelte Herman den Kopf. »Ich bleibe!«, beharrte er und verschloss sich in tiefem, hoffnungslosem Schweigen.
Lisbeth schlug die Hände vors Gesicht. An der Festigkeit und Ruhe, die in seiner Stimme lagen, erkannte sie, dass er seine Entscheidung getroffen hatte. Er würde sie nicht ändern, gleich, was sie auch sagen mochte.
Der letzte Lichtschein war hinter den dunklen Wolken verschwunden, und das Kontor lag in Finsternis, doch Lisbeth vermochte es nicht, sich zu erheben, um ein Licht zu entzünden oder den Kamin anzufachen. Es blieb nichts zu tun, was das Grauen würde abwenden können. Nichts blieb, außer zu warten. Wie eine kalte Woge ergriff die Verzweiflung von ihr Besitz und durchflutete sie, bis sich jeder einzelne Körperteil angefüllt hatte mit lähmender Angst.

Zäh zogen sich die Tage dahin, trübe und hoffnungslos. Lisbeth war bei Herman in der Wolkenburg geblieben. Die meiste Zeit verbrachte sie kniend in der kleinen Kapelle im Erdgeschoss des Hauses. Lisbeth konnte sich nicht entsinnen, je zuvor so viel gebetet zu haben. Doch wie groß konnte ihre Hoffnung sein, der Herrgott möge ihre Bitten für den Bruder und seinen Freund erhören, angesichts der Schwere der Schuld, die sie auf sich geladen hatten?
Herman brachte die meiste Zeit in seinem Sessel im Kontor zu, kaum dass er ihn verließ, außer um im Latrinenhaus seine Notdurft zu verrichten. Die Mahlzeiten, die die alte Hilda ihm unter Mühen selbst bereitete und ins Kontor brachte, rührte er nicht an. Auch Lisbeth vermochte es kaum, Speisen zu sich zu nehmen, und kummervoll musste sie mit ansehen, wie Herman von Tag zu Tag weiter in sich

zusammensank. Aus dem kräftigen, hochgewachsenen Mann wurde eine gebeugte Gestalt, die unter der Last des Schicksals schier zusammenzubrechen drohte. Die Haut in seinem Gesicht wurde fahl und nahm einen aschfarbenen Ton an, in seine blonden Locken mischten sich täglich neue Silbersträhnen.

Doch so lange die Tage sich auch dehnten, bleiern ineinanderflossen, so wuchs gleichwohl mit jedem Tag, der verstrich, ohne dass man Herman abholte, in Lisbeth die Hoffnung.

Und dann dämmerte grau der Tag des heiligen Kunibert herauf. Auf dem Domhof, zu Fuße des immer noch unvollendeten Gotteshauses, hatte man die Schöffenbänke zum Geviert gestellt, und trotz des garstigen Wetters hatte sich eine ansehnliche Schar Zuschauer eingefunden. Schließlich war das Verbrechen, über das man hier richtete, keines, das jeden Tag geschah. Überdies sorgte die Person des Delinquenten für zusätzliche Pikanterie: War der doch Gast – und sicherlich mehr als das, wie die Klatschmäuler zu berichten wussten – eines gnädigen Ratsherrn!

Schweigend stand Lisbeth mit Herman in der Menge. Hoch aufgerichtet, die Kapuze ihres dunklen Mantels tief in das Gesicht gezogen, war sie sich der neugierigen Blicke, die auf sie gerichtet waren, unangenehm bewusst. Sorge und Anspannung der vergangenen Tage hatten deutliche Spuren in ihrem Gesicht hinterlassen. Sie war blass, und unter ihren Augen lagen tiefe Schatten.

»Ob man ihm wohl den Kopf abschlägt?«, fragte eine Buttermagd aus dem Vorgebirge laut neben Lisbeth, und sie zuckte zusammen.

»Für Sodomie? Niemals! Das ist so abscheulich! Aufs Rad flechten werden sie ihn!« Eine knochige Alte wusste es besser und schüttelte sich in wohligem Grausen.

Lisbeth stellten sich die feinen Härchen an den Armen auf. Angestrengt bemühte sie sich, nicht auf das Geschwätz um sie her zu hören, doch es gelang ihr nicht.
»Na, wie wär es mit Ersäufen?«, schlug ein baumlanger Bursche mit vernarbtem Gesicht vor.
»Ersäufen ist nur fürs Weibsvolk!«, widersprach ihm die Alte.
»Na eben drum!«, versetzte der Kerl mit anzüglichem Lachen.
Mit überlautem Kreischen fielen die Weiber in sein Gelächter mit ein.
Als sich die Tore der Hacht an der Südwestecke des Domhofes nahe dem Eingang von Unter Goldschmied öffneten, verstummte das aufgeregte Gerede der Zuschauer. Gespannt beobachtete man, wie die Prozession, angeführt vom Greven und den Schöffen, durch das Tor trat und den Schöffenbänken zustrebte. Es folgten der rotgewandete Scharfrichter und die Gewaltrichterboten in ihrer bunten Dienstkleidung mit zweifarbigen Hüten.
Lisbeth hielt den Atem an, als schließlich die Büttel erschienen, die den Delinquenten in ihrer Mitte führten. Die Menge johlte und kreischte.
»Sodomit!«, gellte die Buttermagd und klatschte vor Begeisterung in die Hände.
»Lombarde!«, schrie die Alte. »Hängt den Hurenbock!«
Als Lisbeth Alberto erblickte, schlug sie entsetzt die Hand vor den Mund, und sie spürte, wie auch Herman neben ihr zusammenzuckte. Sein Gefährte bot einen schrecklichen Anblick. Mit Mühe humpelte er zwischen seinen Bewachern voran. Albertos ehedem gebräuntes Gesicht war aschfahl und überkrustet von geronnenem Blut, seine Hände und Füße in blutige Lumpen gewickelt. Sein rechter Arm stand in schiefem Winkel vom Körper ab, anschei-

nend nur nachlässig vom Scharfrichter eingerichtet, nachdem er ihm zuvor aus dem Gelenk gerissen worden war. Alberto musste der peinlichen Befragung lange standgehalten haben.

Außerhalb der Schöffenbänke blieben der Scharfrichter und die Büttel mit Alberto stehen, während Schöffen und Greve sich in den Bänken niederließen.

Feiner Nieselregen fiel auf die Versammlung, und wie erstarrt sah Lisbeth zu, wie der Schöffenmeister eilig von einem Schöffen zum andern ging, ihm ins Ohr flüsterte und ihn an seine Verschwiegenheitspflicht gemahnte. Was bei der Befragung des Delinquenten zutage gekommen war, durfte der Allgemeinheit nicht offenbart werden.

Als der Schöffenmeister wieder seinen Platz eingenommen hatte, erhob sich der Greve. Gewöhnlich zelebrierte der kleingewachsene Mann in aller Ausführlichkeit die Wichtigkeit des Amtes, für das ihn der Erzbischof ausgewählt hatte. Denn bei aller Macht, die der Rat der Stadt sich in jahrhundertelangen Auseinandersetzungen mit dem Erzbischof erstritten hatte, so übte der Erzbischof doch immer noch den königlichen Blutbann aus, behielt die Gerichtsgewalt über schwere Verbrechen, die mit Leibes- oder Todesstrafe geahndet wurden. Doch angesichts der Kälte und der alles durchweichenden Nebelschwaden, die sich in den Ecken des Domhofes an die Mauern klammerten, hielt er sich heute nicht mit belehrenden Reden auf, sondern kam sogleich zur Sache. »Alberto Pezzi von Lucca«, verkündete er mit sonorer Stimme. »Ihr seid vor dem Erzbischöflichen Hochgericht überführt und geständig der versuchten Vergewaltigung von Seger Sydverwer.«

Frenetischer Jubel brandete über den Domhof. Die Zuschauer hoben die Arme über die Köpfe, applaudierten und pfiffen.

Lisbeth biss sich auf die Lippe. Es war ihr bewusst gewesen, dass man erst zu Gericht sitzen würde, wenn der Angeklagte ein Geständnis abgelegt hatte, denn ohne Geständnis kein Urteil. Doch das Urteil ausgesprochen zu hören, das zerstörte alle Hoffnung, die sie für Alberto im Geheimen noch gehegt hatte.
Voller Angst vor dem Maß der Strafe, mit der man Alberto belegen würde, krampfte sie die Hand in Hermans Unterarm.
Der Greve wartete ab, bis sich der Radau auf dem Domhof gelegt hatte, bevor er die Strafe verkündete: »Ihr werdet durch das Feuer vom Leben zum Tode gebracht!«
Die Menge jubelte begeistert. Eine Verbrennung fand nicht alle Tage statt und versprach rohen Gemütern eine außergewöhnliche Lustbarkeit.
Lisbeth spürte die Worte des Greven wie einen Schlag, und sie fühlte, wie Herman neben ihr erstarrte. Das Verbrennen war eine ehrlose Strafe und zudem eine grausame, hatte der Verurteilte doch unsägliche Qualen zu erleiden, bis er endlich zu Tode kam.
Der Greve wandte sich an den ersten Schöffen in der Bank. »Seid Ihr mit dem Urteil einverstanden?«, fragte er.
Nein, bitte sag nein, flehte Lisbeth stumm und schloss die Hände zu Fäusten. Die Schöffen wurden zwar formell vom Erzbischof eingesetzt, doch sie waren in Köln geborene und eingesessene Bürger. Sie konnten einem Urteil widersprechen …
Doch klar und deutlich sprach der Mann die Formel, mit der die Schöffen als Vertreter der Stadt ihre Zustimmung zum Urteil des Greven erteilten: »Das teile ich mit der Bannglocke mit!«
Der nächste Schöffe gab nicht minder fest seine Zustimmung, dann noch einer und der nächste, und als schließlich

der letzte Schöffe seine Zustimmung bekundet hatte, erlosch auch Lisbeths letzter Funken Hoffnung.
Die Armsünderglocke wurde angeschlagen. Dünn und elend tönte sie über den Domhof, und kaum dass der letzte Ton von den grauen Nebelschwaden aufgesogen worden war, führte man Alberto in das Geviert zwischen die Schöffenbänke.
Wieder erhob der Greve die Stimme und wandte sich nun direkt an Alberto: »Ihr seht wohl, dass Ihr sterben müsst. Also ist nun der rechte Moment, es einzugestehen, so Ihr noch mehr verbrochen habt, damit nicht gar ein anderer Eurer Missetaten wegen in Verdacht oder böse Nachrede komme.«
Gespannte Stille breitete sich über den Domhof. Erwartungsvoll harrte man auf pikante Einzelheiten des Verbrechens und Geständnisse anderer ruchloser Taten.
Doch Alberto schüttelte den Kopf, das Gesicht schmerzverzerrt. »Ich habe weiter nichts zu gestehen«, sagte er fest.
Vereinzelt schallten Rufe der Enttäuschung aus der Menge.
»Dann frage ich Euch nun: War an der Tat, wegen der Ihr sterben müsst, auch noch jemand anderer als Helfer oder Mitwisser beteiligt?«
Abermals wurde es still auf dem Domhof. Lisbeth sah, wie der Gerichtsschreiber eifrig nach der Feder griff.
Erneut schüttelt Alberto den Kopf. »Nein!« Seine Stimme war tonlos, doch bis in die hinteren Reihen der Zuhörer vernehmbar.
Enttäuscht ließ der Gerichtsschreiber die Feder sinken.
Die Herren erhoben sich aus den Bänken, und die Büttel führten Alberto zu einem Steinblock aus blauem Basalt. Der Scharfrichter trat vor und stieß Alberto dreimal hart

mit dem Rücken gegen den blauen Stein zum Zeichen der Anerkennung der Hochrichterlichen Gewalt des Erzbischofs. »Wir stoßen dich an den blauen Stein. Du kommst deinem Vater und Mutter nicht mehr heim!«, sprach er feierlich.
Die Büttel ergriffen Alberto und schleppten ihn zu dem schwarzen Henkerskarren, der wartend am Rande des Domhofs stand. Sie hievten ihn hinauf und sperrten ihn in den hölzernen Käfig, der darauf angebracht war. Der Scharfrichter stieg vorn auf den Karren, und während zwei Schöffen mit dem Schreiber voraus nach Melaten ritten, um dort alles für die Hinrichtung vorzubereiten, formierte sich auf dem Domhof die Prozession, die den Verurteilten zur Richtstätte vor den Toren der Stadt geleiten würde.
Voran ritt der Greve hoch zu Ross. Ihm folgten die buntgewandeten Gewaltrichterboten, dann scherte der Henkerskarren mit Alberto und dem Scharfrichter ein, an allen Seiten flankiert von den Bütteln.
In wildem Haufen drängelten die Schaulustigen hinterdrein, und auch der scharfe Wind, der ihnen eisige Regenschauer entgegenblies, als sie die Einfriedung des Domhofs verließen, konnte ihre Festtagslaune nicht schmälern.
Schwankend, das Gesicht zur Maske erstarrt und den Blick auf die geschundene Gestalt seines Gefährten vor sich geheftet, folgte auch Herman dem Karren. Lisbeth hätte viel darum gegeben, sich den entsetzlichen Anblick der Hinrichtung zu ersparen. Doch Herman war in einer Verfassung, in der sie ihn unmöglich würde alleinlassen können. Und so blieb ihr nichts übrig, als an seiner Seite zu gehen, als der schaurige Zug in quälender Langsamkeit seinen Weg nahm, die Breite Straße entlang, die Ehrenstraße und durch das Ehrentor aus der Stadt hinaus.
Mehr und mehr Menschen schlossen sich dem Zug an, um

sich das grausige Schauspiel nicht entgehen zu lassen, und als man Melaten schließlich erreichte, war am Rabenstein alles gerichtet.

Im Schritttempo rollte der Armsünderkarren durch die Pfützen auf den freien Platz, der im Regen bereits aufzuweichen begann. Als das Gefährt zum Halten kam, drängte sich die hemmungslose Menschenmenge so dicht heran, dass die Büttel es kaum vermochten, Alberto vom Karren zu holen. Mit erhobenen Stöcken drängten sie die Gaffer rigoros zurück, bis sie in gebührender Entfernung um den einzelnen Pfahl in der Mitte des Platzes zu stehen kamen.

Um den Pfahl herum hatte man wenig dürres Stroh auf den Lehmboden geschüttet – der Greve, der dafür aufzukommen hatte, war ein geiziger Mann. Anders dagegen der Scharfrichter. Die ihm unterstehenden Huren der Stadt, vor allem diejenigen vom Domhof und Heumarkt, von denen er den dritten Teil ihrer Einnahmen erhielt, hatten in letzter Zeit fleißig gearbeitet, was ihm gute Gewinne eingetragen hatte. Und so hatte der Henker sich nicht lumpen lassen und für einen ansehnlichen Stapel Feuerholz gesorgt. Kurz rüttelte er noch einmal an dem Pfosten, um sicherzugehen, dass dieser sich nicht aus dem Boden heben ließ, dann, auf sein Zeichen hin, stießen die Büttel den Verurteilten vom Karren.

Alberto fand auf seinen geschundenen Füßen keinen Halt und stürzte vornüber in den Dreck, was die Zuschauer mit höhnischem Gelächter quittierten.

Grob rissen die Büttel ihn an den Armen, um ihn aufzurichten. Alberto entfuhr ein Schrei, als das Gelenk seiner Schulter nachgab. Doch ohne sich davon beirren zu lassen, schleppten die Stadtdiener ihn auf das gestapelte Feuerholz, so dass er mit dem Rücken an dem Pfahl zu stehen

kam. Unsanft bogen sie ihm die Arme nach hinten, was Alberto abermals einen Schmerzenslaut entlockte.
Lisbeth schlug ob dieser unnötigen Grausamkeit die Hände vors Gesicht.
Eigenhändig band der Scharfrichter Albertos Arme mit einem guten Strick zusammen. Er wollte sichergehen, dass der Verurteilte sie nicht würde lösen können. Noch einmal rüttelte er an dem stabilen Pfosten. Das Gelingen der Hinrichtung lag zur Gänze in seiner Verantwortung. Wenn etwas schiefging und er den Verurteilten nicht zu Tode brachte, stand zu befürchten, dass sich der Zorn der Zuschauer gegen ihn selbst wandte. Es geschähe nicht zum ersten Mal, dass man einen Henker gemeinsam mit dem Todgeweihten erschlug.
Derweil war der Greve von seinem Ross gestiegen und trat nun zu den beiden Schöffen, die einige Schritt entfernt des Scheiterhaufens Aufstellung genommen hatten. Sogleich verstummte das Lärmen auf dem Platz, und die Zuschauer schoben sich näher heran, damit ihnen auch nicht eine winzige Kleinigkeit des grausigen Schauspiels entgehen möge. Nur mit Mühe gelang es den Bütteln, sie zurückzudrängen.
Dem Ritual folgend, wandte sich der Greve zunächst an den älteren der beiden Schöffen. »Ist nun Richtzeit?«, fragte er weithin vernehmlich.
»Ja!«, bestätigte der Schöffe.
»Ist nun Richtzeit?«, wiederholte der Greve seine Frage, an den zweiten Schöffen gewandt.
»Ja!«, bestätigte auch dieser.
Mit majestätischer Gebärde hob der Greve seinen Stab und gab dem Scharfrichter das Zeichen, seines grausigen Amtes zu walten.
Lisbeth schnürte sich die Kehle zusammen. Eine eisige

Kälte erfüllte sie, und sie spürte, wie ihre Haut feucht wurde von kaltem Schweiß.
Der Henker nahm von seinem Gehilfen eine lodernde Fackel entgegen. Damit trat er zu dem Scheiterhaufen und entzündete die ersten Halme. Doch das feuchte Stroh widersetzte sich den Flammen, rauchte und erlosch mit einem Zischen. Wieder und wieder hielt der Scharfrichter die Fackel vergeblich an die Halme. Erst als er aus einem Eimer einige Kellen Pech darauf verteilte, fügte sich das Stroh schließlich in sein Schicksal und ging widerwillig in Flammen auf. Das Knistern war in dem gespannten Schweigen, das auf dem Platz lastete, deutlich zu hören.
Lisbeth grub die Fingernägel in die Handflächen. Ihr war schwindelig, und sie befürchtete, keinen weiteren Moment länger aufrecht stehen zu können.
Handbreit für Handbreit eroberten sich die blauen Flammen ihren Weg zu den Scheiten. Das Holz rauchte und kohlte zunächst, doch dann entflammte ein Scheit nach dem andern.
Vereinzelt ertönten Jubelrufe, doch die Menge hielt weiterhin gespannt den Atem an.
Voller Angst, welche Pein sie dort erblicken würde, schaute Lisbeth in das geschundene Gesicht von Alberto. Auch die Misshandlungen des Scharfrichters hatten seinen ebenmäßigen Zügen ihre Anziehungskraft nicht genommen. Das Gesicht unbewegt, den Kopf nach hinten geneigt, soweit die Fesseln es zuließen, richtete er seinen samtigen Blick auf die trostlos kahlen Kronen der Bäume, die über dem Platz aufragten.
Dieser Mann, der ihrem Bruder Halt und Zuflucht gegeben hatte, der ihm mehr bedeutete als jeder andere Mensch auf Erden, schien gefasst, beinahe ruhig seinem irdischen Ende entgegenzublicken.

Unwillkürlich wandte Lisbeth sich zu Herman um. Seinen Schmerz mochte sie sich nicht vorstellen. Aschfahl, den Blick unbeirrt auf das Antlitz seines Gefährten geheftet, schien er neben ihr erstarrt zu sein, das Gesicht zur Maske versteinert. Zwei feuchte Spuren zogen sich über seine eingefallenen Wangen.
Immer dichter fraßen sich die Flammen an Alberto heran, fauchten und bleckten. Beißender Rauch breitete sich über den Platz, stieg Lisbeth brennend in Nase und Augen. Als sie sich mit der Hand über das Gesicht fuhr, bemerkte sie, dass es feucht war von Tränen.
Enger und enger umzingelten die Flammen Alberto und leckten gierig an seinen Füßen. Lisbeth schloss die Augen, außerstande, dem Grauen weiter zuzusehen. »Gegrüßet seist du, Maria, voll der Gnade, der Herr ist mit dir. Du bist gebenedeit unter den Frauen, und gebenedeit ist die Frucht deines Leibes, Jesus. Heilige Maria, Mutter Gottes, bitte für uns Sünder jetzt und in der Stunde unseres Todes …«, betete Lisbeth leise.
Es knallte. Funken stoben in den feuchten Morgenhimmel, und mit einem Fauchen schossen die Flammen zwischen allen Holzscheiten zugleich empor. Der Scheiterhaufen brannte!
Jubel brandete auf. Die Zuschauer pfiffen, rissen die Arme über die Köpfe und schrien ihre Genugtuung hinaus. Die reinigende Kraft des Feuers würde die Last der Sünde von der Stadt nehmen, mit der der fremde Sodomiter sie befleckt hatte. Der Gerechtigkeit wurde Genüge getan.
Plötzlich spürte Lisbeth eine heftige Bewegung neben sich, und sie öffnete die Augen. Erschreckt sah sie, wie Herman sich mit den Ellbogen rüde einen Weg zwischen den Zuschauern hindurchbahnte. Die Starre in seinem Gesicht war fester Entschlossenheit gewichen.

Rücksichtslos einen überraschten Büttel beiseitestoßend, stürmte Herman dem Scheiterhaufen zu. Im Laufen zog er sein Messer aus der Scheide, die an seinem Gürtel hing.

»Nein, Herman!«, schrie Lisbeth, doch ihre Worte verhallten ungehört.

Mit einem Satz sprang Herman auf den Scheiterhaufen. Eine Wolke aus gleißenden Funken stob auf, hüllte Herman und Alberto ein und nahm Lisbeth für einen Moment die Sicht.

Einen unendlichen Augenblick lang standen sich die beiden Männer gegenüber, der Blick des einen tief in den des anderen gesenkt, einem stummen Versprechen gleich. Schmerz und Qual lagen darin, aber auch eine Liebe, der selbst der Tod ihre Größe nicht nehmen konnte.

Die Flammen malten zitternd rote Schatten auf Hermans Wangen, als er seinen Gefährten fest in den Arm schloss. Mit der Rechten holte er aus, und für den Bruchteil einer Sekunde blitzte die Klinge auf. Dann stieß Herman sie tief in den Rücken seines Geliebten.

Ein Aufschrei gellte durch die Menge. Albertos Kopf sank auf seine Brust, sein kraftloser Körper nur mehr von den Fesseln aufrecht gehalten.

Die Büttel hatten sich von ihrer Überraschung erholt. Hastig stürmten sie dem Scheiterhaufen zu, und das Volk, unbändig vor Erregung und nun seiner Bewacher ledig, drängte schreiend nach vorn.

Verzweifelt mühte Herman sich, das Messer aus dem Leib seines Geliebten zu winden. Die Flammen versengten ihm schmerzhaft Gesicht und Hände. Schon erreichte der erste Büttel den Scheiterhaufen. Doch die Flammen, die Herman mannshoch umloderten, hinderten den Wachmann daran, ihn zu ergreifen, wollte er nicht selbst ihr Opfer werden.

Endlich gelang es Herman, das Messer aus Albertos Leib zu lösen. Abermals holte er aus, die Klinge diesmal auf sein eigenes Herz gerichtet.

»Nein!« Lisbeths Schrei gellte über den Platz, übertönte das Geschrei der Menge. Doch er erreichte Herman nicht mehr. Entschlossen hatte seine Hand ihren letzten Streich geführt.

Die Zuschauer hielten in ihrem Rasen inne. Eine entsetzte Stille breitete sich über den Richtplatz, nur unterbrochen vom Knistern und Fauchen des Feuers, das von den beiden leblosen Körpern Besitz ergriff.

Teil III

1505 bis 1509

12. Kapitel

Beklommen schritt Lisbeth durch die geschmückten Gassen. Die Stadt hatte sich in Festtagslaune herausgeputzt. An manchen Häusern hatte man Fahnen gehisst, das Wappen der Habsburger neben dem städtischen mit den drei goldenen Kronen, die Symbol waren für die Heiligen drei Könige, deren Gebeine man in einem Schrein im Dom bewahrte.
Die festliche Stimmung an diesem Johannistag passte so gar nicht zu Lisbeths Gemütsverfassung. Es war ein schlimmer Winter gewesen, voller Regen und Kälte. Lisbeth war es vorgekommen, als wolle es nie wieder Frühling werden. Wochenlang hatte sie sich von früh bis spät in der Werkstatt zu schaffen gemacht, hatte unermüdlich gearbeitet, bis sie abends erschöpft auf ihre Bettstatt gesunken war.
Doch alle Müdigkeit hatte die Trauer um Herman nicht zu lindern vermocht und sie nicht vor den quälenden Fragen geschützt, die sie sich des Nachts stellte, wenn sie schlaflos lag. Würde Herman jemals die Gnade Gottes erlangen? Oder musste er auf ewig die Qualen des Fegefeuers erdulden?
Nicht nur, dass er sich der unsprechlichen Sünde schuldig gemacht hatte. Er hatte sich selbst ums Leben gebracht und zuvor einen anderen Menschen erstochen. Galt es vor dem Jüngsten Gericht mildernd, dass Herman diese Taten aus Liebe begangen hatte? Lisbeth hoffte es inständig. Jeden Morgen sprach sie ein Gebet für ihn und entzündete des Sonntags eine Kerze für sein Seelenheil.

Selbstmörder durften nicht in geweihter Erde bestattet werden. Doch als die Flammen ihr Werk getan hatten, war ohnedies nicht viel geblieben, das zu beerdigen gewesen wäre. So war es ihrem Bruder wenigstens erspart geblieben, vor den Mauern der Stadt in einem namenlosen Grab verscharrt zu werden wie ein erschlagener Hund.

Zögerlich schritt Lisbeth durch die Gasse Unter Wappensticker. Sie hatte es nicht eilig. Seit Hermans Tod ging sie nur sehr ungern in die Wolkenburg. Zu lastend harrten dort die Erinnerungen an jene schrecklichen Tage des Bangens nach Albertos Verhaftung, Hermans letzte Tage.

Doch heute blieb Lisbeth keine Wahl, denn Fygen hatte sie gebeten, dort nach dem Rechten zu schauen. Es war Lisbeth unendlich schwergefallen, ihrer Mutter von den schrecklichen Geschehnissen zu berichten. Eine volle Woche und ungezählte Blatt Papier hatte sie dafür gebraucht. Doch schließlich hatte sie ein wenig Trost darin gefunden, dass Fygen den Tod ihres Ziehsohnes nicht hatte miterleben müssen.

Den Tod nicht und auch nicht das schmachvolle Gerede. Des Langen und Breiten hatte man in der Stadt darüber geklatscht, wie weit es mit den Lützenkirchens gekommen sei. Vor Selbstgerechtigkeit triefend, hatten diejenigen, die darum wussten, dass Herman nicht der leibliche Sohn von Fygen und Peter, sondern ein angenommenes Kind war, die Finger gehoben und bemerkt, dass aus dem Bankert eines liederlichen Lehrmädchens nun einmal kein ehrbarer Bürger werden könne. Ein angesehener Ratsherr schon gar nicht.

Der lange Winter war einem launischen Frühling gewichen, der nun eher widerwillig in den Sommer überging. Heute, auf den Tag genau, war es ein Jahr her, dass sie in der Wolkenburg Hermans Ernennung zum Ratsherrn gefeiert hatten.

Bis auf die Tatsache, dass sich wieder einmal ein Mitglied des Rates etwas Schwerwiegendes hatte zuschulden kommen lassen – was natürlich Wasser auf die Mühlen der Unzufriedenen gewesen war –, hatte die Stadt den Skandal jedoch schnell vergessen. Denn ein ganz besonderes Ereignis stand ins Haus: König Maximilian hatte die Fürsten des Reiches, darunter die sieben Kurfürsten, die Reichsgrafen und Reichsprälaten sowie die Vertreter der freien Reichsstädte nach Köln zum Reichstag geladen. Das versprach Feierlichkeiten ungekannten Ausmaßes!
Doch Lisbeth war beileibe nicht nach Feiern zumute. Sie fühlte sich einsam und verlassen von allen, die sie liebte. Erst der Unfall ihres Vaters, dann verheiratete ihre Mutter sich in Valencia und nun auch noch Herman. Einzig Mertyn war ihr geblieben, doch der kümmerte sich des Tags um seine Geschäfte und verbrachte die Abende zumeist auf der Gaffel, wo er nicht müde wurde, die Geschehnisse in der Stadt und die Entscheidungen des Rates wieder und wieder durchzukauen.
Als Lisbeth in Fygens Kontor trat, fand sie Stephan hinter dem großen Tisch sitzend, tief in seine Arbeit versunken. Es irritierte sie, ihn dort in jenem Sessel sitzen zu sehen, in dem vorher Herman und davor seine Mutter gesessen hatten. Doch es war nur selbstverständlich. Stephan war seinen Pflichten in den Jahren ihrer Abwesenheit so gut nachgekommen, dass Fygen sich entschlossen hatte, ihn die Geschäfte nach Hermans Tod weiterführen zu lassen, nun freilich als Kaufmannsgehilfe. Nach wie vor sandte sie Briefe mit Anweisungen, wie er die Geschäfte handhaben solle, doch in vielem ließ sie ihm freie Hand.
Es war wenig erstaunlich, dass Stephan über seinen Büchern saß, obschon heute ein Feiertag war, dachte Lisbeth. Ihr Schwager arbeitete stets viel. Seit Hermans und Alber-

tos Tod erledigte er die ganze Arbeit, die sie sich zuvor zu dritt geteilt hatten, allein, und es schien ihr, als setze er allen Ehrgeiz darein, zu beweisen, dass Fygens Vertrauen in ihn gerechtfertigt war.

Bei Lisbeths Eintreten zog Stephan für einen kurzen Moment die Augenbrauen zusammen, legte die Feder beiseite und schob hastig einige Blätter aufeinander. Dann glättete sich seine Miene zu einem strahlenden Lächeln, und er sprang auf. »Lisbeth, welche Überraschung, dass du mich besuchen kommst.«

»Mutter bat mich darum, einen Blick in die Geschäftsbücher zu werfen …«, antwortete Lisbeth und zog entschuldigend die Schultern hoch.

»Du willst dich an so einem Tag doch nicht in die Bücher vergraben!«, rief Stephan aus. »Ich weiß etwas Besseres! Du hast in letzter Zeit nicht viel Freude gehabt. Es wird Zeit, dass du auf andere Gedanken kommst! Wir gehen aus!«

Abwehrend hob Lisbeth die Hände. »Aber das geht doch nicht! Deine Arbeit …«, hob sie an zu widersprechen und wies auf die Papiere vor ihm auf dem Arbeitstisch.

»Die läuft schon nicht weg!« Stephan ließ sich nicht beirren. Entschlossen nahm er Lisbeth an die Hand.

Es war ein schönes Gefühl, dass jemand sich um sie sorgte. Und vielleicht hatte Stephan ja recht, dachte Lisbeth. Sie hatte wirklich nicht viel Freude gehabt in den vergangenen Monaten. Kritisch blickte sie an ihrem schlichten dunklen Kleid hinab, das sie gewöhnlich zur Arbeit trug. »Aber ich kann doch so nicht ausgehen!«

»Holde weibliche Eitelkeit!« Stephan lachte. Er ließ Lisbeths Hand los und trat einen Schritt zurück. Fachmännisch glitt sein Blick über ihre biegsame Gestalt. »Du bist wunderschön«, bestätigte er ernsthaft.

Lisbeth errötete ob dieses Kompliments. Dass sie schön

sei, hatte ihr lange keiner gesagt. Ohne auf ihren weiteren Protest einzugehen, zog Stephan sie mit sich hinaus.
Als sie das Zunfthaus der Brauer auf der Schildergasse erreichten, hatte sich der Himmel mit Wolken verhängt. Zu dieser vorgerückten Nachmittagsstunde drängte sich bereits ein fideles Völkchen unter der aufwendig bemalten Decke des Schankraumes im Hause Mirweiler. Die Brauer hatten es erst vor wenigen Jahren der Familie vom Spiegel abgekauft, weil ihr altes Zunfthaus aus allen Nähten geplatzt war.
»Un wat kritt ühr?«, herrschte der grobschlächtige Braugeselle hinter dem Tresen Stephan und Lisbeth an, kaum dass er ihrer ansichtig wurde. Zum Schutz gegen den goldgelben Gerstensaft hatte er sich eine blaue Schürze um den Bauch gebunden.
»Zwei Dicke!«, bestellte Stephan, und nur wenige Augenblicke später stellte der Geselle unsanft zwei überschäumende Becher vor sie auf das triefnasse Holz der Theke. Freundlichkeit gehörte nicht zu seiner Profession.
Durstig nahm Lisbeth einen tiefen Schluck des erfrischenden Keutebiers. Es schmeckte weit besser als das Gruitbier, zumal es nicht so leicht verdarb. Wie oft geschah es, dass man in einem Bierzapf altes Gruitbier vorgesetzt bekam.
Mit einem Mal verdüsterte sich das ohnehin dämmrige Licht im Schankraum, und Tropfen prasselten gegen die bunten, mit dem Wappen der Brauerzunft bemalten Fenster. Draußen schien ein heftiger Regenguss niederzugehen.
»Da haben wir ja gerade noch Glück gehabt«, bemerkte Stephan.
Lisbeth nickte. Ein Ellbogen stieß sie unsanft in die Seite.
»He!«, rief ein Mann neben ihr aus, dann krachte ein gefüllter Becher zu Boden. Bier spritzte auf Lisbeths Rock.

»Vermaledeiter Driss!«, brüllte der Braugeselle.
»Komm, wir suchen uns ein ruhigeres Plätzchen«, sagte Stephan und fasste Lisbeth am Arm. In der Nähe der Fenster hatte er eine freie Bank entdeckt und wollte gerade darauf zusteuern, als vor dem Haus plötzlich lautes Hufgeklapper ertönte. Unter mancherlei Flüchen und Gelächter flüchtete sich eine Handvoll Gäste vor dem Regen in den Schankraum, und an der Tür entstand ein kleiner Tumult. Die Neuankömmlinge waren keine gewöhnlichen Gäste, das ließen ihre prachtvollen Gewänder sogleich erkennen. Vielmehr mochten sie zu den Fürsten gehören, die aufgrund des Reichstages in der Stadt weilten.
Mit bübischem Lachen riss sich einer der Männer – er mochte bereits über vierzig Jahre zählen – sein tropfnasses Barett vom Kopf, dessen weißer Federschmuck vom Regen in ein trauriges Knäuel verwandelt worden war. Er schüttelte seine welligen Haare, die er nach der neuesten Mode auf Kinnlänge gestutzt trug, so heftig aus, dass die Tropfen flogen. Doch der plötzliche Regenguss schien den hohen Herrn nicht zu verärgern. Im Gegenteil. Vielmehr kam es den Umstehenden so vor, als betrachte er ihn als großen Spaß, eigens zu seiner Belustigung inszeniert.
Als der illustre Gast weiter in den Raum hineintrat, verstummte schlagartig das Schwatzen und Lachen der Zechenden. Denn auch im dämmrigen Licht der Schankstube war seine auffallend große, hakenförmige Nase, die spitz auslief und deren Rücken zudem von einem Buckel gekrönt wurde, nicht zu übersehen. Genauso wenig wie die stark ausgeprägte Unterlippe des Mannes und sein vorspringendes Kinn. Das Kinn der Habsburger.
»Nää, dat jlöv isch nit! Dä Künning! He bei uns! Dat darf doch nit wohr sin!«, fasste der Brauergeselle die Verblüffung aller in Worte.

In der Tat war es kein Geringerer als König Maximilian selbst, der sich auf seinem Weg zum Bürgermeisterempfang am Neumarkt in das Zunfthaus der Brauer geflüchtet hatte.
Eilfertig schaffte man Platz für die hohen Herren, richtete eine Tafel in der Mitte des Raumes und kredenzte voller Stolz die Erzeugnisse kölnischer Braukunst.
Neugierig, doch nicht zu unverhohlen – denn schließlich gaffte man einen König nicht an wie eine zweiköpfige Sau auf dem Jahrmarkt –, sahen die übrigen Gäste mit an, wie die Herren sich den Gerstensaft munden ließen. Die Stimmung stieg, und die Bierkellner kamen kaum nach, die durstigen Kehlen zu tränken.
»Ihm scheint es zu schmecken!«, stellte Stephan mit einem Zwinkern fest und deutete verstohlen mit dem Kinn auf Seine Majestät, an deren Tafel man bereits die dritte Runde brachte.
Gemütlich lehnte Maximilian in dem eigens für ihn herbeigeschafften gepolsterten Sessel, die Wangen bierselig gerötet, und unterhielt sich mit einem älteren Herrn, der zu seiner Rechten Platz genommen hatte.
»Allen anderen aber auch«, erwiderte Lisbeth mit einem Lachen.
»Das ist ja wohl verständlich«, sagte Stephan. »Einen König hat man schließlich nicht alle Tage in seiner Mitte, und wer kann schon von sich behaupten, mit einer Majestät gezecht zu haben?«
»Wenn schon nicht an seiner Tafel, dann zumindest im selben Raum«, stimmte Lisbeth zu.
»Nun, ich für meinen Teil ziehe die Gesellschaft einer liebreizenden Frau allen Majestäten vor«, sagte Stephan galant und angelte zwei gefüllte Becher von einem Tablett, das einer der Bierkellner gerade an ihnen vorbeitrug. Einen

davon reichte er Lisbeth, mit dem anderen prostete er ihr zu. »Auf das Wohl meiner schönen Schwägerin!« Er lächelte. Sein funkelnder Blick suchte den ihren und hielt ihn für einen Moment fest.
Verlegen senkte Lisbeth die Lider und nahm einen großen Schluck aus ihrem Becher.
Stephan beugte sich zu ihr vor und fragte mit verhaltener Stimme: »Kennst du den Unterschied zwischen dem König und einem ehrbaren kölnischen Bürger?«
»Nein«, entgegnete Lisbeth, gleichfalls im Flüsterton.
»Nun, es ist ganz einfach: Die Windeln des ehrbaren kölnischen Bürgers hängen hinter seinem Haus. Die Windeln des Königs hängen im ganzen …«
»Grüß Euch, Schwägerin.« Unbemerkt war Andreas Imhoff zu ihnen getreten und begrüßte sie mit knapper Verbeugung. »Du nimmst dir ja einiges heraus, Ime Hofe«, sagte er. »Keine Angst, dass man dir für deine Lästerlichkeiten den Kopf abschlägt?«
Lisbeths Stirn umwölkte sich. In seiner selbstgefälligen Art war Andreas längst kein so angenehmer Gesellschafter wie Stephan. Stets hatte er an allem etwas auszusetzen, vornehmlich am Betragen seiner angeheirateten Familie. Mit Sicherheit fand er es auch ungebührlich, sie hier anzutreffen.
Doch zum Glück kam er nicht dazu, sich darüber zu mokieren, denn ein königlicher Bediensteter trat zu ihnen und sprach Lisbeth an: »Seine Majestät wünscht Euch zu sprechen.«
»Mich?«, fragte Lisbeth verwundert und wandte den Kopf, um sich zu vergewissern, dass er nicht mit jemandem gesprochen hatte, der hinter ihr stand.
»Ja, Euch!«, bestätigte der Knappe und wandte sich um.
Lisbeth blieb nichts übrig, als ihm in die Mitte des Raumes

zu folgen, zur Tafel des Königs. Andreas ließ sich die Gelegenheit, dem König zu begegnen, natürlich nicht entgehen und trat an ihre Seite, und auch Stephan schloss sich ihnen an, ein belustigtes Grinsen auf den Lippen.

»Dieses Bier ist vorzüglich! Ganz vorzüglich!«, lobte Maximilian gerade, und der Amtsmeister der Brauer strahlte vor Freude. »Es ist Keutebier«, erklärte er eifrig. »Es kommt ursprünglich aus den Niederlanden und wird aus Hopfen gemacht, mit einer Mischung aus Gerstenmalz, Weizen und Dinkel …«

Der Brauermeister unterbrach sich und blickte Maximilian fragend an. Seine Erläuterung schien das Interesse des Königs geweckt zu haben. Mit einem kurzen Winken bedeutete Maximilian ihm, fortzufahren.

»Und überdies ist Hopfen weit billiger als Gruit. Er wird in Kerpen und Düren angebaut, etwa auf halbem Weg nach Aachen. Die Gruit dagegen …«

»Ja?«

»Gruit ist ein Gemisch aus verschiedenen Kräutern und besteht im Wesentlichen aus Gagel, Harz, Ingwer, Lorbeer, Kümmel und Anis. Und wie Majestät sicher wissen, liegt das Gruitrecht beim Erzbischof, der es teuer verpachtet, und die Pächter wiederum verkaufen die Gruit teuer …«

Maximilian unterbrach den Brauer mit einer Handbewegung, bevor dieser sich weiter in Klagen über den Gruitpreis ergehen konnte. Es war immer dasselbe, wenn man mit diesen Bürgern sprach. Kaum lieh man ihnen sein Ohr, hatten sie nichts Besseres zu tun, als zu jammern und sich zu beklagen und ihn schlussendlich um ein Eingreifen zu ihren Gunsten zu bitten. »Warum klagt Ihr über den Gruitpreis, wenn Ihr selbst sagt, dass Hopfen günstiger zu haben ist? Fahrt doch einfach darin fort, dieses Hopfenbier zu brauen. Es ist wirklich wohlmundend«, beschied er dem

Zunftmeister und winkte ihn lässig beiseite. Denn hinter dessen breitem Rücken hatte er ein ihm bekanntes Gesicht entdeckt, das ein weit vergnüglicheres Gespräch versprach.
Der aufmerksame Page stupste Lisbeth an, und sie sank in einen tiefen Knicks, die Herren an ihrer Seite verbeugten sich ehrfürchtig.
»Ihr seid jünger und hübscher geworden, seit Wir Euch zuletzt sahen – wie stellt Ihr das an?«, sprach der König Lisbeth aufgeräumt an. Das Obergärige hatte seinen Wangen Farbe verliehen, und er dünstete.
Eine feine Röte stieg auch Lisbeth zu Gesicht, breitete sich über Hals und Dekolleté – und das nun bereits zum dritten Mal an diesem Tag. Sie entsann sich genau des Abends, an dem sie dem König zum ersten Mal begegnet war. Nach seiner Krönung zum deutschen König hatte Maximilian gemeinsam mit seinem Vater, Kaiser Friedrich, Köln besucht. Doch es wäre gänzlich unpassend, den König an ihre erste Begegnung zu erinnern, denn er hatte sich damals in einer höchst prekären und gar nicht souveränen Lage befunden – bäuchlings im Stroh auf dem Marktplatz liegend. Bei einem Turnier, das man zu seinen Ehren auf dem Alter Markt veranstaltet hatte, war er gegen den Willen des Kaisers in die Schranken getreten und von Pfalzgraf Philipp unrühmlich aus dem Sattel gehoben worden. Der Kaiser hatte daraufhin befohlen, ihn in voller Rüstung liegen zu lassen, wo er war.
Bald zwanzig Jahre musste das nun her sein, rechnete Lisbeth nach. Sie war damals sieben Jahre alt gewesen. »Majestät belieben zu schmeicheln oder mich zu verwechseln«, antwortete sie höflich.
»Nein, nein!«, beharrte der König lachend. Ihm schien die Erinnerung an jene Episode gar nicht peinlich. »Sie war

damals so mitfühlend, mir im Schutz der Dunkelheit aufzuhelfen – und dazu klug genug, es so anzustellen, dass sie dabei nicht den Befehl des Kaisers missachtete!«, erklärte er dem älteren Herrn, der neben ihm stand.
»Lutz…, Lutzkich…, ah, ja! Lützenkirchen!«
»Das ist sie nicht!«, sagte der ältere Herr ruhig.
»Das ist sie! Ich vergesse kein Gesicht!«, echauffierte sich Seine Majestät. »Kennt Ihr sie denn überhaupt?«
»Das Gesicht stimmt, Majestät. Aber sie ist es nicht.«
»Ist sie nicht?«
»Nein. Sie hat die falschen Augen!«
Maximilian blickte aufmerksam in Lisbeths braune Augen. »Das stimmt! Hackenay, Ihr versteht doch etwas von Frauen! Die andere hatte ganz ungewöhnliche Augen. Bernsteinfarben, wie die Eu…« Maximilian stockte, und ein verstehendes Grinsen breitete sich über sein Gesicht. »Hackenay! Mir schwant, Ihr kennt sie besser, als ich erwartet habe!«, rief er aus.
Sprachlos verfolgte Lisbeth den kurzen Disput der Herren, dessen Gegenstand sie war. Sie blickte von einem zum andern. Hackenay! Der Hof- und Rechenmeister des Königs. Das also war er – Fygens leiblicher Vater – und somit ihr, Lisbeths, Großvater.
Lisbeth wusste um die Zusammenhänge, das Geheimnis um die uneheliche Geburt ihrer Mutter, doch sie war Hackenay nie begegnet. Ihre Mutter und der Rechenmeister hatten keinen Umgang miteinander gepflegt, und soweit Lisbeth wusste, war Fygen ihrem Vater seit jenem schicksalhaften Empfang im königlichen Hof nicht mehr begegnet.
Für Lisbeth war Nikasius Hackenay immer nur eine schemenhafte Figur gewesen. Ein Mann, der die Verliebtheit eines jungen Mädchens ausgenutzt hatte, es zu verführen,

und dann um seiner Karriere willen eine andere geehelicht hatte.
Eingehend, doch mit der vorsichtigen Distanz, mit der man ein seltenes Tier betrachtet, musterte sie den Mann, der ihr genauso wenig ein Großvater war wie der alte Wilhelm Lützenkirchen im fernen Valencia.
Der Rechenmeister war trotz seines Alters – er musste die sechzig lange überschritten haben – ein auffallend gutaussehender Mann. Er war groß gewachsen, hielt sich überdies sehr aufrecht, und sein sympathisches Gesicht unter dem eisgrauen Haar hatte eine gesunde Farbe. Seine ungewöhnlichen bernsteinfarbenen Augen – ja, die hatte er unverkennbar seiner Tochter vererbt. Nie, außer bei ihrer Mutter und jetzt bei Hackenay, hatte Lisbeth Augen von solcher Farbe gesehen.
Zwar hatten die Jahre Furchen um Mund und Nase in die ansprechenden Züge des Rechenmeisters gegraben, doch das Alter war schonend mit ihm umgegangen. Lisbeth konnte sich gut vorstellen, dass er dereinst in jungen Jahren so manch einem Weibsbild den Kopf verdreht haben mochte.
»Und wer seid Ihr nun?«, wandte sich der König wieder Lisbeth zu und riss sie aus ihrer Betrachtung.
»Die Tochter. Lisbeth Ime Hofe. An jenem Abend nach dem Turnier war ich zwar zugegen, doch ich war damals noch ein Kind. Es war meine Mutter, die Euch aufgeholfen hat.«
»So, die Tochter!«, stellte der Monarch mit einem Nicken fest und musterte sie eingehend. »Ihr steht Eurer Mutter in Liebreiz nicht nach! Bis auf die Augen, bedauerlicherweise …«
Lisbeth spürte, wie Andreas neben ihr einen winzigen Schritt näher trat und sich straffte.

Wie beabsichtigt nahm der König ihn zur Kenntnis.
»Euer Gemahl?«, fragte er und wies mit dem Kinn auf Andreas.
»Mein Schwager, Euer Majestät.«
Andreas verbeugte sich abermals.
Der Rechenmeister neigte sich seinem König zu und flüsterte: »Imhoff. Faktor der Fugger in Köln.«
Maximilian war angeheitert, doch er war nicht betrunken genug, eine Chance nicht zu erkennen, wenn sie sich ihm bot. Er war nun schon eine geraume Weile in der Stadt, und das Feiern war hier kostspielig. Die Gastwirte bestanden auf Bezahlung.
Einen Moment bedauerte Maximilian, dass seine Gemahlin Bianca Maria ihn nicht begleitet hatte. Doch sie weilte mit ihrem Hofstaat in Lienz. Andernfalls könnte er sie als Pfand zurücklassen, wie dereinst in Brabant und Worms, wenn er bei seiner Abreise seinen Verbindlichkeiten nicht würde nachkommen können. Doch es war fraglich, ob diese gewieften Stadtväter sich darauf überhaupt einlassen würden …
Nein, es war gut, dass Bianca ihn nicht begleitet hatte. Sie war so gänzlich uninteressant. Nichts Reizendes war an ihr. Sie war langweilig und unansehnlich. Ganz anders die Herzogin. Der König wandte den Kopf und schenkte der einzigen Dame an seiner Tafel ein vertrauliches Lächeln.
Vielleicht bot sich hier eine günstige Gelegenheit, seine private Schatulle aufzubessern, dachte Maximilian. Dieser aufgeblasene Wichtigtuer kam ihm gerade recht. »Ah, der Fuggerfaktor!«, sagte er aufgeräumt. »Was hört Ihr aus der goldenen Schreibstube?«
Ausnahmsweise verbot Andreas sich ein spöttisches Lächeln. Der König war stets im Bilde, wie es um die Geschäfte seines Dukatenesels in Augsburg stand. Und was

der König nicht wusste, das wusste außer Jacob Fugger und vielleicht seinen Brüdern niemand.

»Im März ist die Flotte des portugiesischen Königs unter Franzisko de Almeida von Rastello aus Richtung Indien in See gestochen. Selbstverständlich ist unsere Gesellschaft maßgeblich beteiligt. Wir erwarten davon immense Gewinne«, prahlte er.

»Vorzüglich! Ganz vorzüglich! Sicherlich ist die kölnische eine der wichtigen, wenn nicht gar die wichtigste Faktorei der Fugger«, komplimentierte der König.

Das war reine Schmeichelei. Die kölnische Faktorei spielte im Handelsreich der Fugger, das von Lissabon im Westen, Neapel im Süden bis nach Riga im Norden bald die ganze bekannte Welt umspannte, eine untergeordnete Rolle. Um Stephans Mund zuckte es verdächtig ob dieser Übertreibung.

»Ihr müsst ein wohlhabender und einflussreicher Mann sein«, fuhr der König fort.

Andreas lächelte selbstgefällig.

»Das versetzt Euch wohl in die Lage, Unsere Majestät mit einem kleinen, sicherlich entbehrlichen, Darlehen zu erfreuen.«

Andreas nickte. »Selbstverständlich, Euer Majestät. Zu gerne.«

Das Zucken um Stephans Lippen wurde stärker. Für einen umsichtigen Kaufmann war es ein unsicheres Geschäft, dem König Geld zu leihen. Denn um die Bonität der Habsburger war es noch nie gut bestellt gewesen. Weder Maximilian noch sein Vater hatten sich je dadurch ausgezeichnet, ihren finanziellen Verbindlichkeiten pünktlich nachzukommen.

Der König nickte abschließend, und auf seinen Wink hin nahm Rechenmeister Hackenay den Fuggerfaktor zur Seite, um mit ihm die Einzelheiten zu besprechen.

Überraschend wandte Seine Majestät sich nun Stephan zu, der sich bislang im Hintergrund gehalten hatte. Er griff in die perlenbesetzte Börse, die ihm vom Gürtel hing, fingerte eine große Münze hervor und reichte sie Stephan. »Kauft Eurer Gemahlin etwas Schmückendes. Nicht dass sie selbst nicht Zierde genug ist, doch ein wenig Geschmeide steht jeder Frau gut zu Gesicht.«

Stephan verneigte sich und dankte, außerstande, das Missverständnis aufzuklären.

Eine weitere Verbeugung, ein Knicks von Lisbeth, und schon hatte der König sich wieder seinem gefüllten Becher zugewandt. Das war wirklich einmal ein gelungener Tag, fand er. Die Regenwolken hatten sich verzogen, und Sonnenstrahlen schickten bunte Lichter durch die bemalten Fenster herein. Doch Maximilian dachte nicht daran, dieses gastliche Zunfthaus zu verlassen. Mochten Bürgermeister van Berchem und seine kreuzlangweiligen Ratsherren doch zu ihrem festlichen Bankett empfangen, wen sie wollten, entschied er. Hier bei den Brauern war es alle Male vergnüglicher. Später würde er dann weiterziehen zum Tanz um das Johannisfeuer, das man vor den Toren der Stadt entzündete.

Und so warteten die Bürgermeister und die Ratsherren an diesem Johannistag vergebens auf das Erscheinen ihres Königs. Das war umso ärgerlicher, als die Stadtväter sich Maximilian mit einem opulenten Bankett besonders geneigt hatten machen wollen. Denn sie erhofften sich seine Unterstützung in einem Prozess, den Erzbischof Hermann von Hessen bei der Kurie gegen die Stadt angestrengt hatte. Sie konnten nicht ahnen, dass die kölnischen Brauer und später am Abend die Bürger beim Tanz um die Feuer dies mit ihrer Lebensart weit besser verstanden, als das erlesenste Bankett es vermochte.

Kleine Wölkchen stiegen vom Pflaster der Schildergasse auf, als Lisbeth und Stephan das Zunfthaus der Brauer verließen.

»Dann werde ich für meine Gemahlin mal etwas Geschmeide erstehen.« Stephan grinste und hakte sich gutgelaunt bei Lisbeth unter.

»Aber …«, hob Lisbeth an zu protestieren.

»Nichts aber«, unterbrach Stephan sie. »Heute sollst du einmal richtig Freude haben! Sag bloß, ich hätte bisher nicht gut für deine Unterhaltung gesorgt. Sogar einen lebenden König habe ich dir präsentiert!« Stephan zog eine gespielt beleidigte Miene, und Lisbeth musste hellauf lachen.

»Also gut«, willigte sie ein und ließ sich von ihrem Schwager in Richtung Unter Goldschläger führen, der Gasse, in der die Gold- und Silberschmiede ihre Werkstätten hatten.

»Ein wunderschönes Stück für die Frau Gemahlin«, bemerkte der Silberschmied und legte Lisbeth ein Armband um das Handgelenk. Es war eine kunstfertige Arbeit. Die großen Glieder der Kette fügten sich perfekt ineinander, ohne dass man daran eine Schmelzstelle hätte erkennen können.

Lisbeth unterdrückte ein Kichern. Heute schien jedermann sie für Stephans Frau zu halten. Angetan strich sie mit dem Finger über das matte Silber. Das kühle Metall wog schwer und bildete einen hübschen Kontrast zu ihrer zart gebräunten Haut.

»Wie zierlich deine Handgelenke sind«, bemerkte Stephan. »Man sieht ihnen die Weberei gar nicht an.«

»Nun lass es mal gut sein mit den Komplimenten!« Lisbeth lachte. »Sonst steigen sie mir am Ende noch zu Kopf.«

»Was soll das gute Stück denn kosten?«, erkundigte sich der vermeintliche Gemahl.
Der Silberschmied nannte einen unanständig überhöhten Preis, Auftakt zu einer zähen Verhandlung. Als sich die Angebote nach langem Feilschen merklich angeglichen hatten, gab der Silberschmied vor, mit sich zu ringen. Nur, wie er betonte, weil er Frau und Kinderschar zu unterhalten hätte, nannte er schließlich einen Preis, der Stephan akzeptabel erschien.
»Einverstanden!«, sagte dieser.
»Aber das ist weit mehr, als der König dir gegeben hat!«, mischte Lisbeth sich ein.
»Sch!«, machte Stephan. »Wir nehmen es!« Er reichte dem Silberschmied die Münze des Königs und legte noch ein paar aus dem eigenen Säckel dazu. »Und jetzt auf zum Tanz am Johannisfeuer!«
Für einen Moment erwachte in Lisbeth das Pflichtbewusstsein. Der Nachmittag war schon recht fortgeschritten, und Mertyn würde vielleicht bald nach Hause kommen. Wie sollte sie ihm ihr Ausbleiben erklären, wenn sie nach ihm heimkäme?
Doch diesmal widersprach sie Stephan nicht. Seit langem hatte sie nicht so viel Freude gehabt wie an diesem Tag. Mochte ihr Gatte sich doch mit seinen kreuzlangweiligen Kollegen vom Wollenamt die Ohren heißreden, dachte sie mutwillig.
Hätte Lisbeth gewusst, wie sehr ihre Gedanken an diesem Abend denen des Königs glichen, es hätte sicherlich zu ihrer Erheiterung beigetragen.

13. Kapitel

Nach Gottes Ehre der Stadt Freiheit und Ehre zu behaupten; auch das gemeine Beste im echten, alten, wahren, katholischen und apostolischen Glauben in dem Sinne, wie er in dieser Stadt von alters hergebracht und öffentlich geübt wird, ohne Einführung zwiespältiger Neuerungen treulich zu fördern und zu schützen …«, verlas der Ratsmeister den ersten Punkt der Eidesformel.

Angetan mit ihren neuen schwarzen Mänteln, standen die frisch gekürten Ratsherren im Langen Saal im Obergeschoss des Rathauses und folgten ernst seinen Worten. Manche mit unbewegter Miene, denn sie erlebten dies nicht zum ersten Mal, anderen jedoch war die Ergriffenheit deutlich anzusehen.

Von der südlichen Stirnwand blickten streng die hölzernen Figuren der Neun Guten Helden auf die neuen Stadtväter herab, gemahnten sie zu Tugendhaftigkeit und gerechter Führung der Stadt.

»… zum Vierten«, verlas der Ratsmeister, »dass er niemanden zum Rat und zu städtischen Ämtern zulasse um Bitten, Liebe oder Leides, Freund- oder Verwandtschaft noch weniger um Geldes, Gaben und Bestechung willen …«

Ein billiger Anspruch an einen Ratsherrn, doch in diesen Zeiten beileibe keine Selbstverständlichkeit, wie viele Bürger nicht müde wurden zu beklagen. Und es war auch nicht immer nur beim Beklagen geblieben, wie die jüngsten Vorkommnisse bewiesen hatten. Am steinernen Brückchen in der Nähe von Sankt Paulus hatten vier Strolche Bürger-

meister Johann van Berchem aufgelauert, ihn überfallen und versucht, ihn zu erstechen. Van Berchem hatte sich jedoch mit seinem Degen derart zur Wehr gesetzt, dass die Angreifer unverrichteter Dinge die Flucht ergriffen hatten.
Einen der Übeltäter, Johann Pfeffer, hatte man gefasst. Doch erst, als er vor dem Schöffengericht in Everingen ein Geständnis ablegte, wurde man der Tragweite dieser Schandtat gewahr. Denn Pfeffer bekannte den perfiden Plan, gemeinsam mit drei anderen Mordgesellen einige der Obersten und Regenten der Stadt, namentlich die Bürgermeister Johann van Berchem und Konrad Schurenfeltz, den Rentmeister Johann von Rheidt und Stimmmeister Gerhard vom Wasserfaß, zu ermorden.
Dieser Anschlag war zum Glück vereitelt und einer der Mordgesellen gefasst worden, doch die drei anderen Übeltäter liefen noch frei herum.
»Dasjenige, das mir vorgelesen wurde und das ich wohl verstanden habe, dem werde ich nachkommen, so wahr mir Gott hilft und sein Heiliges Evangelium«, sprach Mertyn Ime Hofe mit fester Stimme den Eid, der ihn zum Ratsherrn machte. Er für seinen Teil war fest entschlossen, die Worte dieses Eides Buchstaben für Buchstaben getreulich zu befolgen.
»Es freut mich außerordentlich, einen Mann wie Euch als Kollegen im Rat zu begrüßen.« Die Freude von Gerhard Wesel war aufrichtig, als er Mertyn und Lisbeth später beim Umtrunk im Haus Zur Roten Tür seine Aufwartung machte. »Und wie ich Euch kenne, habt Ihr sicher bereits Pläne, Eure Zeit im Rat sinnvoll zu nutzen.« Der altgediente Ratsherr und vormalige Bürgermeister lachte.
»Es gibt so viel zu tun, so vieles, das einer Verbesserung bedarf. Ich weiß kaum, womit zu beginnen«, antwortete Mertyn ehrlich.

»Mit dem Seidamt natürlich!«, platzte Lisbeth heraus.
Mertyn runzelte die Stirn ob ihres vorlauten Betragens, doch Wesel lächelte zustimmend. »Das wäre nicht das Schlechteste. Ihr habt eine kluge Gemahlin! Eine neue Zunftordnung für die Seidmacherinnen ist überfällig. Ich selbst habe dereinst einen Bericht über das Seidamt verfasst. Wenn Ihr mögt, lasse ich Euch eine Abschrift zukommen.«
Mertyn nickte widerstrebend, doch als Gerhard von Wesel wenige Tage später seinem Angebot nachkam und den Bericht sandte, begann Mertyn ihn sogleich zu lesen.
Brütend, den Kopf in beide Hände gestützt, traf Lisbeth ihn in seinem Kontor an. »Und, was steht in dem Bericht?«, fragte sie interessiert.
»Stell dir vor, er stammt aus den Jahren 1490 und 1491!«
Lisbeth blickte ihn fragend an. »Und?«
»Lies selbst.« Mertyn drehte das Schriftstück zu ihr herum.
Lisbeth studierte es eingehend.
Wesel hatte bereits damals genau die Missstände angeprangert, die auch heute noch das Seidamt durchzogen wie ein Geschwür. Nur dass inzwischen alles noch schlimmer geworden war.
»Das bedeutet, der Rat weiß seit« – Lisbeth rechnete nach – »seit fünfzehn Jahren schon um die Missstände, aber er hat bis heute nichts dagegen unternommen?«
»Es sieht so aus.« Mertyn nickte. »Der Rat hat zwar immer wieder Ermahnungen und einzelne Verbote ausgesprochen, doch du weißt selbst am besten, wie genau auf deren Einhaltung geachtet wird.« Bedächtig legte Mertyn die Handflächen aneinander. »Um es vorsichtig auszudrücken: Es mag Ratsherren geben, die kein Interesse daran haben, dass sich im Seidamt etwas ändert.«

»Leute wie Johann van Berchem«, stellte Lisbeth fest.
»Leute wie er«, bestätigte Mertyn. »Wenn ich mich recht entsinne, wurde Berchem bereits Mitte der Siebziger Ratsherr.«
»Mein Gott, was für ein Klüngel! Da soll sich einer wundern, wenn die Bürger schlecht auf den Rat zu sprechen sind.«
»Es ist immer noch der Amtsbrief von 1470 in Kraft. Er wurde noch im gleichen Jahr durch einen Transfixbrief, eine Ergänzung, die an den eigentlichen Brief angeheftet wurde, abgeändert. 1480 hat man eine Überarbeitung entworfen, die jedoch nie zur Gültigkeit gelangte«, rekapitulierte Mertyn sachlich. »Doch ich fürchte, auch diese Überarbeitung ist mittlerweile überholt. Gerhard von Wesel hat recht! Es ist höchste Zeit für einen neuen Transfixbrief!«
Lisbeth zog sich einen Stuhl heran und ließ sich an der Kopfseite von Mertyns Arbeitstisch nieder. »Na dann los!«, sagte sie lächelnd.
Verblüfft starrte Mertyn seine Gemahlin an. Wollte sie etwa mit ihm zusammen einen neuen Transfixbrief entwerfen? Sie als Frau?
Doch Lisbeth schien es ernst zu meinen. Sie nahm einen Bogen Papier und griff zur Feder. »Das Schlimmste ist das Verlegen der Seide«, sagte sie und schrieb es als ersten Punkt auf das Blatt. »Keine Seidmacherin soll künftig eine andere für sich im Verlag arbeiten lassen. Dabei ist der ursprüngliche Gedanke, der letztlich das Verlegen erst ermöglicht, ein guter. Denn nicht jede, die ihre Lehrzeit beendet, besitzt die Mittel, sich selbständig zu machen. Die Zulassung zum Amt kostet einen Rheinischen Gulden für Kinder von Amtsangehörigen und drei für alle anderen. Dies, dazu die Einrichtung der Werkstatt und vor allem die kostspielige Rohseide können sich nicht alle leisten. Man

gestattet ihnen daher, für andere um Lohn zu weben, damit sie sich mit dem Handwerk, das sie mühsam erlernt haben, ernähren können.«

Mertyn nickte. Er musste Lisbeth recht geben: Der Verlag war bei weitem das größte Übel. In seinen Augen keimte Respekt auf. Vielleicht war es gar keine schlechte Idee, sich mit ihr zu beraten. Wer wusste schließlich besser Bescheid über die unlauteren Praktiken, derer sich ihre Kolleginnen befleißigten, als sie, die selbst Seidmacherin war?

Lächelnd lehnte er sich in seinem Sessel zurück. »Was weiter?«

»Die Seidspinnerinnen müssen ihren gerechten Lohn erhalten. Und es muss untersagt werden, auswärts gezwirnte Seide einzuführen. Am besten, man verbietet es ganz, sie überhaupt zu verkaufen«, sprudelte Lisbeth hervor. »Und jede, die ihre Lehrzeit beendet hat, muss selbstverständlich zum Amt zugelassen werden, wenn sie es will!« Eine aufgeregte Freude trieb sie an. Endlich konnte sie etwas tun! Konnte etwas gegen die Missstände unternehmen, die schon so lange an ihr nagten!

Abermals nickte Mertyn seine Zustimmung.

Lisbeth kam gar nicht damit nach, ihre Forderungen zu Papier zu bringen, bevor sie schon die nächsten hervorbrachte. »Auch das Geklüngel mit den Färbern muss aufhören. Manche Seidfärber sind nur noch Handlanger der Seidmacherinnen.« Lisbeth krauste die Stirn. »Eigentlich brauchen die Färber eine eigene neue Ordnung. Ihre Löhne müssen festgeschrieben werden und …«

Ein Klopfen an der Tür des Kontors unterbrach Lisbeth mitten im Satz. Unwillig hob sie den Kopf, als Maria, eines ihrer Lehrmädchen, den Kopf zur Tür hereinsteckte.

»Entschuldigt die Störung, Frau Meisterin, da ist Frau Loubach für Euch.«

Widerstrebend erhob Lisbeth sich und begab sich in ihre eigene kleine Schreibstube. Dass Apolonia heute kommen wollte, um wie gewohnt ihren Lohn einzufordern, hatte sie ganz vergessen. Dabei erwartete sie deren Besuche sonst mit Spannung.

Seit jenem unerfreulichen Gespräch mit Brigitta van Berchem über die Zulassung von Rita zum Seidamt war Lisbeth nicht wieder zu deren Kränzchen geladen worden. Doch Apolonia, die von ihrer Base Katharina so manches erfuhr, was dort beredet wurde, versäumte es nicht, Lisbeth auf dem Laufenden zu halten. Heute jedoch lauschte Lisbeth nur mit einem Ohr, als Apolonia ihr den neuesten Klatsch unterbreitete.

»Stellt Euch vor«, sagte die Seidspinnerin, »die alte Mettel ist im Geckenhaus!«

»Mettel van Hielden?«, fragte Lisbeth abwesend und zählte das Geld ab.

»Nein, Mettel Elner! Sie ist völlig übergeschnappt. Mitten in der Nacht ist sie laut schreiend, mit wirrem Haar, barfuß und im Hemd auf die Straße gerannt. Sie ließ sich nicht beruhigen und hat wild um sich geschlagen, so dass man schließlich die Stadtwachen rufen musste.«

»Hm«, brummte Lisbeth zerstreut und reichte Apolonia ihren Lohn, in Gedanken immer noch bei dem Transfixbrief. Hastig verabschiedete sie Apolonia und kehrte in Mertyns Kontor zurück.

»Wo waren wir?«, fragte sie etwas außer Atem, ließ sich wieder in ihren Stuhl sinken und griff nach der Feder, die noch an derselben Stelle lag, an der sie sie niedergelegt hatte.

»Die Färber«, erinnerte Mertyn.

»Die Färber. Sie müssen eigenständig sein. Den Seidmacherinnen muss es verboten werden, die Färbereien zu besitzen. Vielleicht sollte man die Seidfärber überhaupt in die Seidmacherzunft aufnehmen …«

Lisbeth unterbrach sich mitten im Satz. All das hier war nur von Nutzen, wenn man zugleich streng darauf achtete, dass die neuen Gesetze auch eingehalten wurden. Das wurde Lisbeth schlagartig klar.

»Die Webereien müssen kontrolliert werden, und böswillige Übertretungen der Amtsverordnungen sollten mit Verlust der Amtszugehörigkeit bestraft werden. Besser noch: mit dem Verlust der Bürgerrechte!«, sagte sie streng. »Mal sehen, ob das die Damen endlich auf den Pfad der Tugend zurückführt.«

Mertyn musste über das grimmige Gesicht, das ihre Worte begleitete, lächeln, doch in der Sache stimmte er mit ihr überein.

Punkt für Punkt fuhr Lisbeth darin fort, ihre Verbesserungsvorschläge zu notieren, und mit wachsendem Staunen lauschte Mertyn ihren Ausführungen. Nur ab und an unterbrach er sie, wenn sich ihm der Sinn einer ihrer Anordnungen nicht sogleich erschloss.

Immer länger wurde die Liste, und Lisbeth nahm ein weiteres Blatt Papier zur Hand.

Das Licht, das durch die Fenster in das Kontor fiel, wich allmählich der Dämmerung. Mertyn entzündete eine Öllampe auf dem Arbeitstisch, dann erhob er sich, um das Feuer im Kamin anzufachen.

Flackernd warfen die Flammen ihren roten Lichtschein auf Lisbeths Gesicht. Noch nie hatte Mertyn seine Frau in solch begeisterter Konzentration erlebt. Ihre Augen funkelten dunkel, die Spitze ihrer Zunge hatte sie zwischen die Schneidezähne geklemmt.

Mertyns Gedanken schweiften ab, vermochten nicht länger Lisbeths Ausführungen zu folgen, und er spürte, wie

ihm der Mund trocken wurde. Nie war sie ihm so begehrenswert erschienen.
»Für heute ist es genug«, entschied er mit rauher Stimme und nahm ihr sanft die Feder aus der Hand. »Wir können morgen weitermachen.«
Widerstrebend blickte Lisbeth auf. Doch ihr Unmut wandelte sich in Überraschung, als sie bemerkte, mit welcher Begehrlichkeit Mertyn sie anschaute. Seine Augen waren dunkel von Verlangen, und Lisbeth spürte ein warmes Kribbeln im Leib. So hatte er sie schon lange nicht mehr angesehen. Nicht mehr seit der Zeit nach ihrer Hochzeit, als er, selbst noch ein junger Bursche, sie als unerfahrene Braut in sein Gemach geführt hatte.
Zögerlich, beinahe verlegen, streckte Mertyn die Hand aus und machte einen unbeholfenen Versuch, Lisbeths Haube zu lösen. Ein wenig schien er sich seiner Begierde zu schämen.
Das gestärkte Kleidungsstück widersetzte sich seinen zaghaften Bemühungen, und die feine Spitze verfing sich in Lisbeths Haar. Entschlossen löste Lisbeth die Haube aus ihren Strähnen und warf sie achtlos auf den Tisch. Die dunklen Locken ringelten sich befreit um ihren Kopf, und mit einem Seufzen zog Mertyn Lisbeth an sich und vergrub sein Gesicht in der dunklen Flut. Seine Lippen fanden ihr Ohr und liebkosten es zärtlich.
Lisbeth ließ ihre Hände unter sein Wams gleiten, und durch das dünne Tuch des Hemdes hindurch spürte sie die Wärme seiner Haut. Sachte fuhr sie mit der Spitze ihres Zeigefingers sein Rückgrat hinab und merkte, wie er unter ihrer Berührung schauderte. Seine Lippen wanderten ihre Schläfe hinauf zur Stirn, küssten ihre Augen, ihren Mund. Zärtlich schmeichelnd liebkoste er ihre Lippen, dann wurde sein Kuss fordernder.

Spielerisch zupften, Lisbeth Mertyns Hemd aus dem Bund seiner Beinlinge und fuhr mit der Hand darunter. Es erregte sie, seine glatte Haut zu fühlen, die sich über den festen Muskeln an seinem Rücken und den Schultern spannte. Die Zeit, die Mertyn auf seinen Reisen im Sattel zubrachte, schien seinen Körper mehr zu stärken, als man es bei einem Handelsherrn erwarten würde.
Auch Mertyn schien ihre Berührung zu gefallen, denn deutlich spürte Lisbeth seine Männlichkeit an ihrem Schoß. Sein Atem ging schneller, und fest zog er sie an sich. Eine warme Woge durchflutete Lisbeths Leib, und ihr entfuhr ein leises Stöhnen. Ihre Beine wurden von einer ungewohnten Schwäche erfasst, und haltsuchend klammerte sie sich an Mertyns Schultern. Nie zuvor hatte Lisbeth ihren Gemahl mit solcher Leidenschaft begehrt.
Hastig löste sie sich aus seiner Umarmung. »Lass uns in die Schlafkammer gehen«, flüsterte sie rauh.
Doch ihr Gemahl schüttelte wortlos den Kopf. Mit einer ausholenden Handbewegung schob er Papiere, Feder und Tinte auf dem Tisch beiseite, fasste Lisbeth um die Taille und setzte sie mit Schwung vor sich auf die glänzend polierte Platte des ehrwürdigen Kaufmannstisches.
Begehrlich strichen seine Hände über ihre Brüste, und seine Finger fanden die Schnürung an ihrem Kleid. Ein wenig unbeholfen machte Mertyn sich daran zu schaffen, doch schließlich gelang es ihm, Lisbeths Mieder zu öffnen. Ein Stöhnen entfuhr ihm, als sich ihm die entblößte Brust seiner Gemahlin in weißer Verlockung darbot.
Zärtlich berührten Mertyns Lippen ihre weiche Haut, umschlossen sanft ihre rosenfarbenen Knospen, küssten und liebkosten sie, derweil seine Hände sich auf eine lustvolle Wanderschaft begaben.
Lisbeth bog den Kopf in den Nacken, und mit einem woh-

ligen Schauder gab sie sich den Liebkosungen ihres Mannes hin. Durch den Stoff ihres Kleides hindurch spürte sie seine Hände über die Rundung ihrer Hüfte streichen, über ihre Beine. Mertyn tastete sich zum Saum ihres Kleides hinab, dann fuhr er auf der Innenseite ihrer Schenkel über ihre bloße Haut wieder hinauf. Seine erkundenden Finger fanden ihre Scham, streichelten, rieben, und Lisbeth stöhnte laut.

Mit sanfter Bestimmtheit schlug Mertyn die Röcke ihres Kleides hinauf bis zu ihren Hüften. Er löste den Riemen an seinen Beinlingen, umfasste ihre Hüften, und mit einem Seufzen schlang sie ihre Arme um seine Schultern, als seine Männlichkeit endlich in sie drang.

Tagelang arbeiteten Mertyn und Lisbeth gemeinsam an ihrem Entwurf für die neue Zunftordnung. Sie überlegten, verwarfen, brachten die Punkte schließlich in sinnvolle Ordnung. Und des Nachts, nach getaner Arbeit, teilten sie das Lager wie Jungvermählte.

Je genauer die einzelnen Bestimmungen für die Seidmacherinnen wurden, je ausgefeilter sich die Gebote formulierten, desto mehr wuchs in Mertyn und Lisbeth die Überzeugung, dass sie auf dem richtigen Weg waren. Endlich würden Lisbeths Wünsche in Erfüllung gehen, denn dieser Transfixbrief würde das ganze Seidamt verändern!

Und dann kam der Tag, an dem Mertyn den Entwurf dem Rat zur Besprechung vorlegen wollte. Lisbeth verabschiedete ihn an der roten Tür, als er sich am Morgen, angetan mit schwarzem Mantel und Hut, zum Rathaus begab. Vor Aufregung war ihr ganz flau im Magen, und sie beschloss, nicht sogleich in die Werkstatt zu gehen, sondern sich für einen Moment in die Küche zu setzen.

In gemütlichem Geplauder saßen die Lehrmädchen an dem

großen, blank gescheuerten Tisch und ließen sich ihr Morgenmahl schmecken. Fröhliche junge Dinger waren es, die Gesichter frisch gewaschen, die Haare sorgfältig zu Zöpfen gebunden.
Lisbeth gesellte sich zu ihnen und griff, noch ganz in Gedanken, nach einem Kanten Brot. Doch sogleich legte sie ihn lustlos wieder beiseite. Sie hatte mehr Appetit auf etwas Herzhaftes. Im Keller stand ein Fass mit sauer eingelegtem Kappes. Vielleicht sollte sie sich davon einen Teller holen?
Die Mädchen ließen sich durch die Anwesenheit ihrer Lehrherrin nicht in ihrem Geschnatter stören. Allenfalls dämpften sie ihr Gelächter. Lisbeth fiel auf, dass Maria nicht mit den anderen lachte. Das rundliche Mädchen mit den rotblonden Zöpfen saß mit angespannter Miene da und warf ihr ab und an einen wachsamen Blick zu. Das war ungewöhnlich, denn sonst war sie keineswegs so zurückhaltend, dachte Lisbeth.
Kritisch blickte sie Maria in das pausbäckige Gesicht. Deren Wangen hatten mehr Farbe als gewohnt, und sie presste die Lippen zusammen. Vielleicht war sie krank, fragte Lisbeth sich. Dann bemerkte sie im lockeren Mieder des Mädchens eine Ausbuchtung, die dort nicht hingehörte. Dort, wo bald einmal eine weibliche Brust das Hemd füllen würde, war ein Höcker. Das Kind schien etwas zu verbergen.
Ruhig erhob Lisbeth sich, ging um den Tisch herum und griff dem Mädchen ohne Vorwarnung ins Hemd. Maria war zu überrascht, um zu protestieren, doch ihr Gesicht färbte sich wie von Purpur übergossen. Das Geplapper der anderen Lehrmädchen verstummte. Aller Augen richteten sich gespannt auf das, was Lisbeth aus Marias Hemd zutage förderte und nun auf den Tisch legte: zwei fette, geräucherte Schweinswürste.

Lisbeth hätte laut lachen mögen. Maria aß gern, aber dass sie so verfressen war, sich Zehrung für den Vormittag einzupacken, hätte sie nicht erwartet. Im Hause Ime Hofe war der Tisch stets reichlich gedeckt, niemand brauchte hier zu hungern.
»Hast du Sorge, bis Mittag zu verhungern?«, fragte Lisbeth und unterdrückte ein Grinsen.
Maria schwieg und starrte betreten auf die Tischplatte.
»Nun sag, was hattest du mit den Würsten vor«, drängte Lisbeth. »Du kannst es ruhig sagen. Ich werde dich nicht bestrafen.«
»Sie sind … ich wollte … sie sind für meine jüngere Base Johanna«, brachte Maria schließlich stockend hervor. »Bitte … ich wollte nicht stehlen. Es ist nur so, dass sie bei ihrer Lehrherrin kaum zu essen bekommt. Nicht so wie hier.« Maria machte eine verlegene Handbewegung, die den Korb mit Brot, den Käse und die Würste auf dem Tisch umfasste. »Hier gibt es so viel, und Johanna hat ständig Hunger …« Um Verzeihung heischend blickte sie Lisbeth an.
»Bei wem ist deine Base denn in der Lehre?«, fragte Lisbeth.
»Bei Grete Elner«, antwortete Maria, den Blick nun wieder auf den Tisch gesenkt.
Lisbeth entfuhr ein Schnauben. Das hätte sie sich denken können. Aus Erzählungen ihrer Mutter und Schwiegermutter wusste sie nur zu gut, dass die Lehrmädchen im Elnerschen Haushalt nicht ausreichend beköstigt wurden. Unter den erstaunten Blicken ihrer Lehrtöchter griff sie entschlossen nach einem Kanten Brot und einem Stück Käse und drückte beides Maria in die Hand. »Hier, nimm ihr das auch noch mit. Und pass auf, dass die fette Grete es nicht erwischt und selbst isst!«, sagte sie aufgebracht, dann

wandte sie sich abrupt ab und presste die Hand vor den Mund. Der herzhafte Duft der Schweinswürste hatte Übelkeit in ihr aufsteigen lassen.

Die Besprechung im Rat dauerte an. Eine solch wichtige Angelegenheit wollte gut bedacht und ausgiebig beredet werden. Lisbeth konnte es kaum erwarten, bis die gnädigen Herren zu einer Entscheidung gelangten. Unkonzentriert und fahrig ging sie ihrer Arbeit nach.
Auch ihr Magen schien das Warten unerträglich zu finden. Zu Unzeiten bekam sie heute Hunger, und wenn sie dann nicht sofort etwas aß, machte er sich mit einem unanständig lauten Knurren bemerkbar. Ob sie sich noch etwas von dem sauren Kappes aus dem Keller holen sollte? Sie hatte zwar am Morgen bereits einen Teller voll des würzigen Kohls gegessen, aber er schmeckte auch gar zu gut. Die Köchin schien diesmal ein anderes Rezept verwendet zu haben. Lisbeth nahm sich vor, sie später danach zu fragen.
Gerade als sie die letzten Fäden des Krautes mit einer Ecke Brot von ihrem Teller aufgewischt hatte, hörte sie das Klappen der Haustür. Das musste Mertyn sein!
Hastig erhob sie sich und eilte ihm entgegen. »Und?«, fragte sie gespannt.
Mertyn lächelte über ihren Eifer. »Ja, der Transfixbrief ist fertig. Verabschiedet und gesiegelt.«
»Erzähl!«, drängte Lisbeth und folgte Mertyn in sein Kontor.
Doch ihr Gemahl genoss es, sie auf die Folter zu spannen. Erst als er das Feuer im Kamin angeschürt hatte, lehnte er sich in seinem Sessel zurück und begann zu berichten: »Es wird verboten, auswärts gezwirnte Seide einzuführen und zu verkaufen. Auch darf sie nicht mit kölnischer vermengt werden.«

Lisbeth nickte zustimmend. »Was noch?«
»Die Seidspinnerinnen dürfen nur noch mit barem Geld und nicht mehr mit Ware entlohnt werden. Nach dem Tod einer Seidmacherin darf der Ehegatte das Gewerbe fortsetzen, und ab sofort verlangt man den Nachweis des Bürgerrechts für die Zulassung zur Zunft«, zählte Mertyn auf. »Dem Rat ist klargeworden, dass der Seidenhandel der Stadt fette Einnahmen beschert. Deshalb wurde genau festgeschrieben, wie das Wiegen gehandhabt werden soll, damit der Rentkammer nichts von den Gebühren entgeht. So muss feucht gewordene Seide vor dem Kauf besichtigt werden.«
Abermals nickte Lisbeth, und Mertyn fuhr fort: »Das Mindestalter für Lehrmädchen ist jetzt elf Jahre, und die Lehrzeit ist um ein Jahr verlängert worden.«
Lisbeth runzelte die Stirn. Das war unnötig. Drei Jahre reichten vollkommen aus, das Handwerk zu erlernen. Diese Maßnahmen dienten nur dazu, den Seidmacherinnen billige und aufgrund des Alters gefügige Hilfskräfte zu bescheren.
»Berchem?«, fragte sie.
»Berchem!«, bestätigte Mertyn und zuckte entschuldigend mit den Schultern. In vielen Punkten war der Rat seinen und Lisbeths Vorschlägen gefolgt. Aber er hatte sich nicht in allen Punkten durchsetzen können.
»Was ist mit den Färbern?«
»Die werden ins Seidamt aufgenommen. Sie müssen das Recht, Seide färben zu dürfen, für fünfzig Goldgulden erwerben und dürfen nur noch für Mitglieder des Seidamtes färben.«
»Das ist ein hoher Preis!«
»Ja«, stimmte Mertyn zu, »dafür wird aber den Seidenweberinnen zugleich verboten, Seide zu färben, und sie

dürfen ihre Seide nur noch geschworenen Seidfärbern zum Färben überlassen. Und die Preise für das Färben werden festgeschrieben. Die Färber haben genau Buch zu führen, wie viel und für wen sie färben, um danach die Abgaben für die städtische Rentkammer zu berechnen. Auch da passt der Rat hübsch auf, dass ihm kein Pfennig entgeht. Und sie müssen schwören, das Gewerbe nur innerhalb der Stadt auszuüben und ihr Können nicht aus der Stadt zu tragen.«

»Wunderbar«, lobte Lisbeth. »Und weiter?«

»Tja, es sieht aus, als wäre es den Herren nun Ernst damit, ihre Bestimmungen auch durchzusetzen«, sagte Mertyn und rieb sich zufrieden die Hände. »Wer die Amtsverordnungen böswillig übertritt, riskiert es, aus dem Amt ausgeschlossen zu werden, und muss sogar damit rechnen, seine Bürgerrechte zu verlieren.«

»So muss es sein!«, stimmte Lisbeth zu. »Doch was ist mit dem Verlag?«

Diesen Punkt, der ihr besonders am Herzen lag, hatte Mertyn bisher nicht erwähnt.

»Damit ist es vorbei!«

»Es ist komplett verboten worden, Seide im Verlag weben zu lassen?«, fragte Lisbeth ungläubig. Das wäre zu schön, um wahr zu sein.

»Nicht dem Wortlaut nach«, schränkte Mertyn ein. »Jede Seidmacherin muss jetzt schwören, nur im eigenen Haus, nicht einmal im Haus der Eltern, und nur in Köln ihr Handwerk auszuüben und keine Seide zu verweben, die nicht ihr Eigen ist. Auch nicht die von Eltern oder Verwandten. Und das läuft praktisch auf dasselbe hinaus. Damit ist der Verlag erledigt. Auf den Wortlaut kommt es nicht an.«

»Oh, wie großartig!« Lisbeth sprang auf und eilte um den

Tisch herum, um ihren Mann zu umarmen. Von der hastigen Bewegung wurde ihr schwindelig, und sie taumelte. »Lisbeth! Lisbeth, was ist mit dir, du bist ganz blass«, rief Mertyn besorgt. Er fuhr aus dem Sessel hoch und konnte Lisbeth gerade noch auffangen, bevor ihr schwarz vor Augen wurde.

Als Lisbeth erwachte, sah sie durch das Fenster in ihrer Kammer den abnehmenden Mond. Lange konnte sie nicht geschlafen haben, denn es begann gerade erst zu dämmern, und von der Obermarspforte drang noch geschäftig der Lärm von Karren und Fuhrwerken herauf. Lisbeth fühlte sich frisch und ausgeruht und gar nicht krank. Doch warum war ihr schwindelig geworden? Sie hatte noch nie davon gehört, dass man vor Freude ohnmächtig wurde.
Energisch schob Lisbeth das Federbett beiseite. Sie verspürte einen ordentlichen Appetit und dachte sogleich an den eingelegten Kappes, der in seinem Fass im Keller ihrer harrte. Seltsam, dass sie daran solchen Gefallen fand. Gewöhnlich gehörte er nicht zu ihren Leibspeisen. Dann plötzlich verbanden sich die einzelnen Gedanken in ihrem Kopf und fügten sich wie die Bruchstücke eines zerbrochenen Topfes zu einem Ganzen. Der Kappes, die Ohnmacht.
Mit einem Ruck setzte Lisbeth sich auf und warf einen Blick zu dem eisgelben Mond in ihrem Fenster hinauf. Er sah aus, als hätte ein Riese ein gutes Stück davon abgebissen. Der Vollmond war vorübergegangen, und ihre monatliche Blutung hatte nicht eingesetzt! Über der Geschäftigkeit der vergangenen Wochen hatte sie es gar nicht bemerkt. Konnte es sein, dass sie in Umständen war?
Angestrengt versuchte sie, sich zu entsinnen, wann sie zuletzt ihre Blutung gehabt hatte. Genau konnte sie sich nicht

erinnern, doch es musste schon recht lange her sein. Mit der flachen Hand schlug Lisbeth sich vor die Stirn. »Ja, wie blind bist du denn, Frau Ime Hofe!«, schalt sie sich laut.
Eine unbändige Freude durchströmte Lisbeth. Endlich! Endlich würde ihr größter Wunsch in Erfüllung gehen! Sie hätte jauchzen und tanzen können vor Glück!
Doch ihre ungetrübte Freude währte nicht lange. »Freu dich nicht zu früh«, ermahnte sie sich streng. Schon einmal hatte sie sich voreilig Hoffnung gemacht, um dann den bitteren Schmerz der Enttäuschung zu erleben.
Entschlossen erhob Lisbeth sich von ihrer Bettstatt. Sie würde erst einmal abwarten, ob sie sich nicht getäuscht hatte. Wenn sie ganz sicher wäre, dass sie gesegneten Leibes war, bliebe noch genug Zeit, sich auf ihr Kind zu freuen.
Doch die Tage vergingen, ohne dass etwas geschah. Und mit jedem Tag, der verstrich, glaubte Lisbeth ein kleines Stück mehr daran, dass ihr Traum diesmal wirklich wahr wurde.

14. Kapitel

»Das ist meine Base Johanna«, sagte Lisbeths Lehrmädchen Maria und schob ein mageres Ding auf ihre Lehrherrin zu.

Johanna knickste höflich. »Ich möchte mich für Eure Großzügigkeit bedanken«, sagte sie schüchtern, kaum dass Lisbeth ihre Worte vernehmen konnte.

»Von Herzen gern geschehen!«, erwiderte Lisbeth mit einem warmen Lächeln.

Das Mädchen war wirklich erbarmungswürdig dünn. Unter ihrem Hemd stachen spitz die Schulterknochen und Schlüsselbeine hervor. »Möchtest du nicht zum Essen bleiben?«, lud Lisbeth sie ein.

»Gern!« Das Kind strahlte, und seine Wangen glänzten vor Freude, als Maria sie mit sich in die Küche zog.

Lisbeth folgte ihnen und setzte sich zu den Mädchen an den reich gedeckten Küchentisch.

Zwinkernd stellte die Köchin einen Teller saures Kraut vor sie hin, und Lisbeth begann genüsslich zu essen. Es war eine Schande, wie Grete ihre Lehrmädchen behandelte, dachte sie verärgert. Am liebsten hätte sie Johanna aufgefordert, ihre Lehre bei ihr fortzusetzen, aber sie hatte bereits die vier erlaubten Lehrtöchter.

Vielleicht könnte Johanna zu Clairgin gehen, überlegte Lisbeth, die hatte kein Lehrmädchen. Ein Schatten legte sich über ihr Gesicht, als sie daran dachte, wie abweisend Clairgin sich seit ihrem Streit ihr gegenüber verhielt, wenn sie sich durch Zufall begegneten. Nein, Clairgin brauche ich nicht darum zu bitten, dachte Lisbeth, und sie konnte es ihr nicht einmal verdenken. Aber wenn das nächste Lehrmädchen sie verließe, würde sie Johanna sofort zu sich nehmen, beschloss sie.

»... einen schaurigen Geist mit weißem Laken gesehen. Er heulte und jaulte laut. Es war zum Grausen ...« Der Satzfetzen drang ungewollt in Lisbeths Bewusstsein, und sie horchte auf.

»Die alte Mettel ist schreiend rausgerannt, auf die Straße, nur im Hemd!«, fuhr Johanna fort, ihrer Base zu erzählen. Sie schien ein wenig von ihrer Befangenheit abgelegt zu haben.

Lisbeth erinnerte sich, dass Apolonia ihr berichtet hatte, Mettel Elner sei verrückt geworden. Das Gespräch der Mädchen schien sich also um diese tragische Geschichte zu drehen. »Kannst du das noch einmal wiederholen«, unterbrach sie das Mädchen.

Johanna verstummte und schlug sich die Hand vor den Mund. Ängstlich blickte sie Lisbeth an. Hatte sie etwas Falsches gesagt? Vielleicht durften die Mädchen bei Tisch nicht sprechen?

»Könntest du das noch einmal erzählen, ich habe den Anfang nicht mitbekommen«, wiederholte Lisbeth freundlich.

Auch die anderen Mädchen unterbrachen ihr Geplapper und schauten nun mit Spannung auf Johanna. Diese errötete bis in die Haarspitzen und senkte den Blick auf ihren Teller. Stockend begann sie zu berichten: »Also, es war, weil ich solchen Hunger hatte, dass ich vor Magenknurren nicht schlafen konnte. Die Meisterin sperrt des Nachts immer die Tür, die vom Hof in die Küche führt, zu. Und die Werkstatt liegt ja hinten im Hof. Doch ich hatte gesehen, dass sie an diesem Abend vergessen hatte, die Küchentür abzuschlie-

ßen.« Johanna unterbrach sich und warf Lisbeth einen unsicheren Blick zu. Sie wusste, sie hatte etwas Unrechtes getan, und wenn sie der Frau Ime Hofe davon berichtete, würde diese es vielleicht ihrer Meisterin weitertragen.
Doch Frau Ime Hofes Züge ließen keine Verärgerung erkennen, im Gegenteil. Mitleid und Verständnis lagen darin, als sie Johanna zunickte, mit ihrer Erzählung fortzufahren.
»Ich bin also ins Haus geschlichen, um zu schauen, ob ich in der Küche etwas zu essen finde. Ich hatte schreckliche Angst, dass die Meisterin mich erwischt, aber der Hunger war einfach größer.«
Gebannt lauschten Lisbeth und die Mädchen ihrer Schilderung.
»Und da habe ich es gehört. Es war grauenvoll. Ein lautes Stöhnen und Jaulen. Und etwas rief: ›Jetzt komme ich und hole dich!‹ Immer wieder. ›Jetzt komme ich und hole dich!‹ So gruselig klang es. Vor lauter Angst bin ich unter den Tisch gekrochen. Und dann kam die alte Mettel die Treppe heruntergejagt, als sei der Leibhaftige hinter ihr her.« Johannas Augen waren schreckgeweitet, als erlebe sie die grausigen Geschehnisse der Nacht ein zweites Mal.
Die Mädchen hielten vor Spannung den Atem an.
»Und es war wirklich der Leibhaftige, der sie verfolgte!« Hastig schlug Johanna ein Kreuzzeichen.
Die Köchin und zwei der Mädchen taten es ihr gleich.
»Er hatte ein langes weißes Gewand an und polterte laut hinter ihr die Treppe herunter.«
»Und weiter?«, fragte Maria, ihre Base, atemlos.
»Die alte Mettel ist auf die Straße gestürmt. Im Hemd und ohne Schuhe. Und das bei der Kälte! ›Sie holen mich! Sie holen mich!‹, hat sie geschrien, so laut, dass alle Nachbarn zusammengelaufen sind.«

»Und dann?«
»Dann hat sich der Geist aufgelöst, und plötzlich war die Meisterin da.«
Lisbeth verzog das Gesicht.
»Die Meisterin ist auch auf die Straße gelaufen und hat versucht, die alte Mettel zu beruhigen. Doch die hat nur immer weitergeschrien und um sich geschlagen.«
»Und was hast du gemacht?« Die Mädchen vermochten die Spannung kaum zu ertragen.
Johanna schöpfte tief Luft. »Ich habe die Gelegenheit genutzt und bin ganz schnell zurück in die Werkstatt gelaufen und habe so getan, als schliefe ich.«
Für einen Augenblick saßen alle stumm vor Entsetzen da. Dann begannen die Mädchen alle zugleich durcheinanderzureden.
»Und was ist mit der alten Mettel dann geschehen?«
»Sag, wie ging es weiter?«
»Nun sag schon!«, bestürmten sie Johanna.
»Man hat sie nach Sankt Revilien gebracht, ins Geckenhaus«, antwortete Johanna. Sie schien durch das Interesse der Mädchen sicherer geworden zu sein. »Aber sie hat sich gewehrt wie wild. Dem Tönnis Wichterich hat sie die Nase gebrochen. Vier Männer haben es schließlich geschafft, sie festzuhalten, bis die Stadtwachen kamen. Aber das habe ich nicht selbst gesehen. Das hat man am nächsten Tag erzählt.«
Abermals erhob sich ein aufgeregtes Geplapper unter den Mädchen. Sie vermochten kaum zu glauben, was sie soeben gehört hatten.
Doch Lisbeth hatte etwas an Johannas Erzählung stutzig gemacht. Einen Moment gestattete sie den Mädchen noch ihre Aufregung, dann scheuchte sie sie auf. »Zeit, ins Bett zu gehen«, sagte sie bestimmt.

Als auch Johanna sich erhob, bat Lisbeth sie: »Könntest du noch einen Moment bei mir bleiben?«
Der furchtsame Ausdruck schlich sich wieder auf Johannas Antlitz, doch sie ließ sich ohne Widerrede auf die Bank zurücksinken.
»Das Poltern, das du gehört hast, als der Geist die Treppe herunterkam. Kannst du dich erinnern, wie es klang?«
Das Mädchen überlegte kurz. »Ein gewöhnliches Poltern, glaube ich. So, als würde jemand mit Trappen die Stiege hinablaufen.«
»Die Füße des Geistes hast du nicht gesehen?«
»Nicht richtig. Es war dunkel im Flur. Aber ich glaube, er hatte Trappen an.«
Lisbeth nickte bedächtig. »Hattest du das Heulen schon vorher gehört?«
Das Mädchen blickte Lisbeth erstaunt an. »Ja! Ein- oder zweimal. Da konnte ich auch vor Hunger nicht einschlafen und bin zur Küche geschlichen. Aber die Tür war abgeschlossen. Und da habe ich es auch schon gehört.«
Lisbeth nickte abermals. »Meinst du, die alte Mettel ist wirklich verrückt?«, wollte Lisbeth wissen.
»So, wie die geschrien hat – ganz sicher!«
»Ja natürlich. Aber ich meine vor dieser Nacht. Ist sie dir vorher schon sonderbar erschienen? Hat sie geschrien und um sich geschlagen?«
Johanna überlegte einen Moment, dann schüttelte sie den Kopf. »Nein, eigentlich nicht.«
»So schnell kann das gehen!«, bemerkte die Köchin, die sich am Herd zu schaffen gemacht hatte.
Lisbeth brummte unwillig. Für ihren Geschmack war es zu schnell gegangen. »Du gehst nicht zu deiner Meisterin zurück!«, entschied sie, ohne das Mädchen gefragt zu haben. »Du bleibst vorerst hier!«

Johanna zuckte furchtsam zusammen. Würde die Frau Ime Hofe sie nun doch bestrafen?
Beruhigend legte Lisbeth ihr die Hand auf die mageren Schultern. »Ich werde eine andere Lehrherrin für dich finden«, erklärte sie freundlich. »Und bis dahin ruhst du dich ein wenig aus. So schmächtig, wie du bist, kannst du ohnehin nicht ordentlich arbeiten.«
Lisbeth konnte richtiggehend sehen, wie sich die Anspannung auf dem Gesicht des Mädchens auflöste und einem dankbaren Lächeln wich, als es den Sinn ihrer Worte erfasste. Sie war sicher, es würde sich eine andere Lehrherrin für Johanna finden. Katharina Loubach oder ihretwegen auch Frieda Medman. Bei allen würde das Mädchen es besser antreffen als bei Grete.
»Richte ihr eine Bettstatt in der Kammer unter dem Dach bei den anderen Mädchen«, wies Lisbeth die Köchin an. Dann wandte sie sich noch einmal an Johanna: »Versprich mir nur eines.«
Das Mädchen nickte eifrig.
»Du darfst vorerst niemandem mehr von deiner Beobachtung erzählen«, schärfte sie ihr ein. »Rede mit keinem darüber! Auch nicht mit den anderen Mädchen.«
»Das verspreche ich Euch!«, antwortete Johanna ernsthaft.
Als die Köchin mit Johanna die Küche verlassen hatte, blieb Lisbeth noch eine Weile am Tisch sitzen. Was sie soeben erfahren hatte, war doch sehr sonderbar und gab ihr zu denken. So recht wollte sie nicht glauben, dass es im Elnerschen Haus spukte, obwohl Johannas Schilderung sehr aufrichtig geklungen hatte.
Wer hätte je gehört, dass ein Geist hölzerne Trappen trug? Es mochte ein sehr menschlicher Geist gewesen sein, der die alte Mettel gejagt hatte. Und wenn es kein Geist gewe-

sen war, dann versuchte jemand, Mettel in den Wahn zu treiben. Doch wer sollte so etwas Widersinniges tun, überlegte sie. Grete? Ihre eigene Tochter?
Zutrauen würde Lisbeth Grete diese Grausamkeit jederzeit, doch was hätte sie davon? Niemand mochte gerne mit der Schande leben, einen Verwandten im Geckenhaus zu haben.
Andererseits jedoch wusste Lisbeth, dass die alte Mettel seit ein paar Jahren nicht mehr arbeitete. Doch nach wie vor kommandierte sie ihre Tochter und die Lehrmädchen herum. Und sie hielt immer noch den Daumen auf den Geldbeutel im Elnerschen Haus. Ohne ihre Zustimmung durfte Grete nicht einmal einen Sack Mehl kaufen.
Ihre Mutter in den Wahnsinn zu treiben wäre für Grete ein geschickter Weg, sich ihrer zu entledigen, überlegte Lisbeth. Sie müsste zwar für deren Unterhalt im Geckenhaus aufkommen, doch Mettels ganzes Vermögen würde ihr zufallen. Aber dass Grete dafür bereit war, die Schande auf sich zu nehmen, bezweifelte sie dann doch.
Seit jedoch der neue Transfixbrief in Kraft war, gäbe es für Grete noch ein weiteres Motiv, fiel Lisbeth ein. Sie durfte nicht länger im Hause ihrer Mutter als Seidmacherin arbeiten. Und dass Mettel ihr Geld gab, um einen eigenen Hausstand zu gründen und eine Weberei einzurichten, war kaum zu erwarten.
Mettels Wahnsinn kam für Grete wirklich zum passenden Moment, dachte Lisbeth. Doch halt! Um die neue Bestimmung im Transfixbrief konnte Grete zu dem Zeitpunkt noch gar nicht gewusst haben. Oder doch? In Lisbeth keimte ein böser Verdacht. Hatte es bereits Pläne für einen neuen Transfixbrief gegeben, ohne dass Mertyn etwas davon geahnt hatte? Wäre er womöglich auch ohne ihr Zutun entstanden?

Nein, das war wohl zu weit hergeholt, verwarf Lisbeth den Gedanken. Doch ob Grete nun um die neuen Bestimmungen gewusst haben mochte oder nicht, man durfte keinesfalls den Fehler machen, sie zu unterschätzen. Wie schwer wog die Schande gegen Mettels Vermögen und eine eigene Weberei denn wirklich? Mit einem Mal kam Lisbeth die Vorstellung, dass Grete ihre eigene Mutter ins Geckenhaus getrieben hatte, gar nicht mehr so abwegig vor.
Ratlos lehnte Lisbeth sich auf der Bank zurück. Was sollte sie nun mit ihrem Verdacht anfangen? Wenn Mettel tatsächlich verrückt war, dann konnte man nichts dagegen unternehmen. Doch Lisbeth glaubte nicht, dass Mettel verrückt war. Sie war durchgedreht, aber die Schimären, die sie jagten, konnten sie im Geckenhaus nicht erreichen. Womöglich war sie wieder ganz bei Sinnen, saß dort zwischen den Verrückten, und niemand glaubte ihr, dass sie nicht gemeingefährlich war. Lisbeth spürte, wie sich bei der Vorstellung die Härchen auf ihren Armen aufstellten. Nicht dass sie allzu großes Mitleid mit Mettel hatte. Sie war eine unangenehme, garstige Person, aber ins Geckenhaus gesperrt zu werden hatte auch sie nicht verdient. Nicht, wenn sie nicht wirklich irre war, dachte Lisbeth empört. Unbewusst ballte sie die Hände zu Fäusten.
Sie würde herausfinden müssen, ob Mettel verrückt war. Doch wenn sie recht behielt und Mettel bei Sinnen war, dann würde sie dafür sorgen, dass man Grete eingehend befragte, um die Wahrheit ans Licht zu bringen. Das schwor Lisbeth sich.

Ein eisiger Wind trieb Lisbeth Tränen in die Augen. Schützend zog sie ihren Mantel enger um sich, doch der Wind drang sogar durch das schwere Wolltuch. Die Pfützen in den Gassen waren von schmutzigem Eis überkrustet, und

Lisbeth achtete darauf, auf dem gefrorenen Unrat nicht auszurutschen. Trotzdem beschleunigte sie ihren Schritt, damit ihr wärmer wurde. Kleine Atemwölkchen stiegen von ihrem Mund in den klaren Morgenhimmel, und als Lisbeth schließlich in die Stolkgasse einbog, war ihr endlich warm geworden.

In den Fenstern von Sankt Revilien spiegelte sich die kalte Wintersonne. Bezeichnenderweise lag das Hospital am nördlichen Rand der Stadt, unweit der Weingärten des Stiftes Sankt Ursula und damit fernab der prächtigen Bauten um den Alter Markt und Dom. Denn Siechtum und Tod boten beileibe keinen Anblick, den man den ungezählten Besuchern der Stadt, Händlern wie Pilgern, zumuten mochte.

Und seit Johann Rinck das Kloster mit einer Stiftung von tausend Goldgulden bedacht hatte, war dies noch wichtiger geworden, denn mit dieser großzügigen Spende hatten die Provisoren des Krankenspitals Sankt Revilien einen unbewohnten Beginenkonvent hinter ihrem Hospital zu cincm Hcim für Sinnlosc umgcbaut, dcrcn Schrcic und Gclärm mitunter in erschreckender Lautstärke auf die Straßen schallte.

Als Lisbeth auf den Kirchhof trat, war von Schreien und Gelärm indes nichts zu hören. Der Kirche gegenüber lagen die Spitalsgebäude, von einer hohen Mauer umfriedet, still inmitten ihrer Gärten. Kaum mochte man glauben, dass dies ein Ort der Krankheit und des Wahnsinns war.

Ein mürrisch dreinblickender Wärter öffnete auf Lisbeths Klopfen hin das schwere Tor.

»Ihr wünscht?«, fragte er gelangweilt.

»Zur Mettel Elner möchte ich.«

»Zur Elnerschen?« Der Mann hob die Brauen bis zum Ansatz seines schütteren Haares. »Da seid Ihr die Erste«,

sagte er und musterte sie unentschlossen. »Seid Ihr eine Verwandte?«
»Ja, sie ist die Base meines Oheims«, log Lisbeth.
»Na, wenn Ihr unbedingt wollt«, brummte der Wärter und ließ Lisbeth in den großzügigen Hof treten. »Wir haben sie in eines der Hundehäuschen gesteckt.«
Schlurfenden Schrittes führte er Lisbeth an dem Spitalsgebäude vorbei und quer über den Hof, einem einstöckigen Bau entgegen, der sich am rückwärtigen Ende des Hofes gegen die Mauer lehnte. Rechter Hand erkannte Lisbeth eine kleine Kapelle, hinter der kahle Obstbäume ihre Zweige in den klaren Morgen reckten.
Umständlich öffnete der Wärter die Tür und ließ Lisbeth eintreten. Ein ekelhaft fauliger Gestank schlug ihr entgegen und nahm ihr den Atem. Lisbeth spürte, wie Übelkeit in ihr aufstieg. Sie schluckte ein paar Mal trocken und versuchte, ihren Ekel zurückzudrängen. Von der Helligkeit draußen geblendet, konnte sie in dem großen Raum zunächst nichts erkennen. Doch als sich ihre Augen an das Dämmerlicht gewöhnt hatten, entfuhr ihr ein Laut des Entsetzens.
Das flackernde Licht des Kamins in der Ecke des Raumes erhellte einen grauenvollen Anblick. Auf den Bänken ringsum der unverputzten Wände hockten abgerissene Kreaturen – manche lagen mehr, als sie saßen –, und auch im niedergewälzten Stroh auf dem Boden kauerten ein paar der bedauernswerten Gestalten. Ihre Kittel starrten vor Dreck, und man hatte ihnen die Haare geschoren. Lisbeth spürte ihre stumpfen Blicke auf sich gerichtet, und sie getraute sich kaum, in die vom Wahn verwüsteten Gesichter zu blicken.
Eine Frau in mittleren Jahren schlug monoton die Handflächen aneinander, ohne Unterlass, wieder und wieder.

Eine andere, weit älter an Jahren, lag auf dem Boden an die Wand gekauert, Arme und Beine wie ein Säugling an sich gezogen, die Hände wie zum Schutz über dem Kopf gefaltet.

»Juhuääääää!«, jaulte jemand plötzlich auf, und Lisbeth fuhr zusammen. Ein Mann mit dem gebeugten Körper eines Greises hatte die Nase der niedrigen Decke zugewandt und heulte wie ein Hund. Dabei wirkte sein aufgedunsenes Gesicht jung und unschuldig wie das eines Kindes.

»Die da sind harmlos«, murmelte der Wärter, wies in Richtung der Kranken und schickte sich an, in den Gang zu treten, der rechter Hand von dem Raum abging.

In dem Moment glitt einer der armen Wichte von der Bank und hockte sich mitten in den Raum. Er hob seinen Kittel, entblößte sein Hinteres und begann seelenruhig seine Notdurft in das Stroh zu verrichten. Mit einem Satz war der Wächter bei ihm und packte ihn im Nacken. Grob riss er ihn auf die Beine und schob ihn mit Nachdruck durch die Tür ins Freie, den Latrinen zu, damit er dort sein Geschäft erledige.

Plötzlich hörte Lisbeth ein Rascheln neben sich im Stroh, spürte, wie eine Hand nach ihren Beinen griff und wie jemand versuchte, sich an ihr hochzuziehen. Ihr entfuhr ein Schrei, und sie wich entsetzt zurück. Ihres Halts beraubt, sank die elende Gestalt jämmerlich zurück auf die schmutzigen Halme.

Trotz des Gestanks zwang Lisbeth sich, die verfaulte Luft tief ein- und auszuatmen, um sich zu beruhigen. Am liebsten wäre sie einfach davongerannt. Es war so unsagbar schrecklich an diesem Ort. Und das Schlimmste stand ihr noch bevor.

Warum war sie nur hergekommen, fragte Lisbeth sich. Was hatte sie mit der alten Mettel zu schaffen? Und warum nur war sie allein gekommen? Sehr viel hätte sie darum gegeben, wenn Clairgin jetzt bei ihr wäre und ihr zur Seite stünde. Doch sie konnte immer noch umkehren und nach Hause gehen.

Nein, entschied Lisbeth und straffte die Schultern. Sie hatte sich die Sache nun einmal in den Kopf gesetzt, und nun musste sie sie auch durchstehen.

Dankbar bemerkte sie, dass der Wärter endlich vom Hof zurückkehrte, und folgte ihm in den Gang hinein. Zu beiden Seiten des schmalen Flurs gingen je vier massive Holztüren ab, gesichert mit schweren eisernen Riegeln. In den Türen befanden sich Klappen, von denen der Wärter nun eine anhob. Lisbeth erhaschte einen Blick in die schmale Kammer. Auf einer dünnen Schicht faulenden Strohs erkannte sie eine abgezehrte Gestalt, deren Fuß mit einem Lederriemen an einen eisernen Ring gebunden war, den man in die Wand eingelassen hatte. Völlig nackt lag die Frau auf dem eisigen Boden. Lisbeth erschauerte.

»'tschuldigung, falsche Tür«, knurrte der Wärter. Dann bemerkte er Lisbeths Erschrecken. »Lohnt sich nicht, die anzukleiden«, erklärte er. »Die reißt sich die Sachen eh gleich wieder vom Leib.« Mit einem Krachen schlug er die Klappe zu und trat zur nächsten Tür. Er warf einen kurzen Blick durch die Luke und nickte zufrieden. »Hier, das ist sie«, sagte er und trat einen Schritt zurück, um Lisbeth einen Blick auf die Insassin der Zelle zu gewähren.

Lisbeth winkte ab. »Öffnet mir die Tür!«

Verblüfft starrte der Wärter sie an. »Ihr wollt da hinein? Seid Ihr sicher?«, fragte er. »Die in den Hundehäusern sind gefährlich, die sperren wir nicht umsonst weg.«

»Ganz sicher!«, beschied Lisbeth ihm, bemüht, ihrer Stimme mehr Zuversicht zu verleihen, als sie tatsächlich empfand.

»Na gut. Aber beklagt Euch nachher nicht bei mir, wenn sie Euch etwas zuleide tut.«
Lisbeth nickte und wappnete sich innerlich gegen das, was sie nun erblicken mochte.
Der Wärter schob den Riegel von der Tür, und Lisbeth machte vorsichtig einen Schritt in die Zelle hinein.
Der Länge nach ausgestreckt lag die alte Mettel auf dem Stroh, und, wie Lisbeth es bei der nackten Frau gesehen hatte, auch ihr Fuß war mit einem stabilen Lederriemen gebunden. Auf dem Boden, unweit von Mettels Füßen, stand eine Eisenpfanne, in der die Reste einer Mahlzeit faulten. Zwei fette Ratten taten sich daran gütlich.
Bei Lisbeths Eintreten fuhr Mettel auf und blinzelte sie aus kleinen Augen an. Die große Frau war sichtlich abgemagert. Ihre Wangen waren eingefallen, und die Haut hing lose unter ihrem Kinn. Wenn Lisbeth ihr an einem anderen Ort begegnet wäre, hätte sie sie kaum wiedererkannt. Mettel trug keine Haube, und Lisbeth sah, dass ihr der Kopf vom Bartscherer rasiert worden war.
Doch das Mundwerk hatte man der Alten nicht gestutzt.
»Wer ist da?«, fragte sie barsch. Ihr Augenlicht schien deutlich nachgelassen zu haben, doch ihre Stimme hatte nicht an Kraft verloren.
Lisbeth schluckte.
»Lisbeth Ime Hofe«, sagte sie, um Freundlichkeit bemüht.
»Ime Hofe!« Mettel spuckte den Namen förmlich aus. »Wenn du gekommen bist, um mich zu verhöhnen, dann kannst du gleich wieder abhauen!«, keifte sie und kam schwerfällig auf die Beine. Drohend baute sie sich vor Lisbeth auf, die Arme in die Hüften gestemmt.
Lisbeth verspürte einen heftigen Stich im Unterleib, doch sie achtete nicht darauf. Sie musste all ihren Mut zusam-

mennehmen, um nicht vor Mettel zurückzuweichen. Die Alte war garstig, aber das war sie immer gewesen.
»Wie geht es Euch?« Lisbeth suchte in der Frage Zuflucht, die man gewöhnlich bei Krankenbesuchen stellte.
»Mir? Großartig, das siehst du doch!« Mettels Stimme troff vor Hohn. »Das Quartier ist sehr komfortabel, die Mahlzeiten erlesen. Nur ein wenig eintönig ist es hier, und du könntest mir ein warmes Bettjäckchen bringen.« Mettel schnaubte böse. »Herrgott, was willst du hier?«, herrschte sie und funkelte Lisbeth böse an.
Das war ganz die alte Mettel. Unfreundlich wie ehedem. Doch Lisbeth konnte an ihr keine Spur von Wahnsinn entdecken. Auch an ihrem Blick war nichts Irres. Mit den stumpfen Gestalten, die Lisbeth in dem großen Raum gesehen hatte, hatte sie nichts gemein. Sie gehörte nicht hierher.
»Ihr seid nicht irre«, stellte sie laut fest.
»Nein, bin ich nicht!«, giftete Mettel. »Aber wenn ich noch länger hier drinnen bleibe, dann werde ich es!«
Lisbeth biss sich auf die Lippe.
»Doch diese Verrückten hier drinnen glauben es mir einfach nicht. Angekettet wie einen bissigen Hund haben sie mich! Die Wächter hier sind noch irrer als die Insassen! Und einen Saufraß bekommt man hier vorgesetzt!«, zeterte sie und trat voller Abscheu gegen die Eisenpfanne, dass es schepperte. Erschrocken stoben die Ratten davon. Der Wärter vor der Tür ließ ein deutliches Räuspern vernehmen.
Lisbeth hatte genug gesehen und wandte sich grußlos ab. Was sollte man einem Menschen in dieser Lage auch wünschen?
»Vergiss das Bettjäckchen nicht«, höhnte Mettel, als der Wärter die Tür hinter Lisbeth verriegelte.

Gesenkten Blickes eilte Lisbeth den düsteren Gang entlang, und ohne die Kranken noch einmal anzusehen, trat sie in den Hof. Dankbar sog sie die klare Winterluft ein und machte sich, aufgewühlt von dem, was sie im Geckenhaus gesehen und gehört hatte, auf den Heimweg.

So habe ich mit meiner Vermutung recht behalten, dachte Lisbeth grimmig. Mettel ist ganz und gar nicht verrückt. Heute noch würde sie dafür sorgen, dass man Mettel aus Sankt Revilien entließ und Grete eingehend zu den Vorgängen befragte, beschloss Lisbeth. Dann würde sich zeigen, ob Grete tatsächlich versucht hatte, sich ihrer eigenen Mutter auf so grausame Weise zu entledigen.

Und wenn es so war, wovon Lisbeth nun ausging, dann würde man sie für ihre Schandtaten zur Rechenschaft ziehen. Diesmal würde sie nicht ungeschoren davonkommen! Es war an der Zeit, dass man Gretes Boshaftigkeit, die nicht einmal vor der eigenen Mutter haltmachte, einen Riegel vorschob.

In Gedanken versunken passierte Lisbeth die Goldwaage und hatte gerade Unter Spormacher erreicht, als ihr plötzlich ein scharfer Stich in den Unterleib fuhr. Der Schmerz kam überraschend und war so heftig, dass Lisbeth sich kaum auf den Beinen zu halten vermochte. Beinahe im selben Moment spürte sie, wie ihr etwas Feuchtes die Beine hinablief und ihre Strümpfe durchweichte. Blind tastend suchte sie Halt an einer Hauswand und krümmte sich zusammen.

Das Kind! Sie verlor ihr Kind! Der Gedanke erfüllte sie vom Kopf bis zu den Zehen mit grausiger Kälte. Um sie herum verloren alle Dinge ihre Farbe, nahmen ein schmutziges Grau an. Nein! Das durfte nicht sein! Lisbeth schlang schützend die Arme um den Leib, Tränen der Verzweiflung rannen ihr über das Gesicht.

Nach Hause! Sie musste so schnell wie möglich nach Hause gehen, dachte sie. Vielleicht war es noch nicht zu spät.

Keuchend richtete Lisbeth sich auf und setzte vorsichtig einen Fuß vor den anderen. Es war nicht mehr weit bis zur Obermarspforte, doch die Pein machte ihr das Gehen beinahe unmöglich. Abermals krümmte sie sich vor Schmerz zusammen, hätte sich am liebsten auf den gefrorenen Boden der Straße gelegt, bis der Schmerz nachließ. Doch sie wusste, sie musste weitergehen. Mühsam, Schritt für Schritt, schleppte sie sich voran, und nach einer Weile verlor der Schmerz ein wenig von seiner Schärfe.

Eine Ewigkeit schien zu vergehen, bis sie schließlich das Haus Zur Roten Tür erreichte. Schwer schleppte sie sich die wenigen Stufen hinauf, und als sie die Tür aufstieß, troff ihr das Blut bereits auf die Schuhe.

Mertyn eilte ihr aus seinem Kontor entgegen. »Mein Gott, Lisbeth! Was ist geschehen?«, rief er entsetzt, als er das Blut sah.

Lisbeths Gesicht war kreidefarben. Unfähig, zu antworten, taumelte sie auf Mertyn zu. Es gelang ihm gerade noch, seine Frau aufzufangen, bevor sie das Bewusstsein verlor.

Auf seinen Armen trug Mertyn Lisbeth in ihre Kammer und blieb bei ihr, bis man die Hebamme geholt hatte. Doch dann verzog sich der Hausherr in sein Kontor. Das hier war Sache der Frauen. Dabei hatte er nichts zu suchen.

So plötzlich der Schmerz und die Blutung begonnen hatten, so jäh ließen sie auch nach. Die Hebamme untersuchte Lisbeth gründlich, dann schüttelte sie teilnahmsvoll den Kopf. »Da ist nichts zu machen«, sagte sie. »Ihr habt Euer Kind verloren.«

Lisbeth schluckte, bemüht, die Tränen zurückzudrängen, die ihr in die Augen stiegen.

»Ihr seid noch jung, Ihr werdet andere Kinder haben«,

tröstete die Wehmutter und tätschelte ihr die Wange. »Ruht Euch aus, bleibt eine Weile im Bett und erholt Euch«, ordnete sie an. »Dann wird es schon wieder werden. Wer ein Mal schwanger wird, der wird es auch ein zweites Mal.«
Als sie schließlich allein in ihrer Kammer lag, konnte Lisbeth ihre Tränen nicht länger zurückhalten. Hoffnungslos rannen sie ihr die Wange hinab und sickerten in die Kissen. Die aufmunternd gemeinten Worte der Hebamme vermochten Lisbeth nicht zu trösten. Sie hatte auch schon gehört, dass Frauen nach einem Missfall einen weiteren hatten. Oder dass sie nie wieder empfingen. In ihr war nur ein einziger Gedanke: Sie hatte ihr Kind verloren!
Ihr alter Kummer, die Enttäuschung über ihre Kinderlosigkeit, die sie jahrelang fest in einen Winkel ihres Herzens verbannt hatte wie einen Geist in die Flasche, war mit Macht aus seinem verkorkten Gefängnis entkommen und drohte sie zu überwältigen.
Lisbeth wollte nicht an das Kind denken. Das Kind, das sie hätte haben können. Sie wollte sich nicht die Frage stellen, warum? Warum gerade sie ihr Kind verlor. Wollte nicht über Gerechtigkeit nachdenken.
Natürlich war es nicht gerecht! Jahre hatte es gedauert, bis sie überhaupt schwanger geworden war, und dann verlor sie ihr Kind in den ersten Wochen. Da wäre es gnädiger gewesen, sie wäre erst gar nicht in Umstände gekommen! Doch Gnade konnte man sich nicht aussuchen. Man durfte nur darauf hoffen, sie geschenkt zu bekommen.
Über all das wollte Lisbeth nicht grübeln. Nicht jetzt. Es war geschehen, und keine Macht der Welt konnte daran etwas ändern. Diese Gedanken schmerzten Lisbeth weit schlimmer als die Krämpfe, die sie gepeinigt hatten.
Wie einem Ertrinkenden das rettende Ufer, blitzte ihr plötzlich der Gedanke an die alte Mettel in Sankt Revilien

auf, und beinahe dankbar klammerte sie sich daran, denn er lenkte sie von ihrer Verzweiflung ab. Die Angelegenheit duldete keinen Aufschub! Sie musste dafür sorgen, dass man Mettel aus dem Geckenhaus entließ und dass Grete ihre gerechte Strafe erhielt. Entschlossen richtete Lisbeth sich auf ihrer Bettstatt auf und rief nach ihrer Magd. Sie wünsche umgehend ihren Gemahl zu sprechen.

Mertyn unterbrach seine Wanderung, die ihn in seinem Kontor vier Schritt dem Fenster zuführte, dann wieder die gleichen vier Schritt zurück zur Tür. Abwesend schenkte er sich etwas Wein in einen Becher. Er hatte gar nicht gewusst, dass Lisbeth in Umständen war. Dabei hätte sie doch außer sich sein müssen vor Freude. Doch davon hatte er ebenfalls nichts gemerkt, dachte er ein wenig schuldbewusst.

Nun, er war ein vielbeschäftigter Mann. Dreimal in der Woche musste er an den Ratsversammlungen teilnehmen, und seine Geschäfte konnte er derweil nicht vernachlässigen.

Warum hatte Lisbeth ihm nicht gesagt, dass sie ein Kind erwartete? Wusste sie denn nicht, wie sehr auch er sich Kinder wünschte?

Mertyn blickte auf, als es an die Tür des Kontors klopfte: Er möge doch sogleich zu seiner Gemahlin kommen. Besorgt hastete er die Treppen hinauf, zwei Stufen auf einmal nehmend. Ging es Lisbeth schlechter, fragte er sich bange. Als er sie vorhin auf ihrer Bettstatt niedergelegt hatte, war sie doch bereits wieder bei Bewusstsein gewesen.

Zu Mertyns grenzenloser Erleichterung fand er seine Gemahlin aufrecht im Bett sitzend. »Lisbeth! Gott sei es gedankt!« Aufatmend ließ er sich auf der Kante ihrer Bettstatt nieder und schloss sie in die Arme. »Du darfst nicht traurig sein«, flüsterte er, bemüht, seine eigene Enttäuschung zu verbergen.

Doch seine tröstend gemeinten Worte erreichten bei Lisbeth das Gegenteil. Wieder füllten sich ihre Augen mit Tränen. Sie wollte jetzt kein Mitleid. Das machte alles nur schlimmer. »Mertyn, ich muss …«, hob sie an.
»Scht! Du musst dich jetzt ausruhen und gesund werden. Und wenn du wieder bei Kräften bist …«
»Aber …«, unterbrach Lisbeth ihn.
»Nichts aber! Ich bin sicher, wir werden noch Kinder bekommen! Einen ganzen Stall voll, du wirst sehen!« Mertyn gab sich Mühe, seine Stimme zuversichtlich klingen zu lassen.
»Mertyn, hör mir zu!«
Lisbeths energischer Tonfall ließ ihn aufhorchen.
»Ich war in Sankt Revilien!«
»Wo warst du?« Entsetzt starrte Mertyn seine Frau an. Redete sie im Fieberwahn?
»In Sankt Revilien«, wiederholte Lisbeth.
»Was, um Himmels willen, hattest du dort zu suchen?«
»Ich habe die alte Mettel besucht.«
»Lisbeth, du bist krank!« Besorgt legte Mertyn ihr die Hand auf die Stirn, um zu fühlen, ob sie erhitzt war.
»Nein, Mertyn. Hör mir zu. Es ist wichtig!«, widersprach Lisbeth eindringlich. In ruhigen Worten erzählte sie ihm von der Beobachtung des Elnerschen Lehrmädchens und schilderte ihren grauenvollen Besuch im Geckenhaus.
Zweifelnd zunächst, dann jedoch mit wachsendem Staunen lauschte Mertyn Lisbeths Worten. Ihre Stimme war fest, und ihm wurde bald klar, dass seine Frau vollständig bei Sinnen war und man es hier möglicherweise mit einem bösen Verbrechen zu tun hatte.
Als Lisbeth geendet hatte, ließ sie sich ermattet in die Kissen zurücksinken. »Unternimm etwas dagegen«, bat sie ihren Gemahl. »Zeige Grete beim Rat an.«

Zärtlich strich Mertyn ihr eine tränenfeuchte Strähne aus dem Gesicht. »Das werde ich«, versprach er. »Da kannst du sicher sein. Aber nur, wenn du dich jetzt ausruhst und schnell gesund wirst.«

»Werte Frau Mutter!« Lisbeth setzte die Worte schwungvoll auf das Blatt, dann nahm sie noch einmal Fygens Brief zur Hand und überflog die ersten Absätze. Erneut griff sie zur Feder. »Es freut mich, zu lesen, dass Ihr und Euer Gemahl wohlauf seid und Euch bester Gesundheit erfreut«, schrieb sie. »Ich selbst bin eben erst von einem Missfall genesen, der mich eine Weile ans Bett gefesselt hat.«
Für einen Moment hielt sie inne. Ausführlich vermochte sie nicht über den schmerzlichen Verlust ihres Kindes zu berichten – zu quälend waren die Erinnerungen –, und überdies würde sie ihre Mutter nur beunruhigen. Bedächtig strich Lisbeth sich mit dem weichen Flaum der Feder über den Handrücken und überlegte sich die nächsten Sätze.
»Hier hat sich eine Geschichte zugetragen, die Ihr kaum glauben mögt: Grete Elner hat ihre Mutter ins Geckenhaus gebracht …«, fuhr sie schließlich fort und berichtete Fygen in kurzen Sätzen von Gretes Schandtaten und ihrem Besuch bei Mettel in Sankt Revilien.
»… Der Rat handelte schnell«, schrieb sie. »Auf Mertyns Eröffnung hin befragte man Mettel und kam zu dem gleichen Schluss wie ich: Die alte Mettel ist nicht verrückt!
Grete muss völlig außer sich geraten sein, als die Büttel sie in ihrer Werkstatt verhafteten und vor den erschreckten Augen ihrer Lehrmädchen aus dem Haus zerrten. Sie muss geschrien und getobt haben, doch angesichts der strengen Befragung, die man ihr androhte, gab sie ihren Widerstand bald auf und gestand ihre Missetat: Wieder und wieder hat-

te sie ihrer Mutter des Nachts den Schlaf geraubt, hatte vor deren Kammertür schaurig geheult und ihr mit verstellter Stimme Grausiges angedroht, um sie in den Wahn zu treiben.

Zuletzt hatte sie sich gar ein Laken über den Kopf gezogen und war in Mettels Schlafkammer erschienen, um ihre Mutter glauben zu machen, ein Geist verfolge sie. Für achtundzwanzig Tage sperrte man Grete bei Wasser und Brot in den Frankenturm, einen für jeden Tag, den Mettel in Sankt Revilien hatte zubringen müssen.«

Lisbeth ließ die Feder sinken. Fast vermeinte sie das schelmische Schmunzeln ihrer Mutter zu sehen, wenn sie diese Zeilen las.

»Mettel wurde natürlich alsbald aus dem Geckenhaus entlassen, doch Sankt Revilien ist ihr nicht gut bekommen. Sie ist ja schon eine alte Frau. Ihre Gesundheit hat dort gelitten, und kurz nachdem Grete aus dem Turm gelassen wurde, brachte sie Mettel dazu, ihr die Weberei zu überschreiben. Mit welchen Drohungen sie das nun wieder erreicht hat, will ich gar nicht wissen.

Die alte Mettel hat sich auf das Altenteil zurückgezogen. Doch Ihr kennt sie ja. Bis heute will sie es nicht wahrhaben, dass es ihre eigene Tochter war, der sie ihren Aufenthalt in Sankt Revilien zu verdanken hat. Wenn die Rede darauf kommt, nimmt sie Grete in Schutz, wie sie es immer getan hat, und schimpft bitterlich über die anmaßenden Ratsherren, die ihre unschuldige Tochter völlig grundlos in den Turm gesteckt hätten.«

Lisbeth legte die Feder aus der Hand und nahm einen Schluck Wein. Dann tauchte sie die Feder erneut in das Tintenglas und strich sie sorgfältig ab, bevor sie fortfuhr zu berichten: »Meinem Gemahl geht es gut, er lässt Euch respektvoll grüßen. Wie stets arbeitet er sehr viel und kommt gewissenhaft seiner Aufgabe als städtischer Ratsherr nach.«

Lisbeth seufzte. In ihren Augen kam Mertyn seinen Verpflichtungen nur zu gewissenhaft nach. All seinen Verpflichtungen – mit Ausnahme der eines Ehemannes. Nachdem der neue Transfixbrief verabschiedet war, hatte Mertyn sich anderen Fragen der städtischen Verwaltung zugewandt. Doch anders als über die Seidenweberei pflegte er sich darüber mit ihr nicht zu besprechen. Wie früher saß er bis tief in die Nacht im Kontor über seinen Büchern und kam zumeist erst in die Schlafstube, wenn sie bereits schlief.

Ergeben zuckte Lisbeth mit den Schultern. So war nun einmal sein Naturell. Lisbeth hätte es sich zwar anders gewünscht, doch so war es allemal besser, als wenn Mertyn faul wäre und bis nachts im Bierzapf säße wie der Mann von Stina Lommerzheim. Es nutzte nicht, zu klagen, gerade ihrer Mutter gegenüber nicht. Denn ihr Vater war nicht anders gewesen.

Mochte da ein Zusammenhang bestehen, fragte Lisbeth sich. Schon von Jugend an hatte Mertyn sich Peter Lützenkirchen als Vorbild auserkoren.

»Auch von Agnes und Sophie und Hans soll ich recht schön grüßen«, fuhr Lisbeth fort zu schreiben. »Es hat uns erfreut, zu hören, dass Ihr nunmehr acht Lehrmädchen und vier Helferinnen beschäftigt. Eure Seidenweberei scheint zu gedeihen. Nicht dass Ihr uns binnen Jahresfrist in Antwerpen auf der Messe den Rang ablauft!

Auch Stephan sendet Euch seine Grüße. Wann immer ich ihn sehe, ist er sehr eifrig bei der Arbeit. Doch das zu hören dürfte Euch nicht überraschen, denn Ihr steht ja mit ihm in Korrespondenz.«

Mit guten Segenswünschen für Fygen und ihren Gemahl

beendete Lisbeth den Brief, streute Sand auf das Papier, der die überschüssige Tinte aufsaugen sollte, und faltete das Blatt. Wenn sie den Brief heute noch in die Wolkenburg brachte, würde Stephan dafür Sorge tragen, dass der Fuhrknecht, der Köln morgen mit einer Lieferung Wein in Richtung Brabant verließ, ihn einen Teil der Strecke mitnahm.

15. Kapitel

»Aber das ist …« Lisbeth fand kaum Worte, ihrer Empörung Luft zu machen. »Das ist Betrug! Klüngel, schlimmster Filz!« Verärgert stapfte sie in der Stube auf und ab, viel zu erregt, sich zu Mertyn an den Tisch zu setzen und sich ihrem späten Mittagsmahl zu widmen.
Eineinhalb Jahre war der neue Transfixbrief nun in Kraft, und er war das Papier nicht wert, auf das man ihn geschrieben hatte, dachte Lisbeth grimmig. Nichts, gar nichts hatte sich zum Guten geändert! Immer noch gab es keinen gewählten Zunftvorstand, und wie ehedem wurde im Seidamt gegen alle Verbote verstoßen. Man gab Seide nach Wesseling und Deutz zum Spinnen, handelte mit Knotenseide und beschäftigte Seidmacherinnen im Verlag.
Niemand scherte sich um die Gesetze, weil der Rat nicht auf deren Einhaltung drängte. Nur auf Einhaltung eines speziellen Gebotes hatte der Rat geachtet: Keine Seidmacherin durfte nun mehr im Haus der Eltern ihrer Tätigkeit nachgehen.
Natürlich!, zürnte Lisbeth, denn dies kam den wenigen einflussreichen Seidmacherinnen gerade zupass. Es hatte dazu geführt, dass Liese Backes und Gundula von Bruwiler sich künftig ihr Brot als angestellte Weberinnen in fremden Betrieben verdienen mussten. Liese, weil sie bislang unverheiratet war und noch keinen eigenen Hausstand gegründet hatte, und Gundula, weil sie nicht vermögend genug war, eine eigene Werkstatt auszustatten.
Und eben hatte Apolonia Loubach Lisbeth erzählt, dass

nun auch Margarete van den Berg für die Berchems arbeitete, nachdem man ihre Mutter aufgefordert hatte, sie aus ihren Diensten zu entlassen.

Für Dora Medman, die Tochter von Frieda, hingegen war das alles keine Schwierigkeit gewesen. Ohne weiteres hatte ihre Mutter ihr eine eigene Werkstatt eingerichtet, ihr zwei Helferinnen und vier Lehrmädchen besorgt und kurzerhand Liese Backes und Gundula von Bruwiler eingestellt, Liese für den Betrieb ihrer Tochter, und Gundula, damit sie Dora in ihrem eigenen Betrieb ersetzte.

Dieses Gesetz, das eigentlich dazu gedacht war, die ärmeren Seidenweberinnen zu schützen, hatte nun dazu geführt, dass das Kränzchen um Brigitta van Berchem noch einflussreicher, noch vermögender, noch satter wurde.

»Du musst etwas dagegen unternehmen. Du kannst nicht zusehen, wie weiterhin solches Unrecht geschieht!«, forderte Lisbeth hitzig.

Mertyn legte unwillig den Kanten Brot beiseite, den er eben in seine Brühe tunken wollte. Er konnte es überhaupt nicht leiden, wenn man ihm sagte, was er zu tun hatte. »Meinst du, ich hätte nicht längst versucht, dagegen zu intervenieren?«, fragte er. »Aber was soll ich denn machen? Der Transfixbrief stellt unter Strafe, fremde Seide zu verweben. Hörst du? Fremde Seide! Wenn dagegen verstoßen wird, werden die Ärmsten bestraft, die ohnehin nichts zu beißen haben. Nicht die reichen Verlegerinnen. Die Armen können die hohen Strafen aber nicht bezahlen. Wenn ich auf Einhaltung dieser Bestimmung poche, wird manch eine von ihnen ihre Weberei schließen und auch noch bei den Berchems und Konsorten schuften müssen. Ist es das, was du willst? Der verdammte Wortlaut des Transfixbriefes ist nun einmal so.«

»Du hast gesagt, auf den Wortlaut käme es nicht an!«

Lisbeth war bitter enttäuscht, und sie wusste selbst, wie ungerecht ihre Worte waren.
»Ich habe mich geirrt.«
»Dann ändere den Transfixbrief.«
»Lisbeth, das ist Unsinn«, sagte Mertyn müde. »Ich bin kein Ratsherr mehr. Eine Amtszeit dauert nur ein Jahr. Frühestens in einem guten Jahr kann ich wiedergewählt werden. Und selbst wenn ich Ratsherr wäre, so ginge es nicht. Du weißt genau, dass ich gegen den Einfluss mancher Ratsherren machtlos bin.«
Lisbeth schnaubte. »Mein Vater hätte sich damit nicht zufriedengegeben!« Verärgert wollte sie die Stube verlassen. Der Appetit war ihr gründlich vergangen.
In dem Moment wurde die Tür mit einem Ruck aufgerissen, und ein kleiner Wirbelwind fegte ihr entgegen. »Tante Lisbeth!«
»Sophie, was machst du denn hier? Bist du wieder ausgebüxt?«, begrüßte Lisbeth ihre Nichte.
Sophie entsann sich ihrer Erziehung und knickste kurz vor Mertyn. »Guten Tag, Oheim.«
»Guten Tag, Sophie«, entgegnete Mertyn, doch Sophie beachtete ihn nicht weiter. Sie hatte sich wieder Lisbeth zugewandt. »Ich brauche deine Hilfe, Tante Lisbeth!«, flehte sie und krauste mit der ganzen Dramatik, zu der eine Zwölfjährige fähig war, die Stirn.
»Wobei?«, fragte Lisbeth und unterdrückte ein Schmunzeln.
»Ich will Seidmacherin werden!«, verkündete Sophie.
»Das ist schön«, sagte Lisbeth ernsthaft. »Dann bekomme ich ja ein fleißiges Lehrmädchen.«
»Gerade nicht! Deshalb brauche ich ja deine Hilfe, Tante Lisbeth. Ich darf nicht Seidmechersche werden! Der Herr Vater hat es verboten. Es gezieme sich nicht!«

Lisbeth entfuhr ein Schnauben. Diese verdammten Mannsbilder brachten sie heute allesamt mächtig zur Weißglut!
»Nun, dann werden wir uns einmal mit deinem Vater unterhalten müssen«, sagte sie grimmig.
»Oh, tust du das, Tante Lisbeth? Wirklich? Ich werde auch die beste Seidmacherin der Welt, und die fleißigste obendrein. Du wirst nie über mich zu klagen haben, das verspreche ich dir!«
»Ich werde dich daran erinnern, wenn es so weit ist«, brummte Lisbeth.
»Wann sprichst du mit Vater? Sag, wann?«, drängte Sophie.
Streitlustig, wie ich bin, käme mir Schwager Andreas heute gerade recht, dachte Lisbeth. Und ein wenig Bewegung würde mir auch guttun. »Jetzt gleich«, entschied sie.
Mit ausholenden Schritten eilte Lisbeth durch die Gassen, kaum dass Sophie mit ihr Schritt zu halten vermochte. Es war einer dieser grauen Herbsttage, an denen es einfach nicht hell werden wollte. Ein gleichförmig trüber Dunst hüllte die Stadt wie in Laken, so dass man kaum zu sagen wusste, ob es früh am Morgen oder bereits später Nachmittag war.
Unter Wappensticker hielt Lisbeth plötzlich inne und bedeutete ihrer Nichte, ebenfalls stehen zu bleiben. Ein Stück vor ihnen hatte sie eine Gestalt entdeckt, die ihr trotz des wärmenden Tuches, das sie sich um den Kopf gewunden hatte, vertraut vorkam.
Die junge Frau trug ein Bündel auf dem Rücken und blickte sich verstohlen in alle Richtungen hin um, so als habe sie etwas zu verheimlichen. Nun trat sie zu einem der herrschaftlichen Häuser und schlug den Klopfer an die Tür.
Nach einer Weile öffnete sich die Tür, doch die Frau mit dem Bündel wurde nicht hineingebeten. Lisbeth und So-

phie sahen, wie sie ihre Last von der Schulter gleiten ließ und einen Ballen nachtblauen Tuches hervorholte. Höflich schlug sie den Ballen auf, um der Herrin des Hauses die schimmernde Seide zu präsentieren.
Diese blickte interessiert darauf und fuhr mit der Hand in den Stoff, um die Qualität zu prüfen. Anscheinend war sie damit zufrieden, denn sie nickte.
Lisbeth war zu weit entfernt, als dass sie hätte verstehen können, was gesprochen wurde. Vermutlich erkundigte sich die Hausfrau nach dem Preis. Die Antwort schien ihr indes nicht zu behagen, denn sie schüttelte vehement den Kopf und schlug der jungen Frau unversehens die Tür vor der Nase zu.
Scheinbar gleichmütig faltete diese das schützende Leinentuch wieder über der Seide zusammen, verstaute den Ballen in ihrem Bündel und hievte es sich erneut auf die Schulter. Vielleicht suchte jemand hinter der nächsten Tür, ihre Seidenerzeugnisse zu kaufen.
Als die Frau an Lisbeth und Sophie vorbeiging, hob sie kurz den Kopf. Für einen Moment traf Lisbeth ihr abweisender Blick, dann war sie auch schon an ihnen vorbeigeeilt.
»Wer war das?«, fragte Sophie, als sie ein Stück ihres Weges gegangen waren. Das seltsame Verhalten ihrer Tante schien sie beschäftigt zu haben.
»Clairgin van Breitbach«, antwortete Lisbeth dumpf. »Eine Seidmacherin, der leider nicht sehr viel Erfolg beschieden ist. Obwohl sie eine der besten Weberinnen der Zunft ist.«
Lisbeth seufzte. Sie hatte gewusst, dass es um Clairgins Geschäfte nicht besonders gut stand. Doch dass die Ärmste ihre Waren von Haus zu Haus feilbieten musste wie Kram und billigen Tand, das hatte sie nicht geahnt. Ein Stand im Seidenkaufhaus war Clairgin für die geringen

Mengen, die sie anzubieten hatte, wohl zu kostspielig geworden.

Lisbeth verstand die Heimlichkeit, mit der Clairgin ihre Ware anbot. Es musste ihr so peinlich sein, dass sie dabei nicht gern gesehen werden wollte, schon gar nicht von anderen Seidmacherinnen. »Du siehst, nicht jede Seidenweberin ist vom Glück verwöhnt«, erklärte sie Sophie.

Der Dunst über der Stadt wurde dichter und hatte einen rötlichen Schimmer angenommen. Lisbeth beschleunigte ihren Schritt, und schon bald erreichten sie das Haus Zum Kleinen Ochsen.

Herzlich empfing Agnes ihre Schwester in der Stube. Falls sie die Abwesenheit ihrer Tochter bemerkt haben sollte, so ließ sie es sich jedenfalls nicht anmerken. Ein feines Lächeln umspielte ihre ebenmäßigen Züge, als Lisbeth ihr erklärte, sie wünsche mit ihrem Gemahl zu sprechen.

Als Andreas in die Stube trat, war er sichtlich überrascht, dort seine Schwägerin vorzufinden. Sein Blick glitt unruhig zwischen Agnes, Sophie und Lisbeth hin und her, um dann auf seiner Schwägerin haften zu bleiben. »Was kann ich für dich tun«, fragte er.

»Es geht um Sophie«, sagte Lisbeth geradeheraus. Sie war nicht in der Stimmung, um den Brei herumzureden.

Andreas hob die Brauen. »Ich höre?«

»Sophie möchte Seidmacherin werden.«

»Das ist unnötig. Meine Tochter braucht sich ihr Brot nicht selbst zu verdienen. Sie wird eine gute Partie machen, vielleicht ehelicht sie einen Mann von Adel. Hübsch genug ist sie dafür.« Andreas bedachte seine Tochter mit einem Blick, der Lisbeth nicht behagte. So einen Blick hatten gewöhnlich Pferdehändler, die sich des Wertes der Klepper, die sie zu Markte führten, bewusst waren.

»Es kann nicht schaden, wenn ein Mädchen etwas Anstän-

diges lernt. Man weiß nie, wie es im Leben kommt«, unkte Lisbeth.
»Das ist reine Zeitverschwendung. Sie soll lernen, ein herrschaftliches Haus zu führen. Das ist es, was sie können muss.«
»Sie ist noch so jung, dafür ist später noch Zeit genug.«
»Damit kann sie nicht früh genug anfangen. Außerdem ist es einer Imhoff unwürdig. Ihre Basen in Augsburg und Nürnberg kämen nie auf die Idee, ein Handwerk zu erlernen.«
»Wir sind hier aber nicht in Augsburg oder Nürnberg! Und ihrer Großmutter oder mir ist bei der Seidenweberei kein Zacken aus der Krone gefallen«, widersprach Lisbeth empört.
Der hochmütige Blick, mit dem Andreas ihre Äußerung quittierte, zeigte Lisbeth deutlich, was er von ihrer Würde und der ihrer Mutter hielt. Brennend stieg Lisbeth das Blut ins Gesicht. Was glaubte ihr Schwager eigentlich, wer er war?
»Hast du am Ende dem Kind diese Flausen in den Kopf gesetzt?«, fragte Andreas ätzend. »Das würde dir zu Gesicht stehen!«
»Andreas!«, rügte Agnes, die wie Sophie bislang schweigend dem Disput gefolgt war. »Lisbeth hat schon recht. Man weiß nie, wie es im Leben kommt. Wenn ich meine Mitgift in eine Weberei investiert hätte, dann wäre sie jetzt nicht fort, verschluckt von deinen Geschäften!«
Lisbeth sog scharf die Luft ein und blickte ihre Schwester erstaunt an. Einen so resoluten Ton hatte Agnes sich ihrem Gatten gegenüber noch nie erlaubt. Zumindest nicht in ihrem Beisein. Etwas schien zwischen den Eheleuten vorgefallen zu sein, dachte sie. Etwas, das das Verhältnis zwischen ihnen grundlegend geändert hatte.

Ruhig, doch bestimmt fuhr Agnes fort: »Wenn das Kind es also gerne möchte, solltest du es gestatten!«
Widerwillig zuckte Andreas mit den Schultern. Ohne ein weiteres Wort wandte er sich ab und ließ die Damen allein.
Als sich die Stubentür hinter ihm geschlossen hatte, fiel Sophie Lisbeth stürmisch um den Hals. »Ich werde Seidmacherin«, jubelte sie glücklich. »Danke, Tante Lisbeth. Und danke, Mutter!«
»Das wäre entschieden!« Agnes lächelte entschuldigend. »Sophie ist ein Wildfang. Sie braucht dringend eine Aufgabe. Ich glaube, die Lehrzeit bei dir wird ihr guttun. Wann soll ich sie zu dir schicken?«
»In zwei oder drei Wochen, wenn das nächste Lehrmädchen mich verlässt.«
Agnes nickte, doch Sophie zog ein langes Gesicht. »Och, das ist noch so lange hin«, maulte sie enttäuscht.
Ob der Ungeduld des Kindes musste Lisbeth lachen. So war sie früher auch gewesen, erinnerte sie sich, als sie auf die Straße hinaustrat. Auch sie hatte es kaum erwarten können, endlich Seidmacherin zu werden.
Lisbeth hatte bereits ein gutes Stück ihres Heimweges hinter sich gebracht, als der Dunst, der über der Stadt lag, dichter wurde. Es roch verbrannt, so, als verhindere der Nebel, dass der Rauch aus den Kaminen in den Himmel aufstieg. Lisbeth zog den Mantel enger um sich und hielt sich einen Zipfel des Tuches vor Mund und Nase, um besser atmen zu können.
Ein roter Schimmer färbte den Dunst, und in dem Moment hörte Lisbeth das scheppernde Läuten: Man schlug eine Feuerglocke! Der Rauch stammte nicht von den Kaminen der Häuser, erkannte sie – es brannte in der Stadt!
Eine zweite Feuerglocke kam der ersten zu Hilfe, dann

setzte eine dritte Glocke in das warnende Geläut mit ein. Lisbeth beschleunigte ihren Schritt. Sie konnte nicht sehen, wo es brannte. Das Läuten schien überall um sie her zu ertönen.

»Lieber Gott! Bitte lass es nicht das Haus Zur Roten Tür sein!«, schickte Lisbeth ein Stoßgebet zum Himmel. Sie musste so schnell wie möglich nach Hause! Eilig hastete sie um die Ecke und bog in Unter Wappensticker ein. Es war nicht mehr weit. Nur noch ein Stück diese Gasse entlang, dann käme sie zu der Ecke, an der die Obermarspforte Unter Wappensticker kreuzte, und sie wäre fast daheim.

Der Rauch wurde dichter, brannte Lisbeth in den Augen und drang durch den Stofffetzen, den sie sich vor Mund und Nase presste. Hustend eilte sie voran. Das Tor zum Hof des Hauses Zum Kleinen Schönwetter, in dem die Berchem-Schwestern ihre Werkstatt hatten, stand offen. Anscheinend sorgte man sich auch hier um die Brände.

Wie getrieben eilte Lisbeth weiter. Sie hatte beinahe die Ecke zur Obermarspforte erreicht, als der Rauch zu dicken grauen Wolken zusammenwuchs und ihr die Tränen in die Augen trieb. Eine Wand aus Hitze schlug ihr entgegen, Flammen züngelten aus dem Dachstuhl und den Fenstern eines Hauses auf der rechten Straßenseite. Aus dem Rauch drang ein hohes Schreien und das Rufen von Männerstimmen. Durch die beißenden Schwaden hasteten Menschen hin und her, reichten Eimer und schütteten Wasser in die Flammen, das zischend verdampfte.

War es nur dieses Haus, das brannte, oder hatte das Feuer auch die dahinter liegenden Häuser erfasst, fragte Lisbeth sich bang. Wie stand es in der Obermarspforte? Das Haus Zur Roten Tür war nicht mehr weit entfernt. Wenn ein ungünstiger Wind das Feuer nährte, mochte es leicht ganze

Straßenzüge erfassen und alles auf seinem Weg in Asche legen.
Rauch hüllte Lisbeth ein, und die Flammen schlugen so hoch in den Himmel, dass sie nichts erkennen konnte. Es schien, als erhebe sich vor ihr eine brennende Wand, die kein Durchkommen gewährte.
Die Sorge ließ Lisbeth keine Ruhe. Sie musste nach Hause! Wenn sie sich ganz dicht an das gegenüberliegende Haus hielt, überlegte sie fieberhaft, könnte sie vielleicht die Brandstelle passieren. Tastend trat sie einen Schritt näher an das Feuer heran.
Hitze und Rauch füllten die Gasse auf der ganzen Breite, krochen Lisbeth entgegen. Sie spürte, wie ihr Gesicht zu schmerzen begann, und zog sich schützend das Tuch ihres Mantels vor das Gesicht, so dass nur noch ein schmaler Schlitz für die Augen blieb. Beherzt machte sie einen weiteren Schritt nach vorn.
In dem Moment löste sich krachend ein Balken in dem brennenden Dachstuhl. Das ganze Dach geriet in Bewegung, stürzte herab und zerbarst in glühende Teile. Ein verkohlter Balken verfehlte knapp Lisbeths Schulter, und Tausende glühender Funken hüllten sie ein. Entsetzt schrie Lisbeth auf und taumelte zurück. Ein weiterer Balken fiel herab, dann brach die Giebelwand des Hauses in sich zusammen. An der Stelle, wo Lisbeth noch vor einem Moment gestanden hatte, war nunmehr ein Haufen aus rauchendem Schutt und Steinen.
Lisbeth schluckte trocken. Es hatte nicht viel gefehlt, und das einstürzende Haus hätte sie unter sich begraben. Hier war wirklich kein Durchkommen. Sie musste es auf einem anderen Weg versuchen.
Sie ließ den Saum ihres Mantels los und rannte mit fliegenden Röcken die Gasse zurück, fort, nur fort von dieser

flammenden Hölle. Rauch drang ihr in Mund und Nase, Tränen rannen ihr die Wangen hinab und malten weiße Spuren auf ihr rußgeschwärztes Gesicht.

Hustend eilte sie am Haus Zum Kleinen Schönwetter vorbei. Aus dem Hof drang ebenfalls Rauch. Fahrig griff Lisbeth wieder nach dem Mantel und presste ihn erneut auf Mund und Nase, als sie das benachbarte Haus Xanten, in dem die Berchem-Schwestern wohnten und ihr Kontor hatten, passierte. Eben trat eine Gestalt durch die Tür, und ein misstrauischer Blick aus grau-grünen Augen traf Lisbeth. Flüchtig erkannte sie Jacoba, das undankbare Lehrmädchen von Clairgin, das nun für die Berchems arbeitete.

Ohne stehen zu bleiben, hastete Lisbeth weiter, bog in die nächste Gasse ein, in die übernächste. Die Tränen trübten ihr den Blick, und immer wieder quälte sie trockener Husten. Ein weiteres Mal bog sie ab und sah sich unvermittelt einer neuen Wand aus Feuer und Rauch gegenüber. Auch hier ging es nicht weiter, musste sie entmutigt feststellen. Auch hier war ihr der Weg versperrt.

In Lisbeth wuchs die Verzweiflung. Wie, um Himmels willen, sah es in der Obermarspforte aus? Was war mit dem Haus Zur Roten Tür? Vor ihrem inneren Auge sah Lisbeth bereits Flammen aus dem Dachstuhl ihres Hauses schlagen, doch energisch versuchte sie die Bilder zurückzudrängen. Abermals kehrte sie um und hastete in die entgegengesetzte Richtung davon.

Mit ungewohnter Plötzlichkeit senkte sich die Dämmerung über die Stadt, doch die Nebeldecke schien sich gehoben zu haben, denn deutlich zeichneten die Feuer nun an vielerlei Stellen rotgefärbte Flecken an die schweren Wolken.

Lisbeth lief weiter, immer weiter, bis ein Stechen in der Sei-

te sie zwang, stehen zu bleiben. Hier war kein Rauch mehr, stellte sie mit Erleichterung fest und blickte sich um. Die Gasse erschien ihr fremd. Sie hätte nicht zu sagen vermocht, wo sie war.
Ein paar Mal atmete sie tief durch, bis ein neuerlicher Hustenanfall sie schüttelte. Ihr Herz raste, und ihre Beine brannten vor Schmerz. Mühsam schleppte sie sich noch ein kleines Stück weiter, dann lehnte sie sich kraftlos an die bröckelnde Fassade eines Hauses und schloss die tränenden Augen.
Einen Moment lang genoss Lisbeth die wohltuende Schwärze. Das Brennen in den Beinen ließ nach, und allmählich beruhigte sich auch ihr Atem. Die Schwärze wurde tiefer und dichter. Lisbeth spürte vage, wie sie an der Wand hinabglitt, dann war das Schwarz überall.
Erschreckt riss Lisbeth die Augen auf. Für einen Augenblick musste sie das Bewusstsein verloren haben. Doch nein, es musste länger als ein Moment gewesen sein, erkannte sie. Denn sie saß nicht, wie sie erwartet hatte, im Freien an eine Hauswand gelehnt auf dem Boden, sondern lag ausgestreckt auf einer strohgepolsterten Pritsche. Über ihr wölbte sich eine niedrige, höhlenartige Decke, von der getrocknete Kräuterbündel, Knollen und Wurzeln, aber auch allerlei Hausrat wie Töpfe, Tiegel und Kellen an Haken und Seilen herabbaumelten. In wessen Wohnstatt auch immer sie sich befinden mochte, in Ermangelung gerader Wände, an die man ein Regal hätte lehnen können, schienen die Bewohner die Decke als Aufbewahrungsort zu verwenden.
Lisbeth rieb sich über das Gesicht und schluckte trocken. Ihre Augen brannten immer noch, und ihr Mund war wie ausgedörrt. Sie spürte, dass sie beobachtet wurde. Rasch setzte sie sich auf und blickte sich um. Der Raum, in dem

sie sich befand, maß vielleicht drei auf vier Schritte. Zur Straße hin hatte er keine Wand, sondern konnte mit einer Lade verschlossen werden, die nun offen stand.
Die ganze Behausung ähnelte eher einem Fuchsbau als einem Haus, stellte Lisbeth fest. Überall standen oder lagen Bündel, Kisten und Gerät, kaum dass die schmale Bettstatt, auf der sie lag, dazwischen ihren Platz hatte finden können.
Ein meckerndes Lachen drang an ihr Ohr, und es dauerte einen Moment, bis sie in dem Gewirr um sie her ein Gesicht ausmachen konnte.
Eine alte Frau erhob sich von einem dreibeinigen Hocker, trat zu ihr und reichte ihr einen angestoßenen Becher. »Da bist du ja endlich!«, sagte sie. »Ich hatte dich schon viel eher erwartet!«
Dankbar griff Lisbeth nach dem Becher und nahm einen tiefen Schluck. Es war weder Bier noch Wein, sondern schien ein Sud zu sein, in den man allerlei Kräuter gegeben hatte. Obschon das Gebräu seltsam schmeckte, leerte Lisbeth den Becher durstig bis zur Neige. Dabei betrachtete sie die Alte aufmerksam über den Rand des Bechers hinweg.
Ihre Haut war von einem tiefen Braun wie dem der fahrenden Leute. Doch aus dem ledrigen dunklen Gesicht blickten überraschend helle smaragdgrüne Augen. Von dem orangefarbenen Tuch, das die Frau sich um ihr Haar gewunden hatte, baumelte ihr wie ein drittes Auge ein geschliffener grüner Edelstein auf die Mitte der Stirn herab. Lisbeth überlegte, ob es sich um einen echten Edelstein handeln mochte, doch angesichts der Ärmlichkeit der Hütte war er vermutlich aus buntem Glas.
Die Worte der Alten waren nicht weniger wunderlich als ihre Wohnstatt und ihr Aussehen. Der vertraulichen Anre-

de nach schien die sonderbare Alte sie zu kennen, doch Lisbeth war sich sicher, sie nie zuvor gesehen zu haben. »Danke für Eure Hilfe«, sagte sie und machte Anstalten, sich zu erheben. Es drängte sie, nach Hause zu kommen.
Mit ihrer knochigen Hand hielt die Alte sie zurück und drückte sie mit Nachdruck auf die Bettstatt nieder. »Dann werden wir uns jetzt mal um deinen Wunsch kümmern!«, sagte sie.
Energisch setzte Lisbeth sich auf und richtete ihre Röcke. Sie wollte nicht unhöflich sein, denn immerhin hatte die Alte sie von der Straße aufgehoben, doch ihr stand jetzt nicht der Sinn nach fragwürdigem Hokuspokus. »Nochmals Dank für Eure Hilfe, aber ich muss jetzt gehen«, sagte sie höflich, doch bestimmt, und nestelte ein Geldstück aus ihrem Beutel.
Wieder ließ die Alte ihr meckerndes Lachen hören. »Du brauchst dich nicht zu eilen, im Haus Zur Roten Tür steht alles zum Besten. Im Moment kommst du ohnehin nicht zur Obermarspforte durch«, erklärte sie kichernd.
Verblüfft ließ Lisbeth sich zurücksinken. Woher wusste die Alte, was sie umtrieb?
»Na also!«, brummte die Alte und griff mit ihrer klauenförmigen Rechten nach Lisbeths Haube. Ehe Lisbeth gewahr wurde, was diese beabsichtigte, war die Alte mit ihren dürren Fingern unter ihre Haube gefahren und hatte ihr eines ihrer langen dunklen Haare ausgerissen.
»Autsch!«, rief Lisbeth. »Was macht Ihr denn da?«
»Du willst doch, dass dein innigster Wunsch in Erfüllung geht, oder? Dann rede nicht und lass mich meine Arbeit tun«, entgegnete die Alte barsch, wandte sich ab und kramte in einer Kiste herum, die an der rückwärtigen Wand des Verschlages stand. Einen Augenblick später war sie wieder bei Lisbeth. In der einen Hand hielt sie ein etwa hand-

tellergroßes Stück dunkelroter Seide und eine Seidenschnur von gleicher Farbe. In den Stoff war ein Muster aus Goldfäden gewirkt, wie Lisbeth es noch nie gesehen hatte. Sehr fremdländisch sah es aus.

Die andere Hand hielt die Alte ihr nun entgegen. Auf der geöffneten Handfläche erkannte Lisbeth ihr Haar, einen winzigen grünen Zweig und dazu etwas Krümeliges, das wie zerstoßene Rinde aussah. Ein betörender Duft stieg davon auf, es mochten Gewürze aus den neuen Ländern sein.

»Los, spuck darauf!«, kommandierte die Alte.

»Aber …«

»Red nicht, spuck!«

Lisbeth beugte sich vor und sog den betörenden Duft ein. Schwer und sinnlich war er, doch zugleich mit einer herben Note. »In Gottes Namen«, erwiderte sie ergeben und spuckte der Alten auf die Handfläche.

Mit der freien Hand breitete die Frau das Stoffstück auf Lisbeths Schoß aus und strich es mit ihrem knotigen Knöchel glatt. Dann verrieb sie die Gewürze mit Lisbeths Haar und Speichel und plazierte sie genau in der Mitte des Tuchfetzens.

Gespannt beobachtete Lisbeth, wie die Alte mit spitzen Fingern das Tuch um die geheimnisvollen Ingredienzien herum zu einem kleinen Beutelchen zusammenraffte. Um die Enden des Stoffes wand sie sorgfältig die Seidenschnur und verschloss das Amulett mit einem Knoten. Dabei murmelte sie für Lisbeth unverständliche Worte, während ihr Oberkörper, einem unhörbaren Rhythmus folgend, vor und zurück schwang.

Die Worte der Alten wurden lauter, gingen in einen monotonen Singsang über, während sie weitere Knoten hinzufügte. Schließlich beugte sie sich vor, legte Lisbeth die Schnur um den Hals und verschloss sie mit einem letzten

Knoten. »So«, bemerkte sie, »das sollte genügen. Nun kannst du gehen.«
Erleichtert reichte Lisbeth der Alten das Geldstück.
Mit scheelem Blick beäugte diese die kleine Münze. »Meinst du nicht, dass das ein bisschen wenig ist für die Erfüllung deines größten Wunsches?«, tadelte sie.
Lisbeth seufzte. Ihr war von Anfang an bewusst gewesen, dass die geschäftstüchtige Alte sie nur aus diesem Grund in ihre Höhle geholt hatte. Doch ihr stand nicht der Sinn nach langem Feilschen. Sie wollte nur noch fort von hier, so schnell wie möglich. Wollte sehen, wie es daheim stand.
Ergeben angelte sie nach einem weiteren Geldstück und reichte es der Alten. Diese nickte zufrieden. »Denk daran: Nur wenn man sich etwas wirklich wünscht, dann geht es auch in Erfüllung«, sagte sie.
Natürlich! Wenn der Zauber nicht funktionierte, konnte man schließlich behaupten, der Kunde hätte nicht fest genug daran geglaubt, dachte Lisbeth, als sie auf die Straße trat. Alle, die sich mit dem Aberglauben der Menschen ihr Brot verdienten, versäumten nicht, sich ein solches Hinter türchen offen zu lassen.
»Nur leider gehen Wünsche meist ein wenig anders in Erfüllung, als man es sich vorgestellt hat«, murmelte die Alte hinter ihr her, doch Lisbeth beachtete sie nicht weiter. Sie blickte verwundert auf die gegenüberliegende Seite der Straße. Unverkennbar, auch nach Einbruch der Dunkelheit, war das dort drüben das Torhaus der Wolkenburg! Wieso hatte sie das vorhin nicht bemerkt, fragte Lisbeth sich. Sie musste sehr kopflos gewesen sein, dass sie die Cäcilienstraße nicht erkannt hatte. Doch mehr noch verwunderte es sie, dass ihr der Fuchsbau der Alten nie zuvor aufgefallen war. Er erweckte beileibe nicht den Eindruck, als gäbe es ihn erst seit gestern.

Gott sei es gedankt, dass das Feuer diesen Teil der Stadt bislang verschont hatte, dachte Lisbeth, und gern würde sie den Worten der Alten Glauben schenken, dass im Haus Zur Roten Tür alles zum Besten stand. Dennoch trieb die Sorge sie voran.

Zerrissen zwischen Bangen und Hoffen, setzte Lisbeth ihren Heimweg fort. Über dem Heumarkt und nahe dem Rheinufer zeichneten die Flammen fiebrig rot ihre schaurigen Bilder in den Nachthimmel. In dieser Richtung lag auch Sankt Alban und das Haus Zur Roten Tür. Ohne dass Lisbeth etwas dazutat, schritt sie schneller aus. Immer eiliger hastete sie voran, befürchtete, jeden Moment wieder einer Wand aus Rauch und Feuer gegenüberzustehen, die sie daran hinderte, nach Hause zu gelangen.

Doch diesmal erreichte sie die Obermarspforte ohne weitere Zwischenfälle. Das Feuer hatte die Straße verschont, und die Alte hatte recht behalten: Im Haus Zur Roten Tür war alles in bester Ordnung, alle Bewohner waren wohlauf.

Doch auf dem Fischmarkt, am Heumarkt, auf dem Eigelstein, in der Gasse Unter Sechzehn Häusern und bei Sankt Gereon wüteten die Feuer bis tief in die Nacht, und als am Morgen eine bleiche Sonne durch die rauchigen Schwaden stach, fand sie etliche Häuser bis auf die Grundmauern niedergebrannt.

Tagelang erging sich die Stadt in wüsten Spekulationen: Wer, warum und wieso, wer nicht und wer ganz bestimmt oder bestimmt gar nicht die Feuer gelegt hatte. Denn dass es sich um Brandstiftung handelte, das war unbestritten, darin war man sich einig. Die Mutmaßungen machten auch vor dem Haus Zur Roten Tür nicht halt.

»Man redet über dich!«, sagte Mertyn einige Tage darauf, nachdem er des Abends das Nachtlicht in ihrer Schlafkammer gelöscht hatte.

»Und, was sagt man?«, fragte Lisbeth schläfrig.
»Du bist gesehen worden!«
»Wobei?« Lisbeth gähnte.
»Es heißt, du seist heimlich um das Haus Zum Kleinen Schönwetter herumgeschlichen.«
»Was bin ich?«
»Man hat dich in der Nähe des Hauses Zum Kleinen Schönwetter gesehen«, wiederholte Mertyn, »an jenem Nachmittag, kurz bevor die Brände ausbrachen.« Seine Stimme klang besorgt, doch Lisbeth entging nicht der Anflug von Ärger, der darin mitschwang.
Mit einem Schlag war sie hellwach. Jäh drehte sie sich zu ihrem Gemahl herum und stützte sich auf den Ellbogen. »Du meinst, ich hätte die Feuer gelegt?«, rief sie aufgebracht und versuchte angestrengt, ihm ins Gesicht zu blicken. Doch die Düsternis in der Kammer verbarg seine Züge.
Mertyn schwieg einen Moment, als wäge er seine Worte sorgfältig ab. »Natürlich nicht«, sagte er schließlich. »Aber ein wenig seltsam mutet es schon an, das musst du zugeben. Du kommst spät am Abend heim, bist voller Ruß und erklärst, dass du bei einer seltsamen Alten warst, die gegenüber der Wolkenburg wohnt und die du nie zuvor gesehen hast. Und in der Stimmung, in der du an jenem Nachmittag warst, als du das Haus verlassen hast …« Mertyn vollendete seinen Satz nicht. Unausgesprochen schwebte die Anklage über der Bettstatt der Eheleute.
»Du hältst mich also der Brandstiftung für fähig?«, fragte Lisbeth ungläubig. »Das ist nicht dein Ernst!« Fassungslos schüttelte sie den Kopf. Sie wusste nicht, ob sie lachen sollte ob dieser absurden Verdächtigung oder ob sie Mertyn zürnen sollte, dass er sie einer solch verruchten Tat für fähig hielt.

Als Lisbeth sich den bewussten Nachmittag ins Gedächtnis zurückrief, entstand vor ihrem inneren Auge ein junges Gesicht mit spitzem Kinn und grau-grünen Augen. Jacoba! Diese miese kleine Kröte! Das war Verleumdung, üble Nachrede! Da konnte ja jeder verdächtig sein, der an jenem Tag in der Gasse unterwegs gewesen war.
Am liebsten wäre Lisbeth sofort ins Haus Zum Kleinen Schönwetter gelaufen und hätte dem fiesen Aas eigenhändig den Hals umgedreht. Dabei hatte Jacoba nicht einmal gelogen. Sie war wirklich in der Nähe des Berchemschen Hauses gewesen – wie viele andere auch. Allein dadurch, dass Jacoba dies im Zusammenhang mit den Feuern erwähnte, erschien es jedoch in einem ganz anderen Licht.
Doch Lisbeth wusste, gegen derlei Gerede war man machtlos. Was immer sie auch unternähme, es wäre nur Wasser auf die Mühlen der Klatschweiber!
In Lisbeths Erinnerung löste sich das Bildnis von Jacoba auf und machte einem anderen Gesicht Platz. Einem Gesicht, das ihr nur allzu vertraut war: Clairgins Gesicht.
Auch Clairgin war an jenem Nachmittag in der Nähe des Hauses Zum Kleinen Schönwetter gewesen, und Lisbeth war die Heimlichkeit aufgefallen, mit der Clairgin sich umgeschaut hatte. Damals hatte Lisbeth dies mit der Peinlichkeit gerechtfertigt, die es für Clairgin bedeuten mochte, ihre Ware von Tür zu Tür feilzubieten. Was jedoch, wenn deren Verstohlenheit einen ganz anderen Grund hatte?
Der Gedanke war reichlich absurd, aber nicht unwahrscheinlicher als das, was ihr Gemahl gerade angedeutet hatte. Clairgins Motiv wäre dasselbe, das Mertyn ihr unterstellen mochte, doch anders als Lisbeth hatte Clairgin um ihre Existenz zu kämpfen, die von Brigitta van Berchem und den anderen reichen Seidmacherinnen bedroht wurde. Sie hätte wirklich einen guten Grund …

Das war dummes Zeug, entschied Lisbeth und verwarf den Gedanken. Du bist auch nicht besser als Jacoba, schalt sie sich selbst. Jetzt verdächtigst du schon Clairgin! »Da könnte ja jeder verdächtig sein«, fasste sie schließlich ihre Gedanken laut in Worte.

»Jeder oder keiner. Du zumindest hast dich verdächtig gemacht!«, entgegnete Mertyn. Die Missbilligung in seiner Stimme war nicht zu überhören. »Ich glaube nicht, dass du es warst, die den Berchems die Werkstatt abgefackelt hat. Keiner wird das ernsthaft in Erwägung ziehen. Aber es reicht, dass man in der Stadt über dich spricht. Allein dass man darüber spekuliert, du könntest es gewesen sein, schadet unserem Ansehen. Von meiner Gemahlin erwarte ich tadelloses Benehmen!«

»Ach was! Du kümmerst dich ja sonst auch nicht darum, was ich mache!«, gab Lisbeth hitzig zurück. »Aber jetzt, wo es an deinem Ansehen kratzt, da ist es dir plötzlich wichtig, was ich tue!« Verärgert warf sie sich auf die andere Seite und wandte Mertyn den Rücken zu. Diese verdammten Kerle mit ihrer Ehre! Stumm äffte sie Gatten und Schwager nach: »Von meiner Gemahlin erwarte ich tadelloses Benehmen! Es ist einer Imhoff unwürdig, ein Handwerk zu erlernen. Es geziemt sich nicht …«

»Ich schwöre, dass ich die Bestimmungen des Amts- und des Transfixbriefes genau befolgen werde …« Mit feierlicher Miene sprach Sophie ihrer neuen Lehrherrin die Worte nach. Es war ihr erster Tag als Lehrmädchen im Hause ihrer Tante, doch ihre Gedanken wanderten bereits auf Abwegen.

Früh am Morgen hatte ihre Mutter sie in die Obermarspforte geleitet und sie Lisbeths Obhut übergeben. Für die kommenden vier Jahre würde nun das Haus Zur Roten

Tür ihr Zuhause sein, und sie würde sich mit den anderen Lehrmädchen gemeinsam eine Kammer unter dem Dach teilen, nicht mehr wie bisher mit ihren drei Schwestern. Sophie war nicht traurig darum. Ihre Schwestern waren eitle Puten, die sich für nichts interessierten als für das eigene Aussehen. Vor allem Johanna, die Ältere, ließ keine Gelegenheit ungenutzt, an Sophies Äußerem herumzumäkeln: Bind dir deine Zöpfe neu, zieh dir eine saubere Schürze an, tu dieses, lass jenes! Nein, Sophie würde die drei sicher nicht vermissen! Vielmehr war sie schon sehr gespannt, die anderen Lehrmädchen endlich kennenzulernen.

»... und dass ich weder durch Rat noch durch Tat dazu beitragen werde, dass das Seidenhandwerk aus Köln herausgetragen werde!«, beendete Lisbeth die Eidesformel, die jedes Lehrmädchen nach dem neuen Tansfixbrief zu Beginn seiner Lehrzeit zu schwören hatte. Sophie war etwas zügellos, dachte Lisbeth, da konnte es nicht schaden, ihr mit ein wenig Feierlichkeit zu verdeutlichen, dass nun für sie ein neuer Lebensabschnitt begonnen hat, der so manche Veränderung mit sich bringen würde. Deshalb hatte Lisbeth alle – ausgelernte Seidmacherinnen wie Lehrmädchen – in der Werkstatt zusammengerufen und ihnen ihre Nichte vorgestellt. Den Namen einer jeden hatte sie Sophie genannt, und nun ließ sie diese vor den Versammelten ihren Eid sprechen.

Lisbeth blickte ihre Nichte an, in der Erwartung, dass Sophie nun ihre Worte wiederholen würde. Doch nichts geschah. Sophie schaute neugierig in der Werkstatt umher, anstatt den Worten ihrer Lehrherrin zu folgen.

Na, das fing ja schon gut an, dachte Lisbeth. Das Kind würde viel zu lernen haben. »Sophie!«, rügte sie.

Einem der Lehrmädchen entfuhr ein leises Kichern.

»Ja, Tante Lisbeth?«

»Sophie, du sollst mir den Eid nachsprechen!«
»Ja. Entschuldige, Tante Lisbeth. Es ist alles so neu und so aufregend hier und …«
»Schon gut!«, unterbrach Lisbeth sie. »Vorab noch eines: Du wirst mich ab sofort mit ›Frau Meisterin‹ ansprechen, wie die anderen Lehrmädchen es auch tun. Du willst doch nicht, dass ich deinetwegen Extrawürste brate?«
»Nein, Tan…, ich meine: Nein, Frau Meisterin.«
Lisbeth nickte. »Und nun den Eid.« Langsam wiederholte sie die Worte, und diesmal sprach Sophie sie ohne Fehler nach.
Als die anderen wieder an ihre Arbeit gegangen waren, blieb Sophie in der Mitte des Raumes stehen, die Hände hinter dem Rücken verschränkt, und blickte ihre Lehrherrin erwartungsvoll an. »Was soll ich als Erstes tun?«, fragte sie eifrig.
»Das hier ist eine Spule«, erklärte Lisbeth, nahm eines der glattgeschliffenen hölzernen Röhrchen aus einem Korb und zeigte es Sophie. Es mochte vielleicht so lang und dick sein wie ein Finger und hatte an den beiden Enden breitere Ränder. »Die Spule wird mit Garn umwickelt und dann in ein Schiffchen gelegt, damit es sich beim Weben gleichmäßig abwickelt und leicht durch die Kettfäden gleitet. Siehst du diese Garnstränge dort?« Lisbeth wies auf eines der Bündel im Regal.
Sophie nickte. »Das Garn soll ich auf die Spulen wickeln?«
»Du hast es erfasst!«, lobte Lisbeth und half ihrer Nichte, das Schussgarn vom Regal herabzuheben.
Die Tür zur Werkstatt öffnete sich, und begleitet von einem Schwall kalter Luft, trat Mertyn herein.
»Was gibt es?«, fragte Lisbeth überrascht. Es war ungewöhnlich, dass ihr Gemahl sie in der Werkstatt aufsuchte.

»Man hat sie gefasst.« Die Erleichterung stand Mertyn deutlich ins Gesicht geschrieben.
»Wen gefasst?« Lisbeth verstand nicht sogleich, wovon er sprach.
»Die Brandstifter. Es waren die gleichen Mordgesellen, die vor zwei Jahren Bürgermeister van Berchem angegriffen haben. Man hat sie endlich gefasst! Stell dir vor: Sie haben gestanden, von Bernd von Mainz, einem Untergebenen des Erzbischofs in Poppelsdorf, gedungen worden zu sein, der sich dafür hat rächen wollen, dass ihm der Kölner Rat ein Geleitgesuch abgeschlagen hat.
Tausend Gulden hatte er ihnen geboten, damit sie Berchem, Schurenfeltz, von Rheidt und vom Wasserfaß ermorden. Und als alle Versuche fehlschlugen, hat er ihnen die gleiche Summe geboten, wenn sie an verschiedenen Stellen in der Stadt Feuer legen. Einen von ihnen, Johann Pfeffer, hat man damals ja schon erwischt, doch jetzt sind endlich auch die anderen drei ins Netz gegangen.«
Lisbeth nickte. Nur schlecht gelang es ihr, ein spöttisches Grinsen zu unterdrücken.
»Ich wollte, dass du sogleich davon erfährst«, fügte Mertyn hölzern hinzu und verließ ohne ein weiteres Wort die Werkstatt.
Lisbeth wandte sich wieder ihrer Nichte zu, um zu sehen, wie das Kind mit seiner Aufgabe zurechtkam.
Sophie hatte bereits eine Spule gefüllt, doch natürlich sah man dem Ballen noch nicht an, dass er kleiner geworden war. »Das ist aber eine langweilige Aufgabe, Tante Lisbeth«, maulte sie. »Wann gehen wir denn wieder zu den Färbern?«

16. Kapitel

Es war heiß auf der Frankfurter Straße. Wie matte Perlen, aufgezogen auf eine ausgeblichene Schnur, wälzten sich gemächlichen Schrittes die nicht enden wollenden Pferdefuhrwerke, Ochsengespanne und Maultierkarren des kölnischen Geleitzuges südostwärts. Der Staub, von Zugtieren und Rädern aufgewühlt, hing einer schmutzigen Fahne gleich über dem grau-goldenen Band des ausgefahrenen Weges. Er kroch unter Lisbeths Reisemantel, klebte ihr auf der schweißnassen Haut und knirschte ihr unangenehm zwischen den Zähnen.

Wenigstens ein Gutes hatte die Staubwolke, dachte Lisbeth ergeben: Sie milderte das gleißende Licht der Augustsonne, die erbarmungslos auf die Reisenden niederbrannte. Das waren eben die Unannehmlichkeiten der Reise, die es des Profits willen in Kauf zu nehmen galt. Denn nirgendwo – außer vielleicht in Antwerpen oder Bergen-op-Zoom – konnte man seine Waren so gewinnbringend veräußern wie in Frankfurt, das nicht nur aufgrund seiner Lage am Kreuzungspunkt wichtiger Handelsstraßen, und überdies auf dem Wasserwege erreichbar, zum ersten Handelsplatz des Reiches avanciert war.

Freilich nur für die kurze Zeit der Fasten- und Herbstmesse. Während dieser Zeit schien Frankfurt den Kölnischen wenn schon nicht das Herz, dann doch zumindest der Geldsäckel der Welt zu sein. Denn hier trafen die niederdeutschen Kaufleute, hinter denen der Handel mit Russland, Skandinavien und England stand, auf ihre Oberdeutschen Kollegen, deren Handelsbeziehungen sich nach Schlesien, Polen, Ungarn, Frankreich, Italien und Spanien spannten.

Als freie Reichsstadt nur dem König untertan und daher nicht der Willkür sich abwechselnder Stadtherren ausgesetzt, betrieb Frankfurt eine kluge Handelspolitik: Es beharrte nicht auf einem Stapelrecht, hielt die Abgaben niedrig und gewährte den Gästen Handelsfreiheit. Sie konnten untereinander Handel treiben, ohne dass die Geschäfte über Frankfurter Mittelsmänner abgewickelt werden mussten, wie es in Köln geboten war.

Damit entging dem Frankfurter Stadtsäckel zwar ein hübsches Sümmchen Geldes, doch die Rechnung der Stadtväter ging auf: Zum einen füllte das Geleit als bezahlter Schutz die Kassen, und zum andern überstiegen der Gewinn und der Wohlstand, den die Messe ihren Händlern und der ganzen Stadt brachte, diesen kleinen Mangel bei weitem. Und so übte die Frankfurter Messe auf alle, die kauften und verkauften, eine unwiderstehliche Anziehung aus.

Eine neuerliche Staubwolke trieb Lisbeth Tränen in die Augen und ließ sie blinzeln. Der Wagen von Johann und Frieda Medman, der in der Kolonne direkt vor ihr rollte, war kaum zu erkennen. Dies war der vierte und letzte Reisetag, und sie hatte von Staub und Dreck, vom Rütteln und Schaukeln, von jedem Stoß, der sie erschütterte, wenn die Räder des Fuhrwerks wieder in eines der Schlaglöcher gerieten, gründlich die Nase voll. Wenngleich ihr Fuhrmann ein erfahrener Wagenlenker war, so gelang es ihm doch nicht immer, die Löcher in der ausgefahrenen Fahrrinne zu umgehen.

Der Zug geriet ins Stocken und blieb stehen. Bewaffnete Reiter preschten herbei. Für einen Moment erschrak Lis-

beth, doch dann erkannte sie das hölzerne Kreuz am Wegrand, das die Geleitgrenze markierte.
Aus dem Staub tauchte Stephans Gesicht auf. Ihr Schwager zügelte sein Pferd und ließ es neben Lisbeths Wagen im Schritt gehen. »Wir haben es bald geschafft«, sagte er aufmunternd. »Es ist die letzte Geleitsgrenze, und das da« – er wies auf die Berittenen – »sind schon die Frankfurter Schutztruppen. Bis zur Stadt sind es nurmehr fünf Meilen.«
Der Zugführer reichte dem Anführer des Trupps sein Geleitschreiben, und es verstrich eine Weile, bis die Papiere geprüft und das Geleitgeld entrichtet worden war. Dann endlich schien alles geklärt. Die Landsknechte, die den Zug die letzte Etappe auf der Altstraße begleitet hatten, um sie vor Wegelagerern und Diebesbanden zu schützen, grüßten, wendeten ihre Pferde und ritten davon. Ihre Arbeit war getan.
Flankiert von seinen neuen Beschützern, setzte sich der Zug alsbald wieder in Bewegung, um nun noch das letzte Stück des Weges hinter sich zu bringen, und Lisbeth seufzte auf. Sie wünschte sich nichts sehnlicher als ein kühlendes Bad und ein anständiges Nachtmahl.
Stephan schien ihre Gedanken erraten zu haben. Mit einem jungenhaften Lächeln band er eine Feldflasche von seinem Sattel, entkorkte sie und reichte sie ihr. Dankbar nahm Lisbeth einen tiefen Schluck, und ein anerkennendes Lächeln breitete sich über ihre verstaubten Züge. Die Flasche enthielt nicht, wie sie erwartet hatte, dünnes Bier oder gewässerten Wein, sondern einen ausnehmend guten, vollmundigen Rotwein. Stephan hatte recht, dachte sie. Warum sollte man es sich nicht gutgehen lassen und die Annehmlichkeiten der Messe genießen? Die Anstrengungen hatte man ja auch zu ertragen.

Und die hatten beileibe nicht erst mit dem ersten Tag der Geleitwoche, jenen vier Tagen vor Messebeginn, an dem man die Heimatstadt verlassen hatte, begonnen. Denn wie stets waren der Abreise Wochen fieberhafter Betriebsamkeit vorangegangen.

Beizeiten hatte Lisbeth Färber Quettinck daran erinnert, ihre gefärbten Tuche rechtzeitig zu liefern, und sie hatte die Lehrmädchen auf Trab gehalten, allerlei Besorgungen zu erledigen: Es fehlte an Schnur und an Leinwand.

Tagelang hatten die Lehrmädchen und Helferinnen daraufhin die farbigen Ballen in Leinen geschlagen, für den Transport zu Bündeln geschnürt und diese schließlich in gewachstes Tuch eingenäht, damit weder Regen noch Rheinwasser oder gar der Kot der Möwen sie beschmutzen würden.

Mathias, Mertyns Kaufmannsknecht, hatte die Packen auf einen Karren geladen und zum Rheinufer kutschiert, wo sie schließlich auf einen der Oberländer verladen wurden, jene hochbordigen Schiffe, deren geringer Tiefgang es ihnen ermöglichte, die flacheren Gewässer des Mittelrheins mit seiner schmalen Fahrrinne zu befahren – flussaufwärts freilich an Treidelstricken und mit der Kraft ihrer Ruder.

Wie die meisten Waren würden Lisbeths Seidenballen Frankfurt auf dem Wasserweg den Rhein hinauf über Mainz erreichen. Trotz der vielen Zollstellen war das weitaus günstiger als der teure Landtransport, wenn auch die Schiffer natürlich, wie in jedem Jahr vor der Messe, ihre Unentbehrlichkeit genutzt hatten, um ihre Frachtraten zu erhöhen. Entscheidend war, dass man in Mainz den Vorzug genoss, dass die für Frankfurt bestimmten Schiffe nach Visitation und Entrichtung der üblichen Stapelgebühren weiterfahren durften, ohne ihre Ware entladen zu müssen. Doch auch wenn ein Großteil der Waren auf dem Wasser reisen würde, so blieb noch genügend, was auf die Karren der hessischen und Westerwälder Fuhrleute geladen wurde, vornehmlich kostbare Frachten wie Safran, Pfeffer und Muskat oder Gold- und Silberwerk, und hier und da fand sogar ein Fässchen mit barem Geld sein sicheres Versteck unter den hölzernen Planken.

Auch der ehrbare Rat der Stadt Köln war von der Betriebsamkeit nicht verschont geblieben. Um die Sicherheit ihrer Kaufleute auf der Hin- und Rückreise zu gewährleisten, hatten die Stadtväter zahllose Geleitsbitten an die Fürsten und Städte gerichtet, die auf der Rheinstrecke oder der Köln-Frankfurter Straße Geleitsrechte hatten: an die Rheinischen Kurfürsten, die Landgrafen von Hessen, die Grafen von Katzenellenbogen, Sayn und Wied, die Herren von Isenburg, das Mainzer Domkapitel, die Stadt Mainz, gelegentlich auch an die Städte Koblenz und Andernach und schließlich an die Stadtväter von Frankfurt. Vor der Abreise pflegte der Rat den Reisewilligen dann in einer Morgensprache von der Rathauslaube herab mitzuteilen, wie sicher das Geleit schließlich war, das zu erwarten stand.

In vergangenen Jahren hatte der Rat den Kaufleuten mehr als ein Mal schon die Reise verboten, weil einer oder mehrere der Geleitherren aus politischen oder aus finanziellen Gründen – etwa um höhere Zahlungen für das Geleit durchzusetzen – den Kölnischen die Durchreise verwehrt hatte. Doch in diesem Jahr hatte der Rat seine Händler ohne Bedenken ziehen lassen, und so waren es um die fünfzig Großhändler und wohlhabende Handwerker, die sich in Köln auf den Weg gemacht hatten, dazu ungezählte Krämer und Kleinhändler, die versuchen würden, in Frankfurt günstig einzukaufen, um die Waren später daheim gewinnbringend an ihre Kunden abzusetzen.

Die Fernkaufleute hatten ihre mit Salz, Heringen, Käse und englischem Tuch gefüllten Kästen, Ballen und Packen – nicht zu vergessen die Wein- und Bierfässer, die sie zu ihrem eigenen Verbrauch mitführten – auf ein, zwei oder gar drei Schiffe verteilt und waren mit Weib und Knechten auf die Reise gegangen.
Die Handwerker hatten ihre Erzeugnisse, all die Wolltücher, Bettlaken, Häute, Waffen, Zinnschüsseln, Hauben und Ransen, Stiefel und Hosen verpackt und sie auf Karren oder auf die Oberländer geschafft.
Sogar Packer und Makler hatten ihr Bündel geschnürt, um ihren Mitbürgern – mit Genehmigung der Stadt Frankfurt – die gewohnten Dienste zu leisten, und selbst der eine oder andere Bestatter reiste mit, für den Fall, dass ein Kölnischer in der Fremde unerwartet vor seinen Schöpfer treten würde.
Die Kölnischen stellten die größte Gruppe, die nach Frankfurt reiste, dichtauf gefolgt von den Nürnbergern und den Augsburgern. Doch auch aus Speyer, Worms, Mainz, Ravensburg und aus Lübeck strebten Händler und Handwerker, Höker und Bauern der Stadt am Main zu, die verheißungsvoll mit guten Geschäften lockte.
Je näher sie der Stadt kamen, umso dichter wurde der Verkehr auf den Straßen, umso schleppender ging es voran. Zumal so manch einer lebende Waren mit sich führte und sich daher Pferde und Rinder zwischen den Karren drängten.
Alle wollten beizeiten vor Ort sein, wenn acht Tage nach Egidi, zu Beginn des Septembers, die Herbstmesse ihren Anfang nahm, und so wurden die Tore der Stadt zu Nadelöhren, denn ein jeder wollte sie passieren, bevor man sie für die Nacht schloss. Es wurde gedrängelt und geschubst. Ungeduld ergriff die Fuhrleute. Laut ließen sie die Peitschen über die müden Rücken der Zugtiere knallen. Ihr

Gebrüll mischte sich mit dem der Tiere und schmerzte Lisbeth in den Ohren.
Endlich, als die Sonne bereits lange Schatten warf, passierte auch ihr Pferdefuhrwerk das Tor und rollte in die Stadt hinein. Trotz aller Müdigkeit verspürte Lisbeth das erwartungsvolle Prickeln, das sie stets in diesem Moment ergriff, eine seltsame Mischung aus Vorfreude und Anspannung. Ob all ihre Seidwaren sicher nach Frankfurt gelangt waren? Und ob es ihr auch in diesem Jahr gelingen würde, gute Preise dafür zu erzielen? Nun, man würde es abwarten müssen. Zunächst einmal – Gott sei es gedankt – war die Reise ohne böse Zwischenfälle verlaufen.

Ausgeschlafen und voller Tatendrang erwachte Lisbeth am Morgen in ihrer Kammer im Steinernen Haus, der Herberge, in die sich die kölnische Kaufmannschaft stets zu Messezeiten einzumieten pflegte. Die Erschöpfung von der Reise hatte sie nach einem kurzen Nachtmahl rasch in die Federn sinken und in tiefen traumlosen Schlaf fallen lassen, obwohl es für sie ungewohnt gewesen war, ohne Mertyn in der Herberge zu nächtigen. Angesichts der Wichtigkeit der anstehenden Entscheidungen des Rates hatte ihr Gemahl es in diesem Jahr vorgezogen, in Köln zu bleiben. Er würde statt nach Frankfurt später im September zum Bamasmarkt nach Antwerpen reisen.
Nachdem Lisbeth sich mit einem reichhaltigen Morgenmahl für den Tag gewappnet hatte, trat sie in den Hof des Steinernen Hauses, wo Mertyns Knecht Mathias mit den anderen Reiseknechten beisammensaß und sie sich die Zeit mit Würfeln vertrieben, bis die Herrschaften ihrer bedurften.
Mathias war ein kräftiger Kerl mit hellem Blondschopf und gutmütig blickenden Augen. Er hatte Lisbeths Waren

zu Schiff begleitet und war gleichfalls am vergangenen Tag angekommen. Ein paar Mal war er schon mit Mertyn und Lisbeth nach Frankfurt und Antwerpen gereist, und obwohl noch jung an Jahren, war er erfahren genug, auch ohne Lisbeths Anweisungen zu wissen, welche Aufgaben und Pflichten seiner in Frankfurt harrten. Und so hatte er in weiser Voraussicht einen der jungen Burschen zu seiner Hilfe angeworben, die sich wie jeden Morgen vor den Türen der Herbergen drängten, in der Hoffnung, sich für ein paar Stunden oder Tage verdingen zu können.
Gemeinsam mit Mathias und Thomas, wie der junge Bursche hieß, stieg Lisbeth in den Keller des Steinernen Hauses hinab, wo Mathias im vergangenen Frühjahr nach Ende der Fastenmesse das Bauholz für ihren Stand eingelagert hatte. Kurz überprüfte der Knecht die Bretter und Holme. Das Holz war trocken geblieben, und alles schien so beisammen zu sein, wie er es im Frühjahr hinterlassen hatte. Anstellig luden er und Thomas sich das Bauholz auf die Schultern, schleppten es die schmale Kellerstiege hinauf, verluden es auf einen Handkarren und schickten sich an, es in die Römerhallen zu schaffen.
Auch Lisbeth machte sich auf den Weg. Als sie auf die Gasse trat, schlug ihr der Lärm von Hämmern und Sägen entgegen. Harziger Duft von frisch geschlagenem Holz erfüllte die Luft. Auf dem Rossmarkt zäunte man Pferche ab für Kühe und Pferde. Und nicht nur in der Neuen Kräme, wo man Geschirr, Gläser und Haushaltwaren anbieten würde, und auf den gewohnten Handelsplätzen, dem Römerberg zwischen Dom und Rathaus, dem Liebfrauenberg, dem Heumarkt und am Mainufer waren Handwerker und Händler zugange, Buden und Stände zu errichten, sondern mittlerweile auch in den Gassen rund um den Römer. Die Messe wurde von Jahr zu Jahr größer, schien es Lisbeth.

Städtische Bedienstete wiesen den Händlern ihre Plätze an und achteten lautstark darauf, dass jeder seinen Stand auf der ihm zugewiesenen Stelle errichtete, und nicht zwei Schritt rechts oder links davon. Streng riefen sie ihre Befehle und disputierten mit wachsendem Unmut mit so manch einem, der sich ungerecht behandelt fühlte und sich einen Stand wünschte, der weiter vorn oder hinten, näher zum Dom oder weiter von diesem entfernt war.
Man sputete sich, denn die Geleitwoche ging ihrem Ende zu. Morgen bereits begann die Geschäftswoche. Bis morgen mussten die Stände stehen und all die Waren ausgepackt und zum Verkauf gerichtet sein, ansprechend und wohlgeordnet, damit sie in den Augen der Käufer Begehrlichkeit weckten. Morgen würde hier ein Betrieb ganz anderer Art herrschen. Scharen von Käufern würden sich zwischen den Ständen drängen und die Waren begutachten, prüfen, verwerfen, feilschen und kaufen.
Auch kölnische Handwerker böten stolz die Erzeugnisse ihres Fleißes an, doch nicht minder wichtig wäre es für sie, sich hier mit den Rohmaterialien einzudecken, die sie für die kommenden Monate benötigten, um ihre Gewerke auszuüben: die Kerzenzieher mit Wachs und Talg, die Hutmacher mit böhmischer Hutwolle, die Weber mit Garn, Wolle und Flachs.
Die Färber erstünden Färberdistel und Krapp aus Speyer oder Worms und natürlich thüringischen Waid, da ihnen beileibe nicht ausreichte, was davon am Niederrhein wuchs. Die Kürschner kauften Buntwerk aus dem Osten, vornehmlich von den Nürnbergern, die Pulvermacher Salpeter, die Riemenschneider, Schuster und Sattler ihr Leder, die Drucker und Verleger packenweise gutes Druck- und Schreibpapier.
Die kölnischen Fernhändler reisten an mit Zinn aus Böh-

men und Sachsen, mit Ochsenhäuten aus Ungarn, Stahl aus dem Siegerland und Kupfer von Leipziger Firmen. Im Gegenzug würden sie Frankfurter Bord erstehen, das begehrte Bauholz vom Oberen Main, dazu Samen, Getreide und Wein aus Franken und aus der nahen Rhein- und Nahegegend, italienische Rohseide, Reis und andere Erzeugnisse, die ihre Oberdeutschen Kollegen aus den Ländern am Mittelmeer herbeibrachten.

Fast ausschließlich fremde Handwerker und Kaufleute würden ihre Waren feilbieten. Dass die in Frankfurt ansässigen Händler selbst nicht so unternehmungslustig waren, in die Welt zu reisen, um Handel zu treiben, dass ihre Handwerker an Fertigkeiten und Raffinesse ihren kölnischen und Nürnberger Kollegen nachstanden – wer konnte es ihnen verübeln? Die Welt kam doch zu ihnen, um direkt vor ihrer Tür mit den erlesensten Waren, die man sich nur vorstellen konnte, Handel zu treiben: mit Brabanter Tuch und Spitzen, mit venezianischen Glaswaren, mit Rosenkränzen aus Tirol, mit Heringen aus Lübeck, mit Pferden, Bauholz und Juwelen, mit orientalischen Gewürzen und nicht zuletzt mit Büchern – auch mit solchen, die anderen Ortes der Zensur unterlagen.

Doch von all diesen Kostbarkeiten war zu dieser frühen Morgenstunde noch wenig zu sehen. Sie befanden sich noch verladen auf Karren und Fuhrwerken auf den Straßen und Gassen oder ruhten in den Lagerhäusern am Mainufer oder in den von Frankfurter Wirten gemieteten Kellern und Gewölben.

Behende wich Lisbeth den Karren und Trägern aus, die mit Bauhölzern jeder Länge und Breite beladen waren. Vorbei an Bretterstapeln und über Haufen aus Sägespänen hinweg erreichte sie schließlich den Römer, Frankfurts Rathaus und gute Stube. Erhaben blickten die Treppengiebel auf das Getriebe am Fuß ihrer Fassade hinab, und es mochte scheinen, dass sie es mit Wohlwollen betrachteten, denn jeder abgeschlossene Handel, jedes erfolgreiche Geschäft diente dazu, Ruhm und Einfluss der Stadt zu mehren.

Vor gut einem Jahrhundert hatte man die beiden Häuser Zum Römer und Goldener Schwan zum neuen Rathaus umgebaut, weil das alte Rathaus am Dom den Anforderungen der stetig wachsenden Bürgerschaft nicht mehr genügt hatte, und das Gewölbe, das sich über das gesamte Erdgeschoss erstreckte, barg den wohl begehrtesten Verkaufsplatz überhaupt: die Römerhalle.

Die Stände entlang der Säulen unter den Kreuzrippen waren den Händlern ganz besonders edler Waren vorbehalten – hier handelte man mit Juwelen, Seide und Brokat. Der Fuß Standplatz wurde hier zu einem Schilling vermietet, was beileibe ein hoher Preis war, doch der Einsatz lohnte sich. Denn die Kunden, die nach Erlesenem suchten, fanden ihren Weg hierher. Und hier, nicht weit vom Eingang entfernt, hatte auch Lisbeth ihren angestammten Platz, um den sie so manch eine Seidmacherin beneidete. Zusammen mit der Weberei hatte sie ihn von ihrer Mutter übernommen.

Als Lisbeth an ihren Platz trat, hatten Mathias und Thomas bereits die Pfosten zu Tischgestellen verschraubt und Bretter darübergelegt. Nun machten sie sich auf den Weg zum Hafen, um die Seidenballen zu holen, die immer noch an Bord des Oberländers darauf warteten, entladen zu werden.

»Guten Morgen«, begrüßte Lisbeth Katharina Loubach, die am Stand nebenan bereits damit beschäftigt war, die letzten Ballen zu arrangieren. Sie mochte Katharina. Trotzdem gab es ihr einen Stich, die junge Seidmacherin am Stand neben sich zu sehen. Der Standplatz hatte einst ihrer

Schwiegermutter gehört, und als Katryn Lisbeth ihren Betrieb übergeben hatte, hatte diese den Platz an Clairgin weitergereicht. Doch wie die anderen kleineren Seidmacherinnen reiste Clairgin seit ein paar Jahren nicht mehr zur Frankfurter Messe. Sie hätte sich weder die Kosten für die Reise noch die Standgebühren leisten können, und überdies: Was hätte sie hier auch anbieten sollen, bei den geringen Mengen, die sie und ihre Töchter webten? Und so hatte Clairgin den Standplatz wiederum an Katharina weitergegeben.

»Bist du schon wieder oder immer noch hier?«, flachste Lisbeth, um ihre Gefühle zu überspielen.

»Ja, wenn man so lange in den Federn liegt wie du, dann braucht man natürlich bis in den Abend für den Aufbau«, gab Katharina lachend zurück. Sie schlug die Ecken der oberen Stoffe einladend um, so dass sich den Käufern die glänzende rechte Seite darbot. »Nein, im Ernst. Unser Knecht war gestern mit den Waren so zeitig hier, dass er schon alles vorbereitet hatte. Und ich habe auch nichts dagegen, mich heute Nachmittag ein wenig auszuruhen, bevor es losgeht.«

Lisbeth entfaltete ein stabiles Laken aus festem Barchent und breitete es über die Tische. Die Bretter waren zwar alle glatt gehobelt, aber sie wollte sichergehen, dass sich nicht ein einziger Splint in den feinen Geweben verfing und womöglich Fäden zog oder Löcher hineinriss.

»Ach, nun gehabt Euch nicht so wegen der paar Fuß!«, tönte die schnarrende Stimme von Brigitta van Berchem herüber. Lässig lehnte die Seidmacherin ein paar Schritte entfernt an ihrem Stand.

Ihr gegenüber hatte sich Mechthild van der Sar aufgebaut und stemmte die Hände in die Hüften. »Wegen der paar Fuß, wie Ihr es nennt, passt mein Stand nicht hierher!«

Lisbeth und Katharina wechselten einen beredten Blick.
»Dann macht ihn halt etwas kleiner. Auf das Stückchen kommt es doch wohl nicht an«, empfahl Brigitta ungerührt.
»Doch, es kommt genau darauf an. So kann ich nämlich den letzten Tisch nicht stellen!«, beharrte Mechthild. Ihre Stimme gewann an Höhe und Lautstärke, und die Umstehenden unterbrachen nur zu willig ihre Arbeit, um dem Gezänk zu lauschen.
Von den Zankenden unbemerkt, war Dres van der Sar davongeeilt und kehrte nun zurück, energischen Schrittes gefolgt von einem städtischen Bediensteten. Ohne sich in den Disput der Frauen hineinziehen zu lassen, legte dieser die Messlatte an. Seiner Miene war unschwer anzusehen, dass das Gekeife der Weiber an seinen Nerven zerrte.
Mit flinker Hand, die bewies, dass er kein Neuling in seinem Amt war, vermaß er Brigittas Stand. Dann richtete er sich auf und wies auf einen Punkt, der mittig unter Brigittas letztem Tisch lag. »Da ist Euer Platz zu Ende«, sagte er in einem Ton, der keine Widerrede duldete. »Verkleinert den Stand!«
»Ihr wisst wohl nicht, mit wem Ihr redet?«, fuhr Brigitta auf.
»Mit einem Weib, das gleich den Handel verboten bekommt, wenn es nicht meinen Anweisungen Folge leistet«, gab der Städtische ruhig zurück.
Ärgerlich biss Brigitta die Zähne zusammen. Einen Moment lang erwog sie, diesem herablassenden Wicht gehörig den Kopf zu waschen. Doch sie fürchtete, dass der Name van Berchem hier in Frankfurt nicht den Klang besaß, den er in Köln hatte, und bevor sie riskierte, dass man ihr tatsächlich den Handel verbot … Widerwillig gab sie ihrem Knecht ein Zeichen, den Stand zu verkleinern.

Mechthild bedachte Brigitta mit einem triumphierenden Lächeln und fuhr darin fort, ihren Stand zu bestücken. Erneut wechselten Lisbeth und Katharina einen Blick. Sie wussten, Mechthild hatte sich damit keinen Gefallen getan.

In dem Moment erschienen Mathias und Thomas mit den ersten Packen, die Lisbeths Seidenballen enthielten. Auf einem Handkarren hatten sie diese den Weg vom Leonhardstor, wo die Schiffe anlandeten, heraufgebracht und luden sie nun vor den Verkaufstischen ab.

Lisbeth nahm ein scharfes Messer zur Hand und öffnete vorsichtig die Nähte der Einschlagtücher. Sie entnahm dem ersten Packen den obersten Ballen, prüfte ihn gewissenhaft von allen Seiten, und als sie keinen Fehl daran finden konnte, legte sie ihn auf den Verkaufstisch. Packen für Packen nahm sie sich vor, prüfte, sortierte und stapelte die Ballen nach Farbe und Webart gesondert auf die Verkaufstische: leichten Sindel für Fahnen und Dekorationen, dünnen Taft für Futter, schweren Taft und gewichtigen Sammet für Kleider.

Als Lisbeth schließlich auch den letzten Packen der zweiten Fuhre, die ihre Helfer ihr gebracht hatten, überprüft und sortiert hatte, zeigte sich, wie gut sie daran getan hatte, die Ballen sorgfältig einschlagen zu lassen. Nicht ein einziger Ballen hatte Schaden genommen, weder durch Feuchtigkeit noch durch Staub.

Zufrieden trat Lisbeth einen Schritt von ihrem Stand zurück und betrachtete die Stapel, die nachtblau, smaragd und grün, die zimtfarben, dottergelb, rosa und purpur leuchteten – ein Anblick, der sie mit Freude und Stolz erfüllte. Lisbeth hob den Blick und ließ ihn durch die Römerhalle schweifen. Der farbige Anblick wiederholte sich auf den benachbarten Ständen und vereinigte sich zu

einer einzigartigen Komposition aus Farben, wie sie auf der schönsten Blumenwiese nicht zu finden wäre.
Die grandiose Farbenpracht erinnerte Lisbeth an ihre Nichte. Sophie liebte Farben so sehr, dass dies hier geradezu ein Geschenk für sie wäre. Vielleicht würde Agnes ihr ja gestatten, ihre Tochter im nächsten Jahr mit auf die Reise zu nehmen? Für Sophie wäre es eine lehrreiche Erfahrung, und Lisbeth würde es nicht schaden, wenn ihr jemand am Stand zur Hand ginge.
Für einen kurzen Moment genoss Lisbeth den Anblick, dann griff sie nach einem leinenen Laken und breitete es über die farbige Pracht. Bis morgen früh würde der graue Lappen die Stoffe vor Staub und Licht schützen. Sorgfältig zog sie noch einmal die Ecken glatt, dann verließ sie ihren Stand. Sie brauchte sich nicht zu sorgen, dass jemand sich an ihrem Eigentum vergreifen würde. Mathias würde hier unter dem Stand sein Nachtlager aufschlagen und ihre Waren nicht aus den Augen lassen.

»Ich weiß nicht, ob ich ihn nehmen soll. Es gibt ja keine reiche Auswahl mehr«, mäkelte die Dame. Sie hielt das Ende eines smaragdgrünen Tafts in den Händen und zog skeptisch die Brauen hoch.
»Nun, wenn Ihr den Ballen nicht nehmt, so kauft ihn morgen ein anderer«, beschied Lisbeth der unentschlossenen Kundin. Bereits seit einer geschlagenen Stunde schlich die Frau um ihren Stand herum, befühlte die Seiden, ließ sich beinahe jeden Ballen ein Stück weit abwickeln. Doch zum Kauf mochte sie sich nicht entschließen.
Die Halle hatte sich geleert, und nur noch vereinzelt standen Käufer und Verkäufer im Gespräch. Verstohlen legte Lisbeth die Hand an den schmerzenden Rücken. Es machte einen gewaltigen Unterschied, ob man in der Werkstatt

hin und her eilte, mal am Webstuhl saß, sich bewegte, oder ob man stundenlang auf der Stelle hinter der Verkaufstheke stand und Kunden bediente.

Obschon Lisbeth es genossen hatte, mit den Käufern zu verhandeln, denn nicht wenige davon kannte sie bereits aus den vorausgegangenen Jahren. Sie schätzten Lisbeths Stoffe und kamen eigens an ihren Stand. So mancher begrüßte Lisbeth inzwischen wie eine alte Bekannte. Man wechselte das ein oder andere freundschaftliche Wort und erkundigte sich nach der Familie.

Doch diese hier würde sicher nicht zu ihrer Stammkundin werden, dachte Lisbeth, als die Frau ein neuerliches »Ich weiß nicht recht …« von sich gab. Wenn das ein unbeholfener Versuch sein sollte, den Preis zu drücken, so würde sie sicher nicht darauf eingehen. Entschlossen griff sie nach dem Laken und begann die wenigen noch verbliebenen Ballen abzudecken. Sie glaubte nicht, dass die Frau tatsächlich etwas erwerben würde. Und wenn sie wirklich Seide erstehen wollte, so würde sie morgen wiederkommen.

Konsterniert blickte die Kundin sie an, doch Lisbeth reagierte nicht darauf. Die Geschäftswoche ging ihrem Ende zu. Sie war anstrengend gewesen, aber erfolgreich, und das schöne Wetter hatte die Geschäfte begünstigt. Die wenigen noch verbliebenen Ballen würden morgen auch noch ihre Käufer finden. Es bestand überhaupt keine Notwendigkeit, sie heute unter Preis zu verkaufen.

Freundlich, doch bestimmt nahm sie der Frau den grünen Stoff aus den Händen, wickelte ihn sorgfältig auf und breitete auch über die letzten Ballen das Laken.

»Ja, wenn Ihr es nicht nötig habt …«, schnappte die Kundin.

Lisbeth überhörte die Unhöflichkeit. »Einen schönen Abend«, wünschte sie der Dame abschließend, verabschiedete sich mit einem Nicken von Mathias und strebte dem Tor der Römerhallen zu. Eine sauertöpfische Kundin vermochte es nicht, ihre gute Laune zu trüben. Sie wusste um die Qualität und den Wert ihrer Stoffe, das hatten ihr die guten Verkäufe der vergangenen Tage bewiesen.

Beschwingt trat Lisbeth auf den Römerplatz hinaus. Die Hitze des Tages war einer wunderbar lauen Abendluft gewichen. Lisbeth beschleunigte ihren Schritt und querte den Platz. Auch hier waren die letzten Händler eben dabei, ihre Stände für die Nacht zu sichern.

Der Wirt des Lämmchens hatte Stühle und Bänke vor die Tür geschafft, und der Hof füllte sich zusehends mit Hungrigen und Durstigen. Hier bei Jörg Blum hatten die Ravensburger für die Zeit der Messe ihr Quartier bezogen, so wie die kölnischen Kaufleute im Steinernen Haus und die Nürnberger im Großen Nürnberger Hof gleich nebenan, freilich mit dem Unterschied, dass Letzterer nicht gemietet war, sondern der Kaufmannschaft der Oberdeutschen gehörte.

Blum war bei den auswärtigen Kaufleuten für seine schmackhafte Rindswurst berühmt und für die deftigen Rippchen mit Kraut, und so fanden sich des Abends nach getaner Arbeit unter der ausladenden Krone der alten Linde in seinem Hof nicht nur Ravensburger, sondern auch kölnische, Nürnberger und Augsburger Gäste ein.

An diesem Abend herrschte eine gehobene Stimmung im Hof des Lämmchens, und die Schankmädchen schleppten Krug um Krug des erfrischenden Apfelweins heraus. Man freute sich der erfolgreichen Geschäfte, denn wenn die Geschäftswoche auch noch nicht ganz vorüber war, so war bereit jetzt erkennbar, dass diese Messe ein Erfolg werden würde. Wenn dazu in der folgenden Zahlwoche noch die Gläubiger ihren Verpflichtungen nachkämen, die sie im

vergangenen Jahr eingegangen waren, wäre das Kaufmannsglück vollkommen.
Lisbeth bahnte sich einen Weg zwischen den Bänken hindurch und setzte sich zu Stephan, der mit ihrem Schwager Andreas Imhoff und dessen Nürnberger Vettern beisammensaß. Ein junger, blondlockiger Bursche, fast ein Kind noch, war dabei, dessen Gesicht sich bis über die Ohren rot gefärbt hatte. Denn sein Vater hob gerade an, eine Geschichte zum Besten zu geben, die ihm ganz und gar nicht behagte.
»Kennt ihr den Brauch des Seligenstädter Geleits?«, fragte der Vater lachend seine Vettern. Andreas und die anderen schüttelten verneinend die Köpfe, nur auf Stephans Miene schlich sich ein wissendes Lächeln, und er zwinkerte Lisbeth schalkhaft zu. Er schien zu ahnen, was es mit diesem Brauch auf sich hatte.
»Auf unserer Reise von Nürnberg hierher wechselt in Seligenstadt zum letzten Mal die Geleitstruppe.« Andreas' Vetter machte eine Pause und vergewisserte sich der Aufmerksamkeit seiner Zuhörer.
Diese nickten zustimmend, und er fuhr fort: »Wer von uns zum ersten Mal diese Reise antritt, hat bei dieser Gelegenheit unter Beweis zu stellen, dass er ein wahrer Mann ist und würdig, in die Nürnberger Kaufmannschaft aufgenommen zu werden.«
»Und worin besteht die Probe?«, wollte Andreas wissen.
Der Jüngling erhob sich von seiner Bank und wollte sich davonstehlen, bevor der Vater mit seiner Geschichte zu Ende kam. Wegen dieser Sache hatte er bereits genügend Hohn und Spott erdulden müssen. Doch sein Vater legte ihm die Hand auf die Schulter und drückte ihn auf seinen Sitz nieder. »Darin, den hölzernen Geleitslöffel in einem Zug auszutrinken«, erklärte er glucksend.

»Und wie viel fasst der Löffel?« Andreas stellte die Frage, auf die sein Vetter gewartet hatte.

»Zwei Seidel. Wein – nicht Bier!«

»Oh! Ein anständiges Maß, will ich meinen!« Andreas lachte. »Und hat er es geschafft?«

Der Junge versuchte, sich so klein zu machen wie eben möglich. Beinahe rutschte er unter den Tisch. Lisbeth, die ahnte, was nun käme, verspürte echtes Mitleid mit dem armen Kerl.

»Nein, hat er nicht«, erklärte sein Vater mit gespielter Verzweiflung. »Gerade einmal halb ausgesoffen hat er ihn. Das kann mein Gaul besser! Hat mich ein hübsches Sümmchen gekostet, die ganze Kaufmannschaft als Entschädigung dafür bei der Rast freizuhalten. Denn der Bengel hat ja kein eigenes Geld.« Er schlug seinem Sohn auf die Schulter und lachte dröhnend. »Doch dafür habe ich ihn in der letzten Woche ordentlich schuften lassen.« Seine letzten Worte gingen im Gelächter der Zuhörerschaft unter.

Die Heiterkeit wich freudiger Erwartung, als zwei Schankmädchen dampfende Platten mit gekochtem Rindfleisch auf den Tisch stellten. Fingerdicke, saftige Scheiben waren es, übergossen von sämiger Sauce, die grün war von all den frischen Kräutern, die man hineingerührt hatte. Hungrig band Lisbeth sich Löffel und Messer vom Gürtel und aß.

So sehr waren sie mit ihrer Mahlzeit beschäftigt, dass sie nicht bemerkten, wie sich die Stimmung im Hof des Lämmchens plötzlich veränderte. Die Ausgelassenheit war einer gespannten Aufregung gewichen.

Einige Kaufleute hatten sich von ihren Bänken erhoben, standen zu zweien oder dreien beisammen und sprachen erregt miteinander, die Gesichter sorgenvoll gefurcht. Andere waren von draußen in den Hof getreten, hatten sich zu ihren Kollegen gesellt, auch sie in ungewohnter Aufregung.

Erst als ihr Schwager Hans zu ihnen an den Tisch trat, nahmen die Speisenden die Veränderung um sich her wahr. Etwas Außerordentliches musste geschehen sein.
Hans Her hielt sich nicht mit langen Vorreden auf. »Habt ihr es schon gehört?«, fragte er.
»Was gehört?«, wollte Stephan wissen.
»Was Mertyn in Köln so treibt«, erlaubte Hans sich einen bitteren Scherz.
Lisbeth sog erschreckt die Luft ein, doch sogleich wurde Hans' Miene ernst, und er erklärte: »Eben kam ein Fuggerscher Reiter mit einer Nachricht aus Köln. Der Rat der Stadt will uns aus Köln vergraulen!«
»Wen will er vergraulen?«, fragte Lisbeth entsetzt.
»Die großen Handelsgesellschaften!«
Verständnislos richteten die Augen aller sich auf den altgedienten Vertreter der Ravensburger in Antwerpen. Hans jedoch ließ sich zunächst schwer auf die Bank fallen und nahm einen großen Schluck aus seinem Becher, bevor er zu berichten begann: »Der Rat der Stadt Köln hat ein Gebot an alle auswärtigen Faktoren der großen Gesellschaften erlassen, dass sie das Bürgerrecht erwerben und sich in die Gaffeln einschreiben lassen müssen. Unter Eide sollen sie nur eigenes Gut verkaufen und keines, das fremden Gesellschaften gehört.«
»Vermaledeiter Mist!«, fluchte Stephan. »Wenn das wahr wäre, bedeutete es das Ende für den Handel der Oberdeutschen in Köln.«
Hans presste die Lippen zusammen und nickte. »Nur dreimal zwei Wochen im Jahr dürfen sich fremde Faktoren künftig in der Stadt aufhalten. Bei Verlust ihres Bürgerrechtes wird den Bürgern verboten, einer Übertretung dieser Gebote Vorschub zu leisten«, fuhr er fort.
»Aber warum das? Die Faktoren sind doch alle angesehene

Herrschaften, die tun doch niemandem etwas«, warf Lisbeth ein.
»Es geht weniger darum, was sie tun, als was sie unterlassen«, entgegnete Stephan sarkastisch. »Ich kann mir nur zu gut denken, was der Grund dafür ist.«
Hans nickte abermals und legte die Fingerspitzen bedächtig aneinander.
»Und was?«, fragte der junge Neffe aus Nürnberg mit heller Stimme, froh, dass sich die allgemeine Aufmerksamkeit endlich anderen Dingen zuwandte.
»Den Kölnischen ist es lang schon ein Dorn im Auge, dass unsere Faktoren in Köln untereinander Handel treiben«, erklärte sein Vater, selbst Teilhaber der Nürnberger Gesellschaft Hans Imhoff und Gebrüder.
»Wenn sie etwas dagegen haben, warum verbieten sie es dann nicht einfach?«, wollte der Junge wissen. »Dafür müssen sie die Faktoren doch nicht der Stadt verweisen.«
Stephan lachte trocken. »Es ist verboten! Aber die hohen Herren des Rates können kaum etwas dagegen unternehmen, wenn sich ein Augsburger und ein Nürnberger bei einem Glas Wein zusammensetzen und ein Geschäft abschließen.«
Die Herren lachten, doch Hans Her hatte ein Einsehen mit dem Knaben. »Am besten, ich gebe dir ein Beispiel: Der Faktor der Ravensburger Handelsgesellschaft in Köln …«, hob er an.
»Stephan Ime Hofe?«, unterbrach ihn der Junge.
»Frau Lützenkirchen«, stellte sein Vater richtig. »Ime Hofe führt ihr die Geschäfte.«
Lisbeth sah das feine Zucken um Stephans Mundwinkel, doch Hans schien es nicht bemerkt zu haben. »Stell dir also vor, der Faktor der Ravensburger in Köln hat Wolltuch in England gekauft«, fuhr er fort. »Und der Faktor der Welser

in Köln erwartet eine Lieferung Rohseide aus Venedig. Wenn nun der Ravensburger dem Welser die Wolle und der Welser dem Ravensburger die Seide verkaufen will, müsste eigentlich Folgendes geschehen: Der Ravensburger müsste seine Wolle an einen kölnischen Kaufmann verkaufen. Davon erhält die Stadt eine Akzise. Dann müsste der kölnische Kaufmann die Wolle dem Faktor der Welser verkaufen. Wieder erhält die Stadt ihren Anteil. Und genauso ist mit der venezianischen Seide zu verfahren. Alles in allem verdient die Stadt Köln an diesem einzigen Handel vier Mal.
Was aber geschieht nun wirklich zwischen dem Welser und dem Ravensburger Faktor?« Fragend blickte Hans den Knaben an, doch der blieb ihm die Antwort schuldig. »Ganz einfach«, gab er schließlich selbst die Antwort. »Die beiden handeln die Preise für die Waren aus, verrechnen die Summen miteinander und stellen fest, dass der eine noch etwas vom andern zu bekommen hat, weil die Seide vielleicht wertvoller ist als die Wolle. Die Differenz gleichen die Zentralen in Augsburg und Ravensburg direkt miteinander aus. In Köln aber fließt kein Geld, die Stadt erhält nicht einen Heller. Und das gefällt den Stadtvätern ganz und gar nicht.«
Verstehen breitete sich über das Gesicht des Jungen. »Der Rat lässt den fremden Faktoren zwar die Wahl, das kölnische Bürgerrecht zu erwerben, aber dann dürfen sie, wie die anderen kölnischen Kaufleute auch, nur noch mit eigenen Waren handeln und nicht mehr mit denen der Gesellschaften. Sie dürfen nicht mehr als Faktoren fungieren, ist das richtig?«
»Ganz richtig, mein Junge!« Sein Vater zauste ihm wohlwollend den Blondschopf. »Bist doch ein heller Kopf. Nur das mit dem Saufen müssen wir noch üben.«

»Das können die Kölnischen mit uns doch nicht machen! Was glauben sie, mit wem sie es zu tun haben?«, entrüstete sich Andreas. Vielleicht hatte auch er erst der Erläuterungen seines Schwagers bedurft, um zu verstehen, welche Folgen der Erlass des Kölner Rates auch für seine eigenen Geschäfte hätte, dachte Lisbeth nicht ohne Bosheit.
»Du siehst doch, dass wir es können«, widersprach Stephan Andreas barsch. Für ihn selbst war diese Entwicklung wenig erfreulich, denn sie stellte seine Arbeit als Angestellter einer Faktorei unmittelbar aufs Spiel. Doch er konnte es ganz und gar nicht leiden, wenn der arrogante Imhoff seine Heimatstadt geringschätzte, und so ließ er seinen Groll gegen die Stadtväter an seinem Schwager aus.
Andreas maß ihn mit einem hochmütigen Blick. »Bezeichnend ist, dass die Fugger es wieder einmal zuerst gewusst haben, noch vor eurer eigenen Kaufmannschaft«, stichelte er.
»Die Fugger, ja. Aber nicht du. Du musstest es von einem Ravensburger erfahren«, gab Stephan mit gleicher Münze heraus.
»Wir Oberdeutschen brauchen euer rückständiges Köln nicht. Dann gehen wir eben mit unseren Geschäften nach Antwerpen! Das ist ohnehin der bessere Handelsplatz. Dann bekommt ihr gar keine Akzise mehr von den Oberdeutschen Gesellschaften. Und dann werdet ihr schön dumm schauen!«, parierte Andreas.
»Und du glaubst, das hätte der Rat nicht bedacht? So dumm sind unsere Stadtväter auch nicht! Der Stadtsäckel wird an Akzisezahlungen nichts verlieren, was ihm nicht auch jetzt schon entgeht.«
»Aber wenn es ohnehin nichts ändert, dann ist es doch gleich, ob man den Handel der fremden Faktoren erlaubt oder verbietet«, warf Lisbeth ein. »Warum macht man es dann?«

»Die Oberdeutschen bringen ihre Waren nicht alle aus der Stadt hinaus. Sie bieten sie auch in Köln an, und diese Geschäfte entgehen den kölnischen Händlern. Mit dieser Maßnahme wird dafür gesorgt, dass der Handel in Köln in der Hand der kölnischen Kaufleute bleibt«, erklärte Stephan. Mit einem triumphierenden Seitenblick auf Andreas fügte er hinzu: »Und eure Zölle werdet ihr weiterhin zahlen müssen, denn mit euren Waren könnt ihr Köln kaum umgehen. Die wichtigsten Handelsstraßen von Nord nach Süd und aus dem Westen kommend laufen dort zusammen.«

»Ich denke, ihr stimmt mir zu, wenn ich sage, dass es von unseren Stadtvätern bedauerlich kurzsichtig gedacht ist«, versuchte Hans Her seine Schwäger zu besänftigen. »Sie übersehen, dass diese Maßnahme nicht dazu dient, Kölns Position als bedeutende Handelsstadt zu festigen. Im Gegenteil. Doch ich hoffe, dass in der Angelegenheit das letzte Wort noch nicht gesprochen ist.«

»Du bist fein raus! Du hast ja ohnehin deine Geschäfte in Antwerpen und bist kölnischer Bürger obendrein«, wandte sich Andreas nun gegen Hans.

Doch dieser ließ sich nicht reizen. »Du bist auch schon lange in Köln. Niemand hindert dich daran, gleichfalls das kölnische Bürgerrecht zu erwerben«, gab er ruhig zurück.

»Ich entstamme einer Nürnberger Patrizierfamilie!« Entrüstet schnaubend stieß Andreas die Luft aus. Er erhob sich und verließ grußlos den Tisch.

»Was für ein Pinsel!«, brummte Stephan hinter ihm her. »Aber von dem lassen wir uns nicht den Abend verderben. Wenn es uns schon künftig die Geschäfte verhagelt, dann sollten wir uns heute unserer Erfolge freuen und feiern, solange es dafür einen Grund gibt. Ich hole uns jetzt etwas Anständiges zu trinken, anstelle dieses dünnen Apfelgebräus.« Entschlossen ergriff er den Krug, schüttete den restlichen noch darin verbliebenen Apfelwein unter den Tisch und erhob sich.

Als Vertreter der kölnischen Faktorei der Ravensburger hatte er, obschon er im Steinernen Haus logierte, hier im Keller des Lämmchens einen Verschlag, in dem er die Waren der Gesellschaft, die für Köln bestimmt waren, einlagerte. Und in diesem befand sich auch ein Fässchen schweren roten Weines, den er für seinen eigenen Bedarf mit nach Frankfurt gebracht hatte.

Als er mit dem gefüllten Krug wiederkehrte, schien Stephans Laune sich gebessert zu haben. »Nicht zu glauben, dass mein Bruder es wegen einer so widersinnigen Entscheidung vorgezogen hat, in Köln zu bleiben und seine reizende Gattin allein reisen zu lassen«, bemerkte er galant zu Lisbeth.

Hans grinste, doch er widersprach Stephan: »Ich glaube eher, das Gegenteil ist der Fall. Ich bin sicher, Mertyn wollte diese Entscheidung des Rates unbedingt verhindern.« Mit dem Kinn wies er auf eine Gruppe gesetzter Herren in dunklen Schauben und schwarzen Baretts, die, ins Gespräch vertieft, ein wenig abseits der Tische standen. »Doch wie ich schon sagte: Darin ist das letzte Wort noch nicht gesprochen.«

Mertyn und Lisbeth folgten seinem Blick.

»Ist das Anton Welser?«, fragte Stephan und wies auf einen älteren Herrn, dessen nussbrauner Bart ein breites Kinn verbarg.

Hans nickte. »Ja. Da drüben hast du fast alle beisammen, die im Handel etwas gelten. Der Mann neben ihm ist sein Schwager Konrad Vöhlin aus Memmingen, das ist Hans Imhoff aus Nürnberg.« Hans wies auf einen Herrn, dessen Züge unverkennbar den Verwandten von Andreas ähnelten, die mit ihnen am Tisch saßen. »Das dort sind Georg und Ambrosius Höchstetter, der dort ist ein Vertreter der Fugger, die beiden daneben kenne ich nicht, aber ich schätze, dass es Augsburger sind«, erklärte Hans, »vielleicht Rehlinger und Herewart, und der ganz rechts ist Jos Humpis, der Regierer der Großen Ravensburger Handelsgesellschaft.«

Anerkennend pfiff Stephan durch die Zähne. »Na, denen wird sicher etwas einfallen. Sie sehen nicht so aus, als würden sie sich den Handel mit Köln einfach so wegnehmen lassen.« Er schenkte Lisbeth, Hans und sich selbst von dem Rotwein in die Becher. »Trinken wir darauf, dass es ihnen gelingt, Mertyns Ratskollegen umzustimmen.«

Diese Meinung schienen die anderen Gäste im Hof des Lämmchens zu teilen, und so wandte man sich alsbald wieder erquicklicheren Themen zu, vornehmlich den guten Geschäften der vergangenen Tage, und erfreute sich daran. Musikanten spielten auf, die Schankmägde schleppten weitere Krüge aus dem Gasthaus, und die Gruppe der gesetzten Herren in dunklen Schauben löste sich auf. Bald schon war die Anspannung heiterer Ausgelassenheit gewichen.

Durstig hatte Lisbeth ihren Becher geleert, und aufmerksam füllte Stephan ihn erneut. »Bei deinem Durst würdest du ohne Schwierigkeiten in die Nürnberger Kaufmannschaft aufgenommen«, neckte er.

»Das ist immer noch der Staub der Frankfurter Straße.« Lisbeth fiel in das Gelächter der Nürnberger mit ein. Der vollmundige Wein ließ ihr das Blut warm durch die Adern fließen, und eine unbeschwerte Heiterkeit ergriff sie.

Stephan, Hans und die Imhoffs wechselten sich darin ab, amüsante Erlebnisse ihrer Handelsreisen zum Besten zu geben, und mehrfach wandten sich andere Gäste ihnen zu, um zu sehen, woher das ausgelassene Lachen rührte. Na-

türlich von den Kölnischen, wird sich so manch einer gedacht haben.
Noch zweimal stieg Stephan in das Gewölbe des Lämmchens hinab, um den Weinkrug zu füllen, und allmählich kroch die Dämmerung aus den Ecken hervor. Das Handeln war eine anstrengende Sache, und der nächste Tag würde wieder des ganzen Mannes und der ganzen Frau bedürfen, und so begann sich der Hof allmählich zu leeren.
Auch Hans Her erhob sich. »Lisbeth?«, fragte er, denn wie sie logierte er im Steinernen Haus, und sie hatten denselben Heimweg.
Enttäuscht blickte Lisbeth zu ihrem Schwager auf. Über Reden und Lachen war die Zeit viel zu schnell vergangen. Es war ein schöner Abend gewesen. Mit Stephan konnte man wirklich Spaß haben, und sogar ihr zurückhaltender Schwager Hans hatte sich der Fröhlichkeit des Abends nicht verschließen können und war ihr aufgeräumter vorgekommen als gewohnt. Seit langem hatte Lisbeth keinen so vergnüglichen Abend mehr verbracht, und obwohl es auch für sie ein anstrengender Handelstag gewesen war, verspürte sie noch keine Müdigkeit.
Stephan bemerkte ihr Zögern. »Der Abend ist zu schade, um ihn zu verschlafen«, sagte er und sprach ihr damit aus der Seele.
Lisbeth wusste, morgen läge noch ein arbeitsreicher Tag vor ihr, doch der starke Wein hatte sie mutwillig gemacht. »Ich würde gerne noch ein wenig hierbleiben«, sagte sie.
»Ich geleite dich später heim«, erbot Stephan sich sogleich.
Für einen winzigen Augenblick zog Hans die Augenbrauen missbilligend zusammen, doch wenn er ihr Verhalten nicht schicklich fand, so sagte er es nicht. Er empfahl sich mit knappem Gruß, und kurz darauf verabschiedeten sich auch die Nürnberger.

Lisbeth blieb mit Stephan am Tisch sitzen, und für einen Augenblick erschien es ihr nun doch ein wenig seltsam, allein mit einem Mann, der nicht ihr Gemahl war, im Garten eines Wirtshauses zu sitzen. Unschicklich war es allemal. Doch zum Teufel mit der Schicklichkeit! Stephan war ihr Schwager. Es musste doch gestattet sein, mit seinem Schwager einen Becher Wein zu trinken. Und außerdem war Messe! Da war eben vieles anders!

»Und, hast du deine Stoffe an den Mann gebracht?«, fragte Stephan, während er den letzten Schluck Wein in Lisbeths Becher schenkte.

»Ja, bis auf wenige Ballen ist alles fort. Grün schien in diesem Jahr nicht so beliebt zu sein. Etwas resedafarbener Sindel ist noch übrig und ein wunderschöner dunkelgrüner Taft, was ich nun ganz und gar nicht verstehen kann. Den hätte ich selbst gern für ein Kleid.«

»Wenn ich dieser Ballen wäre, so wäre es mir alle Male lieber, die Schneider würden aus mir ein Kleid für dich machen, als wenn mich eine fette alte Matrone auf der Haut trüge.«

»Stephan!« Lisbeth schüttelte lachend den Kopf. Von jedem anderen hätte sie sich diese Anzüglichkeit scharf verbeten. Doch Stephan war eben Stephan. Seiner sorglosen Art wegen ließ man ihm viele Dinge einfach durchgehen wie einem jungen, tolpatschigen Hund. Treuherzig blickte Stephan sie aus dunklen Augen an, und auch darin gemahnte er Lisbeth an die freundlichen vierbeinigen Bewohner der Wolkenburg.

»Jemand muss schon wieder meinen Becher ausgetrunken haben«, sagte Stephan augenzwinkernd. »Ich hole uns noch ein Schlückchen.« Er erhob sich und nahm eine der Fackeln aus der Halterung an der Wand.

Es war ruhig geworden im Hof. Längst hatten sich auch

die Musikanten empfohlen, und nur an einem Tisch hockten noch ein paar unentwegte Zecher. »Ich komme mit!«, entschied Lisbeth und lief hinter ihm her. Sie wollte nicht allein am Tisch sitzen bleiben.
Düsternis umfing sie, als sie in den Flur des Lämmchens traten. Niemand war zu sehen. Mit der Fackel leuchtete Stephan ihnen den Weg zum Kellerabgang.
Lisbeth spürte, dass ihre Beine ihr nicht vollständig gehorchten. Haltsuchend griff sie nach Stephans Wams, um nicht eine der hölzernen Stufen zu verfehlen. Es kam ihr vor, als seien sie Kinder, die heimlich in den Keller schlichen, um von verbotenen Vorräten zu naschen. Mit einem Mal überkam sie ein übermächtiger Drang zu kichern.
»Scht!«, machte Stephan und legte ihr den Finger auf die Lippen. »Du willst doch nicht, dass Mutter uns erwischt!«, flüsterte er.
Lisbeth entfuhr ein lautes Lachen. Hastig presste sie sich die Hand auf den Mund. Er hatte also den gleichen Gedanken gehegt wie sie.
Leise, Schritt für Schritt, schlichen sie die Stiege hinab. Als sie den Fuß der Treppe erreicht hatten, wandte Stephan sich nach links und drückte Lisbeth die Fackel in die Hand. Er nestelte einen Schlüssel von seinem Gürtel und öffnete die Tür zu dem Verschlag, in dem seine Waren lagerten, gerade so weit, dass sie hineinschlüpfen konnten.
Hastig zog er die Tür hinter sich zu, nahm Lisbeth die Fackel ab und steckte sie in den tönernen Maulaffen an der Wand. Flackerndes Licht fiel auf Kisten und Bündel mit Handelswaren. Zum einen Teil waren es Güter, die Stephan schon verkauft, aber den Käufern noch nicht geliefert hatte, zum anderen Teil Waren, die er just erworben hatte, um sie später in Köln zum Verkauf anzubieten.
Stephan beugte sich zu dem Weinfässchen hinab, das zum

praktischen Verbrauch gleich neben der Tür stand, und ging daran, den Krug aufs Neue zu füllen, während Lisbeth weiter in den niedrigen Raum hineintrat, um sich die Waren näher zu beschauen.

Es mussten auch eine Menge Gewürze aus den neuen Ländern darunter sein, denn ein betörender Duft entströmte einigen der Packen. Lisbeth schloss die Augen. Tief sog sie den fremdartigen Wohlgeruch ein und trat noch einen Schritt näher. Ihr Fuß verfing sich in einem Knäuel Seile, das sie im Dunkel übersehen hatte, sie strauchelte und fiel vornüber.

»Lisbeth!«, rief Stephan besorgt und fuhr auf. Der Wein aus seinem Krug schwappte ihm über Hemd und Wams. Doch dann vernahm er Lisbeths Kichern. Ihr Sturz war von den weichen Bündeln Rohseide, die hier dicht an dicht gestapelt lagen, sanft abgefangen worden.

Erleichtert stimmte Stephan in ihr Gelächter mit ein. »Das ist gute venezianische Seide«, protestierte er zum Schein. Er stellte den Krug beiseite und reichte ihr die Hand. Lisbeth ergriff sie, doch bei dem Versuch, ihr aufzuhelfen, geriet auch er ins Schwanken. Lachend ließ er sich rücklings neben Lisbeth auf die Bündel fallen. »Was deine ehrwürdigen Kolleginnen vom Seidamt wohl davon hielten, dass wir uns auf ihrer Rohseide fläzen?«, witzelte er.

»Frau Ime Hofe, meine Liebe, ich als Vorsitzende des Seidamtes weiß genau, was gut für meine Rohseide ist. Sicher nicht, dass Ihr darauf herumliegt!«, imitierte Lisbeth das tiefe Schnarren Brigitta van Berchems.

Stephan rollte sich auf die Seite und stützte den Ellbogen auf. Ganz dicht war sein Gesicht dem ihren, und Lisbeth spürte seinen warmen Atem auf ihrer Haut. »Nein, Frau Ime Hofe, das gehört sich ganz und gar nicht«, flüsterte er. Seine Stimme klang mit einem Mal belegt, und von seinen

Zügen war das Lächeln verschwunden. Ernst senkte sich sein Blick in den ihren und hielt ihn fest.
Lisbeth schien es, als lauere dort unten in den dunklen Tiefen seiner Augen etwas Unbekanntes, gut und böse zugleich, das sie mit einer Macht anzog, der sie sich nicht zu widersetzen vermochte, der sie hilflos ausgeliefert war.
Wie gefesselt lag sie, unfähig, sich zu rühren oder ihren Blick aus dem Dunkel seiner Augen zu lösen.
Das Flackern der Flammen lichterte über Stephans Gesicht, als er sich zu ihr vorbeugte. Näher, immer näher kam sein Mund dem ihren, dann berührten sich ihre Lippen.
Lisbeth durchfuhr ein Schauder, wie sie ihn noch nie verspürt hatte. Wie eine glühende Woge war es, die ihr von den Lippen in den Leib fuhr und von da aus ihren Körper durchflutete, sich bis in die Spitzen ihrer Gliedmaßen ausbreitete. Zugleich schienen in ihrem Kopf hundert Feuerglocken anzuschlagen – mahnten, warnten: »Das darfst du nicht! Dieser Mann ist nicht dein Ehemann!«
Einem zarten Hauch gleich lagen Stephans Lippen auf ihrem Mund. Dann wurde sein Kuss fester, bald fordernd, und wieder durchfuhr Lisbeth dieses wundervolle Gefühl. Eine ungekannte Gier überkam sie. Stephan! Sie wollte ihn. Wollte ihn mit jeder Faser ihres Leibes, hatte ihn schon lange gewollt, das wurde ihr schlagartig bewusst.
»Du sollst nicht die Ehe brechen«, tönten die Feuerglocken, doch die Flammen des Brandes, vor dem sie warnten, hatten Lisbeth bereits erfasst und ließen alle Mahnungen zu Asche verbrennen. Ihre Lippen wurden weich und öffneten sich Stephans Drängen.
»Mein Gott, Lisbeth!«, entfuhr es Stephan beinahe gequält, und ungestüm zog er sie an sich.
Lisbeth schlang ihre Arme um Stephans Schultern und erwiderte seine Umarmung. Wie im Rausch küssten sie

einander, und Lisbeth spürte, wie Stephans Hände über ihren Körper glitten. Er fand die Wölbung ihrer Brust, umschloss sie mit beiden Händen, drückte sie beinahe grob. Doch die Heftigkeit seiner Berührung schmerzte Lisbeth nicht, vielmehr steigerte sie noch ihre Erregung. Jede Faser ihres Körpers fühlte sich an, als sei sie bis zum Zerreißen gespannt.

Mit erfahrenen Fingern löste Stephan ihr Mieder, richtete sich auf und zog sich das Hemd über den Kopf. Seine olivfarbene Haut schimmerte matt im warmen Licht der Fackel, als er das Hemd achtlos beiseite warf. Wieder senkte er seinen Blick tief in den ihren, als suche er ihr Einverständnis, ihre Zusicherung, dass auch sie ihn wollte.

Lisbeth hielt seinem Blick stand. Sie wusste, es war nicht richtig, was sie tat, doch sie wusste auch, dass sie nicht anders konnte. Nicht anders wollte.

Mit einer raschen Bewegung öffnete Stephan die Schnürung an seinen Beinkleidern, dann schob er die Röcke von Lisbeths Kleid bis zu ihren Hüften hinauf. Er beugte sich über sie, und mit ungekannter Macht bahnte sich seine lange zurückgehaltene Leidenschaft ihren Weg.

Sie liebten sich mit einem Hunger, einer Gier, wie sie nur verbotene Früchte hervorzulocken vermögen. Mit dem verzweifelten Wissen, dass das, was sie da taten, nicht von Dauer sein konnte – nicht sein durfte, und als sie schließlich ermattet voneinander abließen, spürte Lisbeth, dass ihr Tränen über die Wangen liefen.

Zärtlich küsste Stephan die feuchten Spuren fort und bettete seinen Kopf auf Lisbeths Brust. Mit der Nase stupste er spielerisch gegen das dunkelrote Amulett, das an seidener Schnur zwischen ihren Brüsten baumelte. »Was ist das? Hast du Angst vor dem bösen Blick?«, fragte er schnuppernd. »Es riecht wundervoll. Fremdartig und verführerisch.«

»Eine alte Frau hat es mir gegeben«, antwortete Lisbeth. Ein leichter Schauder kräuselte ihre Haut, als sie sich der seltsamen Alten in ihrem düsteren Fuchsbau entsann. »Eigentlich müsstest du sie kennen. Sie wohnt in einem Verschlag gegenüber der Wolkenburg.«
Stephan überlegte kurz, dann schüttelte er verneinend den Kopf.
»Angeblich soll es mir meinen innigsten Wunsch erfüllen«, fuhr Lisbeth fort. »Ich glaube zwar nicht daran, doch ich habe es auch nicht fertiggebracht, das Amulett abzulegen. Wahrscheinlich, weil es so wundervoll duftet.«
Mit den Lippen schnappte Stephan nach einer von Lisbeths Locken und zupfte daran. »Es duftet nicht so wundervoll wie dein Haar!«, flüsterte er und fasste nach dem Saum von Lisbeths Kleid, das sich ihr um die Hüften bauschte. »Zieh es aus!«, befahl er sanft.
Geniert fuhr Lisbeth auf und kreuzte unwillkürlich die Arme vor der Brust. Sie zu bitten, sich zur Gänze zu entkleiden, war ein höchst unsittliches Ansinnen. Wenn Mertyn mit ihr schlief, hatte Lisbeth ihr Hemd stets anbehalten.
Stephan entfuhr ein leises Lachen. »Ich möchte dich ansehen«, bat er sehnlich und küsste sie sanft auf die Lippen. »Ein Mal nur.«
Lisbeth zögerte. Dann senkte sie die Arme und ließ geschehen, dass Stephan ihr die Röcke von den Hüften streifte. Nackt, wie der Herrgott sie erschaffen hatte, lag sie da, ihr schlanker Körper seinen forschenden Blicken ausgeliefert. Unter ihrem Rücken spürte sie das rauhe Tuch der Seidenballen. Das flackernde Licht der Fackel vergoldete die unverputzten Wände, floss über den gestampften Boden des Verschlags, und der einzigartige Duft, den die fremdländischen Gewürze verbreiteten, verwandelte den muffigen Kellerraum in ein sinnliches Gemach.

»Wie schön du bist!«, flüsterte Stephan, und mit einem Mal empfand Lisbeth es nicht mehr als ungehörig, dass Stephan sie betrachtete.
Eine gute Weile ließ Stephan seinen Blick über Lisbeths Körper wandern, als wolle er sich die winzige Erhebung ihres Bauches, die Wölbung ihrer Brust, die sanfte Neige ihres Schoßes, ja, jeden Zoll ihres Leibes für immer in sein Gedächtnis prägen.
Schließlich löste er seinen Blick von ihr und erhob sich von ihrem Lager. Scharf zeichneten sich die harten Muskelstränge an Schultern und Rücken unter seiner glatten Haut ab.
Stephan ergriff den Weinkrug, füllte ihn aufs Neue und erfrischte sich mit einem großen Schluck. Dann hob er Lisbeth den Krug an die Lippen. Vorsichtig ließ er ein wenig des dunklen Weines in ihren Mund laufen. Lisbeth schluckte, doch sie konnte nicht verhindern, dass ihr der Wein über die Lippen lief. Feucht rann er ihr Kinn hinab und versickerte als rotes Rinnsal zwischen ihren Brüsten.
Ungeniert verfolgte Stephan die dünne Spur mit seinen Lippen und saugte sie begierig auf, um dann zärtlich die weiche Haut an Lisbeths Brüsten zu liebkosen. Seine Lippen fanden die Knospe ihrer Brust, umspielten sie sanft, saugten und küssten, dann nahm er sie sachte zwischen seine Zähne. Ein lustvoller Schauder durchfuhr Lisbeth, und sie sog scharf die Luft ein.
Erobernd küsste Stephan sich den Weg über Lisbeths Leib hinab, schickte einen winzigen Schauder nach dem andern über ihre Haut. Kurz verweilten seine Lippen an der sanften Wölbung ihres Bauches, zwickten sie verspielt, um dann in beunruhigender Weise tiefer zu wandern, immer tiefer, dorthin, wo Lisbeth noch nie zuvor geküsst worden war.

Angespannt hielt sie die Luft an, und abermals durchraste sie ein lustvoller Schauder. Ihr Leib zitterte vor Verlangen, und als seine Lippen ihre Scham berührten, krallte sie ihre Finger in Stephans gelocktes Haar. Nicht einen Moment länger vermochte sie das Verlangen zu ertragen. Unbeherrscht fasste sie Stephans Schultern und zog ihn zu sich herauf.
»Wenn das die Damen vom Seidamt wüssten!«, murmelte Stephan lächelnd in Lisbeths Haar, bevor er sich genussvoll daranmachte, ihre neu entflammte Lust zu stillen.

Erschreckt fuhr Lisbeth auf. Sie mussten eingeschlafen sein. Die Fackel war in ihrer Halterung erloschen, und Dunkelheit hüllte sie ein. Schweigend erhoben sie sich von ihrem Lager und richteten ihre Kleidung.
Stephan öffnete vorsichtig die Tür und blickte hinaus. Doch die Herberge lag in nächtlicher Ruhe. Der Wirt und die anderen Gäste schienen noch zu schlafen. Auf sein Zeichen hin huschte Lisbeth durch die Tür, und Stephan verschloss sorgfältig den Verschlag hinter ihnen. Leise, wie sie gekommen waren, schlichen sie die Stiege hinauf, durch den Flur und zur hinteren Tür hinaus.
Als sie aus dem Hof in die Gasse traten, umfing sie samtige Morgenluft. Eben verblassten die ersten Sterne, und als Vorbote des kommenden Tages teilte ein einzelner rosafarbener Streif den Himmel hinter dem Dom. Die Sichel des Mondes schien fahl, doch ihr Licht reichte aus, Stephan und Lisbeth den kurzen Weg zum Steinernen Haus zu erhellen.
Der Platz vor dem Römer war leer und verlassen. Wie die Gäste des Lämmchens lagen auch die Einwohner und Besucher der Stadt noch in tiefem Schlummer, und selbst die Hunde und Schweine waren noch nicht aus ihren Nischen

und Winkeln gekrochen. Nur der Karren des Goldgräbers, der sein übelriechendes Geschäft, die Latrinen der Stadt auszuheben, des Nachts betreiben musste, kreuzte ihren Weg und schickte seinen stinkenden Odem in die Nacht.

Auch im Steinernen Haus war Stephan und Lisbeth das Glück hold, und es gelang ihnen, ungesehen über den Hof ins Haus zu gelangen. Vor der Tür von Lisbeths Kammer im Obergeschoss blieb Stephan stehen und ergriff ihre Hand. Den ganzen Weg hatten sie schweigend zurückgelegt, und auch jetzt blickte Stephan sie wortlos an. Was blieb auch zu sagen? Die Magie der Nacht war verflogen, und keine Worte würden sie zurückrufen können. Mit trauriger Langsamkeit hob Stephan Lisbeths Hand an seine Lippen, so, als wolle er den Moment der Trennung noch einen Augenblick hinauszögern. Seine Berührung war zärtlich, bedauernd. In nichts erinnerte sie an die Leidenschaft der Nacht.

Dann, beinahe abrupt, gab er ihre Hand frei, wandte sich um und eilte die Stiege hinab, ohne sich noch einmal umzuwenden.

Lisbeth blickte ihm nach, und erst als sie seine Schritte am Ende der Stiege verhallen hörte, trat sie in ihre Kammer. Mechanisch entkleidete sie sich und schlüpfte unter das Laken. Ihr Körper war müde und sehnte sich nach Schlaf, doch ihr Geist fand keine Ruhe.

Die Erinnerung an Stephans Berührung, an die Glätte seiner Haut erweckte in Lisbeth erneut dieses erregende Gefühl. Doch diesmal kämpfte sie es entschlossen nieder. So etwas durfte sie bei dem Gedanken an einen anderen Mann nicht empfinden. Ein Mann, der zu allem Unglück auch noch der Bruder ihres Gemahls war.

Nie hätte sie sich vorstellen können, dass es solch eine Leidenschaft geben könnte, wie sie sie mit Stephan erlebt hatte. Und noch weniger, dass sie selbst zu dieser Leidenschaft fähig war. Dabei liebte sie Mertyn. Für sie hatte es immer nur ihn gegeben, solange sie sich erinnern konnte. Nie hatte sie einen anderen Mann gewollt.

Lisbeth biss sich auf die Lippen, als sie daran dachte, dass es just hier in Frankfurt gewesen war, wo Mertyn einst bei ihrem Vater um ihre Hand angehalten hatte. Peter Lützenkirchen hatte sie ihm damals aus Fürsorge für seine Tochter verwehrt, weil er befürchtete, Mertyn schlüge seinem Vater nach, der es mit der ehelichen Treue nicht so genau nahm. Und nun war sie es, die ihrem Mann die Treue gebrochen hatte. Und das – Ironie des Schicksals – mit Stephan, der ebenfalls ein Sohn des alten Mertyn war.

17. Kapitel

Der Herbst war früh gekommen in diesem Jahr. Feuchte Kälte kroch durch die Ritzen in die Werkstatt und ließ die Erinnerung an den schönen Sommer verblassen. Verstohlen legte Lisbeth die Hand an die schmerzende Schläfe. Es fiel ihr schwer, sich auf das Gespräch mit der Kundin zu konzentrieren.

»Ja, es müsste ein Grün sein. Ein helles Grün. Aber nicht zu gelb. Auf gar keinen Fall ein blaues Grün. Wisst Ihr, was ich meine?« Gertrud Rinck blickte sie fragend an, und Lisbeth nickte ergeben.

»Nicht zu dunkel. Aber etwas Farbe muss schon sein. Also nicht zu blass!«

Lisbeth nickte abermals.

»Tante Lisbeth, ich habe einen Vorschlag«, ließ sich Sophie vernehmen. Das Mädchen hatte seinen Platz am Webstuhl verlassen und war zu Lisbeth und Frau Rinck getreten. Gertrud Rinck zog ob der Störung unwillig die Augenbrauen hoch.

»Nicht jetzt, Sophie!«, mahnte Lisbeth.

»Aber ich …«

»Nicht jetzt, sagte ich. Geh zurück an deine Arbeit!«, befahl Lisbeth ihrer Nichte schroff. Doch sogleich taten ihr die harschen Worte leid. »Wenn Frau Rinck und ich die Seide für die neuen Vorhänge für ihren Saal ausgesucht haben, komme ich zu dir«, fügte sie daher milder hinzu.

Sophie biss sich auf die Lippe, doch ohne weitere Widerrede verzog sie sich wieder hinter ihren Webstuhl.

»Oder meint Ihr, ich sollte eine ganz andere Farbe wählen?« Frau Rinck nahm ihren Redefluss dort wieder auf, wo sie ihn unterbrochen hatte. »Kein Grün – oder doch! Grün ist genau richtig. Aber wie ich sagte: nicht zu dunkel …«

Lisbeth zwang sich zu einem Lächeln. »Ich denke, ich weiß genau, was Ihr Euch vorstellt«, unterbrach sie den Wortschwall. »Lasst mich die Seide nur einfärben, Ihr werdet sehen, sie wird Euren Saal vorzüglich schmücken.«

»Aber wenn die Farbe mir nicht gefällt? Dann werde ich die Seide nicht …«

Abermals fiel Lisbeth ihrer Kundin ins Wort. »Dann werden wir eine Lösung finden. Ihr müsst nichts bezahlen, was Euch nicht gefällt. Darauf mein Wort.«

Gertrud Rinck bedachte sie mit einem zweifelnden Blick, doch dann nickte sie. »Gut. Wann werdet Ihr liefern?«

»Zwei Wochen wird es schon dauern.«

Frau Rinck gab sich damit zufrieden, und als sich die Werkstatttür endlich hinter ihr geschlossen hatte, ließ Lisbeth sich auf einen niedrigen dreibeinigen Hocker sinken und presste stöhnend die Hände an die schmerzende Stirn.

»Tante Lisbeth?« Sophie war wieder aus ihrem Webstuhl geschlüpft. Sie hatte sich noch immer nicht angewöhnen können, Lisbeth ›Frau Meisterin‹ zu nennen.

Lisbeth seufzte. Sie wünschte sich nichts sehnlicher als einen Moment der Ruhe, damit der Schmerz in ihrem Kopf ein wenig nachließe. Doch bevor sie Sophie rügen konnte, fuhr diese hastig fort: »Warum lassen wir nicht einfach Muster färben? Von allen Farben, die es gibt, eines. Dann könnten sich solche umständlichen Weiber schneller entscheiden.«

»Sophie!«, ermahnte Lisbeth. »Frau Rinck ist kein umständliches Weib! Sie ist eine gute Kundin, die uns einen guten Auftrag gegeben hat.«

Mit einem flüchtigen Zucken ihrer schmalen Schultern ging Sophie über die Rüge ihrer Tante hinweg. Eifrig fuhr sie fort: »Es müssten ja keine großen Stücke sein. Vielleicht nur so groß.« Mit den Fingern deutete sie die Größe eines Handtellers an. »Gerade groß genug, damit man die Farbe gut erkennen kann. Und es verursacht keinen Aufwand, die Muster anzufertigen. Man braucht doch einfach nur ein Muster in alle Farbbäder mit hineinzulegen. Die Muster könnten wir dann alle zusammenheften wie ein Buch. Und wir schreiben dazu, welche Farbe es ist. Dann kann sich …« Sophie zögerte. »Dann kann sich Meister Quettinck auch nicht vertun.«

Aufmerksam blickte Lisbeth ihre Nichte an. Der Vorschlag war nicht dumm. Farben treffend zu beschreiben war äußerst schwierig. Wenn Kunden keine bereits gefärbte Ware kauften, sondern eine größere Menge Seide in einer bestimmten Farbe bestellten, bestand immer die Gefahr, dass die Farbe anders ausfiel, als die Kunden erwartet hatten. Da wären Muster in der Tat hilfreich.

Ein Lächeln schlich sich auf Lisbeths Gesicht. Dieser Vorschlag war wieder einmal typisch für ihre Nichte. Sophie war eine geschickte Weberin geworden. Sie hatte einen wachen Verstand, und in dem knappen Jahr, das sie nun bei Lisbeth war, hatte sie bereits alles erlernt, was es in einer Seidenweberei zu lernen gab. So ein aufgewecktes Lehrmädchen hatte Lisbeth noch nie gehabt.

Trotzdem bezweifelte sie, dass Sophie einmal eine gute Seidenweberin würde. Dazu gebrach es ihr einfach an der nötigen Ausdauer. Stets war sie begierig, Neues zu erlernen, doch sobald sie die Zusammenhänge einmal erfasst hatte, sobald sie einen Arbeitsgang beherrschte, verlor die Sache für Sophie ihren Reiz, und sie begann sich zu langweilen. Stundenlang am Webstuhl zu sitzen war für Sophie eine wirkliche Plage. Daher war sie die Erste, wenn es darum ging, andere Aufgaben zu erledigen, wie beispielsweise fertige Seidenballen zu den Stelrevern zu tragen, um sie vermessen und stempeln zu lassen.

Nachdenklich betrachtete Lisbeth das Mädchen, das, gespannt einer Antwort harrend, vor ihr stand. Sophie war im vergangenen Jahr ein Stück gewachsen und wurde allmählich zur Frau. Ihre Gestalt war weicher geworden, hatte das Fohlenhafte verloren, und unter ihrem Hemd zeichneten sich die ersten Rundungen einer Brust ab.

»Das ist ein guter Vorschlag«, stimmte Lisbeth schließlich zu, und sogleich breitete sich ein Strahlen über Sophies herzförmiges Gesicht.

Lisbeth erhob sich von dem Hocker, griff einen Ballen Seide, deren Ränder nicht ordentlich gewebt waren, und reichte ihn der Nichte. »Daraus kannst du die Muster schneiden«, sagte sie und wollte sich eben wieder ihren Aufgaben zuwenden, als Mertyn, noch im schwarzen Mantel der Ratsherren, in die Werkstatt trat.

»Es ist nicht zu fassen! Meine ach so klugen Kollegen Ratsherren haben die Gesuche der Oberdeutschen Handelsgesellschaften tatsächlich abgelehnt!« Schimpfend machte er seinem Unmut Luft.

Lisbeth benötigte einen Moment, bis ihr klarwurde, wovon ihr Gemahl sprach. Unter Führung von Anton Welser und Konrad Vöhlin hatten sich die Häupter der großen Handelsgesellschaften – Jacob Fugger, Christoph Herwart, Wilhelm Rehlinger und Georg und Ambrosius Höchstetter aus Augsburg, die Gebrüder Imhof aus Nürnberg und Hans Humpis aus Ravensburg – noch auf der Messe in Frankfurt darauf geeinigt, den ehrbaren Rat der Stadt Köln in eindringlichen Schreiben darum zu bitten, sie nicht nur für wenige Wochen, sondern das ganze Jahr über zum

Handel in Köln zuzulassen. Ihre Voreltern hätten schließlich seit Menschengedenken dort gehandelt. Auch die Stadt Augsburg hatte das Gesuch unterstützt.

Doch heute hatte der Rat der Stadt Köln seinen Beschluss bestätigt. Es blieb dabei: Die fremden Faktoren würden das Bürgerrecht erwerben müssen, wenn sie weiterhin in Köln Handel treiben wollten, und dürften nur noch mit eigenem Gut handeln, nicht mit dem der Gesellschaften.

»Die Oberdeutschen Handelsgesellschaften werden ihre Faktoreien schließen«, folgerte Lisbeth.

Mertyn nickte und hob in hilfloser Geste die Hände. »Ich habe es nicht verhindern können. Berchem und Konsorten sehen nur den kurzfristigen Gewinn, mit dem sie hoffen, die Löcher in der Stadtkasse zu stopfen. Dass Handelsfreiheiten der Stadt langfristig zugutekommen, weil es ihren Status als Handelszentrum stärkt, das wollen sie nicht einsehen.«

Lisbeth malte sich aus, welche Folgen das zeitigen würde, vor allem für ihre Familie. Mertyn wurde durch diesen Ratsbeschluss nicht tangiert, er besaß kein Faktorenamt und handelte nur auf eigene Rechnung. Auch ihre Mutter würde die Entscheidung nicht besonders schmerzlich treffen, denn ihren Briefen zufolge führte sie in Valencia ein glückliches Leben als Seidmacherin. Nichts anderes hatte sie zeitlebens sein wollen, daher würde sie gut ohne das Faktorenamt auskommen.

Anders dagegen Stephan. Doch wirkliche Sorgen brauchte Lisbeth sich um ihn auch nicht zu machen. Ein so versierter Kaufmannsgehilfe wie er würde jederzeit eine neue Anstellung finden, wenn er sich nicht gar auf eigene Füße stellte.

Hans Her würde es gleichfalls keine Schwierigkeiten bereiten. Im Gegenteil, er führte den Gelieger, die Hauptnie-

derlassung, der Ravensburger in Antwerpen, der durch die Entscheidung des Rates eher noch an Bedeutung hinzugewinnen würde. Köln war für ihn immer nur ein nachrangiger Handelsplatz gewesen. Schlimmstenfalls würden er und Tante Fya nach Antwerpen übersiedeln.
Gänzlich anders stand es dagegen bei Andreas Imhoff. Lisbeth meinte, Gesprächen entnommen zu haben, dass er sich in den Geschäften, die er auf eigene Rechnung führte, nie als sonderlich erfolgreich erwiesen hatte. Für ihn hätte es schwerwiegende Folgen, wenn er seine Faktorenstelle bei den Fuggern verlieren würde.
»Du solltest deiner Mutter schreiben«, sagte Mertyn und riss sie aus ihren Überlegungen. »Sie sollte es so bald wie möglich erfahren.«
»Ja, das werde ich. Heute Abend noch.«
Mertyn verließ die Werkstatt, und Lisbeth schaute, wie weit Sophie mit ihren Musterstücken gekommen war. »Ich erwarte heute noch eine Fuhre von Färber Quettinck. Du kannst ihm die Stoffmuster dann gleich mitgeben«, sagte sie zu ihrer Nichte.
»Wann?«, fragte Sophie atemlos. »Wann kommen sie?« Auf ihren Wangen bildeten sich überraschend rote Flecken.
»Gleich. Noch heute Morgen«, antwortete Lisbeth. »Aber du bist ja bald fertig.«
»Ja, einen Moment noch«, sagte Sophie. Fahrig machte sie einen weiteren Schnitt in die Seide, der ihr jedoch reichlich schief geriet. Unwillig schüttelte sie den Kopf und begradigte die Kante. Dann legte sie scheppernd die Schere aus der Hand. »Ich bin gleich zurück«, sagte sie und hastete aus der Werkstatt.
Kopfschüttelnd blickte Lisbeth ihr nach. »Erkläre mir einer dieses Kind«, murmelte sie.

Nur wenig später erschien Sophie wieder in der Werkstatt. Das Rot auf ihren Wangen hatte sich vertieft, und Lisbeth bemerkte, dass sie ihre Zöpfe neu geflochten und eine frische Schürze vor ihr Kleid gebunden hatte.
Sogleich machte Sophie sich wieder daran, Musterstücke zu schneiden, doch sie war nicht recht bei der Sache. Bei jedem Geräusch, das von der Obermarspforte hereindrang, hob sie lauschend den Kopf.
Endlich rumpelte ein Fuhrwerk in den Hof und kam vor der Werkstatt zum Stehen. Sophie fuhr auf, strich ihren Rock glatt und eilte in den Hof, wo Jacobus, der kräftige Geselle von Färber Quettinck, soeben vom Bock des Karrens sprang und sich an der Plane zu schaffen machte, die seine kostbare Fracht gegen den Regen schützte.
Lisbeth, die ihrer Nichte gefolgt war, bemerkte, wie schlagartig die aufgeregte Freude aus dem Gesicht des Mädchens wich und trauriger Enttäuschung Platz machte. Und plötzlich verstand sie. Nicht der Eifer hatte ihre Nichte so erregt. Sophie war verliebt!
Das Mädchen hatte sehnsüchtig auf jemanden gewartet. Doch dieser Jemand war nicht Jacobus, das war Sophie unschwer anzusehen. Es musste ein anderer der Burschen von Färber Quettinck sein. Vielleicht der blondgelockte Lehrbursche, der Sophie vor Jahren in der Werkstatt herumgeführt hatte?
»Sophie«, rief sie, »ich glaube, du solltest mit Jacobus zu Färber Quettinck fahren und ihm erklären, wie wir uns die Muster vorstellen.«
Sogleich kehrte das Strahlen zurück auf das Gesicht ihrer Lehrtochter. »Danke, Tan… Danke, Frau Meisterin!«, sagte Sophie und eilte, die Stoffmuster zu holen.
Unversehens spürte Lisbeth, wie Übelkeit in ihr aufstieg und eine ungewohnte Schwäche sie ergriff. Der Schmerz

hinter ihrer Schläfe pochte quälend. Auf unsicheren Beinen ging sie zurück in die Werkstatt und ließ sich auf ihren Hocker sinken.
»Ist Euch nicht wohl?«, fragte Gertrud und blinzelte besorgt. »Ihr seid kreideweiß um die Nase! Ihr solltet Euch hinlegen. Soll ich Euch in Eure Kammer geleiten?«
»Nein, es ist nichts«, entgegnete Lisbeth. »Nur eine kleine Schwäche. Es geht mir sicher gleich wieder gut.«
Doch Gertrud ließ sich nicht beirren. »Los, hol Wasser!«, befahl sie einem der Lehrmädchen. »Beeil dich!«
Lisbeths Übelkeit währte nicht lange. Nachdem sie einen Becher Wasser getrunken hatte, kehrte alsbald die Farbe in ihr Gesicht zurück, und auch der Kopfschmerz wich. Und als sie sich kurz darauf erhob, um ihre Arbeit fortzusetzen, verspürte sie sogar ein wenig Appetit. Es war bald Mittagszeit. Sie hätte richtige Lust auf etwas Herzhaftes. Saurer Kappes mit gebratenen Würstchen wäre schön.
»Oh, mein Gott!«, entfuhr es ihr.
»Was ist?«, fragte Gertrud. »Ist Euch wieder schwindelig?«
»Nein. Nein. Es ist alles in Ordnung«, beruhigte Lisbeth ihre alte Helferin und brachte sogar ein Lächeln zustande.
Saurer Kappes! Ihr war unwohl, und zugleich hatte sie Appetit auf sauren Kappes! Das konnte nur eines bedeuten: Sie war wieder in Umständen.
Wie ein Stich schoss ihr der Gedanke durch den Kopf: Stephan! War das Kind von ihm, fragte sie sich entsetzt. Hatte jene Nacht auf der Messe Folgen gezeitigt, und sie trug nun das Kind ihres Schwagers unter ihrem Herzen?
Der Gedanke ließ sie schaudern. Was sollte sie nun tun, fragte sie sich und spürte, wie Panik in ihr aufstieg. Was, wenn das Kind tatsächlich von Stephan wäre?
Niemand wusste um die Geschehnisse in jener Nacht, und natürlich war auch Mertyn ab und an seinen ehelichen

Pflichten nachgekommen. Mertyn und Stephan ähnelten einander, so dass man dem Kind nie würde ansehen können, wer von beiden der Vater wäre. Niemand würde beim Anblick des Kindes auch nur den leisesten Zweifel hegen – außer ihr selbst. Nur sie würde sich nie sicher sein können, dass das Kind – wenn es denn tatsächlich zur Welt käme – von ihrem Gemahl wäre.

Die Worte der wunderlichen alten Frau, die in dem Verschlag gegenüber der Wolkenburg hauste, kamen ihr in den Sinn: »Leider gehen Wünsche meist ein wenig anders in Erfüllung, als man es sich vorgestellt hat.« Die Alte hatte Lisbeth ein Amulett gefertigt, damit ihr größter Wunsch in Erfüllung ginge. Und ein Kind zu bekommen war zweifellos ihr größter Wunsch gewesen.

Damals hatte Lisbeth die Sache nicht ernst genommen und das Gerede vielmehr der Geschäftstüchtigkeit der Alten zugeschrieben. Doch in jener Nacht mit Stephan trug sie das Amulett. Hatte sie ihre Schwangerschaft seinem Zauber zu verdanken? Lisbeth seufzte. Auch das würde auf ewig ein Rätsel bleiben.

Sie glaubte nicht daran, dass sie dieses Kind lebend und gesund zur Welt bringen würde. Sie hatte die Ehe gebrochen und sich mit einer schweren Sünde beladen. Wie sollte der Herrgott das zulassen, wenn er schon die Frucht ihrer Ehe nicht gesegnet hatte?

Doch Lisbeths Schwangerschaft schritt voran. Nach einer Weile legte sich die anfängliche Übelkeit, und mit den Wochen begann ihr Leib sich zu runden. Nach ihren traurigen Erfahrungen fürchtete sie sich stets davor, das Kind plötzlich zu verlieren, aber nichts geschah. Lisbeth fühlte sich kräftig und ging wie gewohnt ihrer Arbeit nach.

Im Frühjahr allerdings wurde es ihr beschwerlich, sich hinter den Webstuhl zu setzen, und sie beschränkte sich auf weniger anstrengende Aufgaben. Endlich begann sie selbst daran zu glauben, dass sie wirklich Mutter würde. Eine stille Freude erfüllte sie, wenn auch bisweilen ein wenig getrübt durch den Gedanken, dass womöglich nicht Mertyn der Vater des Kindes wäre. Es versetzte ihr jedes Mal einen Stich, zu sehen, wie sehr er sich auf dieses Kind freute.

Lisbeth hatte sich einen Hocker in den Hof stellen lassen und ließ sich von der Morgensonne wärmen, während sie Schussgarn auf Spulen wickelte. Wie so oft in den vergangenen Monaten kehrten ihre Gedanken zurück zu jener Nacht in Frankfurt. Als Stephan sie damals in ihre Herberge geleitete, hatte sie lange keine Ruhe finden können. Alsbald war sie aufgestanden und zu ihrem Stand in der Römerhalle gegangen. Am Abend hatte sie bis auf zwei Ballen all ihre Seide verkauft, danach allein ihr Mahl in der Stube des Steinernen Hauses eingenommen und war früh in ihre Kammer hinaufgestiegen.

Zu vorgerückter Stunde vermeinte sie ein leises Klopfen an der Kammertür zu hören. Ihr Herz setzte einen Moment aus, um dann wie rasend zu pochen. Sie war unfähig, sich zu rühren.

Noch einmal klopfte es. Doch wie angekettet lag Lisbeth auf ihrer Bettstatt und lauschte angestrengt. Dann endlich, nach einer Weile, die ihr unendlich lang erschien, vermochte sie sich zu erheben. Sie hastete zur Tür und riss sie auf. Vor ihr gähnte der leere dunkle Flur. Stephan – wenn es denn Stephan gewesen war – war wieder gegangen.

Zitternd vor Aufregung, enttäuscht und erleichtert zugleich, war Lisbeth in ihr Bett zurückgekehrt.

Wie durch einen Schleier hatte sie den Rest der Messe durchlebt, die verbliebenen Seidenballen verkauft und Mathias Anweisungen für den Abbau des Standes erteilt

und war noch vor dem offiziellen Ende der Messe auf dem Wasserweg nach Köln zurückgekehrt.
In den darauffolgenden Wochen hatte Lisbeth sich in ihre Arbeit gestürzt und versucht zu vergessen. Und wenn das Kind nicht gewesen wäre, hätte die Zeit vielleicht irgendwann die Erinnerung an jene Nacht verblassen lassen.
Lisbeth war Stephan bewusst aus dem Weg gegangen. Nicht, weil sie Stephan nicht traute, sondern weil sie sich und ihren Gefühlen nicht vertraute. Als wüsste er um ihre Gedanken und respektiere sie, war Stephan zur Weihnachtsfeier im Haus Zur Roten Tür nicht erschienen. Lisbeth war froh darüber gewesen, und sie würde alles daransetzen, Stephan auch weiterhin aus dem Weg zu gehen. Unter gar keinen Umständen wollte sie ihm allein begegnen.
Lisbeth entfuhr ein tiefer Seufzer. Denn genau das würde heute unausweichlich geschehen. Sosehr sie es auch drehte und wendete – es ließ sich nicht länger hinausschieben. Sie würde heute in die Wolkenburg gehen müssen. Mertyn fand natürlich nicht die Zeit, sie zu begleiten, und wenn Lisbeth es recht überlegte, so war es ihr trotz allem angenehmer, allein zu Stephan zu gehen als in Begleitung ihres Gemahls.
Vor Tagen schon war der Brief aus Valencia eingetroffen. Wie zu erwarten gewesen war, hatten sich die Herren Regierer Humpis und Hinderofen in der Zentrale der Handelsgesellschaft am Markt zu Ravensburg entschlossen, die Faktorei in der Rheinstadt nicht länger zu betreiben. In ihrem Schreiben bat Fygen Lisbeth nun darum, die Bücher abschließend zu prüfen und Stephan persönlich mit dem nötigen Feingefühl zu sagen, dass er sich um eine andere Stellung bemühen solle. Sie hielt dies für taktvoller, als es ihrem treu dienenden Gehilfen in einem Schreiben mitzuteilen.

Abermals entfuhr Lisbeth ein Seufzer. Ihre Mutter ahnte ja nicht, um was sie ihre Tochter bat.

»Bringen wir es hinter uns«, sagte sie halblaut und erhob sich.

Als Lisbeth die Wolkenburg erreichte, wandte sie kurz den Kopf und blickte hinüber zur gegenüberliegenden Seite der Straße. Die seltsame Alte saß vor ihrem Verschlag auf einer umgedrehten Kiste und nickte ihr lächelnd zu. Hastig trat Lisbeth in das Torhaus.

In der dämmrigen Eingangshalle hielt sie inne und holte tief Luft, um sich Mut zu machen. Dann drückte sie beherzt die Klinke hinab und trat in Stephans Kontor.

Deutlich stand ihrem Schwager die Überraschung ins Gesicht geschrieben. Eine Mischung aus Freude und Skepsis. War es nur Erstaunen über ihren unerwarteten Besuch oder auch der Anblick ihrer offensichtlichen Schwangerschaft, fragte Lisbeth sich, denn einen Moment lang starrte Stephan verunsichert auf ihren Bauch, bevor er sich hastig aus seinem Stuhl erhob und ihr einen Sessel zurechtrückte.

Beides vermutlich, dachte Lisbeth, obzwar er sicherlich bereits erfahren hatte, dass sie gesegneter Umstände war. Hatte auch er sich darüber Gedanken gemacht, ob er vielleicht der Vater des Kindes war?

Energisch schob Lisbeth den Gedanken beiseite. Sie war nicht hier, um mit ihm über ihr Kind zu sprechen. Und vor allem nicht über das, was zwischen ihnen in jener Nacht geschehen war. »Stephan, ich habe mit dir zu reden«, sagte sie ernst und ließ sich schwerfällig in den Sessel sinken.

»Lisbeth, ich …«, hob Stephan an, doch sie ließ ihn nicht zu Wort kommen. »Meine Mutter hat geschrieben. Die Faktorei soll aufgelöst werden. Sie bat mich, es dir zu sagen«, sagte sie, wie sie es sich vorgenommen hatte. Es half nicht, um den Brei herumzureden. Stephan war ein erwachsener Mann, und Fygens Entscheidung kam nicht überraschend. Die Fugger hatten Andreas Imhoff schon vor längerem mitgeteilt, dass sie seiner Dienste nicht länger bedurften, und die anderen Handelsgesellschaften waren ähnlich verfahren.

Stephan nickte. »Nur die Faktorei?«, fragte er.

»Nein«, gestand Lisbeth ein. »Das ganze Handelskontor. Wenn alle Forderungen beglichen und die Außenstände eingegangen sind, soll Hans Her das Vermögen als Treuhänder für meine Mutter verwalten.«

Stephan presste die Lippen zusammen und nickte. In der Tat hatte er diese Entwicklung kommen sehen. Zwar nicht so bald, doch er war vorbereitet.

»Meine Mutter wünscht, dass ich die Bücher prüfe«, fügte Lisbeth hinzu.

»Aber das ist doch unnötig!« Beinahe heftig stieß Stephan die Worte hervor, und Lisbeth sah, wie sein Mundwinkel zuckte. »In deinem Zustand solltest du dir nicht auch noch diese Mühe zumuten.«

Stephans Fürsorge rührte Lisbeth, doch sie schüttelte den Kopf. Vor Jahren, als Fygen sie darum gebeten hatte, war sie dem Wunsch ihrer Mutter schon nicht nachgekommen, und ein klein wenig nagte deshalb das schlechte Gewissen an ihr. Obschon sie sicher war, die Geschäftspapiere in bester Ordnung vorzufinden, bat sie daher: »Kannst du mir die Bücher bringen? Mir ist es am liebsten, ich beginne sofort.«

Stephan zögerte einen Moment, dann ging er zum Regal und nahm zwei in Schweinsleder gebundene Folianten heraus.

Einen der beiden schob er ihr hin. »Das sind die Aufzeichnungen über Geschäfte im Namen der Ravensburger Han-

delsgesellschaft«, erklärte er ihr. Das andere legte er neben sich auf dem Tisch ab.
Lisbeth überflog zunächst die Liste der Geschäftsvorfälle der Faktorei, dann suchte sie sich wahllos einige Zeilen heraus und versuchte, sie anhand der Zahlen in den Konten wiederzufinden. Es gelang ihr ohne Mühen. Sorgfältig waren alle Vorfälle gebucht, die Summen zum Ende des Jahres saldiert und entsprechend mit der Zentrale abgerechnet.
Soweit sie das beurteilen konnte, hatte Stephan gute Arbeit geleistet, die Faktorei hatte schöne Erträge erwirtschaftet. Die ganze Zeit über, in der Lisbeth in das Buch vertieft war, hatte Stephan ruhig dabeigesessen und sie beobachtet. Als sie nun den Kopf hob, lächelte er sie an. »Und, bist du zufrieden mit meinen Büchern?«, fragte er.
Lisbeth vermeinte in seinen Worten einen gereizten Unterton zu vernehmen, doch das mochte von der Schwangerschaft herrühren. Sie war in letzter Zeit sehr empfindlich.
»Ja, das bin ich. Du wärst sicher ein sehr erfolgreicher Kaufmann. Hast du schon mal daran gedacht, dich auf eigene Füße zu stellen?«
»Ja, so etwas ziehe ich in Erwägung«, gab Stephan vage zur Antwort.
»Vielleicht würde Mertyn dir ein Darlehen geben. Oder meine Mutter«, überlegte Lisbeth.
Stephan schnaubte vernehmlich durch die Nase. »Meinst du wirklich, Mertyn würde mir ein Darlehen geben?«
»Frag ihn doch einfach. Was hast du zu verlieren? Er kann nicht mehr als ablehnen. Und dann könntest du immer noch Hans Her fragen. Oder Andreas Imhoff. Reichst du mir nun bitte das andere Buch?«
»Aber Lisbeth, du siehst doch, dass alles in Ordnung ist!« Stephan verschränkte die Hände über dem Folianten. »An-

dreas Imhoff, das wäre eine Möglichkeit. Ich sollte gleich zu ihm gehen.« Stephan machte Anstalten, sich zu erheben.

»Lass mich noch eben in das Buch schauen. Bitte! Ich bin es meiner Mutter schuldig. Es dauert auch sicher nicht lange.« Lisbeth streckte die Hand aus.

Zögerlich schob Stephan das Buch über den Tisch. Lisbeth schlug es auf der Seite mit den letzten Eintragungen auf. Fein säuberlich waren hier die Ein- und Verkäufe von Waren verzeichnet, zumeist von Rohseide, Wein und Wolltuchen.

Lisbeth blätterte einige Seiten zurück. Auch hier das gleiche Bild, Seite für Seite. Nirgendwo fanden sich Konten. Nur diese Liste.

Lisbeth schlug die vorderen Seiten auf. Sie trugen noch Hermans Handschrift, und hier fanden sich Konten. Die letzten datierten auf das Jahr 1503. Nach Hermans Tod schien Stephan zur alten Form der Buchführung zurückgekehrt zu sein. Lisbeth runzelte die Stirn. »Wo hast du die Vorgänge verbucht?«, fragte sie.

Stephan räusperte sich und zog die Schultern hoch. »Ich habe sie nicht verbucht«, sagte er.

Wieder dieser gereizte Tonfall, bemerkte Lisbeth. »Warum nicht?«, fragte sie.

»Die wenigen Geschäfte lohnten doch den Aufwand nicht!«, gab er zurück. »Bist du nun fertig?«

Nein, Lisbeth war noch nicht fertig. Warum wurde er mit einem Mal ungeduldig? Sie versenkte sich wieder in die Aufzeichnungen. So konnte sie beileibe nicht rasch erkennen, ob die Geschäfte profitabel gewesen waren oder nicht. Und so war es auch schwierig, zu bewerten, ob alles seine Richtigkeit hatte, dachte sie und verwünschte Stephans Nachlässigkeit. Sie hatte keine Lust, die ganzen Buchun-

gen auf die neue Weise nachzuholen, doch sie würde zumindest stichprobenartig einige Vorfälle nachvollziehen. Dann konnte sie ihrer Mutter guten Gewissens mitteilen, dass sie ihrer Aufgabe nachgekommen war.
Wieder richtete sie ihr Augenmerk auf Stephans Liste der Ein- und Verkäufe. Ihr Blick fing sich an einer Eintragung, die sie betraf: Zweitausend Pfund Rohseide aus Valencia an Lisbeth Ime Hofe verkauft für fünftausendsechshundert Gulden. Lisbeth nickte. Das war die Menge, die sie gekauft, und der Preis, den sie dafür bezahlt hatte.
Nur drei Zeilen darunter las sie: Dreitausend Pfund Rohseide aus Valencia an Frieda Medman verkauft für sechstausend Gulden.
Lisbeth stutzte. Für ein Drittel mehr an Rohseide hatte Frieda einen nur unwesentlich höheren Preis gezahlt. Lisbeth überschlug die Rechnung im Kopf. Nur zweihundert Gulden hatte sie Stephan für den Zentner gegeben. Das war wenig mehr, als der Einkaufspreis betragen haben mochte.
Warum hatte Stephan Frieda einen so niedrigen Preis abgenommen? Lisbeth runzelte die Stirn. Ob es ein Versehen war?
Lisbeths Zeigefinger glitt die Liste weiter hinunter. Da: Zweitausenddreihundert Pfund Rohseide aus Valencia an Mechthild van der Sar verkauft für viertausendundachthundertdreißig Gulden. Unwillkürlich griff Lisbeth nach einem Blatt Papier und der Feder. Zweihundertzehn Gulden hatte Mechthild für den Zentner gezahlt, rechnete sie aus.
Hastig suchte sie nach dem nächsten Verkauf von Rohseide. Katharina Loubach hatte auch nur zweihundert Gulden gezahlt!
Lisbeth biss sich auf die Lippe. Eine Seide von mittlerer

Qualität erzielte gewöhnlich um die zweihundertfünfzig Gulden. Für die aus Valencia konnte er leicht zweihundertneunzig, vielleicht dreihundert verlangen. Sie selbst als Fygens Tochter zahlte zweihundertachtzig Gulden. Doch warum hatte Stephan den anderen Seidmacherinnen die Rohseide für einen weit geringeren Preis verkauft als ihr? Lisbeth konnte sich nicht vorstellen, dass er sie übervorteilt hatte. Die Seide war von ausgezeichneter Qualität, und wenn Stephan solche Seide zu einem derart günstigen Preis verkauft hätte, hätte es sich herumgesprochen, und sie hätte mit Sicherheit davon erfahren.

Ein böser Verdacht stieg in ihr auf. Andersherum! Sie musste die Frage andersherum stellen: Warum hatte er ihr die Seide zum richtigen Preis verkauft?

Hatte Stephan den anderen Seidmacherinnen die Rohseide zwar zum richtigen Preis verkauft, aber in den Büchern einen niedrigeren verzeichnet? Lisbeths Gesicht verlor alle Farbe. Warum hatte er das getan? Um sich die Differenz in die eigene Tasche zu stecken? Der Gedanke nahm ihr den Atem. Wie viel mochte Stephan auf diese Weise beiseitegeschafft haben?

Das teure silberne Armband, das Stephan ihr geschenkt hatte, kam Lisbeth in den Sinn. Es passte alles zusammen. Vor allem, dass Stephan die Bücher nicht weiter nach der neuen Methode geführt hatte. Denn dann wären solche Unstimmigkeiten bei einer Überprüfung viel deutlicher zutage getreten, weil alle Seidenverkäufe in einem Konto beieinandergestanden hätten.

Wenn man sie geprüft hätte, fügte Lisbeth in Gedanken hinzu. Verärgert erinnerte sie sich daran, mit welcher Leichtigkeit Stephan sie von ihrem Vorhaben hatte abbringen können, als sie das erste Mal deswegen in die Wolkenburg gekommen war. Wie arglos sie gewesen war!

»Stephan, was hast du getan?«, fragte Lisbeth mit brüchiger Stimme. »Meine Mutter hat dir vertraut. Sie hat dich seit Hermans Tod eigenständig ihre Geschäfte führen lassen!«
Wie gestochen fuhr Stephan aus seinem Stuhl auf und schlug Lisbeth das Buch vor der Nase zu. »Herman! Dieser Sodomit, den du deinen Bruder nennst«, rief er wutentbrannt. »Herman hat bekommen, was er verdient! Die Berchem-Schwestern haben gut daran getan …« Abrupt unterbrach er sich und starrte Lisbeth zornig an. »Herman war ein Bastard wie ich. Warum sollte er das alles hier für sich allein haben? Das Kontor, die Wolkenburg? Du weißt ja gar nicht, wie das ist, ein Bastard zu sein!«, brach es aus ihm heraus.
»Mertyn hat dich stets wie einen Bruder behandelt«, warf Lisbeth betroffen ein, doch weiter ließ Stephan sie nicht zu Wort kommen. »Ja, Mertyn kann leicht großmütig sein, er steht fein da!«, fuhr er fort zu zürnen. »Er hat alles, was man sich wünschen kann. Einen guten Namen, eine Frau wie dich … Und was habe ich? Ich muss mich als Kaufmannsgehilfe durchschlagen! Das Kontor stünde mir mit der gleichen Berechtigung zu wie Herman! Ist es da so verwerflich, dass ich ein wenig für meine Mühen abgezweigt habe? Schließlich habe ich all die Geschäfte allein getätigt. Da steht mir, verdammt noch einmal, mehr zu als der traurige Lohn eines Gehilfen!« Stephan schnaubte vernehmlich durch die Nase.
Entgeistert starrte Lisbeth ihn an. Sie wusste nicht, was sie seiner Wut entgegenhalten sollte. Für seine Mühen verdiente Stephan sicher mehr als den Lohn eines Gehilfen. Aber Fygen hatte ihm gewiss auch mehr gezahlt. Wie er jedoch auf die Idee verfallen könnte, Rechte an dem Kontor zu haben, war ihr schleierhaft.

Doch da war noch etwas anderes, das Lisbeth irritierte. Etwas, das Stephan eben im Zorn gesagt hatte. Über die Berchems. Und über Herman. »Die Berchem-Schwestern haben woran gut getan?«, fragte sie. »Seger färbt Seide für die Berchems. Waren sie es? Haben sie ihn genötigt, Alberto zu verleumden?« Damals schon waren Lisbeths Vermutungen in diese Richtung gegangen, doch Herman hatte sie zerstreut. »Aber woher wussten sie …«

Stephan schnaubte gehässig, und Lisbeth spürte, wie eine eisige Kälte in ihr aufstieg. Stephan hatte um das gefährliche Geheimnis ihres Bruders gewusst. Er war dabei gewesen, als Lisbeth Herman und Alberto bei ihrem Liebesspiel überrascht hatte. Und wie sich jetzt zeigte, hatte er ein Motiv gehabt, Herman übelzuwollen! Denn solange Herman sich um die Geschäfte seiner Mutter kümmerte, war es Stephan natürlich unmöglich, Geld beiseitezuschaffen. Also musste er Herman loswerden.

»Du warst es!«, brachte Lisbeth heiser hervor. »Du hast diesen perfiden Plan ausgeheckt. Du hast den Berchems den Wink gegeben. Herman war ihnen unangenehm wegen seiner Entscheidungen im Rat. Sie wollten ihn liebend gern loswerden. Also haben sie Seger unter Druck gesetzt. Wie … wie …« Lisbeth suchte nach Worten.

»Wie heimtückisch du das eingefädelt hast! Seger bezichtigte Herman nicht direkt, sondern Alberto. Aber er wählte die Wolkenburg als Ort für die vorgetäuschte Tat. So konntest du sicher sein, dass Herman mit hineingezogen wurde. Du kanntest Herman von Kind auf. Du konntest nicht wissen, dass er Alberto auf den Scheiterhaufen folgen würde, aber du wusstest, dass er stets davonlief, wenn es schwierig für ihn wurde. Damit hättet ihr euer Ziel erreicht – du und die Berchems!« Lisbeth verstummte. Sie vermochte das alles nicht zu fassen. Es war doch Stephan,

der vor ihr stand. Der Mann, dem sie vertraut, ja, den sie geliebt hatte. Und dem sie sich hingegeben hatte.
Voller Entsetzen schlug sie die Hände vor das Gesicht. Wenn sie das geahnt hätte! Wie hatte er sich all die Jahre so verstellen und seinen Hass so in sich hineinfressen können? Wie ahnungslos sie alle gewesen waren!
»Wie klug du bist, Lisbeth.« Stephan lachte böse. »Aber jetzt wirst du selbst einen Bastard großziehen«, sagte er schneidend und baute sich drohend vor ihr auf. »Denk daran, du hast mehr zu verlieren als ich. Wenn du mich verrätst …«
Lisbeth stieß einen gellenden Schrei aus. Doch nicht vor Angst. Ein scharfer Schmerz war ihr in den Leib gefahren. Sie schlang die Arme um den Leib und krümmte sich in ihrem Sessel zusammen. So stark war der Schmerz, dass sie nicht aufhören konnte zu schreien.
Die Tür wurde aufgerissen, und Maren stürzte herein, gefolgt von der hageren Hilda.
Die alte Haushälterin erfasste mit einem Blick, wie es um Lisbeth stand. »Das Kind kommt! Wir müssen sie hinauf in eine Kammer bringen. Los«, befahl sie Stephan und Maren barsch. »Fasst mit an!«
Stephan griff Lisbeth unter die Arme, während Maren sie um die Hüften fasste, und gemeinsam halfen sie ihr auf die Füße. Für einen Moment ließ der Schmerz nach, und Lisbeth gelang es, sich durch den Flur und die steinerne Treppe hinaufzuschleppen. Hilda führte sie in eine Kammer im Obergeschoss, just in jenen Raum, der einst Hermans Kammer gewesen war und in dem Lisbeth ihren Bruder und Alberto beobachtet hatte.
Sobald sie die Schwelle überschritten hatte, durchfuhr Lisbeth erneut der Schmerz und schien sie schier zu zerreißen. Wieder begann sie zu schreien. Energisch schob Hilda

Stephan aus der Kammer und schloss die Tür hinter ihm, während Lisbeth sich auf die Bettstatt niedersinken ließ.
Die Wehen kamen in überraschend schneller Folge. Kaum dass Lisbeth dazwischen Atem zu schöpfen vermochte. Hilda befahl Maren, heißes Wasser zu bereiten und nach Jost zu suchen. Der Knecht solle ins Haus Zur Roten Tür laufen, um den werdenden Vater zu unterrichten.
Schweißüberströmt krümmte Lisbeth sich auf der Bettstatt. Sie vermochte nicht zu sagen, ob es Minuten dauerte oder Stunden. Unablässig quälten sie die Wehen.
Dann drang ein einzelnes Wort durch den Schmerz hindurch bis in ihr Bewusstsein: Feuer!
Maren und Hilda packten die Kreißende, und mit Mühen gelang es ihnen, Lisbeth von der Bettstatt aufzuhelfen. Im Flur kroch ihnen dunkler Rauch entgegen, trieb ihnen Tränen in die Augen und brachte sie zum Husten.
Lisbeth biss die Zähne zusammen. Schwer auf die beiden Frauen gestützt, versuchte sie, so schnell es eben ging, sich die Treppe hinabzuschleppen. Sie hatte bereits die Hälfte der Treppe hinter sich gebracht, als ihr die nächste Wehe mit Macht durch den Leib fuhr. Die Beine sackten unter ihr weg, und mit einem Schrei stürzte sie die letzten Stufen hinab. Am Fuß der Treppe blieb Lisbeth liegen. Dichter Rauch hüllte sie ein, drang ihr in Mund und Nase und nahm ihr den Atem. Vor ihren Augen tanzten dunkle Punkte, und sie spürte, wie ihr die Sinne schwanden. Starke Hände griffen nach ihr und hoben sie hoch. Dann umfing Lisbeth eine erlösende Schwärze.
Doch ihre Ohnmacht währte nicht lang. Kaltes Wasser, das ihr ins Gesicht spritzte, riss Lisbeth aus dem wohltuenden Dunkel, und sogleich war auch der Schmerz wieder da. Gierig schnappte sie nach Luft und erkannte vage, dass man sie in den Hof hinausgebracht hatte.

Schrill klang ihr der Ton der Feuerglocke in den Ohren, übertönte das aufgeregte Rufen aus vielen Kehlen. Bläulicher Rauch drang aus einem Fenster im Erdgeschoss, und Männer hasteten mit leeren Eimern an ihr vorbei zum Brunnen im Hof, dann mit gefüllten zurück ins Haus, Gesichter und Kleidung vom Ruß verschmiert.

Die nächste Wehe drohte erneut Lisbeth das Bewusstsein zu rauben, so scharf war der Schmerz. Mit einem verzweifelten Schrei bäumte sie sich auf. Dann spürte sie, wie das Kind zwischen ihren Beinen hervorglitt, seinem eigenen Leben entgegen.

Der Schmerz ließ nach, und erschöpft rang Lisbeth um Luft.

»Gott sei es gedankt! Ihr habt es geschafft!«, keuchte Hilda, nicht weniger atemlos als Lisbeth. »Ein kräftiger kleiner Kerl!« Liebevoll reichte sie Lisbeth das Kind. Anders als die Frauen schien es nicht außer Atem, denn mit einem kräftigen Schrei tat es seine Ankunft auf Erden kund.

Zärtlich barg Lisbeth den Jungen an ihrer Brust, und eine Woge des Glückes durchflutete sie. Ihr Kind! Sie hatte ihr Kind zur Welt gebracht! Und es war gesund und kräftig. Ihr sehnlichster Wunsch war endlich in Erfüllung gegangen.

Vorsichtig strich Lisbeth mit dem Finger über den dunklen Schopf dichten Haares, der das winzige Köpfchen bedeckte. Für einen kurzen Moment öffnete ihr Sohn die Augen und blickte sie aus dunkelblauen Augen an, bevor er sein Gesicht wieder zu einer knittrigen Grimasse zusammenzog, und Lisbeth konnte nicht verhindern, dass ihr Tränen des Glückes über die Wangen rannen.

Im Hof wurde es mit einem Mal still. Das Hasten erstarb, und die Feuerglocke hörte auf zu schlagen. Man hatte den Brand gelöscht.

»Nur das Kontor! Zum Glück hat nur das Kontor gebrannt!« Deutlich drang der Satz an Lisbeths Ohr.
Die Männer, Bewohner und Knechte der benachbarten Häuser, die geholfen hatten, den Brand zu löschen, stellten ihre Eimer beiseite und traten verlegen von einem Fuß auf den andern.
Lisbeth wurde klar, welch befremdliches Bild sie abgeben musste, wie sie da auf dem Pflaster des Hofs lag, ihr Neugeborenes im Arm und beschmutzt von ihrem eigenen Blut.
»Dann wollen wir mal«, sagte einer der Männer. »Ist ja alles gutgegangen.«
»Ja«, pflichtete ein anderer bei. »Wenn die Flammen auf das ganze Haus übergegriffen hätten, hätt's schlimmer ausgesehen. Meinen Glückwunsch, Frau Ime Hofe. Und alles Gute für den neuen Erdenbürger.«
Murmelnd schlossen sich die anderen Männer seinen guten Wünschen an, dann verließen sie eiligst den Hof. Nur der Stallbursche der Wolkenburg blieb zurück.
In dem Moment hastete Mertyn durch das Torhaus, den schwer atmenden Jost im Schlepp. »O mein Gott! Lisbeth!«, stieß er hervor, als er seiner Gemahlin ansichtig wurde, und ließ sich neben ihr auf die Knie nieder. »Was ist geschehen?«
»Wir haben einen Sohn!« Lisbeth strahlte ihn an und hielt das Kind so, dass es seinem Vater das winzige Gesichtchen zuwandte.
Mertyn beugte sich vor und betrachtete das kleine Wesen. Sanft berührte er die klitzekleinen Fingerchen seines Sohnes, und ein glückliches Lächeln vertrieb die Anspannung von seinem Gesicht. Lisbeth vermeinte, ein verräterisches Glitzern in Mertyns Augen zu entdecken, und schluckte trocken. Wie würde es ihn schmerzen, sollte er erfahren,

dass er vielleicht nicht der Vater dieses Kindes war, dachte sie bang.
»Wir werden ihn Peter nennen«, flüsterte Mertyn zärtlich. »Nach deinem Vater.«
»Vielleicht lieber Andreas?«, schlug Lisbeth vor. Sie mochte ihren Schwager nicht besonders, doch der Name gefiel ihr ausnehmend gut.
»Ganz wie du willst«, stimmte Mertyn zu. Dann wurde er sich plötzlich wieder der Eigentümlichkeit der Situation bewusst. »Aber was machst du hier draußen? Hier auf dem Hof?«, fragte er irritiert.
»Das Kontor hat gebrannt. Der kleine Andreas scheint einen Hang zu dramatischen Auftritten zu haben, sonst hätte er sich bestimmt nicht den Moment ausgesucht, um geboren zu werden.« Lisbeth lächelte und machte Anstalten, sich zu erheben. Behutsam nahm Hilda ihr das Kind aus dem Arm.
»Das Kontor hat gebrannt?«, wiederholte Mertyn überrascht und griff seiner Frau stützend unter die Arme. »Wie konnte das geschehen? Jetzt im Frühjahr und am hellen Tag, wo weder Kerze noch Kaminfeuer brennen? Wo, zum Teufel, steckt eigentlich Stephan?«
Lisbeth zuckte zusammen. Mertyns Worte hatten jäh den Schleier aus Glück, der sie nach der Geburt ihres Sohnes umhüllt hatte, zerrissen und riefen die grauenhaften Geschehnisse des Morgens in ihr Bewusstsein zurück. »Hast du den jungen Herrn Ime Hofe gesehen?«, fragte sie den Stallburschen.
Dieser schüttelte verneinend den Kopf. »Schon die ganze Zeit, während wir gelöscht haben, nicht.«
»Maren, geh in Stephans Kammer und sieh nach, ob er da ist!«, befahl Lisbeth. Auf Mertyns Arm gestützt, machte sie vorsichtig ein paar Schritte.

Gerade als sie in die Halle des Hauses traten, kam ihnen Maren wieder entgegengestürzt. »Der junge Herr Ime Hofe ist fort!«, rief sie.
»Was heißt fort?«, herrschte Mertyn sie an.
»Fort. Seine Kammer ist leer. All seine Sachen sind fort.«
Mertyn starrte sie verblüfft an. »Aber wo kann er denn hin sein? Man muss ihn suchen! Er kann doch nicht so einfach …«
Lisbeth schüttelte den Kopf. »Ich glaube nicht, dass wir ihn finden würden«, sagte sie, bemüht, ihre Erleichterung nicht zu zeigen. Stephans Flucht hatte seine Drohung hinfällig gemacht. Wahrscheinlich hatte er genug Geld beiseitegeschafft, um irgendwo auf der Welt ein neues Leben zu beginnen. Lisbeth war sicher, dass sie ihn nie wiedersehen würden.
Am Arm ihres Mannes trat sie durch die angekohlte Tür des Kontors. Der Raum, der einst Peters und danach Fygens Kontor gewesen war, bot einen traurigen Anblick. Decke und Wände waren rußüberzogen, eine schmutzige Lache aus kohlfarbenem Löschwasser bedeckte die vordem glänzend polierten Bodendielen. Die verkohlten Überreste des niedergebrannten Tischs lagen darin und einzelne Fetzen Papier, die die Flammen verschmäht hatten. Offenbar hatte Stephan die Geschäftsbücher aus den Regalen gerissen, auf den Tisch gehäuft und Feuer daran gelegt, bevor er die Wolkenburg verlassen hatte.
Verständnislos blickte Mertyn auf das Durcheinander. »Kannst du dir auf all das einen Reim machen?«, fragte er entsetzt.
»Ja«, sagte Lisbeth müde. »Ja, ich glaube, das kann ich.« Eine bleierne Schwäche überfiel sie, und ihr Gesicht verlor alle Farbe. Abermals drohten die Beine unter ihr wegzusacken. Behutsam hob Mertyn seine Frau hoch und trug sie,

von Maren geleitet, die steinerne Treppe hinauf in die Kammer, wo er sie sanft auf die Bettstatt legte. »Ruh dich erst ein wenig aus«, sagte er und strich Lisbeth zärtlich eine wirre Haarsträhne aus dem Gesicht. »Alles andere kann warten.«

Dankbar schmiegte Lisbeth sich in die Kissen und war einen Wimpernschlag später eingeschlafen.

Als Lisbeth wieder etwas zu Kräften gekommen war und mit Mertyn und dem kleinen Andreas in das Haus Zur Roten Tür zurückkehrte, berichtete sie ihrem Mann in stockenden Worten von Stephans Betrug, den sie beim Prüfen der Geschäftsbücher aufgedeckt hatte, und welch schändliche Rolle dieser bei Hermans Tod gespielt hatte. Nur Stephans Drohung verschwieg sie Mertyn wohlweislich.

Niemals würde sie ihrem Mann eingestehen, dass sie ihn mit seinem Bruder betrogen hatte. Und jetzt, da Stephan verschwunden war, würde es hoffentlich für immer ihr bitteres Geheimnis bleiben. Der Anblick ihres Sohnes würde ihr ihre Untreue stets vor Augen halten, doch mit diesem Wissen würde sie leben müssen.

Teil IV

1511 bis 1513

18. Kapitel

Mattes Licht fiel durch das schmale Fenster im Obergeschoss und warf dunkle Schatten unter die Augen der Frau auf dem Bett. Ihr Gesicht war bleich, die pergamentene Haut spannte sich über die hohlen Wangen. Ihre Augen waren geschlossen, und es schien, als schliefe sie.

Lisbeth setzte sich bequemer auf dem Hocker zurecht, den sie sich neben die Bettstatt gezogen hatte, und ihre Gedanken wanderten zurück zu jenem Tag vor nun bald zwei Jahren, an dem sie von Stephans unbegreiflichen Taten erfahren hatte.

In den Tagen, die auf den Brand in der Wolkenburg folgten, hatte Hans Her sich die Mühe gemacht, das, was von den Geschäftsbüchern noch übrig war, zu sortieren. Er hatte mit all jenen Kaufleuten, Handwerkern und Seidmacherinnen gesprochen, von denen er wusste oder zumindest vermutete, dass Fygen mit ihnen Geschäfte tätigte. Die Ehrlichen unter ihnen hatten ihre Rechnungen bezahlt.

Von der Ursache des Feuers, das die Geschäftspapiere vernichtet hatte, hatte Hans ihnen gegenüber nichts verlauten lassen, so wie sich die Familie auch über Stephans Verschwinden ausschwieg. Offiziell hatte er den Dienst quittiert, nachdem man die Faktorei aufgelöst hatte, und war ins Ausland gegangen, nach London vielleicht.

Hans war es nicht möglich gewesen, den genauen finanziellen Verlust, der durch Stephans Betrügereien entstanden war, zu beziffern, sosehr er sich auch bemüht hatte. Doch Fygen hatte auf die Nachricht erstaunlich gelassen reagiert. Das jedenfalls hatte Lisbeth den Briefen entnommen, die Fygen den Warensendungen aus Valencia beigefügt hatte. Ihre Mutter und Mertyn waren übereingekommen, dass Fygen ihre Rohseide nun an ihn lieferte – freilich nicht mehr im Auftrag der Ravensburger Handelsgesellschaft –, was sie für Lisbeth nochmals um einiges günstiger machte.

Weit mehr schien Fygen dagegen die Enttäuschung über Stephans Verrat zu bekümmern. »Sag Katryn, es tut mir unendlich leid. Ich habe mich geirrt und bitte sie inständig um Vergebung«, hatte sie geschrieben.

Auf diese Worte hatte Lisbeth sich keinen Reim machen können, aber als sie Mertyns Mutter gegenüber Fygens Worte wiederholt hatte, hatte diese wissend genickt. »Das hatten wir alle damals nicht erwartet. Fygen trifft keine Schuld.«

Lisbeth musste ihre Schwiegermutter verständnislos angeblickt haben, denn erklärend hatte diese hinzugefügt: »Es war deine Mutter, Lisbeth, die mich damals angefleht hat, Stephan um der Barmherzigkeit willen zu mir zu nehmen und wie einen eigenen Sohn aufzuziehen.« Seufzend hatte Katryn innegehalten, doch nach einem Moment des Zögerns hatte sie sich entschlossen, Lisbeth die ganze Wahrheit zu erzählen.

»Mertyn, mein Mann, konnte seine Finger nicht von den Frauen lassen. Eines Tages war es dann geschehen: Er hatte eines meiner Lehrmädchen geschwängert. Ich jagte das Luder sofort aus dem Haus, aber Fygen nahm das Mädchen auf, bis es sein Kind zur Welt gebracht hatte. Danach kam deine Mutter zu mir und redete mir ins Gewissen, das Kind zu mir zu nehmen. Sie konnte nicht ahnen, was ge-

schehen würde. Keiner konnte das.« Resigniert hatte Katryn die Hände vor das Gesicht geschlagen.
Für Mertyns Mutter war es ein Schock gewesen, dachte Lisbeth betrübt und strich Katryn sanft über die Stirn. Stephans Schändlichkeiten hatten sie so sehr erregt, dass sie einen Schwächeanfall erlitten hatte. Wochenlang hatte sie das Bett gehütet und sich danach nicht wieder richtig erholt.
Heute war sie zum Morgenmahl nicht erschienen, und als Lisbeth in ihre Kammer hinaufgestiegen war, hatte sie Katryn mit Erschrecken in diesem beängstigenden Zustand zwischen Wachen und Dämmern vorgefunden.
Lisbeth spürte die Bewegung auf der Bettstatt mehr, als dass sie sie sah. Katryn hatte die Augen aufgeschlagen und blickte sie an. »Es ist … bald so weit«, flüsterte sie mit schwacher Stimme, die wie das Rascheln von Papier klang.
»Scht, das darfst du nicht sagen«, beschwichtigte Lisbeth. »Du wirst wieder gesund.«
Katryn schloss die Augen und schüttelte unmerklich den Kopf. Sie fühlte, wie es um sie stand. »Hol Mertyn. Ich habe … Wichtiges … zu besprechen.«
Kaum vermochte Lisbeth ihre Worte zu vernehmen. Tränen stiegen ihr in die Augen, als sie sich erhob.
Behutsam öffnete Lisbeth die Tür zur Stube. Ihr bot sich ein friedvoller Anblick. Mertyn und der nun bald zweijährige Andreas saßen auf den blankpolierten Holzdielen. Andreas hielt ein farbiges Ei mit beiden Fäusten fest umklammert. Die kleine Zunge voller Eifer zwischen die Zähne geklemmt, hieb er damit auf ein anderes Ei ein, das Mertyn in seiner Rechten hielt.
Seit ein paar Jahren war es in Mode gekommen, für die Ostertage Eier hart zu kochen und sie mit Pflanzenrinde

bunt einzufärben, eine Sitte, die, wie es hieß, die Seeleute aus den neuen Ländern jenseits der Meere mitgebracht hatten.

Doch gleich, woher der Brauch stammte, die Kinder hatten ihren Spaß daran. Und nicht nur die Kinder, dachte Lisbeth, als sie das Vergnügen im Gesicht ihres Gemahls sah.

Es knirschte, und Andreas stieß ein freudiges Geheul aus. Er hatte gewonnen. Sein Ei war heil geblieben, während die Schale des Eis seines Vaters gesprungen war. Gierig griff Andreas nach dem beschädigten Ei und hielt seine Trophäe stolz in die Höhe. Dann legte er es zu den drei anderen Eiern, die er seinem Vater bereits abgenommen hatte, und forderte: »Noch mal!«

»Mertyn«, sagte Lisbeth mit belegter Stimme. Nur ungern störte sie die beiden in ihrem Spiel.

Mertyn reckte träge die steifen Glieder. Als er jedoch den besorgten Ausdruck auf Lisbeths Gesicht erblickte, kam er sofort auf die Beine. »Mutter?«, fragte er, und die Freude erlosch auf seinem Gesicht.

Lisbeth nickte. »Sie ist sehr schwach. Sie hat nach dir gefragt.«

Als Mertyn und Lisbeth in Katryns Kammer traten, erhellte ein schwaches Lächeln die Züge der Kranken. »Ich habe … kein Testament aufgesetzt«, flüsterte Katryn. Das Sprechen fiel ihr sichtlich schwer.

Mertyn und Lisbeth traten nah an die Bettstatt heran, um ihre Worte zu verstehen.

»Ich habe …« Katryn brach ab und schöpfte Luft. Müde streckte sie den Arm aus und ergriff Lisbeths Hand. »… Geld beim Fugger … Erbe meines Vaters.« Für einen Moment schloss sie die Augen, als sammele sie Kraft für die folgenden Worte. »Das Seidamt … nimm das Geld …

mach das Seidamt wieder zu dem, was es war!« Katryns müde Augen hielten Lisbeths Blick fest, forderten ein Versprechen.
Lisbeth schossen die Tränen in die Augen. Dennoch hielt sie Katryns Blick stand. »Das werde ich!«, versprach sie mit erstickter Stimme. »Das werde ich!«
Mit einem Seufzer ließ Katryn Lisbeths Hand los und schloss die Augen. Ihre Züge schienen sich zu entspannen. »Ruft Pater Anselm«, flüsterte sie.
So still Katryn in den letzten Jahren gelebt hatte, so leise verabschiedete sie sich aus dem Leben. Nur wenige Stunden, nachdem Pater Anselm ihr die Beichte abgenommen und die Sterbesakramente erteilt hatte, schlossen sich die nussbraunen Augen der Seidmacherin zum letzten Mal.

Feine Staubkörnchen tanzten in dem kalten Sonnenstrahl, der durch das Fenster der Seidenwerkstatt in Sankt Peter fiel. Mit einem tiefen Seufzer ließ Clairgin das fast leere Schiffchen zwischen den Kettfäden hindurchgleiten. Sorgfältig wickelte sie das Fadenende um den äußeren Kettfaden und schlug zum letzten Mal die Kammlade an. Zum allerletzten Mal. Dies war ihr letztes Seidentuch. Kritisch betrachtete Clairgin das Gewebe. Es war gerade wenige Fuß lang geworden, aber sie hatte kein Seidengarn mehr und auch kein Geld, um neues zu kaufen.
Reglos blieb Clairgin an ihrem Webstuhl sitzen, die Hände vor das Gesicht geschlagen. Es war vorbei. Sie würde das Weben aufgeben und die Werkstatt schließen müssen.
Zwar hatte Brigitta van Berchem ihr angeboten, Clairgin könne für sie im Verlag weben, und auch Frieda Medman hatte angedeutet, sie gerne als Weberin beschäftigen zu wollen. Wie die Geier schienen sie nur darauf zu warten, dass ihr das Geld ausging. Doch brüsk hatte Clairgin die

Angebote von Brigitta und Frieda ausgeschlagen. Nicht um alles in der Welt wollte sie für die reichen Seidmacherinnen arbeiten, sich für ihre Arbeit mit einem Almosen abspeisen und von ihnen auch noch von oben herab behandeln lassen.

Nun jedoch kamen Clairgin Zweifel, dass sie vielleicht zu vorschnell entschieden hatte, und für einen Moment wurde sie in ihrem Entschluss wankend. Anders als die meisten anderen Seidmacherinnen hatte sie keinen Ehemann, der für sie sorgte. Wovon sollten sie und ihre Töchter leben? Sie hatte nichts anderes gelernt als das Seidenweben. All ihre Fähigkeiten, auch, dass sie eine der besten Seidmacherinnen der Stadt war, wären ihr zu nichts mehr nütze.

Entschlossen richtete Clairgin sich auf und hieb die Faust in die hohle Hand. Nein! Zum Teufel, nein! Ihr Entschluss stand fest. »Hilf mir beim Abscheren!«, wies sie Susanna, ihre ältere Tochter, an.

Behende griff das Mädchen zur Schere. Sie und ihre jüngere Schwester Maria hatten schon früh gelernt, ihrer Mutter in der Werkstatt zur Hand zu gehen.

Als sie die letzten Fadenreste vom Kettbaum gepflückt hatten, traten zwei Knechte der van der Sars herein. Abschied nehmend strich Clairgin über den Kettbaum des letzten Webstuhls, der in ihrer Werkstatt verblieben war, dann trat sie beiseite, um den Knechten Platz zu machen.

Schnell und kundig zerlegten diese den Webstuhl, an dem Clairgin so viele Stunden ihres Lebens verbracht hatte, und zahlten ihr den Kaufpreis, den sie mit Mechthild van der Sar vereinbart hatte, in die Hand. Dann luden sie sich die Holme auf die Schultern und verließen mit ihrer Last die Werkstatt.

Einen Moment starrte Clairgin auf die Tür, die sich mit einem Klappen hinter ihnen geschlossen hatte, dann band sie sich die Schürze ab und hängte sie an einen Haken. »Fegt noch die Garnreste zusammen, die auf dem Boden liegen«, befahl sie ihren Töchtern und wies in die Ecken des Raumes. »Ich bin bald zurück.«

Der Weg von Sankt Peter zum Alter Markt zog sich, doch die Bewegung tat Clairgin gut und zauberte eine sanfte Röte auf ihre Wangen. Vor dem Goldenen Krützchen hielt Clairgin inne und schöpfte tief Luft. Dann stieß sie entschlossen die Tür auf.

»Clairgin van Breitbach! Wie schön, dass Ihr mich besuchen kommt«, begrüßte Rudolf sie. »Wie komme ich zu der seltenen Ehre?«

Verlegen zwirbelte Clairgin mit den Fingern einen Faden, der sich von ihrem Umhang löste. »Darf ich Euch eine Frage stellen«, bat sie.

»Nur, wenn ich sie beantworten kann«, sagte Rudolf lächelnd.

»Braucht Ihr eine tüchtige Schankmagd?«, fragte Clairgin.

Lisbeth strich sich mit der Hand über den Leib, dann nahm sie eine neue Spule zur Hand, wickelte das Fadenende ein Stück weit ab und legte die Spule in das Schiffchen. Sorgfältig verwebte sie das Fadenende am Rand, dann ließ sie das Schiffchen auf der ganzen Länge durch die Kettfäden gleiten. Sie zog die Kammlade an und trat das Pedal. Wieder glitt das Schiffchen durch die gespannten Seidenfäden. Nach drei weiteren Reihen arbeiteten Lisbeths Hände wie von selbst, ohne dass sie darauf zu achten hatte, während ihre Gedanken sich dem Problem zuwandten, an dem sie seit Katryns Tod kaute und für das sie bislang keine Lösung gefunden hatte: Wie sollte sie Katryns Letzten Willen erfüllen?

Das Guthaben beim Fugger, das Mertyns Mutter ihr vermacht hatte, belief sich auf zehntausend Gulden. Davon konnten einige der ärmeren Seidmacherinnen lange leben. Doch es machte wenig Sinn, ihnen einfach das Geld zu geben. Wenn sie es verbraucht hätten, stünden die Frauen genauso arm da wie zuvor.

Das Klappen der Werkstatttür riss Lisbeth aus ihren Gedanken. Sie hob den Kopf und sah Mertyn eintreten. Aufgeräumt grüßte er die Weberinnen und wechselte einige freundliche Worte mit ihnen.

Ein Lächeln schlich sich auf Lisbeths Lippen. Mertyn schien seit der Geburt des kleinen Andreas wie verwandelt. Nicht einen Morgen – so er in der Stadt war – hatte er es versäumt, an die geschnitzte Wiege zu treten und seinem Sohn einen guten Morgen zu wünschen. Und mehr als ein Mal hatte Lisbeth ihren Gemahl dabei überrascht, wie er, energischen Schrittes auf und ab gehend, mit dem Jungen ernste Zwiesprache über die Belange seiner Geschäfte gehalten hatte, ganz so, als spräche er mit einem ausgewachsenen Handelsherrn.

Zu Lisbeths Freude hatte die Zuneigung, die Mertyn seinem Sohn entgegenbrachte, dazu geführt, dass er auch ihr mit größerer Aufmerksamkeit begegnete. Immer noch kümmerten ihn die Angelegenheiten des Rates und der Gaffeln, doch inzwischen verbrachte er so manchen Abend in ihrer Gesellschaft, anstatt sich bis spät in seinem Kontor zu vergraben.

Und so war schließlich das gekommen, was Lisbeth sich einst so sehnsüchtig gewünscht hatte: Sie war wieder in Umständen. Man sah es ihr noch nicht deutlich an, doch ihre Wangen waren voller geworden, und sie band die Schnürung ihres Kleides schon ein gutes Stück lockerer.

»Wie viel von der Seide aus Valencia willst du haben?«, unterbrach Mertyn ihre Gedanken.

Vor wenigen Tagen war wieder eine Rohseidenlieferung aus Valencia eingetroffen und wartete nun in einem der Lagerhäuser am Rhein darauf, verkauft zu werden.

Die Seide aus Valencia! Genau das war es, dachte Lisbeth. Warum war sie nicht eher darauf gekommen? »Alles!«, entschied sie und strahlte Mertyn an.

»Alles? Es sind fünftausend Pfund! Bist du dir sicher?«, fragte Mertyn, die Stirn zweifelnd in Falten gelegt.

»Ganz sicher!« Lisbeth sprang auf, und vor den Augen der schmunzelnden Weberinnen schloss sie ihren Gemahl voller Überschwang in die Arme, um nur wenig später ihre Lehrmädchen in alle Richtungen davonzuschicken. Sie wünschte so bald wie möglich die Seidmacherinnen zu sprechen, die für sie im Verlag webten.

Ida Rummels war die Erste, die ihrer Bitte Folge leistete. Lisbeth empfing sie in ihrer Schreibstube. »Ich möchte Euch ein Geschäft vorschlagen.« Lisbeth kam sofort zur Sache, kaum dass Ida auf der Kante ihres Stuhles Platz genommen hatte. »Was haltet Ihr davon, nicht länger für mich arbeiten zu müssen?«

Erschrecken zeichnete sich auf dem rundlichen Gesicht der Weberin ab, daher fuhr Lisbeth hastig fort: »Nein, versteht mich nicht falsch. Ich schätze Eure Arbeit.« Beruhigend schüttelte sie den Kopf, während Ida unruhig auf ihrem Stuhl hin und her rutschte, den Blick wachsam auf ihre Brotherrin gerichtet.

»Hört Euch meinen Vorschlag an«, sagte Lisbeth. »Ich gebe Euch fünf Zentner Rohseide aus Valencia, die beste, die es gibt. Der Zentner kostet um die dreihundert Gulden. Ich gebe sie Euch für zweihundertfünfzig, zu dem Preis, zu dem auch ich sie bekomme. Ihr könnt sie spinnen lassen und verweben, auf Eure eigene Rechnung. Und erst in einem halben Jahr, wenn Ihr die Seidenstoffe längst verkauft habt, bezahlt Ihr mir die Rohseide.« Kurz überschlug Lisbeth die Monate. »Am Martinstag«, fügte sie hinzu. »Was haltet Ihr davon?« Aufmerksam blickte sie Ida an und harrte deren Antwort.

»Es klingt wie ein sehr gutes Angebot«, sagte Ida vorsichtig. Dann verfiel sie für eine Weile in Schweigen und nagte an ihrer breiten Unterlippe. Lisbeth konnte förmlich sehen, wie es unter der weißen Haube der Weberin arbeitete.

»Was ich nicht verstehe, ist, was Ihr davon habt«, sagte Ida schließlich. »Mit fünf Zentnern habe ich ein halbes Jahr zu tun«, überlegte sie laut. »Und wenn ich auf eigene Rechnung arbeite, kann ich nicht für Euch weben. Euch fehlt eine Weberin. Was also habt Ihr davon?«, wiederholte sie ihre Frage.

»Nichts«, entgegnete Lisbeth. In der Tat würde es eine deutliche Einbuße bedeuten, wenn weniger Weberinnen für sie arbeiteten. Doch Mertyns Geschäfte florierten ausnehmend gut. Da würde es nicht schaden, wenn sie weniger verdiente. Überdies hatte sie nun ein Kind, das nach ihrer Aufmerksamkeit verlangte, und bald würde sie ein zweites bekommen.

»Nichts«, wiederholte sie. »Ich habe nichts davon. Außer, dass ich dafür sorge, dass es auf lange Sicht eine Seidmacherin mehr gibt, die auf eigenen Beinen stehen kann und nicht mehr gezwungen ist, für eine Verlegerin zu arbeiten. Wenn Ihr die Seide verwebt und mir das Geld zurückgezahlt habt, bin ich bereit, Euch zu den gleichen Bedingungen abermals Seide zur Verfügung zu stellen. Und zwar so oft, wie Ihr es benötigt, bis Ihr ohne meine Hilfe auskommt.«

Ungläubig starrte Ida sie an. »Ihr seid ein guter Mensch, Lisbeth Ime Hofe«, brachte sie hervor. »Danke Euch tausendfach! Natürlich nehme ich Euer großzügiges Angebot an!«

»Euer Dank gilt nicht mir, sondern dem Andenken der Frau Zur Roten Tür. Es ist ihr Wille und ihr Geld, die das möglich machen«, widersprach Lisbeth. Als Ida ihre Schreibstube verlassen hatte, lehnte sie sich zufrieden in ihrem Stuhl zurück. Der Anfang war gemacht.

Ähnlich und mit gleichem Erfolg wie das Gespräch mit Ida Rummels verliefen auch die Unterredungen mit den drei anderen Seidmacherinnen, die für Lisbeth arbeiteten.

Auch zu Clairgin van Breitbach hatte Lisbeth ein Lehrmädchen geschickt, doch wie sie befürchtet hatte, kam es unverrichteter Dinge zurück. »Frau van Breitbach lässt ausrichten, sie webe nicht mehr«, erklärte das Mädchen. »Und wenn Ihr sie zu sprechen wünscht, dann sollt Ihr sie selbst aufsuchen. Der Weg nach Sankt Alban sei schließlich genauso weit wie der nach Sankt Peter.«

Kurz erwog Lisbeth, tatsächlich selbst zu Clairgin zu gehen. Doch was hatte es für einen Sinn? Clairgins abweisender Botschaft nach zu schließen, würde das nur in unerfreulicher Streiterei enden.

Zu Lisbeths Erstaunen fanden an den darauffolgenden Tagen noch vier weitere Seidmacherinnen den Weg zu ihr: Liese Backes und Gundula von Bruwiler, die für Frieda Medman und ihre Tochter Dora arbeiteten, und zwei Frauen, die in den Diensten der Berchem-Schwestern standen. Sie hatten von Lisbeths Angebot an ihre Weberinnen gehört und fragten höflich an, ob auch sie vielleicht in den Genuss dieses Darlehens gelangen konnten. Nur zu gern kam Lisbeth ihrem Ansinnen nach.

Acht Weberinnen, für jede fünf Zentner zu zweihundertfünfzig Gulden – damit waren die zehntausend Gulden von Katryn aufgebraucht, dachte Lisbeth. Frieda und Dora Medman und die Berchem-Schwestern wären über ihr Vorgehen sicher nicht erfreut, doch was sollten sie schon

dagegen unternehmen? Lisbeth tat schließlich nichts Verbotenes.
Obschon: Wie gefährlich und gerissen Brigitta van Berchem war, das hatte sie hinlänglich bewiesen. Wenn ihr jemand in die Quere kam, schreckte sie auch nicht vor Nötigung und Mord zurück.
Damals, als sie die ganze Wahrheit über Hermans Tod erfahren hatte, hatte Lisbeth daran gedacht, die Angelegenheit vor den Rat zu bringen. Doch wie hätte sie es beweisen sollen? Alberto hatte ein Geständnis abgelegt. Abgesehen davon verfügte Johann van Berchem nach wie vor über großen Einfluss. Er hätte nie zugelassen, dass man Seger oder seine Nichten peinlich befragte. Als einzige Folge hätte Lisbeth den Hass der Berchems noch mehr auf sich und ihre Familie gezogen, und wer weiß, was dann geschehen wäre? Herman und Alberto wären davon jedenfalls nicht wieder lebendig geworden.
Energisch schob Lisbeth ihre Furcht beiseite. Sie war es leid. Wenn sie nichts unternahm, würde bald die ganze Stadt nach Brigittas Pfeife tanzen.
Über ihren Gedanken hatte Lisbeth zunächst gar nicht gemerkt, dass ihre Nichte Sophie nicht an ihrem Webstuhl saß. Erst als Gertrud sie darauf aufmerksam machte, fiel ihr auf, dass sie das Kind in den letzten Stunden nicht gesehen hatte. Keine der Weberinnen und keines der anderen Lehrmädchen wusste, wo Sophie steckte.
Eiligen Schrittes ging Lisbeth ins Haus hinüber. Dort hatte man Sophie ebenfalls seit dem Morgen nicht gesehen, und sie war auch nicht in der Kammer unter dem Dach, die sie mit den anderen Mädchen teilte. Was, um Himmels willen, war dem Kind nun wieder eingefallen, dachte Lisbeth mit Sorge, in die sich auch eine gehörige Portion Groll mischte.

»Spann den Wagen an«, befahl sie Mathias, Mertyns Knecht. »Wir fahren in die Wolkenburg!«

Nach Stephans Verschwinden hatte das Haus, das Peter Lützenkirchen einst für Fygen gekauft hatte, leer gestanden, und so war Andreas Imhoff mit seiner Familie dort eingezogen. Denn die Wolkenburg war ein behaglicherer und würdigerer Wohnsitz als das Haus Zum Kleinen Ochsen. Nur dass die Imhoffs dort mietfrei wohnten, vergaß ihr Schwager stets zu erwähnen, wenn er die Vorzüge seines neuen Heimes pries.

Nachdem sich die Oberdeutschen Handelsgesellschaften aus Köln zurückgezogen hatten, waren die Geschäfte für Andreas nicht gut gelaufen. Er hatte weder Mertyn noch Hans Her dazu überreden können, das Handelsverbot zu missachten und mit ihm – unter Schwägern – Geschäfte zu tätigen. Erst Anfang dieses Jahres hatte er sich endlich dazu durchgerungen, das kölnische Bürgerrecht zu erwerben, wie Hans es ihm schon vor Jahren geraten hatte.

Lisbeth hoffte inständig, dass Sophie nach Hause zu ihren Eltern gelaufen war, obwohl ihr dafür kein Grund einfallen mochte. Denn sollte dies nicht der Fall sein, könnte ihr wer weiß was zugestoßen sein, und Lisbeth sähe sich zudem in der unangenehmen Lage, ihrem Schwager erklären zu müssen, dass ihr das Kind, für das sie Sorge trug, entwischt war.

Als Mathias gerade den Wagen in die Cäcilienstraße lenken wollte, fiel Lisbeth etwas ein, was Ursache für Sophies Verschwinden gewesen sein mochte: Gestern am späten Nachmittag war Jacobus, der ältere Geselle von Färber Quettinck, gekommen, um ungefärbte Seidenballen zu holen, und Lisbeth hatte gesehen, wie er Sophie ein Briefchen zugesteckt hatte.

Sie hatte nicht weiter darauf geachtet, hatte gedacht, es

wäre eines der üblichen Billetts, die Sophie und der junge Godert seit längerem austauschten. Doch vielleicht hatte dieser Brief etwas anderes beinhaltet als heimliche Liebesbeteuerungen, wie sie junge Leute einander zu schreiben pflegten?

»Mathias, fahr weiter geradeaus nach Sankt Peter zu Meister Quettinck«, befahl Lisbeth.

Als sie in Quettincks Werkstatt Onder Blauverfer trat, fand Lisbeth den Färbermeister überrascht, doch erfreut über ihren Besuch. »Ich suche meine Nichte, Sophie. Ist sie womöglich hier bei Euch?«, erläuterte sie Quettinck den Grund ihres Besuches, bemüht, sich ihre Sorge um Sophie nicht allzu deutlich anmerken zu lassen.

Verdutzt blickte der Färber Lisbeth an, dann führte er sie über den Hof in die Werkstatt. Ein rascher Blick in den Raum sagte ihnen, dass auch Godert nicht bei seiner Arbeit war.

Doch anders als Lisbeth, schien Quettinck Sophies und Goderts Verschwinden nicht zu beunruhigen. Ein tragisch-mitleidvolles Lächeln huschte über die ledrige Haut seines Gesichts. »Ja, die junge Liebe«, sinnierte er. Auch ihm waren die zarten Bande nicht entgangen, die sich zwischen Lisbeths Nichte und seinem Lehrjungen gesponnen hatten.

»Ich möchte jetzt nicht in der Haut des jungen Mannes stecken«, sagte er. »Denn ich glaube, Godert hat seiner Liebsten etwas mitzuteilen, was ihr ganz und gar nicht gefallen wird.«

Verständnislos starrte Lisbeth ihren Färber an.

»Der Dachboden. Vielleicht sind sie dort oben«, erklärte dieser mit einem Schmunzeln und erbot sich, für sie dort nachzuschauen.

Doch Lisbeth winkte ab. Sie würde diese Angelegenheit

selbst erledigen und ihrer Nichte gründlich den Kopf waschen, sollte sie tatsächlich dort oben sein. Energischen Schrittes stieg sie die hölzernen Treppen zum luftigen Dachboden des Färberhauses hinauf.

An Leinen, die über die ganze Längsseite des Hauses gespannt waren, hingen hier Tuche in allen Farben des Regenbogens zum Trocknen. Wie bunte Zeltdächer muteten die feuchten Bahnen an, und Lisbeth erblickte Sophie und Godert unter dem smaragdgrünen Himmel einer Seidenbahn, kaum dass sie die letzte Stufe der Stiege erklommen hatte. Zornig machte sie einen Schritt auf die beiden zu, doch das Bild, das sich ihr bot, ließ sie innehalten.

Godert war von dem schlaksigen Jüngling, der er vor Jahren noch gewesen war, zu einem hochgewachsenen jungen Mann herangereift, dem die schwere Arbeit breite Schultern und kräftige Muskeln beschert hatte. Sophie hatte ihren Kopf an seine breite Brust gelehnt, und Godert hielt sie vorsichtig mit den Armen umschlossen, als umfasse er eine zerbrechliche Kostbarkeit. Die beiden waren so ineinander versunken, dass sie Lisbeths Eintreten nicht bemerkten.

»Es ist doch nicht für lang. Ein paar Jahre nur …«, flüsterte Godert in Sophies Haar, doch laut genug, dass Lisbeth seine Worte verstehen konnte.

»Ein paar Jahre!«, stieß Sophie heftig hervor. »Bloß ein paar Jahre! Mein Vater …« Ihre Stimme schien zu bersten.

»Und dann komme ich zu dir zurück und spreche mit deinem Vater«, suchte Godert sie zu besänftigen.

Die Verzweiflung in der Stimme ihrer Nichte hatte allen Zorn in Lisbeth schwinden lassen. »Sophie«, sagte sie leise und machte einen weiteren Schritt auf die beiden zu.

Sophie und Godert fuhren ertappt auseinander.

»Frau Ime Hofe! Zürnt Eurer Nichte nicht, es ist meine

Schuld. Ich …«, hob Godert sogleich zu einer Erklärung an, doch Lisbeth ließ ihn nicht weitersprechen. »Sophie, es wird Zeit, zu gehen!«, mahnte sie.
Hastig kramte Godert aus dem Beutel, der ihm vom Gürtel hing, etwas hervor, ergriff Sophies Hand und ließ es hineingleiten. Dann schloss er behutsam Sophies Finger darum. »Auf bald«, flüsterte er.
Sophie war unfähig, zu antworten.
»Sophie?«, fragte Lisbeth.
Unwillig verzog das Mädchen das Gesicht. Dann stellte es sich auf die Zehenspitzen, beugte sich vor und küsste Godert zum Abschied auf die Lippen. Ohne ein weiteres Wort wandte sie sich um und folgte ihrer Tante die Stiege hinab.
Erst als sich das Tor des Quettinckschen Hauses hinter ihnen geschlossen hatte, ließ Sophie ihrem Kummer freien Lauf. »Er will auf Wanderschaft gehen, Tante Lisbeth!«, klagte sie und begann haltlos zu weinen. »Kannst du nichts dagegen tun?«
Wortlos schloss Lisbeth das Kind in ihre Arme und wiegte es, bis das Schluchzen leiser wurde, dann half sie Sophie auf den Wagen.
»Kannst du es Godert verdenken, dass er lernen will, sein Handwerk noch besser zu beherrschen?«, fragte sie, als Mathias die Zügel lockerte und sich der Wagen in Bewegung setzte. Sanft strich sie Sophie eine feuchte Strähne aus dem Gesicht. »Du solltest stolz auf ihn sein. Wenn er zurückkehrt, wird er einer der besten Seidfärber der Stadt.«
»Wenn er zurückkehrt, hat Vater mich längst an einen ekelhaften alten Mann verheiratet«, stieß Sophie unglücklich hervor.
»Ich wäre beinahe in die Wolkenburg zu deinen Eltern gefahren, weil ich dachte, du seiest dort«, sagte Lisbeth. »Du

kannst von Glück sagen, dass ich gesehen habe, wie Jacobus dir den Brief gab.«
Erschrocken presste Sophie die Hand auf den Mund. »Oh, Tante Lisbeth! Bitte sag es ihnen nicht! Und verzeih mir, dass ich einfach so davongelaufen bin. Ich konnte nicht anders. Ich musste ihn noch einmal sehen.« Wieder entschlüpfte ihr ein Schluchzer.
»Ich werde es ihnen nicht verraten«, beruhigte Lisbeth sie. »Wenn du mir versprichst, nie wieder davonzulaufen.«
»Das verspreche ich!«, beteuerte Sophie, und in diesem Moment meinte sie es auch so. Immer noch hielt ihre kleine Faust den Gegenstand, den Godert ihr gegeben hatte, fest umschlossen. »Was hat Godert dir gegeben?«, fragte Lisbeth, um Sophies Gedanken in andere Bahnen zu lenken.
Behutsam öffnete Sophie die Faust. Auf ihrem Handteller lag ein kleiner hölzerner Anhänger in Form eines winzigen Weberschiffchens. Eine feine Schnitzarbeit, die Godert für seine Liebste gefertigt hatte.
Lisbeth fuhr bewundernd mit dem Finger darüber. »Wie schön! Dein Godert ist wirklich ein Künstler«, sagte sie.
Als sie das Haus Zur Roten Tür erreicht hatten, führte Lisbeth Sophie geradewegs in ihre Schlafkammer hinauf. »Ich glaube, ich habe etwas für dich«, sagte sie, öffnete den kleinen Kasten, in dem sie ihren Schmuck aufbewahrte, und nahm ein silbernes Kleinod heraus. Es war das Armband, das Stephan ihr einst geschenkt hatte. Lisbeth würde es nie wieder anlegen, doch sie sah keinen Grund, warum Sophie es nicht tragen sollte. »Ich schenke es dir«, sagte sie und reichte ihrer Nichte das Band. »Du kannst den Anhänger daran befestigen.«

»Was für eine Frechheit!« Brigitta van Berchem schäumte vor Wut. Ihre spitz vorspringende Nase war weiß vor

Zorn, und auf ihren hageren Wangen hatten sich rote Flecken der Empörung gebildet. Erregt lief sie in ihrem Kontor vom Kamin zum Tisch und wieder zurück, während sie aufgebracht vor sich hin schimpfte. Ihre Schwester Gunda begleitete ihre unstete Wanderung mit einem Schritt Abstand.

»Freches Miststück!«, fluchte Brigitta. »So eine Dreistigkeit! Was glaubt sie, wer sie ist? Das kann sie mit einer van Berchem nicht machen!«

Eine Weile fuhr Brigitta darin fort, auf und ab zu gehen und zu fluchen, bis sie plötzlich mitten im Schritt innehielt und ihre Faust in die hohle Hand hieb. »Ja, so kann es gehen!«

Gunda, die nicht bemerkt hatte, dass ihre Schwester stehen geblieben war, stieß unsanft in Brigittas Rücken.

»Kannst du nicht aufpassen!«, herrschte Brigitta sie an. »Was stehst du so dumm da? Lauf und hol mir Grete Elner her!«, fauchte sie.

Nicht lange darauf trat Grete in das Kontor im Haus Xanten. Es war nicht ratsam, die Frau van Berchem lange warten zu lassen.

»Ihr wünscht mich zu sprechen?«, fragte Grete höflich. »Habt Ihr Arbeit für mich?«

»Ja!«, beschied Brigitta ihr. Sie hielt es nicht für nötig, Grete einen Platz anzubieten. »Aber du sollst nicht weben. Das überlassen wir getrost anderen. Außerdem bist du eine lausige Weberin. Du würdest mir den Ruf ruinieren.«

Grete schnappte ob dieser Unhöflichkeit nach Luft, doch Brigitta war noch nicht fertig mit ihren Verunglimpfungen. »Ich habe dich rufen lassen, weil du faul bist, dreist und verschlagen.«

Empört blies Grete die Backen auf. Auch wenn es Frau van Berchem war, die vor ihr stand – beleidigen lassen

musste sie sich nicht. Giftig blickte sie auf die drahtige Seidmacherin, die sie um mehr als Haupteslänge überragte, herab und holte Luft zu einer harschen Entgegnung.
Doch mit einer einzigen Handbewegung schnitt Brigitta ihr das Wort ab. »Wie ich dich kenne, kannst du Geld brauchen. Ich schlage dir daher ein Geschäft vor, das sich für dich lohnen wird.«
Brigitta hatte sie richtig eingeschätzt, denn Grete schluckte ihre Wut hinab und lauschte mit wachsendem Respekt, während Frau van Berchem ihr einen Vorschlag unterbreitete, der an Durchtriebenheit kaum zu überbieten war. Als Brigitta geendet hatte, pfiff sie anerkennend.
»Das verstehe ich als Zustimmung?«, schnarrte Brigitta.
Grete grinste breit und nickte.
Drohend trat Brigitta ganz nah an Grete heran und bohrte ihren dunklen Blick in deren wässrige Augen. »Wag es ja nicht, mich zu betrügen!«, zischte sie. »Und glaub nicht, dass ich dir das Geld auf einmal gebe, damit du dich damit aus dem Staub machst.« Brigitta griff nach einem ledernen Beutel, der auf dem Tisch lag. »Dies sind dreihundert Gulden. Eine Summe, der sie nicht widerstehen können! Du bringst die Seide hierher, bevor du sie zum Spinnen trägst, damit ich sie sehe. Dann erst bekommst du neues Geld.«
Hochzufrieden verließ Grete das Haus Xanten. Heute noch würde sie ihr letztes Lehrmädchen nach Hause schicken, überlegte sie. Sicher ist sicher. Bei dem, was sie vorhatte, konnte sie keine neugierigen Ohren und Augen in der Werkstatt gebrauchen, und überdies hatte sie nun keine Verwendung mehr für das Mädchen – ohnehin eine dusselige Trine, die das Geld nicht wert war, das sie verfraß.
Das war ein Geschäft nach ihrem Geschmack, freute Grete sich. Eine gute Weile würde sie sich jetzt nicht mehr hinter

ihren Webstuhl setzen müssen, denn sie würde Geld verdienen, ohne dafür mit den eigenen Händen zu arbeiten. Und es würde mehr Geld sein, als Brigitta erwartete, dachte sie voller Genugtuung und rieb sich die Hände. Weit mehr, als der Frau van Berchem lieb war!

19. Kapitel

Seit alters her war der Martinstag der Tag der Abrechnung. Bedienstete, die sich übers Jahr verdingt hatten, erhielten ihren Martinstaler und wechselten die Stellung, und Schuldner kamen ihren Verpflichtungen nach. Und so war es denn für Lisbeth keine Überraschung, dass sich früh am Morgen Liese Backes und Gundula von Bruwiler, die ehedem für Frieda Medman und ihre Tochter Dora gearbeitet hatten, bei ihr melden ließen.

»Sankt Martin ist ein harter Mann, für den, der nicht bezahlen kann«, murmelte Lisbeth. Sie überließ Andreas und den wenige Wochen alten Peter der Obhut ihrer Amme und stieg in ihre Schreibstube hinab, um die Seidmacherinnen zu empfangen. Wenn auch die Schmerzen bei der Geburt sie genauso heftig gepeinigt hatten, so war es doch gänzlich anders gewesen, ihren zweiten Sohn daheim in der Geborgenheit ihrer Kammer zu bekommen, von den Mägden umsorgt und ohne die unglücklichen Umstände, unter denen sie Andreas zur Welt gebracht hatte.

Liese Backes lehnte Lisbeths Angebot, Platz zu nehmen, freundlich ab. »Zweihundertfünfzig Gulden – wie vereinbart«, kam sie sogleich zur Sache und legte einen schweren ledernen Beutel auf den Tisch in Lisbeths Schreibstube. Ihre Tochter band sich gleichfalls einen Beutel vom Gürtel und legte ihn wortlos neben den der Mutter.

»Ihr sagtet …« Liese stockte und schlang die Finger ineinander. »Ihr sagtet, Ihr würdet uns neue Seide geben, zu den gleichen Bedingungen?«, fragte sie nach.

Lisbeth nickte erfreut. Ihre Bemühungen schienen Früchte zu tragen. Diese beiden hatten ihre Seide verwebt und die Tuche sicher gewinnbringend verkaufen können, so dass sie ihrer Verpflichtung pünktlich hatten nachkommen können.

»Ich lasse sie Euch in den nächsten Tagen bringen.« Lisbeth lächelte Liese an. »Euch auch?«, fragte sie und wandte sich an Gundula von Bruwiler.

Die junge Seidmacherin nickte. Sie schaute Lisbeth dabei nicht an, sondern hielt den Blick starr auf den Boden der Stube gesenkt.

»Einen gesegneten Martinstag!«, wünschte Liese Backes und fasste ihre Tochter am Arm.

Sie schien es eilig zu haben, was kaum verwunderlich war, denn heute warteten die Vorbereitungen für den Festschmaus am Abend auf jede Frau, die einen Hausstand unterhielt. Jedermann, der es sich leisten konnte, wollte vor Beginn der vorweihnachtlichen Fastenzeit noch einmal ausgiebig schlemmen – an diesem Tage vornehmlich eine gebratene Gans, gefüllt mit Äpfeln, Rosinen und Kastanien.

»Auch Euch einen gesegneten Martinstag!«, erwiderte Lisbeth Lieses Gruß, und beinahe ungebührlich schnell verließen die Frauen ihre Schreibstube.

Es dauerte nicht lange, bis die nächste Besucherin eintrat, um wie vereinbart ihre Schulden zu begleichen. Auch sie bat darum, neue Seide zu erhalten, genauso wie die darauf folgende.

Als bis zum Mittagsläuten sieben der acht Seidmacherinnen ihre zweihundertfünfzig Gulden zurückgezahlt hatten, konnte Lisbeth ihre Freude kaum mehr im Zaum halten. Ihr Unterfangen schien von Erfolg gekrönt! Alle diese Seidmacherinnen, die bislang von ihren Verlegerinnen abhängig gewesen waren, hatten nun wieder ihre eigene Seide gewebt und gute Geschäfte gemacht. Nicht eine bislang, die sie um Aufschub gebeten hätte!

In einiger Zeit – vielleicht in einem Jahr, wenn sie sparsam wirtschafteten, oder in zweien – hätten diese Frauen genug verdient, um selbst ihre Seide kaufen zu können, hoffte Lisbeth. Dann würde sie Fygens Rohseide anderen Seidmacherinnen geben können. Nach und nach würde sie mit Katryns Geld auf diese Weise vielen dazu verhelfen können, sich auf die eigenen Beine zu stellen.

Am Nachmittag erschien dann auch Ida Rummels.

»Habt Ihr einen guten Preis für Eure Seide bekommen?«, fragte Lisbeth ihre ehemalige Weberin freudestrahlend.

»Ja, das habe ich«, antwortete Ida ein wenig gepresst und ließ sich auf der Kante des Stuhles nieder, den Lisbeth ihr anbot.

»Das freut mich. Dann wollt Ihr sicherlich neue Seide haben?«

Die Seidmacherin seufzte und fixierte einen Punkt an der Wand über Lisbeths rechter Schulter. »Ja«, sagte sie zögerlich.

Lisbeth ließ sich von dieser Einsilbigkeit nicht beirren. Sie wollte ihre Freude mit Ida teilen. »Habt Ihr etwas Geld beiseitelegen können?«, fragte sie aufgeräumt.

»Auch das«, war die knappe Antwort. Entgegen ihrer sonstigen Art erschien Ida Lisbeth heute reichlich reserviert. Ohne ein weiteres Wort legte die Weberin ein Ledersäcklein mit Münzen auf den Tisch und machte Anstalten, sich zu erheben.

Ernüchtert blickte Lisbeth Ida an. Nicht, dass sie überschwenglichen Dank erwartet hatte, doch es enttäuschte sie, dass die Seidmacherin keine Freude, ja nicht einmal Zufriedenheit über ihren eigenen Erfolg erkennen ließ.

Vielmehr vermeinte Lisbeth so etwas wie Zerknirschung in Idas breitem Gesicht zu lesen.
Plötzlich schien Ida es sich anders überlegt zu haben und ließ sich schwer zurück auf ihren Stuhl sinken. »Ach, sei es drum! Ihr wart immer so gut zu mir, Ihr habt verdient, die Wahrheit zu erfahren. Ich habe die Seide nicht verwebt«, sagte sie.
»Nicht verwebt?«, fragte Lisbeth überrascht. »Was habt Ihr sonst damit getan?«
»Ich habe sie verkauft«, gestand Ida und schlug voller Scham die Hände vor das Gesicht.
»Aber warum denn das?« Lisbeth schüttelte verständnislos den Kopf. Es ergab für sie keinen Sinn.
Ida nahm die Hände vom Gesicht, und mit belegter Stimme begann sie zu erzählen: »Wenige Tage, nachdem Ihr mir die Seide geschickt hattet, kam sie zu mir. ›Wie ich höre, habt Ihr eine große Menge Seide bekommen‹, sagte sie. ›Was habt Ihr damit vor?‹
›Verweben natürlich‹, gab ich zur Antwort.
›Und wovon wollt Ihr sie spinnen lassen? Wovon lebt Ihr in der Zwischenzeit? Und was, wenn Ihr die Seide nicht rechtzeitig verkaufen könnt, bevor die Ime Hofe ihr Geld wiederhaben will? Was macht Ihr dann?‹ Es waren keine dummen Fragen, die sie da gestellt hatte. Fragen, über die ich mir auch schon Gedanken gemacht hatte.« Ida brach ab und blickte Lisbeth an, unsicher, wie diese ihre Worte aufnehmen würde. Doch in den Augen ihrer einstigen Brotgeberin las sie weder Zorn noch Vorwurf. Nur eine tiefe Betroffenheit.
Ida holte tief Luft, dann fuhr sie fort: »Sie hat einen Beutel Geld direkt vor meiner Nase auf den Tisch gelegt und gesagt, sie wolle mir ein Geschäft vorschlagen. ›Ich kaufe Euch die Rohseide ab, hier und jetzt. Für zweihundert-

achtzig Gulden den Zentner. Das sind dreißig Gulden mehr pro Zentner, als Ihr der Ime Hofe schuldet. Fünf Zentner habt Ihr erhalten – das macht also einen Gewinn für Euch von glatten einhundertundfünfzig Gulden. Ich lasse die Seide spinnen, und Ihr webt sie dann für mich. Ich zahle Euch den gewohnten Lohn, und Ihr braucht euch keine Sorgen zu machen, dass Ihr das Geld nicht pünktlich zurückzahlen könnt‹, hat sie gesagt.«

Fassungslos starrte Lisbeth Ida an. Das konnte – das durfte nicht wahr sein! Wie konnte jemand nur so einen perfiden Plan aushecken und die missliche Lage der armen Seidmacherinnen so schamlos ausnutzen?

Ida zögerte, als überlege sie, ob sie die nächsten Worte aussprechen sollte, doch dann entschloss sie sich, wie bisher bei der Wahrheit zu bleiben: »Eine Bedingung hat sie gestellt: Ihr durftet nichts von ›unserem kleinen Geschäft‹ erfahren.«

»Sie?«, wiederholte Lisbeth tonlos. »Wer ist *sie?* Wer hat die Seide gekauft?«

Ida zögerte abermals. »Grete Elner«, sagte sie schließlich.

Lisbeth spürte, wie kalte Wut ihr die Röte ins Gesicht trieb. Grete Elner! Dieses bösartige Miststück! War dieses Weib denn nur auf Erden, um ihr und ihrer Familie das Leben schwerzumachen. Nur unter Mühen gelang es ihr, sich zu beherrschen und nicht laut herauszuschreien.

»Danke, dass Ihr es mir gesagt habt«, brachte sie schließlich zwischen zusammengebissenen Zähnen hervor. »Aber unter den Umständen werde ich Euch natürlich keine neue Seide geben können.«

Ida nickte. Verlegen wand sie sich auf ihrer Stuhlkante. Ihr fiel es sichtlich schwer, zu fragen: »Ich weiß, ich habe Euer Vertrauen nicht verdient, aber darf ich trotzdem wieder für Euch um Lohn weben?«

Lisbeth zögerte. Wenn Ida nicht für sie webte, dann würde sie sich bei einer anderen Verlegerin verdingen. Bei Grete? Bei den Berchem-Schwestern? Sie bedachte Ida mit einem grimmigen Lächeln. »Um Eurer, wenn auch reichlich späten, Ehrlichkeit willen: ja.«

Als Ida ihre Schreibstube verlassen hatte, ließ Lisbeth sich erschöpft auf ihrem Stuhl zurücksinken. In ihrem Kopf wirbelten die Gedanken durcheinander.

Gescheitert! Sie hatte Katryns Geld zwar nicht verloren, doch ihr schöner Plan, den Frauen zu ihrer Unabhängigkeit zu verhelfen, war gescheitert. Nun verstand Lisbeth auch, wie alle Weberinnen ihr Geld so pünktlich hatten zurückzahlen können. Ihre Eile hatte nichts mit den Vorbereitungen zum Martinstag zu tun gehabt. Sie hatten ein denkbar schlechtes Gewissen. Ihnen allen hatte Grete ihre gute Seide aus Valencia abgekauft. Und das auch noch um zwanzig Gulden unter Wert!

Natürlich würde sie ihnen die Seide nun nicht mehr geben. Doch woher hatte Grete überhaupt davon gewusst, fragte Lisbeth sich. Und woher hatte sie das Geld? Elftausendundzweihundert Gulden musste sie den Weberinnen gezahlt haben, rechnete Lisbeth aus. Unwahrscheinlich, dass Grete oder ihre Mutter über solche Mittel verfügten.

Wer also steckte dahinter? Brigitta van Berchem? Frieda Medman oder eine von den anderen Seidmacherinnen? Nein, entschied Lisbeth. Die waren eines so ausgekochten Plans nicht fähig. Die Einzige, der sie so etwas zutraute, war Brigitta. Lisbeth konnte sich zwar nicht recht vorstellen, dass Brigitta van Berchem mit Grete einen Pakt schloss, hatte sie diese doch unlängst aus ihren Diensten entlassen, andererseits jedoch hatte Brigitta sich auch bei Herman eines gewissenlosen Handlangers bedient.

Anscheinend hatte Lisbeth ihre Gegnerin unterschätzt!

Wie hatte sie nur so blauäugig sein können, zu glauben, dass Brigitta es einfach hinnehmen würde, dass sie deren Weberinnen zur Eigenständigkeit verhalf?
Energisch sprang Lisbeth auf und eilte aus ihrer Schreibstube. Unverzüglich würde sie zu Grete gehen und diese zur Rede stellen. Sie warf sich einen Umhang über die Schultern und eilte durch den Flur, doch in dem Moment, als Lisbeth die Tür öffnen und hinaustreten wollte, wurde von draußen dagegen gehämmert, als gelte es das Leben.
Es war Martinstag, aber für die Heischegänge der jungen Burschen war es beileibe noch zu früh, wunderte Lisbeth sich und öffnete die Tür. Nicht weniger verwunderte es sie allerdings, als sich ihr Sophie tränenüberströmt in die Arme warf. Entgegen ihrem Versprechen war das Mädchen wieder einmal davongelaufen.
Vor wenigen Tagen war Sophies Lehrzeit bei Lisbeth zu Ende gegangen, und sie war zu ihrer Familie in die Wolkenburg heimgekehrt. Sie hatte keine Prüfung vor den Damen und Herren zum Seidamt abgelegt – obwohl Lisbeth sicher war, dass Sophie diese mit Bravour bestanden hätte –, aus dem einfachen Grunde, weil die Zunft keinen Vorstand mehr hatte, vor dem sie ihre Fähigkeiten hätte unter Beweis stellen können.
»Ich gehe fort!«, stieß Sophie unter Schluchzen hervor. »Ganz weit fort!«
»Aber Sophie!« Lisbeth versuchte ihre Nichte zu beruhigen. »Nichts kann so schlimm sein, als dass du fortlaufen müsstest. Komm erst einmal herein.« Behutsam zog sie Sophie ins Haus und schob sie vor sich her in die Stube. »Und nun erzähl! Was ist geschehen?«, fragte sie, nachdem sie die Tür sorgsam hinter sich geschlossen hatte. Das Gesinde musste nicht Zeuge von Sophies Kummer werden.
»Vater will mich verheiraten!«, brach es aus Sophie heraus.

»Mit irgend so einem reichen Kerl! Aber ich lasse mich nicht verheiraten! Eher esse und trinke ich nicht mehr, bis ich verhungere! Am besten, ich rasiere mir den Schädel kahl! Dann soll Vater sehen, wie er für mich einen passenden Mann findet – einen, der eine Frau mit Kahlkopf will!«

Lisbeth unterdrückte ein Schmunzeln. Sophies Kummer dauerte sie, doch die Vorstellung, wie Andreas seinem potentiellen Eidam hoffnungsvoll seine kahlgeschorene Tochter präsentierte, weckte in ihr eine ungehörige Schadenfreude.

»Ich gehe fort! Nach Valencia zu Großmutter!«, drohte Sophie unbeherrscht. »Ich …«

»Na, die wird sich freuen, eine unerzogene Enkelin am Hals zu haben!«, unterbrach Lisbeth sie.

Sophie klappte verblüfft den Mund zu. Auf den Gedanken, Fygen wolle sie nicht bei sich haben, war sie gar nicht gekommen.

Natürlich würde Fygen Sophie aufnehmen, wenn diese es denn bis Valencia schaffen sollte, dachte Lisbeth. Mit ihren harschen Worten hatte sie nur Sophies Tirade unterbrechen wollen, um die Aufmerksamkeit ihrer Nichte zu erlangen. Was ihr augenscheinlich gelungen war. »Abzuhauen ist wohl das Dümmste, was du tun kannst!«, sagte sie schonungslos. »Wenn du nach Valencia gehst, wirst du deinen Godert nie wiedersehen.«

Ernüchtert ließ Sophie sich auf die Bank fallen und vergrub das Gesicht in den Händen.

Lisbeth ließ ihre Worte einen Moment wirken, dann fuhr sie mit verschwörerischer Stimme fort: »Dein künftiger Gemahl wird wenig Freude an dir haben, wenn du nicht in der Lage bist, einen Haushalt zu führen. Bevor du also heiratest, musst du das zuerst einmal lernen. Das sollte auch deinem Vater einleuchten.«

Irritiert hob Sophie den Kopf. Was hatte ihre Unfähigkeit, einen Haushalt zu führen, mit ihrem Kummer zu tun? Oder wollte Tante Lisbeth ihr damit sagen, dass sie es für zu früh hielt, dass man sie verheiratete? Ein winziger Hoffnungsschimmer blitzte in Sophies Augen auf, doch nur, um gleich darauf wieder zu erlöschen. »Ich hasse es, im Haus zu arbeiten!«, rief sie leidenschaftlich.
»Sophie!«, mahnte Lisbeth.
»Entschuldigung, Tante Lisbeth. Ich wollte sagen: Haushaltsführung ist so unsäglich langweilig!«
»Langweilig oder nicht« – Lisbeth bemühte sich, ihrer Stimme Strenge zu verleihen –, »gleich, wen du heiratest, ob deinen Godert oder einen anderen, lernen musst du es.«
Sophie verzog das Gesicht, doch Lisbeth fuhr, davon unbeeindruckt, fort: »Deine Mutter ist eine großartige Hausfrau, und die Wolkenburg ist ein großes Haus, doch dort wirst du schwerlich alles lernen können, was du wissen musst. Im Haus deiner Eltern gibt es bereits zu viele Frauen, die sich die Aufgaben teilen. Deine Mutter, die Hagere Hilda, deren Gehilfin Regina, deine Schwester Johanna …«
Bei der Erwähnung ihrer älteren Schwester verzog Sophie abermals das Gesicht. Die Vorstellung, sich von ihr herumkommandieren zu lassen, war für sie schlicht ein Greuel. »Nein, ich kann nicht …«, hob sie an zu protestieren. Doch jetzt hatte Lisbeths Geduld mit ihrer Nichte ein Ende. »Nun hör mir gefälligst zu und unterbrich mich nicht dauernd!«, herrschte sie sie an.
Sophie verstummte überrascht. Nur sehr selten hatte sie bisher erlebt, dass ihre Tante diesen Ton anschlug.
Lisbeth nickte zufrieden. »Ich selbst könnte deine Hilfe brauchen. Im Haushalt und mit den beiden Kindern, jetzt, wo Katryn nicht mehr bei uns ist«, sagte sie ruhig. Erst

nach dem Tod von Mertyns Mutter war ihr bewusst geworden, wie vollkommen Katryn all die Jahre mit stiller Hand den Haushalt geleitet hatte.
Verdrießlich starrte Sophie Lisbeth an, getraute sich jedoch nicht, ihr abermals zu widersprechen.
Lisbeth ignorierte ihren stummen Protest. »Natürlich ist das eine tagfüllende Aufgabe«, fuhr sie fort. »Doch ich glaube, dass du ihr auch gerecht wirst, wenn du einen oder zwei Tage in der Woche bei Färber Quettinck in der Werkstatt …« Weiter kam sie nicht.
Als Sophie verstand, welchen Ausweg ihre Tante ihr bot, sprang sie mit lautem Freudengeheul auf, schlang Lisbeth die Arme um den Hals und drückte sie fest an sich. Er bedeutete einen Aufschub ihrer Hochzeit und überdies die Möglichkeit, wenigstens die Grundlagen des Seidfärbens zu erlernen, das sie so interessierte.
»Tante Lisbeth! Du bist großartig! Danke! Oh, dank dir vielmals! Fahren wir jetzt gleich in die Wolkenburg? Sprichst du mit Vater?«
»Einen Moment noch«, unterbrach Lisbeth den Überschwang ihrer Nichte. »Über eines musst du dir im Klaren sein: Ich lasse dich nur zu Quettinck, wenn du dir wirklich Mühe mit dem Haushalt gibst. Lässt du deine Aufgaben im Haus schleifen, ist es damit vorbei!« Streng blickte sie Sophie an.
Das Mädchen nickte.
Dass Sophie ihren Eltern nichts von ihrer Abmachung erzählen solle, brauchte Lisbeth nicht zu erwähnen. Ihre Nichte wusste nur zu genau, dass ihr Vater ihr verbieten würde, je wieder den Fuß in eine Färberwerkstatt zu setzen, sollte er davon erfahren.
Lisbeth ließ Mathias den Wagen anspannen, und anstatt Grete Elner zur Rede zu stellen, wie sie es beabsichtigt

hatte, fuhr sie in die Wolkenburg, um wieder einmal mit ihrem Schwager die Klingen zu kreuzen.
Wie erwartet zeigte Andreas sich zunächst nicht erfreut über Lisbeths Vorschlag, doch ließ er es ihr gegenüber heute wenigstens nicht an Höflichkeit fehlen. Vielleicht hatte es ihn milde gestimmt, dass Mertyn seinen Erstgeborenen nach ihm, Andreas, genannt hatte. Vielleicht war er sich aber auch des möglichen Heiratskandidaten für Sophie noch nicht sicher, so dass er sich schließlich bereit erklärte, seine Einwilligung zu geben.
In Windeseile machte Sophie sich daran, ihr Bündel zu packen, doch bevor der Wagen mit Lisbeth und ihr vom Hof der Wolkenburg rollte, hatte sich die Dunkelheit bereits in die Gassen geschlichen. Anders als sonst zur Abendzeit, waren heute immer noch Menschen in den Gassen unterwegs. Sie strebten den Weinzapfen zu, deren grün bekränzte Schilder den Vorbeikommenden zuriefen, dass hier, dem Brauch der Martinsminne folgend, neuer Wein ausgeschenkt wurde.
Der Heilige Sankt Martin war einst dem schwedischen König Olaf Tryggwason im Traum erschienen und hatte ihn aufgefordert, fortan nicht mehr die Götter Thor, Wotan und Odin durch Trankopfer zu ehren, sondern statt der Odinsminne die Martinsminne einzuführen. Im Gedenken an den Heiligen würde es heute in den Weinzapfen bis in die späten Abendstunden fröhlich zugehen.
Auf ihrem Weg durch die dunklen Gassen begegneten Lisbeth und Sophie Gruppen von ausgelassenen Jungen, die von Haus zu Haus zogen, klopften, einen Spruch aufsagten und um Reisig für die Feuer und essbare Gaben baten. Angeführt wurden sie vom Zintmätesmännche, einem Jungen mit geschwärztem Gesicht, der auf den Schultern eines anderen ritt. In der Hand trug er einen alten Besen, *de Hex*

genannt, den man später verbrennen würde. Das Zintmätesmännche hatte zwei Begleiter, die auf Stöcken große ausgehöhlte Rüben trugen, in denen Lichter brannten. Wie grausige Gespenster leuchteten sie in der Dunkelheit.
In ihre wärmenden Mäntel gehüllt, die Umschlagtücher gegen die Kälte fest um die Köpfe geschlungen, saßen Lisbeth und Sophie auf dem Wagen, und jede hing ihren eigenen Gedanken nach. Sophies ausgelassene Freude war einer schweigsamen Nachdenklichkeit gewichen.
An der Ecke zur Obermarspforte hatte man ein loderndes Martinsfeuer entzündet. Junge Burschen und Mädchen scharten sich darum, und auch Sophie blickte in die Flammen, als sie daran vorüberrollten. »Ein Jahr! Das ist lang. Aber auch so kurz«, fasste sie ihre Gedanken in Worte. Ein Jahr hatte ihr Vater ihr zugestanden, um bei Lisbeth zu lernen, wie man einen Haushalt führt. »Glaubst du, dass Godert in einem Jahr zurück ist?«
»Das weiß ich nicht«, antwortete Lisbeth ehrlich. »Aber was ich wohl weiß, ist, dass er bei seiner Rückkehr ein Mädchen vorfindet, das genug über das Seidfärben gelernt hat, um ihm eine große Hilfe zu sein.«

Das Abendläuten der Glocken von Groß Sankt Martin übertönte das erste Klopfen an der Tür des schäbigen Hauses Unter Seidmacher. Erst das zweite Klopfen rief Grete an die Tür.
»Einen schönen Gruß von der Frau Meisterin soll ich sagen. Sie schickt Euch dies zum Martinstage«, sagte ein junges Ding seinen Spruch auf. Mit beiden Armen umklammerte die Magd einen schweren Korb, der mit einem Tuch abgedeckt war. Diesen reichte sie Grete und verabschiedete sich mit einem Knicks.
Erstaunt nahm Grete den Korb entgegen und trug ihn ins

Haus. Ein wunderbar herzhafter Duft stieg ihr in die Nase, und als sie das Tuch zurückschlug, lächelte sie eine knusprig goldbraun gebratene Gans an.
Ein freudiges Grinsen breitete sich über Gretes teigige Züge. Es gab nur eine Meisterin, die Anlass hatte, ihr eine solche Köstlichkeit zu senden: Brigitta van Berchem. Die anmaßende Seidmacherin schien also mit ihren Diensten zufrieden zu sein. So wie auch Grete mit dem Arrangement, das sie getroffen hatten, höchst zufrieden war – freilich erst, nachdem sie die Bedingungen des Geschäftes ein wenig zu ihren Gunsten abgeändert hatte.
Brigitta van Berchem war klug. Doch nicht klug genug für Grete. Sie hatte nicht bemerkt, dass Grete den Weberinnen statt der dreihundert, die sie von Brigitta bekommen hatte, nur zweihundertachtzig pro Zentner gezahlt und die Differenz von zwanzig Gulden, anstatt sie Brigitta zurückzugeben, in die eigene Tasche gesteckt hatte. Fünf Zentner mal zwanzig Gulden mal acht Weberinnen. Dazu die fünfzig Gulden, die Brigitta ihr als Lohn für ihre Dienste gezahlt hatte – alles in allem ein wirklich hübscher Gewinn!
Vergeblich hatte Grete versucht, mehr zu fordern als fünfzig Gulden, denn Brigitta wusste nur zu gut, welche Genugtuung es Grete bereiten würde, der verhassten Lisbeth Ime Hofe, mit der sie ohnehin noch eine Rechnung offen hatte, seit diese Mettel aus dem Geckenhaus geholt hatte, das Spiel zu verderben – schließlich hatte sie dieser einen ausgedehnten Aufenthalt im Frankenturm zu verdanken.
Auf meine Weise bin ich nun zu einem angemessenen Gewinn gekommen, dachte Grete mit einem gehässigen Grinsen. Vielleicht war Brigitta ihr nicht auf ihre Schliche gekommen, weil diese in ihrer Selbstherrlichkeit gar nicht auf den Gedanken käme, dass man sie hintergehen könnte? Andererseits: Wie hätte sie es auch erfahren sollen? Die

Weberinnen hatten es ihr sicher nicht erzählt, denn sie wussten ja nicht, dass Brigitta hinter Gretes neuer Tätigkeit als Seidenhändlerin und Verlegerin steckte. Grete hatte die Seide bei den Weberinnen abgeholt, sie zum Spinnen gebracht und den Weberinnen wieder zurückgebracht. Sie hatte mit Brigittas Geld die Löhne gezahlt und die Seide abgeholt. Und wie anders als von ihnen hätte Brigitta es erfahren sollen?

Grete befühlte den Braten mit dem Finger. Er war noch heiß, aber er dampfte nicht mehr. Sie überlegte gerade, ob sie ihn noch einmal in den Ofen schieben sollte, als zu ihrem Ärgernis ihre Mutter Mettel in die Stube trat – augenscheinlich vom Duft des Bratens aus ihrer Kammer hervorgelockt, denn sie schnüffelte genießerisch.

Gekochte Klöße wären eine feine Krönung für den Braten, dachte Grete, doch es machte Arbeit, die Kartoffeln zu Teig zu reiben, Klöße zu formen und sie zu kochen. So lange mochte sie nicht warten, denn angesichts der knusprig glänzenden Haut der Gans lief ihr das Wasser im Mund zusammen. Gierig entschied Grete sich dafür, den Braten sogleich auf den Tisch zu bringen. Er war groß genug, dass sie davon auch ohne Klöße satt wurden – auch wenn sie sicher war, dass Mettel einen Großteil des Vogels in ihren gefräßigen Rachen schaufeln würde.

Lange schon hatte Grete keine solche Köstlichkeit mehr bekommen, so wie sie sich in den vergangenen Monaten auch wohlweislich jede sonstige Annehmlichkeit versagt hatte. Schließlich war sie nicht so dumm, ihren neu erworbenen Reichtum zur Schau zu stellen, damit Brigitta sogleich argwöhnisch wurde.

Grete eilte in die Küche, um ein großes Tranchiermesser zu holen, und als sie zurück in die Stube trat, hatte Mettel sich bereits an den Tisch gesetzt und Löffel und Messer vom

Gürtel gebunden. Unfassbar, zu welcher Eile ihre alte Mutter fähig war, wenn es ums Schmausen ging.
Grete bedachte die Gans mit einem liebevollen Blick, bevor sie das Tranchiermesser in das weiche Fleisch stieß. Längs des Brustbeines schnitt sie das ansehnliche Tier entzwei, und eine würzige Füllung aus Äpfeln, Rosinen und den Innereien der Gans quoll hervor. Großzügig häufte Grete sich den Teller voll.
Mettel leckte sich die Lippen und konnte kaum erwarten, dass Grete auch ihr eine Keule auf den Teller legte. Widerstrebend häufte die Tochter ihr auch von der Füllung dazu.
Gierig machten sich die beiden Frauen über den Braten her, kaum dass sie die Bissen kauten, und für eine Weile erfüllte wohliges Schmatzen die Stube. Fett rann Grete von den Lippen über das Kinn herab und glitzerte im dämmrigen Licht der Öllampe.
Grete schaufelte sich einen großen Löffel der Füllung in den Mund. Es knirschte, als sie darauf biss, doch die Füllung war gar köstlich gewürzt. Hastig schlang Grete einen zweiten Löffel voll hinunter. »Dieser Lump von einem Bauern hat die Gans vor dem Verkauf mit Sand gefüttert, damit sie mehr Gewicht auf die Waage bringt«, mäkelte sie mit vollem Mund. »Und die schusselige Küchenmagd der Berchem war zu faul, den Gänsemagen richtig auszuwaschen.«
Mettel war zu sehr mit dem Essen beschäftigt, als dass sie hätte antworten wollen, und nickte nur beifällig.
»Sei es drum«, sagte Grete schmatzend. »Die Füllung schmeckt auch mit ein wenig Sand.« Gefräßig schaufelte sie noch einen Löffel hinterdrein. Die Füllung kratzte ein wenig in ihrem Hals, doch nicht so arg, als dass es ihr den Genuss verdorben hätte.

Beim fünften Löffel verspürte Grete beim Schlucken ein heftiges Reißen im Hals, und sie griff sich erschreckt an die Kehle. Schmerzhaft zog sich das Reißen den Hals hinab bis hinter das Brustbein, wurde dort zu einem schrecklichen Brennen. Hastig griff sie nach dem Becher mit verdünntem Bier und leerte ihn auf einen Zug. Doch das Brennen ließ nicht nach. Im Gegenteil. Immer stärker wurde es, und Grete war es, als schnitten tausend Messer in ihre Kehle.
Tränen traten ihr in die Augen, und hilfesuchend blickte sie ihre Mutter an. Doch die vermochte ihr nicht zu helfen. Mettel war selbst leichenblass im Gesicht, hatte beide Hände um ihre Kehle gelegt und stieß ein heiseres Gurgeln hervor.
Gretes Augen weiteten sich vor Entsetzen. »Was, zum Teufel, ist in der Füllung?«, krächzte sie. Doch ihre Mutter antwortete nicht. Stattdessen erbrach sie mit einem widerlichen Würgen ihre letzten Bissen auf ihren Teller.
Kalter Schweiß trat Grete auf die Stirn und klebte ihr die dünnen Haare wie Kraut an den Kopf. Ein schrecklicher Verdacht stieg in ihr auf, und ihr Gesicht verlor die Farbe. Eine Hand an die Kehle gepresst, stocherte sie hastig mit dem Löffel in dem Rest Füllung auf ihrem Teller. Es knirschte, und dann sah sie darin etwas aufblitzen.
Das war kein Sand, stellte Grete fest, und sie begriff: Eine Frau van Berchem hinterging man nicht! Brigitta war klüger als sie, gerissener und skrupelloser. In ihr hatte Grete ihre Meisterin gefunden.
Voller Grauen warf sie den Löffel beiseite, als wäre sein Griff rotglühend und verbrenne ihr die Hand. Sollte das ihr Ende sein? Eine abgrundtiefe, lähmende Angst ergriff sie. »Mutter, hilf mir!«, greinte sie, doch diesmal konnte Mettel ihrer Tochter nicht beistehen. Helles Blut tropfte aus dem Mund der alten Frau. Ihre Finger öffneten und

schlossen sich wie im Krampf, griffen ins Leere, und mit grotesker Langsamkeit kippte Mettel vornüber.
Grete schrie auf, doch in dem Moment ergriff auch sie ein heftiges Würgen. Schmerzhaft bahnten sich das Fleisch der Gans und die pikante Füllung ihren Weg zurück nach oben, Gretes zerschnittene Speiseröhre hinauf, und ergossen sich über ihr Mieder.
Ein Schwall hellroten Blutes folgte dem Erbrochenen, und Gretes Kehle brannte, als hätte man darin ein Feuer entzündet. Grüne Punkte tanzten vor ihren Augen, und in Rinnsalen lief ihr der Schweiß über das Gesicht. »Sei verflucht, Brigitta van Berchem!«, gurgelte sie schwach, dann spürte sie, wie ihr die Sinne schwanden. Ohnmächtig sank sie auf ihrem Stuhl zusammen.

Früh am Morgen des nächsten Tages machte Lisbeth sich auf den Weg nach Unter Seidmacher, um Grete zur Rede zu stellen. In der schmalen Gasse, in der viele der Seidenweber ihre Häuser hatten, herrschte geschäftiger Betrieb, und das Klappern der Webstühle in den Werkstätten hinter den Häusern drang bis zu Lisbeth auf die Gasse heraus. Nur vor dem Fenster von Mettels Haus war der Klappladen noch geschlossen.
Energisch klopfte Lisbeth an die Tür, doch niemand öffnete, auch auf ihr zweites und drittes Klopfen hin nicht. Es schien, als sei keiner zu Hause, was Lisbeth verwunderte. Zumindest die alte Mettel oder ein Lehrmädchen müssten doch da sein, wenn Grete aus dem Haus gegangen war, dachte sie und drückte die Klinke hinab.
Die Tür war unverschlossen, und Lisbeth trat über die Schwelle. »Ist da jemand«, rief sie laut, um sich bemerkbar zu machen, doch im Haus blieb alles still. Lisbeth trat zwei Schritt weiter in den Flur hinein. Die Tür zur Stube war

nur angelehnt, und Lisbeth schob sie auf. Ein unangenehmer Geruch schlug ihr entgegen, und im Dämmerlicht des Raumes sah sie Mettel und Grete am Tisch sitzen.
»Guten Morgen«, grüßte sie kühl. »Ich habe mit Euch zu sprechen!«
Sie erhielt keine Antwort. Grete und Mettel hatten sie nicht gehört.
»Guten Morgen«, wiederholte Lisbeth und trat in die Stube. Der Gestank wurde stärker. Säuerlich roch es und ein wenig nach Gebratenem. Angewidert rümpfte Lisbeth die Nase.
Mettel und Grete regten sich nicht. Starr und leblos saßen sie da.
Entsetzt wich Lisbeth zurück, und ihr entfuhr ein Schrei. Ihrem ersten Antrieb folgend, wollte sie aus der Stube fliehen, doch dann überwand sie ihr Grauen, presste einen Zipfel ihres Umhangs auf Mund und Nase und trat einen Schritt näher.
Die toten Frauen boten einen grotesken Anblick. Grete war auf ihrem Stuhl zusammengesackt, das Gesicht bleich und mit offenem Mund, den Kopf zur Seite gekippt. Die Haube war ihr vom Kopf gerutscht, und fettig glänzend klebten ihr die aschfarbenen Haarsträhnen im Gesicht. Ihre Arme hingen rechts und links des Körpers schlaff herab, und ihre Kleidung war voller dunkler Flecken und Speisereste.
Mettels schwerfälliger Körper war vornübergesunken, mit dem Gesicht in einen Teller mit Essensresten. Auf dem Tisch zwischen ihnen lag auf einer Platte ein angeschnittener Braten. Eine Gans, wie Lisbeth unschwer an den noch zur Hälfte befleischten Knochen erkennen konnte, ein Martinsbraten.
Was war hier geschehen, fragte Lisbeth sich voller Grausen. Weder an Grete noch an ihrer Mutter hatte Lisbeth zeit-

lebens etwas Liebenswertes finden können, doch ihr plötzlicher Tod brachte sie aus der Fassung. Kaum war sie in der Lage, einen klaren Gedanken zu fassen. Was sollte sie jetzt tun? Wen sollte sie benachrichtigen? Soweit sie wusste, besaßen die Elners keine Verwandten in der Stadt.

In dem Moment vernahm Lisbeth Schritte im Flur, und eine untersetzte Frau in mittleren Jahren trat in die Stube.

»Ist etwas geschehen? Ich kam gerade vorbei und habe Euch schreien hören, da bin ich …« Berta Kovelenz unterbrach sich mitten im Satz. »Nanu, Frau Ime Hofe, was macht Ihr denn hier?«

Wortlos wies Lisbeth auf die grausige Festtafel.

»O mein Gott!«, stieß Berta hervor. »Was ist denn hier geschehen?« Wie Lisbeth wich auch sie entsetzt zurück, als sie der toten Seidmacherinnen ansichtig wurde, und schlug hastig ein Kreuzzeichen.

Lisbeth zuckte hilflos mit den Schultern. »Ich weiß es nicht.«

Berta gewann ihre Fassung rasch wieder. Energisch schritt sie zum Fenster und öffnete den hölzernen Klappladen, dann betrachtete sie die verstorbenen Frauen mit einer Mischung aus Abscheu und Neugier. »Die Elnerschen waren ja bekannt für ihre Fresslust, aber dass sie sich in ihrer Gier einmal totfressen, hätte ich nicht geglaubt«, sagte sie.

»Totfressen?«, fragte Lisbeth.

»Ja, das kommt vor!«, versicherte Berta und nickte bestätigend.

»Aber dass sie noch während ihres Mahls versterben? Und gar beide zugleich?«, gab Lisbeth zu bedenken. Das kam ihr doch reichlich unwahrscheinlich vor. Wenn sie sich den Tod jedoch nicht selbst durch übermäßiges Fressen beigebracht hatten, wenn es kein natürlicher Tod war, was war es dann?

Grete war ein Miststück, wie sie jüngst wieder unter Beweis gestellt hatte. Doch wer hätte ihr nach dem Leben trachten sollen? Hing Gretes Tod vielleicht mit ihrer neuen Tätigkeit als Verlegerin zusammen, fragte Lisbeth sich. Brigitta van Berchem kam ihr in den Sinn. Sie traute Brigitta durchaus zu, Grete umzubringen. Doch warum hätte sie das tun sollen? Um sich eines Zeugen zu entledigen? Brigitta – wenn sie denn hinter Gretes Seidenkäufen steckte – hatte damit nichts Verboteneres getan, als sie auch sonst betrieb: Seide zu kaufen und im Verlag weben zu lassen. Nein, das ergab alles keinen Sinn. Auf diesen vagen Verdacht hin konnte sie Brigitta nicht beschuldigen. »Ob wir die Büttel rufen sollen?«, überlegte sie laut.
Als hätten Lisbeths Gedanken einen Geist heraufbeschworen, trat just in dem Moment Brigitta van Berchem in die Elnersche Stube. Ihre Blicke erfassten flink die Situation, doch sie zeigte sich angesichts der grausigen Szene, die sich ihr darbot, nicht sonderlich erschrocken. Hatte die Seidmacherin gewusst, welcher Anblick sie hier erwartete, schoss es Lisbeth durch den Kopf. War ihr Verdacht doch nicht so abwegig gewesen?
Offenbar hatte Brigitta Lisbeths letzte Worte mitbekommen, denn sie schenkte ihr ein höhnisches Lächeln. »Die Büttel holen? Blödsinn!«, schnarrte sie. »Dann könnt Ihr Euch schon einmal überlegen, wie Ihr denen erklärt, was Ihr hier zu schaffen habt!«
Lisbeth stutzte. »Nun, ich hatte mit Grete zu reden«, erklärte sie.
»Ach, worüber denn?« Brigitta zeigte sich interessiert.
»Ich … ich wollte ihr Arbeit geben.«
Brigitta maß sie mit hochgezogenen Brauen. »Was Ihr nicht sagt!«
Sie wussten beide, dass das eine glatte Lüge war, und Bri-

gitta bedachte Lisbeth mit einem maliziösen Lächeln. »Seit die Elnersche verstorben ist, scheint sie sehr begehrt zu sein!«
Lass dich von ihr nicht einschüchtern, ermahnte Lisbeth sich. »Und was habt Ihr hier zu suchen?«, gab sie mit gleicher Münze zurück, bemüht, ihre Stimme beherzter klingen zu lassen, als sie empfand.
»Das Gleiche wie Ihr«, antwortete Brigitta leichthin. »Ich wollte ihr Arbeit geben.«
Brigitta trat an den Tisch und stupste Grete mit der Hand an. Gretes schwerer Körper verlor den Halt auf dem Stuhl und krachte, einem gefrorenen Sack gleich, zu Boden. Lisbeth und Berta zuckten ob dieser Pietätlosigkeit erschreckt zusammen, doch Brigitta quittierte es mit einem kalten Schnauben. »Aber das hat sich wohl erledigt«, sagte sie.
Berta, die dem Wortwechsel mit wachsendem Unbehagen gefolgt war, warf ein: »Ich glaube, sie haben sich totgefressen.«
»Bestimmt haben sie das!«, bestätigte Brigitta. Lisbeth konnte ihrem Tonfall nicht anhören, ob sie das tatsächlich glaubte oder ob ihre Worte ironisch gemeint waren.
Brigitta trat ganz dicht an Lisbeth heran und zischte so leise, dass nur diese ihre Worte vernehmen konnte: »Wie ich höre, habt Ihr eine Rechnung mit der Elnerschen zu begleichen? Das wird die Büttel sicher auch interessieren!«
Lisbeth erbleichte angesichts der Drohung, die in Brigittas Worten schwang, und sie spürte, wie eine eisige Kälte in ihr aufstieg. Brigitta beabsichtigte, ihr Gretes und Mettels Tod anzulasten!
Wenn Brigitta, die Nichte des Johann van Berchem, sie des Mordes bezichtigte, ja, wenn sie nur vorsichtig den Verdacht äußerte, Lisbeth könne etwas mit dem abrupten Ableben der Elners zu tun haben, würde der Rat nicht lange

fackeln und sie befragen – gleich, ob sie selbst die Gemahlin eines ehemaligen Ratsherrn war oder nicht. Und wie eine solche Befragung aussah, das mochte Lisbeth sich gar nicht ausmalen.

So also hatte Brigitta es sich ausgerechnet, dachte Lisbeth, und ihr schwindelte ob der Bosheit dieses Plans. Auf so eine Gemeinheit musste man erst einmal kommen. Sie hatte Brigitta wieder unterschätzt. Vor Schreck stand sie wie gelähmt da und starrte die ältere Seidmacherin an. Doch eines verstand sie ganz und gar nicht: Warum wollte Brigitta dann nicht, dass man die Büttel rief?

Noch ehe Lisbeth zu einer Erwiderung fähig war, tat Brigitta etwas gänzlich Unerwartetes: Sie trat wieder zum Tisch, streckte die Hand aus und rupfte ein Stück Fleisch vom Braten.

Lisbeth fand ihre Sprache wieder. »Nicht!«, rief sie. »Vielleicht ist es vergiftet!«

Mit lässiger Langsamkeit wandte Brigitta ihr den Kopf zu und maß sie mit einem höhnischen Grinsen. Dann steckte sie das Stück Braten in den Mund.

Brigitta kaute ausgiebig. »Gut!«, lobte sie. »Doch beileibe nicht so gut, als dass man sich daran überfressen müsste. Für meinen Geschmack fehlt ein wenig Schärfe.«

Dann wurde ihr Tonfall geschäftig. »Ich glaube, der selige Johann, der Mann der alten Elner, hatte noch einen Vetter in der Stadt. Ich werde ihm Bescheid geben – soll er sich um die Bestattung kümmern«, verkündete sie abschließend, schritt zur Tür und hielt diese offen als Aufforderung für Berta und Lisbeth, mit ihr das Haus zu verlassen.

Wie betäubt machte Lisbeth sich auf den Heimweg. Der Braten war also nicht vergiftet gewesen, schloss sie. Und Brigitta hatte darum gewusst, sonst hätte sie nie gewagt, davon zu kosten. Trotzdem hatte sie mit allen Mitteln versucht zu verhindern, dass man die Büttel rief. Ihr musste so sehr daran gelegen sein, dass man Gretes und Mettels Tod nicht weiter verfolgte, dass sie sich sogar die Gelegenheit entgehen ließ, sie, Lisbeth, in eine höchst unangenehme, wenn nicht gar gefährliche Lage zu bringen.

Lisbeth konnte sich zwar keinen Reim darauf machen, warum Brigitta es getan und, vor allem, wie sie es angestellt hatte, doch sie wurde trotzdem das Gefühl nicht los, dass sie es gewesen war, die am Martinstage mit Grete Elner abgerechnet hatte.

20. Kapitel

Es war kalt in der Werkstatt Onder Blauverfer, doch Sophie spürte die Kälte nicht. Keuchend schüttete sie den letzten Eimer Wasser, den sie vom Pütz im Hof hereingeschleppt hatte, in den Bottich über dem Stochofen und wischte sich den Schweiß vom Gesicht. Ihr Atem stieg in kleinen Wölkchen auf und mischte sich mit den beißenden Dämpfen aus den Kesseln. Längst hatte Sophie sich an den Geruch in der Werkstatt gewöhnt, ja, sie bemerkte ihn nicht einmal mehr.

Kurz schöpfte sie Luft, dann legte sie ein paar Buchenscheite nach, um den Ofen anzufeuern. Als die Flammen unter dem Kessel zu ihrer Zufriedenheit loderten, wischte sie die Hände an der großen Lederschürze sauber, die sie zum Schutz vor ihr Arbeitskleid gebunden hatte. Sie verließ die Werkstatt, überquerte den Hof und machte sich auf die Suche nach Meister Quettinck, damit er ihr das Curcumay abmaß. Denn während die billigeren Mittel, die zum Färben der Seide Verwendung fanden, wie beispielsweise Waid, auf Regalen und in Säcken und Körben entlang der Wände der Werkstatt gestapelt waren, verwahrte der Meister die kostbaren Farbstoffe unter Verschluss.

»Ah, Sophie!«, grüßte Quettinck das Mädchen mit einem Lächeln. Er hatte nichts dagegen gehabt, Sophie in seiner Werkstatt helfen zu lassen, wenn auch ausschließlich seiner besten Kundin zu Gefallen. Denn welch eine Hilfe konnte ihm so ein junges Ding schon sein? Das Färberhandwerk war eine schwere Sache, da bedurfte es der Kraft eines Burschen.

Man war übereingekommen, dass Sophie des Montags und des Mittwochs in seine Werkstatt kam. So konnte sie einigermaßen sichergehen, die Farbflecken wieder von den Fingern geputzt zu bekommen, bevor sie am Sonntag den Eltern in der Wolkenburg ihren allwöchentlichen Besuch abstattete.

Doch mit der Zeit hatte Quettinck seine neue Hilfskraft, die er weder zu entlohnen noch zu verköstigen brauchte, zu schätzen gelernt. Denn Sophie hatte nicht nur bewiesen, dass sie zupacken konnte, sondern sich auch als sehr gelehrig gezeigt, und so hatte der alte Färber inzwischen seine rechte Freude an dem wissbegierigen Mädchen.

»Sächsischgrün also«, murmelte Quettinck. »Hast du den Bottich gut mit Wasser gefüllt?«

Sophie nickte. »Steht schon auf dem Stochofen.«

»Wasser aus dem Pütz?«, hakte der Färber nach.

Abermals nickte Sophie. Das Wasser aus dem Bach war für das Färben nicht zu gebrauchen, wollte man eine klare und saubere Färbung erzielen. Denn bis es auf seinem Weg von Hürth herunter zu ihnen kam, hatten schon zu viele Gerber, Wäscher und andere Färber ihr Abwasser in den Duffesbach geschüttet. Manch andere Färber scherte das zwar nicht, doch Quettinck achtete sehr genau darauf. Nicht ohne Grund war er für die Brillanz seiner Färbungen bekannt.

Quettinck nahm ein Glasgefäß zur Hand, maß sorgfältig eine Menge des dunkelgelben, bröckeligen Pulvers daraus ab und häufte es in eine kleine hölzerne Schale. »Zwei Lot zerstoßenes Curcumay auf ein Pfund Seide«, erklärte er. »Damit es ein starkes gelbes Bad gibt.« Er verschloss das Glas wieder, stellte es in seinen Schrank und reichte Sophie die Schale, bevor er nach einer schlanken verkorkten Flasche griff. »Rühr das Curcumay ins Wasser und hol

mich, wenn es kocht! Ich mische dann die Indigotinktur hinzu.«
Die Schale sorgsam mit der freien Hand abdeckend, kehrte Sophie in die Werkstatt zurück, stellte sie neben dem Stochofen ab und griff nach einem der Stecken, die an der Wand lehnten. Mit der Hand fuhr sie über das Holz, das die vielen Farben mit der Zeit hatten dunkel werden lassen, und betrachtete dann aufmerksam ihre Handflächen, um genau zu prüfen, ob der Stecken nach dem letzten Gebrauch ordentlich gereinigt worden war – ganz so, wie Jacobus, der Geselle von Meister Quettinck, es ihr eingeschärft hatte. Doch ihre Handflächen blieben sauber. Es hafteten keine Farbreste vom vorhergehenden Farbbad mehr an dem Stecken.
Sophie trat an den Stochofen heran und schüttete das Curcumay in den Bottich. Mit beiden Händen packte sie den Stecken und rührte, bis sich das klare Brunnenwasser in eine dunkelgelbe Brühe verwandelt hatte.
Es dauerte, bis das Wasser anfing zu kochen. Gelegentlich rührte Sophie das Farbbad um, und als das Wasser im Bottich anfing zu sieden, trat Meister Quettinck zu ihr. Mit einer Bewegung, der man die Erfahrung von Jahren anmerkte, schüttete er aus der schlanken Flasche gerade so viel Indigotinktur in den Bottich, dass sich das satte Gelb darin in frisches Grün verwandelte.
Sophie rührte kräftig um, bis das Farbbad ohne Schlieren war. Kritisch betrachtete der Meister die Farbe, runzelte die Stirn, dann fügte er noch wenige Tropfen hinzu. Abermals rührte Sophie, und Quettinck nickte zufrieden. Zum Schluss fügte er Zinnsolution hinzu, nicht ohne Sophie zu erklären: »Zwei Lot auf das Pfund, merke es dir!«
Sophie nickte. Sie hatte sich so vieles gemerkt in dem Jahr, das sie ihm nun schon in der Färberwerkstatt half. Sie hat-

te gelernt, aus ausgefaultem Urin Beize zu bereiten, aus Pflanzenteilen wie Färbeginster oder Waid Farbsud zu kochen sowie die gefärbten Tuche zu spülen, zu wringen und zum Trocknen aufzuhängen. Sie hatte erfahren, dass die unreifen, grünen Schalen der Walnuss die Seide in einem intensiven Braun färbten, die getrockneten Schalen dagegen weniger Farbkraft besaßen. Und dass in Walnussschalen generell so viel Gerbstoffe enthalten waren, dass die Seide vorab keine Beize benötigte.

Aber wozu war das alles nütze, dachte sie traurig. Wenn sie doch nie einen Färber heiratete? In ihrer Kehle setzte sich ein Kloß fest, und Tränen stiegen ihr in die Augen. Hastig wandte sie sich ab, um das Seidentuch zu holen, das es zu färben galt. Quettinck sollte nicht sehen, welche Gefühle seine Worte in ihr ausgelöst hatten.

Das blassweiße, noch feuchte Seidentuch war über Nacht gebeizt worden und verströmte einen scharfen Geruch, als Sophie es in den Bottich wuchtete. Sie schluckte, griff nach dem Stecken und trat so nah an den Stochofen heran, wie es ihr möglich war, ohne sich zu verbrennen. Nun galt es, das Tuch zu zwernen, das heißt, es in Bewegung zu halten, hatte Sophie gelernt, damit sich die Farbe gleichmäßig darauf verteilen konnte und sich nicht etwa in den Falten festsetzte und dort dunklere Flecken verursachte.

Es war eine eintönige Arbeit, die jedoch von Minute zu Minute schwerer erschien, sobald Sophies Arme ermüdeten. Zu Beginn ihrer Arbeit in der Färberwerkstatt hatte sie es nicht lange vermocht, die Seide mit dem Stecken im Bad hin und her zu bewegen. Doch inzwischen hatte sie vom vielen Wasserschleppen, Rühren, Spülen und Wringen an Armen und Schultern kräftige Muskeln bekommen.

Auf den Tag genau war ein Jahr vergangen seit jenem

Martinsabend, an dem sie ins Haus Zur Roten Tür zurückgekehrt war. Sie hatte sich um den Haushalt gekümmert, wie sie es Lisbeth versprochen hatte, und auch wenn sie die Hausarbeit nach wie vor verabscheute, so hatte sie ihrer Tante nicht ein Mal Anlass gegeben, ihr das Färben zu untersagen.

Sophie seufzte. Ein Jahr – das war eine lange Zeit, doch sie war wie im Flug vergangen. Und Godert war nicht zurückgekehrt!

Sophie hatte so sehr gehofft, dass er in diesem Jahr zu Weihnachten heimkehren würde. Aber selbst wenn er es täte, so wäre auch das jetzt um ein paar Wochen zu spät. Denn bereits für heute Abend zum Martinsessen hatte ihr Vater den Mann geladen, mit dem er sie zu vermählen gedachte. Einen Adligen, ganz wie Andreas Imhoff es sich für seine Tochter erträumt hatte. Er käme in Begleitung seiner Eltern, um seine Braut in Augenschein zu nehmen.

Weiter hatte Sophie ihrer Mutter nicht zugehört, als diese ihr am vergangenen Sonntag davon berichtet hatte, sondern war voller Zorn aus dem Raum gelaufen. Sie wollte gar nicht wissen, wer ihr Bräutigam war und wie er hieß. Es war ihr gleich, denn wer auch immer er war, er war nicht Godert! Sicherlich war er alt und abstoßend. Und wahrscheinlich nicht einmal vermögend. Warum sollte er sonst eine Bürgerliche ehelichen wollen, wenn nicht um einer großen Mitgift willen?

»Aber Hauptsache, er ist adlig!«, schnaubte Sophie halblaut und stieß wütend mit dem Stecken in dem Bottich umher.

Obschon – wenn er in Begleitung seiner Eltern kam, konnte er so alt nicht sein. Angewidert verzog Sophie das Gesicht. Sie konnte sich richtig vorstellen, wie ihre künftige Schwiegermutter sie mit stechendem Blick von oben bis unten betrachten, säuerlich das Gesicht verziehen und an ihr herummäkeln würde. Zu muskulös, zu vorlaut, der Teint nicht hell genug … Ob sie ihr auch ins Maul schauen würde, um ihre Zähne zu begutachten wie bei einem Gaul, der zu Pfingsten zu Markte geführt wurde?

Sophie angelte mit dem Stecken nach einer Kante des Tuches und hob sie ein Stück weit aus dem Bottich. Die weiße Seide hatte bereits eine grüne Färbung bekommen, die jedoch noch recht hell war.

Vorsichtig ließ Sophie den Stoff in das heiße Farbbad zurückgleiten. Es bereitete ihr jedes Mal große Freude, zu sehen, wie das Seidentuch langsam die Farbe des Bades annahm. Doch wie schön musste die Arbeit erst sein, wenn sie sie mit Godert zusammen verrichtete? Wenn er doch nur zurückgekehrt wäre!

Es dauerte lange, das Färberhandwerk richtig zu erlernen, das hatte Sophie inzwischen verstanden. Denn obwohl sie in dem Jahr viel gelernt hatte, war sie noch meilenweit davon entfernt, selbst Farben anmischen und entscheiden zu können, wie lange die Seide in ihrem Bad zu kochen hatte. Denn das hing nicht nur von der Art des Farbstoffes und seiner Menge ab, sondern überdies auch noch von der Qualität der Seide und davon, wie dick das Gewebe war.

Drei bis sechs Jahre dauerte die Lehrzeit, je nachdem, wie gelehrig der Bursche war und wie viel zu wissen ihm genügte. Ein reger Färbergeselle verbrachte danach einige Jahre auf Wanderschaft, um von verschiedenen Meistern deren Rezepturen und Finessen zu erlernen. Leider waren die angesehensten Meister seit alters her in Flamen ansässig.

Godert war nun schon seit über anderthalb Jahren fort, doch wie Sophie ihn kannte, würde er nicht eher zurückkehren, als bis er alles, wirklich alles erfahren hatte, was es über das Seidfärben zu wissen gab.

Für einen Moment ließ Sophie den Stecken fahren und wischte sich die vom Dampf feuchten Hände an der Schürze trocken, bevor sie fortfuhr zu zwernen. Ihre Gedanken bewegten sich so unstet im Kreis wie das Tuch in dem Kessel vor ihr. Was hätte es geändert, wenn Godert zurückgekehrt wäre, fragte sie sich. Nie hätte ihr Vater zugelassen, dass sie einen Färbergesellen heiratete. Doch sie hätten heimlich heiraten können. Und fortgehen aus Köln, in eine andere Stadt. Ein tüchtiger Seidfärber fand überall Anstellung. Und irgendwann hätten sie sich vielleicht eine eigene Werkstatt leisten können.
Sophie war so in ihre Tagträume verstrickt, dass sie nicht bemerkt hatte, wie Meister Quettinck zu ihr getreten war. Er nahm ihr den Stecken aus der Hand, und wie zuvor Sophie fischte nun er ein Ende des Tuches aus dem Bottich. Es hatte ein wunderbar leuchtendes Grün angenommen, und wieder versetzte es Sophie in Erstaunen, wie genau der Färber es im Gefühl hatte, wann die Seide lange genug im Bad gekocht hatte.
Quettinck rief einen der älteren Lehrburschen zu Hilfe, und gemeinsam hievten sie mit langen Stecken den heißen Stoff aus dem Bad. Einen Moment ließen sie ihn erkalten, dann packten Sophie und der Lehrbursche das Tuch und wrangen es, jeder einen Zipfel fassend, sorgfältig über dem Kessel aus. Anschließend spülte Sophie das Tuch in einem Bottich mit klarem Wasser, um die Farbrückstände zu entfernen. Dreimal musste sie das Wasser wechseln, und als sie schließlich das Tuch zum letzten Mal ausgewrungen hatte, waren ihre Hände so kalt geworden, dass sie kaum noch ein Gefühl darin spürte.
Sophie legte den Stoff in einen geflochtenen Korb, querte damit den Hof und stieg, unter ihrer Last keuchend, die steile Treppe zum Speicher des Hauses hinauf. Oben ange-

kommen, schöpfte sie tief Luft, bevor sie sich daranmachte, die lange Seidenbahn auszubreiten und zum Trocknen über die Leinen zu hängen, die quer durch den Raum gespannt waren.
Die Farbe war sehr schön geraten, das war bereits jetzt zu erkennen, obwohl sich der strahlende Glanz der Seide erst zeigen würde, wenn sie vollständig getrocknet und geplättet wäre. Doch anders als sonst empfand Sophie heute keine Freude daran.
Dies war das letzte Tuch, das sie gefärbt hatte, dachte sie traurig, und wieder stiegen ihr Tränen in die Augen. Das allerletzte. Wenn man heute Abend ihre Verlobung bekanntgab, würde sie sofort in die Wolkenburg zurückkehren müssen, um die Hochzeit und vor allem ihre Aussteuer vorzubereiten, darauf würde Vater bestehen.
Bedrückt schlich Sophie die Stiege hinab. Im Gehen band sie sich die Schürze ab, um sie in der Werkstatt an den Haken neben der Tür zu hängen. Die Tränen verschleierten ihr den Blick, als sie sich ein letztes Mal in der Werkstatt umsah.
Was würde Godert sagen, wenn er zurückkehrte und fand sie verheiratet mit einem anderen, fragte sie sich wohl zum hundertsten Mal. Wäre er so traurig wie sie? Liebte er sie denn überhaupt noch? Vielleicht hatte er sie längst vergessen und hatte in der Fremde ein anderes Mädchen geehelicht? Die Tochter eines Färbers gar?
Sie aber liebte ihn! Sie würde keinen anderen heiraten, niemals! Mit einer heftigen Bewegung riss Sophie sich das Tuch, das ihr Haar vor den Farbstoffen schützte, vom Kopf und warf es beiseite.
Sie durchmaß den Raum mit wenigen Schritten und eilte zum Stochofen. Das Feuer darin war erloschen, die Farbe im Kessel deutlich abgekühlt. Tief holte sie Luft, dann tauchte sie ihren Kopf in den Farbbottich.

Als Sophie am Abend aus ihrer Kammer trat, um mit Mertyn und Lisbeth in die Wolkenburg zu fahren, verspürte Lisbeth großes Mitleid mit dem Mädchen. Es schien völlig in sich zusammengesunken zu sein. Ergeben hielt Sophie den Kopf auf die Brust gesenkt, ein weißer Schleier verbarg Gesicht und Haar, und ihre Hände hatte sie in die langen Ärmel geschoben, als friere sie. Wahrscheinlich, so dachte Lisbeth, hatte sie inzwischen eingesehen, dass sie nichts gegen die väterliche Entscheidung würde ausrichten können, und sich in ihr Schicksal gefügt.

Der große Saal im Obergeschoss der Wolkenburg war mit Dutzenden von Kerzen festlich erleuchtet, als Lisbeth mit Mertyn und Sophie eintrat. Im Kamin flackerte ein freundliches Feuer, und die Tafel war mit feinem Geschirr, kostbaren Gläsern und Zinnbechern eingedeckt.

In der Nähe des Kamins standen Andreas Imhoff und Sophies Mutter mit ihren Gästen, einem Paar in mittleren Jahren – augenscheinlich den Eltern des künftigen Bräutigams – und einem Herrn und waren ins Gespräch vertieft.

Dem ersten Anschein nach zu urteilen, machten die Besucher einen passablen Eindruck, dachte Lisbeth, und ihrer Kleidung konnte man den Wohlstand der Familie deutlich ansehen. Die Mutter des Bräutigams war klein und rundlich und schien ein fröhliches Naturell zu besitzen, denn eben lachte sie ein wenig zu laut über etwas, was ihr Gemahl gesagt hatte. Ihr Kleid war aus tiefblauem Samt, hatte geschlitzte Ärmel, die die hellblaue Seide des Unterkleides hervorscheinen ließen, und war aufwendig bestickt.

Ihr Gemahl überragte seine Frau um mehr als zwei Haupteslängen, und auch er schien leiblichen Genüssen zugetan, denn er war von beachtlichem Leibesumfang. Sein helles Haar, das bereits von silbernen Fäden durchzogen war,

war sorgfältig gestutzt, und Lisbeth hatte das Gefühl, ihm bereits begegnet zu sein.

Der Herr, der ein wenig steifbeinig bei ihnen stand, war genauso hochgewachsen, doch weit schlanker als sein Vater. Sein blondes Haar fiel in Wellen auf seine Schultern. Er trug dunkle Hosen, die am Knie gebunden waren, und ein seidenes Wams. Sein Gesicht konnte Lisbeth nicht erkennen, denn er wandte den Eintretenden den Rücken zu. Doch immerhin war er nicht verwachsen und wirkte nicht alt und gebrechlich, wie Lisbeth befürchtet hatte.

»Ah, da kommt ja meine Tochter!«, rief der Hausherr aufgeräumt, als er ihres Eintretens gewahr wurde, und kam ihnen entgegen, um sie zu begrüßen.

Die Gäste wandten sich ihnen zu, und mit Erleichterung stellte Lisbeth fest, dass der Bräutigam tatsächlich jung und auch nicht im Gesicht entstellt war. Im Gegenteil. Auf den ersten Blick erschien er von sehr ansprechendem Äußern. Sophie konnte sich wirklich glücklich schätzen, einen solchen Bräutigam zu bekommen.

Doch Sophie schien davon weit entfernt. Ihr entfuhr ein Laut des Entsetzens, als sie ihren künftigen Gemahl erblickte. Auf dem Absatz drehte sie um, und es gelang Lisbeth gerade noch, sie am Ärmel zu erwischen und zurückzuhalten, bevor sie davonlief.

»Nun reiß dich zusammen!«, zischte Lisbeth. »Du hättest es weit schlimmer treffen können.« Energisch packte sie ihre Nichte am Arm und zog sie mit sich den Gästen entgegen.

»Herr Johann von Elverfeldt mit Gemahlin und ihrem Sohn Godert aus dem edlen Geschlecht der Freiherren von Elverfeldt«, stellte Andreas vor, und Lisbeth musste sich bemühen, Haltung zu bewahren. Godert von Elverfeldt – das war Sophies Godert!

»Mein Schwager, der Ratsherr Mertyn Ime Hofe, mit Gemahlin«, setzte Andreas die Vorstellung fort.
»Gnädiger Herr, gnädige Dame!«, grüßten die Brauteltern und ihr Sohn respektvoll den Ratsherrn und seine Frau, doch Lisbeth konnte ihren Blick nicht von dem Gesicht des jungen Mannes abwenden. Tatsächlich – es war Godert, der ehedem schüchterne Färberlehrling von Meister Quettinck.
Die Zeit der Wanderung hatte ihn zum Manne reifen lassen. Seine Züge waren klar und fest, das Gesicht hatte alles Kindliche verloren. Nein, er war längst kein Jüngling mehr, und von Schüchternheit war nichts zu spüren. Offen und ein wenig spitzbübisch lächelte er Lisbeth an, als freue er sich, dass seine Überraschung gelungen war.
Offensichtlich war er zurückgekehrt und hatte bei Andreas um Sophies Hand angehalten, ohne dass ihre Nichte davon wusste. Das war eine wundervolle Fügung, freute Lisbeth sich.
Sie kannte Wyllem von Elverfeldt flüchtig. Er war Seidenhändler und hatte den Eid auf das Seidamt abgelegt. Goderts Vater Johann mochte sein Bruder sein, daher war er ihr bekannt vorgekommen, doch dass die von Elverfeldts von adligem Geblüt waren, hatte sie nicht gewusst. Nie hätte Lisbeth damit gerechnet, dass ihr Schwager einen Färbergesellen als Eidam akzeptieren würde. Doch wenn es ein adliger Färber war, lag die Sache natürlich ganz anders, dachte sie spöttisch.
Aber wieso benahm Sophie sich so seltsam? Immer noch hielt ihre Nichte den Kopf gesenkt, als getraute sie sich nicht, ihren künftigen Gemahl anzublicken. Wieso versuchte sie, sich hinter ihr zu verstecken, und trat unruhig von einem Fuß auf den andern, als warte sie nur auf eine passende Gelegenheit zur Flucht?

Sophie hätte außer sich sein müssen vor Freude. Goderts Frau zu werden, das war es doch, was sie sich seit Jahren ersehnte. Lisbeth hätte vielmehr erwartet, dass sie, ihrem ungestümen Naturell folgend, Godert um den Hals fallen oder ihre Freude in anderer, unziemlicher Weise äußern würde.

Oder verhielt es sich ganz anders, und Sophie nahm sich bewusst zurück und versuchte, einen guten Eindruck auf Goderts Eltern zu machen und Zurückhaltung vorzutäuschen? Wenn es so war, spielte sie ihre Rolle sehr gut, das musste Lisbeth ihr lassen.

»Meine Tochter Sophie. Sie ist die Zweitälteste und hat im vergangenen Jahr bei meinem Schwager das Hauswesen erlernt«, stellte Andreas Sophie nicht ohne Stolz vor.

Lisbeth schob das sich sträubende Mädchen nach vorn, so dass Sophie nichts übrigblieb, als höflich zu knicksen.

»Mein liebes Kind!«, rief Mutter Elverfeldt aus und klatschte in die Hände. »Warum denn so schüchtern? Nimm den Schleier ab, Kind! Man sieht ja nichts von deiner Schönheit!« Sie ließ ein wieherndes Lachen hören, und Lisbeth bemerkte, wie ihr Schwager zusammenzuckte. Von einer adligen Dame hatte er ein anderes Verhalten erwartet.

Sophie wich einen Schritt vor Frau von Elverfeldt zurück, doch ihr Vater befahl streng: »Nun zier dich nicht, Sophie! Nimm den Schleier ab.« An seine Gäste gewandt, erklärte er salbungsvoll: »Sie braucht sich sicher nicht zu verstecken!«

Mit unendlicher Langsamkeit hob Sophie ihre Hand an den Saum des feinen Gespinstes. Ihrem Vater schien das zu lange zu dauern. Er fasste den Schleier und schlug ihn energisch über Sophies Kopf zurück.

Frau von Elverfeldt stieß einen spitzen Schrei aus.

Irritiert blickte Andreas Imhoff seine Tochter an, und sogleich stieg ihm die Zornesröte ins Gesicht. Sophies Gesicht war vom Hals bis hin zum Ansatz ihrer Haare von einem dunklen, kräftigen Grün. Gespenstisch leuchtend stach das Weiß ihrer Augen daraus hervor und ließ ihr Antlitz an die grausige Fratze eines Höllenwesens gemahnen, das soeben einem jener abschreckenden Bildnisse des Fegefeuers entstiegen war.

Agnes erbleichte, und Andreas rang entsetzt nach Luft. Da hatte er endlich einen passenden Heiratskandidaten für seine Tochter gefunden, und nun das! Anstatt ihm dankbar zu sein und sich von ihrer besten Seite zu zeigen, blamierte Sophie ihn vor diesen edlen Leuten bis auf die Knochen. Aber er hatte ja befürchtet, dass Lisbeth nicht genügend auf sie achtgeben würde, und wollte Sophie von Anfang an nicht in die Obhut seiner leichtsinnigen Schwägerin geben!

Ein heiseres Krächzen entrang sich Andreas' Brust, doch sogleich fand er seine Stimme wieder. »Verschwinde! Geh sofort auf dein Zimmer!«, herrschte er seine Tochter an und vergaß dabei, dass Sophie keine eigene Kammer in der Wolkenburg besaß.

Lisbeth überkam der völlig unangemessene Drang zu kichern, und sie presste die Lippen aufeinander. Doch dann erblickte sie die Bestürzung auf Goderts Zügen, und ihr verging das Lachen.

Wie gestochen flog Sophie herum und rannte aus dem Saal. Ihre Eltern und die Gäste blieben in betretenem Schweigen zurück. Verlegen traten sie von einem Fuß auf den andern. Keiner wusste, wie er sich angesichts dieser Peinlichkeit verhalten sollte.

Godert reagierte als Erster. Ohne Gruß verließ auch er den Saal. Seine Eltern blickten ihm nach, unschlüssig, ob sie seinem Beispiel folgen sollten.

»Wie wäre es, wenn wir uns alle erst einmal einen Becher Würzwein genehmigen würden?« Mertyn suchte die angespannte Stimmung zu entschärfen. »Mein Schwager ist bekannt dafür, einige ausgezeichnete Tropfen in seinen Kellern zu verwahren.«

»Das ist ein guter Vorschlag!«, stimmte Johann von Elverfeldt ohne Zögern zu.

Agnes warf ihm einen dankbaren Blick zu und eilte, um Maren, die, nicht minder entsetzt als alle anderen, nahe der Tür auf Anweisungen ihrer Herrin wartete, entsprechende Befehle zu erteilen.

»Mein Gott! Ist das ansteckend, was Sophie da hat?«, wollte Maren von ihrer Herrin wissen. »Vielleicht sollte man sie in das Leprösenhaus bei Melaten …«

»Schweig!«, befahl Agnes ihr harsch und blickte sich um, ob die von Elverfeldts Marens Worte etwa gehört hatten. Sie wusste nicht, welchen Unfug ihre Tochter diesmal angerichtet hatte, doch krank war sie sicher nicht. Dieser Abend drohte ohnehin in einer Katastrophe zu enden, da fehlte es gerade noch, dass jemand Sophies vermeintliche Seuche den Bütteln meldete.

Doch die von Elverfeldts schienen Marens Worte nicht gehört zu haben. »Sophie ist nicht krank, merk dir das!«, beschied Agnes der einfältigen Magd. »Und nun eil dich, wenn dir an deiner Stellung hier gelegen ist!«

Godert fand Sophie in einer der Kammern, deren Fenster zum Hof hinausgingen. Es war ihm nicht schwergefallen, sie aufzuspüren. Er hatte nur dem lauten Weinen folgen müssen, das durch eine angelehnte Tür bis auf den Flur hinausdrang.

»Curcumay und Indigotinktur?«, fragte Godert leise und trat an die Bettstatt, auf die Sophie sich in ihrer Verzweiflung hatte fallen lassen.

»Ja!«, schniefte Sophie undeutlich, das Gesicht in ein Kissen vergraben.
»So sehr verabscheust du mich?«
Der Schmerz in seiner Stimme ließ Sophie auffahren. Im schwachen Licht, das durch die offene Tür in die Kammer fiel, glitzerten die Tränen auf ihrer grünen Haut. »Ich verabscheue dich doch nicht! Ich wollte nur keinen anderen heiraten!«, schluchzte sie unglücklich, kaum dass Godert ihre Worte verstehen konnte. »Ich wusste ja nicht, dass du es bist!«
Wieder vergrub Sophie den Kopf in den Kissen. »Oh, ich schäme mich so! Was sollen deine Eltern jetzt von mir denken?«
Sanft fasste Godert Sophie an den Schultern und drehte sie zu sich herum. »Lass dich anschauen«, sagte er mit einem befreiten Lachen und strich ihr sanft mit dem Finger über die Wangen. »Die Färbung ist gelungen! Wie lange hast du den Kopf in den Bottich gesteckt?«
Sophie verzog das Gesicht zur gequälten Grimasse. »Eine gute Weile«, antwortete sie widerwillig. »Das Farbbad war schon recht kühl.«
»Nun, bis wir heiraten, ist die Farbe sicher verblasst. Und wenn nicht, so trägst du eben ein grünes Kleid, dann passt es zu deinem Teint.«
Mit einem letzten Schluchzer warf Sophie sich Godert in die Arme. Doch sogleich löste sie sich wieder aus seiner Umarmung und schaute ihn neugierig an. Ihr war ein anderer Gedanke gekommen. »Bist du wirklich ein Adliger?«, wollte sie wissen.
»Nun ja …« Godert wand sich. »Meine Familie stammt aus Elverfeldt, aber wir sind schon seit Generationen hier ansässig. Einer meiner Urahnen kam einst nach Köln. Von ihm heißt es, er stamme aus dem Geschlecht der Freiherren

von Elverfeldt. Doch den Nachweis dafür, dass wir dieser edlen Familie angehören, bleiben wir wohl schuldig.«

»Woher wusstest du, dass mein Vater sich für mich einen adligen Bräutigam in den Kopf gesetzt hatte?«, fragte Sophie.

»Das wusste ich gar nicht. Es war nicht meine Idee, mich als hochgeboren auszugeben. Dein Vater fing sofort davon an. ›Ah, Ihr stammt wohl von den Freiherren von Elverfeldt ab‹, sagte er, kaum dass ich meinen Namen genannt hatte. ›Sehr schön, sehr schön!‹ Das waren genau seine Worte. Dann ließ er sich eine Weile über unsere segensreiche Verbindung aus, und ich dachte mir, nach unserer Heirat sei noch genug Zeit, diese unerhebliche Kleinigkeit richtigzustellen.«

Entschuldigend hob Godert die Hände und lächelte Sophie spitzbübisch an. »Es sei denn, dir liegt daran, einen richtigen Adligen zu ehelichen.«

Lachend schüttelte Sophie den Kopf. »Ein einfacher Färbergeselle ist mir gerade recht.«

21. Kapitel

Um die Zeit des Mittagsläutens machte Lisbeth sich auf den Weg zum Alter Markt. Sie hatte beschlossen, dem garstigen Wetter zu trotzen und selbst ins Goldene Krützchen zu gehen, anstatt eine der Mägde zu schicken. Es war der Tag nach Sankt Thomas, vier Tage, bevor man das Christfest feiern würde.

Anders als im Jahr zuvor waren Lisbeth und ihre Schwester Agnes übereingekommen, die Weihnachtsfeierlichkeiten in diesem Jahr nicht gemeinsam in der Wolkenburg zu begehen, da Andreas Lisbeth angesichts Sophies neuester Ungebührlichkeit immer noch gram war.

Beide Schwestern wünschten sich ein friedvolles Fest. Da war es geschickter, wenn Lisbeth ihrem Schwager noch für eine Weile aus dem Weg ging. Obschon sich an jenem Martinsabend nach seinem misslichen Beginn letztendlich noch alles zum Guten gewandt und man doch noch auf die Verlobung der Brautleute sich hatte zutrinken können.

Eisige Windböen trieben ihr Spiel mit den Schneeflocken, die aus der grauen Watte des Himmels fielen, bevor sie sich an den Säumen der Gassen zu weißen Haufen sammelten. Auf dem Alter Markt hatte nur eine Handvoll Händler ihre Stände aufgebaut, um ihre Waren anzubieten. Frierend traten sie von einem Fuß auf den andern, rieben sich die Finger warm und harrten der wenigen Kunden, die den Weg zu ihnen finden mochten.

Lisbeth war froh, als sie sich endlich in den warmen Schankraum des Weinzapfes flüchten konnte.

»Nanu, Lisbeth! Was treibt dich bei dem Wetter vor die Rote Tür?«, begrüßte Rudolf sie und nötigte Lisbeth auf eine Bank in der Schankstube. Aus der Küche drang wunderbarer Bratenduft zu ihnen herein.
»Ich wollte dich bitten, den Weihnachtstag mit uns zu verbringen«, antwortete Lisbeth. Seit ihre Mutter in Valencia lebte, sah sie Rudolf nicht mehr oft, doch sie hatte Fygens Sitte beibehalten, ihn zu allen Feierlichkeiten ins Haus Zur Roten Tür einzuladen, denn auf eine eigenartige Weise gehörte er für sie zur Familie.
Ein schlaksiger Bursche, auf dessen Gesicht eine längst überstandene Pustelkrankheit kraterförmige Narben hinterlassen hatte, kam eilfertig herbei und stellte einen gefüllten Becher vor Lisbeth hin.
Erstaunt merkte diese auf. »Wo ist Martha?«, fragte sie verwundert.
Die Frage entlockte Rudolf ein gutmütiges Lächeln. Er konnte es ihr nicht verübeln, dass sie die Namen der Schankmädchen verwechselte, die für eine Weile zu seiner Favoritin avancierten und ihm Herz und Bett wärmten. Sie hatten einander alle geähnelt, waren blond und hübsch gewesen, denn nicht umsonst stand das Goldene Krützchen am Alter Markt im Ruf, die schönsten Schankmädchen der Stadt zu haben.
Dennoch konnte Rudolf der Versuchung nicht widerstehen, Lisbeth mit aufgesetzter Empörung zu rügen: »Die Letzte hieß Barbara!«
»Entschuldige.« Lisbeth lachte. »Barbara also?«
»Fort«, sagte er mit schelmischem Grinsen und wischte mit dem Ärmel einen nicht vorhandenen Fleck vom Schanktisch. Dann wechselte er abrupt das Thema, und seine Miene wurde ernst: »Hast du gehört, was gestern bei der Meisterwahl der Steinmetzen geschehen ist?«

Lisbeth schüttelte verneinend den Kopf.
»Sie konnten sich nicht einigen, und die Wahl endete in einer ausufernden Rauferei, bei der sie sich die Köpfe blutig geschlagen haben.«
»Wie schrecklich!«, erwiderte Lisbeth. »Doch es überrascht mich nicht. Die Steinmetze sind verwegene Raufbolde. Bei Zwistigkeiten sind sie rasch mit Messer und Hammer bei der Hand, dafür sind sie bekannt.«
»Ja, das stimmt. Aber ich fürchte, diesmal ist es schlimmer«, orakelte Rudolf. »Die Zunftmeister waren nicht in der Lage, den Streit zu schlichten. Sie haben den Rat um Hilfe gebeten und ihn ersucht, die streitlustigen Genossen zur Verantwortung zu ziehen und zu bestrafen.«
Lisbeth furchte die Stirn. »Die Steinmetze dulden für gewöhnlich keine Einmischung in ihre Angelegenheiten, schon gar nicht von Seiten des Rates. Wenn sie zu solch drastischen Mitteln greifen, dann steht es in der Tat schlimm«, stimmte sie Rudolf zu.
Der nickte düster. »Ich sage dir, es liegt Ärger in der Luft. Als Schankwirt hört man so manches, was anderen entgeht. Ich glaube, es kommt Schlimmes auf uns zu!«, prophezeite er.
Lisbeth nahm den letzten Schluck aus ihrem Becher und stellte diesen auf dem Tisch ab. Der würzige Wein hatte sie gewärmt, und es wurde Zeit, zu gehen, wenn sie zum Mittagsmahl daheim sein wollte. »Du kommst also zur Christnacht?«, sagte sie, mehr Feststellung als Frage, und erhob sich.
Doch zu ihrer Überraschung schüttelte Rudolf den Kopf. »Nein, Lisbeth. Ich fürchte, in diesem Jahr kann ich deiner lieben Einladung nicht folgen. Meiner Gemahlin wird es nicht recht sein.« Bedauernd hob er die Schultern.
»Deiner Gemahlin? Rudolf! Du hast geheiratet! Warum

erzählst du mir das erst jetzt? Wie schön für dich! Ich dachte schon, du würdest nie die Rechte finden. Wer ist sie? Kenne ich sie?«, bestürmte Lisbeth ihn mit Fragen.

Rudolfs Wangen färbten sich einen Ton dunkler als gewohnt, und er rang die Hände.

Suchend blickte Lisbeth sich in der Schankstube um. »Wo ist sie? Ich möchte sie begrüßen.«

Als hätte sie Lisbeths Worte vernommen, trat in dem Moment eine junge Frau aus der Küche. Sie trug ein schlichtes graues Kleid mit Schürze und hatte ihr Haar mit einem einfachen Tuch bedeckt. In den Händen hielt sie eine Platte mit gebratenen Würsten.

Vor Erstaunen wurden Lisbeth die Augen rund, als sie die Frau erkannte. Rudolfs Gemahlin war niemand anders als ihre einstige Freundin – Clairgin van Breitbach.

Lisbeth sprang von ihrer Bank auf. »Clairgin, wie mich das freut! Meinen Glückwunsch!«, rief sie und eilte mit ausgestreckten Armen auf Clairgin zu.

Clairgin wandte den Kopf. Ein Schatten fiel über ihr Gesicht, und sie wich überrascht zurück. Betroffen hielt Lisbeth inne und ließ die Arme sinken.

Doch dann klärten sich Clairgins Züge, und sie schenkte Lisbeth ein unsicheres Lächeln. »Danke«, sagte sie und zögerte einen Moment lang, als wolle sie noch etwas hinzufügen, doch dann entschied sie sich dagegen.

Rudolf trat neben seine Gemahlin und legte ihr den Arm um die Schultern. Clairgin schaute zu ihm auf, und die beiden wechselten einen Blick, der Lisbeth verriet, dass ihre Ehe nicht nur zweckdienlich war. Clairgin schien ihren Mann aufrichtig zu lieben, und Lisbeth konnte sich nicht erinnern, dass Rudolf eines seiner Schankmädchen mit solcher Zärtlichkeit angesehen hätte. Die einzige Frau, die Rudolf so angeschaut hatte, war Fygen gewesen, ihre Mutter.

Clairgin löste sich aus der Umarmung ihres Mannes. »Wenn ihr mich entschuldigt? Ich habe zu tun«, sagte sie und stellte die Platte mit den Würsten auf dem Schanktisch ab. Noch einmal lächelte sie Lisbeth an, dann verschwand sie wieder in der Küche.

Mit gemischten Gefühlen blickte Lisbeth ihr nach. Es freute sie für Rudolf und Clairgin, dass sie zueinandergefunden hatten. Doch es erfüllte sie zugleich auch mit Traurigkeit. Zum einen, weil ihr Rudolfs fröhliche Art fehlen würde, da kaum zu erwarten stand, dass sie ihre ungezwungene Kameradschaft weiterhin würden pflegen können. Denn zwischen ihr und Clairgin würde wohl nie mehr eine enge Freundschaft, wie sie einst bestanden hatte, entstehen. Doch immerhin schien Clairgin ihr nicht länger gram zu sein.

Zum anderen betrübte Lisbeth der Gedanke, dass Clairgin nun im Krützchen einer Arbeit nachging, die eine Magd genauso gut verrichten konnte. Welch eine Verschwendung, dachte sie bekümmert. Clairgin war mit Leib und Seele Seidmacherin gewesen, eine der Besten ihrer Zunft.

»Es tut mir leid«, sagte Rudolf leise.

»Ist schon gut«, antwortete Lisbeth und griff nach ihrem Umhang. »Ein gesegnetes Weihnachtsfest – für euch beide«, wünschte sie und trat auf den Alter Markt hinaus.

Dicke Schneeflocken taumelten aus dem Nachthimmel, überzuckerten die Dächer der Häuser und Türme und legten sich wie schmückende Steine auf Mäntel und Hüte, als Lisbeth mit Mertyn und den Kindern in der Heiligen Nacht zur Christmette in die Pfarrkirche Sankt Brigida ging. Ein weißer Teppich aus Schnee dämpfte ihre Schritte, und er schien auch alle anderen Geräusche in sich aufzusaugen und eine ungewöhnliche Stille zurückzulassen.

Das Gotteshaus empfing sie in festlichem Schmuck. Dicke

Altarkerzen brannten, der schwere Duft von Weihrauch füllte die Luft, und unzählige Kerzen tauchten die versammelte Gemeinde in heimeliges Licht. Es war wie an jedem Heiligen Abend. Und doch kam es Lisbeth vor, als laste unter dem hohen Dach des Gotteshauses eine Spannung, die jeden, groß oder klein, ergriffen zu haben schien.

Wo in den vergangenen Jahren nur fromme Andacht geherrscht hatte, wenn der Pfarrer in feierlicher Prozession das Jesuskindlein durch die Kirche trug, raschelten heute Kleider, scharrten Füße, und weit häufiger als gewohnt durchschnitt das Weinen eines Kindes die ehrfürchtige Stille.

Etwas Drohendes schien über der Stadt zu schweben, dachte Lisbeth unbehaglich, während die Gemeinde »In dulci jubilo, nun singet und seid froh« anstimmte. Vielleicht hing es mit den Steinmetzen zusammen? Oder waren das alles nur Hirngespinste, ausgelöst durch Rudolfs düstere Prophezeiungen?

Der Pfarrer hatte indes das Kindlein in die Wiege auf dem Altar gelegt, und zwei junge Messdiener schaukelten die Wiege mit der Puppe, die das Jesuskindlein darstellte. Doch auch sie schienen nicht mit dem nötigen Ernst bei der Sache zu sein. Einer von ihnen mochte es wohl mit dem Wiegen zu gut gemeint haben, denn mit einem Mal rutschte die Wiege vom Altar und schlug mit lautem Krachen auf die steinernen Fliesen des Gotteshauses. Mitten im Jubilo erstarb der Gesang der Gemeinde.

Der Missetäter beeilte sich, das Jesuskindlein, das aus seiner Wiege gefallen und über den Boden gerollt war, aufzuheben. Verstohlen wischte er es an seinem Messgewand sauber und bettete es zurück in seine Wiege. Als diese wieder an Ort und Stelle auf dem Altar stand, nahm die Gemeinde ihren Gesang wieder auf. Doch es schien Lisbeth, als klinge das Jubilo nicht mehr ganz so inbrünstig wie zuvor.

Es kam Lisbeth gar nicht ungelegen, den Weihnachtsabend anstatt in der Wolkenburg im trauten Kreis ihrer Lieben zu verbringen. Bereits seit dem Morgen drang herrlicher Bratenduft aus der Küche und zog durch das ganze Haus, und als Lisbeth sich schließlich des Abends mit Mertyn und den Kindern an die festliche Tafel setzte, konnte sie es kaum erwarten, bis die saftige Rindslende serviert wurde.

Im Kamin in der Stube loderten Buchenscheite und verbreiteten eine wohlige Wärme, und als die Familie sich mehr als satt gegessen hatte, gesellten sich auch die Köchin, die Mägde und Mathias zu ihnen, die in der Küche ihren eigenen Festschmaus gehalten hatten.

Die Lehrmädchen und Lisbeths angestellte Weberinnen waren über die Festtage zu ihren Familien heimgekehrt, und so war es eine überschaubare Schar, die gemeinsam die frommen Lieder sang, in deren Takt Mertyn die Wiege hin und her schaukelte, der der kleine Peter gerade entwachsen war. Eine von Lisbeths alten Puppen gab, in ein Steckkissen gewickelt, das Jesuskind.

Nachdem man sich die vom Singen rauhen Kehlen mit gutem Rotwein von der Nahe befeuchtet hatte, ging Mertyn daran, Mathias, der Köchin und den Mägden ihr Offergeld auszuteilen. Auch auf die ausgestreckte Hand des bald vierjährigen Andreas legte er einen Albus. Der Kleine strahlte und schloss ehrfürchtig die Faust um seine Münze.

»Und, was willst du mit dem Geld machen?«, fragte Mertyn seinen Ältesten.

Andreas legte die kleine Stirn in Falten, als überlege er angestrengt. Dann streckte er seinem Vater die Hand mit dem Geldstück hin. »Ich leihe es dir!«, sagte er.

»Aber warum das? Ich habe doch Geld genug«, sagte Mertyn lachend.
»Ja, aber dann bekomme ich mehr, wenn du es mir zurückgibst!«, erklärte Andreas ernsthaft.
»Na, alle Achtung!« Mertyn schmunzelte. »Du wirst einmal ein gewitzter Kaufmann! Mit dir möchte ich keine Geschäfte machen, wenn du groß bist.«
Lisbeth fiel in sein Lachen mit ein.
»Nun, Frau Seidmacherin, auch für dich habe ich eine Kleinigkeit, die dir Freude bereiten soll.« Mertyn wandte sich zu Lisbeth um. »Geld brauche ich dir nicht zu geben, du verdienst selbst den ein oder anderen Gulden!«, sagte er, und mit einem zärtlichen Lächeln zog er ein Ebenholzkästchen aus dem Wams und reichte es ihr.
Behutsam öffnete Lisbeth die Schachtel. Im matten Licht der Kerzen, die die Stube erhellten, glänzten Perlen, weiß und ebenmäßig, eine so groß wie die andere. Bewundernd strich Lisbeth mit dem Finger über das kostbare Geschmeide. Perlen bedeuten Tränen, kam es ihr in den Sinn, und wieder beschlich sie dieses Unbehagen, das sie schon in der Christmette verspürt hatte.
Mertyn griff nach der Kette und legte Lisbeth die Perlenschnur um den Hals. Kühl und glatt wog sie schwer auf ihrer Haut.
»Perlen sind das Sinnbild der Fruchtbarkeit«, flüsterte Mertyn und deutete mit einer Bewegung seines Kinns auf die beiden Kinder. »Die Jungen sind uns gut gelungen. Was meinst du, sollten wir es mal mit einem Mädchen versuchen?«

Der Weihnachtsabend war in angenehmer Beschaulichkeit vergangen, doch wie Lisbeth befürchtet hatte, war die Stille am Weihnachtstag die berühmte Ruhe vor dem Sturm gewesen. Unter der täuschenden Decke aus pudrigem Schnee gärte und brodelte der Unmut. Bereits am Mittag des Tages nach Sankt Stephanus, dem zweiten Weihnachtstag, erreichten unheilvolle Nachrichten das Haus Zur Roten Tür und zerstörten jäh die friedvolle Stimmung: Der Streit unter den Steinmetzen war immer noch nicht beigelegt worden, und in der Nacht zuvor hatte der Rat mehrere der Unbeugsamen ergreifen und in den Turm bringen lassen.

Die anderen Schuldigen an der Schlägerei aber waren, sobald sie davon erfahren hatten, auf die Freiheit von Sankt Maria im Capitol geflüchtet und hatten sich dort, von Freunden und ihren Weibern reichlich mit Speis und Trank versehen, eingerichtet. Auch Waffen hatten sie sich bringen lassen, um gegen einen gewaltsamen Einbruch in das Kloster gewappnet zu sein.

Mit wehendem Ratsherrenmantel eilte Mertyn zum Rathaus.

In der Ratskammer herrschte helle Aufregung.

»Es ist empörend! Sie verhöhnen unsere Autorität! Das Ansehen des Rates steht auf dem Spiel!«, donnerte Bürgermeister Johann von Rheidt.

»Wir lassen uns doch nicht von ein paar hergelaufenen Handwerksburschen verspotten!«, pflichtete Weinmeister Dietrich Spitz bei, den man aufgrund seiner Listigkeit »den Fuchs« nannte.

»Meine Herren, was ist die Ehre des Rates wert, wenn dadurch die Ruhe der Stadt gefährdet wird?« Johann von Oldendorp, der zweite Bürgermeister, erhob, zu Besonnenheit mahnend, seine Stimme.

Rentmeister Johann van Berchem fiel über ihn her: »Die Ruhe der Stadt ist gefährdet, wenn wir die Unruhestifter nicht zur Rechenschaft ziehen!«

»Holen wir sie da raus!«, forderte der Fuchs. »Notfalls mit Gewalt!«
»Da rausholen?«, fragte Mertyn entsetzt. »Sie befinden sich im Schutz eines Klosters!«
Oldendorp, ein Mann, dessen Kenntnisse der Jurisprudenz über die Mauern der Stadt hinaus berühmt waren, sprang Mertyn bei: »Das ist ungesetzlich! Es wäre ein ganz und gar schändlicher Rechtsbruch! Der Bezirk um einen Dom oder ein Kloster ist unantastbar. An seiner Grenze enden die städtischen Rechte, und die Menschen, die darin leben oder sich dort hineinflüchten, unterstehen der kirchlichen Gerichtsbarkeit, nicht mehr der weltlichen.«
»Die Verletzung des Kirchenschutzes ist schlichter Frevel, der göttliche Strafen nach sich zieht«, warnte auch ein anderes Ratsmitglied.
»Das können wir nicht tun!«, bekräftigte Mertyn. »Wir haben geschworen, den Bürgern dieser Stadt …«
Weiter kam er nicht, denn van Berchem unterbrach ihn: »Das können wir sehr wohl tun, Ime Hofe! Wir sind für die Sicherheit der Bürger in dieser Stadt verantwortlich. Und dieses Pack gefährdet die Sicherheit! Jetzt ist energisches Durchgreifen gefordert, sonst macht hier bald jeder, was er will, und die Stadt versinkt im Aufruhr!«
»Dann lasst uns endlich gehen und die Burschen dingfest machen«, drängte der Fuchs.
Noch in derselben Stunde machten er, Bernhard Eys, Jakob Spelz und Eberhard Kols sich mit einer Schar Stadtsoldaten, begleitet von den Gewaltrichtern Johann Unkelbach und Gerhard von Siegen, auf den Weg nach Sankt Maria im Capitol, um die Beschuldigten zu verhaften.
Doch die Steinmetze in Sankt Maria waren nicht gesonnen, sich ohne Gegenwehr zu ergeben. Wacker versuchten sie die Angreifer zurückzuschlagen, verteidigten sich mit

Büchsen und Säbeln, schlugen mit ihren Hämmern um sich und warfen Steine. Mehrere Stadtsoldaten fanden den Tod, und einige der Ratsherren trugen ernstliche Verletzungen davon: Dietrich Spitz wurde von einem Schuss ins Bein verwundet, und Jakob Spelz wurde von einem Stein im Gesicht getroffen, der ihm die Nase brach und ein Auge nahm.

Auf die Dauer waren die Steinmetze jedoch nicht in der Lage, sich gegen die Übermacht der Stadtsoldaten zu behaupten. Sie zogen sich zurück, und die meisten flüchteten sich in die Wohnungen der Stiftsherren. Fünf von ihnen wurden gefangen genommen, zwei weitere verletzt.

In der Ratsstube herrschte größte Besorgnis. Denn die Maßnahme, die für Ruhe und Frieden in der Stadt hatte sorgen sollen, hatte gerade das Gegenteil bewirkt. Voller Empörung über den schändlichen Rechtsbruch des Rates erklärten sich nun sämtliche Steinmetze, Zimmerleute und Dachdecker sowie eine Schar zu jeder Gewalttat aufgelegter Studenten mit den Verhafteten solidarisch und rotteten sich zusammen, um sie mit Gewalt zu befreien.

»Es wird einen schlimmen Ausgang nehmen, wenn es uns nicht gelingt, die übrigen Zünfte daran zu hindern, sich den Steinmetzen anzuschließen«, warnte von Oldendorp und erhielt darin die ungeteilte Zustimmung seiner Ratskollegen. »Vor allem müssen wir die einflussreichen Gaffeln – das Wollenamt und die Goldschmiede – auf unsere Seite ziehen.«

Mertym, der sich eines guten Rufes im Wollenamt erfreute, erbot sich, mit den Gaffelherren zu sprechen. Diese behandelten ihn zuvorkommend, doch ihre Antwort ließ an Deutlichkeit nichts zu wünschen übrig: Sie seien nicht gesonnen, einen Rat zu unterstützen, der die Bürgerfreiheiten verletze und sich weigere, über ungewöhnliche Steuern und Auflagen Rechenschaft abzulegen.

Von den Goldschmieden erhielt man eine ebenso entmutigende Antwort: Sie würden sich streng an die Bestimmungen des Verbundbriefes halten.
Auch die übrigen Zünfte verweigerten dem Rat die erbetene Hilfe. Stattdessen verlangten sie, die Gefangenen unverzüglich freizulassen, die Geflohenen zurückzurufen und die Ratsherren, die in die Hoheit von Sankt Maria eingedrungen waren, zu bestrafen. Darüber hinaus forderten sie, dass die außerordentlichen Auflagen abgestellt und die schweren bürgerlichen Lasten vermindert werden sollten.
Seit Jahren, ja eigentlich seit den Tagen des Neusser Krieges, der den Stadtsäckel entleert zurückgelassen hatte, schwelte die Unzufriedenheit in der Stadt. Es waren die immer gleichen Vergehen, deren sich viele der Ratsherren schuldig machten: Sie wirtschafteten in die eigene Tasche, schacherten ihren Freunden und Verwandten einträgliche städtische Ämter zu, veruntreuten städtische Gelder, verhängten unverständliche Auflagen über die Bürger und erhöhten ständig die Steuern, ohne über deren Verwendung Rechenschaft abzulegen.
Doch nun hatten die Bürger die Nase voll! Es hatte nur noch dieses einen Rechtsbruches seitens des Rates bedurft, ihren Zorn zu entfesseln.
Am Morgen des vierten Januar versammelten sich sämtliche Mitglieder der Zünfte zur Beratung in der Freiheit von Sankt Maria im Capitol. Unter wütendem Toben beschlossen sie, die Erfüllung ihrer Forderungen mit Gewalt zu erzwingen.
Die Zunftgenossen bewaffneten sich und versuchten, Tore und Türme in ihre Gewalt zu bringen. Die Burggrafen von Kunibert und Severin weigerten sich zunächst, ihre Schlüssel auszuliefern, doch als man Anstalten machte, schweres

Geschütz gegen sie aufzufahren, waren alsbald auch sie zum Einlenken bereit.
Eine Rotte Fassbinder und Wollweber zog in die Severinstraße vor das Haus des Ratsherrn Dietrich Spitz. Sie warfen dem Fuchs die Fenster ein, verwüsteten die Pflanzungen in seinem Garten, rissen die Pfähle an den Weinstöcken aus dem Boden, schichteten sie zu einem Haufen und verbrannten sie.
Tag und Nacht tobte der Aufruhr in der Stadt. Bewaffnete Scharen aus Handwerksburschen, Studenten, losem Volk und all jenen, die Freude am Randalieren und Krawallmachen hatten, zogen durch die Straßen. Waffengeklirr, Gebrüll und Geschrei mischten sich mit Trommelwirbeln und lauter Musik zu einer grausigen Kakophonie. Voller Schrecken verschanzten sich die braven Bürger in ihren Häusern und warteten bange, dass sich der Aufruhr lege.
Auch im Haus Zur Roten Tür hatte man die hölzernen Läden vor den Fenstern geschlossen und das Tor verbarrikadiert. In der Werkstatt ruhte die Arbeit. Lisbeth war mit dem Gesinde und den beiden Jungen allein zu Haus, und es stand nicht zu erwarten, dass die Lehrmädchen und die angestellten Weberinnen, die über die Feiertage zu ihren Familien heimgekehrt waren, zurückkamen, bevor sich die Unruhen gelegt hatten.
Angespannt wanderte Lisbeth durch die Räume des Hauses und warf alle Stunde einen Blick in die Kammer der Kinder. Die beiden Jungen fanden kaum zur Ruhe. Der kleine Peter weinte vor Angst, doch sein großer Bruder Andreas war vor Aufregung kaum zu bändigen. Voller Neugier eilte er immer wieder zu den Fenstern und bat seine Mutter darum, die Läden zu öffnen, damit er die marodierenden Scharen anschauen konnte. Er war sich der Gefahr, die von ihnen ausging, überhaupt nicht bewusst.

Lisbeth hob den kleinen Peter auf ihren Arm und schaukelte ihn sachte. Voller Unbehagen erinnerte sie sich des Tages vor nunmehr dreißig Jahren, an dem zuletzt der Pöbel durch die Stadt getobt war. An einem Karnevalstag war es gewesen. Sie selbst war damals noch ein Kind und hatte das Kostüm eines Esels getragen. Und auch sie hatte an jenem Tag vor Angst geweint. Damals hatte ihre Mutter sich um Herman gesorgt, der fortgelaufen war und draußen zwischen den Aufrührern umherirrte.
Und heute sorgte sie sich um Mertyn, der mit den anderen Ratsherren, die in der Stadt verblieben waren, in der Ratskammer hinter verschlossenen Türen auf Mittel zur Beschwichtigung des Aufruhrs sann, nur von wenigen treuen Stadtsoldaten gegen Übergriffe des Pöbels geschützt. Den Mut, zu bleiben, hatten beileibe nicht alle Ratsherren bewiesen, und so mancher von ihnen hatte sein Heil in der Flucht gesehen und die Stadt bereits auf geheimen Pfaden verlassen.
Als gegen Mittag eine Schar Bewaffneter vor dem Rathaus erschien und die Freilassung der Gefangenen forderte, wies Dietrich Spitz sie scharf zurück.
Doch van Berchem packte den Fuchs grob am Wams. »Herrgott noch einmal! Habt Ihr nicht mitbekommen, dass sich der Wind gedreht hat? Wenn wir uns nicht in Nachgiebigkeit üben und die Gefangenen ausliefern, hauen sie uns in Stücke!«, brüllte er, um daraufhin dem Anführer der Bewaffneten zu versichern: »Eure Amtsbrüder werden sofort freigelassen, und auch die Geflohenen dürfen zurückkehren, sie werden nicht weiter behelligt. Und was Eure Forderungen hinsichtlich der Bestrafung derer, die die Kirchenhoheit verletzt haben, anbetrifft, so werden wir uns der Sache annehmen und die Schuldigen zur Verantwortung ziehen.«

»Das könnt Ihr nicht tun!«, protestierte der Fuchs.
Doch mit einem eisigen Blick hieß der Rentmeister ihn schweigen. »Das können und das werden wir!«
Den Zünften wäre dieses Zeichen des Entgegenkommens seitens des Rates vielleicht genug gewesen, doch der gemeine Pöbel, der sich dem Aufstand angeschlossen hatte, ließ sich davon nicht beruhigen. Er forderte blutige Beweise seines Sieges, und so hielt zum Schrecken der Bürgerschaft das Toben in den Straßen an.
Manch einer, der bei einem Ausbruch des Volksmutes wenig Gnade zu erwarten hatte, versuchte aus der Stadt zu fliehen, und so rollte im Schutz der Dunkelheit auch vom Hof des Hauses Xanten ein leichter Wagen. Vor dem Tor im Bayenturm kam er zum Stehen.
»Heda, Wächter! Öffnet das Tor für uns!«, befahl Brigitta van Berchem dem Mann, der ihr mit erhobenem Spieß den Weg verstellte. Er trug nicht die Uniform des städtischen Bediensteten.
»Hier darf niemand durch!«, gab der Wächter schroff zurück.
»Bursche, wer glaubst du, wen du vor dir hast?«, herrschte Brigitta ihn an. »Öffne sofort das Tor!«
»Einen Dreck werde ich!«, gab der Mann zurück und trat drohend an den Karren.
»Welchen Ton erlaubst du Lump dir! Ich befehle dir: Öffne das Tor!«, giftete Brigitta und ließ ihre Pferdegerte herrisch durch die Luft pfeifen.
»Den Ton, der mir passt!«, brüllte der Wärter. Mit einer einzigen Bewegung entriss er Brigitta die Gerte und versetzte ihr damit einen Streich quer über das Gesicht.
Brigitta schrie vor Schmerz und presste die Hand auf die Wange. Dort, wo die Gerte sie getroffen hatte, quoll Blut zwischen ihren Fingern hervor. »Ich werde dich in den

Turm bringen lassen!«, zeterte sie, lodernd vor Wut. »Mein Onkel …«

»Halt den Mund! Halt nur ein einziges Mal den Mund!«, zischte Gunda ihre Schwester an.

Völlig überrascht klappte diese den Mund zu. So hatte Gunda noch nie gewagt, mit ihr zu sprechen. Ihr ganzes Leben lang nicht.

Gunda wandte sich an den Wächter und flehte mit weinerlicher Stimme: »Habt Mitleid, hoher Herr. Sie weiß nicht, was sie spricht.«

Der Wächter, etwas besänftigt durch die Höflichkeit, mit der Gunda ihn, den einfachen Handwerksburschen, als hohen Herrn angesprochen hatte, ließ die Gerte sinken.

»Wir sind zwei arme Witwen«, fuhr Gunda hastig fort. »Wir wohnten neben einem dieser verfluchten Ratsherren, und die ehrenwerten Zunftgenossen haben sich wohl in der Tür geirrt. Sie sind gestern in unser Haus eingedrungen und haben es verwüstet. Meine Schwester hier hat dabei einen Schlag auf den Kopf bekommen, und seitdem redet sie wirr …«

Gunda konnte im Dunkel nicht erkennen, ob der Wachmann ihrer herzzerreißenden Geschichte Glauben schenkte, doch immerhin wurde er nicht wieder handgreiflich.

»Wir besitzen nur noch unser Leben und das, was wir auf dem Leib tragen«, fuhr sie fort zu jammern und hoffte, dass er ihre Worte nicht allzu genau überprüfen würde, denn unter den Röcken hatten sie und Brigitta sich lederne Gürtel an den Leib gebunden, die bis an den Rand gefüllt waren mit Goldgulden.

»Unsere Bleibe ist zerstört«, appellierte sie an das Mitgefühl des Mannes. »Deshalb fahren wir nach Endenich zu unserem Bruder. Er ist ein geiziger Mann, und wir wissen nicht, ob er uns Zuflucht gewährt, aber er ist unsere einzige Hoffnung.«

Auch das war gelogen, dachte Brigitta und befühlte ihr brennendes Gesicht. Es gab keinen geizigen Bruder. Das Gut in Endenich bei Bonn gehörte ihnen selbst und darüber hinaus ein Hof in Kesternich bei Nievenheim.

Brigitta betrachtete ihre Schwester mit neu erwachtem Respekt. Gunda hatte viel von ihr gelernt.

Vielleicht dauerte den Wächter ihr elendes Schicksal, vielleicht hatten Gundas Worte, mit denen sie geschickt den Aufständischen die Schuld an ihrer Misere gab, ohne diese anzuprangern, an sein schlechtes Gewissen gerührt. Doch was auch immer der Grund dafür war: Der Wachmann trat beiseite, ließ einen Pfiff ertönen, und mit zäher Langsamkeit hob sich das Gitter im Bayenturm, um die armen Witwen passieren zu lassen.

22. Kapitel

Am Tag vor Dreikönige kamen die Zünfte im Haus Quattermarkt zusammen. Ihnen war daran gelegen, dass in der Stadt Frieden und Ordnung herrschte, damit sie in Ruhe ihren Gewerken nachgehen konnten, daher wählten sie aus ihren Reihen hundertachtundsiebzig Vertrauensmänner, die eine provisorische Regierung bilden sollten. Dieser Ausschuss glaubte, er könne den Pöbel von seinen Greueltaten abhalten, wenn es ihm gelänge, den Rat dazu zu bewegen, allen Forderungen der Zünfte zuzustimmen. In Windeseile fasste er daher die Forderungen in sage und schreibe hundertdreiundfünfzig Artikeln zusammen und entsandte eine Deputation zum Rathaus, um sie den Ratsherren zu überreichen.

Doch das rauflustige Volk, das die Deputation begleitete, sah wenig Sinn in Unterhandlungen. Es schickte sich an, das Rathaus zu stürmen und die Ratsherren samt und sonders zu erschlagen. Nur mit Mühe gelang es den Zünftigen, die Horden von ihrem blutigen Ansinnen abzuhalten und dazu zu bewegen, sich auf dem Alter Markt zu versammeln.

Der Rat schickte sich in das Unvermeidliche. Voller Sorge um das eigene Leben bewilligten die gnädigen Herren, was von ihnen verlangt wurde, und binnen kurzem traten die Deputierten auf die Galerie über dem Flachshaus. Die Glocke des Ratsturms erklang, man rührte die Trommel, und voller Zufriedenheit erklärte ein Zunftmeister des Wollenamtes dem Volk auf dem Alter Markt, dass der Rat alle Forderungen erfüllen würde.

Die Menge johlte und feierte lautstark ihren Sieg. Doch die Freude währte nicht lange, und die Rechnung des Ausschusses vom Quattermarkt ging nicht auf. Denn dem Pöbel erschien dessen Vorgehen den verhassten Ratsherren gegenüber zu nachsichtig, und noch zur selben Stunde bildete sich eine Gegenregierung, die, auf die Gewalttätigkeit des gemeinen Volkes gestützt, zum Schrecken der Bürgerschaft wurde.

Die neuen Herren der Stadt ließen sich die Schlüssel der Stadttore, des Rathauses und des Ratsweinkellers aushändigen und ordneten an, dass in der Nacht vor den Häusern Laternen aufgehängt und die Straßen hell erleuchtet werden sollten – ein Befehl, der nur einen Schluss zuließ: Der Pöbel sann auf Plünderung.

Angst ergriff die Bürger, und nicht wenige schnürten ihr Bündel, rafften Geld und Gut zusammen und versuchten die Stadt zu verlassen. Doch weit kamen sie nicht, denn die Tore waren geschlossen. Nur eines zum Rhein und eines zu den Feldern hin war geöffnet, damit die Bauern ihre Lebensmittel in die Stadt bringen konnten, und niemand, der nicht einen triftigen Grund nannte, wurde hinausgelassen.

Resigniert schlüpfte Mertyn aus dem schwarzen Ratsherrenmantel, den er einst mit so viel Stolz und dem Willen, gut für die Bürger seiner Stadt zu sorgen, getragen hatte, und legte ihn beiseite. Auch den Hut, an dem ihn jedermann sogleich als Ratsherr erkennen würde, nahm er vom Kopf und verließ trotz der winterlichen Kälte nur mit Hemd und Wams bekleidet das Rathaus. Er wollte nicht riskieren, auf offener Straße vom Pöbel erschlagen zu werden.

Eilig hastete er durch die Straßen, bemüht, dem grölenden und marodierenden Pöbel aus dem Weg zu gehen, der wie trunken einhermarschierte. Etliche Karren waren umgestürzt worden und versperrten, die Räder dem Himmel zugewandt, den Weg. An der Ecke zur Obermarspforte brannte ein Feuer, und man briet auf offener Straße ein Schwein, das man aus dem Stall eines Hauses entwendet hatte.

Auch im Wams entging Mertyn nicht dem Argwohn einiger abgerissener Gestalten, die mit einem Mal vor ihm aus dem Boden wuchsen und ihn bedrohlich in die Mitte nahmen.

»Wo hast du deinen Mantel«, fragte ein fast kahler, bulliger Kerl, der sich zum Anführer des Haufens aufgeschwungen hatte.

»Der hat deinem Kollegen gut gefallen, da oben am Alter Markt«, erklärte Mertyn geistesgegenwärtig. »Also habe ich ihn ihm gegeben.«

Unschlüssig, ob er Mertyns Worten Glauben schenken sollte, starrte der Anführer Mertyn argwöhnisch an.

»Er konnte ihn hier draußen bei der Kälte gut gebrauchen«, fuhr Mertyn in betont heiterem Ton fort. Bloß nicht aufhören zu reden, dachte er. Wenn das Reden vorbei ist, wird geschlagen. »Aber das macht nichts«, fügte er hastig hinzu. »Ich habe noch einen anderen Mantel. Der ist zwar nicht so schön …«

»Schon gut«, brummte der Anführer entnervt. »Sieh zu, dass du fortkommst!«

Außer Atem, doch ohne ein zweites Mal behelligt zu werden, erreichte Mertyn das Haus Zur Roten Tür. »Such das Geld und all deinen Schmuck zusammen«, befahl er Lisbeth, die ihn erleichtert in die Arme schloss. »Eil dich und verpacke alles, was von Wert ist!«

Lisbeth wollte nach den Mägden rufen, damit diese ihr zur Hand gingen, doch Mertyn hielt sie zurück. »Du packst allein. Das Gesinde braucht nicht zu wissen, wo wir unsere Wertsachen verbergen.«

Sicherheitshalber rief er Mathias, seinen Knecht, die Köchin und die beiden Mägde zusammen und gebot ihnen, die Küche nicht zu verlassen, bis er sie rufe.
Hastig kam Lisbeth Mertyns Anweisungen nach. Sie verpackte die silbernen Becher und das Zinngeschirr in eine Truhe und schlug die kostbaren Gläser in dicke Lagen aus Tuch. Dann lief sie in ihre Kammer hinauf und holte das hölzerne Kästchen hervor, in dem sie ihren Schmuck verwahrte.
Als sie alles beisammenhatten, auch die Geldtruhe aus dem Kontor und die Schatulle aus ihrer Schreibstube, bestimmte Mertyn: »Wir schaffen alles in die Werkstatt.«
»In die Werkstatt? Wo willst du es denn da verbergen? Da sind weder Kasten noch Truhe. Meinst du, da ist es sicher genug?«, fragte Lisbeth zweifelnd.
»Ja, das ist es«, widersprach Mertyn und lud sich die erste Kiste auf die Schulter.
Lisbeth ergriff vorsichtig den Korb mit den Gläsern und folgte ihm auf den Hof hinaus.
Nachdem er die Werkstatttür gewissenhaft hinter ihnen geschlossen hatte, setzte Mertyn die Kiste auf dem Boden ab und trat zu einem Regal, das an der rückwärtigen Wand lehnte. Hastig räumte er die Ballen mit Rohseide von den Brettern und stapelte sie auf dem Boden auf. Dann packte er das Regal mit beiden Händen, zog es von der Wand und machte sich daran, die hölzernen Dielen vom Boden hochzuheben.
Zu Lisbeths Erstaunen kamen darunter Stufen zum Vorschein. Sie führten in einen Kellerraum hinab, den man unter dem Boden der Werkstatt ins Erdreich gegraben hatte, groß genug, dass sie ihre wertvollen Sachen darin verbergen konnten.
»Woher weißt du von diesem Versteck?«, fragte Lisbeth.

Sie arbeitete seit so vielen Jahren in dieser Werkstatt, doch von der Existenz dieses Kellers hatte sie nichts gewusst.
»Du vergisst, dass ich in diesem Haus aufgewachsen bin«, erwiderte Mertyn lächelnd. Doch es war ein angespanntes Lächeln.
Eilig schafften sie die Kisten und Körbe in den Keller, und als Mertyn die Dielen wieder an Ort und Stelle gelegt und das Regal darübergestellt hatte, konnte niemand mehr erahnen, dass sich hier ein Keller befand. Der Eingang wurde vollständig vom unteren Regalboden verdeckt. Lisbeth räumte die Rohseide wieder in das Regal und schob noch einen Korb mit leeren Spulen davor.
Ins Haus zurückgekehrt, befahl Mertyn ihr: »Jetzt geh und hol die Kinder. Zieh ihnen etwas Warmes an. Wir gehen in die Wolkenburg.«
Lisbeth erschrak. Auf den Straßen tobte der Pöbel schlimmer als zuvor. Doch Mertyn mochte recht haben, dachte sie. Die Wolkenburg war ein trutziges Gemäuer und hatte ein starkes Tor. Dort wären sie sicherer als hier – wenn sie es denn heil bis dorthin schafften.
Bevor sie gingen, rief Mertyn Mathias zu sich. »Wenn es dunkel wird, hängst du eine Laterne vor das Tor, so wie es befohlen ist«, wies er ihn an. »Sollten sie das Tor aufbrechen, so verbergt euch auf dem Dachboden. Sie sind nur auf Raub aus. Lasst sie nehmen, was sie wollen, und setzt euch nicht zur Wehr. Hier ist nichts von Wert zu holen. Ich habe bereits vor Tagen alles fortgeschafft.«
Es begann schon zu dämmern, als Mertyn sich seinen älteren Sohn auf die Schultern hob und mit Lisbeth, die den kleinen Peter in den Armen trug, in die Obermarspforte trat. Sie waren nicht die Einzigen, die danach trachteten, sich in Sicherheit zu bringen. Viele hatten ihre Wertsachen, Kleinodien und Kostbarkeiten versteckt oder vergraben

und begaben sich selbst zum Schutz in Kirchen und Klöster, wo sie hofften, vor den befürchteten Ausschreitungen sicher zu sein.

Beinahe schon hatten Mertyn und Lisbeth die Wolkenburg erreicht, als man ihnen an der Ecke zu Sankt Cäcilien den Weg vertrat.

»Was schafft ihr davon?«, fragte ein schmaler, sehniger Kerl mit verschlagenem Grinsen.

»Nichts. Wir haben nichts bei uns als die Kleidung, die wir auf dem Leib tragen«, antwortete Mertyn wahrheitsgemäß.

»Kein Geld, das du unter dem Wams verbirgst?«, fragte der Verschlagene höhnisch und riss Mertyns Mantel grob auseinander.

Der kleine Andreas schrie vor Schreck auf. Mertyn setzte ihn auf dem Boden ab, und sogleich flüchtete sich der Junge in Lisbeths Röcke.

»Nichts, wenn ich es sage!«, versicherte Mertyn und öffnete freimütig das Wams, um dem Kerl zu zeigen, dass er nicht etwa ein Geldsäckel verborgen auf der Haut trug.

»Es gibt noch andere Verstecke am Leib«, entgegnete der Verschlagene mit einem höhnischen Grinsen und deutete auf Mertyns Beinkleider.

Gehorsam machte Mertyn sich daran, die Schnürung am Latz seiner Hosen zu öffnen, und zog das Hemd heraus. Die Männer, die sich um sie scharten, hatten offensichtlich ihre Freude an dem Anblick eines feinen Herrn mit heruntergelassener Hose. Sie lachten grölend, was den Verschlagenen dazu veranlasste, seine Suche fortzusetzen.

»Und was ist hier drunter?« Mit einem raschen Hieb fegte er Mertyn das Barett vom Kopf, das dieser tief in sein Gesicht gezogen hatte.

»Das ist Ime Hofe!« Einer der Umstehenden hatte Mertyn erkannt.

»Der Ratsherr Ime Hofe?«, fragte ein anderer.
»Bist du Ime Hofe?«, fragte nun auch der Verschlagene mit gefährlich leiser Stimme.
Bitte, bitte leugne es, flehte Lisbeth stumm. Sag, du bist Gott weiß wer.
Doch Mertyn dachte nicht daran, seinen Namen zu verleugnen. »Ja, der bin ich«, antwortete er fest.
Lisbeth schloss entsetzt die Augen und schlang die Arme fester um den kleinen Peter. Dies hier würde nicht gut enden.
»Ich fresse 'nen Besen! Ein echter, lebendiger Ratsherr!« Der Verschlagene konnte seine Freude nicht verbergen. Er verschränkte die Hände auf dem Rücken und spazierte, Mertyn von oben bis unten wie ein seltenes Tier musternd, einmal um ihn herum. »Willst dich wohl verstecken, was? Tja, da hast du Pech gehabt!« Er lachte bösartig und stieß Mertyn grob in die Seite. »Dachtest wohl, so entgehst du deiner gerechten Strafe!«
So schnell, dass Lisbeth kaum eine Bewegung gesehen hatte, hatte er ein schartiges Messer vom Gürtel gezogen und richtete die breite Klinge auf Mertyns Brust.
»Lass ihn in Ruhe!«, hob sich eine gebieterische Stimme. Ein kräftiger Kerl mit auffallend vorspringender Oberlippe trat zwischen Mertyn und den Verschlagenen. »Ich kenne ihn. Im Rat gibt es beileibe wenig gute Männer. Doch dieser ist einer davon. Wenn ihr ihn erschlagt, so erwischt ihr den Falschen!«
Mertyn erkannte den Mann. Es war einer derjenigen, die damals bei der heimlichen Zusammenkunft im Krützchen das Wort geführt hatte.
Er schien unter den Männern des Haufens große Autorität zu besitzen, denn der Verschlagene knurrte enttäuscht, doch gehorsam steckte er sein Messer zurück in den

Gürtel – nicht jedoch, ohne es zuvor ein paar Mal geschickt durch die Luft wirbeln zu lassen.
Aus den Reihen der Umstehenden ertönten Rufe des Bedauerns, doch auch von ihnen wagte keiner, sich dem Mann mit der vorspringenden Lippe zu widersetzen.
Dieser bückte sich, hob Mertyns Barett vom Boden auf und reichte dem Ratsherrn seine Kopfbedeckung. »Nichts für ungut«, sagte er. »Jetzt eilt Euch, dass Ihr in Sicherheit kommt.« Grüßend tippte er an den Rand seiner Mütze.
Wortlos richtete Mertyn seine Kleidung. Dann löste er den kleinen Andreas, der sich weinend an Lisbeths Beine klammerte, aus ihren Rockfalten und hob ihn sich wieder auf die Schultern. Voller Schrecken setzten sie ihren Weg fort, und als sie endlich durch das Torhaus in den Hof der Wolkenburg traten, stiegen Lisbeth vor Erleichterung Tränen in die Augen.
Sophie stürmte auf Lisbeth zu und warf sich ihr in die Arme, kaum dass sie die Stube betreten hatten. Die Farbe in ihrem Gesicht war mittlerweile verblasst. Nur an Hals und Ohren hielt sich hartnäckig ein grüner Schimmer, doch bis sie und Godert im Frühjahr heiraten würden – wenn sich die Unruhen bis dahin gelegt hatten –, wären auch diese wohl verschwunden.
Ganz anders fiel die Begrüßung ihres Schwagers aus. »Mit eurem Kommen bringt ihr uns alle in Gefahr«, protestierte Andreas.
»Wie kannst du so herzlos sein!«, fuhr Agnes ihn entsetzt an, doch Mertyn reagierte nicht auf den Vorwurf seines Schwagers. Wortlos drückte er ihm seinen Patensohn in die Arme und rief, die Verantwortlichkeit des Hausherrn einfach übergehend, die Knechte der Wolkenburg zusammen.
Mit ruhiger Stimme wies er sie an, das Tor zum Hof von

innen mit schweren Balken zu verstärken, und machte sich daran, höchsteigen zu prüfen, ob jeder einzelne Klappladen vor den Fenstern geschlossen und verriegelt war. Dann befahl er allen Bewohnern des Hauses, auch den Knechten und dem Gesinde, sich in der Stube zu versammeln.

Man brachte Decken zum Schutz gegen die Kälte herbei, löschte das Feuer in den Kaminen und alle Öllichter. Weder Rauch noch ein Lichtschein sollte hinaus auf die Straßen dringen. Mertyn gestattete nur eine kleine Flamme, damit sie nicht in völliger Dunkelheit saßen.

Gegen neun Uhr begann das Toben. Verhalten zunächst, doch dann schwoll das Lärmen an und drang wie das Grollen eines riesigen wilden Tieres durch die geschlossenen Läden zu ihnen herein.

Das Rumoren kam näher, dann wurde kräftig gegen das Tor gehämmert, begleitet von wütenden Rufen. Sophies jüngere Schwestern Magdalena und Martha klammerten sich ängstlich an ihre Mutter, und der kleine Peter begann zu weinen. Hastig versuchte Lisbeth, ihn zu beruhigen.

Die Knechte wollten aufspringen und zum Tor eilen, doch Mertyn hielt sie zurück. »Verhaltet euch ruhig, vielleicht ziehen sie dann weiter. Das Tor ist aus starken Balken gefügt, und ich glaube nicht, dass sie schweres Gerät mit sich führen, mit dem sie es aufbrechen können.« In Gedanken setzte er hinzu: Solange sie nur kein Feuer legen.

Wieder und wieder erklang das Dröhnen der Schläge gegen das Tor. Die Erwachsenen saßen starr vor Angst, die Mädchen und ihr jüngster Bruder Lazarus hielten sich mit schreckweiten Augen die Ohren zu. Der kleine Andreas presste sich an seine Mutter, angestrengt bemüht, nicht in Tränen auszubrechen. Beruhigend strich Lisbeth ihm über den Rücken, während sie Peter im anderen Arm wiegte.

Sie musste versuchen, sich abzulenken. Es brachte nichts, sich auszumalen, was mit ihnen geschehen würde, wenn es dem Pöbel gelänge, das Tor aufzubrechen. »Lass uns ein Spiel spielen«, flüsterte sie ihrem Sohn ins Ohr und hielt ihm ihre Hand hin. »Wie viele Finger siehst du hier?«
Andreas schluckte, doch er ließ sich auf Lisbeths Ablenkungsversuch ein. Mit dem Zeigefinger tippte er gegen jeden einzelnen von Lisbeths ausgestreckten Fingern. »Eins – zwei – drei«, zählte er. »Drei! Das war aber einfach, Mama!«
»Scht!«, machte Lisbeth. »Das ist richtig, es sind drei Finger«, lobte sie. »Aber sag es nicht so laut. Wir müssen flüstern. Und wie viele sind es jetzt?«
Ein heftiger Schlag gegen den Klappladen vor dem Fenster der Stube ließ alle zusammenfahren. Von der Straße erklang jubelndes Grölen.
»Ein Stein. Sie haben nur einen Stein geworfen«, sagte Mertyn. »Das hilft ihnen nicht. Der richtete keinen Schaden an.«
Noch einmal donnerte ein Schlag gegen den Laden, begleitet von frenetischem Jubel, dann ebbte das Grölen ab, und auch die Schläge gegen das Tor verstummten. Die Angreifer waren weitergezogen, zu einem anderen Tor, das sich mit etwas Glück leichter überwinden ließ.
Für eine kurze Weile konnten die Bangenden in der Stube aufatmen. Doch die Ruhe währte nicht lang, bis andere Plünderer herbeidrängten. Es erschien Lisbeth, als hätte sie nie eine längere Nacht erlebt. Stunde um Stunde harrten sie aus, und wie sie all die anderen Bürger der Stadt in ihren Häusern.
Die ganze Nacht hindurch erschollen aufgeregte Rufe, donnerten Schläge gegen das Holz, doch das schwere Tor widerstand den Angriffen, bis endlich in den frühen Mor-

genstunden der Schwung des Pöbels erlahmte und sich das Rasen legte.

Erschöpft verließen Lisbeth und ihre Familie mit den Bewohnern der Wolkenburg die Stube, und Lisbeth und Agnes kümmerten sich darum, ein frühes Morgenmahl zu bereiten. Doch niemand verspürte rechten Appetit auf eine ausgiebige Mahlzeit. Diese fürchterliche Nacht war vorbeigegangen, doch der Schrecken war noch nicht vorüber.

Am frühen Vormittag – man saß immer noch zu Tisch, denn niemand mochte an seine Arbeit gehen – machte sich Mathias, Mertyns Kaufmannsknecht, durch Rufen am Tor bemerkbar. Er brachte schlechte Nachrichten: Die Plünderer waren ins Haus Zur Roten Tür eingedrungen. Ihm, der Köchin und den Mägden war nichts geschehen, aber die Räume im Erdgeschoss waren durchwühlt worden. Viel hatten die Plünderer nicht davongetragen, und es war nur wenig Mobiliar zerschlagen, aber die Aufrührer hatten ein fürchterliches Durcheinander hinterlassen.

Das waren jedoch nicht die schlimmsten Neuigkeiten, die Mathias brachte. Soeben war im Haus Zur Roten Tür die Nachricht eingetroffen, dass der Zunftausschuss sämtliche Ratsherren, somit auch Mertyn, in das Haus Quattermarkt befahl, damit sie sich für ihre Vergehen verantworteten.

Lisbeth wich die Farbe aus dem Gesicht. »Nein«, presste sie hervor.

Doch Mertyn schien gefasst, als er sich vom Tisch erhob. »Bring mir Mantel und Hut«, befahl er.

»Du darfst nicht zum Quattermarkt gehen!« Lisbeths Stimme klang schrill vor Entsetzen. »Das kannst du nicht tun! Sie werden dich in den Turm bringen. Wer weiß, was sie mit dir …«

»Ich muss gehen«, entgegnete Mertyn ruhig. »Das ist keine Einladung, das ist ein Befehl. Wenn ich nicht gehe, dann kommen sie und holen mich. Da ist es mir lieber, ich stelle mich, aufrecht und mit der Würde, die einem Ratsherrn zukommt. Ich habe mir nichts zuschulden kommen lassen, dessen ich mich schämen müsste.« Leiser fügte er hinzu: »Obwohl ich mich inzwischen dafür schäme, diesem Rat anzugehören.«

Lisbeth wollte davon nichts hören. »Du musst fliehen!«, rief sie aufgebracht. »Es muss doch einen Weg aus der Stadt hinaus geben!«

Mertyn schüttelte den Kopf. Behutsam legte er den Arm um Lisbeths Schultern und führte sie ein Stück vom Tisch fort. »Hör zu«, flüsterte er, »bleib vorerst hier in der Wolkenburg. Wenn mir etwas zustößt und ich nicht zurückkomme …«

»Du musst zurückkommen!« Mit einem Schluchzen warf Lisbeth sich ihm an die Brust.

Mertyn fasste sie an den Armen und hielt sie ein Stück von sich weg, um ihr in die Augen blicken zu können. »Hör mir zu, es ist wichtig! Wenn ich nicht zurückkehre«, wiederholte er, »bleib nur so lange wie eben nötig hier. Kümmer dich nicht um die Geschäfte, sondern nimm das Geld und deinen Schmuck und verlasse so schnell wie möglich mit den Jungen die Stadt. Geh nach Antwerpen. Sobald die Schiffe im Frühjahr wieder fahren, wird Hans Her dir helfen, von dort nach Valencia zu deiner Mutter zu reisen. Versprich mir das!«

Lisbeth schluckte und biss sich auf die Lippe.

»Versprich es mir!«, drängte er.

Lisbeth nickte gehorsam.

»Ich bin stolz, ein Weib wie dich zu haben«, flüsterte Mertyn und küsste sie sanft auf die Lippen. »Leb wohl!«

Lisbeth presste sich an ihn und erwiderte leidenschaftlich seinen Kuss. Tränen liefen ihr über das Gesicht, und ein dicker Kloß verschloss ihr die Kehle. Sie vermochte es nicht, Mertyns Abschiedsgruß zu erwidern.

Ein letztes Mal drückte er sie fest an sich, dann entwand er sich Lisbeths Armen und beugte sich zu dem kleinen Andreas hinab. Fest blickte er seinen Sohn an. »Sei ein gehorsamer Junge und versprich mir, dass du deiner Mutter nur Freude bereitest«, forderte er.

Andreas verstand nicht, was das Weinen der Mutter bedeutete, doch er spürte den Ernst in den Worten seines Vaters. Seine Augen schwammen in Tränen. Ernsthaft nickte er.

Mertyn küsste ihn zum Abschied auf den Scheitel und strich ein letztes Mal über die Wange des kleinen Peter. Gefasst grüßte er Schwager und Schwägerin und folgte Mathias hinaus.

Lisbeth war es unmöglich, sich wieder zu den anderen an den Tisch zu setzen. Ihr war mit einem Mal schrecklich kalt. Ein heftiges Zittern ergriff sie, und sie fasste haltsuchend nach der Kante des Tisches.

Agnes sprang herbei, um ihre Schwester zu stützen. Hastig wies sie die Mägde an, für Lisbeth einen starken Würzwein zu bereiten, dann nahm sie Lisbeths Jüngsten auf den Arm, fasste ihre Schwester um die Schultern, und, gefolgt vom kleinen Andreas, geleitete sie Lisbeth hinauf in eine der Kammern.

Fürsorglich drängte Agnes Lisbeth auf die Bettstatt und breitete ein wärmendes Federbett über sie. Andreas kroch zu seiner Mutter unter die Decke, und Agnes legte ihr den kleinen Peter in den Arm. Vergeblich suchte sie nach Worten des Trostes für ihre Schwester. Doch was sagte man einer Frau, der das Schicksal im Begriff war, auf so grausame und ungerechte Weise den Mann zu nehmen? »Kann ich etwas für dich tun?«, fragte sie daher schlicht. Doch ihre Worte erreichten Lisbeth nicht. Mitfühlend strich sie Lisbeth über die Wange, dann überließ sie die Schwester ihrem Kummer.

Stumm starrte Lisbeth an die getünchte Decke der Kammer. Doch ihre Augen sahen nichts als das entschlossene Gesicht ihres Mannes, als er die Stube der Wolkenburg verließ. Was würde mit ihm geschehen, fragte sie sich bang und krampfte die Hände zu Fäusten. Würde sie ihn lebend wiedersehen?

Sie hatte wenig Vertrauen, dass der Ausschuss danach fragen würde, welcher Ratsherr sich etwas hatte zuschulden kommen lassen und welcher nicht. Viel wahrscheinlicher war es, dass er die Ratsherren samt und sonders dem Pöbel ausliefern würde, der die Herrschaft in den Straßen übernommen hatte, damit dieser seine Mordlust an ihnen abreagiere und die Stadt endlich wieder zur Ruhe finden würde.

Und wenn es nach dem Willen des Pöbels ginge, so würden alle Mitglieder des Rates – schuldig oder nicht – ohne Unterschied sogleich erschlagen oder an den nächsten Galgen geknüpft. Lisbeth schlug die Hände vor die Augen, um die Bilder zu vertreiben, die sich ihr aufdrängten: Mertyn im Turm eingekerkert, Mertyn, wie sie ihn peinlich befragten, wie sie ihn dann zum Richtplatz führten …

»Lieber Gott«, betete sie verzweifelt. »Steh ihm bei! Mach, dass er zurückkommt!«

Und wenn nicht? Lisbeth wagte es kaum, den Gedanken zu Ende zu denken. Sie konnte sich das Leben ohne Mertyn nicht vorstellen. Nicht mehr des Morgens neben ihm zu erwachen, ihn nicht den Tag über geschäftig in seinem Kontor zu wissen. Nicht mehr zu sehen, wie er Andreas die Welt erklärte, so wie er einst in Kindertagen mit unerschöpflicher Geduld alle ihre Fragen beantwortet hatte.

Die Vorstellung, dass es Mertyn nun vielleicht nicht mehr vergönnt war, zu erleben, wie seine Söhne aufwuchsen und zu Männern reiften, versetzte ihr einen schmerzhaften Stich. Mehr als einmal hatte er vorausgesagt, dass aus Andreas einmal ein großer Kaufmann würde und Peter ihm einst in den Rat der Stadt nachfolgen würde.
Lisbeth presste die Hand auf den Mund und unterdrückte einen lauten Schluchzer. Die Kinder waren nach der unruhigen Nacht erschöpft eingeschlafen, und sie wollte nicht, dass sie aufwachten. Hastig stopfte sie sich den Zipfel eines Kissens in den Mund und weinte still in die Laken.
Sie spürte noch Mertyns letzte Umarmung auf der Haut. Nie wieder würde er sie zärtlich berühren! Die Vorstellung schnürte ihr die Kehle zu, und die Tränen rannen über ihr Gesicht. Wie sehr sehnte sie sich gerade jetzt danach, dass Mertyn sie in den Arm nahm, sie wiegte wie ein Kind und ihr versicherte, dass alles gut würde.
Aber nichts würde gut werden, auch für sie und die Kinder nicht, wenn Mertyn nicht zurückkäme. Man würde ihr alles nehmen, das Haus und das Geld, denn gewöhnlich wurde das Vermögen eines Verurteilten eingezogen, und den Angehörigen blieb nur das Elend.
Wie schnell würden die Stadtwachen handeln, fragte Lisbeth sich bang. Bliebe ihr genug Zeit, das Geld aus dem Versteck zu holen und die Stadt zu verlassen? Und sollte sie dann nach Valencia zu ihrer Mutter reisen, wie sie Mertyn versprochen hatte? Es wäre wohl das Beste …
Nein! Energisch schob Lisbeth diesen Gedanken von sich. So weit wollte sie jetzt noch nicht denken, denn noch bestand Hoffnung. Wenn es eine gerechte Befragung geben würde, dann würde vielleicht alles gut werden. Wie eine Ertrinkende klammerte Lisbeth sich an diesen Gedanken. Im Zunftausschuss saßen auch einige vernünftige Männer.

Viele davon kannten Mertyn und wussten, dass er ein aufrechter Mann war. Sie würden nicht zulassen, dass man ihn verurteilte. Wenn es doch nur um den Zunftausschuss ginge!
Ihr blieb nichts als quälendes Warten. Die Minuten zogen sich zu Stunden voller nagender Ungewissheit. Doch solange keine schlechten Nachrichten eintrafen, blieb ihr wenigstens die Hoffnung.

Am Haus zum Quattermarkt war kaum ein Durchkommen. Scharen bewaffneter Zunftgenossen hatten sich auf dem Platz vor dem Haus postiert und versuchten, den Pöbel zurückzuhalten. Für die Ratsherren, die der Aufforderung des Zunftausschusses gefolgt waren, geriet es zum reinen Spießrutenlaufen, den Quattermarkt zu überqueren und in das Haus zu gelangen. Kaum einer von ihnen, der nicht mindestens einen unsanften Hieb erhielt, und nur den Zünftigen war es zu verdanken, dass die gnädigen Herren es heil bis in den Saal hineinschafften.
Es waren nicht alle Ratsherren gekommen, stellte Mertyn mit einem Blick in die Runde fest. Natürlich nicht. Manch einer, den er noch am Vortag im Rathaus gesehen hatte, mochte sich nun in seinem Haus oder einem geheimen Gelass verbergen. Aus der Stadt hinaus hatte man sicher keinen von ihnen gelassen.
Oben und unten schienen sich verkehrt zu haben, dachte Mertyn, während sich der Zunftmeister des Wollenamtes Ruhe im Saal verschaffte. Hier standen sie nun, die vordem so stolzen Ratsherren, wie ein Häufchen Elender zusammengedrängt, bewacht von einer Schar Schwerbewaffneter, um sich vor dem Ausschuss der Zünfte für ihre Taten zu rechtfertigen.
Jetzt zeigte sich deutlich, aus welchem Holz jeder Einzelne

von ihnen geschnitzt war. Einige seiner Amtskollegen wie Rheidt, Oldendorp und Berchem standen aufrecht und in furchtloser Würde, während andere vor Angst zitterten, die Hände rangen oder gänzlich in sich zusammengesackt waren. Dietrich Spitz, der Fuchs, war gar nicht erst erschienen.

Gespannte Stille breitete sich im Saal aus, als der Zunftmeister des Wollenamtes das Wort erhob. »Wir erklären Euch alle Eures Amtes für enthoben!«, verkündete er. »Jeder Einzelne von Euch hat sich nun seiner Taten zu verantworten. Rentmeister Johann van Berchem!«

Aufrecht, mit starrem Blick, trat van Berchem nach vorn.

»Euch wird zur Last gelegt, in der Rentenkammer schweres Geld angenommen und dafür leichtes ausgegeben zu haben.«

Mit lautem Murren taten die Zunftgenossen ihren Unmut kund. Eine Münze hatte aus genau der Menge an Silber oder Kupfer zu bestehen, die dem ihr aufgeprägten Wert entsprach. Sie musste folglich ein bestimmtes Gewicht haben. In der Rentkammer waren jedoch Münzen ausgegeben worden, die leichter gewesen waren als vorgeschrieben und somit von geringerem Wert. Was mit dem unterschlagenen Edelmetall geschehen war, hatte sich nicht feststellen lassen. Man konnte es nur vermuten. Das war schlichter Betrug!

»Habt Ihr Euch dazu zu äußern?«, fragte der Zunftmeister des Wollenamtes streng.

»Das ist blanker Unsinn!«, wies van Berchem den Vorwurf brüsk zurück. »Wenn so etwas in der Rentkammer geschehen sein soll, dann weiß ich nichts davon. Ich habe mich nicht selbst in die Stube gesetzt und das Geld abgewogen!«

Der Hochmut des Rentmeisters schien trotz seiner schmachvollen Rolle als Beschuldigter vor dem Zunftausschuss nicht gelitten zu haben.

»Vielleicht hättet Ihr gut daran getan! Als Rentmeister seid Ihr dafür verantwortlich, was in der Rentkammer geschieht, ob Ihr selbst vor Ort seid oder nicht!«, belehrte ihn der Zunftmeister, bevor er zum nächsten Punkt auf der Liste der Vergehen kam: »Des Weiteren werfen wir Euch vor, dass Ihr Eurem Neffen Feugeler den Posten des städtischen Schwertträgers zugeschanzt habt.«
Abermals ertönte ein Murren seitens der Zunftgenossen.
»Zugeschanzt!«, schnaubte der Rentmeister. »Der Posten des Schwertträgers ist eine unehrliche Stellung. Wenn sich ein ehrlicher Mann dazu bereit erklärt, dieses Amt zu übernehmen, so ist das ein Glück für die Stadt. Wir hätten keinen besseren bekommen können.«
»Eine unehrliche Stellung, ja«, stimmte der Zunftmeister des Wollenamtes zu. »Aber eine, die mit erheblichen Einkünften versehen ist!«
»Ist das alles, was Ihr gegen mich vorzubringen habt? Nun, mir scheint, Ihr habt Euer Urteil längst gefällt«, entgegnete van Berchem. »So ist also der Pelz bereits mit mir verkauft!«
»Nicht wir, sondern die Schöffen werden ihr Urteil über Euch fällen«, berichtigte der Zunftmeister des Wollenamtes, ohne eine Miene zu verziehen. »Bis dahin werdet Ihr in den Turm gebracht.«
Als Nächsten rief man Bürgermeister Johann von Rheidt auf. Ihm legte man zur Last, er habe sich für gewisse Amtshandlungen oder dafür, dass er Aufträge im Namen der Stadt an bestimmte Leute vergeben hatte, Geld, Lebensmittel und Kleiderstoffe schenken lassen. Die Liste seiner Vergehen war lang, doch anders als van Berchem äußerte er sich zu keinem dieser Vorwürfe.
»Nun, Ihr werdet dazu schon noch Rede und Antwort stehen, wenn der Greve Euch befragt«, beschied ihm der

Zunftmeister des Wollenamtes. »Bis dahin werdet auch Ihr in den Turm verbracht.«
Nach von Rheidt nahmen sich die Zunftgenossen Johann von Oldendorp vor, den zweiten Bürgermeister. Gegen ihn hatten sie keine konkreten Vergehen vorzubringen. Ganz allgemein beschuldigten sie ihn daher, die Bestimmungen des Verbundbriefes missachtet und sich der Schädigung des gemeinen Gutes schuldig gemacht zu haben.
In aufrechter Haltung, den Blick aufmerksam auf den Zunftmeister des Wollenamtes gerichtet, lauschte von Oldendorp der Anklage. Seine Miene ließ weder Furcht noch Zorn erkennen. Mit einer kleinen würdevollen Verbeugung nahm er den Spruch hin, als man auch ihm verkündete, man werde ihn in den Turm bringen.
Mertyn hoffte inständig, auch er selbst würde seine Würde zu wahren vermögen, wenn die Reihe an ihm wäre. Wenn schon einem so rechtschaffenen Mann wie von Oldendorp keine Gerechtigkeit wiederfuhr, dann war dies hier eine Farce, und die Urteile waren längst über sie gesprochen, dachte er und spürte, wie eine kalte Angst von ihm Besitz ergriff. Dann würde es für keinen von ihnen Gnade geben.
Mit Bernhard Eys, Jakob Spelz und Eberhard Kols, welche die Kirchenhoheit von Sankt Maria verletzt hatten, fuhr man fort. Einer nach dem andern traten Mertyns Ratskollegen vor, um sich die Vergehen, derer man sie für schuldig befand, anzuhören. »In den Turm!«, lautete das Urteil jedes Mal. »In den Turm, bis man Euch dem Greven zur Befragung überstellt!«
Befragung, das bedeutete die Folter. Sie alle würden ihre Taten gestehen, mochten sie jetzt auch noch lautstark protestieren, dachte Mertyn resigniert, und eine Woge aus Angst schlug über ihm zusammen. Er vermochte den An-

klagen nicht länger zu folgen. »In den Turm. In den Turm.« Nur mehr schwach, wie durch dichten Nebel gedämpft, drangen die Worte des Zunftmeisters an sein Ohr.
»Mertyn Ime Hofe!« Wie der Stoß eines Dolches zerschnitt sein Name jäh den Nebel, der Mertyn umgab. Mit zitternden Knien trat er nach vorn.

Seit Stunden drehten Lisbeths Gedanken sich im Kreis, wechselten zwischen Hoffen und Bangen und verschwammen mit dem fahlen Licht, das durch ein schmales Fenster in die Kammer fiel, zu einem einzigen, trostlosen Brei.
Gegen Mittag hatte Sophie den Kopf zur Tür hereingesteckt. »Möchtest du zum Essen kommen, oder soll ich dir etwas heraufbringen?«
»Danke, mein Kind«, hatte Lisbeth abwesend geantwortet. »Ich bin nicht hungrig.«
»Soll ich dir Gesellschaft leisten?«
»Nein, Sophie. Das ist lieb von dir, aber lass mich noch ein Weilchen allein, ja?«
Unschlüssig war Sophie in der Tür stehen geblieben. »Es wird alles gut werden, Tante Lisbeth. Er kommt zurück, du wirst sehen«, hatte sie versichert. Doch in ihren Augen hatten Tränen geglitzert – auch sie hatte ihre Sorge um Mertyn nicht verbergen können.
»Ja, das wird er bestimmt«, hatte Lisbeth matt geantwortet.
Wenig drauf hatte Sophie ihnen einen Krug Wasser und frisch gebackenes Brot in die Kammer hinaufgebracht, doch während Andreas hungrig davon aß und Peter an einem knusprigen Kanten nagte, hatte Lisbeth es nicht vermocht, auch nur einen Bissen zu essen. Als Sophies Schritte auf dem Flur verklungen waren, war sie aufs Neue in dem Grau aus Hoffen und Bangen versunken.

Früh kroch die Dämmerung aus den Ecken der Kammer, doch Lisbeth hatte nicht die Kraft, ein Licht zu entzünden. Wenn ihr die Nacht zuvor bereits schrecklich und unendlich lang erschienen war, so war sie ein Nichts gegen diesen Dreikönigstag.
Am späten Nachmittag klopfte es energisch an das Tor. Das Hämmern drang bis in ihre Kammer hinauf, weckte die Jungen auf und riss Lisbeth aus ihrer Düsternis. Nun war es so weit, schoss es Lisbeth durch den Kopf. Nun kamen sie, um es ihr zu sagen!
Sie hörte die eiligen Schritte auf der Treppe, das Pochen gegen ihre Tür, dann die Stimme ihrer Schwester: »Lisbeth, du solltest herunterkommen!«
Wie gelähmt verharrte Lisbeth auf der Bettstatt. Nein! Das war alles, was sie denken konnte. Nein! Sie wollte es nicht hören. Es war nicht geschehen. Es durfte nicht sein!
Der kleine Andreas sprang auf, um die Tür zu öffnen, doch Lisbeth hielt ihn zurück. Er sollte es nicht auf diese Weise erfahren. Sie selbst würde ihm sagen, dass sein Vater nicht zurückgekehrt war. Sie würde versuchen, es ihm zu erklären, später, wenn sie es verstanden hatte.
Unendlich langsam erhob Lisbeth sich von ihrer Bettstatt und öffnete die Tür.
»Lisbeth, du solltest herunterkommen«, wiederholte Agnes. »Mertyn ist zurück!«
Ein Schluchzen der Erleichterung entfuhr Lisbeths Kehle. Tränenblind hastete sie die Treppe hinab. Mertyn stand neben dem steinernen Lavacrum in der Halle, wächsern im Gesicht, doch augenscheinlich unversehrt! Der Herrgott hatte ihr Flehen erhört!
Überwältigt von dem plötzlichen Wechsel von abgrundtiefer Angst zu unfassbarer Freude, warf Lisbeth sich ihrem Gemahl, lachend und weinend zugleich, in die Arme.

Wieder und wieder musste sie ihn fest an sich drücken, um sicherzugehen, dass sie nicht träumte, dass ihr die Sinne, vernebelt durch die Stunden des Bangens, keinen Streich spielten und sie Mertyn tatsächlich in den Armen hielt.

»Der Ausschuss hatte eine Menge Klagepunkte gesammelt, die sie jedem Einzelnen von uns zur Last legten«, berichtete Mertyn später, als man in der Stube der Wolkenburg zu Tisch saß. In knappen Worten schilderte er, was sich in dem Hause Quattermarkt zugetragen hatte. Er wirkte matt und entkräftet. Dieser Tag war nicht vorbeigegangen, ohne bei ihm Spuren zu hinterlassen.

»Mich und einige andere, denen sie nichts vorzuwerfen hatten, ließen sie gehen und versicherten, dass wir vor weiterer Belästigung und Verfolgung sicher seien. Die anderen dagegen wurden in den Turm gebracht. Nur mit Johann von Oldendorp machen sie einen bitteren Fehler!« Müde strich Mertyn sich mit der Hand über das Gesicht. Die Erschütterung darüber war ihm deutlich anzumerken.

»Er ist ein anständiger Mann, das wissen die Herren vom Zunftausschuss sicher auch. Doch der Pöbel würde es ihnen nicht nachsehen, wenn sie bei einem Bürgermeister Milde walten ließen. Deshalb hat er wohl wenig Gerechtigkeit zu erwarten«, schloss er.

»Es ist unfassbar!«, empörte Andreas sich. »Da erheben sich ein paar wildgewordene Handwerker, erdreisten sich, eine Regierung zu bilden, und maßen sich an, über ordentliche Ratsherren, die aus angesehenen Familien stammen – zumindest die meisten von ihnen –, zu Gericht zu sitzen!«

Bedächtig wiegte Mertyn den Kopf. »In gewisser Weise hast du recht. Aber der Rat hat sich in den vergangenen Jahren nicht eben durch Rechtschaffenheit und weise Geschäftsführung ausgezeichnet.«

»Sag nur, du heißt es auch noch gut, was dieser Pöbel da veranstaltet!«, rief sein Schwager aufgebracht.
»Natürlich nicht. Aber vielleicht ist es der einzige Weg, endlich einen Rat zu bekommen, der wirklich im Sinne der Bürger handelt.«
»Indem man alle alten Ratsherren aufknüpft!«
»Bei Gott! Nein! In meinen Augen würde der Gerechtigkeit Genüge getan, wenn man die Schuldigen ihres Amtes entheben und sie mit Geldstrafen belegen würde. Der eine oder andere mag vielleicht Schlimmeres verdient haben. Doch ich fürchte, für milde Strafen ist es jetzt zu spät. Dazu haben wir es zu weit kommen lassen.«

Am nächsten Morgen machten Mertyn und Lisbeth sich mit Hilfe von Mathias und den Mägden im Haus Zur Roten Tür daran, die Verwüstungen, die der Pöbel angerichtet hatte, zu beseitigen. In der Küche fehlten zwar einige Töpfe und Tiegel und die meisten Lebensmittel aus der Speisekammer, doch viel hatten die Plünderer nicht davongetragen. Gewissenhaft waren sie bei ihrer Suche nicht vorgegangen. Bis in die oberen Geschosse des Hauses und zur Werkstatt waren sie zum Glück nicht gelangt, wohl aber in Mertyns Kontor, wo sie einen Teil der Folianten aus den Regalen gerissen und auf dem Boden verstreut hatten.
In der Stube hatten sie ihre Wut darüber, nichts von Wert vorgefunden zu haben, ausgelassen. Den Tisch hatten sie umgestürzt, einige der Stühle zerschlagen und das Regal mit den Trinkbechern von der Wand gerissen. Die farbigen Kissen, die zuvor die Bank geziert hatten und die von Lisbeth und Katryn in jahrelanger Arbeit bestickt worden waren, hatten sie aufgeschlitzt, und die Federn fanden sich im ganzen Raum verteilt. Doch hier hatten die Mägde die größte Unordnung bereits beseitigt.

Wie im Haus Zur Roten Tür gingen die Bürger in der ganzen Stadt daran, die Verwüstungen an Häusern und Gärten zu beheben, reparierten zerbrochene Türen und ersetzten eingeschlagene Fenster.
Auch der Zunftausschuss auf dem Quattermarkt beeilte sich, Ordnung zu schaffen und der Stadt eine neue Regierung zu geben, damit alsbald wieder Ruhe und Frieden einkehre. Daher waren schon früh an diesem Morgen die alten Ratsherren, sowohl die eingekerkerten als auch die freigelassenen, durch neue ersetzt worden. Gegen elf Uhr führte man die Neugewählten in die Ratskammer, wo sie Gerhard vom Wasserfasse und Johann Rinck zu neuen Bürgermeistern wählten, und bereits zu Mittag versammelte sich der neue Rat zu seinem ersten Mahl im Rathaus.
Als Beweis dafür, dass er beabsichtige, die Belange der Stadt in Übereinstimmung mit dem Wunsch des Volkes zu vertreten, befahl der neue Rat, nach denjenigen der alten Ratsherren, die sich nicht dem Zunftausschuss auf dem Quattermarkt gestellt hatten, zu fahnden und sie zu ergreifen, falls nötig, sogar an geweihten Orten und in geistlichen Hoheitsgebieten. Sobald man die flüchtigen Ratsherren gefasst und in den Turm gesperrt hatte, begannen im Keller des Greven Johann Edelkind die Verhöre.
Den Fuchs traf es als Ersten. Man hatte ihn im Kloster zu den weißen Frauen verhaftet, mit herabgelassenen Hosen auf der Latrine hockend. All seine Schläue hatte Dietrich Spitz nicht helfen können.
Früh am Morgen des zehnten Januar gestand er unter der Folter seine Vergehen. Nicht nur, dass er beim Eindringen in das Hoheitsgebiet von Sankt Maria Rädelsführer gewesen war, sondern auch, dass er sich zahlreiche andere Missetaten hatte zuschulden kommen lassen, die den Bürgern

und der Stadtkasse zu erheblichem Schaden gereichten. Dass der Fuchs auf einem städtischen Grundstück seinen privaten Hopfengarten angelegt hatte, war darunter das bei weitem Harmloseste.

Spitz gab zu, dass er für seine Vergehen den Tod verdient habe, und die Schöffen fällten ihr Urteil rasch.

Auf dem Heumarkt, gegenüber dem Sassenhof, hatte man ein Gesteiger errichtet, das Podest alsdann mit Sand bedeckt und mit schwarzen Tüchern behangen. Die Zünfte hatten sich bewaffnet, und eine große Menge Volkes war zusammengeströmt, um seinen Blutdurst zu stillen und Zeuge zu werden, wie der Fuchs seine gerechte Strafe erhielt.

Eine Gruppe Bewaffneter bahnte sich ihren Weg durch die johlende Menge und eskortierte Spitz zu dem Gerüst, wo man inmitten von brennenden Kerzen bereits einen Sarg für seinen Leichnam bereitgestellt hatte. Der Anblick des Sarges nahm dem Fuchs die wenige Kraft, die ihm nach der Folter geblieben war. Er strauchelte, und man musste ihn die Stufen zum Gesteiger hinaufhelfen.

Spitz erhielt die Sterbesakramente, und bleich vor Angst bat der dem Tode Geweihte die Gemeinde darum, für ihn zu beten. Dann kniete er nieder, man verband ihm die Augen, und Schwertträger Feugeler hob sein Schwert. Die Menge verstummte und hielt den Atem an.

Die Unerfahrenheit in seinem Geschäft trachtete Feugeler mit Kraft auszugleichen. Mit schwungvollem Hieb trennte er Spitz den Kopf vom Rumpf. Jubel ertönte, um sogleich wieder vor Grausen zu verstummen: Feugeler hatte es mit der Wucht des Hiebes wohl übertrieben, denn der Kopf des Fuchses rollte unaufhaltsam über den ganzen Gesteiger und fiel an seinem Ende vom Gerüst herab in die Menge.

Unbedacht packte ein Fassbinder das Haupt des Getöteten und warf es zurück auf das Podest. Mitsamt seinem Kopf wurde der Leichnam von Dietrich Spitz in den Sarg gelegt und auf dem Kirchhof von Sankt Martin beerdigt.
Dem Fassbinder sollte seine unüberlegte Tat zum Verhängnis werden. Er hatte in die Arbeit des Henkers eingegriffen und war damit gleich diesem unehrlich geworden. Tags drauf schloss man ihn dafür aus seiner Zunft aus.
Rat und Zünften wäre es mit der Hinrichtung des Fuchses genug des Blutvergießens gewesen, doch der Pöbel, der immer noch die Stadt terrorisierte, verlangte nach weiteren Sühneopfern.
Zur Fortsetzung des blutigen Geschäftes wurde daher am nächsten Morgen auf dem Flachskaufhaus die Folterbank aufgestellt und als Erster Rentmeister Johann van Berchem peinlich befragt. Auch er war geständig und bat einzig um eine ehrenvolle Hinrichtung.
Nachdem er die Nacht im Keller des Greven verbracht hatte, wurde er am andern Morgen vor das hohe Gericht geführt und an den blauen Stein gestoßen. Unter starker Bewachung geleitete man ihn daraufhin zum Heumarkt.
Anders als der Fuchs, stieg der Rentmeister würdevoll auf das Blutgerüst. In ein reichbesticktes, seidenes Wams und den scharlachroten Mantel des kölnischen Bürgermeisters, des Amtes, das er fünf Mal innegehabt hatte, gekleidet, bot er noch immer eine imposante Erscheinung. Die Folter hatte den stattlichen, hochgewachsenen Mann nicht wesentlich geschwächt.
An dem Gesteiger hatte man inzwischen ein Geländer angebracht, damit sich das grausige Schauspiel vom vorvergangenen Tag nicht wiederholen und noch einmal ein Kopf vom Blutgerüst hinunterrollen konnte. Doch die Hinrichtung des Johann van Berchem folgte ihrer eigenen Tragik,

denn man hatte auch ihm zugestanden, dass er nicht mit dem Schwert des gemeinen Henkers, sondern vom Stadtschwertträger enthauptet würde.
Kaum hatte van Berchem das Podest erklommen, als Feugeler zu ihm trat, just jener Neffe, dem er zu seinem Amt verholfen hatte. Was dem Rentmeister zuvor zum Verhängnis geworden war, geriet ihm nun zum Grauen.
»Herr Gevatter, verzeiht mir«, sprach der Stadtschwertträger mit Tränen in den Augen, und die Umstehenden spitzten die Ohren. »Dass ich dies tun muss, tut mir herzlich leid.«
Mit fester Stimme antwortete Berchem: »Tu du nur, was dir befohlen ist.« Er kniete nieder, ordnete die Falten seines Umhangs und machte sich bereit, den tötenden Streich zu empfangen.
Feugeler jedoch zog zunächst sein Schnupftuch, um sich die Tränen fortzuwischen, bevor er das Richtschwert ergriff. Ihn hatte aller Mut verlassen. Endlich hob er das Schwert zum Streich, doch seinem Hieb fehlte die Kraft. Es gelang ihm nicht, seinem Gevatter mit einem Schlag das Haupt abzutrennen.
Die Menge stöhnte entsetzt auf. Das war wahrlich ein böses Omen!
Der Henker, der bei Feugeler gestanden hatte, sprang hastig herbei und trennte Berchems Kopf vollständig vom Leib.
Zur Stunde noch trug man den Leichnam des Johann van Berchem in der Kirche des Gertrudenklosters am Neumarkt zu Grabe.
Das Haupt des Bürgermeisters Johann von Rheidt fiel am nächsten Tag. Auch das Flehen seiner Gemahlin, die um ihrer sieben Kinder willen den Zunftausschuss fußfällig um Gnade für sein Leben gebeten hatte, hatte ihn nicht

retten können. Nur wenige Stunden später folgte ihm Johann von Oldendorp, der zweite Bürgermeister, in den Tod.

Drei Tage ruhte das Schwert, dann ließen vier weitere Ratsherren ihr Leben. Die Urteilssprüche kamen eher einem Akt der Rache gleich, als sühnender Gerechtigkeit.

Mit den restlichen Ratsherren verfuhr man gnädiger: Heinrich Benrath wurde in den Kax gesperrt, jenen Käfig auf dem Neumarkt, wo er dem allgemeinen Spott und der Belustigung des Volkes preisgegeben und danach mit Ruten aus der Stadt getrieben wurde.

Anderen erlegte man Geldstrafen auf.

Als der Blutdurst des Pöbels endlich gestillt war, feierten die Bürger mit einer pompösen Prozession, die in einem festlichen Dankgottesdienst gipfelte, das Ende der Aufstände. Inständig baten sie ihren Herrn und Schöpfer, dass nun wieder Ruhe und Frieden in der Stadt einkehren mögen.

23. Kapitel

Als Lisbeth in die Gasse Unter Seidmacher einbog, wehte ihr vom Rhein herauf ein eiskalter Novemberwind entgegen, der sogar die Fluten des Rheins hatte zufrieren lassen. Doch es war ein klarer Wind, der den Duft der Veränderung in sich trug.

Ganz so bald, wie die Bürger es erfleht hatten, hatte sich der Pöbel nicht beruhigen wollen. Lange Zeit noch hatte des Nachts Unruhe auf den Straßen geherrscht, und kein ehrbarer Bürger hatte sich zur Abendzeit hinausgewagt, aus Angst, geschlagen oder beraubt zu werden. Erst im März, als die neuen Ratsherren in einer Morgensprache sechs Herren zu Gewaltmeistern ernannten, die des Nachts in den Straßen für Sicherheit sorgten, hatte die Lage sich allmählich zu bessern begonnen.

Bald ein Jahr war nun vergangen, seit die Steinmetzen mit ihrer Schlägerei den Stein ins Rollen gebracht hatten, der einer Lawine gleich den Filz und die Missstände in der städtischen Regierung hinweggefegt hatte. Im Bemühen, der Stadt eine gerechte Führung zu geben, hatte der neue Rat viele Gesetze erlassen, und endlich waren wirklich Ruhe und Frieden eingezogen.

Als Lisbeth das Elnersche Haus erreicht hatte, hielt sie kurz inne und atmete tief die kalte Luft ein, um das beklemmende Gefühl zu vertreiben, das sie mit einem Mal ergriffen hatte. Dann erst öffnete sie die Tür und trat in den Flur. Seit jenem grauenvollen Martinsmorgen vor nunmehr zwei Jahren, als sie Grete und Mettel tot an ihrem Tisch in der Stube sitzend vorgefunden hatte, hatte sie das Haus nicht mehr betreten.

Das Haus und die Werkstatt standen seither leer. Jedermann wusste wohl, dass es kein Geist gewesen war, der die alte Mettel ins Geckenhaus gebracht hatte, doch dieser Vorfall und der grausige Tod seiner Bewohnerinnen hatten dafür gesorgt, dass dem Haus ein Fluch angedichtet wurde, der an ihm klebte wie Pech. Deshalb hatte sich bisher kein neuer Mieter gefunden.

Lisbeth verließ das Haus durch den rückwärtigen Ausgang in der Küche, querte den Hof und öffnete die Tür zur Werkstatt, in der einst ihre und Mertyns Mutter ihre Lehrjahre verbracht hatten. Es erschien ihr, als sei seit jenen Tagen nichts darin erneuert worden. Eine dicke Staubschicht bedeckte den Boden, die Wände waren überzogen von Spinnweben, und in den Ecken hatten sich Garnreste zu Haufen gesammelt.

Lisbeth trat in den niedrigen Raum und untersuchte fachmännisch die Webstühle. Auch sie waren staubbedeckt und von Spinnweben überwuchert. Auf einem befand sich sogar noch ein eben begonnenes Seidentuch, das herunterzuschneiden sich niemand die Mühe gemacht hatte. Doch die Webstühle selbst schienen in Ordnung zu sein. Sie waren alt und abgenutzt, und natürlich würde man sie gründlich entstauben und die Litzen erneuern müssen, doch dann wären sie gut zu gebrauchen.

Lisbeth schaute sich weiter in der Werkstatt um. In einem Regal an der Wand schimmelte ein grüner Klumpen, der vormals Rohseide gewesen sein mochte – so genau ließ sich das nun nicht mehr sagen. Lisbeth rüttelte an dem Regal, um seine Standfestigkeit zu prüfen, und schaffte es gerade noch, mit einem hastigen Schritt zurückzuweichen, bevor die morschen Bretter in sich zusammenfielen.

Das Regal würde sie erneuern müssen, dachte Lisbeth und klopfte sich den Staub von Kleid und Händen. Zudem bedurfte es auch noch des einen oder anderen Werkzeuges. Kammladen, Spulen, neue Weberschiffchen, notierte sie im Geiste. Aber wenn man hier gründlich sauber machen und die Wände ordentlich tünchen würde, so hätte man eine respektable Seidmacherwerkstatt.
Noch am selben Nachmittag würde sie ihre Mägde an die Arbeit schicken, beschloss Lisbeth.

Angespannt lief Lisbeth im großen Saal der Wolkenburg hin und her.
»Stell dir vor, Andreas hat jetzt endlich einen Teil des Geldes vom Rat zurückerstattet bekommen, das er beim Reichstag dem Kaiser geliehen hat«, sagte Agnes und rückte einen der Weinkrüge auf der Tafel zurecht.
»Doch so bald?«, witzelte Lisbeth, und für einen Moment kehrten ihre Gedanken zurück zu jenem Tag, an dem sie mit Stephan und Andreas im Zunfthaus der Brauer König Maximilian begegnet waren und dieser Andreas um ein Darlehen angegangen war. So lange war das nun her, und so vieles war seither geschehen, beileibe nicht nur, dass aus König Maximilian inzwischen Kaiser Maximilian geworden war.
Doch lange mochte Lisbeth nicht bei diesen Gedanken verweilen. Viel zu aufgeregt war sie und stellte sich wohl zum hundertsten Mal die Frage, ob man ihrer Einladung folgen würde. Zumal die garstige Kälte, welche die Stadt in ihren Klauen hielt, nicht gerade dazu einlud, das Haus zu verlassen.
In den vergangenen Tagen hatte sie Boten zu allen Seidmacherinnen und Seidenhändlern geschickt und sie am heutigen Tag in die Wolkenburg gebeten. Denn für eine

solch große Versammlung wäre der Saal im Haus Zur Roten Tür nicht groß genug – wenn denn alle kämen.
Katharina Loubach und ihr Mann Conrad waren die Ersten, die die Mägde in den Saal führten. Schwer auf Katharinas Arm gestützt, trat Conrad auf Lisbeth zu. »Es ist wahrlich an der Zeit, dass das Seidamt sich versammelt«, begrüßte er sie, und Lisbeth erschrak über das blasse, eingefallene Gesicht des Seidenhändlers. Er war abgemagert, und es schien, als sauge eine Krankheit alle Lebenskraft aus ihm heraus.
»Es freut mich, dass Ihr meiner Einladung gefolgt seid«, erwiderte sie und schloss Katharina, der die Sorge um ihren Gemahl deutlich anzusehen war, in ihr warmes Lächeln mit ein. Doch es blieb ihr keine Zeit, Katharina nach den Umständen von Conrads Krankheit zu fragen, denn schon traten hinter ihnen Adelheid Liblar mit ihrem Mann Heinrich und dessen Vater Johann in den Saal.
»Ihr habt gut daran getan, dass Ihr uns zusammengerufen habt!«, sagte Johann Liblar. »Wie es scheint, habt Ihr die Tatkraft Eurer Mutter geerbt.«
Die freundlichen Worte des alten Seidenhändlers machten Lisbeth Mut. Anscheinend gab es wirklich den einen oder anderen, der ihre Meinung teilte. Es blieb nur zu hoffen, dass es deren mehr waren als Conrad Loubach und Johann Liblar.
Während die Mägde ihre ersten Gäste mit Wein bewirteten, begrüßte Lisbeth Rita von Kerpen, ihr ehemaliges Lehrmädchen, und deren Mann. Ein Schatten fiel über ihre Züge, als sie daran denken musste, wie Herman einst Ritas Zulassung zum Seidamt im Rat durchgesetzt und sich damit Brigitta van Berchem zur Feindin gemacht hatte.
Als Nächste erschienen Ida Rummels, gefolgt von Liese Backes und Gundula von Bruwiler, die Frauen, denen

Lisbeth mit Katryns Geld die valencianische Seide gestundet hatte. Sie begrüßten Lisbeth mit besonderer Höflichkeit, denn diese Angelegenheit war ihnen immer noch unangenehm.

Lisbeth hätte sich keine Sorgen zu machen brauchen, dass man ihrer Einladung nicht folgen würde. Viel zu neugierig waren alle darauf, zu hören, was die Frau Ime Hofe zu sagen wusste, als dass sie diese Zusammenkunft hätten verpassen wollen – schließlich würde es die erste Zunftversammlung seit über zehn Jahren werden. Zumindest die erste, die diesen Namen verdiente.

Zur angegebenen Stunde waren beinahe alle Geladenen erschienen, auch das Kränzchen, das sich einst um Brigitta van Berchem geschart hatte: Mechthild van der Sar mit ihrem Mann Dres, Mettel van Hielden, Veronika van Herten und die gewichtige Frieda Medman mit ihrer Tochter Dora und sogar die alte Genovefa van Wychtericht, die bereits weit über sechzig sein musste.

Brigitta selbst jedoch fehlte, was Lisbeth nicht bekümmerte. Es hieß, sie und ihre Schwester seien nach der Hinrichtung ihres Oheims nach Endenich gezogen. Es war nicht zu erwarten, dass sie je nach Köln zurückkehrten, denn Haus Xanten und das Haus Zum Kleinen Schönwetter standen zum Verkauf. Zu Lisbeths großer Freude war in Rudolfs Begleitung auch Clairgin gekommen.

Achtundfünfzig Köpfe zählte Lisbeth verstohlen, darunter sechsundzwanzig Ehemänner der Seidmacherinnen. Damit hatte sie nicht gerechnet. Mit einem Mal spürte sie ein flaues Gefühl im Magen. Wie würden ihre Amtsschwestern ihre Worte aufnehmen? Würden sie ihr zustimmen, oder würden sie sie schlicht und einfach auslachen?

Zumindest zeigte das zahlreiche Erscheinen der Seidmacherinnen doch, dass ihnen ihre Zunft noch am Herzen

lag. Ihre Idee konnte also nicht so falsch gewesen sein, versuchte Lisbeth sich selbst Mut zu machen.
Noch nie hatte sie vor so vielen Menschen gesprochen. Für einen Moment verwünschte Lisbeth ihre eigene Courage. Am liebsten hätte sie den Saal fluchtartig verlassen und sich in ihrer Kammer verkrochen. Doch dafür war es nun beileibe zu spät. Sie hatte diese Versammlung einberufen, nun musste sie sie auch durchstehen.
Allmählich wurde es ruhiger im Saal, und Lisbeth spürte, wie sich die Blicke der Versammelten auf sie richteten. Mertyn, der neben ihr stand, nickte ihr aufmunternd zu. Es war an der Zeit, dass sie das Wort ergriff.
»Ich kann das nicht!«, flüsterte Lisbeth.
»Du schaffst das!«, raunte Mertyn ihr zu.
Das flaue Gefühl in Lisbeths Magen verdichtete sich zu einem Knoten. »Du hast gut reden. Du warst Ratsherr, jetzt haben sie dich zum Bierherrn gemacht, du bist es gewohnt, dass alle dich ansehen und dir zuhören. Ich habe so etwas noch nie gemacht«, zischte sie.
»Du kannst das, du wirst sehen!«, entgegnete er und schob sie sachte nach vorn.
Lisbeth spürte, wie ihr vom Ausschnitt ihres Kleides her die Röte zu Gesicht stieg. Sie machte einen weiteren Schritt nach vorn, dann noch einen. Nun verstummten auch die letzten Gespräche und wichen einer gespannten Stille.
Lisbeth schluckte trocken. »Ich … ich freue mich, dass Ihr … dass Ihr meiner Einladung so zahlreich gefolgt seid. Die Stadt … die Stadt ist zu Ruhe und Ordnung zurückgekehrt. Die Verhandlungen über die Reform der … der städtischen Verfassung sind weit fortgeschritten. Bald siegeln Rat und Zünfte einen Transfixbrief, der die Verfassung in gerechter Weise abändern und ergänzen wird.« Stockend zunächst, dann immer flüssiger, sprach Lisbeth die Worte,

die sie sich sorgfältig zurechtgelegt hatte, und mit einem Mal wich ihre Aufregung, und Ruhe überkam sie. Dies hier waren Seidmacherinnen wie sie. Sie brauchte vor ihnen keine Angst zu haben. Lisbeth wusste, was sie sagen wollte, und sie wusste, warum sie es tat!
»Es ist an der Zeit, dass auch im Seidamt wieder Ordnung einkehrt!«, sagte sie fest, und ihre Stimme war deutlich bis in die Ecken des Saales vernehmbar.
Vereinzelt erklang Gemurmel, das Lisbeth als Zustimmung deutete. »Seit Jahren haben wir keinen gewählten Zunftvorstand mehr, der unsere Belange vertritt«, fuhr sie fort. »Die Bücher werden nicht geführt, die Lehrtöchter nicht mehr eingetragen und keine neuen Seidmacherinnen mehr zum Amt zugelassen. Viele von uns übertreten die Zunftgesetze gerade so, wie es ihnen beliebt.«
Abermals erhob sich beifälliges Gemurmel, doch es erklangen auch protestierende Stimmen.
»So ein Unsinn!«, vernahm Lisbeth Mechthild van der Sars spitze Stimme, doch sie ging nicht auf deren Zwischenruf ein. »Welche Übertretungen das sind, brauche ich hier nicht zu nennen, denn Ihr wisst alle, wovon ich spreche.«
Sie wartete einen Moment, bis es im Saal wieder still geworden war. »Das Geschäft ist nicht einfacher geworden. Ihr habt es auf den Messen gesehen, die Konkurrenz aus Venedig, Genua und Florenz, vor allem aber aus den Niederlanden, aus Gent, Brügge und Antwerpen wird immer stärker. Dort fertigen sie Sammet, Atlas und Brokat und verkaufen es zu erschreckend günstigen Preisen«, warnte sie.
Johann Liblar und Dres van der Sar nickten zustimmend, und Lisbeth fuhr fort: »Um uns dieser Konkurrenz zu erwehren, ist es unbedingt vonnöten, dass wir eine große und gut organisierte Zunft sind, die auf die Qualität ihrer

Erzeugnisse achtet. Denn nur so können wir auf lange Sicht den guten Ruf, den unsere Seide genießt, schützen.«
Lisbeth unterbrach sich und ließ ihren Blick durch den Saal schweifen, um herauszufinden, ob ihre Zunftgenossen ihren Argumenten folgten. Viele von ihnen, vor allem die Seidenhändler, nickten ihre Zustimmung.
»Unter uns sind viele gute Seidmacherinnen.« Lisbeth holte tief Luft und richtete ihren Blick auf Ida Rummels, Liese Backes und Gundula von Bruwiler. »Doch einige von ihnen mussten in den vergangenen Jahren ihre Eigenständigkeit aufgeben und für andere im Verlag weben, weil sie sich die Rohseide nicht mehr leisten können.«
Die angesprochenen Weberinnen blickten verschämt zu Boden, und Lisbeth sah, wie Liese Backes die Lippen zusammenpresste. Es war nicht ihre Absicht gewesen, die Frauen vor dem versammelten Seidamt zu demütigen, deshalb beeilte sie sich, fortzufahren: »Es kann nicht in unserem Sinne sein, dass einige wenige aus der Armut der anderen ihren Profit ziehen. Der Verlag ist seit langem verboten, und wenn sich alle daran halten würden ...«
Lisbeth blickte geradewegs jene erfolgreichen Seidmacherinnen an, die sich einst um Brigitta van Berchem geschart hatten. Sie alle betätigten sich als Verlegerinnen. Wie ehedem standen Mechthild van der Sar, Mettel van Hielden, Veronika van Herten, Frieda und Dora Medman und Genovefa van Wychtericht beisammen und flüsterten miteinander, aber sie benahmen sich nicht mehr so anmaßend wie früher. Der Schlange schien der Kopf zu fehlen, dachte Lisbeth.
»Warum sollten wir auf diese Einnahmequelle verzichten?«, schnappte Mechthild van der Sar und reckte ihren dürren Hals.
Lisbeth zwang sich zur Ruhe. Sie hatte mit diesem Ein-

wand gerechnet. »Vielleicht, weil der Rat jetzt genauer auf die Einhaltung der Gesetze achten wird?«, entgegnete sie. »Meint Ihr nicht, dass es besser ist, wir selbst kümmern uns darum, bevor es der Rat tut?«

»Wenn wir die armen Wichter nicht zum Weben anstellen, dann verhungern sie doch glatt!«, rief Frieda Medman. Ihr voluminöses Kinn schaukelte vor Selbstgerechtigkeit.

Lisbeth überging Friedas Einwurf. »Jeder von uns verdient mehr Geld, als er zum Leben benötigt. Wir sollten dafür sorgen, dass auch die weniger Begüterten unter uns ihr Auskommen haben«, redete sie ihren wohlhabenden Amtsgenossen ins Gewissen. »Und wenn Ihr es schon nicht aus Nächstenliebe wollt, so denkt daran, dass eine starke Zunft auch Euch nützt.«

Mechthild rümpfte missbilligend die lange Nase, und Frieda schüttelte pikiert den Kopf. Doch Lisbeth sah, dass Mettel van Hielden fragend zu Veronika van Herten blickte, und die alte Genovefa van Wychtericht legte abwägend das Haupt schief.

»Von der Mutter meines Mannes habe ich Geld geerbt. Ich werde es in ihrem Sinne verwenden und es damit einigen weniger begüterten Seidmacherinnen ermöglichen, wieder ihre eigene Seide zu verweben«, erhob Lisbeth erneut die Stimme. »Ich werde ihnen die Rohseide stunden, bis sie ihre fertigen Tuche verkauft haben.«

Beifälliges Gemurmel erhob sich im Saal. Viele Mitglieder des Seidamtes erinnerten sich voll Wärme der Frau Zur Roten Tür.

Doch Lisbeth war noch nicht am Ende ihrer Rede. »Mein Gemahl, der, wie Ihr wisst, große Mengen Rohseide importiert, wird diese künftig auch in kleinen Mengen verkaufen, ohne dafür einen Aufschlag zu verlangen. Und nun

bitte ich Euch« – nacheinander fasste Lisbeth die Herren Seidenhändler ins Auge –, »es ihm gleichzutun!«
Für einen Moment herrschte Stille im Saal. Dann trat Johann Liblar vor. »Ich schließe mich der Entscheidung von Mertyn Ime Hofe an!«, sagte er fest und lächelte Lisbeth zu.
Sein Sohn Heinrich trat neben ihn. »Ich auch.«
Es verstrich ein Moment, in dem alle die Hälse reckten, um zu schauen, ob sich ein weiterer Seidenhändler zu ihnen gesellen würde. Dann trat, auf den Arm seiner Frau gestützt, Conrad Loubach vor, einen Wimpernschlag darauf der alte Heinrich Vurberg.
Dres van der Sar schickte sich an, es ihnen gleichzutun, doch seine Gattin hielt ihn am Ärmel zurück. So laut, dass es jeder im Saal vernehmen konnte, zischte sie: »Das wirst du nicht tun!«
Energisch entwand Dres sich ihrem Griff und trat vor. »Ihr habt recht, Frau Ime Hofe«, sagte er, die giftigen Blicke ignorierend, die seine Frau ihm zuwarf, »die Zunft kann nur bestehen, wenn sie groß und stark ist. Und wir können uns nur gegen den Rat behaupten, wenn wir selbst auf Ordnung innerhalb der Zunft achten.«
Beifallrufe wurden laut, vereinzelt klatschten die Frauen in die Hände, dann ergriff ein rechter Jubel die Versammelten, und zwei weitere Seidenkaufleute traten vor.
Johann Liblar musste seine Stimme heben, um sich Gehör zu verschaffen. »Ich sehe, wir haben zur Einigkeit gefunden!«, rief er. »Vielleicht sollten wir alle daher unseren Eid, den wir auf das Amt geschworen haben, erneuern.«
Seine Worte wurden mit lautstarker Zustimmung bedacht, und Lisbeth traten Tränen in die Augen. Sie hatte es geschafft! Endlich! Endlich würde das Seidamt wieder zu der angesehenen und ehrbaren Zunft werden, die es einst ge-

wesen war, dachte sie glücklich und griff verstohlen nach Mertyns Hand.
Es dauerte eine gute Weile, bis die notwendige Ruhe im Saal eingekehrt war. Dann sprachen alle, Seidmacherinnen wie Seidenhändler, in feierlichem Ernst die Hände zum Schwur erhoben, die Eidesformel und gelobten ehrfürchtig, die Anordnungen des Amtsbriefes in all seinen Punkten stets treulich zu befolgen, so wahr ihnen Gott und sein Heiliges Evangelium helfe.
»Jetzt ist es wohl an der Zeit, dass wir neue Amtsmeister wählen, die die Geschicke der Zunft im kommenden Jahr lenken«, ergriff Liblar wieder das Wort, kaum dass die letzten Worte der Eidesformel verklungen waren. »Ich glaube, jeder von Euch wird mir zustimmen, wenn ich vorschlage, Lisbeth Ime Hofe zur Zunftmeisterin zu wählen. Diese Ehre gebührt ihr schon allein dafür, dass sie uns heute hier zusammengeführt hat, und ich bin sicher, sie wird dieser Aufgabe auf das Beste gerecht werden!«
Mit diesen Worten schien der alte Seidenhändler seinen Amtskollegen aus dem Herzen gesprochen zu haben, denn mit Beifall bekundeten sie laut ihr Einvernehmen.
Lisbeth stieg erneut die Röte ins Gesicht, diesmal vor Freude. »Gerne will ich dieses Amt übernehmen, und ich verspreche, stets getreulich im Sinne aller Zunftgenossen zu handeln«, sagte sie, bemüht, ihre Rührung zu verbergen. »Ihr könnt sicher sein, dass ich alles in meiner Macht Stehende unternehmen werde, damit die Seidmacherzunft wieder zu dem wird, was sie einst war!«
Liblar nickte zufrieden. »Gibt es Vorschläge für die anderen Amtsmeister?«
»Erlaubt mir eine Bitte«, meldete Lisbeth sich erneut zu Wort. »Ich würde mich freuen, wenn Clairgin van Breit… äh, Clairgin van Bensberg das Amt mit mir teilt.«

Aufgeregtes Getuschel erhob sich, und die Seidmacherinnen wandten die Köpfe auf der Suche nach Frau van Bensberg. Von der stillen Clairgin hatte man in den vergangenen Jahren wenig gehört. War sie denn überhaupt noch Seidmacherin?
Mit wenigen Schritten überquerte Lisbeth den freien Raum in der Mitte des Saales und trat zu Clairgin, die mit Rudolf nahe dem Kamin stand.
Die Aufmerksamkeit, die Clairgin plötzlich zuteilwurde, war ihr sichtlich unangenehm. Verlegen rang sie die Hände.
Lisbeth fasste Clairgin am Arm, um sie nach vorn zu führen, doch diese wich vor ihr zurück. »Ich bin doch keine Seidmacherin mehr«, flüsterte sie abwehrend.
»Das bist du wohl. Und eine der besten dazu!«
»Nein, ich webe nicht mehr, und ich habe auch keine eigene Werkstatt!« Clairgin sträubte sich immer noch.
»Die Elnersche Werkstatt steht zu vermieten«, wisperte Lisbeth. »Sie ist zwar nicht sehr schön, doch für den Anfang wird es reichen.«
»Ich kann mir keine Werkstatt leisten«, widersprach Clairgin.
Deutlich vernahm Lisbeth den Schmerz in ihrer Stimme. »Der Mietzins ist niedrig«, widersprach sie. »Der Vetter vom alten Johann Elner, der das Haus geerbt hat, ist froh, wenn er es überhaupt loswird.«
»Auch dann nicht«, beharrte Clairgin, doch Lisbeth spürte ihr Zögern.
»Für den Anfang stunde ich dir die Rohseide. Und du hast ja gehört, was die Seidenhändler gesagt haben. Sie geben die Rohseide in kleinen Mengen ab. Es wird alles anders«, versprach sie. »Es wird werden wie früher. Du wirst sehen!« Und nach einer winzigen Pause fügte sie hinzu:

»Ich habe in der Elnerschen Werkstatt schon einmal Ordnung geschafft. Es ist alles bereit. Wenn du willst, kannst du gleich morgen anfangen.«

Erstaunt blickte Clairgin Lisbeth an. »Du hast …? Aber wieso«, stammelte sie, und ihre hellblauen Augen schwammen mit einem Mal in Tränen.

»Es ist mein Hochzeitsgeschenk an dich. Ich war mir sicher, dass es dein größter Wunsch war.« Lisbeth lächelte.

Das Erstaunen wich von Clairgins Zügen und machte einem wehmütigen Lächeln Platz. Lisbeth hatte recht. Zwar hatte sie die Arbeit im Goldenen Krützchen gern verrichtet, doch es war wirklich Clairgins größter Wunsch, wieder als Seidmacherin zu arbeiten. Lisbeth kannte sie immer noch sehr gut, dachte Clairgin. Auch nach den vielen Jahren, in denen sie keine Freundinnen mehr waren. Lisbeth hatte Fehler gemacht, doch sie hatte sich geändert. Sie hatte sich nach Kräften bemüht, die Missstände im Seidamt zu ändern, das war Clairgin heute klargeworden, und hatte es sogar geschafft, die Amtsgenossen dazu zu bringen, sich heute hier zu versammeln und ihren Eid auf die Zunftordnung zu erneuern.

Und sie hatte immer an ihrer Freundschaft festgehalten, erkannte Clairgin ein wenig beschämt. Vielleicht hatte sie ihr unrecht getan, als sie ihr die Freundschaft aufgekündigt hatte.

Es gab wirklich keinen Grund, Lisbeth länger zu zürnen. Und vielleicht hatte diese ja recht? Vielleicht wurde nun wirklich wieder alles wie früher, und es gab für jede Seidmacherin genug zu verdienen. Die Wehmut verschwand von Clairgins Zügen und wich einem hoffnungsvollen Lächeln. Liebend gerne würde sie die Elnersche Werkstatt mieten.

Doch dann blitzte ein anderer Gedanke in Clairgin auf und ließ das Lächeln ersterben. Ihre Stirn umwölkte sich, und auf ihrer Nasenwurzel erschien eine steile Falte. Rudolf hatte ihr beigestanden und sie aufgenommen, als sie dringend seiner Hilfe bedurfte. Sie konnte ihm seine Großzügigkeit nicht damit entlohnen, dass sie ihn jetzt im Stich ließ. »Es geht nicht«, sagte sie enttäuscht und blickte sich zu ihrem Gemahl um. »Rudolf braucht mich im Weinzapf.«
Doch dieser schüttelte verneinend den Kopf und bedachte Clairgin mit einem schalkhaften Grinsen. »Nur zu!«, sagte er. »Du weißt doch, dass ich schon immer eine Seidmacherin zur Frau wollte. Ich werde mir einfach ein neues Schankmädchen suchen.«
Lisbeth konnte nicht umhin, über seine Worte zu lachen. »Nun kommt, Frau Zunftmeisterin!«, drängte sie.
Clairgin schluckte, und unter dem Gemurmel ihrer Zunftgenossinnen zog Lisbeth sie nach vorn.
»Die ist doch gar keine Seidmacherin mehr!«, ereiferte sich Frieda Medman, und Mechthild van der Sar giftete hintendrein: »Eine Schankmagd! So weit ist es mit dem Seidamt gekommen!«
Doch ihre Amtsschwestern schienen Friedas und Mechthilds Geringschätzung für Clairgin nicht zu teilen. Bei der Abstimmung entschieden sie sich mit großer Mehrheit dafür, dass Clairgin mit Lisbeth im kommenden Jahr das Geschick des Seidamtes lenken sollte, und ohne weitere Umstände wählten sie Dres van der Sar und Heinrich Liblar zu den beiden Herren vom Seidamt.
Maren und die anderen Mägde der Wolkenburg füllten den Versammelten die Becher, und als man sich ausgiebig auf das Wohl der neuen Amtsmeister zugetrunken hatte, traten auf Lisbeths Geheiß hin zwei städtische Bedienstete

herein. In ihrer Mitte trugen sie eine schwere, eisenbeschlagene Kiste – den Zunftschrein des Seidamtes, in dem die Zunftbriefe, der Transfixbrief aus dem Jahre 1506, das Lehrtöchterbuch und die Zunftkasse verwahrt wurden.

Unter den neugierigen Blicken ihrer Zunftgenossinnen und -genossen öffneten die neuen Herren vom Seidamt den Schrein. Die Geldkiste war leer, doch das erstaunte Lisbeth wenig. Sie griff nach dem Zunftbuch und blätterte, bis sie den letzten Eintrag fand. Er stammte aus dem Jahre 1503. Seit zwölf Jahren war keine Sitzung eines Zunftvorstandes mehr protokolliert und keine Zulassungen von Seidmacherinnen zum Amt oder ihr Ausscheiden verzeichnet worden.

Bedächtig schlug Lisbeth die Seite des Buches um. Ein neues Blatt der Zunftgeschichte wartete darauf, beschrieben zu werden.

Ein Wort zum Schluss

Die Tochter der Seidenweberin« ist ein Roman, der auf geschichtlichen Ereignissen basiert. Um den Fluss der Erzählung nicht zu stören, habe ich mir jedoch erlaubt, einige kleine zeitliche Änderungen vorzunehmen. So war Mertyn beispielsweise nicht 1508, sondern erst wieder im darauffolgenden Jahr und 1512 Ratsherr. Andreas Imhoff war ab 1503 Faktor der Vöhlin-Welser und wurde erst ab 1506 für die Fugger tätig, also ein Jahr später als berichtet, und Andreas Ime Hofe, der Sohn von Lisbeth und Mertyn, wurde zwei Jahre später, nämlich erst 1511 geboren.

Während des Mittelalters war Köln die Seidenstadt im Deutschen Reich. Ein Seidengewerbe von ähnlicher Bedeutung gab es zu jener Zeit nur in Paris, Lyon und in den Städten Oberitaliens. Auch als das Gewerbe im 15. Jahrhundert weitere Verbreitung in Deutschland fand, behielt Köln seine vorherrschende Stellung bis in das 17. Jahrhundert hinein.

Um das Jahr 1500 stand das kölnische Seidengewerbe in höchster Blüte. Der zunehmende Wohlstand der Menschen in den Städten hatte zu höheren Ansprüchen – auch bei der Kleidung – geführt, und Seidenstoffe waren nicht mehr nur für die oberen Schichten der Bevölkerung erschwinglich.

Doch nicht in jeder Stadt konnte sich ein solch gewinnbringendes Handwerk etablieren, denn das Seidengewerbe war bei seinem Rohstoffeinkauf und beim Absatz seiner Erzeugnisse abhängig vom Fernhandel. Darüber hinaus brauchte es für den Verkauf zusätzlich einen lokalen Markt. Köln hatte beides zu bieten: Dank der verkehrsgünstigen Lage war es eine hervorragende Handelsstätte und besaß überdies den Glanz des Bischofshofes, den Reichtum der Kirchen und in zunehmendem Maße den Wohlstand einer prosperierenden Kaufmanns- und Handwerkerschaft.

Die kölnische Zunft der Seidmacherinnen war im Grunde eine reine Frauenzunft. Frauen führten ihre Betriebe auf eigene Rechnung, bildeten Lehrtöchter aus, kauften Rohseide und verkauften ihre Erzeugnisse in der Stadt oder auf den Messen in Frankfurt und Antwerpen.

Die männlichen Mitglieder der Zunft waren meist Ehemänner von Seidmacherinnen oder Seidenhändler, oftmals beides zugleich. Dass zwei von ihnen zu Zunftmeistern gewählt wurden, lag daran, dass die Frauen trotz aller wirtschaftlicher Eigenständigkeit keine politischen Rechte besaßen. Die beiden »Herren zum Seidamt« waren allein schon deshalb vonnöten, um mit dem Rat der Stadt kommunizieren zu können.

Um für den Handel, das heißt, um auf Vorrat produzieren zu können, bedurfte es einer nicht geringen Menge Kapitals, das in teure Rohstoffe und kostspielige Werkzeuge investiert werden musste, denn das Geld floss erst nach Verkauf der Waren auf der nächsten Messe zurück in die Taschen der Seidmacherinnen. Dies begründete den großen Vorteil, den die wohlhabenderen Seidmacherinnen vor ihren ärmeren Zunftgenossinnen hatten.

Einige von ihnen waren so vermögend, dass sie zwei- bis dreitausend Gulden im Jahr für Rohseide ausgeben konnten, und mit Sicherheit ist davon auszugehen, dass sie sich alle als Verlegerinnen betätigt haben. Zu nennen wären hier

Tryngen (Katryn) Ime Hofe (die Frau Zur Roten Tür), Fygen Lützenkirchen (die Frau Zur Wolkenburg), Hylgen Byrken (Wickeroed), Styngen II. (Adelheid) Liblar, Mettel van Hielden und die Schwestern Fygen und Sewis Berchem (im Roman, um Verwechslungen zu vermeiden, Brigitta und Gunda genannt).
Den beträchtlichen Wert der Beträge, welche die Seidmacherinnen für Rohseide aufwendeten, mögen einige Zahlen veranschaulichen: Zwar waren in den Jahren 1513/14 die Preise für Fleisch und Brot sehr günstig, doch für einen Gulden bekam man dreiundachtzigeinhalb Pfund Rindfleisch oder zehn gute junge Hühner. Ein Bachknecht verdiente um die fünfundsechzig Gulden pro Jahr, ein Leyendecker, das heißt, ein Dachdecker, der Dächer mit Schiefer eindeckte, vierhundertvierundvierzig Gulden. Dafür arbeitete Letzterer zweihundertsiebzig Tage im Jahr.
Zum Ende des 14. und Beginn des 15. Jahrhunderts kam es zu den geschilderten Missständen im kölnischen Seidamt. Einige reiche Seidmacherinnen versuchten, ihre ärmeren Kolleginnen aus dem Geschäft zu drängen beziehungsweise die Zulassung neuer Seidmacherinnen zum Amt zu verhindern. Eine zunehmende Konzentration im Seidamt war die Folge.
In dem Zusammenhang ist jedoch anzumerken, dass es den Seidmacherinnen und Seidspinnerinnen, die für Verleger arbeiteten, gemessen an vielen anderen Bürgern, nicht wirklich schlechtging. Sie hatten ihr gesichertes Auskommen und genug zum Leben, aber es bestand ein eklatanter Unterschied, auch in gesellschaftlicher Hinsicht, zwischen ihnen und den zum Teil immens reichen Seidmacherinnen wie Fygen Lützenkirchen und Tryngen Ime Hofe.
Ab 1504 befand sich die Amtsführung der Seidmacherzunft in einem desolaten Zustand. Erst im November 1513,

nachdem die Seidamtsmitglieder ihren Eid auf die Zunftordnung erneuert hatten, wurden neue Seidmacherinnen und Lehrtöchter nachgetragen, und man kehrte zu der gewohnten Ordnung zurück.

Lisbeth Ime Hofe, die Tochter von Fygen und Peter Lützenkirchen, begann ihre Lehre bei ihrer Mutter im Jahr 1491 und wurde 1496 als Hauptfrau eingetragen. Sie arbeitete bis 1515, hatte sechs eingetragene Lehrtöchter und darüber hinaus wohl eine unbekannte Zahl von Lehrmädchen, die nicht eingetragen worden waren. Im Jahre 1513, als sich das Seidamt neu ordnete, wurde sie Zunftmeisterin.

Die Große Ravensburger Handelsgesellschaft war bei ihren Kunden ob ihrer Redlichkeit bekannt, und es war nicht zuletzt diese Redlichkeit, die ihr in einer Zeit großer kapitalistischer Gesellschaften, wie der der Fugger, Welser und Baumgartner, ein Ende bereitete.
Als sich die Gesellschaft um das Jahr 1530 auflöste, verwahrte ihr letzter Regierer, Alexius Hilleson, die Geschäftspapiere, und auch sein Enkel, der in das Zisterzienserkloster Salem eintrat, konnte sich nicht von ihnen trennen. Im Archiv des Klosters überdauerten sie mit dem Vermerk »unnützliche Handelssachen« und landeten nach Auflösung des Klosters im Generallandesarchiv Karlsruhe.
Der damalige Direktor des Archivs fand sie durch Zufall und übergab sie Professor Aloys Schulte, der dieses einmalige Zeugnis kaufmännischen Unternehmertums im Mittelalter in zehnjähriger Arbeit auswertete.
Durch diesen glücklichen Umstand sind wir gut über die Geschäfte, die Organisation und die Handelsgepflogen-

heiten der Ravensburger Handelsgesellschaft unterrichtet. So etwa über die Art und Menge der Waren, die in Valencia gehandelt wurden, darüber, welche Wege sie nahmen, um nach Köln, Flandern oder in die Zentrale nach Ravensburg zu gelangen, wie hoch die Frachtraten dafür waren, und sogar über die Lage und Einkünfte der dortigen Bodega.
Tatsächlich hat es in Valencia einen Faktor des Geliegers gegeben, der nur unter dem Namen »Wilhelm der alt Mann« verzeichnet wurde.
Auch über die Niederlassung in Köln, deren Geschäfte Peter Lützenkirchen und später seine Witwe Fygen führten, und ihren Versuch, Seide aus Valencia und Almeria zu importieren, finden sich spärliche Nachrichten, die mit der Ausweisung der fremden Faktoren aus Köln im Jahre 1508 enden.
Wir finden Hans Her, den Schwiegersohn von Peter und Fygen, erfolgreicher Obmann des Antwerpener Gelieger, und seinen Vater, Hans Her den Älteren, der zwischen 1499 und 1510 – damals schon als betagter Mann – als Haupttransporteur auf der Straße nach Mailand unterwegs war. Bereits im ersten Vierteljahr überquerte er sechsmal mit Waren die Alpen, mitunter eine Transportmasse von hundert Ballen im Gepäck. Er kam selten über Lindau oder Como hinaus, doch er hinterließ ein sehr wertvolles Straßenbüchlein.

Das Haus Wolkenburg an der Wollküche verdankt seinen Namen wahrscheinlich nicht, wie vom Volksmund überliefert und im Roman wiedergegeben, seinen trutzigen Eckwarten und den Dämpfen der Wollküche, sondern dem längst erloschenen Burggrafengeschlecht von Wolkenburg, dessen Stammsitz die gleichnamige Feste im Siebengebirge war. Denn in den Schreinsbüchern wird als erster Besitzer

des Hauses ein Johannes de Wolkenburg genannt, der das Haus im Jahre 1309 an seinen Sohn vererbte.
Bis zum Jahr 1445 war die Wolkenburg im Besitz der Grafen von Virneburg, wechselte dann mehrfach den Eigentümer und wurde von Peter Baire, dem damaligen Miteigentümer des Gürzenich, umgebaut, was ihre Ähnlichkeit zu Kölns »Guter Stube« erklären würde. 1462 gelangte sie in den Besitz von Ludwig von Aiche, von dem Peter Lützenkirchen sie dreißig Jahre später, im Jahre 1492, für seine Familie erwarb.
Die Wolkenburg stand bis in das Jahr 1911/12, dann wurde sie abgerissen.

Anders als im heutigen Sprachgebrauch verstand man zu jener Zeit unter dem Begriff »Sodomie« jede Abweichung von der sexuellen Norm, vor allem die gleichgeschlechtliche Liebe.
Bereits im Jahre 1484 hatte es einen größeren Skandal wegen Homosexualität in Köln gegeben. Der Rat beauftragte eine Kommission, die umfangreiche Untersuchungen anstellen sollte, weil ihm zu Ohren gekommen war, dass viele Menschen mit der »unsprechlichen stummen Sünde« befleckt sein sollten. Die Rede war von zweihundert Personen, darunter ein Ratskollege.
Urteile wurden in der Angelegenheit nicht gefällt. Letztendlich wurde die Schuld einem Auswärtigen in die Schuhe geschoben und die ganze Sache unter den Tisch gekehrt, weil der betreffende Ratsherr zwischenzeitlich verstorben war und man in Zeiten politischer Instabilität keinen großen Skandal hervorrufen wollte.
Während es in Köln nicht zu größeren Verfolgungsmaßnahmen kam, ging man anderenorts rigoros gegen die »stumme Sünde« vor. 1409 wurden in Augsburg vier Pries-

ter in einem großen Vogelbauer zu Tode gehungert und ein mit ihnen befreundeter Lehrer auf den Scheiterhaufen geschickt.
In Venedig rief man im Jahre 1418 nach einem größeren Skandal, in den auch Söhne aus Dogenfamilien verwickelt waren, ein Collegium Sodomitarum ein, dessen Untersuchungen bis zum Jahr 1500 zu zweihundertachtundsechzig Verurteilungen führten.
In Florenz entsprachen dieser Institution die Uffiali della Notte. Insgesamt verstärkte sich im fünfzehnten Jahrhundert die Verfolgung Homosexueller.

Am 15. Dezember 1513 siegelten Rat und Zünfte den Transfixbrief, der die städtische Verfassung in vielen Punkten reformierte. Damit die schweren Vergehen der Ratsherren, die zu den Unruhen geführt hatten, sich nicht wiederholen sollten, wurde insbesondere verfügt, dass alle Angelegenheiten, die vor den Rat gehörten, dort in ordentlicher Sitzung und nicht vorab in geheimen Kränzchen verhandelt werden. Städtische Ämter durften ab sofort nicht mehr von den Bürgermeistern, sondern ausschließlich vom gesamten Rat vergeben werden, und zu der vierteljährlichen Rechnungslegung der Rentmeister wurde ein Mitglied von jeder Zunft, das nicht zum Rat gehörte, hinzugezogen.

Ursula Niehaus
im März 2010

Glossar

Akzise städtische Verbrauchssteuer bzw. Binnenzoll

Alqueria Landhaus mit Hof in den Provinzen Granada und Valencia

Amt In Köln wurden die Zünfte auch Amt genannt.

Aufscheren einen Webstuhl mit **Kettgarn** bespannen

Bamasmarkt Herbstmesse in Antwerpen, die offiziell am St. Bavonstag (1. Oktober) begann, der ihr nach dem Heiligen Sankt Bavon (Sint Baaf) den Namen Bamas- oder Bamismarkt gab. Tatsächlich begann die Messe jedoch meist bereits im September und dauerte bis in den Oktober.

Barchent linksseitig aufgerauhtes Mischgewebe aus Leinenkette mit Baumwollschuss

Barracos schilfgedeckte Lehmhäuser der Feldarbeiter

Bernhardinpass San-Bernardino-Pass

Blauer Stein großer flacher Gerichtsstein aus Basalt auf dem Domhof, an den ein zu Tode Verurteilter dreimal gestoßen wurde. Dann erst war das Gerichtsurteil rechtskräftig. Die Bezeichnung »Blau« rührte jedoch nicht von der Farbe des Steines her, obwohl der Blaue Stein in Köln tatsächlich blau schimmerte, sondern vom Begriff »bläuen« (schlagen).

Bodega Ladengeschäft, Kleinverkauf einer Handelsgesellschaft

Chum Como

Curcumay Gelbwurz

Eidam Schwiegersohn

Elle (kölnisch) 57,9 Zentimeter

Fach rautenförmiger Hohlraum, der zwischen den gehobenen und den gesenkten **Kettfäden** entsteht. In das Fach wird der **Schussfaden** eingelegt.

Faktor Leiter einer Faktorei; als Vertreter einer Handelsgesellschaft schloss er in deren Namen Geschäfte ab und war zuständig für die Lagerung von Waren und deren Transport vom und ins Stammhaus.

Faktorei kleinere Handelsniederlassung

Fisternöll Liebelei

Fluvel Gewebe, das unserem heutigen Samt entspricht.

Gaffel eigentlich: Gabel. In Köln Vereinigung von Bürgern, oberhalb einer oder mehrerer Zünfte angesiedelt, diente der politischen Mitbestimmung der Bürger.

Geckenhaus Irrenhaus

Gelieger Hauptniederlassung einer Handelsgesellschaft in einer fremden Stadt

Gesteiger Podest, auf dem Hinrichtungen vorgenommen werden.

Gewaltmeister, Gewaltrichter Strafrichter, städtischer Beamter mit polizeilicher Funktion

Greve Amtsbezeichnung für einen Gerichtsherrn, der vom Burggrafen eingesetzt wurde

Gruit Kräutermischung zum Würzen von Bier

Hacht erzbischöfliches Gefängnis an der Südwestecke des Domhofs

Hämmchen Vorderhachse des Schweins

Heidin Zigeunerin

Heischegänge Bittgänge

Höker Händler

Kappes Weißkohl

Kettbaum Auf ihn sind die **Kettfäden** gewickelt, bevor sie zu Gewebe verarbeitet werden.

Kettfaden/Kette Fäden, die bei der Herstellung von Geweben in Längsrichtung liegen.

Kotzbank Metzgerstand, an dem neben minderwertigem Fleisch auch Innereien feilgeboten wurden.

Lavacrum Bassin, Becken

Litzen Am Webstuhl befestigte Ösen, durch die einzelne **Kettfäden** geführt werden, damit diese zur **Fach**bildung angehoben werden können.

Llotja de la Seda Seidenbörse in Valencia

Matula Glas für die Urinbeschau

Maulaffe Halterung für Kienspäne, die an der Wand angebracht wird. Sie verdankt ihren Namen ihrer Ähnlichkeit mit einem geöffneten Maul.

Metzenese Seide aus Messina (Sizilien)

Morgensprache Verkündung von Ratsbeschlüssen an die Bürger durch den ersten Bürgermeister von der Rathauslaube herab, im Beisein der versammelten Ratsherren.

Nau großes dreimastiges Schiff, ähnlich einer Karavelle

Neujahr Bis zum Ende des 13. Jahrhunderts markierte das Osterfest, die Auferstehung Christi, als Höhepunkt des Kirchenjahres den Beginn des neuen Jahres. Dann jedoch hielt man die Geburt des Herrn den richtigen Termin, und mit dem Kölner Provinzialkonzil unter Erzbischof Heinrich von Virneburg im Jahre 1310 wurde der 25. Dezember der erste Tag des neuen Jahres. Erst die Gregorianische Kalenderreform im Jahre 1582 machte den 31. Dezember, den Todes- und Namenstag von Papst Silvester I., zum letzten Tag des Jahres und den 1. Januar, den Tag der Beschneidung Christi, zum neuen Jahresanfang.

Niederländer Großes bauchiges Fracht- und Personenschiff, oft mit Seitenschwertern, befuhr den Rhein zwischen Köln und der Mündung in den Niederlanden.

Oberländer Fracht- und Personenschiff auf dem Mittelrhein mit Rudern und Treidelmast, an dem die Leine befestigt war, die zum Leinpfad führte, auf dem fünf bis acht Pferde das Schiff stromaufwärts zogen, kleiner und weniger bauchig als der **Niederländer.**

Offergeld Trink- oder Feiertagsgeld, das an Weihnachten an Knechte und Mägde verteilt wurde.

Oheim Onkel

Parger Halbseidenstoff mit leinenem Einschlag

Peinliche Befragung Folter

Pütz Brunnen

Ransen gestickte Hauben

Regierer Geschäftsführer einer Handelsgesellschaft

Schalde Flacher Kahn, der den Fährdienst zwischen Köln und Deutz versah.

Schäl Sick rechte Rheinseite

Schaube Weiter, faltenreicher, vorn offener Rock, kam im 15. Jahrhundert bei den Herren in Mode.

Schiffchen (Weberschiffchen) Etwa zehn Zentimeter langes Werkzeug, in dessen Inneren die Spule für den **Schussfaden** befestigt ist, hat die Form eines flachen Schiffes, damit es besser durch das **Fach** gleitet.

Schussfäden Parallele Fäden eines Gewebes, die quer zu den **Kettfäden** liegen, werden mit dem **Schiffchen** durch das **Fach** geschoben.

Seidel 0,5 Liter, in Nürnberg 0,5755 Liter

Sodomie Siehe ausführliche Erläuterung im Anhang

Stapelrecht Recht einer Stadt, von durchziehenden Kaufleuten zu verlangen, dass sie ihre Waren in der Stadt für einen bestimmten Zeitraum zum Verkauf anboten.

Stelrever städtischer Bediensteter, der die ungefärbten Seidenstoffe prüfte, vermaß und stempelte.

Stochofen Rund gemauerter Ofen in der Färberwerkstatt mit abgerundeter Höhlung am oberen Teil, in die ein Kessel eingefügt werden kann.

Talayer Seide (auch Talanii sijden) Seide aus der Landschaft Talisch an der Westküste des Kaspischen Meeres

Tolmetsch Dolmetscher

Transfixbrief Eine Ergänzung, die an die eigentliche Urkunde angeheftet wurde.

Verlag (von vorlegen, vorstrecken) Organisationsform gewerblicher Produktion, bei der ein selbständiges Wirtschaftssubjekt – hier die Seidenweberin mit eigener Weberei – eine Arbeit leistet für einen Verleger, der das Produkt weiterveräußert. Die für einen Verleger arbeitende Seidmacherin unterscheidet sich von ihrer auf eigene Rechnung webenden Kollegin dadurch, dass sie kein Eigentum an den zu verarbeitenden Rohstoffen erwirbt. Die Rohseide bleibt Eigentum des Verlegers. Von der Lohnarbeiterin unterscheidet sie der Umstand, dass sie nicht ihre Arbeitskraft auf bestimmte Zeit verdingt, sondern sich zu einer bestimmten Werksleistung (das Verweben der Rohseide des Verlegers) verpflichtet.

Warenbaum Teil des Webstuhls, um den das fertige Gewebe gewickelt wird.

Zerss Geschlechtsteil des Mannes

Zintmätesmännche Sankt-Martinsmännchen

Zwernen ein zu färbendes Stück Stoff im Farbbad hin und her bewegen

Danke

Gerne möchte ich an dieser Stelle all jenen danken, die mich bei der Arbeit an diesem Buch so großzügig unterstützt haben. Allen voran meinem Mann Andreas, der es mir nicht nur ermöglicht hat, die Zeit und Muße für das Schreiben zu finden, sondern mir darüber hinaus mit Rat und Zuversicht zur Seite gestanden hat.
Ganz besonderer Dank gilt Dr. Georg Ehlen, dessen offene und hilfreiche Kritik zusammen mit dem kompetenten Lektorieren meiner Redakteurin Ilse Wagner maßgeblich zum Gelingen des Buches beigetragen hat.
Großer Dank gebührt ebenfalls Ingeborg Castell, die sich mit liebevoller Sorgfalt des Manuskriptes angenommen hat, sowie meiner Agentin Lianne Kolf, die mich davon überzeugt hat, die Geschichte von Fygen Lützenkirchen und ihrer Familie weiterzuerzählen.
Danken möchte ich darüber hinaus Norbert Korsmeier für die Übersetzungen ins Valenciano, Dr. Kristian Knoell für seine kompetente Unterstützung in medizinischen Fragen und Sigismund Freiherr von Elverfeldt-Ulm, der mir freundlicherweise Einblick in die Familiengeschichte derer von Elverfeldt gewährte.
Peter Hesse vom Historischen Seminar der Universität zu Köln verdanke ich Literaturhinweise, die für mich von unschätzbarem Wert waren.
Nicht zuletzt gilt mein Dank Tina Reisener-Krick, Lothar Petersein, Sabine Gemünden, Anja Bleeker, Madeleine Timmering und Magdalene Otten für ihre erfrischenden

Anregungen sowie Katrin Jung und Albert Ostermaier für die guten Gespräche.
Eine wichtige Grundlage für die Arbeit an diesem Buch waren für mich die Werke »Die Stellung der Frau in der Stadtkölnischen Wirtschaft im Spätmittelalter«, von Margret Wensky, »Geschichte des Seidengewerbes in Köln vom 13. bis zum 18. Jahrhundert«, von Hans Koch, und »Geschichte der Großen Ravensburger Handelsgesellschaft 1380–1530«, von Aloys Schulte.

Ursula Niehaus

Die Seidenweberin

Roman

Köln im Mittelalter: Nach dem Tod ihrer Eltern wird die junge Fygen in die Obhut ihres Onkels gegeben, der bald ein Auge auf sie wirft. Nur der mütterlichen Sorge seiner Haushälterin ist es zu verdanken, dass sie seiner Begierde nicht zum Opfer fällt. Sie wird zu ihrer Tante Mettel geschickt, bei der sie das Handwerk einer Seidenweberin erlernen soll. Doch Mettel entpuppt sich als grausame und ungerechte Lehrherrin, die alles daransetzt, Fygen das Leben zur Hölle zu machen – vor allem als sich herausstellt, dass eine begabte Seidenweberin in ihr steckt. Allen Widerständen zum Trotz wächst Fygen zu einer mutigen jungen Frau heran, die keine Auseinandersetzung scheut – nicht mal mit Peter Lützenkirchen, dem wortgewandten Vorsitzenden des Seidamts …

KNAUR